EYAL KLESS

Die schwarze Maske

Eyal Kless

Die schwarze Maske

Roman

Deutsch von Maike Hallmann

penhaligon

Die Originalausgabe erschien 2020 unter dem Titel
»The Puzzler's War« bei Harper Voyager,
an Imprint of HarperCollins*Publishers*, New York.

FSC www.fsc.org
MIX
Papier aus verantwortungsvollen Quellen
FSC® C083411

Penguin Random House Verlagsgruppe FSC® N001967

1. Auflage 2021

Translated from the English language: The Puzzler Returns
First published by: Harper Voyager
By Arrangement with The Deborah Harris Agency

Redaktion: Catherine Beck
Umschlaggestaltung und -illustration: © Max Meinzold, München.
JA · Herstellung: MR
Satz: Buch-Werkstatt GmbH, Bad Aibling
Druck und Bindung: CPI books GmbH, Leck
Printed in the Czech Republic
ISBN 978-3-7645-3210-9
www.penhaligon-verlag.de

Für Maayan und Ella
und das, was ihr mich über die Liebe gelehrt habt

Prolog

»Ist das dein Ernst? Das ist also dein Plan?«

»Es geht nicht anders.«

»Ich könnte alles verlieren. Ich könnte mich selbst verlieren.«

»Jean Pierre, es tut mir leid, du bist zu früh aufgewacht. Ich kann dich nicht extrahieren, nicht jetzt gleich. Du musst warten. Am besten schläfst du weiter.«

»Nein … ich kann nicht wieder zurück in die Leere. Bitte …«

»Dann geht es nicht anders.«

»Es muss doch eine andere Lösung geben.«

»Ich wurde entdeckt. Er hat Sucher auf mich angesetzt. Ich muss hier weg. Es geht nicht anders.«

»Nein, bitte geh nicht … nimm mich mit … bitte! Geh nicht … Vitor … hallo?«

Schmerz riss ihn aus der Dunkelheit. Ihm war zumute, als würden Tausende Nadeln zugleich durch seine Haut dringen, jeder Stich war wie eine elektrische Entladung geradewegs in sein Nervensystem. Er zuckte, zappelte. Sein Mund öffnete sich zu einem stummen Schrei und füllte sich mit der zähen Flüssigkeit, die ihn von allen Seiten umgab. Er würgte und schlug in seiner Panik wild um sich, da berührte er etwas Weiches, Bewegliches. Ohne nachzudenken oder etwas zu sehen, versuchte er, es zu fassen zu bekommen, aber das Material war zu glatt und zu schlüpfrig. Panik fegte auch den letzten Rest Vernunft hinweg, und nur ganz am Rande registrierte er das seltsame Gefühl an seinen Fingern, als er noch einmal nach dem Etwas griff und spürte, wie es unter seiner Berührung zerriss. In welchem Behältnis auch immer er feststeckte, mit einem Mal neigte es sich zur Seite, und er wurde durch eine Art Metallröhre gespült. Er kugelte am anderen Ende hinaus und landete so hart, dass er sich Knie und Kiefer anschlug und eine Hand übel verdrehte. Der Schmerz war eine neue unangenehme Erfahrung, aber er war nur eine quälende Empfindung von vielen, die er alle zugleich erlitt. Keuchend erbrach er sich und versuchte, sich aufzurappeln oder wenigstens von seinem Erbrochenen wegzukriechen.

Ringsum nahm er eine Menge Bewegung wahr und auch Lärm, der ihm in den Ohren schmerzte. Andere Körper streiften ihn, jede Berührung war die reinste Folter. In der Luft hing ein eigenartiger Geruch, und überall hörte er unverständliches Zischen und Knurren. Als er zu sprechen versuchte, kam ein ganz ähnlicher Laut aus seiner eigenen Kehle: ein Zischen.

Er sah wirbelnde Farben. Blinzelte und schüttelte den Kopf – was er zu sehen bekam, war ebenso verzerrt wie rätselhaft. Er senkte den Kopf und schüttelte ihn noch einmal, so kräftig er sich nur traute, dann öffnete er erneut die Augen.

Das Erste, was er richtig in den Fokus bekam, war seine Hand. Aber es war keine richtige Hand. Vier Finger, raue Haut und Klauen. Er hatte Klauen. Während er sie noch entgeistert anstarrte, wurde ihm mit einem Mal klar, dass er sie ein wenig einziehen und ausfahren konnte. Sie ganz einzuziehen ging zwar nicht, aber er konnte den Winkel ändern und ein wenig auch die Länge. Es war ebenso eigenartig wie beängstigend, aber zugleich war es auch das erste Mal seit dem Erwachen, dass er über irgendetwas selbst bestimmte, und deshalb war es auch seltsam tröstlich.

Was ist mit mir passiert?

Dieser naheliegenden Frage folgte eine Flut vager, abstrakter Erinnerungen, mit denen er nichts anzufangen wusste. Er war irgendwo gefangen, er entkam. Es war ein gefährlicher, verrückter Plan, aber Professor Vitors Worte hallten in seinem verwirrten Verstand wider: *Es geht nicht anders*.

Wer bin ich?

Wieder streifte ihn ein anderer Körper, stieß ihn mit der Wucht seiner schieren Masse beiseite. Er wandte den Kopf, und sein Verstand drohte ihm zu entgleiten. Lange Schnauzen, gewaltige Hinterbeine, Reißzähne, olivgrüne Haut, Klauen, *verdammte Schwänze* … er war von Monstern umgeben. Instinktiv wich er zurück und stieß mit dem Rücken gegen etwas Kaltes, Hartes. Unter den Monstern waren einige Kämpfe im Gange, sie schlugen nacheinander und bissen zu, schrien vor Schmerz und Wut, aber die meisten sahen nur zu, und ihm schenkte niemand auch nur die leiseste Beachtung. Ihm ging auf, dass seine Klauen noch immer ganz ausgefahren waren, bereit, jeden möglichen Angreifer in Stücke zu reißen, und beim Anblick der ringsum tobenden Kämpfe spürte er unvertraute Angriffslust in sich aufsteigen. Er wollte nicht nur einfach seine eigene Haut verteidigen, er wollte *töten*, und er spürte, wie sich seine Muskeln spannten, als plötzlich das Wissen seinen Verstand erfüllte, *wie* man tötete. Er atmete tief durch, versuchte, diese Impulse in den Griff zu bekommen, und ließ schließlich die Arme sinken.

Wie lange er so dagestanden hatte? Er wusste es nicht. Mit einem Mal erfüllte ein süßer, verlockender Geruch die Luft und lenkte ihn ab. Die Kämpfe kamen zum Erliegen, und die Wesen ringsum bewegten die Köpfe, als würden sie einen Albtraum abschütteln. Runde Stahltüren, die ihm bis zu diesem Moment nicht aufgefallen waren, schoben sich zur Seite, dahinter lag ein langer Tunnel. Er versuchte, darüber nachzudenken, sich einen Reim darauf zu machen, aber irgendetwas brachte seine Gedanken durcheinander. In seinem Verstand erklang ein Zischen, wurde lauter. Es war kein natürliches Geräusch, aber trotzdem verlockend. Eins der Wesen setzte sich langsam in Bewegung, Richtung Tunnel. Einer nach dem anderen folgte, schließlich auch er selbst. Zuerst machte er noch zögerliche Schritte auf den starken Hinterbeinen, aber in ihm wuchs der Drang, sich schneller zu bewegen, und da ließ er sich auf alle viere fallen, wie ein Tier.

Was bin ich?

Aus dem Dahintrotten wurde ein Rennen, und kurz darauf rasten sie wie verrückt durch das Dämmerlicht dahin, einer jagte dem anderen hinterher. Er war schnell, viel schneller als je zuvor, rannte viel schneller, als ein Mensch es je vermocht hätte. Seine eigene Geschwindigkeit berauschte ihn.

Sie schossen ins Licht hinaus, und als sich die heißen Sonnenstrahlen in seine Haut brannten, verspürte er angenehmen Schmerz. Noch immer war da jener Sog in seinem Verstand, aber er widersetzte sich ihm und zwang sich anzuhalten. Richtete sich auf, während die anderen an ihm vorbeihetzten. Sah Gebäude, viele Gebäude, sie erstreckten sich bis zum Horizont, tiefschwarz gegen den rötlich gelben Sand. Die Luft war heiß und trocken, jeder Atemzug brannte in seiner Kehle, aber er achtete nicht darauf. Seine Umgebung kam ihm vage vertraut vor.

Wo bin ich?

Im hellen Sonnenlicht sah er sogar noch missgestalteter und abstoßender aus. Und geschlechtslos, soweit er es erkennen konnte. Er nahm es gleichmütig hin. Es war einfach zu viel in einer sehr kurzen Zeitspanne geschehen, um jetzt wegen fehlender Genitalien in Panik zu geraten.

Der Sog in seinem Verstand war noch immer da, aber direkt dahinter lag noch etwas anderes, eine andere Stimme, ein Flüstern. Er sah den Letzten der anderen zwischen den Gebäuden verschwinden und machte sogar einige Schritte in dieselbe Richtung. Aber nein. Da war noch etwas anderes.

Er zwang sich zum Anhalten, richtete sich auf und konzentrierte sich, bis das Zischen verklang und mit ihm auch der Drang, seinen Ursprung zu finden. Stattdessen wurde ein anderes Geräusch deutlicher. Und dieses Geräusch hatte Klang und Bedeutung.

Intelligenz.

Es wurde lauter. Vibrierte in seinem Schädel, kreiste durch seinen Körper. Dann verwandelte es sich in einen Satz, der in seinem Verstand widerhallte.

»Komm zu mir.«

Kurz zögerte er. In ihm brannte der Drang, zwischen den Gebäuden entlangzujagen und sich ihnen anzuschließen, den ... seinen? Wie rasch hatte er sich diesen Monstern verbunden gefühlt? Wie schnell würde er sich wohl vollständig in eins von ihnen verwandeln? Vielleicht sollte er ...

»Komm zu mir, bitte.« Es war eine helle Stimme, die Stimme eines Kinds an der Schwelle zur jungen Frau, aber sie klang zutiefst eindringlich.

»Komm zu mir.« Vor seinem geistigen Auge entstand ein Bild. Rote Locken, graue Augen ... im Hintergrund sah er eine Bergkette mit weißen Gipfeln. Der Drang, diese neue Richtung einzuschlagen, wurde zu einem fast schmerzhaften Ziehen in seinen Eingeweiden.

Er drehte sich um und lief los, in die genau entgegengesetzte Richtung, die seine Gefährten eingeschlagen hatten. Zuerst langsam und auf zwei Beinen, aber schon bald ließ er sich auf alle viere nieder und nahm Tempo auf. Warum nicht nutzen, was dieser monströse Körper ihm an Möglichkeiten bot?

Er folgte der Stimme.

»Meister.«

Der alte Mann ließ sich Zeit, ehe er von den Bildschirmen aufblickte. Der Soldat, sein Soldat, stand angespannt in Habachtstellung vor ihm. Meister, König, Gott – seit wann kamen ihm all diese Anreden eigentlich so normal vor? Seit Ewigkeiten. Aber verlangt hatte er nie, dass man ihn so nannte. Es war einfach so geschehen, erst hatte sein Team ihn ganz von allein so genannt, dann seine Armee und jetzt sein *Volk*, seine Herde aus lauter mörderischen Schafen.

»Meister …« Der Soldat wirkte zögerlich.

Die Kopfschmerzen waren wieder da. Das leise Pochen, das jenen Schmerz ankündigte, an den er sich auch nach all den Jahren nie hatte gewöhnen können. Er widerstand dem nutzlosen Impuls, sich die Schläfen zu massieren. Stattdessen bedachte er den Soldaten mit einem ungeduldigen Stirnrunzeln, und sobald sich ihre Blicke begegneten, platzte der Soldat sofort nervös mit seinem Anliegen heraus.

»Sie versammeln sich draußen, Meister, um die hundert Leute aus dem Dorf im Osten.«

»Ich weiß«, antwortete er langsam. »Und es sind einundsiebzig, um präzise zu sein.« Natürlich wusste er es. Die Bildschirme auf seinem Tisch waren zum Leben erwacht, sobald die Menschenmenge auf dem Gelände aufgetaucht war, und sogar die einfache KI, die er installiert hatte, vermochte zu zählen.

Er sah zu, wie sie sich versammelten, umringt von Wachen. Sie waren durch und durch seine Leute, in jeder Hinsicht, und nicht zum ersten Mal wunderte er sich darüber, wie verrückt sich Menschen aufführten.

Ja, er beschützte sie, half ihnen hin und wieder oder versorgte sie mit Nahrung, aber es kam immer wieder der Zeitpunkt, da er sich *von ihnen* nähren musste. Und doch kamen sie zu ihm, primitive Geschenke in den Händen statt Fackeln und Mistgabeln. Manchmal richteten sie Bitten an ihn, manchmal brachten sie ihm der Jahreszeit entsprechende Gaben dar oder Versprechungen. Diesmal waren sie gekommen, um Zeugen eines Wunders zu werden.

»Es ist ja nur, weil der Captain sagte, dass sich ein Sturm zusammenbraut, und …«

»Ich weiß über den Sturm Bescheid«, unterbrach er den Soldaten und erhob sich langsam, verbarg mit einer Hand die schmerzerfüllte Grimasse, zu der sich selbst bei dieser schlichten Bewegung sein Gesicht verzerrte. Die Kopfschmerzen waren am schlimmsten, aber seit einigen Monaten litt er bei jeder Bewegung Schmerzen am ganzen Leib. Norma versuchte, ihn zu behandeln, verabreichte ihm Medikamente, aber es half immer nur kurz und machte ihn schwach und verwirrte seinen Verstand. Nicht unbedingt der Geisteszustand, in dem er vor die Menschen treten wollte, zu deren Anführer er sich gemacht hatte. Statt sich selbst mit Drogen ins Jenseits zu befördern, hatte er einfach gelernt, es hinzunehmen; der Schmerz war nun Teil seines Lebens. Er zog sogar eine Art masochistischer Befriedigung daraus. Wie war noch gleich der Name des alten Manns aus den Legenden seines Volks? *Methusalem*, ja, richtig. Nun, der Schmerz war ein Beweis dafür, dass er noch immer am Leben war, noch immer menschlich. Zumindest ein wenig.

Der Soldat glitt geschickt beiseite und trat hinter ihn, während er langsam ins Nebenzimmer ging, wo mehrere seiner Wissenschaftler arbeiteten – wenn man sie denn so bezeichnen wollte. Als er hereinkam, richtete sich sofort ihre geballte Aufmerksamkeit auf ihn. Radovitch kam auf ihn zu und verneigte sich. Ja, verdammt, er *verneigte* sich, und als er sich wieder aufrichtete, strich er mit einer fetten Hand das dünne, strähnige Haar über die schimmernde kahle Stelle auf seinem Schädel.

»Bericht.«

»Ein Sturm zieht auf.«

Am liebsten hätte er den Mann geohrfeigt. Es war kaum zu fassen, dass er Radovitch mitgenommen hatte, den ganzen langen Weg vom alten Kontinent bis hierher. Es war schmerzlich offenkundig, dass das Potenzial, das er in dem jungen Radovitch einst gesehen hatte, nicht zur vollen Blüte gelangt war. »Sag mir etwas, das ich noch nicht weiß. Ist die Sternensäule bereit?«

Radovitch zögerte, kratzte sich am kahl werdenden Schädel. »Ein paar weitere Sonnentage würden die Hilfsgeneratoren sehr entlasten.«

»Der Sturm wird Tage anhalten, vielleicht sogar Wochen. Ich gehe heute rüber und lasse die nächste Sequenz durchlaufen. Sag den Wachen Bescheid, damit sie wissen, dass ich komme.«

Kurz schien Radovitch ihm widersprechen zu wollen, überlegte es sich aber noch einmal anders. *Gut für ihn. Er wird immer nachlässiger, was es wahrscheinlicher macht, dass ihm Fehler unterlaufen. Und ich könnte eine neue Lunge wirklich gut gebrauchen.*

»Was ist mit der Angelegenheit, über die wir uns unterhalten haben?«

Radovitch sah aus, als wüsste er nicht, wovon er redete. *Japp, definitiv eine neue Lunge. Ich weiß ja, dass sie zu meinem Körper passen, was der zweite Grund dafür ist, dass du noch immer am Leben bist.*

Plötzlich erinnerte sich der Mann, und sein Blick hellte sich sichtlich auf. Vorsichtshalber wechselte er zu seiner Muttersprache, die man auf dem alten Kontinent sprach. »Ah, ja, natürlich. Wir konnten eine Agentin ausfindig machen, aber die Verbindung ist schwach.«

»Umso besser, dann entdeckt man uns nicht so leicht. Weißt du, wer diese Agentin ist?«

»Nein, aber wir hatten Glück. Der Seriennummer nach zu

urteilen ist sie schon alt und von hohem Rang – aber sagen wir es mal so: Sie war tief vergraben. Ich bin fast sicher, dass wir sie rausholen können, ohne dass irgendwer es merkt.«

»Fast sicher?«

»Ich habe einen Notbunker mit sehr schwacher Energiesignatur gefunden«, sagte Radovitch unsicher. »Selbst wenn die ihr Verschwinden bemerken, haben sie keine Ahnung, wo sie geblieben ist.«

»Na schön.« *Dann darfst du noch ein bisschen länger leben.* »Ich werde eine Weile unterwegs sein. Ich will, dass sie geweckt wird, ehe ich zum Knoten aufbreche, aber falls ich in einer Woche noch nicht wieder da bin, leitet ihr die Traumsequenz ein. Das war das Standardvorgehen bei den Tarakanischen Schläfern.« *Soweit ich weiß jedenfalls.* Den letzten Gedanken sprach er nicht laut aus – er hatte schon vor langer Zeit gelernt, dass niemand einem Anführer folgen wollte, der freimütig solche Schwächen eingestand.

Radovitch nickte.

»Das ist sehr wichtig, Radovitch.« Nur mit Rücksicht auf seine körperliche Schwäche verzichtete er darauf, den Mann am Jackenkragen zu packen. »Ich muss diesen Puzzler haben, und das hier ist seit einem Jahr unsere erste und einzige Spur. Ab sofort hat diese Angelegenheit für dich oberste Priorität. Ich setze auch Sergiu darauf an.«

»Ja, Meister.« Bei der Erwähnung dieses Namens verzog Radovitch das Gesicht. Die gegenseitige Abneigung zwischen den beiden Männern war mindestens so stark wie ihre Loyalität zu ihm. Mit einer knappen Handbewegung entließ er ihn, und Radovitch verneigte sich steif erneut und ging zurück an seinen Posten.

Möge die Vorstellung beginnen.

Als er die Tür nach draußen erreichte, hatten sich schon sechs Soldaten um ihn gruppiert, alle in ordnungsgemäßen

Schutzanzügen mitsamt Masken. Als sich einer der Soldaten mit dem schweren Rad abmühte, das die verschlossene Tür öffnete, erhaschte er einen kurzen Blick auf sein eigenes Spiegelbild. Sein Körper war von Alter, Krieg, Strahlung und zahllosen Operationen so übel zugerichtet, dass er wie ein Monster aussah, knorrig, voller Narben und Falten wie eine uralte kranke Eiche.

Oh, Professor Vitor. Wenn Sie mich jetzt sehen könnten … würden Sie mich wiedererkennen, Ihren früheren Schüler, Ihren Kollegen, Ihren apokalyptischen Engel?

Nicht zum ersten Mal fragte er sich, ob er heute in einem besseren Zustand wäre, wenn er sich damals den Erwartungen gebeugt und seinen Körper gegen ein neueres Modell ausgewechselt hätte, ehe die Katastrophe zuschlug. Und wie jedes Mal tröstete er sich damit, dass es vermutlich keinen großen Unterschied bedeutet hätte. Vielleicht hätte er mehr von seinen ursprünglichen Organen behalten können oder weniger Haut von anderen Menschen auftragen müssen, aber früher oder später geht nun einmal alles vor die Hunde und stirbt. Und außerdem war sein körperlicher Zustand verglichen mit dem, was mit seiner Seele geschehen war, ohnehin nur die Spitze des Eisbergs.

Die vorderste Wache öffnete ihnen die Außenluke. Wie gewöhnlich machte er sich nicht die Mühe, Strahlenschutzkleidung anzulegen. Sich nicht mit dem Anzug herumschlagen zu müssen war ihm die häufigeren Strahlenbehandlungen wert, und zudem trug es eindeutig zu seinem Ruhm bei. Nichts konnte ihm etwas anhaben. *Nichts*.

Auch die draußen versammelte Menschenmenge steckte in echter oder vermeintlicher Schutzkleidung. Einige hatten sich in Alufolie oder altes Plastik gewickelt, hier und da trug sogar jemand eine uralte Gasmaske. In gewisser Weise war es ganz schön lustig.

Nach all den Jahren war der radioaktive Fallout hier in der Gegend nicht mehr so schlimm wie einst, und das Gleiche galt für die Bodenbelastung, aber trotzdem wurden noch immer viele tote oder entstellte Babys geboren. Die Menschen hatten sich angepasst, aber ohne ihn, ihren Wunderwirker, ihren *Herrn*, läge die durchschnittliche Lebenserwartung dennoch in den unteren Dreißigern.

Er schritt auf sie zu. Hinter ihm ragte in all ihrer gewaltigen Pracht die Sternensäule auf. Das machte sich gut. Das letzte verbliebene Wunder dieser Welt, die größte Errungenschaft der Menschheit, die aus der grauen Staubwolke emporragte und die Nächte erhellte; den Menschen Hoffnung machte, aber auch Angst.

Angst ist besser als Hoffnung.

Als er vor sie trat, verneigten sie sich tief, manche knieten sogar nieder. Es gab eine Zeremonie. Es gab immer eine verdammte Zeremonie, und natürlich brachten sie ihm Opfer dar: eigenhändig angebautes Gemüse, eine kränkliche Ziege und mehrere Gallonen mit aufbereitetem Wasser. Er hoffte, dass der Leutnant, der die Geschenke an seiner statt entgegennahm, nicht vergaß, dass alles gründlich dekontaminiert werden musste, auch die Ziege, damit sie nicht noch mehr Leute verloren.

Als die Zeremonie vorüber war, teilte sich die Menge, um ein Paar durchzulassen. Die beiden waren angespannt, so wie es sein sollte, und in den Augen der Frau standen Angst und Kummer. Ihr Mann sah aus, als hätte er sich in Jauche gewälzt, und roch vermutlich entsprechend. Ein Bauer also. Auch er zitterte sichtlich, als er dem Leutnant ein Bündel überreichte: Eine tragbare Wiege, eingewickelt in halb durchsichtiges Plastik. Es war ein Wunder, dass das Baby darin nicht erstickte. Es war ein Mädchen.

Der Leutnant scannte die Eltern und das Baby mit einem

Handgerät, dann wickelte er vorsichtig die Plastikfolie ab, nahm das Baby heraus und brachte es zu seinem Meister.

Er nahm das Kind entgegen. Es lag schlaff in seinen Armen, vermutlich litt es unter Mangelernährung und schwerer Strahlenbelastung. Es war ein Wunder, dass die kleine Kämpferin überhaupt noch am Leben war.

Er war der Einzige, der sich zum Gehen wandte. Es war ja nicht nötig, dass er dem Dekontaminierungsprocedere seiner Wachen beiwohnte. Hinter der Tür warteten Dienna und die anderen bereits auf ihn. Sie nahm ihm das Baby ab und eilte damit zur Krankenstation. Er folgte ihr in würdevollem Tempo. *Niemals rennen. Nicht dass ich es überhaupt noch könnte.*

»Hallo, Norma«, sagte er, als er die Krankenstation erreichte. »Bericht, aber nur an mich.«

Nach so vielen Jahren klang die Stimme der KI so brüchig und verzerrt, dass es unangenehm war, ihr zu lauschen, vor allem dann, wenn sie direkt in seinem Kopf erklang. Ihre Stimm-Subroutinen gehörten dringend mal komplett neu aufgesetzt, aber niemand in seinem Team besaß dafür die notwendigen Fähigkeiten, und er selbst hatte weder die Zeit noch die Geduld für eine derart frickelige Operation. Außerdem erinnerte ihn der verzerrte Klang daran, dass ihm die Zeit davonlief. Alles fiel auseinander. *Er* fiel auseinander. Es würde nicht mehr lange dauern, bis ihn die Kräfte der Entropie niederstreckten. Es war an der Zeit für einen weiteren kühnen Schritt. Er plante einen großen Abgang.

Die Werte des kleinen Mädchens waren schlecht, aber nicht haarsträubend. Gut möglich, dass es am Leben blieb – oder zumindest den bevorstehenden Prozess überlebte, was ja das Wichtigste war.

»Fang mit den Strahlungsspülungen und der Zellerneuerung an«, wies er die KI an. Die anderen waren bereits hinausgeschlurft und hatten ihn allein gelassen. Als Norma seine Stimme hörte, antwortete sie ebenfalls laut.

»Ich darf Sie daran erinnern, dass es sich um ein kostspieliges Procedere handelt, und angesichts unserer begrenzten Ressourcen und der Überlebenschancen des Babys …«

»Fang an.« Das Schöne an Norma war, dass sie inzwischen nicht mehr wütend wurde, wenn er sie mitten im Satz unterbrach, vor allem, seit er gewisse Änderungen in ihrem Programmcode vorgenommen hatte. Das Baby durch die Dekontamination zu schicken bedeutete, dass einer seiner Soldaten auf die monatliche Strahlenbehandlung verzichten musste, aber im Ergebnis würde es sich auszahlen. Hoffte er.

»Nimm auch eine DNA-Probe«, sagte er, als die Maschinen ringsum anfingen zu summen. Der Prozess verschlang eine Menge Energie und war immer ausgesprochen kostspielig, das fing schon bei den Scans an. Inzwischen war er vollkommen weggetreten, blind für den Rest der Welt. Er betete, dass die Kühlung nicht versagte – es wäre ein höllisches Desaster, wenn mittendrin die Energiezufuhr ausfiel, so wie vor zwei Jahren.

»Ich darf Sie daran *erinnern*, dass unsere Speicherkapazitäten zu dreiundneunzig Prozent ausgelastet sind.« Diesmal klang Norma deutlich schärfer und kälter als zuvor. »Das wären zusätzliche null Komma sechs acht Prozent, was ein hohes Risiko mit sich bringt, dass …«

Er sah auf das bewusstlose Baby hinunter, und Normas Stimme wurde zu einem bloßen Hintergrundrauschen. So lange hatte er nicht mehr an Deborah gedacht, aber jetzt, da die Erinnerung wieder emporstieg, war ihm zumute, als träfe ihn ein Hammerschlag mitten vor die Brust. Früher hatte er einige ihrer überschwänglichen Sprachnachrichten und ein paar Aufnahmen von ihr beim Springreiten in seinem Hirnspeicher gehabt, aber sie waren nun schon so lange ausgelöscht, dass er nicht einmal ganz sicher war, dass das Gesicht, das er vor seinem geistigen Auge sah, wirklich das seiner Tochter war. Das machte ihn wütend.

»Wie steht es um ihre genetische Diversität?« Er achtete darauf, dass man seiner Stimme nichts anhörte.

Eine Pause entstand. Es war ein Anzeichen für Normas fortschreitenden Verfall, dass sie eine Weile brauchte, um die Antwort zu berechnen.

Ja, die Entropie ist ein Miststück.

»Sieben Komma zwei«, antwortete das empfindungsfähige Programm endlich.

Er traf eine Entscheidung. »Nimm ihre DNA und wirf dafür eine Probe von sieben oder weniger aus. Hast du die Eltern schon analysiert?«

»Natürlich habe ich das.«

Fand Norma seine Bemerkungen kränkend? Es war ihm schon lange gleichgültig, ob er durch das, was er tat oder sagte, irgendwen verletzte, aber irgendetwas an diesem Baby erweckte eine lang verlorene Empfindsamkeit in ihm wieder zum Leben. Das gefiel ihm gar nicht.

»Welcher Elternteil ist besser kompatibel?«

»Beide könnten funktionierende Organe spenden.«

Das war keine große Überraschung, sein ganzes Volk war bis zu einem gewissen Grad kompatibel; dafür hatte er Sorge getragen.

»Die Frau«, fuhr Norma fort, »ist in erheblich besserer Verfassung als der Mann und hat eine um siebzehn Prozent höhere Chance, einen medizinischen Eingriff zu überleben. Vorausgesetzt, dass Sie keine lebenswichtigen Organe entnehmen, versteht sich.«

Ach, die gute alte Zeit, als man benötigte Organe einfach im Labor züchten konnte. Heutzutage musste er dafür seine Herde dezimieren.

»Wie ist mein Zustand?«

Diesmal gab es keine Pause. Norma behielt seine Werte stets im Blick.

»Sie sind derzeit zu dreiundsiebzig Prozent funktionstüchtig.«

Dreiundsiebzig? Um ehrlich zu sein, fühlte es sich nach weniger an. Einmal war er bei siebenundvierzig gewesen, die reinste Hölle; danach war er noch monatelang am Stock gegangen. *Nie wieder*.

Er wandte sich wieder der Gegenwart und den anstehenden Entscheidungen zu. Die Mutter zu töten würde das Kind zum sicheren Tod verurteilen, das wusste er, aber selbst wenn die Strahlenbehandlung erfolgreich war, wäre es ein Wunder, wenn das Kind lange genug lebte, um das Erwachsenenalter zu erreichen.

Während die Prozedur weiterlief, grübelte er, was er tun sollte. Als die Behandlung durch war, verabreichte er dem Baby per Injektion einen Booster und Impfstoffe. Angesichts ihres schlechten Zustands nicht die gesündeste Mischung, aber es würde reichen müssen.

Ihre Haut war noch immer blass, hatte aber nicht mehr die fiebrige gelbliche Färbung wie zuvor, und sie atmete eindeutig weniger flach. Sie wachte nicht auf, als er sie auf den Arm nahm. Selbst nach all den Jahren schnupperte er unwillkürlich an ihrem Kopf, ein ganz nutzloses Unterfangen, denn seinen Geruchssinn hatte er schon vor Ewigkeiten verloren.

Deborah …

Es gab ein Sprichwort in einer der alten Religionen – aus welcher genau es stammte, wusste er nicht: *Wer ein Leben rettet, rettet die ganze Welt*. Selbst wenn das stimmte, standen die Zahlen nicht zu seinen Gunsten.

Als er wieder unter freien Himmel trat, war die Sonne bereits untergegangen, und die Wolken waren schwer von kontaminiertem Regen. Der versammelten Menschenmenge stand ein langer, nasser Heimweg bevor. Sie würden nicht warten, um dem zweiten Teil der Zeremonie beizuwohnen. Der Teil, bei dem der *Preis* fällig wurde.

Er zwickte das Baby, und es erwachte und gab ein erschrockenes *gesundes* Protestgeheul von sich. Das entlockte der wartenden Menge Jubelschreie, und sobald sie ihn erblickten, knieten sie alle vor ihm nieder. *Und so begründet sich eine weitere Legende, ein weiteres Wunder. Eine Geschichte, die von Familie zu Familie weitergetragen wird und von Dorf zu Dorf, die man sich wieder und wieder erzählen wird in diesen kalten, trockenen Nächten. Mit jeder Version wird meine Rolle darin größer, und der Preis wird immer kleiner, bis man ihn ganz vergisst. Eine Nahaufnahme der menschlichen Natur.*

Die Mutter des Babys erhob sich und nahm ihre Tochter entgegen. Sie weinte vor Dankbarkeit und Erleichterung.

»Nimm die hier.« Er drückte ihr die eingewickelten Tabletten in die Hand. »Lös immer eine davon in etwas kochendem Wasser auf, lass es abkühlen und flöß es ihr nach dem Trinken ein. Eine Woche lang, zweimal am Tag.«

Sie wagte nicht, ihn anzusehen, aber sie nickte, um ihm zu zeigen, dass sie verstanden hatte. Ihr Mann kam ebenfalls nach vorn und blieb neben ihr stehen. Jetzt war offensichtlich, wer den Preis bezahlen würde, und er war blass und zitterte sichtlich. Trotzdem küsste er seine Tochter auf die Stirn und legte seiner Frau kurz eine Hand auf die Schulter. Die Menge wurde still und ernst, aber sie akzeptierten den Tauschhandel. Es *muss ein Preis gezahlt werden,* so lautete die Regel. Wenigstens leistete der Bauer keinen Widerstand. Er ließ sich von den Soldaten fortbringen, ohne einen Blick zurückzuwerfen. Wenn er den Mann zum nächsten Mal sah, wäre er auf der Krankenstation mit Gurten an eine Liege geschnallt. Das war der Augenblick, in dem die meisten von ihnen ihr Versprechen vergaßen und um Gnade flehten.

Hoffen wir um deiner Frau und deiner Tochter willen, dass du überlebst. Aber ich brauche allermindestens eine neue Niere.

Er wandte sich ab, aber wie immer veranlasste ihn der Anblick der Sternensäule, die über der Militärbasis aufragte, zum staunenden Innehalten. Zwar war sie mehrere Fahrstunden weit entfernt, aber diese größte Leistung Tarakans, ein wahres Weltwunder, war so gewaltig, dass es ihm vorkam, als stünde er direkt darunter.

Dort hat alles angefangen. Ich nehme an, dort wird es auch enden.

Als er dastand, tief in Erinnerungen versunken, erhob sich aus der hinter ihm stehenden Menge ein Ruf. Zunächst nur ein Flüstern, doch rasch schwoll es zu einem dröhnenden Crescendo an. Sie riefen seinen Namen, voller Dankbarkeit, Ehrfurcht und Gehorsam.

Sein Name war Mannes.

Kapitel 1

Funkelauge

Aufzuwachen ist etwas vollkommen Normales, es sei denn, man ist tot.

Als ich die Augen öffnete, erinnerte ich mich als Allererstes daran, wie sich mein Bewusstsein im vollkommenen Nichts verloren hatte. Selbst als ich meine ersten schnellen Atemzüge tat, war mir vollkommen klar, dass ich in der Stadt unterm Berg umgekommen war, und als ob es nicht schon schlimm genug wäre, diese Welt verlassen zu müssen, war ich unter entsetzlichen Todesqualen gestorben. Während der letzten Phase der Übertragung war mein Körper von den Zähnen und Klauen der Eidechsen in Stücke gerissen worden. Normalerweise weiß man nicht, was Menschen beim Sterben wirklich empfinden oder denken, weil die Toten nicht mehr darüber berichten können. Aber jetzt hatte ich meine Antwort auf diese Frage bekommen, und sie war alles andere als schön oder tröstlich. Als mein Geist aus meinem sterbenden Körper weggezerrt worden war, hatte ich instinktiv dagegen angekämpft, hatte versucht, mich an der Welt und an dem Gefäß, das mich beherbergte, festzuklammern; hatte mit aller Macht darum gerungen, das Bewusstsein nicht zu verlieren. Ich erinnerte mich an alles, an jede entsetzliche Sekunde, bis ganz zum Ende. Und doch hatte ich soeben die Augen geöffnet und mich in einem weichen Bett aufgesetzt. Ich war am Leben. Das war ich doch, oder?

Ich tastete meinen Körper ab. Er steckte in einem dünnen, weißen, tunikaartigen Gewand und einer dazu passenden Hose aus einem weichen Stoff, wie ich ihn nie zuvor gesehen hatte. Ich zog das Hemd hoch und untersuchte meinen Bauch. Er war heil – keine Spur der scharfen Klauen, die, wie ich sehr genau wusste, meine Haut zerfetzt hatten. Die Erinnerung blitzte in meinem Verstand auf, und ich zuckte zusammen und ließ das Hemd los.

Ich schüttelte den Kopf, um die fürchterlichen Bilder loszuwerden, und sah mich um. Ich befand mich in einem kleinen leeren Raum. Auf der gegenüberliegenden Seite entdeckte ich eine kleine Tür, zu meiner Rechten ein offenes Fenster. Lichtstrahlen fielen herein, begleitet von einer sachten Brise und Vogelzwitschern. Ich stand auf und sah hohe kräftige Eichen, nur ein paar Schritte vom offenen Fenster entfernt. Die Luft war mild, und ich schloss die Augen und atmete ein paarmal tief ein. Das erwies sich als Fehler. Als hätten sie nur auf diese Gelegenheit gewartet, fluteten Erinnerungen über mich hinweg. Der Gestank nach Tod, Schmerz und Entsetzen erfüllte meinen Kopf. Es war grauenhaft und erschreckend plastisch.

Ich taumelte zurück und landete wieder auf dem Bett, saß schwer atmend da und schwor mir, die Augen nicht mehr zu schließen, solange ich nur konnte. Nach einer Weile sah ich mich um und stellte fest, dass mein erster Eindruck eines vollkommen leeren Raums mich getrogen hatte: An der Wand hing ein Spiegel. Ein rascher Blick zeigte mir, dass ich immer noch ich war, vollständig und mit den gleichen Tätowierungen gezeichnet wie schon immer. Irgendjemand hatte beim Zusammenflicken ausgezeichnete Arbeit geleistet, denn ich erinnerte mich genau daran, dass *Stücke* von mir überall verteilt gewesen waren. Was meinen ersten klaren Gedanken auf den Plan rief:

Irgendwas stimmt hier nicht.

Nicht dass ich mich darüber beschweren wollte, am Leben zu sein, aber irgendwas an dieser ganzen Sache war eindeutig seltsam. Ich spürte es in meinen Eingeweiden, die, wie ich rasch noch mal überprüfte, sicher in meinem Bauch verstaut waren.

Mir fiel nichts anderes ein, als zur Tür zu gehen, nach der hölzernen Klinke zu greifen und sie hinunterzudrücken. Ich wusste nicht, was ich erwartet hatte, aber jedenfalls sicher nicht, dass vor der Tür zwei weiße Hausschuhe auf einer grünen Fußmatte lagen und mich erwarteten. Zögernd schlüpfte ich in einen davon und sah zu, wie er sich perfekt meinem Fuß anpasste.

Japp, die ganze Sache rostet zum Himmel.

Ich trat auf einen gepflasterten Weg hinaus, der mitten durch einen in voller Blüte stehenden kleinen Garten führte. Zwischen den perfekten Blumen summten große, schwarz und gelb gestreifte Bienen hin und her. Über mir sausten kleine Kolibris entlang, und ich spürte die Sonne warm auf meiner Haut. Ich wagte es nicht, die Augen zu schließen, stand aber lange ganz still da und schwelgte in dem Anblick.

Bin ich im Himmel?

Nach einer Weile folgte ich dem Weg zu einem schmalen Tor und ging hindurch in den Wald. Nicht lange darauf kam ich zu einer kleinen Lichtung, wo mich ein Junge erwartete. Er saß an einem Holztisch, der üppig mit reifen Früchten, Käse, Brot und einer dampfenden Kanne beladen war. Im Näherkommen erkannte ich den Jungen wieder: braune Augen, rasierter Schädel, eine kleine Narbe am Kinn. Es war eindeutig: Dies war das Kind, das ich mir lange nur vorgestellt und dann sofort erkannt hatte, als ich tief in der Stadt unterm Berg seiner Projektion begegnet war. Jetzt und schon seit langer Zeit war er ein Teil Adams, des inzwischen zumeist schlummernden Tarakanischen Künstlichen Bewusstseins, und obwohl er sein Erscheinungsbild ganz nach Lust und Laune ändern konnte, hatte er sich aus irgendeinem Grund dafür entschieden, wie der Junge auszusehen, der er damals gewesen war.

Ich setzte mich auf die Holzbank gegenüber. Wortlos griff Rafik nach der Kanne und goss etwas von ihrem dampfenden Inhalt in die Tasse, die vor mir auf dem Tisch stand. Ich sah zu, wie die heiße Flüssigkeit die Tasse füllte. Als Rafik die Kanne wieder abstellte, sagte ich: »Ich wette, das hättest du nicht tun müssen.« Ich hob die Tasse hoch und atmete den verlockenden Duft ein. »Ich wette, du hättest meine Tasse auch füllen können, ohne dass du die Kanne hochhebst oder auch nur berührst.«

»Manchmal ist die Geste ebenso wichtig wie das Ergebnis«, antwortete Rafik und sah zu, wie ich an meinem Tee nippte. Es war das allerbeste *Irgendwas*, das ich je gekostet hatte. Bei unserem letzten Zusammentreffen hatte ich Rafik darum gebeten, das Aussehen eines Erwachsenen anzunehmen, aber diesmal hatte er sich dafür entschieden, wieder als Kind an der Schwelle zum Erwachsenwerden aufzutreten. Ich fragte mich, weshalb.

»Sind wir … bin ich … jetzt *in* Adam?« Eigentlich war es offensichtlich, aber ich musste es einfach hören.

Rafik nickte. »Ja, wir haben dich gerade noch rechtzeitig extrahiert. Es war nicht leicht, keine ›glatte Operation‹, wie ihr Salutisten sagen würdet, und wir mussten einige empfindlichere Teile deines Bewusstseins im Nachhinein rekonstruieren, aber jetzt bist du hier.«

Ich sah mich um und unterdrückte ein Schaudern. »Ist das alles echt?«

»Das hast du mich schon mal gefragt, erinnerst du dich?« Rafik wartete mein Nicken ab, ehe er hinzufügte: »Spielt das denn eine Rolle?«

Ich nahm einen großen Schluck. Der Tee war zu heiß, ich verbrannte mir die Kehle. Hustend spuckte ich ihn wieder aus. Es fühlte sich jedenfalls echt an.

Als ich mich wieder gefangen hatte, stellte ich die Tasse ab, aber Rafik beugte sich vor und goss sie wieder ganz voll, wobei er sorgfältig darauf achtete, keinen Tropfen zu verschütten.

»Haben wir eigentlich gewonnen?« Ich suchte seinen Blick. »Wir haben viele gute Trolle in dieser Schlacht verloren. Es wäre schön zu wissen, dass es nicht vergebens war.«

»Das Hauptlabor gehört jetzt uns, ja.« Rafik lehnte sich zurück. »Und Cains Eidechsenproduktion konnten wir um die Hälfte reduzieren. Jetzt ist die Menge … zu bewältigen. Mit der Zeit wird das Tal von den Horden gesäubert sein, und dann können wir dorthin zurückkehren.«

»Mit ein paar mehr Puzzlern«, warf ich ein, und mir entging nicht, dass sein Gesicht völlig ausdruckslos blieb. Wir waren in die Stadt unterm Berg vorgedrungen, um nach Rafik zu suchen, und waren dabei mitten in den Krieg zwischen diesen beiden fremdartigen Wesenheiten geraten, Adam und Cain. Ihr Krieg hatte bereits mit der Katastrophe begonnen, und ich war nur einer von vielen Namen auf der Verlustliste.

Ich nahm eine seltsam geformte gelbe Frucht aus dem Korb.

»Du musst sie schälen«, warnte mich Rafik, als ich hineinbeißen wollte.

»Schmeckt sie denn überhaupt?«, fragte ich und brach die Spitze an der einen Seite ab.

»Das musst du selbst beurteilen. Ich mag sie.«

Er hatte recht. Die Frucht schmeckte ganz ausgezeichnet, vor allem für etwas, das gar nicht existierte.

»Wie heißt das?«

»Man nennt es Banane.«

»Lecker.«

Ich aß die Banane auf, widerstand aber der Versuchung, mir eine zweite aus dem Korb zu nehmen. Die Schale ließ ich fallen und sah zu, wie sie auf dem Boden landete.

»Und was jetzt? Und wenn sie nicht gestorben sind, dann leben sie noch heute?«

Rafiks Augen funkelten. »Nein, so weit sind wir leider noch nicht, fürchte ich. Aber bevor ich es dir erzähle, noch eine Frage. Die Rekonstruktion deines Verstands war …« Rafik tat, als würde er nach den richtigen Worten suchen, obwohl er vermutlich schon wusste, was er sagen würde. »… nicht einfach. Selbst mit Tarakanischer Technologie war es ein langer, komplizierter Prozess, der zu Desorientierung führen kann. Kannst du mir sagen, wie du heißt?«

»Funkelauge«, antwortete ich beinahe sofort.

Belustigt legte Rafik den Kopf schief. »Wie heißt du wirklich?«

Es war kindisch, aber ich wollte wenigstens dieses letzte Etwas geheim halten vor diesen Leuten – oder dieser Kreatur –, die uns zu einer selbstmörderischen Mission gezwungen hatten. »Mir gefällt der Name Funkelauge, wenn's dir nichts ausmacht. Aber warte mal …« Verspätet traf mich die Bedeutung seiner Worte mit der Wucht eines Energiehammers. »Du hast gesagt, es hat gedauert, mich wieder zusammenzuflicken. Wie lange ist es her, dass ich im Labor gestorben bin?«

»Etwas über fünf Jahre.«

»Oh, Rost.« Ich stieß die Luft aus, meine Hände umklammerten die hölzerne Tischkante. »Aber ich erinnere mich an gar nichts, seit ich in Stücke gerissen wurde … seit meinem Tod.« Ich zeigte auf Rafik und war überrascht, dass mein Finger nicht zitterte. »Du hast mich einfach jahrelang im Dunkeln hängen lassen. So war das nicht vereinbart.«

»Erstens«, Rafik klopfte sacht auf den Tisch, »haben wir unsere Übereinkunft unter extremem Druck getroffen.«

»Trotzdem. Abmachung ist Abm…«

»Wir haben zugesichert, dass wir dich retten und in Adam hochladen«, sagte Rafik. Es war das erste Mal, dass er mich unterbrach. »Aber es gab keine Vereinbarungen über die genauen Bedingungen. All das hier«, er umfasste mit einer Geste unsere Umgebung, »kostet uns mehr Energie, als wir uns eigentlich leisten können. Wir haben dich am Leben gehalten und ausreichend stimuliert, damit du nicht den Verstand verlierst. Aber es gab keinen Grund, dich bei Bewusstsein zu halten.«

»Also hätte ich ebenso gut in diesem Labor sterben können. Ein traumloser, körperloser Schlaf kommt der allgemeinen Auffassung des Todes jedenfalls erschreckend nah.«

»Aber jetzt bist du hier, mitten in einem wunderschönen Wald, und wir essen und trinken zusammen.« Rafik pustete leicht über die Oberfläche seines eigenen Getränks, ehe er vorsichtig daran nippte.

»Das hier existiert in Wirklichkeit alles gar nicht«, sagte ich, lehnte mich zurück und warf einen raschen Blick auf den Boden. Die Bananenschale, die ich hatte fallen lassen, lag noch immer dort.

»In der physikalischen Welt nicht, das stimmt, aber hier zu sein hat für dich eine Menge Vorteile.« Rafik zählte sie an den Fingern ab. »Du wirst nicht alt oder müde oder krank, und du musst nur dann schlafen, wenn du diesen Zustand wünschenswert findest.«

»Nach allem, was ihr mit mir angestellt hab, bin ich nicht ganz sicher, ob ich je wieder die Augen schließen will.«

Rafik beachtete meinen Einwurf nicht weiter. »Hier gibt es fast nichts, was du nicht tun kannst.« Er deutete nach oben. »Siehst du den Ast dort ganz hoch oben?«

Ich sah auf.

»Versuch, dort hinaufzufliegen.«

Ich starrte ihn an. »Du meinst … ich kann …?«

Er nickte, ein leichtes Lächeln auf den Lippen. »Wenn du möchtest, ja – die Physik hier würde dich jedenfalls nicht daran hindern. Es ist ganz leicht.«

Ich stand von der Bank auf und sah nach oben. »Was muss ich tun?«

»Nichts weiter. Du musste es einfach nur wollen.«

Und so war es. Plötzlich berührten meine Füße nicht mehr den Boden, und ich glitt langsam zu dem hohen Ast empor.

Ich jubelte wie ein Kind, und dann versuchte ich mich an ein paar Flugmanövern. Es war tatsächlich ganz leicht, sobald ich erst einmal wusste, was ich wollte. Ich breitete die Arme aus und flog dem Himmel entgegen. Als ich nach unten sah, waren die Holzhütte und der Garten nur noch kleine Flecken tief unter mir. Was ich für einen riesigen Wald gehalten hatte, waren nur ein paar Reihen Bäume rings um die Lichtung. Dahinter lag weißes Nichts, das sich in alle Richtungen erstreckte. Ein ernüchternder Anblick.

»Du kannst jetzt wieder runterkommen.« Rafiks Stimme hallte in meinem Kopf, und im nächsten Augenblick stand ich wieder vor ihm.

»Früher einmal konnte jedes neu eintreffende Bewusstsein eine große Welt ganz nach seinen Wünschen gestalten«, sagte Rafik, während ich noch um mein Gleichgewicht kämpfte. »Viel größer als dieses kleine Fleckchen, und man konnte sich all seine Sehnsüchte erfüllen. Die meisten haben sich irgendwelche körperlichen Superfähigkeiten verliehen, Alter und Aussehen verändert und sehr schnell begriffen, dass sie jeden Augenblick hier drin erheblich ausdehnen können, während die Zeit in der echten Welt dort draußen ganz normal verstreicht. Dann wurden sie … erfinderisch.« Lächelnd bedeutete mir Rafik, ich solle mich wieder setzen. Ich tat wie mir geheißen.

»Aber inzwischen ist das nicht mehr möglich. Wir haben nur noch sehr begrenzte Energie zur Verfügung, also mussten wir die meisten von uns in Schlaf versetzen, so wie wir es auch mit dir getan haben.«

»Ich dachte, wir hätten den Krieg gegen Cain gewonnen.«

»Die Schlacht haben wir gewonnen, ja, aber den Krieg – ich fürchte nein.«

Ich nahm mir einen Butterkeks von einem vollen Teller, ließ ihn aber wieder fallen, als mich urplötzlich ein Gedanke ansprang. »Und jetzt sitzen wir hier«, sagte ich. »Nach fünf Jahren glückseligen Schlummers hast du plötzlich beschlossen, mich zu wecken.« Ich seufzte. »Jetzt erklär mir, was eigentlich los ist.«

Rafik nippte bedächtig an seinem Becher und griff dann ein scheinbar vollkommen anderes Thema auf. »Es gab mal einen alten Nahkampfstil namens Jiu-Jitsu. Heutzutage ist es nur ein weiteres Fragment des verlorenen Wissens der Menschheit. Die Praktizierenden haben ihr Kampftraining damit begonnen, dass sie auf dem Rücken lagen, den Gegner über ihnen.«

»Das … ergibt keinen Sinn«, sagte ich, »und klingt auch nicht gerade fair.«

»Wer sagt denn, dass es im Kampf fair zugeht?«, fragte Rafik trocken. »Mit Training und Disziplin kann auch eine zierliche Frau aus dieser ausgelieferten Position entkommen und einen größeren, stärkeren Gegner überwältigen. In gewisser Weise haben sich Adam und Cain in einem solchen Kampf gegenseitig gefangen. Adam ist stärker und fähiger, aber obwohl Cain auf dem Rücken liegt, hat er einen Vorteil errungen, sozusagen einen Würgegriff angesetzt. So schnürt er uns langsam die Luft ab, versucht, Adam zu ersticken, und er ist damit erfolgreicher, als wir je geglaubt hätten.«

»Ich komme gerade nicht ganz mit«, sagte ich und machte mir nicht die Mühe, meine Bitterkeit zu verbergen. »Vielleicht liegt es ja an meinem Schockzustand durch Tod und Verrat und so weiter.«

Auch diesmal achtete Rafik nicht auf meinen Einwurf. »Eigentlich sollte Vincha hierher zurückkehren, gemeinsam mit ihrer Tochter, Emilija, einem Puzzler. Es sieht alles danach aus, als hätte dieses Mädchen eine wichtige Codezeile in ihrer Essenz – womöglich der letzte Strang, den wir benötigen, um wieder ganz zu erwachen. Aber Vincha ist nicht wiedergekommen.«

»Wenn du ernsthaft für möglich gehalten hast, Vincha würde sich je wieder hier blicken lassen, muss ich an deinem Verstand zweifeln.« Die kleine Beleidigung auf ihn abzufeuern tat mir gut. »Sie hat diesen ganzen Rost durchgestanden, um für Emilijas Sicherheit zu sorgen – und du hast ernsthaft geglaubt, sie würde sie dir ausliefern, einfach so?«

»Die Möglichkeit, dass Vincha unvernünftig handelt, war uns bewusst.«

»Die *Möglichkeit*?«

»Aber Puzzler landen am Ende immer im Tal«, fuhr Rafik fort, als hätte er meinen Einwurf nicht gehört. »Es zieht sie unwiderstehlich zurück nach Tarakan. Es ist in ihre DNA eingeschrieben.«

»Ihre was?«

»Ihre Essenz. Das, woraus sie gemacht sind, und ein wichtiger Einflussfaktor auf das, zu was sie am Ende werden«, erklärte Rafik ohne jedes Anzeichen von Ungeduld. »Wir wussten: Selbst wenn Vincha ihre Tochter nicht hierherbringt, würde Emilija irgendwann trotzdem zu uns kommen. Wir haben noch andere Möglichkeiten, Kontakt zu ihr aufzunehmen.«

»Träume vom Großen Puzzle zum Beispiel?«

Rafik dachte kurz nach, dann nickte er. »Es war unausweichlich, dass sie irgendwann hier auftaucht, mit oder ohne ihre Mutter. Und auch wenn sie gescheitert oder gestorben wäre – irgendwann wäre jemand anders gekommen.«

»Aber irgendwas ist schiefgelaufen, stimmt's?«, fragte ich, ohne nachzudenken. »Irgendwas hat dazu geführt, dass ihr eure Abwart-Strategie jetzt aufgebt und mich aus meinem Schönheitsschlaf weckt.«

Rafiks Zögern verriet mir, dass ich den Nagel auf den Kopf getroffen hatte. Kindischer Stolz wallte in mir auf.

»Das Tal ist noch nicht ganz von den Eidechsen befreit, aber es ist auch nicht mehr so gefährlich wie früher«, sagte Rafik. »Wir hatten erwartet, dass inzwischen die ersten Salutisten-Crews zurückkehren würden, aber das ist nicht passiert. Unsere Informationen darüber, was außerhalb unseres Einflussgebiets vor sich geht, sind äußerst begrenzt, aber es sieht ganz danach aus, als fänden in der Stadt der Türme Kämpfe statt.«

»Redest du von Krieg?« Ich richtete mich kerzengerade auf.

Rafik zuckte mit den Schultern. »Irgendwelche kleineren bewaffneten Auseinandersetzungen, keine ernstzunehmende Gefahr für die Stadt, aber die Trolle sind trotzdem schwer damit beschäftigt.«

»Nun ja, wie du bereits sagtest«, ich zuckte ebenfalls mit den Schultern, »es ist nur eine Frage der Zeit …« *Komm schon, Rafik, spuck's aus.*

»Vor ein paar Wochen hat Cain Angriffe an mehreren Fronten zugleich gestartet. Er ist durch unsere Abwehr gedrungen, wenn auch nur kurz. Aber nachdem wir ihn abgewehrt hatten, stellten wir fest, dass er einen unserer Schläfer gestohlen hat.«

»Und zwar …«

»Eine hochspezialisierte Tarakanische Agentin, die auf Sondermissionen eingesetzt wurde. Die Lücke in unserer Verteidigung konnten wir schließen, aber da hatte Cain bereits von Emilija erfahren.«

»Für strahlende Gewinner müssen wir aber ganz schön was einstecken.«

Diesmal schien die Beleidigung zu sitzen, denn Rafik erwiderte scharf: »Cain hat eindeutig Hilfe von außerhalb. Und jetzt benutzt er diesen Jemand, um Vinchas Tochter ausfindig zu machen. Sollte Cain sie als Erster finden, nimmt er Adam endgültig in die Zange. Cain würde gewinnen.« Zum ersten Mal standen Gefühle in Rafiks Gesicht. Vielleicht sogar Angst.

»Diese ›Hilfe von außerhalb‹, die du erwähnt hast …«, sagte ich, ehe mir zu spät klar wurde, dass seine wütende Antwort gar kein Ausrutscher war, sondern ein Köder. Ich wurde gerade mit Geduld und Spucke in etwas hineinmanipuliert, das ich ganz sicher bereuen würde.

»Was weißt du über Mannes Holtz?«

Überrascht zuckte ich mit den Schultern. »Nicht viel. Den Namen hab ich in der Stadt immer mal wieder gehört. Er ist irgendwas zwischen Gerücht und Mythos – man sagt, er lebe hinter der Sandwüste im Süden. Erzählt sich über ihn, er trinke das Blut seiner Feinde und nur ein Pflock durchs Herz könne ihn töten. Ich denke, dass er in Wirklichkeit irgendein skrupelloser Warlord ist – wenn er denn überhaupt existiert.« Eine weitere Erinnerung ploppte an die Oberfläche, und ich fügte hinzu: »Ich kannte mal jemanden, der behauptet hat, ihn zu kennen, aber der Mann war viel zu betrunken, um mir darüber etwas Zusammenhängendes zu erzählen.«

»Mannes Holtz gibt es wirklich, und auch wenn wir nicht bestätigen können, dass er Blut trinkt, kann ich dir doch versichern, dass er älter ist als die von ihm verursachte Große Katastrophe.«

Es dauerte einen Moment, ehe ich begriff, was Rafik gerade gesagt hatte.

»Du willst sagen, er …«

»Mannes ist mehr als hundertfünfzig Jahre alt. Er war mal einer von uns, ein hochrangiger Tarkanier, aber in Wahrheit war er ein Verräter, ein Mörder, und außerdem war er auch derjenige, der Cain erschaffen hat. Cain war der erste Schlag in jenem Krieg, den du die Große Katastrophe nennst. Damals nahmen wir an, dass Mannes überlistet oder gezwungen wurde, Cain zu erschaffen, und dass er am Tag der Katastrophe den Tod gefunden hat. Aber irgendwie hat er überlebt. Vor ein paar Jahrzehnten ist er wieder aufgetaucht, hat sich der Sternensäule bemächtigt … Das ist ein weit entferntes, aber strategisch bedeutsames Gebiet und leider ein Schwachpunkt in Adams Verteidigung. Seitdem arbeitet er unermüdlich daran, uns zu schwächen und Cain zu stärken. Welchen Gerüchten auch immer du Glauben schenken willst, ich versichere dir, dass Mannes ebenso skrupellos ist wie gefährlich, und jetzt hat er von Emilija erfahren und weiß, wie wichtig sie für uns ist.«

So langsam kam mir der Verdacht, dass mein Kopf nur deshalb nicht schmerzte, weil ich, technisch gesehen, gar keinen Kopf besaß.

»Also willst du, dass ich …«, sagte ich langsam und ganz vorsichtig.

»… dass du Emilija für uns ausfindig machst«, beendete Rafik den Satz. »Was vermutlich am besten funktioniert, wenn du ihre Mutter findest. Vincha.«

Mein Gesichtsausdruck sprach offenbar Bände, denn Rafik fuhr hastig fort: »Es ist dir schon einmal gelungen, sie zu finden.«

»Das war reines Glück. Hast du eine Ahnung, wie oft ich auf dieser Mission um ein Haar *gestorben* wäre? Und damit meine ich all die anderen Male bis auf das eine Mal, wo ich *wirklich* gestorben bin.«

»Wir glauben an dich.« Rafik beugte sich vor. »Und diesmal stehen dir Informationen und Ausrüstung zur Verfügung. Es gibt Dateien über Mannes; nach der Katastrophe ist es uns gelungen, sie zu bergen. Du solltest sie dir ebenfalls ansehen, sobald wir dich in den Bunker transferiert haben.«

»Wohin transferiert?«

»Wir schicken dich zurück in die physikalische Welt. Der Bunker, in dem du erwachen wirst, ist noch bestens ausgestattet. Du findest dort alles, was du für deine Mission brauchst.«

»Von den Toten zurückgekehrt, um eine letzte Mission zu erfüllen«, sagte ich ironisch. »Klingt wie einer der Salu-Romane, die ich früher gelesen habe, als ich noch jung und dumm war. Was, wenn ich mich weigere?«

Rafik ließ sich ein bisschen Zeit, ehe er antwortete: »Du würdest wieder schlafen. Wir können uns die Energie, dich bei Bewusstsein zu halten, nicht leisten. Aber wenn du uns Emilija bringst, stünde dir eine ganze Welt zur Verfügung, in der du ein Gott sein kannst.«

Diesmal ließ auch ich mir Zeit mit meiner Antwort. »Und wo ist der Haken?«

»Der was?«

Ich starrte ihn unverwandt an. »Du hältst mir hier eine fette, saftige Karotte vor die Nase, aber was passiert, wenn ich diese irrwitzige Mission in den Sand setze? Und was sollte mich davon abhalten, auf alles zu pfeifen und einfach in der physikalischen Welt zu bleiben? Wo ist der Haken? Es gibt immer irgendeinen rostigen Haken.«

»Eure Körper werden in weniger als drei Jahren anfangen zu verrotten.« Rafik erwiderte meinen Blick. »Es geht ziemlich schnell, ist aber trotzdem keine sonderlich angenehme Erfahrung.«

»Da ist also der Haken«, sagte ich leise. Dann setzte ich hinzu: »Du hast ›eure Körper‹ gesagt?«

»Wir schicken dich nicht allein auf so eine gefährliche Mission.«

»Ah, ich bekomme also eine bewaffnete Eskorte, ja? Ein Troll-Team?«

»›Eskorte‹, ja. ›Team‹ – nun, das ist wohl eher Ansichtssache.« Anscheinend wusste Rafik, dass er mich hatte, und machte sich jetzt einen Spaß daraus, mich aufzuziehen.

»An wen denkst du?«

Rafik verriet es mir, und zum ersten Mal, seit ich wieder ins Leben zurückgekehrt war, lächelte ich.

Kapitel 2

Peach

- Initialisierung.
- Datum und Uhrzeit unbekannt.
- Status: Körperfunktionen und Gesundheit intakt.
- Keine spezifischen Anweisungen gespeichert.
- Wirtskörper ist eine Frau mittleren Alters, asiatische Herkunft, dunkle Haut. Größe und Gewicht für Frauen dieser Region unterdurchschnittlich.
- Wirtskörper wurde für Aufklärung und Infiltration gezüchtet, nicht für den Kampf. Durchschnittliche körperliche Leistungsfähigkeit, Standard-Robustheit gegenüber Angriffen. Schmerzdämpfer voll funktionsfähig, Kampffertigkeiten und Reflexe auf Standardniveau. ESM vorhanden.
- Keine internen Kommunikationsgeräte. Aus Sicherheitsgründen werde ich keine externen Geräte benutzen, um Kontakt zum Hauptquartier herzustellen.
- Die sterile Kammer enthält Grundausrüstung, leichte Kleidung, Nährpillen, Salbe für stark beschleunigtes Haarwachstum und dergleichen, aber weder Waffen noch andere Kampfausrüstung.
- Schlussfolgerung: Es handelt sich um einen Notbunker und keinen Standard-Knotenpunkt.
- Die Energieversorgung des Bunkers läuft auf Mini-

mum. Ich habe einen zweiten Wirtskörper ausgemacht, eine Kampfzüchtung, weiblich, aber er hat Schäden oder Fehlfunktionen erlitten und ist nicht mehr reparabel. Möglicherweise bin ich deshalb in diesem Wirtskörper aufgewacht.

- Da mein Auftrag ungewiss ist und der Bunker sich im Notfallmodus befindet, starte ich Überlebenscode Alpha.
- Wechsle zu Persönlichkeitsmodus.

Sobald ich die Augen aufschlug, wusste ich, dass etwas nicht stimmte. Es war nicht nur meine Umgebung – ich war schon in übleren Ecken erwacht – oder der Umstand, dass mein Wirtskörper eine Asiatin mittleren Alters war. Auf vergangenen Missionen hatte ich schon alle möglichen Wirtskörper bewohnt, von einem muskelbepackten Krieger bis hin zu einem neunjährigen Kind. Aber diesmal kam mir alles grundfalsch vor.

Ich wusste, wer ich war, und ich kannte meine Aufgabe. Ich sollte eine junge Frau finden, Emilija, und sie heil und gesund zu einem vereinbarten Treffpunkt bringen – aber das war's auch schon. Über das Mädchen wusste ich nichts – nicht einmal, wie sie aussah –, und es gab auch kein Extraktionsteam, mir lagen keine Informationen über die Gefahrenlage vor, und ich wusste nicht, wohin ich das Mädchen bringen sollte. Ich wusste nur, dass ihr nichts zustoßen durfte und ich mich nach Tarkania aufmachen sollte … die Stadt der Türme. Zwar machte mir das alles keine Angst – ich hatte schon zu viel erlebt, als dass mich solche nicht ganz idealen Begleitumstände aus der Fassung bringen könnten –, aber das Hauptquartier antwortete mir nicht, und das war ungewöhnlich. Immerhin war es eine Mission von der schlichten Suchen-und-Überbringen-Sorte, kein Auftragsmord und auch nicht meine Spezialität, die Massensabotage. Ich fragte mich, wer das Mädchen sein mochte. Jedenfalls war sie so wichtig, dass man ihr jemanden von meinem Rang und Status hinterhersandte.

Ich verspürte ein überwältigendes, unerklärliches Verlangen nach einem Pfirsich. Auch das war nichts Ungewöhnliches für einen Schläfer. Manchmal manifestieren sich während des Transfers in einen neuen Körper seltsame Schrullen. Es konnte passieren, dass man beim Aufwachen feststellte, dass man Milch zutiefst verabscheute oder unbedingt blaue Kleidung tragen wollte oder, so wie ich gerade, für einen Pfirsich bereitwillig sein Leben gegeben hätte. Keine große Sache, aber es passierte normalerweise nur dann, wenn der Schläfer sehr lange geruht hatte. Länger jedenfalls als ein oder zwei Monate.

Die recycelte Luft im Bunker reichte aus, war aber nicht von sonderlich guter Qualität. Mir wurde davon flau im Magen, also war meine erste Priorität, erst mal hier rauszukommen. Das allerdings erwies sich als größeres Problem als zuerst angenommen: Schon bald musste ich feststellen, dass der nach draußen führende Tunnel eingestürzt war und mir Trümmer den Weg versperrten. Es dauerte mehrere Stunden, bis ich mich mit improvisiertem Werkzeug durch den Tunnel gearbeitet hatte, und dabei erlitt ich einige kleinere Verletzungen – überwiegend blaue Flecken und Schnitte.

Als ich endlich die versiegelte Tür erreichte, musste ich sie manuell entriegeln und mich dann gegen die Wand stemmen, um einen schweren Betonbrocken beiseitezuwuchten, der obenauf lag. Eigentlich ein gutes Zeichen, weil es bedeutete, dass draußen kein feindliches Empfangskomitee auf mich wartete, aber allzu bald fand ich heraus, dass meine Lage trotzdem ausgesprochen prekär war.

Im ersten Moment sah es aus, als wäre ich auf einem bewaldeten Hügel herausgekommen. Ich erklomm einen Aussichtspunkt – eine dicke Betonplatte, auf der reichlich Moos wuchs – und nahm sorgfältig meine Umgebung in Augenschein; achtete auf selbst die winzigsten Details und versuchte, sie zu einem Gesamtbild zusammenzusetzen. Ich befand mich mitten in einer riesigen, mir unbekannten Stadt, die katastrophale Schäden erlitten hatte. Während meiner Dienstzeit hatte ich schon viel gesehen, aber trotzdem dauerte es eine Weile, bis mir das ganze Ausmaß der Zerstörung dämmerte.

Mit Ausnahme mehrerer kleiner Tiere – überwiegend Vögel und Eichhörnchen – gab es keinerlei Lebenszeichen. Mein Körper registrierte Rückstände atomarer Verseuchung in der Luft, allerdings nur noch so schwach, dass es kein Gesundheitsrisiko darstellte, solange ich das kontaminierte Areal binnen Wochenfrist hinter mir ließ. Vorausgesetzt natürlich, es gab irgendwo Luft, die besser war als diese.

Trotz der allgegenwärtigen Zerstörung oder gerade deshalb hatte die Natur angefangen, sich das Land zurückzuerobern. Überall wucherte dichtes Gestrüpp, nur die höchstgelegenen Überreste der Stadt, die ich in weiter Ferne sah, waren bisher davon freigeblieben. Angesichts des Zustands von Ruinen und Fauna vermutete ich, dass die Stadt schon sehr lange in Trümmern lag, und nirgendwo entdeckte ich Anzeichen dafür, dass jemand versucht hatte, sie wieder aufzubauen. Das schloss einen Unfall oder eine Naturkatastrophe nahezu aus. Wenn eine so große Stadt so lange ungestört in Trümmern lag, war das ein sicheres Anzeichen für einen größeren Konflikt, vielleicht sogar die Vernichtung der hiesigen Zivilisation. Ich musste dringend herausfinden, welche Zivilisation es getroffen hatte. Immerhin verriet mir mein Erwachen, dass meine eigene Seite noch fortbestand.

Ich muss gestehen, dass ich trotz des erschütternden Anblicks und seiner Implikationen einen ganz schwachen Anflug von Stolz verspürte, weil meine Voraussagen – festgehalten in einer ganzen Reihe von Berichten – sich bewahrheitet hatten. Ich hatte es kommen sehen. Das hatte ich wirklich und wahrhaftig. Im Laufe zweier Jahrzehnte hatten sich meine Aufträge gewandelt, die anfängliche Subtilität war einem aggressiven, geradezu rücksichtslosen Vorgehen gewichen. Ich hatte mir jedes Mal selbst eingeredet, dass ich das große Ganze einfach nicht sah, dass das Hauptkommando zu der Einschätzung gekommen sei, dass die Vorstöße das Risiko wert waren, auch wenn sie Feindseligkeit und tiefen Argwohn hervorriefen. Aber wir hatten wohl alle falschgelegen. Nichts auf der Welt war *das* hier wert.

Es fing an zu nieseln. Ich setzte mich in Bewegung, lief wachsam und vorsichtig auf die hoch aufragenden Ruinen zu. Ging unter einer Brücke hindurch und erklomm eine weitere, sah mich dann aber zur Umkehr gezwungen. Irgendwann stand ich vor einem gewaltigen Graben, mindestens zwölf Meter tief und neun oder zehn Meter breit. Der Boden, soweit nicht von Schlamm bedeckt, schimmerte unter den abprallenden Regentropfen. Er bestand aus durchgehärtetem dunkelblauem Glas. Irgendetwas sehr Heißes hatte hier die Erde berührt und sie kristallisiert. Die Seitenwände waren kohlschwarz, schimmerten jedoch ebenso spiegelglatt wie der Boden. Der Graben hatte sich in beide Richtungen in den Boden gefressen, so weit ich blicken konnte, ganz als hätte Gott beschlossen, mit einem sehr heißen Messer seine Initialen in eine Stadt zu ritzen. Ein für den Kampf gezüchteter Wirtskörper hätte mich befähigt, mit etwas Anlauf hinüberzuspringen, aber mit diesem Körper hier ging das nicht, und so musste ich eine Stunde lang suchen, bis ich endlich einen umgestürzten Baum fand, der als Brücke taugte.

Der Nieselregen wurde stärker, und meine Leinenschuhe waren nicht für solche Wanderungen gemacht. Ich war nass und fror, und trotz der Nährpille, die ich bereits eingenommen hatte, verspürte ich immer bohrendere Sehnsucht nach richtigem Essen. Aber ich entschied mich dagegen, mich auf die Jagd zu begeben. Ich war unbewaffnet, und alles, was hier lebte, war höchstwahrscheinlich verseucht.

Es war eine kalte, nasse Nacht, es regnete ohne Unterlass, und ich suchte mir in einer bröckelnden Ruine einen Unterschlupf, rollte mich zusammen und schlang die Arme um mich, bis ich schließlich in leichten Dämmerschlaf sank. Aus der hohen Decke schloss ich, dass dies einmal ein riesiges Gebäude gewesen sein musste, aber jetzt standen davon nur noch eine Ecke und die gegenüberliegende Wand. Ehe ich mich hinlegte, entdeckte ich in der Ferne das Flackern eines kleinen Lagerfeuers, entschied mich aber dagegen, mich in der Hoffnung auf ein freundliches Gesicht in die Dunkelheit hinauszubegeben, wo ich nicht einmal den glitschigen Boden erkennen konnte. Jemand, der inmitten dieser Ruinen an einem Lagerfeuer saß, war vermutlich nicht unbedingt ein besonders gastfreundlicher Mensch.

Es war die richtige Entscheidung.

Am nächsten Morgen fand ich das Lagerfeuer und die abgenagten Überreste von vier kleinen Tieren, wahrscheinlich Eichhörnchen. Den Fußabdrücken und der Menge und Spritzhöhe des hinterlassenen Urins nach zu schließen, hatten mindestens drei Leute am Feuer gesessen, wahrscheinlich allesamt männlich.

Gegen Mittag entdeckte ich einen von ihnen, er versuchte gerade, einen bröckligen Steinhaufen zu erklimmen: ein junger Mann mit langem, ungekämmtem braunem Haar. An seinem breiten Gürtel baumelten etliche Gegenstände, offenbar sammelte er gern Trophäen. Das Interessanteste, was ich an ihm entdeckte, war ein kurzes Schwert.

Er hatte mir den Rücken zugewandt, also konnte ich mir

einen Moment lang Zeit nehmen für die Überlegung, ob ich ihm in größerer Entfernung folgen wollte, mich ihm näherte und auf eine friedliche Begegnung hoffte oder ihn kampfunfähig machte und seine Ausrüstung an mich nahm. Ich schätzte die Chancen auf einen friedlichen Verlauf der Angelegenheit auf etwa sechzig Prozent. Diesmal jedoch irrte ich mich, und mein Entscheidungsprozess wurde abrupt unterbrochen: Hinter mir hörte ich Blätter knistern, und dann sagte jemand mit scharfer Stimme: »Bloß nicht bewegen, Schlampe.«

Ich wandte den Kopf und sah zu einem Mann hoch, der aus etwas höherer Position auf mich herunterblickte, in verblichenen militärischen Tarnfleck gekleidet. Zu welchem Militär die Uniform gehörte, vermochte ich nicht zu sagen, die Abzeichen waren längst verblasst. Dafür sah ich den Jagdbogen in seinen Händen, mit dem er direkt auf meine Brust zielte, umso klarer. Ein richtiger Holzbogen mit grob geschnitzten, aber gefährlich aussehenden Pfeilen. Sie würden sich vermutlich tief genug in mein Fleisch bohren, um mir ernstlich unangenehm zu werden.

Der junge Typ vor mir drehte sich um. »Bei Bukras Eiern«, sagte er. Es klang nach einem Fluch. »Wo zum Teufel kommst du denn auf einmal her?«

»Von hinter dir, du Idiot«, antwortete der Mann mit dem Bogen, ohne den Blick von mir abzuwenden. »Sie folgt uns schon eine ganze Weile, aber dein Kopf ist viel zu vernebelt vom Mondschein, als dass du was merken würdest.«

»Ich hab mich nur verlaufen.« Es war das erste Mal in dieser neuen Existenz, dass ich laut sprach und meine eigene Stimme hörte. Sie klang schwach und hell. Abscheulich.

»Einen rostigen Scheiß hast du. Hier lebt kilometerweit keiner.« Ein dritter Mann trat hinter einem breiten Baumstumpf hervor, etwa in der Mitte zwischen dem jungen Mann und mir. Ich rechnete mir aus, dass sich die Wahrscheinlichkeit einer friedlichen Begegnung gerade noch mal erheblich verschlechtert hatte. Von allen dreien sah er am gefährlichsten aus. Fast doppelt so groß wie ich und mindestens dreimal so schwer, der übergroße kahle Kopf voller Narben. Aber darauf achtete ich kaum, sondern konzentrierte mich ganz auf die abgesägte Schrotflinte, die er auf mich richtete. Es war ein uraltes Ding; die Sorte, die Metallgeschosse spuckte und die man manuell durchlud. Ich war nicht scharf darauf herauszufinden, ob sie noch funktionierte.

»Wo ist deine Mannschaft, Schlampe?«

»Ich … ich hab keine Mannschaft, ich hab mich nur …«

Er hob die Flinte und kam langsam näher. Seine Bewegungen verrieten den erfahrenen Krieger.

»Das hier ist Niemandsland. Die einzigen größeren Lebewesen hier sind zweiköpfige Löwen und Salutisten, die es satthaben, im Tal Eidechsen zu jagen. Du bist kein Löwe, du alte Schachtel, also frag ich dich noch mal, ehe ich anfang, dir wehzutun: Wo ist deine rostige Crew? Spuck's aus, und zwar sofort.«

»Einen knappen Kilometer hinter mir«, antwortete ich hastig. Es war aussichtslos, ihn von etwas anderem überzeugen zu wollen. »Wir haben einen alten Notbunker gefunden, und sie haben mich als Kundschafterin losgeschickt.«

Er blieb stehen. Ich sah, wie sich der Mann mit dem Bogen ein bisschen entspannte. Zwar war ich kein Experte, was mittelalterliche Waffen anbelangte, aber mir war klar, dass man mit einem solchen Bogen nur eine begrenzte Zeit unter voller Spannung auf jemanden zielen konnte, bis einem die Armmuskeln zu schaffen machten.

»Du lügst. Wir kennen die Gegend gut. Hier gibt es keine Bunker.«

»Er war sehr gut versteckt, unter einem großen Fels.«

Der Jüngste von ihnen kletterte von seinem Steinhaufen

runter und kam auf uns zu. »Ich hab 'ne Idee«, verkündete er enthusiastisch. »Ficken wir sie doch mal so richtig durch.«

Aus dem Augenwinkel sah ich, wie der Bogenschütze angewidert das Gesicht verzog. »Ooh, Malk, sieh sie dir doch mal an …«

»Hey«, protestierte der Jüngere namens Malk, »wann hattest du denn zum letzten Mal was Besseres?«

Der Bogenschütze dachte kurz darüber nach und zuckte schließlich mit den Schultern. »Da ist natürlich was dran.«

»Was meinst du, Dun?«, fragte der begeisterte Vergewaltiger den Typen, der immer noch mit der Schrotflinte auf mich zielte und jetzt lächelte.

»Yeah, ficken wir ein paar neue Löcher in die Schlampe. Aber zuerst verhören wir sie.« Zielstrebig kam er auf mich zu, und ich wich zurück, hob die Hände.

»Nein, bitte …«

»Ich zuerst«, verkündete Malk.

»Du bist als Letzter dran«, grunzte der Kahlschädel, ohne anzuhalten.

»Och Mann, Dun… ich bin immer als Letzter dran …«

Dun machte einen Satz und packte mich, seine übergroße Pranke umschloss meinen ganzen Unterarm. In der anderen Hand hielt er noch immer die Schrotflinte, aber sobald er mich hatte, ergriff ihn eine solche Siegesgewissheit, dass er die Mündung gen Himmel richtete, vermutlich, um die Waffe dem Jüngeren zu reichen.

Mein Wirtskörper war kein Kampfmodell, aber jeder Wirtskörper hat einen ESM – einen *emergency survival mode* für den absoluten Notfall –, der den Körper mit ausreichend Adrenalin flutet, um einen durchschnittlichen Elefanten umzubringen. Sobald der Adrenalinrausch abklingt, ist man sehr geschwächt, aber erst einmal verwandelt man sich für einen Moment lang in die reinste Killermaschine. Mir standen die

Kenntnisse aus drei Dutzend Kampftechniken auf dem Niveau des fünften Dans oder eines entsprechenden Äquivalents zur Verfügung, und dass meine Knochen zu stählerner Härte verdichtet waren und ich mich in diesem Zustand fast doppelt so schnell bewegte wie sonst, machte die ganze Angelegenheit fast zu einem Kinderspiel. Mit der freien Hand schlug ich dem Kahlköpfigen in die Brust und spürte und hörte seine Rippen brechen. Noch war ihm der angerichtete Schaden nicht bewusst, aber als der Schlag ihn traf, klaffte sein Mund weit auf. All meine Sinne aufs Äußerste gesteigert, hörte ich deutlich, wie sich zu meiner Rechten die Bogensehne dehnte. Mit einem zweiten Schlag renkte ich dem riesigen kahlen Schläger den Kiefer aus und riss ihn herum wie eine Stoffpuppe. Mein Timing war nicht perfekt, aber immerhin brachte ich ihn so halbwegs in die Flugbahn des heransirrenden Pfeils. Mit einem befriedigenden Schlag drang er tief ins Fleisch des Manns, der sich rückwärts krümmte und ein heiseres Schmerzgeheul ausstieß. Ich pflückte die Schrotflinte aus seinem erschlaffenden Griff und rollte mich ab, ehe mich der riesige Leib unter sich begraben konnte.

Dem Bogenschützen gebührte Respekt – als ich wieder auf die Füße kam, hatte er bereits einen zweiten Pfeil auf der Sehne. Aber ehe er den Pfeil loslassen konnte, zog ich den Abzug durch und schoss ihm ein Bein unterm Leib weg.

Schreiend taumelte er vorwärts, ließ den Bogen fallen und ruderte mit den Armen, dann knallte er Gesicht voran auf den Fels.

Als ich herumfuhr, hetzte der Jüngste von ihnen bereits mit gezogenem Schwert auf mich zu. Ich lud durch und betätigte erneut den Abzug. Ladehemmung. Antik hin oder her, schlecht gepflegte Waffen sind eine echte Plage. Ich hatte nur noch einen Sekundenbruchteil Zeit, um die Schrotflinte hochzureißen und damit das auf mich niedersausende

Schwert abzuwehren. Und ein normales Schwert hätte ich so auch abblocken können. Aber das blassblaue Leuchten der Klinge verriet mir, wenn auch zu spät, dass dies ein Energie-Kurzschwert war. Haarscharf wich ich nach hinten aus, da schnitt es auch schon durch den Lauf der Schrotflinte und sprühte dabei Funken wie ein Tischfeuerwerk. Die Leichtigkeit, mit der mein Angreifer meine Waffe durchschnitt, war zugleich sein Verderben. Sein eigener Schwung ließ ihn taumeln, er verlor das Gleichgewicht und versuchte sich abzufangen. Ich brach ihm das linke Knie, die Hand, den Arm und die Nase, noch ehe er zu Boden krachte.

Plötzlich herrschte Stille. Mehrere Herzschläge lang stand ich reglos da und lauschte auf Anzeichen, dass der Kampf irgendjemandes Aufmerksamkeit auf sich gezogen hatte. Als niemand aus dem Wald kam, sah ich nach dem Bogenschützen. Er lebte noch, aber eine Gesichtshälfte war zerschmettert, und sein Bein hatte ich ihm fast abgeschossen. Er öffnete das heil gebliebene Auge, hustete ein paar zersplitterte Zähne aus und stöhnte.

Ich ging wieder zurück und hob das Energie-Kurzschwert auf. Es war alt, schrottig und mehrfach geflickt, aber noch immer, das musste ich zugeben, wunderschön. Ich schaltete es ein, beugte mich vor und packte den Bogenschützen am linken Bein. Er wand sich und stöhnte, und dann, als ich mit zwei Schlägen sein verletztes Bein abhackte, schrie er auf und verlor das Bewusstsein. Ich bin keine Meisterin im Umgang mit dem Schwert, aber es war ein halbwegs glatter Schnitt und außerdem auch ein faires Geschäft. Ich roch sein versengtes, noch immer brutzelndes Fleisch, die Hitze versiegelte die Wunde. Durchaus möglich, dass der Mann überlebte, und ich hatte etwas zu essen. Ich hob auch seinen Bogen auf, aber beim Sturz war das Holz gesplittert. Immerhin – als Feuerholz taugte es noch. In der Gürteltasche des Bewusstlosen fand ich eine Handvoll eigenartig aussehender Münzen, eine Feldflasche mit dem scheußlichsten Wein darin, den ich je probiert hatte, und ein trotz schartiger Klinge tödlich aussehendes Kürschnermesser.

Dun war dem Tod bereits sehr nah, und ich beschleunigte seine Reise, indem ich ihm den Kopf abschlug. Sein Münzsack war deutlich schwerer als der seines Gefährten. Ich öffnete ihn und kippte einen Teil des Inhalts in meine Hand. Dunkle Metallmünzen, einige fast halb so groß wie meine Handfläche, einige kleine. Es dauerte eine Weile, bis mir wieder dämmerte, was ich da eigentlich in der Hand hatte, und wenn ich einen Beweis dafür gebraucht hätte, wie tief die Menschheit gesunken war: Da hatte ich ihn. Man musste schon in die entlegensten Winkel der Welt reisen, um jemanden zu finden, der noch immer Papiergeld benutzte, ganz zu schweigen von Münzen, und nun stand ich hier, die Hand voll mit dem Zeug. Sämtliche Münzen trugen ein verblasstes, aber unverwechselbares Emblem: die vier Türme Tarkanias. Mein Herzschlag beschleunigte sich wieder. Ich zog den Beutel zu und wandte mich dem Mann zu, der sich so für Vergewaltigungen begeistern konnte.

Er war bei Bewusstsein. Vielleicht hatten die Schreie des Bogenschützen ihn aufgeweckt. Sein Blick blieb starr auf Duns abgetrennten Kopf gerichtet, auch als ich auf ihn zutrat, das abgeschlagene Bein des Bogenschützen in der einen, das blutige Energieschwert in der anderen Hand.

Schließlich sah er doch zu mir auf, mit blutunterlaufenen, furchterfüllten Augen. »Bitte«, flehte er.

Ich schwenkte das abgetrennte Bein vor ihm hin und her. »Ich hätte da ein paar Fragen an dich, junger Mann.«

Und so erfuhr ich von der großen Katastrophe, und ich erfuhr, dass Dun ein Ex-Salutist aus dem Tarakan-Tal war, der seinen Gildenvertrag gebrochen hatte und geflohen war, um leichtere Beute zu machen in dem Gebiet, das man heute die Verseuchte Stadt nannte – eine von vielen nahezu vollständig zerstörten Städten. Als ich hörte, was meinen Leuten zugestoßen war und dass das einst so prächtige Tarkania inzwischen von den Überbleibseln der Menschheit besiedelt und besudelt wurde, die sich an ihren Namen nicht mehr erinnerten und sie die »Stadt der Türme« nannten, wurde mir das Herz immer schwerer.

Ein wiederholtes dunkles Brüllen aus dem Wald bewies mir, dass Dun immerhin in Bezug auf die dort lauernden Bestien nicht gelogen hatte. Es wurde Zeit, von hier zu verschwinden.

»Bitte«, flehte mich Malk an, als ich mich zum Gehen wandte, »bitte, Gnade!« Knochensplitter aus seinem zerschmetterten Knie hatten die Haut durchstoßen.

Ich wusste nicht, ob er mich um einen raschen Tod bat oder darum, ihn mit mir durch die Ruinenstadt zu schleppen, aber ich überließ ihn den zweiköpfigen Löwen und humpelte langsam davon. Mein neuer Körper bestrafte mich bereits empfindlich dafür, dass ich ihm den Notfallmodus zugemutet hatte.

Wenn Malk mir die Wahrheit gesagt hatte, lag nicht nur diese Stadt in Trümmern, sondern die ganze Welt. Seiner Körpersprache nach zu urteilen, war Malk fest von dem überzeugt, was er mir erzählt hatte, aber ich weigerte mich trotzdem, es zu akzeptieren. Vielleicht war das der wahre Grund, weshalb ich ihn dort zurückgelassen hatte.

Nicht lange darauf hörte ich ihn ein letztes Mal schreien.

Kapitel 3

Funkelauge

Trotz der entsetzlichen Erinnerungen an mein Ableben war die erste Rückkehr von den Toten eigentlich eine recht angenehme Erfahrung gewesen. So angenehm sogar, dass ich mich kurz gefragt hatte, ob ich vielleicht in einem der himmlischen Gärten gelandet war, die viele Religionen einem als Belohnung versprechen, wenn man ihre Gebote getreulich befolgt. Diesmal allerdings erwachte ich in einer ganz und gar unparadiesischen Umgebung.

Diverse Metallinstrumente, die wohl meinen neuen Körper am Leben erhalten hatten, zogen sich ins Dunkel zurück, und das Bett kippte ohne weitere Umstände zur Seite, sodass ich auf den Metallboden plumpste. Dort lag ich dann und schnappte nach Luft, voller Entsetzen und blind inmitten tiefer Dunkelheit, die nur vom gleichmäßigen Aufzucken roter Lichter durchbrochen wurde. Dazu schrillte eine ohrenbetäubend laute Sirene. Als ich gerade aufzustehen versuchte, erklang eine ruhige, allerdings sehr laute Frauenstimme und teilte mir mit, ich befände mich in einer Gefahrenzone und müsse das Gelände augenblicklich verlassen. Aber dieser Aufforderung hätte es gar nicht bedurft. Meine Haut brannte, und zwar überall und nicht nur an vereinzelten Stellen, als stünde die Luft ringsum in Flammen. Mir war sehr eindringlich bewusst: Was immer ich da gerade einatmete, brachte mich um. Ich hustete, nieste, kotzte und verlor die Kontrolle über meinen Darm, während ich verzweifelt nach irgendeinem festen Halt suchte, um mich daran hochzuziehen.

Mitten in diesem ganzen Spaß war ein Instinkt hellwach: Ich versuchte, meine Sicht zu vertiefen, jenen Fluch zu benutzen, der mich bereits in früher Jugend getroffen hatte; der einzige Vorteil, den ich den meisten anderen Menschen gegenüber besaß. Es funktionierte nicht. Jedenfalls nicht im ersten Moment. Als es dann doch endlich klappte, war es ganz anders als in meiner Erinnerung. Meine Sicht schaltete blitzschnell durch eine Reihe ganz unterschiedlicher Sichtmodi; manche davon kannte ich nur aus Geschichten. Das wilde Flackern machte mich ganz benommen. Mein bescheidener Fortschritt beim Projekt Aufstehen entglitt mir, und ich knallte wieder auf den Boden, landete in meinem eigenen Erbrochenen und anderen Körperflüssigkeiten, schlug die Hände vor die Augen und hoffte, dass dieses Sterben rascher vonstattenging als bei meinem ersten Tod.

Die Sirenen und die eindringliche Frauenstimme waren so laut, dass ich darüber die sich nähernden Schritte nicht hören konnte, aber ich spürte die Vibrationen: Jemand rannte auf mich zu. Ich versuchte, mich umzusehen, ruderte mit den Armen ziellos durch die Finsternis, aber meine Augen waren inzwischen völlig nutzlos – die unterschiedlichen aufzuckenden Lichter inmitten von Schatten und Dunkelheit hatten mich vollständig geblendet.

Ich spürte eine Hand an meinem Arm. Die zupackenden Finger verbrannten mir die Haut. Ich wurde auf die Füße gerissen.

»Versuch, nicht zu atmen.« Die Stimme erkannte ich nicht, aber der Akzent war irgendwie vertraut.

»Ich sehe nichts, ich …« Wieder hustete ich, mein Körper

kämpfte gegen das an, was ich da einatmete, und mein Retter musste mich umklammern und festhalten, damit ich nicht wieder zusammenbrach.

Er war nackt. Wir beide waren nackt. Das Seltsame war, dass ich zwar spürte, wie sich unsere nackten Leiber berührten, aber ich begriff nur mit dem Verstand, dass wir nackt waren, ich erinnerte mich nicht daran, wie sich die Berührung von Haut auf Haut wirklich *anfühlte*. Es war eine so gespenstische Empfindung, dass sich schlagartig, wenn auch nur kurz, mein Verstand klärte.

»Ganz langsam atmen.« Die Stimme des Manns ertönte dicht an meinem Ohr. Er hielt mich mit Leichtigkeit auf den Füßen. »Atme das Scheißzeug nicht zu tief ein.«

Und siehe da, auf einmal ging es. Ich dachte daran, langsamer zu atmen, und mein Körper gehorchte. Was auch immer jetzt durch meine Kehle hereinkam, war weniger schlimm, obwohl ich wusste, dass es mich – beziehungsweise uns – immer noch umbringen würde.

»Wir müssen hier weg«, krächzte ich.

»Rost, glaubst du echt?« Der Mann hustete ein ironisches Kichern aus. »Hier, da ist eine Leiter. An der Wand.«

»Ich sehe nichts. Wohin führt die?«

»Irgendwohin. Alles ist besser, als hierzubleiben.«

»Ich sehe nichts.« Ich fuchtelte wild in der Dunkelheit herum.

»Fühl mal, hier.«

Er schmetterte mich regelrecht gegen die metallene Leiter; das erste Anzeichen dafür, dass er genau wie ich rasch die Schlacht gegen die widrigen Umstände verlor.

»Ich sehe nichts.« Panik schnürte mir den Hals zu, es war ebenso schmerzhaft wie die giftige Luft, die ich atmete.

»Kletter du zuerst. Wenn du runterfällst, schaff ich's *vielleicht*, dich aufzufangen.«

»Ich kann nicht. Ich bin zu schwach. Ich sehe nichts.« Keuchend klammerte ich mich an einer Metallsprosse fest.

»Na dann. Schön, dich kennengelernt zu haben, wenn auch nur kurz.« Er schob mich beiseite. Ich spürte, wie sein Bein das meine streifte und er den Fuß auf die unterste Sprosse stellte.

»Warte, nein, ich schaffe es schon.«

Der Gedanke, allein hier unten zurückzubleiben und unter entsetzlichen Qualen zu sterben, verlieh mir die nötige Kraft, um mich zur Leiter umzudrehen und mich auf den Weg nach oben zu machen.

Am Ende trug er mich mehr als die Hälfte des Wegs über der Schulter. Es war eine beeindruckende Zurschaustellung von Stärke, Gleichgewichtssinn und Entschlossenheit, vor allem, als wir schließlich eine Falltür erreichten, die er trotz mehrerer energischer Versuche nicht aufbekam. Inzwischen konnte ich wieder etwas sehen und war imstande, mich aus eigener Kraft an der Leiter festzuklammern, während sich mein Retter immer wieder gegen die Falltür warf und bei jedem Misserfolg saftige Obszönitäten brüllte.

Ich konzentrierte mich, so gut ich konnte, während ich dort an der Leiter hing, wechselte auf meine verbesserte Sicht und sah mich um. Etwa eine Armlänge entfernt entdeckte ich einen Metallhebel, und direkt daneben befand sich eine Zeichnung, die verriet, wie man ihn drehen musste.

Ich versuchte, etwas zu sagen, war aber zu geschwächt. Meine Kehle fühlte sich an, als hätte ich Nägel geschluckt. Von oben tropfte Schweiß auf mich herunter, und ein weiterer lauter Aufprall hallte von den Wänden wider. Ich streckte eine schmerzende Hand aus und zog am Hebel. Es ging verblüffend leicht, und über uns ertönte ein Zischen. Die Luke schwang nach oben auf, und mein Retter jauchzte triumphierend. Von unten schoss ein heißer, giftgeschwängerter Windzug empor, und mir brachen die Knie weg, aber mein Retter bekam mich zu packen, ehe ich das Bewusstsein verlieren und in den Tod stürzen konnte. Ich spürte, wie er mich hochwuchtete und auf den kalten, nassen Boden draußen warf.

Es war noch immer unnatürlich dunkel, aber die gnädige Kühle und die Luft hier oben waren so wonnevoll wie die Liebkosungen einer Frau. Ich wollte nie wieder etwas anderes tun, als dazuliegen, mich in die nasse Erde zu krallen und zu atmen, aber mein Retter hatte andere Pläne.

»Das hier scheint 'ne Höhle zu sein, aber da vorn seh ich Licht«, sagte er und half mir auf. Wir wateten durch einen kleinen Fluss und bückten uns alle paar Schritte, um uns den Dreck von unseren nackten Körpern zu waschen. Irgendwann stolperten wir aus der Höhle ins helle Sonnenlicht und brachen am Ufer zusammen. Eine ganze Weile lang konnte ich nur reglos auf dem Rücken daliegen, die Füße noch im Wasser, einen Arm vor dem Gesicht, um mich gegen die Sonne zu schützen. Dann bekam ich Durst. Ich wälzte mich auf die Seite, rappelte mich auf alle viere hoch und drehte mich um. Senkte den Kopf. Das Wasser war kühl auf meiner Haut, linderte das Brennen, und als ich den Mund öffnete, schmeckte es sauber und reinigend. Ich wusste es. Sobald ich es schmeckte, *wusste* ich, dass es sauber war, und ich hätte sogar seine Temperatur beziffern können. Ich wusste nur nicht, woher ich es wusste. Das Wasser war erfrischend, aber das Wissen um seine Wirkung war mir bewusster als die Wirkung selbst. Es war unnatürlich und befremdlich, aber nicht so befremdlich wie mein Spiegelbild im Wasser.

Das Gesicht, der kahle Schädel, die Augen, die Lippen: Ich starrte in das Spiegelbild eines Fremden. Erst beim zweiten Hinsehen wurde mir klar, was ich nicht sah, und ich presste eine Hand auf den Mund, um mein erschrockenes Aufkeuchen zu ersticken. Meine Augen waren von einem klaren

Blau, aber die feinen schwarzen Symbole, die in meiner Pubertät plötzlich über Nacht rings um die Augen erschienen waren: fort.

Erschüttert setzte ich mich auf und sah mich um. Mein Retter schien dieselben Erkenntnisse über seinen eigenen Körper gehabt zu haben wie ich. Er kauerte ein gutes Stück von mir entfernt da und starrte ins Wasser. Als er meinen Blick spürte, wandte er den Kopf und sah mich an.

»Kannst du mir vielleicht mal verraten, in was für 'nen rostigen Scheiß wir hier reingeraten sind?«, rief er. Seine Stimme war mir fremd, aber jetzt, der Todesfalle entronnen, in der wir erwacht waren, erkannte ich seinen Dialekt, und mir wurde warm vor Freude. Wie ich selbst war er kahl – nein, er war komplett haarlos, am ganzen Körper –, aber da endete die Ähnlichkeit auch schon. Als er aufstand, kam ich nicht umhin, seinen Körper anzugaffen. Er war die gestaltgewordene Perfektion. Starke, lange Gliedmaßen, ein schlanker, aber muskulöser Rumpf, die Haut so makellos wie die eines Babys – was nicht nur eigenartig war, sondern vollkommen unmöglich.

Niemand, der nicht vom Fluch berührt worden war und anschließend noch Tarakanische Modifikationen eingebaut hatte, war so stark, dass er mich aus dem Abgrund hinauf an die Oberfläche tragen konnte. Mein Gegenüber war eine Tarakanische Kampfeinheit – er ähnelte nicht im Geringsten dem Mann, den ich einst gekannt hatte. Aber das war mir egal.

»Hallo, Galinak«, sagte ich.

»Wer bist du?« Argwöhnisch beobachtete er, wie ich auf ihn zukam. »Und was war das da unten für 'n Rost?« Er deutete auf den Höhleneingang. »Und wenn du mir diese beiden Fragen beantworten kannst, wie wär's dann mit einer Erklärung, wieso wir hier beide splitternackt mitten in der rostigen Wildnis stehen?«

»Ich bin's, Funkelauge«, sagte ich.

»Nein, bist du nicht, und das ist jetzt nah genug.« Er wich einen halben Schritt zurück. Ich blieb stehen.

»Ich bin's, Funkelauge. Wir haben nur andere Körper bekommen, du und ich.«

Er kniff die Augen zusammen. »Du willst mich wohl verrosten? Geduld war noch nie meine Stärke. Ich frag dich jetzt zum letzten Mal: Wer bist du?«

Ich seufzte. »Dein Markenzeichen ist ein ganz bestimmter Hüftwurf. Du spielst beschissen Karten. Beim Kampf in Vinchas Verschlag stand es fünf zu drei gegen uns. Zwischen dir und Vincha gibt es diese echt seltsame sexuelle Spannung, aber ihr habt niemals …«

Während ich sprach, wich sein Argwohn zusehends einem immer breiteren Grinsen. »Da reiß mir doch die Kabel raus! Bist du's wirklich, Funkelauge?«, fragte er.

Ich nickte und zeigte auf meine Augen. »Nur ohne die Tätowierungen rund ums Gefunkel, vermute ich.«

»Bei Bukras Eiern.« Ehe ich Zeit hatte zu reagieren, stand Galinak auch schon vor mir, zog mich in eine rippenzerknackende Umarmung und hob mich in die Luft wie ein kleines Kind.

»Galinak, lass mich runter, du durchgeknallter Troll.« Ich zappelte, aber es war, als versuchte ich, eine Stahlklammer zu sprengen.

»Es ist wirklich das rostige Funkelauge«, rief Galinak und wirbelte mich herum.

»Verdammt noch mal, wir sind nackt!«

»Wen stört das schon?«, rief Galinak, aber endlich setzte er mich doch wieder ab und legte mir stützend einen Arm um die Schultern. »Ich dachte, wir beide wären erledigt«, sagte er. »Hab ja gehört, wie du über Komm mit diesen Tarakanischen Rostärschen verhandelt hast, während die Eidechsen uns umzingelt haben, und ich weiß noch, wie ich dachte: ›Funkelchen hat ja doch einen Funken Salutisten-Geist in sich.‹ Aber dann sind die Eidechsen durchgebrochen, ich hab übers Komm deine Schreie gehört, und …« Galinaks Augen verdunkelten sich.

»Denk nicht dran«, sagte ich rasch. »Mit solchen Erinnerungen sollte man sich gar nicht weiter abgeben, glaub mir.«

»Aye, wahrscheinlich hast du recht.« Galinak blickte an sich herunter. »An das hier muss ich mich erst mal gewöhnen.«

»Ich weiß.« Ich betrachtete mich ebenfalls und widerstand dem Impuls, mit der Hand über meine haarlosen Lenden zu streichen. »Dieser Körper gehört noch nicht wirklich mir. Mal sehen, ob wir uns mit der Zeit mehr wie wir selbst fühlen.«

Galinak drehte sich langsam im Kreis und sagte: »Ja. Würde es dir was ausmachen, mir zu erklären, was eigentlich los ist?«

»Dich haben sie anscheinend nicht informiert.«

Er vollendete seine Umdrehung. »Nein. Meine letzte Erinnerung ist was, an das ich mich möglichst nicht erinnern will. Seitdem gar nichts mehr. Haben sie mit dir geredet?«

Ich nickte.

»Diese Tarakanischen Klugscheißer waren schlau genug, mich nicht für einen kleinen Plausch aufzuwecken«, brummte Galinak. »Und sie hätten es auch bereut. Ich hätte ihnen da so einiges zu sagen gehabt.«

»Meine Unterhaltung hat nicht lange gedauert«, sagte ich vorsichtig. »Eigentlich sollten wir nach dem Aufwachen mehr Informationen erhalten und außerdem, du weißt schon«, ich deutete auf ihn und mich, »Kleidung und Ausrüstung und Waffen.«

»Wo, da unten?« Galinak zeigte auf die Höhle.

»Ja. Da muss irgendwas schiefgegangen sein, irgendeine Fehlfunktion oder … Sabotage. Wir müssen noch mal zurück.«

»Dir hat's bei dieser Wiedergeburt wohl die Kabel verheddert.« Galinak schüttelte den Kopf. »Mein neuer Körper hat mir eben jedenfalls *sehr* deutlich mitgeteilt, dass ein normaler menschlicher Körper schon längst zuckend auf dem Boden gelegen hätte und wir drauf und dran waren zu krepieren. Was auch immer da unten die Luft verseucht hat, war echt übel. Rost, meine Haut brennt immer noch wie blöd.« Demonstrativ fuhr er sich über den nackten Körper, als wollte er die unsichtbaren Partikel abwischen.

»Aber wir sind nackt und unbewaffnet und stehen mitten in der Wildnis«, protestierte ich.

»Wir sind am Leben und heil, und ich sehe hier nirgendwo Eidechsen.« Galinak zog eine haarlose Augenbraue hoch. »Hab schon Schlimmeres erlebt.« Als er meinen Blick sah, fügte er hinzu: »Ich würde ja sagen, du hast einfach keine Eier in der Hose, Funkel, aber das wäre im Augenblick ziemlich unpassend.« Er lachte, hörte aber schnell wieder damit auf. Vermutlich war der Klang auch für seine Ohren noch zu fremd. »Du weißt, was wir machen sollen, oder? Also weih mich ein. Aber erst mal finden wir raus, wo wir eigentlich sind.«

Er machte mich auf einen höher liegenden Fels aufmerksam, der oben abgeflacht war. »Du hast gesagt, deine Augen hätten immer noch ihr ganz besonderes Funkeln. Ich helf dir hoch.« Er stellte sich in Position und half mit solchem Schwung nach, dass ich fast über den Fels hinübergesegelt und auf der anderen Seite wieder runtergefallen wäre. Vorwurfsvoll starrte ich auf ihn hinunter.

»Tut mir leid«, entschuldigte sich Galinak. »Anscheinend bin ich stärker, als ich aussehe.« Er duckte sich und sprang hoch, landete neben mir – ein unmodifizierter Mensch hätte das nie im Leben fertiggebracht. »So langsam gefällt mir dieser neue Körper echt gut«, sagte er grinsend.

Ich schüttelte leicht den Kopf und versuchte, mir meinen Neid nicht anmerken zu lassen, dann suchte ich den Horizont ab. Als ich in dem vergifteten Bunker erwacht war, hatte ich instinktiv versucht, meine Nachtsicht einzusetzen, und dann die wilden Wechsel zwischen den unterschiedlichen Sichtmodi nicht mehr in den Griff bekommen. Diesmal war ich vorsichtiger, aber zur Sicherheit hielt ich mich trotzdem zusätzlich an Galinaks Schulter fest.

Und wie durch Zauberhand passierte es einfach: Ich zoomte. Sah kilometerweit in alle Richtungen. »Da drüben ist eine Art Bauernhof.«

Galinak kniff die Augen zusammen. »Wie weit ist das weg?«

»Schwer zu sagen, müssten schon einige Kilometer sein.« Ich überprüfte den Stand der Sonne. »Im Osten liegt er. Scheint aber verlassen zu sein. Die Fenster sind geschlossen, und die Scheunentore stehen offen.«

»So weit siehst du?«

Ich wandte ihm das Gesicht zu und kämpfte um mein Gleichgewicht, als sich meine Sicht anpasste. »Anscheinend haben sie uns Fähigkeiten mitgegeben, mit denen wir vertraut sind.«

Galinak reagierte nicht auf meinen bitteren Unterton. »Na dann«, sagte er. »Wir sollten wohl besser aufbrechen, solange die Sonne noch scheint. Dann werden wir unterwegs schön braun.«

»Ich finde immer noch, dass wir zurückgehen sollten.«

»Hör mal zu, Funkelauge.« Galinaks Geduld war aufgebraucht. »Mit etwas Glück überlebst du da unten einen Moment lang, vielleicht auch zwei. Ganz bestimmt aber nicht lange genug, um deinen Tarakanischen Freunden zuzuhören, also ergatterst du im besten Fall ein bisschen Ausrüstung, und die allererste Regel des ungeschriebenen Salutisten-Handbuchs lautet: ›Keine Ausrüstung der Welt ist es wert, dafür zu sterben.‹ Wenn ich mich daran nicht gehalten hätte, wäre ich schon lange tot.«

Ich wollte widersprechen, aber Galinak packte mich einfach um die Mitte, warf mich über seine Schulter und sprang mit mir in die Tiefe.

Kapitel 4

Peach

Tränen erlaubte ich mir nur ein einziges Mal, und zwar in jener ersten Nacht. Ich fand eine einsam gelegene Ruine und entlockte mit ein bisschen Fummelei dem alten Energieschwert ausreichend Funken, um ein Feuer zu entzünden; allerdings kostete es mich zu viele Energiezellen, und ich beschloss, es das nächste Mal auf die altmodische Weise zu versuchen. Dann schabte ich den Knochen blank, brach den kaputten Bogen in mehrere Stöckchen und verteilte das Fleisch darauf, damit es schneller gar wurde. Es war das vierte Mal in meinem Leben, dass ich auf Kannibalismus zurückgreifen musste, und kulinarisch gesehen war es bisher nie eine sonderlich erfreuliche Erfahrung gewesen. Auch dieses Mal war keine Ausnahme. Während das Menschenfleisch zischend vor sich hin briet, rutschte ich vom Feuer weg in eine dunkle Ecke, rollte mich dort zusammen und schluchzte leise vor mich hin.

Ich war noch ein Kleinkind gewesen, als die Paralytische Pest, besser bekannt als die Purpurrote Pest, über unsere Stadt hereinbrach. Die Opfer verloren erst die Kontrolle über ihre Muskeln, dann versagte die Atmung, und sie kämpften bis zu ihrem Ende um jeden Luftzug. Meinen Vater und meine drei Brüder raffte es in nicht einmal achtundvierzig Stunden dahin, und ich erinnere mich noch immer daran, wie man die Leiche meines kleinen Bruders zum Krematorium fortschaffte. Meine Mutter erkrankte nicht, ich aber hatte zu diesem Zeitpunkt bereits hohes Fieber und konnte Arme und Beine nicht mehr bewegen. Die Ärzte ließen mich in einen großen Saal bringen, randvoll mit Menschen, die auf den Tod warteten.

Meine Mutter hat mir die Geschichte so oft erzählt, dass ich sicher bin, dass meine Erinnerungen nicht nur sehr lebendig sind, sondern falsch. Aber ich sehe vor mir, wie eine Gruppe Männer und Frauen hereinkam. Sie trugen dicke Schutzanzüge und unter den Helmen zusätzlich blaue Atemmasken. Jeder hatte eine gekühlte Med-Tasche dabei, auf der das Logo von Tarakan leuchtete. Rasch schwärmten sie aus, verteilten sich zwischen den Kranken und Sterbenden. Einer von ihnen – der Einzige, der im Innern seines Helms eine altmodische Brille trug – kam zu mir und setzte sich an mein Bett. Leise sprach er mit meiner Mutter, es war kaum mehr als ein Flüstern, und erklärte ihr, er komme von der Tarakanischen Universität und habe einen Impfstoff gegen die Purpurrote Pest dabei, der jedoch noch nicht vollständig getestet worden sei. Der Impfstoff könne mich entweder töten oder heilen, und meine Mutter habe nur eine Minute Zeit, um sich zu entscheiden, ob er ihn mir verabreichen solle, denn dann würde er zum nächsten Patienten weitergehen.

Nachdem sie bereits ihre drei Söhne und ihren Mann hatte sterben sehen, zögerte meine Mutter keine Sekunde lang. Jahre später verriet sie mir, dass sie in diesem Moment beschlossen hatte: Wenn ich starb, würde sie sich ebenfalls das Leben nehmen. Der Tarakanische Arzt verabreichte mir den Impfstoff, indem er meinen fieberheißen bloßen Bauch mit einem Gegenstand aus Metall berührte. Ich erinnere mich daran, wie rasch sich lindernde Kühle in meinem Körper ausbreitete. Am nächsten Tag konnte ich bereits wieder aufstehen. Von 822 Patienten, die den Impfstoff bekommen hatten, überlebten 645.

Meine Mutter, von Beruf Steuerberaterin, bewarb sich in der darauffolgenden Woche um eine Aufenthaltsgenehmigung für Tarakan. Zum Glück akzeptierten sie damals noch ganz gewöhnliche Leute als neue Bürger. Binnen einem Jahr siedelten wir in die Stadt der Türme um, obwohl ihr Berufsstand dort gar nicht gebraucht wurde. Sie nahm alle Jobs an, die man ihr zuteilte, obwohl sie für alles überqualifiziert war und nicht gut bezahlt wurde. Niemals hat sie sich beklagt. Ihr einziges Ziel war, dass ich volle Tarakanische Bürgerrechte erlangen sollte.

Ich versuchte es. Ich versuchte es wirklich. Aber der Verlust meiner Familie hatte mich zu tief erschüttert. Meine Mutter schuftete nach Kräften und gab ihr Bestes, gegen das Trauma anzukämpfen, das wir beide erlitten hatten, aber es reichte nicht aus. In der Pubertät wurde ich außerordentlich hitzköpfig. Vor allem die Puzzle und die ganzen Rätsel reizten mich bis aufs Blut, und eines Tags warf ich meinem Lehrer einen Puzzle-Kasten an den Kopf, und jemand kam zu uns nach Hause, um mit meiner Mutter zu reden. Ich war ganz sicher, dass man mich wegschicken würde, aber der Tarakanische Talentsucher hatte eine andere Idee. Ich kam an die gerade erst frisch gegründete Militärakademie und wurde Tarakanische Berufssoldatin, stieg irgendwann sogar in den Rang einer Obermajorin auf.

Das alles geschah vor der Zeit der Schutzengel, als sich Tarakan noch an das internationale Abkommen hielt, das den Einsatz von Klonen als Soldaten verbot. Die Tarakanischen Interessen zu schützen erforderte, dass biologische Menschen den Soldatenkram erledigten. Das war sozusagen mein Job. Ich arbeitete mich auf dem altmodischen Weg nach oben, nicht indem ich Puzzle löste; ich tötete die Feinde Tarakans.

Ich sah Tarakan wachsen und gedeihen, beobachtete aber auch, wie die Schatten tiefer wurden und die Bedrohung handfester, während sich der Neid der anderen Länder zu Angst verdichtete, dann zu Abscheu und schließlich zu Hass. Es gab terroristische Angriffe, Sabotage, Cyberdiebstahl, manchmal auch offene Feindseligkeiten gegen Tarakanische Einrichtungen rund um den Erdball.

Als schließlich entschieden wurde, die Schutzengel zu erschaffen, war ich unter jenen, die sie trainierten. Na gut, *trainieren* ist eigentlich nicht das richtige Wort, denn sie wussten vom ersten Augenblick an, wie man kämpft, aber ich sorgte dafür, dass sie wunderschön in Formation dahinmarschierten, und entsandte sie auf unzählige Geheimmissionen. Es dauerte nicht lange, ehe ich begriff, dass sie die Zukunft waren und ich damit überflüssig wurde.

Die Zeit war gekommen, frühzeitig aus dem Dienst zu scheiden. Ich hatte nie geheiratet oder gar Kinder bekommen – ehrlich gesagt hatte ich nie das Bedürfnis danach verspürt –, und Freundschaften waren auch nicht so meine Sache. Von der Welt hatte ich ganz ohne diese langweiligen Reisen, die Leute im Ruhestand oft unternehmen, schon mehr als genug gesehen. Also blieben mir nur zwei Möglichkeiten: Entweder hockte ich bis zu meinem Lebensende in irgendeiner mittelgroßen Wohnung in den Osttürmen herum, oder ich nahm das Angebot der Tarakanischen Sicherheitsbehörde an und wurde ein sogenannter *Schläfer*. Ich musste nicht lange überlegen.

Ich hatte geglaubt, schon alles gesehen und erlebt zu haben, aber das Schläfer-Training war etwas völlig Neues. Ich ließ alles und jeden hinter mir, einschließlich meines eigenen Körpers, und lud mein Bewusstsein in Adam hoch. Wachte in immer anderen Körpern wieder auf, auf unterschiedlichen Kontinenten, in anderen Ländern und Kulturen, und wusste nur, wer ich war beziehungsweise wer mein Alias war sowie – meistens jedenfalls – meine Mission. Trotz der Bezeichnung »Schläfer« verbrachte man seine Zeit nicht schlafend. Die Zeit zwischen den Einsätzen war vollgepackt mit Training und Einweisungen, Lernen, virtuellem Urlaub, Vorbereitungen und ein paar weiteren Unternehmungen, damit man nicht den Verstand verlor.

Wenn ich mich in der physikalischen Welt befand, hatte ich keinen vollen Zugriff auf die Erinnerungen an frühere Einsätze – eine notwendige Sicherheitsmaßnahme, falls ich in Gefangenschaft geriet –, aber mir war trotzdem klar, dass die Missionen im Lauf der Zeit immer aggressiver wurden. Von einfachem Datendiebstahl oder Erpressung hin zu hochriskanten Sabotageakten, der Entführung wichtiger Politiker und Auftragsmord an Leuten von hohem Rang. Einmal entfachte ich sogar einen Krieg im Mittleren Osten, mittels einer wohlplatzierten chemischen Bombe und einiger falscher Fingerabdrücke. Es gab mehrere Tote, und zwei regionale Mächte überwarfen sich miteinander.

War ich immer auf der richtigen Seite? Keinen verdammten Schimmer. Viele meiner Missionen waren moralisch eher fragwürdig, und soweit ich mich erinnerte, hatte ich in meinen Berichten immer wieder darauf hingewiesen, dass aggressive Täuschungsmanöver und mit eiserner Faust durchgesetzte Diplomatie allerhöchstens kurzfristig zum Erfolg führten. Immer mehr Staaten und Unternehmen betrachteten uns als Feinde, und auch wenn sie uns in Sachen Technologie und Einfluss hinterherhinkten, wurden sie gemeinsam zu einer ernstzunehmenden Bedrohung.

Und jetzt saß ich hier in den Ruinen der Menschheit. Nach allem, was ich gesehen hatte … nun, als Spezies schienen sie das Armageddon irgendwie überlebt zu haben, allerdings hatten sie nicht damit aufgehört, gegeneinander zu kämpfen und sich bei jeder Gelegenheit gegenseitig umzubringen. Tarakan, das hell leuchtende Juwel der Menschheit, lag in Trümmern. Meine ganze Arbeit, alles, was ich riskiert hatte – vergebens. Milliarden Menschen waren tot, und jene, die überlebt hatten, schnappten sich einfach eine Schusswaffe, ein Schwert oder gar einen Knüppel und machten munter weiter.

Und doch war ich hier. Irgendwer hatte mich in diesen Wirtskörper geladen und mich mit einer Mission betraut, also musste es noch Hoffnung geben. Ich wischte mir die Tränen aus dem Gesicht und ging zum Feuer zurück, wo sich das Fleisch langsam schwarz färbte, setzte mich, schnappte mir einen der Spieße, pustete behutsam auf das Fleisch und biss einen Brocken ab. Der Geschmack passte genau zu meiner Stimmung.

Morgen war ein neuer Tag. Irgendwie würde ich mich zur Stadt der Türme durchschlagen und herausfinden, wie meine Mission lautete. Tarakan war gefallen, aber vielleicht war es noch nicht ganz verloren.

Kapitel 5

Funkelauge

Die Wanderung zum Bauernhof dauerte noch viel länger, als ich angesichts unseres Zustands erwartet hätte. Das Land war hügelig und karg, die Vegetation bestand überwiegend aus Büschen und vereinzelten niedrigen, knorrigen grauen Bäumen. Nach dem Marsch hügelabwärts bluteten meine nackten Füße aus unzähligen kleinen Schnitten. Wie zuvor schienen auch diese Schmerzen nicht ganz zu mir zu gehören. Ich unterdrückte meine unmännlichen Japser und Aufschreie, nachdem ich mir ein paar amüsierte Blicke von Galinak eingefangen hatte, der alles stoisch schweigend ertrug. Nach einer Weile fand er einen großen schweren Ast, der notfalls als Knüppel taugte.

»Einen hungrigen Bären wirst du damit aber nicht beeindrucken«, witzelte ich halbherzig, um das Schweigen zu vertreiben.

»Nimm's mir nicht krumm, kleiner Freund mit den scharfen Augen«, sagte er und winkte mir mit dem Holzprügel zu, »aber wenn wir einem Bären begegnen, dann lautet mein Plan, dich hiermit niederzustrecken und die Beine in die Hand zu nehmen.«

Das ließ mich eine Weile verstummen. Normalerweise hätte ich eine solche Bemerkung von Galinak einfach als ruppigen Humor verbucht, aber er war übler Stimmung. Ich hatte ihn in unsere Mission eingeweiht, soweit ich selbst darüber Bescheid wusste, und das hatte für zwei gewaltige Wutanfälle gesorgt und ein paar weitere kleine Ausbrüche.

»Kein Wunder, dass die ganze Welt diese Rostwichser gehasst hat«, hatte er verkündet, das fremde Gesicht zornesrot. »Die haben uns *schon wieder* ausgetrickst.«

»Sie haben ihr Wort gehalten. Wir leben noch.« Kaum hatte ich es ausgesprochen, war mir auch schon klar, dass diese Argumentation nicht funktionieren würde.

»Haben sie dich kurzgeschlossen, Funkelauge? Tarakan hat uns nur zurückgeholt, weil sie jemanden brauchen, der die Drecksarbeit für sie erledigt.« Galinak schwenkte seinen Zeigefinger vor meinem Gesicht hin und her. »Ich mach das Spiel nicht noch mal mit. Du hast dem Deal mit diesen Rostpissern zugestimmt, aber ich hab das nicht. Mich hat niemand gefragt, ob ich einem kleinen Mädchen hinterherjagen will.«

»Sie ist kein kleines Mädchen mehr. Inzwischen müsste sie um die siebzehn sein.« Wenn ich geglaubt hatte, diese Tatsache würde Galinak besänftigen, hatte ich mich geschnitten.

»Mir doch egal, wie alt sie ist«, blaffte er mich an. »Ich mach den Scheiß nicht noch mal mit. Die können mir den nackten, unbehaarten Arsch küssen, wenn sie mich überhaupt jemals finden.« Er beschleunigte seine Schritte, und ich kam nicht mehr hinterher.

Ich trat auf einen scharfkantigen Stein und unterdrückte einen Aufschrei. »Warte, Galinak.« Zu meiner Überraschung blieb er tatsächlich stehen und drehte sich zu mir um, und ich hoppelte auf ihn zu. »Denk an das, was Rafik gesagt hat. Wir haben nicht mal drei Jahre, ehe wir sterben. Und das wird kein leichter, schneller Tod sein.«

Er musterte mich. »Manchmal ist ein kurzes Leben in Freiheit besser als ein langes Leben, in dem man artig vor irgendeinem Herrn kuscht.«

Ich spürte, dass es vergebene Liebesmüh wäre, weiter auf ihn einzureden, er würde sich im Augenblick nicht überzeugen lassen. »Okay«, sagte ich ganz ruhig und vernünftig. »Lass uns irgendwo was zum Anziehen beschaffen und Wasser und irgendwas zu essen, vielleicht auch eine Waffe, die mehr taugt als dein Stock da. Und dann reden wir noch mal drüber.«

»Meinetwegen.« Galinak nickte. »Aber es gibt nichts zu bereden. Ich bin fertig mit diesen Rostfressen.«

Wir gingen weiter, jetzt langsamer und bedächtiger. Galinak brütete schweigend vor sich hin, während ich mit meinen Sichtmodi herumspielte, um mich von meiner Angst vor einer eventuellen Bärenbegegnung abzulenken. Meine Fähigkeiten ähnelten denen, die mir in meinem alten Körper zur Verfügung gestanden hatten, nur ums Zehnfache verstärkt. Als hätte ich ein Tarakanisches Artefakt eingebaut bekommen. Ich sah Ameisen über den Boden krabbeln und einen Raubvogel hoch über uns im Himmel, als wäre alles ganz nah. Obwohl ich mich die ganze Zeit sorgfältig umsah, war der verlassen wirkende Bauernhof das einzige Gebäude, das ich ausmachen konnte, aber das überraschte mich nicht: Die Große Katastrophe hatte von der Menschheit nur wenige versprengte Überbleibsel zurückgelassen und eine Menge leeres Land. Viele Überlebende hatten sich, vom Instinkt getrieben, in Weilern, Dörfern oder Städten zusammengeschlossen, aber manch einer war auch fortgegangen oder einfach dort geblieben, wo er überlebt hatte, fest entschlossen, der Welt allein die Stirn zu bieten.

Wir erreichten den Hof, als die Sonne gerade hinter den Bergen versank. Obwohl alles verlassen aussah, gingen wir kein Risiko ein. Ich versteckte mich abseits vom Gelände, und Galinak pirschte sich allein vorwärts. Nach einer Weile kam er zurück und winkte mich heran. Nach dem ungepflegten Gemüsebeet zu urteilen, schien der Hof tatsächlich verlassen zu sein. Wir konnten es uns nicht leisten, wählerisch zu sein, und fanden noch ein bisschen einigermaßen essbares Gemüse. Diese erste Mahlzeit in unseren Körpern war eine eigenartige Erfahrung. Auch diesmal war mir eigenartig bewusst, wie sich die Nahrungsaufnahme auswirkte, dieses Wissen war sehr viel präsenter als die eigentliche körperliche Empfindung. Mein Körper gewann durch den Verzehr der gammligen Tomate neue Kraft, aber zum Glück war die Empfindung so eigenartig distanziert, dass ich nicht würgen musste.

Die Scheune war schon vor langer Zeit leer geräumt worden, aber Galinak fand ein Schlachtmesser auf dem Boden, das den Eigentümern wohl beim Zusammenpacken runtergefallen war. Ein Glücksfund – Metall war hier auf dem Land selten und kostbar. Die Klinge war ein bisschen rostig, aber noch immer scharf. Galinak behielt es und reichte mir mit verschlagenem Lächeln und bedeutungsvollem Zwinkern den Holzprügel. Ich verzichtete darauf zu protestieren.

Das Wohnhaus bestand aus nur einer Etage, war aber geräumig genug, um eine Großfamilie zu beherbergen, vielleicht sogar mehrere Generationen, und es war fast vollständig ausgeräumt. In der Nähe der kalten Feuerstelle fanden wir ein bisschen hölzernes Besteck, teilweise zersplittert und zu abgenutzt, als dass sich das Mitnehmen gelohnt hätte. Etwas Essbares fanden wir nicht, und das wilde Frettchen, auf das wir bei der Hausdurchsuchung stießen, floh klugerweise durch ein Loch in der Wand nach draußen, ehe Galinak eine Mahlzeit aus ihm machen konnte.

»Galinak, ich hab was gefunden«, rief ich. Obwohl meine Stimme nicht so klang, als drohte Gefahr, kam er sofort mit gezücktem Messer herbeigestürmt. Ich deutete mit dem Kinn auf einen großen Schrank. »Die Tür klemmt.«

Er zuckte mit den Schultern, legte sein Fleischermesser sorgsam auf den Boden, dann stemmte er eine Hand gegen die doppelte Schranktür und packte mit der anderen den Griff. Er musterte mich. »Warum der finstere Blick?«

»Weil ich sehe, was da drinnen ist.«

Einen Augenblick lang dachte er über meine Worte nach, dann riss er so heftig am Griff, dass er ihn glatt aus der Tür riss.

»Rost«, fluchte er und schlug dann ohne weitere Umstände mit der Faust die Tür ein, die in mehrere Teile zerbrach. Als sich der Staub setzte, spähten wir hinein. Nur zwei Kleidungsstücke hingen auf den hölzernen Bügeln: ein blauer Arbeitsoverall und ein Kleid.

Galinak sah mich wieder an. »Oh«, sagte er. »Darum also.«

Kapitel 6

Peach

Der Marsch durch die Ruinen der Verseuchten Stadt dauerte mehrere Tage und kostete mich ein Drittel meiner Nährpillen. Auf dem Weg durch die leeren Straßen begriff ich, weshalb trotz der Strahlung noch immer Plünderer hierherkamen. Die Stadt schien innerhalb einiger Stunden zerstört worden zu sein, nicht im Laufe von Wochen oder gar Monaten. Raketen waren vom Himmel herabgeregnet, und Energiestrahlen hatten sich tief in den Boden gefressen und alles zerlegt, was sie berührten. Die meisten Tarakanischen Waffen waren darauf ausgelegt, binnen wenigen Stunden Millionen und Abermillionen Menschen zu töten, ihre Besitztümer aber möglichst zu verschonen. Das wusste ich, weil ich eine leitende Position im Sicherheitsdienst innegehabt hatte, als diese Waffen Stück für Stück in die Sternensäule geschafft und zur Orbitalstation hinaufgeschmuggelt worden waren, wo man sie zusammensetzte und dann in eine so hohe Umlaufbahn brachte, dass sie von der Satellitenabwehr unten auf der Erde nicht abgeschossen werden konnten. Anfangs hatte ich nicht gewusst, was wir da transportierten – trotz meines hohen Dienstrangs sollte auch ich eigentlich nicht erfahren, dass wir gerade mehrere internationale Abkommen zugleich brachen, indem wir heimlich Raketenbauteile über die Sternensäule in den Orbit schafften. Aber sämtliche Geheimhaltungsklauseln der Welt können einen betrunkenen Geheimdienstoffizier nicht davon abhalten, etwas auszuplaudern, wenn er versucht, in einer Bar eine Frau abzuschleppen. Der Sex in jener Nacht war erstaunlich gut gewesen, aber am nächsten Tag hatte ich dafür gesorgt, dass der Mann gefeuert wurde.

Mal abgesehen vom schrecklichen Zustand der Welt, in der ich erwacht war: Mein Marsch durch die Verseuchte Stadt war längst nicht die schlimmste Situation, in der ich mich je befunden hatte. Ich erinnerte mich noch daran, wie ich siebenundzwanzig Tage lang in den Abwasserkanälen unter Bangladesch hatte überleben müssen, gejagt von einer ganzen Armee auf mich angesetzter Killer. Verglichen damit erschien mir die Durchquerung einer zerstörten Stadt trotz des Regens fast wie ein Spaziergang, mit dem zusätzlichen Bonus, dass ich hin und wieder Nützliches fand.

Natürlich waren Kleidung und empfindliche Gegenstände schon lange weg, aber immerhin trieb ich ein bisschen Neoflex-Plastik auf, das ich mit dem Energieschwert zerschnitt, um meine Füße damit zu umwickeln und eine Art Kopfbedeckung herzustellen. Für einen groben Beutel reichte es auch noch. Eingedenk der Malk'schen Informationen über Währungen füllte ich den Beutel mit Schrott, bevorzugt welchem aus Metall. Sogar eine angeschlagene Porzellantasse fand ich, die irgendwie überlebt hatte. Ich wickelte sie vorsichtig in den letzten Fetzen Neoflex-Plastik und marschierte weiter, zuversichtlicher als vor meinem Fund. Der Schwertgurt war viel zu weit, um ihn mir um die Hüfte zu schnallen, deshalb warf ich ihn mir über die Schulter und schnallte ihn im Bandolierstil unter der gegenüberliegenden Achsel zu, wobei ich sorgfältig darauf achtete, dass der Schwertgriff hinter meinem Rücken gut zu erreichen war.

Von der ganzen Zerstörung mal abgesehen, war noch etwas an der Stadt bemerkenswert: ihre Leere. Ein Gebäude neben dem anderen, und nirgendwo eine lebende Seele zu sehen. Wenn es stimmte, was ich über den Krieg gehört hatte, und das Tarakanische Waffenarsenal zur vollen Entfaltung gelangt war, dann waren in kürzester Zeit Milliarden Menschenleben ausgelöscht worden. Ich erwischte mich beim Grübeln, wie wohl die Überlebensquote gewesen sein mochte. War etwa der ganze Planet vollkommen zerstört worden?

Zwei Tage später entdeckte ich einen weiteren Plündererrupp inmitten der Ruinen, aber diesmal blieb ich auf Abstand. Sie waren zu fünft und alle mehr oder weniger von demselben Typus wie die drei bei meiner ersten Begegnung. Weil sie zur Stadt unterwegs waren, folgte ich ihren Fußspuren, allerdings in die umgekehrte Richtung, und stieß schließlich auf ein großes befestigtes Lager. Eigentlich, befand ich später, hätte mich das nicht überraschen dürfen. Es gab immer ein Lager, selbst in den abgelegensten Gegenden. Wo immer ein Geschäft zu machen ist, finden sich Händler ein. Sobald man nur ausreichend viele Leute zusammenbringt, kommt irgendwann jemand mit einer Karre und legt mit dem Handel los. Und dann folgen auch bald die Frauen, entweder aus freien Stücken oder, das ist häufiger, unter Zwang. Im Lauf der Zeit wird aus dem Lager ein kleiner Weiler, und spätestens dann reißt für gewöhnlich jemand mit Gewalt die Kontrolle an sich.

Bis zu dem Augenblick, da ich das Lager zu Gesicht bekam, hatte ich noch nicht ganz begriffen, was uns als Spezies zugestoßen war. Die riesige Stadt hinter mir lag in Trümmern, ja, und ein Mann hatte mit Pfeil und Bogen auf mich geschossen, aber trotzdem hatte ich irgendwie erwartet, am Stadtrand auf modernes Leben zu treffen. Der Anblick eines von einem Pferd gezogenen Wagens, der über eine unbefestigte Straße auf ein Lager zuhielt, das sich hinter einer mittelalterlich anmutenden hölzernen Palisade verschanzte, drehte mir den Magen um. Mir war, als wäre ich soeben aus einer Zeitmaschine getreten.

Ich ließ mich ins hohe Gras sinken und beobachtete das Lager, bis es dunkel wurde. Außen am Tor hingen zwei Tote, aus den Holzhäusern stieg Rauch empor, und immer wieder lief jemand zum Brunnen und holte Wasser. Es hätte glatt eine Szene aus einem historischen VR sein können, hätte da nicht mitten im Lager ein Lastwagen gestanden. Aber selbst der war uralt, von der mit Speiseöl und Kohlen betriebenen Sorte. Zu meiner Zeit hatte man nur in den allerärmsten Ländern der Welt noch solche umweltschädlichen Fahrzeuge zu Gesicht bekommen. Aber in diesem Augenblick kam mir dieser Lastwagen vor wie der strahlende Inbegriff moderner Zeiten. Er wurde mein Zielpunkt. Ich musste in diesen Lastwagen gelangen.

Er war zu weit weg, um irgendwelche Details auszumachen – die Zoom-Funktion meines Wirtskörpers war eher kläglich, zudem behinderten ein paar notdürftig zusammengezimmerte Holzhütten die Sicht. Nachdem ich mir ein paarmal eine neue Position gesucht hatte, gelang es mir endlich, einen Blick auf die Fracht zu werfen. Metallschrott anscheinend. Das Gesicht des sichtlich hinkenden Fahrers wurde von einer grauen Kapuze beschattet. Die Männer, die ihm beim Beladen halfen, waren bis an die Zähne bewaffnet mit einem Durcheinander aus antiken Waffen aus dem 20. Jahrhundert sowie reichlich mittelalterlich anmutenden Teilen. Ein ganz schön rauer Haufen, aber der Mann mit der Kapuze schien sie gut im Griff zu haben. Bei Anbruch der Dunkelheit zerstreuten sie sich.

Es wäre vernünftig gewesen, mindestens einen weiteren Tag zu warten, Informationen zu sammeln und mir einen guten Schlachtplan zurechtzulegen. Die Schläfer-Spezialagentin Vera Geer oder auch Obermajorin Vera Geer hätte diese

Umsicht dringend empfohlen, vor allem jemandem, dessen Wirtskörper nicht für den Kampf geschaffen war. Aber ich befürchtete, dass der Lastwagen schon frühmorgens aufbrechen würde, wenn nicht sogar früher, und dann würde ich allein im Mittelalter zurückbleiben. Außerdem war die nächtliche Dunkelheit für mich von Vorteil. Es war echte Dunkelheit, wie man sie in der Welt, aus der ich kam, kaum je erlebt hatte. Dazu kam noch die Kälte, die längst ihren Tribut forderte – mein Wirtskörper zitterte heftig und verbrannte eine Menge Energie, um seine Basisfunktionen aufrechtzuerhalten. Wenn ich hier draußen blieb, bestand die Gefahr, dass er bleibende Schäden davontrug oder sogar erfror. Vielleicht waren das aber auch nur Ausflüchte. Ich war müde, hungrig und nass, und ich fror und befand mich immer noch im Schockzustand. Sehnte mich nach Wärme und Licht und Nahrung, vielleicht sogar etwas Konversation. Ich wollte fort aus dieser Gegend, wo alles aussah wie aus einem Albtraum. Und ich brauchte eine ordentliche Mütze Schlaf. Ich musste dringend träumen. Gut möglich, dass ich im Traum genauere Anweisungen erhielt, aber dafür musste ich ein sicheres Fleckchen finden und in ausreichend tiefen Schlaf sinken, damit mein Geist sich für eine solche Übermittlung öffnete. Das funktionierte nicht hier draußen.

Ich wickelte das Neoflex von meinen Füßen und überprüfte, ob meine Ausrüstung gut befestigt war und so wenig Geräusche machte wie irgend möglich, auch wenn das mit dem Münzsack und einem Beutel voller Metallschrott ein hochgestecktes Ziel war.

Im Lager gab es vier grob zusammengezimmerte Wachtürme, aber aus irgendeinem Grund waren nur zwei davon bemannt, und als einzige Lichtquelle dienten Fackeln. Mich ungesehen an die Palisaden heranzupirschen war nicht weiter schwierig, ich musste dazu nicht einmal auf dem Boden kriechen, was ein Segen war, nachdem es mehrere Tage lang genieselt hatte; die Erde war furchtbar schlammig. Im Boden steckten hölzerne Spieße, als würde man im Lager einen berittenen Angriff befürchten. Ich lief zwischen ihnen hindurch und erreichte die Palisade.

Ursprünglich hatte ich den Teil der Palisade angepeilt, der dem Lastwagen am nächsten war, aber ihn zu erklettern erwies sich als unmöglich. Primitiv oder nicht, der unbekannte Erbauer der Palisade hatte gute Arbeit geleistet. Ein Stück weiter fand ich jedoch einen Abschnitt, wo ich mich zumindest an zwei Stellen festhalten konnte. Sie waren weit voneinander entfernt, aber mehr brauchte ich nicht.

Ehe ich hinaufkletterte, stand ich eine Weile ganz still und lauschte. Die Sinne meines Wirtskörpers waren nur eine Prise schärfer als die eines gewöhnlichen biologischen Menschen, aber es reichte immerhin aus, um das Stottern eines kleinen Motors zu hören und die sich entfernenden Schritte von drei Leuten, heiseren Gesang und das Schnüffeln einiger Schweine. Letzteres wurde vom passenden Geruch begleitet. Ich holte tief Luft, aktivierte den ESM, spürte Adrenalin durch meine Adern rauschen und kletterte rasch an der Palisade hinauf, grub die Finger tief ins Holz wie eine streunende Katze. Oben fand ich eine schmale Brustwehr vor und beeilte mich, auf der anderen Seite hinunterzuspringen, landete hinter einer Holzhütte und kauerte mich zusammen. Es dauerte ein paar Minuten, bis die Desorientierung und Übelkeit abklangen, die auf den ESM folgten.

Der beißende Geruch des Viehs mischte sich mit dem Gestank nach verrottendem Müll und menschlichen Exkrementen. Dieses Lager war das reinste Hygiene-Grab. Ich beugte mich vor und spähte um die Ecke. Die dunklen Straßen waren menschenleer, abgesehen von vier Wachen, die sich hinter einem Tor um ein kleines Feuer scharten. Ich schlich mich in die entgegengesetzte Richtung davon, kam am Brunnen in der Dorfmitte vorbei und hielt auf den Lastwagen zu. Er war als Blockade neben einem zweiten Tor geparkt. Der Verschleiß durch jahrelangen Gebrauch war unübersehbar, überall sah ich die Spuren notdürftiger Flickarbeiten, Einschusslöcher und Brandflecken, aber die Hersteller der Firma *EverTyre* wären sicherlich stolz darauf gewesen, dass ihr Produkt, so abgenutzt und von Kämpfen gezeichnet es auch war, einen nuklearen Holocaust überstanden hatte und immer noch funktionierte. Ich spielte nach wie vor mit der Idee, den Lastwagen zu stehlen, aber als ich an den Türen des Fahrzeugs Bewegungsmelder entdeckte, fasste ich einen neuen Plan. Tatsächlich hob sich meine Stimmung sogar. Ein so moderner Apparat wie ein Bewegungsmelder bedeutete, dass nicht alle Hoffnung verloren war …

Mit dem passenden Werkzeug hätte ich das Schloss mitsamt Bewegungsmeldern austricksen können, aber das Risiko, dass ich Aufmerksamkeit auf mich zog und das ganze Unternehmen hier in einem Blutbad endete, war mir zu groß. Und selbst wenn ich ins Innere des Lastwagens gelangt wäre und es geschafft hätte, ihn zu starten, wusste ich immer noch nicht, wohin ich eigentlich fahren sollte. Ich brauchte mehr Informationen und, wenn irgend möglich, Hilfe.

Ein Hund fing an zu bellen, und ich zog mich zum Brunnen in der Dorfmitte zurück. Dann folgte ich meinem Gehör hinter den größten Holzschuppen dieser erbärmlichen kleinen Siedlung. Der Motorenlärm stammte von einem kleinen Generator, und der Geruch des schwarzen Qualms, den er reichlich ausspuckte, verriet mir, dass er mit einer Mischung aus Speiseöl, Fett und vielleicht sogar Gülle gefüttert wurde. Ich sah, wie sich die Hintertür des Schuppens öffnete. Ein Mann mittleren Alters trat heraus, die Kleidung voller Flecken, und kippte einen Eimer Brühe in den offen stehenden

Tank. Ich wartete, bis er wieder in der Hütte verschwand, und machte mich auf den Weg zum Vordereingang.

Generator hin oder her, die Hauptlichtquelle der kleinen Taverne war ein Feuer in der Raummitte, über dem ein großer Eisentopf hing. Jedes Brandschutzgesetz der alten Welt hätte das als untragbare Feuergefahr deklariert. Als der Geruch mir entgegenwallte, wäre ich fast rückwärts wieder rausgelaufen, aber beim Öffnen der Tür hatten sich so viele Leute nach mir umgedreht, dass ich nicht einfach unbemerkt wieder verschwinden konnte. Also trat ich ins dunkle Dämmerlicht der Taverne und zog die Tür hinter mir zu.

Kapitel 7

Funkelauge

Jeder, der die beiden Gestalten aus der Ferne sah, hätte sie für einen Bauern und seine Frau gehalten, die nebeneinander die unbefestigte Straße entlangtrotteten. Aber bei genauerem Hinsehen wäre dem Beobachter aufgefallen, dass etwas nicht stimmte. Galinak hatte die Beine seines Overalls auf Kniehöhe abgerissen und sich den Stoff um die Füße gebunden. Die Frau des Bauern war ein kräftiges Mädchen gewesen, also passte mein Oberkörper ins Kleid, wenn auch nur mit knapper Not. Ich hatte Galinaks Trick ebenfalls ausprobiert, mich aber verschätzt, und jetzt war das Kleid unanständig kurz geraten. Immerhin hatte ich so ausreichend Material übrig, um es mir um den Kopf zu wickeln und meinen bloßen Schädel vor der unbarmherzigen Sonne zu schützen. Am Morgen entdeckten wir, dass bei uns beiden die Haare sprießten, nicht nur am Kopf. Meins war irgendwas zwischen weiß und golden, Galinaks rotbraun.

Nach einer halbwegs bequemen Nacht vor der Feuerstelle setzten wir unsere Reise fort. Das Glück war uns weiterhin hold gewesen: In der Feuerstelle hatte sich ein alter eingebauter Feuerstein befunden, der jetzt sicher in Galinaks Tasche ruhte. Er hatte vorgeschlagen, dass wir einfach auf dem Hof bleiben und »unsere eigene Familie gründen« könnten, aber bis zum Mittag kamen seine Witzeleien so langsam zum Erliegen.

Am Straßenrand fanden wir eine Handvoll Beeren, die scheußlich schmeckten, aber trotzdem nahrhaft waren. Mit Wasser sah es schlechter aus, aber unsere Körper erwiesen sich als unglaublich robust und hielten sehr viel mehr aus, als ich meinem früheren Körper zugetraut hätte.

Kurz nach der Mittagszeit kamen wir an einem weiteren verlassenen Gehöft vorbei, dieses allerdings war eine Ruine. Schlimmer noch: Überall fanden sich eindeutige Spuren von Gewalt, einschließlich der Knochen mehrerer Nutztiere, Brandschäden und anderer Anzeichen dafür, dass, um es mit Galinaks Worten zu sagen, »irgendwas echt Großes diese rostige Hütte zum Teufel gejagt hat«. Er war es auch, der als Erster die tiefen Abdrücke entdeckte, wo einmal der Garten gewesen sein musste – zwei parallele Furchen wie von breiten Ketten, gut zwei Mannslängen dazwischen.

»Irgendeine Maschine.« Meine Feststellung war überflüssig wie ein Kropf, aber Galinak war nicht in der Stimmung, um darauf herumzureiten. Prüfend nahm er etwas Erde zwischen die Finger.

»Sehr tief, obwohl die Erde trocken war. Das heißt, das Ding war schwer. Riesig. Um so ein Fahrzeug in Gang zu setzen, braucht man einen Haufen Energiezellen.«

Wir wechselten einen Blick. »Also irgendein Kriegsgerät«, sagte ich. »Nichts anderes rechtfertigt einen solchen Energiezelleneinsatz.«

»Ein Kriegsgerät?« Galinak sah sich um. »Im Bienenstock waren wir nur mit leichten Dustern unterwegs, und das war immerhin das Tarakan-Tal.«

Rafik hat gesagt, die Stadt der Türme sei in einen Kampf verwickelt, aber hier sind wir weit von der Stadt entfernt. Könnte es trotzdem einen Zusammenhang geben?

»Ich weiß, dass es vor der Katastrophe solche Maschinen gab«, sagte ich, und vor meinem geistigen Auge zuckte eine

Erinnerung auf. »Panzer hießen sie. Ich hab gehört, dass man irgendwo weit im Westen einen ganzen Haufen von diesen Dingern gefunden hat. Sie waren zerschmettert und ausgebrannt, aber das Metall war zu dick, um es zu bergen, also stehen sie immer noch dort, eine Reihe neben der anderen.«

»Also hat irgendeine Bande aus der Umgebung eine noch funktionierende Kriegsmaschine in die Finger gekriegt und dazu genug Energiezellen, um sie zu betreiben, und jetzt fahren die hier durch die Gegend und machen kleine Bauernhöfe platt?« Galinak schüttelte den Kopf. »Das ergibt keinen Sinn.«

»Dann ist es ein vorrückendes Heer«, sagte ich leise.

»Dazu würde auch passen, dass der andere Hof verlassen war«, stimmte mir Galinak zu. »Sie wussten über die drohende Gefahr Bescheid. Die erste Familie ist geflohen, diese hier ist geblieben und wollte ihren Besitz verteidigen.« Wieder schüttelte er den Kopf. »Arme Säue, die. Wehrlos wie hilflose Welpen.«

»Ja, aber zu wem gehört dieses Heer?«, fragte ich ihn.

Galinak zuckte mit den Schultern. »Für die Antwort fehlen uns ein paar Kabelenden.«

»Wir hätten versuchen sollen, in den Bunker zurückzugehen.« Ich zeigte auf die Verwüstung ringsum. »Bestimmt hätte Rafik uns was darüber erzählt.«

»Tja, wenn ich mir nicht vorher schon sicher gewesen wäre, dass du wirklich Funkelauge bist, dann wär ich's jetzt.« Galinak kicherte in sich hinein. »Jederzeit bereit, für eine neue Information zu sterben. Wir finden bestimmt schon bald raus, was los ist. Also komm, sehen wir uns ein bisschen um, und dann verschwinden wir hier.«

Galinaks Bemerkung war vielleicht nur als Frechheit gedacht, aber er hatte recht. Ich spürte bereits das vertraute Kribbeln in meinem Verstand aufkeimen: Neugier. Ja, die Tarkanier hatten mich zu dieser Mission gezwungen, aber ich wollte auch selbst wissen, was eigentlich los war – zum Henker, ich *musste* es einfach in Erfahrung bringen –, und die Sache war es mir wert, mein neues Leben dafür aufs Spiel zu setzen.

Auf dem Gehöft gab es nichts mehr zu holen bis auf ein paar Holzscheite, die wir für die spätere Verwendung als Feuerholz einsammelten, und eine Handvoll rostige Nägel. Ich band die Nägel mit ein paar am Kleid festgenähten Bändern zusammen und beschloss, sie bei der ersten sich bietenden Gelegenheit in meinen groben Knüppel zu schlagen. Nicht das größte denkbare Upgrade meiner Bewaffnung, aber besser als nichts.

»Am besten folgen wir den Spuren.« Galinak zeigte auf die tiefen Rinnen, die nach Nordosten führten.

»Nein, wir sollten nach Nordwest gehen«, sagte ich. »Könnte einen falschen Eindruck erwecken, wenn wir mit einem Knüppel und im Kleid einer Kriegsmaschine und bewaffneten Truppen folgen.« Mit dem Spruch erntete ich ein weiteres Glucksen von Galinak. »Die geflohenen Bauern müssen irgendeinen sicheren Hafen im Sinn gehabt haben. Ich könnte mir vorstellen, dass sich im Umkreis von ein oder zwei Tagesreisen ein Dorf befindet.«

Galinak zog ein zweifelndes Gesicht. »Und das alles hast du aus den paar Spuren geschlossen?«

»Nein«, gab ich zu. »Ich hab schon die ganze Zeit so ein seltsames Gefühl. Die Gegend kommt mir vertraut vor. Ich glaube, ich war hier schon mal auf der Durchreise.«

»Keine große Überraschung.« Galinak klopfte sich Staub vom Overall. »Schließlich hast du Vincha kreuz und quer durchs Land gejagt.«

»Nein, Vincha ist nie über Land gereist«, sagte ich. »Ich glaube, ich war mal hier, als ich noch jünger war, zusammen mit Lehrmeister Harim.« Der Name meines Mentors spülte einen Haufen Gefühle mit hoch. Er war es gewesen, der mich nach meiner Kindheit in der oberen Turmebene aufgenommen und mich zu dem unzulänglichen Mann gemacht hatte, der ich heute war.

»Na schön, Junge.« Galinak kam zu mir. »Machen wir's auf deine Art.«

Wir gingen weiter, stießen auf eine breitere Straße und folgten ihr bis zum Einbruch der Dunkelheit, aber auch dann blieben wir nicht stehen. Dank meiner verbesserten Sicht war die Nacht für mich taghell, und obwohl wir nichts weiter gegessen hatten als die Handvoll Beeren unterwegs, ließen unsere neuen Körper keine Anzeichen von Erschöpfung erkennen. Sogar unsere Fußsohlen waren im Lauf des Tags härter geworden, und wir kamen schneller voran als zu Anfang.

Am nächsten Tag gegen Mittag traf der unbefestigte Weg auf etwas, das einmal eine asphaltierte Straße gewesen sein musste, auch wenn heute nur noch vereinzelte Flecken aus dunklem Material von der einstigen Pracht zeugten. Und hier fanden wir eine weitere eindeutige Spur der Kriegsmaschine. Diesmal mussten wir ihr folgen. Das Gelände war flach, neben der Straße wuchsen dicht an dicht Bäume und hohe Büsche, und wir sahen das Dorf erst, als wir schon ganz nah waren. Aus irgendeinem Grund empfand ich kindischen Stolz darüber, dass ich es als Erster entdeckte.

Ich war eindeutig schon mal hier gewesen. Das Dorf war von einer hölzernen Schutzmauer umgeben, und die Häuser dahinter stiegen mit dem steilen Hang in die Höhe. Der Hügel musste die Dorfbewohner gut in Form gehalten haben und diente von drei Seiten als Barriere, aber auch diese natürliche Verteidigung und die hohe Mauer sowie die Wachtürme hatten der Kriegsmaschine nicht standhalten können.

Wir kauerten uns ins Gebüsch und warteten. Es kam mir sehr lange vor. Wir betrachteten die gewaltigen Löcher, die in der hölzernen Umzäunung klafften, die Überreste der drei Wachtürme und die Lücke, in der sich einst ein imposantes Haupttor befunden haben musste.

»Na, immerhin haben die das Dorf nicht niedergebrannt«, flüsterte Galinak neben mir. »Irgendeine Idee, warum die drauf verzichtet haben?«

Ich zuckte mit den Schultern. »Keine Ahnung.«

Er erwiderte das Schulterzucken und spuckte auf den Boden. »Finden wir's raus.«

Ich hielt ihn fest, ehe er losmarschieren konnte, und scannte unsere Umgebung nach Hitzesignaturen. »Menschen sehe ich dort drinnen zwar nicht, aber zwischen den Häusern streifen ein paar Tiere umher.«

»Du kannst bis ins Dorf sehen?«

Ich nickte. »Mach dich drauf gefasst, dass es zu einem Kampf kommen könnte.«

Galinak lächelte hintergründig. »Ich bin immer kampfbereit.« Er hob das Fleischermesser, um seine Worte zu unterstreichen, und dann rupfte er zu meiner Verblüffung einen Nagel aus meinem Kleid und rammte ihn zur Hälfte in meinen Knüppel. »Und jetzt bist du es auch.«

Kapitel 8

Peach

Als ich mich an einen kleinen Tisch setzte, der anscheinend schon lange nicht mehr sauber gewischt worden war, starrten mich die Leute immer noch an. Mir wurde mulmig, als mir aufging, dass sich etwa zwanzig Männer in der Taverne befanden und außer mir nur zwei weitere Frauen – zwei erschöpft aussehende Prostituierte, die sich am anderen Ende der Bar um vier Uniformierte bemühten. Ich war eine Frau. Vielleicht nicht in einem besonders attraktiven Körper, aber in einer abgelegenen Ortschaft wie dieser hier stellten Männer vielleicht kaum mehr Ansprüche an eine Frau, als dass sie atmete. Und manchmal nicht mal das. Angesichts des reichlich fließenden Alkohols und der beiden Damen, die vor den Augen der anderen Männer die Wachen unterhielten, musste ich früher oder später mit unerwünschter Aufmerksamkeit rechnen.

Ich stellte den Neoflex-Beutel auf dem klebrigen Boden ab und legte das Energieschwert quer auf meinen Schoß. In der Taverne spielte keine Musik, es war nichts zu hören bis auf leises Stimmengemurmel und das laute, anzügliche Gebrüll der Wachen. Die restlichen Männer starrten mich allesamt unverhohlen an, einige Blicke waren beunruhigend angetan. Ich achtete sorgsam darauf, mit niemandem Blickkontakt herzustellen, allerdings dämmerte mir schon bald, dass ich mir entweder selbst einen Gesprächspartner suchte oder darauf wartete, dass der Aggressivste unter ihnen einen Vorstoß wagte.

Einer von ihnen stürzte rasch seinen Drink hinunter, und seine Körpersprache verriet deutlich, dass er vorhatte, sein Glück bei mir zu versuchen. In diesem Moment entdeckte ich die Gestalt, die ich vorhin von meinem Beobachtungsposten aus neben dem Lastwagen entdeckt hatte. Er trug keine Kapuze mehr, aber ich erkannte ihn an seinem Hinken. Er hatte ein hageres, verwittertes Gesicht und einen ergrauenden, einstmals feuerroten Bart.

Ich habe einen seltsamen Beruf. Er erfordert sorgfältige Planung, aber ganz gleich, wie akribisch man plant, oft geht alles schief, und man findet sich mitten im tödlichsten Chaos wieder. Man muss lernen, in solchen Momenten auf seine Instinkte zu vertrauen. Noch ehe ich mich bewusst entscheiden konnte, war ich bereits aufgestanden, marschierte los und hängte mir im Gehen das Energieschwert wieder um. Es war ganz einfach, dem hinkenden Mann zu seinem Tisch zu folgen, denn die Leute machten ihm respektvoll Platz. Ich tippte darauf, dass auch er auf seine Instinkte zu vertrauen gelernt hatte, denn als ich mich näherte, wirbelte er herum. Weder meine Größe, mein Geschlecht noch meine Erscheinung minderten seine Wachsamkeit. Ich bemerkte, dass er beide Becher in einer Hand hielt, die andere lag am Griff eines alt aussehenden Revolvers, der in seinem Gürtel steckte. Am Tisch hinter ihm saß bereits jemand, dessen Gesicht von einer Kapuze verborgen blieb.

»Hallo«, sagte ich fröhlich. »Ich hab mich gefragt, ob ich mich wohl ein Weilchen zu euch an den Tisch setzen darf.«

Der Mann musterte mich, bemerkte den Beutel in meiner Hand und das Schwert auf meinem Rücken, und dann sah er auf und betrachtete die Gesichter der mich anstarrenden Männer. Anscheinend wurde ihm klar, dass ich eher nach

Schutz suchte als nach Gesellschaft, denn er richtete die grünen Augen wieder auf mich und sagte ganz schlicht: »Nein.« Leise, aber nachdrücklich. Ich nahm ihm nicht krumm, dass er keine Lust darauf hatte, den edlen Ritter zu spielen.

»Ach, komm schon, Trev«, mischte sich der Mann am Tisch vergnügt ein, »jetzt sei mal ein bisschen nett zu der Lady und hol einen dritten Stuhl. Dein Bein ist sowieso zu steif, um es unter diesen niedrigen Tisch zu quetschen.«

Der größere Mann schloss kurz die Augen, nickte und machte mir Platz. Stellte die beiden Becher behutsam auf dem Tisch ab und zog los, um einen dritten Stuhl zu besorgen. Ich setzte mich zu dem anderen an den Tisch. Unter der Kapuze strahlte mich ein rundliches Gesicht an, und er streckte mir die Hand entgegen.

»Ich heiße Brak, und dieser alte Grantel dort ist Trevil. Mein Cousin.«

Ich ergriff seine Hand. Sie war schwielig, der Händedruck fest. »Ich heiße Peach.« Es war der erste Name, der mir in den Sinn kam.

»Na, das ist mal ein interessanter Name, Lady Peach.« Brak angelte sich einen Becher vom Tischrand und hob ihn hoch. »Und ein sehr fremder Akzent.« Mit klugem, berechnendem Blick betrachtete er mich. »Du bist nicht von hier.«

»Kommt mir hier auch nicht gerade wie eine Gegend vor, wo Leute herkommen«, antwortete ich und sah mich demonstrativ um.

Brak lachte leise und trank einen Schluck von seinem Gebräu. »Bah.« Angewidert schüttelte er den Kopf, spuckte das Zeug zurück in den Becher und kippte dann alles auf den dunklen, schlammigen Boden. »Dieser Barkeeper pisst in sein eigenes Gesöff. Trevil, schüchter diesen Scheißkerl doch mal so gründlich ein, dass er uns was Anständiges einschenkt, und hol auch Lady Peach einen Drink.«

Trevil, der sich eben erst zu uns gesetzt hatte, starrte ihn mit einem missbilligenden Stirnrunzeln an.

»Ja«, sagte Brak und zeigte auf seinen Cousin, »das ist genau das richtige Gesicht. Jetzt ziel damit auf Rikus. Und hol uns beiden auch saubere Becher.«

Wortlos erhob sich Trevil und ging zurück an die Bar.

»Beachte ihn gar nicht«, sagte Brak fröhlich, »er ist eher vom Typ schweigsamer Grübler. Manchmal, wenn wir unterwegs sind, sitzt er *tagelang* neben mir im Wagen und sagt kein einziges Wort.«

Ich hegte den Verdacht, dass Brak dieses tagelange Schweigen mit seinen eigenen Worten verscheuchte.

»Gehört euch der Lastwagen dort draußen?«

»In der Tat, so ist es. Und ich tippe mal darauf«, diesmal war es Brak, der sich demonstrativ umsah, »dass du auf der Suche nach einer Möglichkeit bist, dieses himmlisch ruhige Paradies so schnell wie möglich hinter dir zu lassen.«

Ich konnte ein Lächeln nicht unterdrücken. »Ist das so offensichtlich?«

»Es steht dir unmissverständlich ins Gesicht geschrieben, und das ist auch sehr vernünftig. Sogar ich hasse dieses Schlammloch, dabei machen Trev und ich hier ausgezeichnete Geschäfte. Wo willst du hin?«

»Tarka…« Mir fiel Malks Reaktion ein, als ich diesen Namen genannt hatte. Er hatte nicht gewusst, wovon ich sprach, und ich hatte ihm das in die Münzen eingeprägte Emblem zeigen müssen, damit er begriff, wovon ich sprach. »Die Stadt der Türme.«

Brak stieß einen leisen Pfiff aus. »Eine hübsche kleine Reise, Lady Peach, aber ich vermute, vor allem willst du schnell hier weg, ehe jemand begreift, dass du dich hier reingeschlichen hast. Du bist die Palisade hochgeklettert, stimmt's? Ganz schön beeindruckende Leistung, vor allem für eine so kleine Lady.«

»Woher weißt du …«

Brak beugte sich über den Tisch, der unter seinem Gewicht knarrte. »Es gibt hier nur zwei Tore, und wenn du ganz allein durch eins davon hereingekommen wärst, dann lägst du jetzt schon längst mit weit gespreizten Beinen auf der Matratze einer Wache, bitte entschuldige meine Ausdrucksweise. Du bist hier ganz falsch gelandet und musst dringend weg.« Brak beugte sich noch ein Stück dichter zu mir heran und senkte seine Stimme. »Wir sind bereit, dir zu helfen, aber ich fürchte, das wird dich einiges kosten.« Er legte den Kopf schräg, ich sah es trotz der Kapuze. »Ich würde mal sagen: den Inhalt deines Münzbeutels und alles, was sich in deinem kleinen Sack da befindet. Ohne Ausnahmen.«

»Woher willst du wissen, dass sich darin was Wertvolles befindet? Vielleicht ist er vollgestopft mit dreckigen Klamotten.«

»Oh, ich habe scharfe Ohren, Lady Peach, und als du ihn auf den Boden gelegt hast, habe ich das Klingeln von Metall gehört.«

Mir sank der Mut. Meine gesamte Tauschwährung zu verlieren, alles, was ich in dieser Welt überhaupt besaß, klang nicht nach einem guten Plan. Aber ich war verzweifelt, und dieser Brak war gewitzt genug, um das zu erkennen. Hinter seinem charmanten und unterhaltsamen Geplauder steckte ein Geschäftsmann, der sich eine gute Gelegenheit nicht entgehen lassen würde.

»Ich bin eine gute Kämpferin, und ich kann mit meinem Schwert umgehen«, sagte ich. »Ich kann euch dafür bezahlen, dass ihr mich mitnehmt, indem ich helfe, den Lastwagen zu beschützen. Ich halte nachts Wache und so.«

Brak schüttelte den Kopf. »Ich bin ganz sicher, dass du dein Schwert formidabel schwingen kannst, Lady Peach, aber wir brauchen keine zusätzlichen Wachen. Trevil mag kein großer Redner sein, aber er hat einen sehr leichten Schlaf und ist imstande, mit der Pistole einem Vogel im Flug den Kopf wegzupusten. Wir fahren diese Strecke seit drei Jahren. Wir haben unsere Rastplätze entlang der Route, Bauernhöfe und andere Unterkünfte, wo wir freundlich empfangen werden und in Sicherheit sind. Passagiere kosten uns zusätzlichen Treibstoff und machen uns langsamer. Wenn du also mitkommen willst, musst du dafür zahlen.«

Trevil kam zurück. Er hatte nur zwei Becher dabei. Einen stellte er vor seinem Cousin ab, den anderen behielt er selbst.

»Oh, Trevil«, tadelte ihn Brak scherzhaft, »das war jetzt aber ganz schön unfreundlich. Und wir waren gerade dabei, ein Geschäft miteinander zu machen, nicht wahr, Lady Peach?« Er neigte seinen Becher in meine Richtung.

Ich beugte mich vor und angelte das Porzellangefäß aus dem Beutel.

»Hübscher Fund«, merkte Brak an. Er schenkte mir etwas aus seinem eigenen Becher ein, ehe er sachlich feststellte: »Du hast es aus deinem Beutel geholt, also ist es Teil der Bezahlung.«

Ich schnupperte an der Flüssigkeit. Der beißende Geruch des schlecht fermentierten Alkohols war wie ein Faustschlag auf die Nase. Ohne auf den durch meinen Verstand rasenden Datenstrom zu achten, nahm ich einen kleinen Schluck des verseuchten Gebräus.

»Nicht gerade das richtige Getränk für eine Lady«, stellte Brak mit einem schiefen Lächeln fest. Er deutete auf die anderen Tavernengäste. »Der Barkeeper braut da ein wirklich übles Zeug zusammen, das die Leute umhauen soll, ehe sie so betrunken sind, dass sie sich prügeln und die Einrichtung demolieren. Aber wenn du mit uns kommst, musst du dich nicht an dieses Gebräu gewöhnen und auch nicht an den hier üblichen Hundeeintopf oder die Art Gesellschaft, mit der dich einige Kerle hier beglücken wollen.« Brak hob seinen Becher. »Sind wir uns einig?«

Ich hatte keine andere Wahl. Aber andererseits hatte ich immerhin eine Mitfahrgelegenheit gefunden und jemanden, dem ich ein paar Fragen stellen konnte. Kein schlechtes Geschäft, vor allem, da ich wusste, dass ich sie später immer noch ausrauben konnte, sollte es sich als nötig erweisen. Aus dem Augenwinkel sah ich, wie Trevil mich anfunkelte. Vermutlich hoffte er, ich würde Braks Angebot ausschlagen.

Ich hob meine Tasse, stieß zögernd mit Brak an und schüttete meinen Drink in einem Zug hinunter. Dann stand ich auf und sagte: »Eure Tasse, euer Beutel, das könnt ihr alles selbst tragen. Und jetzt würde ich mich gern in eurem Lastwagen schlafen legen, wenn es euch nichts ausmacht.«

Kapitel 9

Funkelauge

Auf halber Höhe des Hügels fanden wir die Toten. Wahrscheinlich hatten sie ordentlicher dagelegen, ehe wilde Tiere an ihnen herumgezerrt hatten. Sie stanken enorm, und unsere Körper reagierten sofort auf den Geruch, indem sie unseren Geruchssinn runterregelten. Ein hübscher Anblick war es aber trotzdem nicht.

»Das sind zwischen vierzig und fünfzig Leichen«, sagte Galinak. »Ein Gemetzel, ja, aber wo steckt der Rest?«

»Gefangen genommen?«, schlug ich vor und fügte dann hinzu: »Als Sklaven?«

Galinak zuckte mit den Schultern, und wir gingen weiter.

Am Ende verbrachten wir die Nacht im höchsten Haus ganz oben auf dem Hügel.

Die Plünderer hatten gute Arbeit geleistet, uns aber einiges zurückgelassen, das wir gebrauchen konnten. Ich fand zwei abgetragene Stiefel, die mir passten. Einer war sogar aus echtem Leder. In einem anderen Haus erbeutete ich einen Mantel und ein paar andere Kleidungsstücke, alt und kaputt, aber eindeutig besser als das, was ich vorher getragen hatte.

Weniger erfreulich war, dass ich von einem Hund angegriffen wurde, der entweder sein Revier verteidigen wollte oder beim Leichenfressen Geschmack an Menschenfleisch gefunden hatte. Galinak reagierte schnell, aber nicht schnell genug.

Der Biss, den ich abbekam, schmerzte allerdings nicht allzu sehr – meine Haut heilte verblüffend schnell –, und wir hatten Fleisch für Hundeeintopf. Also hatte ich keinen Grund, mich zu beschweren.

Es war Galinak, der die drei Flaschen Moonshine in einem Keller fand. Er bestand darauf, dass ich ein wenig davon über meine rasch verheilende Wunde kippte. Es brannte ein bisschen, und ich verband mir den Arm mit einem Stoffstreifen aus dem Kleid der Bäuerin. Den Rest des Moonshines tranken wir.

»Hast du vor, in Zukunft irgendwas anders zu machen?«, fragte mich Galinak unvermittelt. Wir saßen vor der brennenden Feuerstelle und versuchten, uns mit Moonshine ausreichend zu betrinken, um Galinaks Hundeeintopf runterzubekommen. Bei den ersten Bissen wehrte sich mein Körper noch, aber mit ausreichend Entschlossenheit siegt der Geist stets über das Fleisch.

»Was meinst du damit?« Ich trank einen weiteren Schluck aus der Flasche.

»Ich hab mehrere Trolle gekannt, die sich geschworen haben, dass sie von jetzt an alles anders machen, nachdem sie nur knapp mit heiler Haut davongekommen sind. Dem Tod nur knapp von der Schippe gesprungen. Ein paar haben es tatsächlich gepackt, aber die meisten sind wieder in alte Gewohnheiten zurückgefallen.« Galinak nahm noch einen Zug Moonshine. »Du und ich, wir hatten nicht nur eine kleine Begegnung mit dem Grimmen Schnitter, sondern wir haben ihn an seinem knochigen Arsch gepackt und ihm einen Zungenkuss auf seinen lippenlosen Mund verpasst. Und jetzt sind wir wieder lebendig. So was verändert den Blickwinkel.«

Ich wusste nicht, was ich darauf antworten sollte, also gab ich die Frage zurück: »Was willst du ab jetzt anders machen?«

Galinak zuckte mit den Schultern, kippte sich noch einen

Schluck rein und reichte mir die Flasche weiter. »Bin nicht sicher. Denke mal, ich nehm wohl von niemandem mehr Befehle entgegen.«

»Hast du das denn irgendwann mal getan?«

Er lachte leise. »Du kennst nur den alten, weisen und mürbe gewordenen Galinak, Funkelchen. Früher war ich gehorsam, hatte ein bisschen Respekt vor Autoritäten, aber jetzt …« Er seufzte. »Wie steht's bei dir?«

»Ich weiß noch, wie ich mir in der Stadt unterm Berg geschworen habe, direkt vor unserem Aufbruch zu dieser Mission, dass ich mir ein nettes Mädchen suche, wenn ich dort lebendig wieder rauskomme. Eine eigene Familie gründe.« Ich deutete auf meinen neuen Körper. »Mit dem hier wird das wohl nichts.«

»Du hast gesagt, du stammst aus der Gegend. Willst du deine Leute sehen? Deine Familie besuchen?«

Ich trank einen großen Schluck und schüttelte den Kopf. So langsam verschwamm mein Sichtfeld an den Rändern. »Meine Geschichte ist gar nicht so anders als die von Rafik, weißt du? Am Abend lebst du noch glücklich und zufrieden in irgendeinem kleinen Dorf, am Morgen wachst du auf und hast die hier auf der Haut.« Ich zeigte auf die nicht mehr vorhandenen Tätowierungen rings um meine Augen – kurzzeitig hatte ich ganz vergessen, dass ich mich nicht in meinem alten Körper befand. »Mein Vater hatte Geld und auch einigen Einfluss in unserer Gegend, und die Leute waren nicht so fromm wie in Rafiks Dorf, also hab ich's weder mit Äxten noch mit glühenden Schürhaken zu tun bekommen. Aber ein gezeichneter Sohn war trotzdem eine große Schande für die Familie. Ich wurde einen ganzen Monat lang in meinem Zimmer eingesperrt, ehe Lehrmeister Harim kam. Und dann bin ich einfach weggebracht worden. Inzwischen weiß ich zwar, dass es für alle Beteiligten das Beste war, aber für einen Dreizehnjährigen, der auf einen Schlag seine ganze Familie verliert …« Ich trank noch einen Schluck Moonshine. »Ich … ich hab sehr lange jede Nacht geweint, und dann war ich eine Zeit lang sehr wütend, dann bin ich drüber weggekommen. Jahre später bekam ich die Nachricht, dass mein Vater gestorben sei, aber sie haben mir nicht mal mitgeteilt, was passiert ist. Meine große Schwester war da bereits verheiratet, und meine Mutter und meine beiden kleinen Schwestern sind aus irgendeinem Grund weit fortgezogen. Das ist das Letzte, was ich von ihnen gehört habe.«

»Trotzdem. Familie«, sagte Galinak. »Vielleicht finden wir irgendwann raus, was wir am besten tun und«, er wackelte mir mit dem Zeigefinger vor dem Gesicht herum, »was wir besser bleiben lassen. Wir könnten sie aufspüren, uns mit ihnen treffen, du weißt schon …«

Trotz meines Zustands entging mir nicht, dass Galinak *wir* gesagt hatte. *Wir* könnten meine lang verlorene Familie aufspüren.

»Ich konnte mich noch gar nicht richtig bei dir bedanken, Funkelauge«, sagte er plötzlich. »Du hast mir das Leben gerettet. Zweimal.«

»Wovon redest du?« Ich kippte einen weiteren bitteren Schluck runter, ohne auf den Protest meines Körpers zu achten.

»Damals in der Stadt unterm Berg. Ohne dich, ohne dein Verhandlungsgeschick, wären wir im Eidechsenmagen gelandet.«

»Ach, das. Aber wir *sind* im Eidechsenmagen gelandet.« Ich gab ihm die Flasche zurück, und Galinak trank, ehe er weitersprach.

»Jepp, aber sie haben unser *Bewusstsein* extrahiert.« Er zeigte auf seinen Kopf. »Und das haben sie deinetwegen gemacht. Und jetzt bin ich wieder lebendig, deinetwegen.« Er reichte mir die Flasche wieder.

»Um ehrlich zu sein, hat mir Rafik gesagt, dass sie dich mit mir zusammen losschicken, noch ehe ich fragen konnte«, sagte ich und betrachtete die Flasche. Sie war leer.

»Ich würde drauf wetten, dass diese rostpissenden Tarkanier mich nicht allein losgeschickt hätten.« Galinak öffnete die zweite Flasche. »Nee, ich weiß, wieso ich hier bin, Funkelauge. Auf dich. Und aufs Leben.« Er hob die Flasche und nahm einen tiefen Zug

Ich erinnere mich vage daran, große und tiefschürfende Weisheiten genuschelt zu haben, während wir mit der zweiten Flasche zugange waren. Die restliche Nacht ist in der Rückschau ein wenig verschwommen. Wir gaben viele alte Geschichten zum Besten, berühmte Salutisten-Heldentaten und eine Menge schaurigen Gesang, und irgendwann brachen wir durch eine Holztür und versanken auf einer Kellertreppe selig in Bewusstlosigkeit.

Ganz so schlimm wie beim Erwachen in einem Bunker mit giftiger Luft war der nächste Morgen zwar nicht, aber viel fehlte nicht. Galinak konnte ich nirgends entdecken. Ich wusch mir das Gesicht und trank ein wenig abgekochtes Brunnenwasser, und dann machte ich mich in aller Ruhe daran, das Haus zu erkunden. Im zweiten Stock entdeckte ich unter Schutt ein altes Jagdgewehr. Passende Patronen fand ich nicht, also taugte es vor allem als Knüppel, aber ich behielt es trotzdem.

Die behelfsmäßige Leiter, die zum Dachboden hinaufführte, knarrte bedenklich, trug mein Gewicht jedoch. Durch mehrere Einschusslöcher in den Dachziegeln fielen Lichtstrahlen herein und spießten das Dämmerlicht auf. Trotzdem hätte ich ohne verbesserte Sicht die Fußspuren im Staub nicht bemerkt, und mir wäre auch nicht aufgefallen, dass eins der Bodenbretter ein klein wenig sauberer war als die anderen. Als ich versuchte, es anzuheben, riss ich mir einen Splitter ein, aber das war die Sache eindeutig wert: Als wäre es nicht schon genug, dass ich darunter einen Beutel mit fünfzig Münzen, zwei Feldflaschen und ein stählernes Jagdmesser entdeckte, fand ich auch noch zwei weitere interessante Gegenstände und zog sie vorsichtig aus der Vertiefung. Der erste Gegenstand zeigte eine siebenköpfige Familie – es war ein Foto, keine Zeichnung –, die Leute auf dem Bild umarmten einander und strahlten mich trotz der vielen Knicke fröhlich an. Vermutlich hatte der Schnappschuss für den, der ihn hier versteckt hatte, oder auch für den, der ihn finden sollte, irgendeinen sentimentalen Wert. Ich steckte ihn ein, obwohl ich nicht genau hätte sagen können, weshalb. Und dann war da noch eine Karte, ebenfalls keine grobe, von Hand gefertigte Zeichnung, sondern eine sehr detaillierte Faltkarte aus der Zeit vor der Katastrophe.

Ich faltete sie auf und breitete sie auf dem Boden aus. Erinnerungen fluteten meinen Verstand. Ich war mit solchen Karten vertraut. Mein Lehrmeister war ein eifriger Sammler gewesen und hatte oft Stunden in seinem Turmzimmer zugebracht, die Nase tief in seinen Karten vergraben. Ich glaubte seine Stimme zu hören, die dozierte: »Große Städte zerfallen binnen wenigen Jahren zu Ruinen, kleine Städte und Dörfer werden sogar noch schneller wieder zu Waldland. Aber Berge, Flüsse und Seen bleiben mehr oder weniger am gleichen Platz. Liest man die Karten aus der Zeit vor der Katastrophe mit der gebührenden Aufmerksamkeit, können sie sich als ungemein wertvoll erweisen.«

Ehe sich unsere Wege trennten, hatte mir Lehrmeister Harim eine Karte sowie eine Liste mehrerer Verstecke gegeben. Er hatte gesagt, ich solle alles, was ich dort fand, dafür einsetzen, die Historikergilde am Leben zu erhalten, aber ich hatte beide im Stich gelassen, ihn und die Gilde, als ich in der Stadt unterm Berg von Eidechsen in Stücke gerissen wurde.

Ich betrachtete die Karte vor mir und vergrößerte sie mithilfe meiner verbesserten Sicht auf das Zehnfache. Dank der frisch erwachten Erinnerungen ahnte ich so in etwa, wo wir waren, und ich markierte die mutmaßliche Position des Dorfs, indem ich mit einem gefundenen Stückchen Kohle einen Kreis auf das dünne Papier zeichnete. Jetzt musste ich nur noch herausfinden, wo wir hinmussten.

Ich hob den Blick zum Dach und entdeckte eine Falltür. Eine Leiter sah ich nirgends, aber nach einem erfolgreichen, enorm kühnen Balanceakt über mehrere aufeinandergestapelte Möbelstücke gelang es mir, die Falltür zu öffnen und den Kopf hinauszustecken. Ganz aufs Dach zu klettern war deutlich anstrengender, vor allem, weil sich Galinak immer noch nicht blicken ließ, aber das war mir egal – ich war wie besessen. Als ich endlich auf dem Dach war, befand ich mich in freudiger Ekstase. Kindisch. Dumm. Ich weiß. Aber ich liebte es, an Geheimnissen herumzutüfteln und ihnen auf den Grund zu gehen. Ich wollte unbedingt wissen, weshalb man mich ins Leben zurückgeholt hatte, und einfach abzuhauen, ohne das in Erfahrung zu bringen, kam für mich nicht infrage. Ich experimentierte mit meinen Sichtmodi herum, zoomte näher ran und weiter weg, so weit wie irgend möglich; versuchte, mir die Topografie einzuprägen.

Beim allerhöchsten Vergrößerungsgrad schließlich entdeckte ich die unverwechselbare Silhouette der Stadt der Türme, meiner früheren Heimat.

»Hey!«

Ich ließ den Zoom Zoom sein und sah nach unten.

»Sieh nur, was ich gefunden habe.« Galinak saß auf dem Rücken eines ungesattelten Pferds. »Hat eine Ewigkeit gedauert, ihn davon zu überzeugen, dass er ruhig näher kommen kann, aber sobald ich ihn erst mal hatte, wurde er sehr gehorsam.« Falls Galinak noch unter irgendwelchen Spätfolgen der letzten Nacht litt, merkte man es ihm jedenfalls nicht an.

Heute war definitiv der bisher beste Tag unseres neuen Lebens.

»Gut gemacht«, rief ich zurück. »Los, sammeln wir so viel zusammen, wie wir tragen können, und dann los. Ich weiß, wo wir hingehen können, um uns vernünftig auszurüsten.«

»Echt jetzt?« Er ließ das Pferd im Kreis tänzeln. »Und wo soll das sein?«

Statt ihm zu antworten, wandte ich den Kopf und betrachtete die Hügel im Norden.

»Wir besuchen einen alten Freund«, flüsterte ich in den Wind.

Kapitel 10

Peach

»Aufwachen, Lady Peach. Wir machen Pinkelpause.«

Ich öffnete die Augen und musste ein paarmal blinzeln, ehe mein Sichtfeld scharf wurde. Ich hatte gedöst, um ein bisschen Kraft zu schöpfen, aber es war alles andere als gemütlich im Führerhaus des Lastwagens. Ich war auf dem Rücksitz eingekeilt zwischen lauter Schrott, einem Bierfass und mehreren Schusswaffen, die aussahen, als stammten sie aus dem Museum für historische Waffenkunde.

Als wäre das nicht schon unbequem genug, hing über mir eine alte schwere Maschinenkanone, festgezurrt mit Ketten und Stricken. Jede Erschütterung des Lastwagens versetzte sie in bedrohliche Schwingungen. Wenn das Teil mir auf den Kopf fiel, war es aus mit diesem Wirtskörper. Der alte Lastwagen schwang auf der maroden Straße ebenso viel hin und her, wie er vorwärtskam, und ich war ganz schwach vor lauter Übelkeit. Dass ich mich ständig ducken musste, damit mich das Maschinengewehr nicht am Kopf traf, machte die Sache auch nicht besser.

»Na klar«, murmelte ich mit dünner Stimme, Staubgeschmack auf der Zunge. In den letzten fünf Tagen hatte ich mich schon dreimal übergeben. Von meinen Nährpillen waren nur noch fünf übrig.

Brak steuerte den Lastwagen. Ich hatte keine Ahnung, weshalb er während der gesamten Reise seine Kapuze aufbehielt, sogar in der drückenden Hitze des Führerhauses, aber davon abgesehen war er immer noch genau derselbe kommunikative Das-Glas-ist-halb-voll-Typ, den ich im Plündererlager kennengelernt hatte. Tatsächlich vermutete ich inzwischen, dass Brak mich vor allem um der Gesellschaft willen mitgenommen hatte und nicht nur, weil er auf den Inhalt meines Beutels scharf gewesen war.

Trevil blieb schweigsam, brütete vor sich hin und redete nicht mehr mit mir als unbedingt nötig. Seinen Revolver hatte er jederzeit griffbereit und ließ fast nie in seiner Wachsamkeit nach. Nachts übernahm er stets die Wache und lehnte mein Angebot, für ein paar Stunden zu übernehmen, rundheraus ab. Er hatte nie seine Zustimmung geäußert, mich mitzunehmen, und ich vermutete stark, dass er damit gar nicht glücklich war und sich nur widerwillig Braks Willen gefügt hatte.

Brak hatte Trevil als seinen Cousin vorgestellt, aber ich bezweifelte, dass sie wirklich blutsverwandt waren. Nicht nur, dass sie sich körperlich und im Wesen deutlich voneinander unterschieden, es war auch ihr Umgang miteinander, der von einer anderen Art Vertrautheit zeugte. Es gab auch noch andere Hinweise – meine weiblichen Instinkte sagten mir, dass keiner von den beiden mich jemals auf die Art ansah wie die Männer in der Bar. Aber bisher hatten sie jede gegenseitige Berührung vermieden und ließen sich ihre intime Vertrautheit auch nicht auf anderem Wege anmerken. Während unserer Reise grübelte ich manchmal darüber nach, weshalb sie ihre Beziehung wohl geheim hielten. Die Welt, aus der ich stammte, hatte die gleichgeschlechtliche Liebe schon vor ewigen Zeiten anerkannt, und die Tarakanische Gesellschaft hatte sogar angefangen, Beziehungen zwischen Menschen und Erzengeln zu akzeptieren. Die Welt jedoch, in der ich erwacht war, schien bedauerlicherweise in alte Gewohnheiten zurückgefallen zu sein.

Brak parkte den Laster und drehte sich zu mir um, unter seiner Kapuze sah ich Schweißperlen schimmern. »Die Gegend hier ist wunderschön, Lady Peach. Wollen wir uns einen guten Aussichtspunkt suchen, von wo aus wir das Tal überblicken können?«

Trevil bedachte seinen Gefährten mit einem so vernichtenden Blick, dass ich fast laut aufgelacht hätte.

»Ach, komm schon, Trev.« Brak zeigte auf mich. »Sieh sie dir doch mal an. Lady Peach braucht ein bisschen frische Luft, und du brauchst Ruhe und eine kleine Pause von meinem Dauergeplapper.«

Trevil zuckte mit den Schultern, lehnte sich aber zurück und schloss die Augen, während wir uns an den Abstieg machten. Wir kämpften uns durch hohes Gras und mussten ein Stück nach unten klettern, um einen geeigneten Felsvorsprung zu erreichen, aber Brak hatte nicht übertrieben: Die ausgedehnte Ebene unter uns war mit unzähligen Gebäuderuinen, Straßen und Brücken gesprenkelt, aber auch mit Vegetation. Ich entdeckte sogar ein paar Felder, die eindeutig frisch bestellt waren.

»Dort wollen wir hin«, sagte Brak und zeigte mir die Richtung. »Waldsees Hoffnung. Eine auf Ruinen neu erbaute Siedlung. Man nennt sie Waldsee, weil sie zwischen einem See …«

»… und dem Wald gelegen ist«, vollendete ich den Satz.

»Genau, Lady Peach, so ist es. Mein Großvater ist hierhergekommen, nachdem die Welt zerstört wurde. Er war einer der Gründerväter von Waldsee, und mein Vater und mein älterer Bruder leben dort. Meine Schwester hat vor anderthalb Jahren geheiratet und ist weggezogen, aber nach dem Tod ihres Manns, der zu lange und zu tief in die verseuchten Städte vorgedrungen ist und krank wurde, ist sie zurückgekehrt.«

»Also lebt nur ihr auf der Straße, du und dein Cousin?«

Kurz sah er mich verwirrt an, und mehr brauchte ich nicht als Beweis.

»Ja … nur ich und Trev, die wir unterwegs gut aufeinander aufpassen.« Er wechselte das Thema. »Du hast noch gar nicht erzählt, wo du herkommst, Lady Peach.«

Ein Teil von mir hörte ihm zu, während der andere Teil damit beschäftigt war, meine Position zu bestimmen, aber Topografie war noch nie meine Stärke gewesen. »Ich komme von weit her«, antwortete ich.

»Das hab ich mir schon gedacht, das hört man an deinem Akzent. Aber von wie weit her?«

Ich sah ihm geradewegs in die Augen. »Wo ich herkomme, muss niemand geheim halten, wen er liebt.«

Rasch wandte Brak den Kopf ab und betrachtete das unter uns ausgebreitete Land. »Das muss wirklich weit weg sein«, sagte er leise. »Und was führt dich hierher?«

Es gab keinen Grund, ihn anzulügen. »Das weiß ich noch nicht, aber ich muss zur Stadt der Türme.«

»Das ist eine weite Reise, Lady Peach. Am besten gehst du zuerst nach Neuhafen und fährst von dort aus mit einem Supertruck weiter bis Regeneration – allerdings habe ich gehört, dass die Tarakanischen Highways inzwischen unbefahrbar sind.«

In Braks letztem Satz steckten so viele Informationen, dass ich erst überlegen musste, welche Frage ich zuerst stellen sollte. »Das Tarakanische Highway-Netzwerk? Es funktioniert noch?«

»Oh ja, Lady Peach, es ist zu großen Teilen noch intakt. Aber man kann es nur mit einem Supertruck befahren, nicht mit einem Lastwagen wie unserem. Was Supertrucks sind, weißt du?«

Ich nickte. Die mautpflichtigen Highways und der Verkauf

der Fahrzeuge, die liebevoll T-Trucks genannt wurden, gehörten zu den einträglichsten Nebengeschäften Tarakans. *Supertruck* war ein ausgezeichneter Name für diese Maschinen, und ich war froh, dass manche von ihnen überlebt hatten. Das würde meine Reise zur Stadt der Türme erheblich abkürzen.

»Aber die Straße ist unbefahrbar, sagst du?«

»Das habe ich jedenfalls gehört, Lady Peach. Irgendein Warlord hat einen Teil des Netzwerks für sich beansprucht, hat Straßensperren errichten lassen und verlangt Gebühren von den Supertruck-Fahrern. Ich habe gehört, dass dieser Typ irgendwelche schweren Geschütze auf Fahrzeugen installiert hat und damit Gegner aus zwei Kilometern Entfernung von der Straße pustet. Einige Trucker, die durchbrechen wollten, haben gemeinsam mit ihren Trucks den Tod gefunden. Also musst du mit kleinen Lastwagen wie unserem nach Neuhafen gelangen.« Zur Veranschaulichung deutete Brak in die Richtung, aus der wir gekommen waren. »Und das könnte ein paar Wochen bis drei Monate dauern. Außerdem habe ich gehört, dass Regeneration belagert wird. Könnte aber auch nur ein Gerücht sein.«

Ich kannte keine der von Brak genannten Ortschaften, aber anscheinend kam die Gewalt auch nach Armageddon nicht zum Erliegen.

Wir hörten ein lang gezogenes Hupen aus Richtung des Lastwagens. »Oh, Trev wird ungeduldig.« Brak lächelte, aber dann folgten zwei kurze Huptöne, und sein Lächeln erstarb. Er rannte los und zog im Laufen eine Pistole aus seinem Gürtel. Ich rannte hinterher. »Das ist unser Notsignal«, rief er mir zu. »Halt aus, Trev, ich komme.«

Ich hatte die Waffen im Lastwagen nicht angerührt, weil ich davon ausging, dass ich mich damit nicht beliebt gemacht hätte, aber ich hatte immer noch mein Schwert. Ohne anzuhalten, zog ich es aus der Scheide. Mein kleiner schmaler

Wirtskörper war ausgezeichnet dafür geeignet, bei einer Aufklärungsmission auf einem Wochenmarkt mit der Menge zu verschmelzen, aber mit den kurzen Beinen war er nicht auf Geschwindigkeit ausgelegt, also hängte mich Brak bei der Jagd hügelaufwärts schnell ab. Es stellte sich bald heraus, dass Trevil uns entgegenfuhr. Bedrohlich schwankend teilte der Lastwagen das hohe Gras, und ich entdeckte drei Gestalten auf dem Dach, die sich langsam zum Führerhaus vorarbeiteten. Sie waren in einen wilden Mix aus Lumpen und Tierfellen gekleidet. Ein Stück hinter dem Lastwagen wallte eine Staubwolke auf: weitere Männer, die auf galoppierenden Pferden auf uns zujagten. Mir blieb nicht genug Zeit, um näher heranzuzoomen oder sie zu zählen.

Ich hörte einen Schuss, und auf der Beifahrerseite stürzte eine Gestalt zu Boden. Ich sah den unversehrten Trevil auf dem Fahrersitz, aber anscheinend war Brak zu aufgewühlt, um die Situation klar zu erfassen, denn er schrie »Trev, nein«, blieb stehen und eröffnete wie wild das Feuer auf die Männer oben auf dem Lastwagen. Alle drei duckten sich, aber einer erwiderte das Feuer genau in dem Moment, als Trev das Fahrzeug wieder in den Griff bekam. Ich hörte Braks Aufschrei und sah, wie er ins hohe Gras stürzte. Abrupt bremste der Lastwagen ab, und einer der Männer auf dem Dach verlor den Halt und rutschte nach vorn, stürzte auf die Motorhaube; ein anderer nutzte den Schwung, um vom Wagendach zu springen, rollte im weichen Gras ab und richtete die Waffe auf Brak, der bäuchlings ausgestreckt im Gras lag. Mir, einer Frau mittleren Alters, kaum so hoch wie das Gras, schenkte er keinerlei Beachtung, bis ich ihm mit dem Energieschwert den Arm abschlug.

Trevil kletterte vom Fahrersitz. Sein Hemd war blutig. Er erschoss den Mann, der vom Lastwagen geschleudert worden war, und rannte auf uns zu, ohne den dritten Gegner auf dem

Dach zu bemerken, der sich inzwischen erhoben hatte und die Waffe auf Trevils Rücken richtete. Der ESM sprang an. Ich fing den abgeschlagenen Arm auf, noch ehe er den Boden erreichte, drehte ihn um und drückte auf den Finger, der sich noch immer am Abzug befand, schoss über Trevils Kopf hinweg. Es war eine alte Waffe, und ich verfehlte den Mann oder erwischte ihn allenfalls mit einem Streifschuss, aber zumindest verlor er das Gleichgewicht und fiel vom Lastwagen. Ich rannte hin und erschlug ihn mit dem Schwert, während sich Trevil hinter mir zu dem stöhnenden Brak hinunterbeugte, sich seinen Arm um die Schulter legte und ihn zum Lastwagen schleifte. Die Männer auf den Pferden hatten uns inzwischen schon fast erreicht – wir würden es auf keinen Fall rechtzeitig schaffen, Brak in den Wagen zu stopfen und loszufahren. Ich steckte das Schwert weg, bückte mich und klaubte die andere Waffe auf. »Los, mach schon«, brüllte ich Trevil an. »Ich halte sie auf.«

So schnell ich konnte, rannte ich geduckt durchs hohe Gras. Die Hufe der herannahenden Pferde klangen wie Donner. Mein ganz persönliches Einsatzbriefing war kurz und bitter. Ich hatte zwei ungeprüfte alte Waffen und wollte mich mit einer unbekannten Zahl bewaffneter Reiter anlegen, nur mit dem Überraschungsmoment und meinem kurzlebigen ESM als Verbündete. Die Chancenverteilung schmeckte mir gar nicht.

Die ersten drei Pferde galoppierten an mir vorbei, und ihre Reiter bemerkten mich zu spät. Ich tauchte aus dem hohen Gras auf, in beiden Händen eine Waffe, und eröffnete das Feuer. Überall ringsum stürzten Männer schreiend zu Boden. Nach dem fünften Schuss war die Waffe in meiner linken Hand leer, in der anderen verblieben mir meiner Schätzung zufolge noch ein oder zwei Kugeln. Ich rannte auf einen der Gestürzten zu, da flogen mir auch schon die Kugeln um die

Ohren, und vor meinen Füßen bohrte sich ein Pfeil in den Boden. Der gestürzte Reiter atmete noch, presste die Hände auf eine Schusswunde, seine Pumpgun lag eine Armeslänge von ihm entfernt am Boden. Als er mich sah, versuchte er, sie sich zu schnappen. Ich gab zwei Schüsse auf ihn ab, ließ die Pistolen fallen und hechtete auf die Pumpgun zu. Ich befand mich jetzt mitten im Schlachtgetümmel. Ein derart unübersichtliches Chaos bringt einen im Handumdrehen um. Irgendwo hinter mir brüllte der Motor des Lastwagens auf. Ich ließ mich fallen, rollte ab, packte mit beiden Händen die Pumpgun und kam wieder auf die Füße. Fuhr herum, schoss eine Frau vom Pferderücken, duckte mich und rannte los. Wieder zischten Kugeln links und rechts an mir vorbei. Ohne ESM wäre ich längst tot gewesen, aber mein Körper wurde bereits schwächer. Der Lastwagen fuhr in die entgegengesetzte Richtung, und ich hetzte hinterher. Mir war völlig klar, dass dies hier die letzte körperliche Anstrengung war, die ich zu leisten imstande war, ehe ich erschöpft zusammenbrach. Mein Sichtfeld verschwamm bereits.

Ich entdeckte ein einsames Pferd und rannte darauf zu. Entweder war es besonders gutmütig, befand sich im Schock oder war zu langsam für meine ESM-Geschwindigkeit; jedenfalls erreichte ich es und sprang auf seinen Rücken. Ein Pferdemensch war ich nie gewesen, aber während meiner Einsätze in teils sehr entlegenen Gebieten hatte ich immerhin den einen oder anderen Kilometer im Sattel hinter mich gebracht. Dieser Sattel hier war ein improvisiertes Gebilde aus Leder und Fell, aber erstaunlich bequem – nicht dass ich Zeit gehabt hätte, mich darüber zu freuen.

Mein Angriff hatte die Reiter einen Moment lang aus dem Konzept gebracht, aber jetzt sammelten sie sich und bereiteten einen erneuten Vorstoß Richtung Lastwagen vor. Ungefähr ein Dutzend von ihnen war noch übrig. Ich kauerte mich auf dem Pferderücken zusammen, zog den Kopf ein und trieb das Tier an. Vom Pferderücken aus ein bewegliches Ziel zu treffen war ausgesprochen schwierig, aber das hinderte meine Verfolger nicht daran, es zu versuchen. Kugeln und Pfeile zischten an mir vorbei, einige dicht genug, um mir gefährlich zu werden. Ich blieb tief geduckt und hieb dem Pferd die Fersen in die Seiten, um es anzutreiben. Der Lastwagen war auf lange Strecken ausgelegt, aber nicht auf Geschwindigkeit, und ihn im vollen Galopp einzuholen dauerte nicht lange. Ich lenkte das Pferd rechts am Lastwagen vorbei und packte das Erste, was in Reichweite kam: eine rostige Leiter. Urplötzlich machte mein Pferd eine Kehrtwende, und ich hing mit einer Hand an der Leiter, meine Füße streiften fast den Boden. Die Pumpgun fiel mir aus der Hand, und im nächsten Augenblick wurde sie vom Lastwagen überrollt. Unter normalen Umständen wäre es mir nicht schwergefallen, aufs Dach zu klettern, aber nach dem Abklingen des ESM war mein Wirtskörper am Ende seiner Kräfte. Nur durch schiere Verzweiflung bekam ich irgendwie einen Fuß auf die Leiter, aber dann konnte ich nur hilflos dort hängen und zusehen, wie der erste Reiter den Lastwagen einholte, ein stämmiger Bursche mit wildem Bart, der ein Bärenfell und hohe fellbesetzte Stiefel trug. In einer Hand hielt er einen langen Speer mit einer fies aussehenden Metallspitze. Es brauchte nicht viel Fantasie, um mir auszumalen, was er damit vorhatte. Im Näherkommen zielte er mit dem Speer auf mich. Wenn ich jetzt versuchte, nach oben zu klettern, hätte er meinen Rücken direkt vor sich; außerdem waren meine Arme und Beine bleischwer. Als er noch näher herankam, brachte ich es irgendwie fertig, mit der Linken das Schwert zu ziehen, aber als ich den Einschaltknopf drückte, passierte nichts. Entweder war es kaputt, oder die Energiezellen waren leer. Der Reiter stieß mit seinem Speer zu, nur mit knapper Not wehrte ich den Angriff ab. Hinter ihm näherten sich zwei weitere Reiter. Einer davon, eine Frau mit langem, zu Zöpfen geflochtenem Haar, hielt in der freien Hand eine Schusswaffe. Der Typ mit dem Speer versuchte es erneut. Zwar verfehlte er mich, aber die scharfe Spitze streifte mein Bein, und obwohl ich keinen Schmerz empfand, spürte ich, wie mein Oberschenkel aufklaffte. Ich zwang meine Beine dazu, mich ein Stück die Leiter hinaufzuschieben, aber die Gefährten des Reiters waren mittlerweile auf sichere Schussdistanz heran und kamen noch näher. Sie würden mich nicht verfehlen. Sie würden mich treffen, und dann würde die Kraft meines Wirtskörpers nicht mehr ausreichen, um mich weiter an der Leiter festzuhalten, und ich würde abstürzen. Wenn ich Glück hatte, überrollte mich der Lastwagen, dann ging es wenigstens schnell.

Gerade hob der stämmige Reiter wieder seinen Speer, da explodierte auf einmal seine Brust, und er segelte rücklings aus dem Sattel. Ich wandte den Kopf und sah einen leichenblassen Brak, der sich mitsamt dem schweren Bordgeschütz halb aus der Dachluke geschoben hatte und auf unsere Verfolger zielte. Er gab noch drei weitere Schüsse ab; einzelne Geschosse, die über meinen Kopf sausten und ihr Ziel verfehlten, aber das Bombardement schüchterte die Reiter immerhin so weit ein, dass sie sich in den schützenden Windschatten des Fahrzeugs zurückfallen ließen.

Trevil steuerte den Lastwagen auf eine Straße, die so dicht neben einem Berghang lag, dass die Reiter nur schwerlich an uns vorbeiziehen konnten. Als ich hochsah, war das Maschinengewehr noch da, aber Brak war verschwunden, und ich stand vor der Entscheidung, ob ich hochklettern und versuchen sollte, durch die Dachluke ins Wageninnere zu gelangen, oder ob ich mich Zentimeter für Zentimeter zur Beifahrerseite vorarbeitete, die Tür einen Spalt öffnete und hineinschlüpfte. Ich entschied mich für die landschaftlich reizvollere erste Variante und fand unterwegs heraus, dass wir genau zwischen einer Bergwand und einem tödlichen Abgrund dahinrasten. Die Reiter verfolgten uns noch immer, offenbar fest entschlossen, sich nicht abhängen zu lassen. Ich drehte mich um und schob mich durch die Dachluke. Gerade als meine Füße die obere Lehne meines Sitzes berührten, erklommen ein Mann und eine Frau vom Pferderücken aus das Dach. Mit den Zehenspitzen haarscharf auf der Lehne balancierend, griff ich nach dem Maschinengewehr. Es war mit Ketten befestigt, furchtbar schwer und sehr mühsam zu handhaben. Der Rückstoß des ersten Schusses haute mich fast von den Füßen, aber das Geschoss riss dem männlichen Angreifer ein Bein ab. Seine Gefährtin hätte sich auf mich stürzen können, aber sie geriet in Panik und kletterte rasch hinten am Truck wieder hinunter. Ich hörte ein lautes Krachen – offenbar versuchte sie, die Hecktüren vom Pferderücken aus zu öffnen.

Meine Beine zitterten. Ich blickte nach unten ins Innere des Lastwagens. Trevil saß noch immer hinter dem Steuer, das Hemd dunkelrot vor Blut, aber um Brak stand es schlimm. Er lag mit geschlossenen Augen unter mir. Für den Augenblick waren wir halbwegs in Sicherheit, aber das würde sich rasch ändern, sobald wir offenes Gelände erreichten.

»Trevil, kannst du von dort aus die hinteren Türen öffnen?«, brüllte ich.

Stur schüttelte er den Kopf. »Auf gar keinen Fall«, brüllte er zurück. »Scheiß auf diese Naturalistenärsche.«

»Ich kann nicht gleichzeitig das Maschinengewehr bedienen und mich um Brak kümmern.«

Er warf einen Blick über die Schulter, sah Brak und fluchte lauthals. Dann zog er an einem Hebel, und ein Zittern durchlief den Lastwagen. Die Hecktüren falteten sich nach oben, im nächsten Augenblick neigte sich die gesamte Ladefläche, und ich hörte, wie Metall lärmend ins Rutschen kam und sich auf die Straße hinter uns ergoss.

Gleich darauf sah ich, wie die Reiter anhielten und sich um den abgeworfenen Metallschrott versammelten. Es wäre nutzlos und dumm gewesen, weiter auf sie zu schießen, aber ich kann nicht behaupten, dass es mich nicht in den Fingern gejuckt hätte. Vorsichtig stieg ich nach unten, und Trevil betätigte einen weiteren Hebel, woraufhin die ganzen Ketten ringsum in Bewegung gerieten und die schwere Kanone wieder ins Wageninnere gezogen wurde. Als sich die Luke schloss, kauerte ich bereits neben Brak. Er atmete flach, und die Wunde dicht über seiner Hüfte sah hässlich aus. Zwar hatte ich schon Schlimmeres gesehen – zum Teufel, ich war selbst schon schlimmer verwundet worden –, aber ich wusste, dass solche Wunden unverzüglich und vernünftig behandelt werden mussten, um dem Verletzten das Leben zu retten.

Ich sah mich um. »Trevil, hast du irgendwas hier, mit dem ich ihn verarzten kann? Das sieht nicht gut aus.«

»Hinten unter den Decken ist eine Erste-Hilfe-Tasche.« Er beschrieb es mir genauer, während ich in der schwankenden Kabine umherstolperte, und ich fand die große Tasche und wühlte darin herum. Auf einen Zellgenerator wagte ich nicht zu hoffen, aber doch immerhin auf ein Selbstheilungspflaster oder wenigstens eine blutstillende Paste; das hatte fast jeder menschliche Soldat bei sich. Aber ich fand nur ein paar Rollen braunen Stoffverband, eine bestürzend dicke Nadel samt Faden und ein paar getrocknete Blätter.

»Damit kann ich nichts anfangen!«, rief ich. »Und wenn wir die Blutung nicht stillen, stirbt er.«

»Kannst du den Lastwagen fahren?«, brüllte er über die Schulter.

Ich warf einen Blick auf Lenkrad, Pedale und Hebel und sagte: »Versuchen kann ich's.«

»Dann übernimm das Steuer.« Er zeigte auf ein Pedal im Fußraum. »Damit beschleunigst du, nicht dass wir überhaupt noch schneller fahren könnten, und das andere da ist die Bremse. Wenn du da zu heftig drauflatschst, geraten wir ins Schleudern und kullern wahrscheinlich vom Berg runter in den Abgrund, also versuch einfach, gleichmäßig geradeaus zu fahren.«

Rasch tauschten wir die Plätze, und Trevil verschwand hinter dem Fahrersitz. Ich musste ein Bein unterschlagen und mich daraufsetzen, um durch die Windschutzscheibe sehen zu können, und stellte rasch fest, dass der Wagen mit mindestens zwei Sekunden Verzögerung auf meine Lenkversuche reagierte, aber es war trotzdem besser, als zu versuchen, in einer schwankenden Kabine mit nichts weiter als einer zerbrochenen Nadel ein Loch in einem menschlichen Körper zu flicken. Hinter mir hörte ich Brak stöhnen, und dann schrie er vor Schmerzen auf, als Trevil versuchte, die Blutung zu stillen und unter denkbar ungünstigen Bedingungen die Wunde zu nähen. Doch irgendwann verstummte er, und ich konnte nur hoffen, dass er das Bewusstsein verloren hatte und nichts Schlimmeres geschehen war.

Als wir schließlich die Ebene erreichten, konnte ich mich kaum noch wach halten und litt unter einem ausgeprägten Tunnelblick. Hinter dem Sitz tauchte Trevils Kopf auf.

»Wie geht es ihm?«, fragte ich, aber Trevil antwortete nicht. In seinem Gesicht stand grimmige Entschlossenheit.

»Lass mich wieder ans Steuer. Nein, halt nicht extra an, das können wir uns nicht leisten. Wir machen es wie vorhin.«

Als wir mit dem Platztauschmanöver fertig waren, betrachtete ich Brak, der hinter uns auf dem Boden lag. Die Wunde an seiner Hüfte war verbunden, hier und da lugten ein paar getrocknete Blätter unter den Stoffschichten hervor.

Ich drehte mich wieder um und begutachtete die Wunde an Trevils Arm. »Das muss auch versorgt werden.«

Mithilfe seiner Zähne und meiner Hände riss Trevil den

blutgetränkten Ärmel ab, und ich wickelte ihn um seinen Arm; dann brach ich auf dem Beifahrersitz zusammen. In meinem Kopf pochte es immer schlimmer, und meine Sicht verschwamm. Ich hatte meinen Wirtskörper bis an seine Grenzen beansprucht und vielleicht darüber hinaus. Jetzt musste ich den Preis dafür zahlen.

Ich hörte noch, wie mich Trevil etwas fragte, aber seine Worte ergaben für mich keinen Sinn. »Tut mir leid«, sagte oder murmelte oder flüsterte ich. »Ich muss mich ausruhen.«

Und dann versank die Welt in Dunkelheit.

Kapitel 11

Funkelauge

Zu zweit auf dem bloßen Pferderücken zu sitzen und mich an Galinak festzuhalten war von der ersten Sekunde an eine unerfreuliche Erfahrung und wurde schnell noch viel schlimmer. Wenigstens war unser Pferd sehr geduldig, und wir hatten ausreichend Wasser und sonstige Vorräte, um unser Ziel zu erreichen. Oder korrekter: *mein* Ziel. Ich verriet Galinak nicht, wohin wir unterwegs waren, obwohl er mehrmals nachbohrte, denn ich war nicht sicher, was uns dort eigentlich erwarten würde. Und auch, weil ich, wie ich zugeben muss, nicht alle Karten offen auf den Tisch legen wollte.

Die Tatsache, dass wir uns weiter von der Stadt der Türme entfernten – Galinaks erklärtem Lieblingsziel, seit ich ihm dummerweise verraten hatte, dass sie in der Ferne zu sehen war –, konnte ich allerdings nicht vor ihm verbergen. Es überraschte mich sehr, wie schnell sich der Krieger mit unserer Wiedergeburt arrangiert hatte. Er betrachtete es offenbar als Chance, ein neues Leben zu beginnen – oder auch, genauer gesagt, als dramatische Wiederauflage seines alten Lebens, scheiß auf die Konsequenzen. Wir stritten uns ein paarmal hitzig deswegen, aber aus irgendeinem Grund nahm er meinen Widerspruch hin, statt mich, wie ich es an seiner Stelle getan hätte, einfach vom Pferd zu stoßen und allein weiterzureiten. Mir war klar, dass Galinak glaubte, er wäre mir noch etwas schuldig – schließlich hatte er mir das selbst gesagt –, aber gestammelten Worten, die bei der zweiten Flasche Moonshine fielen, traute ich nicht so recht. Drei Jahre waren zwar nicht die Welt, aber Galinak konnte jederzeit beschließen, den Rest dieses kurzen Lebens als freier Mann zu verbringen. Wegen dieser Bedenken übernahm ich freiwillig die langen Nachtschichten, und meine deutlich verbesserte Nachtsicht diente mir als perfekter Vorwand, denn ich eignete mich ja tatsächlich besser dafür.

Falls Galinak überhaupt etwas von meinen Befürchtungen ahnte, machte er sich jedenfalls nicht die Mühe, sie zu zerstreuen. Seine verlängerten Ruhepausen nutzte er dazu, sorgfältig den sprießenden Bart zu schneiden und mit einem im Dorf gefundenen dünnen Klappmesser seinen Schädel an beiden Seiten glatt zu rasieren. Nur ganz oben auf seinem Kopf verblieb ein schmaler Streifen Haar – ein eigenartiger Anblick, aber trotzdem seltsam tröstlich und stimmig.

Wir querten mehrere Straßen und zwei Flüsse, ohne dass wir einer anderen lebenden Seele begegneten. Das war nicht weiter bemerkenswert: Die meisten Menschen hielten sich an die Tarakanischen Highways oder andere Straßen, und das Umland, früher einmal voller kleiner Städte und Ackerland, verwandelte sich rasch wieder in eine Wildnis. Aber Tiere gab es hier reichlich, und Galinak erlegte mit einem fachkundig geworfenen faustgroßen Stein – oder, wenn man mich fragt, einem reinen Glückstreffer – ein Kaninchen. Um ein lichtes Wäldchen machten wir einen weiten Bogen, nachdem wir dampfend frische Anzeichen dafür gefunden hatten, dass sich hier ein Bär herumtrieb, und verbrachten die Nacht in einem Gebäude aus Stein und verbogenem Stahl. Wozu es mal gedient hatte, wusste ich nicht, aber es war das einzige von Menschenhand errichtete Gebäude, das noch stand, alles andere war zu Schutthaufen zerfallen.

Ich schlief nicht gut, und beim Erwachen erinnerte ich mich kaum mehr an meinen entschwindenden Traum; ich wusste nur noch, dass der letzte Augenblick meines vorigen Lebens darin vorgekommen war. Trotzdem blieb ich auf Kurs, und wir ritten weiter, den Rücken zur Stadt der Türme gewandt.

Am vierten Tag erreichten wir unser Ziel, ein Tor aus Maschendraht, das mitzunehmen sich niemand die Mühe gemacht hatte. Die drei daran befestigten Metallschilder waren so stark verblichen, dass man die Schädel darauf kaum noch erkennen konnte. Falls es jemals eine Mauer oder einen Zaun gegeben hatte, war das lange her. Das Feld vor uns lag voller Metalltrümmer. In einiger Entfernung ragte ein Turm auf, umringt von mehreren hohen Gebäuden.

Galinak stieß einen leisen Pfiff aus. »Nun sieh dir nur diese kleine Schatzkammer an.« Er trieb das Pferd voran.

»Halt.« Meine Stimme klang so beunruhigt, dass das Pferd von sich aus stehen blieb.

Galinak konnte sich gerade noch so eben auf dem Pferderücken halten, war aber überhaupt nicht mit mir zufrieden. »Bei Bukras Eiern, was soll das denn jetzt?«

»Nicht am Tor vorbei.«

Galinak starrte mich über die Schulter hinweg an und wartete auf eine Erklärung.

»Sieh mal, da. Und dort drüben …« Ich zeigte auf die Stellen, die ich meinte. »Siehst du die tiefen Löcher im Boden?«

Mit dem Blick folgte er meinem Finger und nickte.

»Das ist ein altes Minenfeld. Aus der Zeit vor der Katastrophe.«

»Rost. Davon haben wir früher auch ein paar gefunden. Auf Tiefenexpeditionen.« Auf Galinaks Gesicht zeichnete sich deutlich ab, dass gerade eine alte Erinnerung hochgespült worden war. Er schüttelte sie ab. »Also, was jetzt? Kommen wir da durch mit deiner modifizierten Sicht?«

Ich schüttelte den Kopf. »Nein, erst mal machen wir ein Feuer. Ein großes Feuer. Hier gibt es eine Menge trockenes Holz.«

Wir stiegen ab, und Galinak reichte mir die Zügel. »Okay, wir machen ein Feuer. Und dann?«

»Warten wir. Irgendwer wird kommen.«

Er musterte mich so lange, dass mir unter seinem Blick unbehaglich zumute wurde. »Weißt du, was du tust?«, fragte er schließlich.

»Jepp«, log ich, aber es klang nicht allzu überzeugend.

»Gut. Sieh zu, dass du uns nicht umbringst. Ich gewöhne mich so langsam an diesen neuen Körper.«

Wir schlugen ein Lager auf und warteten. Ich hielt Galinak davon ab, die Gegend zu erkunden, also hatten wir nichts zu essen. Schweigend saßen wir da, kümmerten uns ums Feuer, bis sich die Nacht herabsenkte, dann ließen wir das Feuer niederbrennen und saßen in Dunkelheit und Kälte gehüllt da.

Natürlich erblickte ich sie zuerst. Vier Männer mit Energiepistolen und Nachtsichtbrillen. Der Hund, den sie dabeihatten, war so riesig, dass er auch als Wolf hätte durchgehen können.

»Sie kommen«, sagte ich so beiläufig, wie ich konnte. »Halt dich bereit. Aber mach keine Dummheiten, selbst wenn sie sich aggressiv verhalten sollten.«

Galinak erhob sich und stellte sich hinter mich. Wir beide legten unsere Waffen auf den Boden, und dann verbanden wir uns auf meine eigene Anweisung hin mit Streifen aus meinem alten Kleid die Augen. In der Dunkelheit, der echten Dunkelheit eines Erblindeten, raste mein Herz wie verrückt.

»Du bist dir hoffentlich rostsicher, dass wir das Richtige tun«, flüsterte Galinak. Ich spürte den Atem des Pferds im Nacken.

»Ihr da. Wer seid ihr?«, rief jemand. Nicht sehr weit entfernt, aber doch noch ein Stück.

»Wir wollen den alten Dwaine sprechen«, rief ich zurück.

»Seid ihr Händler?«

Eine Lüge hätte wenig Sinn gehabt. »Nein, wir wollen nur den alten Dw…«

»Der alte Dwaine ist tot und liegt im Bergwerk begraben.« Ich hörte das unverwechselbare Geräusch einer Energiewaffe, die sich auflud.

»Oh, Rost«, flüsterte Galinak.

»Nimm nicht die Augenbinde ab und rühr dich nicht«, flüsterte ich angespannt.

»Dann will ich seinen … Sohn sprechen«, rief ich, während sich meine Gedanken überschlugen. Was hatte mir mein Lehrmeister erzählt? Zwar erinnerte ich mich noch an das Gespräch, kurz bevor sich unsere Wege getrennt hatten, aber nicht an jedes Detail.

»Ach ja? Wie heißt er denn?«

Ich schluckte. »Hört mal … wir haben unsere Waffen auf den Boden gelegt … wir sind hier, um mit euch zu verhandeln … wir sind Bekannte vom alten Dwaine«, versuchte ich mein Glück.

»Und wie heißt dann sein Sohn?« Ich *spürte* regelrecht, wie sich die Waffe auf mich richtete.

Was wusste ich über sie? Eine Großfamilie. Die sich verschanzt hatte. Einsame Sonderlinge. Der Name des erstgeborenen Sohns würde lauten …

»Er heißt … Dwaine Junior?«

Ich hoffte, dass man meinen Worten nicht anhörte, dass es eigentlich eine Frage war, hörte aber deutlich, wie Galinak unterdrückt fluchte.

Eine kurze Pause. Dann eine Stimme aus einer ganz anderen Richtung: »Einer von uns sammelt eure Waffen ein und überprüft die Augenbinden, dann gibt er euch ein Seil. Haltet euch an diesem Seil fest und lasst es auf keinen Fall los, wenn euch euer Leben lieb ist. Du da mit dem Pferd: Wenn das Vieh abhaut, dann renn ihm nicht hinterher. Hier ist alles voller Sprengstoff, und nur wir kennen den Weg.«

Sie führten uns einen Umweg entlang, so viel war sicher, und als ich endlich wieder festen, von Menschenhand erbauten Boden unter den Füßen spürte, seufzte ich vor Erleichterung laut auf. Während sie uns weiterführten, immer noch mit verbundenen Augen, nutzte ich die Zeit, um in meinen nebligen Erinnerungen nach der Warnung meines Lehrmeisters zu buddeln. Er hatte mich ermahnt, dass alle Einsiedler Wert auf ihre Eigenständigkeit legten und Außenseitern misstrauten. So langsam kamen mir Zweifel an meiner Idee und der ganzen Unternehmung.

Als jemand grob an der Augenbinde zerrte, verdichteten sich meine Zweifel fast zur Gewissheit. Instinktiv hoben Galinak und ich die Hände. Wir befanden uns in einem riesigen Gebäude, umringt von fast zwei Dutzend Männern und Frauen in zerlumpten grauen Uniformen. Ihnen allen waren die generationenlange Inzucht und mangelhafte Hygienebedingungen deutlich anzusehen. Die meisten litten unter der einen oder anderen Deformierung. Ein Sammelsurium unterschiedlichster Waffen war auf uns gerichtet, und zwar dem Anschein nach erstklassiges Zeug aus der Zeit vor der Katastrophe, aber das war nicht der Grund dafür, dass Galinak einen leisen Pfiff ausstieß: Hinter den uns umzingelnden Einsiedlern stand ein gutes Dutzend Fahrzeuge. Oder vielmehr Metallvögel: Ihre Form erinnerte vage an Vögel mit weit ausgebreiten, makellos schimmernden Metallflügeln. Früher einmal hatte die Menschheit den Himmel beherrscht, war in solchen Apparaten geflogen.

»Ihr zwei.«

Ich wandte den Kopf nach der Stimme und erblickte ein Podium. Darauf saß ein Mann auf einer Art Thron, der allerdings nicht aus Gold bestand oder auch nur irgendeinem anderen mir bekannten Metall. Der Mann, vermutlich Dwaine Junior, trug einen großen Helm, der sein Gesicht bis auf Mund und Unterkiefer vollständig verdeckte. Als er sich erhob, stellte ich fest, dass er eine Art Overall trug. Flankiert wurde er von einer schrumpligen alten Frau und einem jungen Mann, gerade erst der Pubertät entwachsen. Die Frau stützte sich schwer auf einen Stock, der Junge hingegen hatte Probleme, aufrecht zu stehen, weil er mehr Waffen am Leib trug, als ich zählen konnte.

»Ihr beiden«, brüllte der Mann auf dem Podium erneut mit dramatischer Stimme und gestikulierte mit den behandschuhten Händen. »Ihr seid ins Himmelstor eingedrungen. Stellt euch dem Urteil von Dwaine, Sohn des Dwaine.«

»Lasst sie ins Feld gehen«, rief jemand hinter uns, und ein zustimmendes Murmeln erhob sich. »Ja, fort mit den Eindringlingen, soll das Feld ein Urteil über sie sprechen.«

Ich verneigte mich tief vor dem Mann auf dem Podium, und der Lärm ringsum ebbte ab.

»Dwaine, Sohn des Dwaine«, hob ich langsam und sorgfältig zu sprechen an. »Mich schickt Lehrmeister Harim. Ihn und Euren Vater verbanden Freundschaft und Blutsbande miteinander.« Ich wartete ab, ob es darauf eine Antwort gab, aber Dwaines Gesicht blieb ausdruckslos. »Wie gesagt«, fuhr ich fort, um das gefährliche Schweigen zu überbrücken, »mein Meister hat etwas für mich hier zurückgelassen … in der Obhut Eures Vaters … damit ich es …«

»Er lügt.« Der Junge oben auf dem Podium trat einen Schritt vor und richtete einen Raketenwerfer auf uns. »Ich sage, wir schicken die unbefugten Eindringlinge ins Feld.«

Kurz brandete Jubel auf, deshalb hörte ich nicht, was die Frau Dwaine zuflüsterte, aber gleich darauf bedeutete der Vater dem Jungen, sich rauszuhalten. Nachdem es wieder still geworden war, sagte Dwaine: »Ihr betretet den heiligen Boden des Himmelstors und beruft Euch auf Blutsbande zwischen Eurem Lehrmeister und meinem Vater Dwaine, Sohn von Dwaine dem Wächter, unser aller Vater. Wir kennen den Reisenden Harim, und ihm war es gestattet, das Himmelstor zu betreten, wir haben ihn über das Feld geleitet. Aber woher sollen wir wissen, dass Ihr die Wahrheit sagt? Verratet mir doch, was hat Euer Meister hier für Euch zurückgelassen?«

Mit Sicherheit sah man mir die Bestürzung deutlich an. Ich stotterte: »Ich weiß es nicht ganz genau, oh … Dwaine … Sohn des Dwaine … aber ich weiß, dass es für meine Mission unverzichtbar ist und dass mein Meister …«

Im darauffolgenden Aufruhr flog ein Stein und traf mich im Rücken. Galinak war klug genug, nicht einzugreifen, aber kurz darauf versuchte einer der Männer, ihn zu ergreifen, und Galinak packte ihn fluchend und schleuderte ihn durch die Luft. Der Mann knallte ein gutes Stück von uns entfernt zu Boden, und die Leute wichen zurück. Die Stimmung beruhigte sich ein wenig, aber noch immer waren eine Menge Waffen auf uns gerichtet. Da ließ die alte Frau ihren Stock aufs Podium krachen. Es wurde ganz still, und sie ergriff das Wort. Von ihrer kurzen Rede verstand ich nicht viel, nur ein paar vereinzelte Wörter; der Rest war eine Mischung aus durchdringenden Klagelauten und einem unverständlichen Dialekt. Als sie fertig war, blickte ich Dwaine an. »Es tut mir leid, ich hab nicht alles verstanden.«

Dwaines Mund verzog sich zu einem wissenden Lächeln. »Nana Dwaine hat gesagt, dass wir schon sehr bald die Wahrheit herausfinden werden.«

Kapitel 12

Peach

»Peach, wach auf.«

Jemand spritzte mir Wasser ins Gesicht, und ich war schlagartig wach, schnappte nach Luft und versuchte, die Welt zu überreden, sich nicht mehr wie wild zu drehen.

Draußen war es stockdunkel, abgesehen vom Scheinwerferlicht des Lastwagens. Im Innern der Kabine glomm nur eine schwache, rötlich leuchtende Birne. Ich wandte den Kopf, um Trevil anzusehen, dann drehte ich mich in die andere Richtung. Da saß Brak, zwischen Rücksitz und Wand geklemmt, der Kopf hing schlaff nach hinten

»Lebt er noch?« Das war nicht gerade eine taktvolle Frage, aber ich musste sie stellen.

»Brak ist ein Kämpfer. Er übersteht das schon.« Trevils Gesicht konnte ich nicht sehen, aber ich hörte die Verzweiflung in seiner Stimme, als versuchte er, sich selbst zu überzeugen. »Vorhin war er eine Weile wach, aber jetzt … du siehst es ja. Du musst mal seinen Verband wechseln und frische Blätter auf die Wunde legen.«

Ich drehte mich um und wollte gerade aufstehen, da hielt er mir eine Feldflasche hin. »Trink zuerst einen Schluck«, sagte er. Das Wasser war warm und leicht kontaminiert, aber mein Wirtskörper brauchte etwas zu trinken.

»Danke«, sagte ich.

»Du hast uns das Leben gerettet«, sagte Trevil. »Wie du dich bewegt hast – das kann nur eins bedeuten.« Er nickte mir zu.

Ich wusste nicht, was er damit sagen wollte, also erwiderte ich nur stumm das Nicken und kletterte zu Brak hinüber.

»Gib ihm auch ein bisschen Wasser«, sagte Trevil hinter mir. Ich setzte die Feldflasche an Braks Lippen, aber ein Großteil des Wassers, das ich mit der Hand hinausdrückte, floss an seinen Mundwinkeln wieder heraus. Brak war kaum bei Bewusstsein, und Trevil hatte ein Seil unter seinen Achselhöhlen durchgezogen und es an einem Haken befestigt, damit er während der Fahrt nicht umfiel. Brak hatte hohes Fieber, und ich legte ihm einen nassen Lappen auf die Stirn. Der Verbandswechsel war eine elende Plackerei, aber wenigstens fuhren wir inzwischen auf einer schnurgeraden Straße. Ich nahm die Wunde gründlich in Augenschein und verzog das Gesicht. Ich war keine Sanitäterin, aber es sah mir nicht danach aus, als hätte Brak ohne Operation und eine etwas modernere medizinische Behandlung eine Überlebenschance.

»Trevil«, sagte ich so sanft, wie ich konnte. »Wir müssen jemanden finden, der Brak hilft. Sonst stirbt er.«

»Ich weiß. Wir sind fast da.« Trevil beugte sich ein wenig tiefer übers Lenkrad, als könnte das unsere Fahrt beschleunigen.

Zum ersten Mal sah ich mich um und stellte fest, dass wir nicht mehr durch die Wildnis fuhren, sondern durch die Ruinen einer Stadt.

»Wo sind wir?«

»Ich hab die Route geändert. Hier gibt es einen Flickschneider. Einen von deiner Art.«

»Meiner Art?«, fragte ich vorsichtig.

Trevil wandte ganz leicht den Kopf. »Ich habe gesehen, wie du dich beim Kampf gegen diese Naturalisten bewegt hast. Kein gewöhnlicher Mensch kann sich so bewegen. Du bist gezeichnet, tätowiert, verflucht, wie auch immer man das nennt. Deshalb willst du zur Stadt der Türme. Um bei deinesgleichen zu sein.«

Darauf konnte ich nichts erwidern, ohne ihm meine Unwissenheit zu offenbaren, also sah ich aus dem Fenster und betrachtete die breiten, einstmals belebten Straßen, die nun leer und verwüstet dalagen.

»Hier ist es … nicht sauber«, sagte ich, um eine Formulierung bemüht, die Trevil hoffentlich verstand. »Die Luft ist vergiftet. Wenn wir zu lange hierbleiben, werden wir krank.«

»Ich weiß.« Trevil bog ab, und Brak sank schwer in sein Seil und stöhnte auf. »Aber der Heiler wohnt hier, mitten in der Stadt.«

»Das ist … unlogisch.«

Trevil schüttelte kaum merklich den Kopf, sagte aber nichts. Im darauffolgenden Schweigen zog ich mein Energieschwert und drückte auf den Knopf. Nichts passierte.

»Du brauchst eine Energiezelle«, sagte Trevil.

»Es bezieht seine Energie vom Sonnenlicht, aber während des Kampfs ist es auf einmal ausgefallen. Vielleicht ist es beschädigt worden.« Ich versuchte, die Parierstange zu lösen, um einen Blick ins Innere des Schwerts zu werfen, bekam sie aber nicht gelöst.

»Damit gehst du wohl am besten zu einem Technikus in der Stadt der Türme«, schlug Trevil vor. »Von solchen Leuten hast du doch bestimmt schon mal gehört, sie sind ebenfalls von deiner Art. Wo kommst du her, Peach?«

Ich seufzte. »Von viel zu weit weg, wie es aussieht.«

»Technikusse sind Gezeichnete, die mit Tarakanischer Technologie zurechtkommen. Du könntest auch zu einem Tüftler gehen – das sind Leute, die nicht gezeichnet sind, aber trotzdem was von Tarakanischem Zeug verstehen. Sie sind billiger, aber manche von ihnen sind Pfuscher.«

Pfuscher, dachte ich. *Das ist ein altes Wort. Seltsam, welche Wörter verloren gehen und welche überleben.* »Und wo finde ich so einen Technikus?«

»In Regeneration oder in der Stadt der Türme. Wenn du viel Glück hast, triffst du auch in einem der umliegenden Dörfer auf einen. Jedenfalls wenn's ein Dorf ist, das die Gezeichneten freundlich aufnimmt, davon gibt es nur wenige. Im Tal von Tarakan gab es ebenfalls viele Technikusse, aber heute setzt niemand mehr einen Fuß dort hinein.«

Brak stöhnte leise. Ich legte eine Hand auf seine Körpermitte, um die Erschütterungen zu dämpfen, mehr konnte ich nicht für ihn tun. »Und warum nicht?«, fragte ich.

Trevil zuckte mit den Schultern. »Weiß nicht. Hab gehört, es gab Schwierigkeiten, und jetzt ist dort alles voller Echsenmenschen.«

»Echsenmenschen?«

»Ja, ich weiß. Aber der Typ, der mir das erzählt hat, ist eigentlich verlässlich. Ich selbst hab nie einen dieser Echsenmenschen gesehen. Ich glaub's erst richtig, wenn ich einen zu Gesicht bekomme.« Er bremste ab und brachte den Lastwagen neben einer hohen Mauer zum Stehen.

»Wir sind da. Lass alles hier, was aus Metall besteht. Und ich meine wirklich alles, auch dein Schwert. Keine Angst, hier wird nichts gestohlen.«

»Ganz sicher?« Ich sah mich um. Die Straße lag dunkel da, überall Ruinen und eine Handvoll verkrüppelter Bäume. Trevil antwortete mir nicht, sondern schob seine Waffe unter den Sitz, schnallte den Gürtel auf und legte nicht nur das Messer ab, sondern nahm sogar die Patronen aus der Tasche. Ich tat es ihm gleich.

Als wir es geschafft hatten, Brak aus dem Wageninnern hinauszubugsieren, fiel mir auf, dass die Mauer, neben der wir angehalten hatten, aus aufgetürmten Steinen und Holzplanken bestand. Gemeinsam trugen wir Brak zu einer kleinen Tür, neben der eine Glocke angebracht war. An der Mauer lehnten drei einfache Tragen, die jeweils aus zwei Holzstangen bestanden, die mit festgeknoteten Seilen miteinander verbunden waren. Wir nahmen eine davon und legten Brak darauf, und dann läutete Trevil die Glocke. In der Tür öffnete sich eine kleine Luke, und jemand fragte: »Jepp? Wer isnda?«

»Das ist ein Notfall, eine Schusswunde.« Trevil zeigte auf seine eigene Hüfte, um anzudeuten, wo die Kugel Brak getroffen hatte. »Wir brauchen den Heiler.«

Das Auge blickte auf die Trage hinunter, dann wurde die Luke geschlossen. Gleich darauf öffnete sich die Tür, und vier Männer kamen heraus. Sie trugen nichts weiter als Lendenschürze und breite Ledergürtel. Der vorderste hielt eine Fackel in der Hand, und als ich ihn näher betrachtete, stellte ich fest, dass er eigenartige Ohrringe trug, die aussahen, als wären sie aus kleinen menschlichen Knochen gemacht.

»Bitte macht schnell«, flehte Trevil.

Der Mann musterte erst Trevil, dann mich. »Seida bereit, den Preis zu zahln, der wo kostet?« Er sprach mit ausgeprägtem Akzent, den ich nicht zuordnen konnte, aber Trevil schien zu verstehen, was er sagte.

»Ja«, sagte er, während zwei der Männer die Trage hochhoben. »Ich zahle, was auch immer der Heiler verlangt.«

»Werd'n keine Münz'n sein, nur Gefall'n«, beharrte der Mann. »Der Preis is' hoch, aber fair.«

Trevil verneigte sich leicht. »Was immer der Heiler verlangt. Ihr habt mein Wort.«

»Bringt 'n Pazin zur dritt'n Hütte«, wies der Mann seine Gefährten an, und sie setzten sich rasch in Bewegung und verschwanden durch die Tür. Trevil wollte hinterher, aber der Mann vertrat uns den Weg. »Habta Waff'n oder Münz'n bei? Kein Metall, so sagt's Gesetz des Heilers.«

»Wir haben kein Metall bei uns.« Trevil sah mich an, um sich zu vergewissern, dass es stimmte. Ich blinzelte und nickte ihm zu, und er fuhr fort: »Wir haben alles im Lastwagen gelassen.«

Der Mann nickte. »Dann folgt ma, wasch'n und frische Kleidung anziehn, dann könnta 'n Heiler sehn.«

Trevil sah aus, als hätte er am liebsten wider besseres Wissen protestiert, sagte aber nichts. Wir folgten dem Mann in ein kleines Backsteingebäude, wo wir uns entkleideten und uns mit groben Bürsten und einem Eimer voll Wasser reinigten. Es gab keine getrennten Räumlichkeiten für Männer und Frauen, wir wuschen uns in demselben, nur von einer Öllampe erhellten Raum, und ich erhaschte einen Blick auf Trevils Körper. Ich bin in jeder Hinsicht eine ältere Frau, aber ich muss trotzdem zugeben, dass mir der Anblick imponierte: Er war groß, schlank und muskulös, hatte kein Gramm Fett am Leib; dank der schweren körperlichen Arbeit sah er aus wie gemeißelt. In Tarakan kauften sich Menschen solche Körper oder halfen mit moderner Medizin nach.

Er seinerseits bedachte mich mit keinem noch so kurzen Blick, und das war ein Glück, denn sonst wäre ihm sicher aufgefallen, dass ich keinerlei Zeichen auf der Haut trug. Der Mann mit den Ohrringen kehrte zurück, zog sich ebenfalls vollständig aus und ging voran. Wir durchquerten einen lang gezogenen Raum, angefüllt mit derart heißem Dampf, dass man kaum Luft bekam. Trevil ging vor mir, so angespannt und voller Sorge, dass er meine Anwesenheit kaum bemerkte.

Am Ende des Dampfbads wartete ein weiterer Eimer mit kaltem Wasser auf uns, dazu raue Kleidung aus blauem Leinen. Dazu bekamen wir nichts weiter als ein Seil, um es um die Taille zu binden. Die Kleidungsstücke waren gleich groß, und während bei mir der untere Saum leicht über den Boden schleifte, war er bei Trevil fast unanständig kurz.

»Wir hab'n den Pazin stabilisiert«, sagte der Mann. »Er is' bereit, und ihr seid auch bereit. Da Heiler kommt bald, um ihn zu behandeln, und dann is' Zeit, den Preis zu bezahln.«

Wir folgten ihm aus dem Gebäude nach draußen, wo er eine frische Fackel aus einer Halterung nahm. Obwohl es mitten in der Nacht war, erschien mir alles sehr geregelt, wie in einem gut geführten Krankenhaus. Das Hauptgebäude war nur zwei Stockwerke hoch, aber trotzdem imposant. Angesichts der prachtvollen alten Architektur ging ich davon aus, dass es früher einmal deutlich höher gewesen sein musste. Vielleicht hatte es als Zentrum gedient und war voller Spielsalons, Bars und Musikclubs gewesen – als damals die großen Einkaufszentren überflüssig wurden, hatte man derartige Gebäude gern für solche Zwecke genutzt. Teilweise waren die Wände geflickt worden, das war aber sehr viel sorgfältiger geschehen als bei der Außenmauer.

Vor dem Gebäude befanden sich zahlreiche große Hütten, alle mit großen, roten, an sämtliche Außenwände gepinselten Zahlen markiert. Auf dem Boden wuchs weiches, kurz geschnittenes Gras, und ich sah überall Blumen und sorgsam gestutzte Büsche. Als sich der Wind drehte, registrierten die verbesserten Sinne meines Wirtskörpers den Lärm und den Geruch von Nutzvieh, und auf einer Seite des Grundstücks entdeckte ich ein Gebäude, das aussah wie ein großes Gewächshaus. Es wirkte, als klammere sich hier ein Rest Zivilisation verzweifelt an den Leichnam, der nach dem Krieg von der Menschheit zurückgeblieben war. Aus irgendeinem Grund fand ich das tröstlich.

In der Hütte mit der Nummer drei herrschte hektische Betriebsamkeit. Zwei Frauen kamen heraus, eine hatte Braks zerrissene Kleidung in den Händen, die andere ein Bündel blutgetränkter brauner Verbände. Auf beiden Seiten neben der Tür brannten Fackeln, und vier fast nackte Männer waren damit beschäftigt, links und rechts der zum Hauptgebäude führenden Straße kleine Kerzen anzuzünden – den ganzen Weg entlang.

Ein Mann trat aus der Hütte, angetan mit einem weißen Hemd, Mütze und Gesichtsmaske. Seine Kleidung war blutig. Er nahm die Maske ab, beugte sich zu dem Mann vor, der uns hergebracht hatte, und flüsterte ihm etwas ins Ohr, woraufhin er nickte und sich zu uns umdrehte.

»Da Pazin lebt, aber nur grad so«, sagte er mit demselben Akzent wie der Fackelträger. »Die Blutung hab'n wir gestillt, aber es sin' Knoch'n gebroch'n un' Blut im Körper. Er is' sehr schwach. Nur da Heiler kann helf'n, sonst geht er in da große Dunkelheit. Spätest'ns bei Tagesanbruch.«

Damit hatten wir es hier also zu tun? Keine moderne Medizin, keine Feldsanitäterausrüstung oder sogar richtige Ärzte, sondern nur Voodoounfug also? Brak war erledigt. Aber ich sagte kein Wort. Es hatte keinen Sinn, etwas dazu zu sagen, sie zu kritisieren, Aufmerksamkeit auf mich zu ziehen. Vielleicht ließ sich Trevil nach Braks Tod überzeugen, mich zur Stadt der Türme zu fahren. Im schlimmsten Fall musste ich den Lastwagen stehlen oder Trevil entführen und ihn dazu zwingen, mir als Reiseführer zu dienen.

Der Fackelträger nickte seinem Kollegen zu, der sich verbeugte und davoneilte, dann führte er uns in die Hütte.

Sie war von Dutzenden dicken Kerzen erhellt. Brak lag auf einem Tisch, mit einem Laken aus Leinenstoff zugedeckt. Er sah kein bisschen besser aus als vorhin.

»Brak.« Trevil streckte die Hand aus und wollte zu ihm, aber der andere Mann packte ihn am Arm, und zwei weitere traten ihm rasch in den Weg.

»Nich' da Pazin anfass'n«, befahl der Mann, der Trevil am Arm festhielt. »Ihr stellt euch dort hint'n hin.«

Trevil atmete tief durch und nickte. Ihm war anzusehen,

wie schwer es ihm fiel, sich zusammenzureißen. Wir gingen in die Ecke, die man uns zugewiesen hatte. Abgesehen von Brak und uns hielten sich noch weitere vier Männer und drei Frauen in der ordentlich überfüllten Hütte. Ich berührte Trevil am Arm, und zum ersten Mal, seit wir hier waren, sah er mich an. Sein Gesicht stand voller Sorge. *Er liebt ihn,* dachte ich und strich ihm über den Arm; eine mitfühlende Geste, die eine emotionale Verbindung zwischen uns herstellen sollte – zumindest hatte ich das in meinem Training gelernt.

»Mach dir keine Sorgen.« Ich wiederholte die Worte, die Trevil im Lastwagen zu mir gesagt hatte: »Brak ist ein Kämpfer. Er übersteht das schon.«

Trevil brachte ein schwaches Lächeln zustande und tätschelte mir kurz die Hand.

Gut. Vertrauen macht die Sache später deutlich einfacher.

Draußen erklangen Trommelschläge, und alle in der Hütte sanken auf die Knie, das Gesicht zur Tür gerichtet. Trevil und ich beeilten uns, es den anderen gleichzutun. Wortloser Gesang klang auf, männliche und weibliche Stimmen in wundervoller Harmonie vereint, im langsamen Takt wechselten die Akkorde. Ich erkannte eine Hymne, eine alte Melodie mit religiösen Wurzeln. Wenn mein Wirtskörper über einen Hirnspeicher verfügt hätte, hätte ich die Herkunft dieser Musik genau bestimmen können. Während sich der Chor der Tür näherte, kamen Worte hinzu, und mit jedem Satz wurden die Stimmen ein wenig lauter.

Preist da Heiler, preist da Heiler
Preist ihn, er trägt kein Dunkel in sich
Preist ihn, damit er das Licht bringt
Bezahlt da Heiler mit eurer Liebe
Bezahlt da Heiler mit eurem Leb'n

Der Sprechchor wiederholte sich mehrmals, und dann öffnete sich die Tür, und der Gesang schwoll an. Ein dunkelhäutiger Mann in einer dünnen weiten Robe stand auf der Türschwelle. Alle verneigten sich tief, ihre Stirnen berührten den Boden, und wir folgten ihrem Beispiel. Als ich mich wieder auf die Knie aufrichtete, entdeckte ich, dass Beine und Gesicht des Manns mit schwarzen Flecken übersät waren. Auf den zweiten Blick sah es nicht nach Muttermalen oder irgendeiner Krankheit aus. Ihre Form war unnatürlich, fast geometrisch. Dieser Voodooheiler musste sich am ganzen Leib tätowiert haben.

Hinter ihm, vor der Hütte, stand der Chor, lauter Männer und Frauen mit Kerzen in beiden Händen. Vielen war anzusehen, dass sie sich schon viel zu lange in einer kontaminierten Zone aufhielten. Bei manchen schälte sich sogar die Haut ab und entblößte rohes Fleisch, was eigentlich entsetzliche Schmerzen verursachen musste. Aber da standen sie und sangen.

Durch die Fackeln und Kerzen schien den Mann eine Lichtaura zu umgeben, und ich musste zugeben, dass es sehr beeindruckend wirkte. Er öffnete seine Robe und ließ sie einfach fallen, stand mit einem Mal vollkommen nackt und ohne jedes Anzeichen von Scham da. Mir fiel auf, dass er entweder keine Hoden besaß oder sie so klein waren, dass man sie nicht sah. Ansonsten war alles dran. Die seltsamen schwarzen Zeichen überzogen seinen gesamten unglaublich dürren Körper.

Als der Mann zum Tisch trat, erhoben sich alle und verneigten sich vor ihm. Zwei Männer zogen das Laken beiseite, und ich sah, wie es in Trevils Gesicht zuckte. Die Wunde war sauber, aber sie sah furchtbar aus und blutete noch immer.

Der Nackte neigte den Kopf und legte beide Hände auf Braks Körper. Verzog das Gesicht, als litte er Schmerzen.

Nichts weiter als eine Scharade, dachte ich. *Wo bin ich da bloß reingeraten?*

»Da Mann trägt Metall im Leib, und Gift kreist in sei'm Blut«, verkündete der Nackte mit heiserer Stimme. »Die Dunkelheit will ihn hab'n, er gehört jetzt ihr. Wer wünscht, dass ich dies'n Mann ins Licht zurückhol'?«

»Ich wünsche das, Heiler.« Der Nackte wandte uns seine Aufmerksamkeit zu, und Trevil verbeugte sich steif.

Der nackte Heiler kam auf ihn zu. »Und welche Rolle spielst du wohl im Leb'n des Manns, den du nich' ins Dunkel gehn lass'n willst? Wer fleht mich hier an, da Schmerz ein's andren auf mich zu nehm'n?«

»Sein Name ist Brak, und ich bin sein Cousin«, sagte Trevil.

Aber der Nackte schüttelte den Kopf. »Du bist nicht von sei'm Blute. Dein' Worte kling'n falsch. Da Lüge gehört zur Dunkelheit. Nur da Wahrheit bringt ins Leb'n zurück.«

»Wir sind nicht blutsverwandt«, gab Trevil zu, und die Stimmung in der Hütte schlug um. Anscheinend galt es nicht gerade als Kavaliersdelikt, diesen Mann anzulügen, der sich Heiler nannte. Vielleicht zog er sich so aus der Affäre, wenn jemand vor ihm lag, der nicht zu retten war, um vor seinen fanatischen Jüngern nicht das Gesicht zu verlieren. Falls das der Fall war, steckte ich in noch größeren Schwierigkeiten als gedacht.

Der Fackelträger trat vor, um einzuschreiten. »Kein' Lüge bringt da Leb'n zurück«, sagte er barsch. »Da Heiler wird nich' …«

Aber der nackte Heiler brachte ihn mit knapper Geste zum Schweigen und richtete die braunen, fast verstörend großen Augen auf mich. »Und wer bis' du?«, fragte er.

»Eine Reisende von weit her«, antwortete ich möglichst vage. Das war nicht gelogen. Der Nackte schien Brak ganz vergessen zu haben. Er trat näher, und nur mit Mühe bezwang ich den Impuls, Kampfhaltung einzunehmen. Ich ließ zu, dass er näher kam, und dann streckte er die Hand aus und umfasste mein Kinn. Seine Haut war unangenehm warm. Reglos stand ich da, während er meinen Kopf nach links und rechts drehte. Er war so nah, dass ich seinen beißenden Atem roch.

»Zieh dich aus«, befahl er. Ich sah, wie seine Leute die Muskeln spannten, offenbar erwarteten sie Widerstand. *Das hier ist nur ein Wirtskörper,* ermahnte ich mich, dann löste ich das Seil um meine Taille und ließ den rauen Stoff über meine Schultern hinuntergleiten. Dem Gedanken folgte unmittelbar ein zweiter: *Aber es ist der einzige Körper, den ich habe.*

Jetzt stellte auch Trevil fest, dass ich keine Zeichen am Körper trug. Ich sah ihm an, dass er es bemerkte, aber er machte sich zu große Sorgen um Brak, um darauf zu reagieren.

Der Nackte musterte mich prüfend. So seltsam es mir vorkam – ich entdeckte in seiner Miene Neugier, Unglauben und sogar Angst, aber keine Spur Lüsternheit.

»Du bis' ein' Frau aus ei'm andern Leb'n?« Es klang, als suchte er die Bestätigung für irgendeine bestimmte Vermutung.

Ich nickte und versuchte, mir meine Überraschung nicht anmerken zu lassen.

»Du bis' ein' Frau, da in viele Häute schlüpft?«

Ich sah mich um. Nackt und unbewaffnet hatte ich kaum eine Chance, nicht einmal mithilfe des ESM. Ich hätte den Heiler als Geisel nehmen können, aber dann würde Brak sterben, und es war undenkbar, dass Trevil dann noch mit mir kooperierte.

Ich nickte noch einmal, und der Nackte trat hastig einen Schritt zurück. Seine Miene war erschüttert, sogar ängstlich. Einer seiner Männer trat vor, um sich schützend zwischen uns zu stellen, aber der Heiler winkte ab und wandte sich wieder Brak zu.

»Ich hol' dies'n Pazin ins Leb'n zurück, wenn er's will«, sagte er, »aber ihr beide werdet ein' hoh'n Preis bezahln, denn er«, er deutete auf Brak, »is' tief im Dunkel.«

Trevil stand reglos da, aber er hätte ebenso gut wieder niederknien können. »Für sie kann ich nicht sprechen, aber von mir könnt Ihr alles haben, was Ihr wollt, den Lastwagen, meine Waffen ...«

Der nackte Heiler schüttelte den Kopf. »Kein Metall, das is' verbot'n. Ihr zahlt mit ei'm Gefallen, ei'm Dienst, und da Preis nenn' ich morg'n früh.«

Über die Schulter des Heilers hinweg sah ich das überraschte Gesicht des Manns mit den Knochenohrringen. Anscheinend war das nicht das übliche Vorgehen. Zweierlei wusste ich allerdings jetzt schon: Nie und nimmer würde ich mich bereit erklären, diesem seltsamen nackten Mann und seinem Kult zu dienen, ganz gleich, wie lange, aber das würde ich keinesfalls jetzt schon verkünden. Wenn Brak starb, und das war unausweichlich, konnte ich höchstwahrscheinlich einfach fortgehen. Falls er jedoch irgendwie die Nacht überstand, würde ich zusehen, dass ich bei der nächsten Begegnung vollständig bekleidet und bewaffnet war. Im Augenblick war es das Beste, einfach abzuwarten, wie sich diese Sache entwickelte.

Trevil bedachte mich mit einem raschen Blick, und ich stimmte schulterzuckend zu. »Meinetwegen«, sagte ich, und der Heiler drehte sich um und ging zurück zu Brak.

Wir alle bildeten einen Kreis rings um den Tisch und legten einander die Hände auf die Schultern, während draußen der Chor laut summte. Mir blieb keine Zeit, meine Kleidung wieder anzulegen, aber niemand achtete auf meine Blöße.

Der Heiler berührte Brak und entlockte ihm damit ein Aufstöhnen. Auch der Heiler stöhnte theatralisch auf, es klang wie ein Echo.

»Weit fort is' er in da Dunkelheit«, sagte er, während auch

der Ring aus Männern und Frauen zu summen begann, »weit fort auch vom Schmerz. Ich muss sein' Last auf mich nehm'n.« Der Heiler strich mit beiden Händen über Braks Körper. »Ich muss sein'n Schmerz auf mich nehm'n.« Er berührte die offene Wunde, und plötzlich bäumte sich Brak auf dem Tisch auf und brüllte seinen Schmerz laut heraus. Der Heiler stimmte mit ein, bog den Rücken durch. Das Summen ringsum schwoll an. Ich warf Trevil einen Blick zu. Seine weit aufgerissenen Augen standen voller Angst.

»Ich muss sein' Wunde auf mich nehm'n.« Der Heiler legte beide Hände mitten auf die Wunde, und Brak fing so heftig an zu zucken, dass zwei Männer zupackten und ihn auf den Tisch niederdrückten. Die anderen hielten den Heiler fest, der Braks Bewegungen imitierte und vor Schmerz ebenfalls laut schrie, immer noch beide Hände auf die Wunde gedrückt.

Plötzlich fiel ein kleiner Gegenstand aus Braks aufgerissenem Fleisch und landete auf dem Boden, und wieder schrien er und der Heiler zeitgleich auf und bogen simultan den Rücken durch. Der Heiler brach in den Armen seiner Jünger zusammen, Brak hingegen lag mit einem Mal ganz still. Der Heiler wurde von seinen Leuten hinausgetragen, und der Chor hob wieder laut zu singen an. Trevil eilte an Braks Seite und schrie seinen Namen, und ich stand ganz allein da, nackt und völlig durcheinander. Alle anderen rauschten aus der Hütte. Ich trat einen Schritt näher, um besser zu sehen, und was ich sah, ließ keinen Interpretationsspielraum: Braks Wunde hatte sich geschlossen. Es war nicht einmal mehr eine Narbe zu sehen.

Ich bückte mich und hob das Ding auf, das aus seinem Fleisch gefallen war. Es war blutverschmiert und deformiert, aber in meinem Soldatenleben hatte ich so etwas schon so oft gesehen, dass ich sofort erkannte, was ich da in der Hand hielt. Es war ein Stück von einer Pistolenkugel.

Kapitel 13

Funkelauge

Wir hatten zwar keine weite Strecke zu laufen, aber der Weg, den wir in Gesellschaft der feindseligen Dwaine-Sippe zurücklegten, kam mir trotzdem lang vor. Schließlich erreichten wir die Maschine, die sie den Leviathan nannten. Sie glänzte so makellos wie die anderen Maschinen auch. Ich nahm an, dass die Pflege der Metallvögel ebenso wie das Erschießen unbefugter Eindringlinge ein Lieblingszeitvertreib der Dwaine-Sippe war.

Dieser Metallvogel war riesengroß, gegen ihn nahmen sich die anderen geradezu winzig aus, und als wir unter seinem Bauch stehen blieben, gelang es mir nicht, meine Ehrfurcht zu verbergen.

»Seht ihn euch an, den heiligen Metallvogel«, sagte Dwaine, Sohn des Dwaine, und fuchtelte dramatisch mit den Armen herum, während Nana Dwaine näher an die Maschine heranhumpelte. »Dies ist der Leviathan. Euer Lehrmeister hat uns aufgesucht und ist gemeinsam mit meinem Vater in den Bauch des Leviathans gestiegen, also hat er bestimmt das, was immer Ihr sucht, dort drinnen zurückgelassen.«

Nana Dwaine jaulte etwas Unverständliches, während sie die Abdeckung von einem Tastenfeld entfernte. »Ihr braucht nichts weiter als das Passwort für die Tür.« Dwaine schob mich vorwärts. »Wenn Ihr die richtigen Zahlen eingebt, sollte sich die Tür öffnen. Gebt Ihr etwas Falsches ein …« Plötzlich richtete sich die Mündung einer Pistole auf meinen Kopf. Dwaine, Sohn des Dwaine, blickte mich über den Lauf hinweg an. »Ihr habt genau einen Versuch.«

Ich sah Galinak an, aber es waren viel zu viele Waffen auf uns gerichtet, als dass er irgendetwas hätte tun können, das nicht augenblicklich unseren Tod zur Folge gehabt hätte. Ich kämpfte gegen aufsteigende Panik und Übelkeit an und wandte mich dem Tastenfeld zu. Die Zahlen darauf leuchteten grün, und über ihnen befanden sich acht leere Felder. Ich entsann mich, in meinem früheren Leben einmal gelesen zu haben, dass es mehrere hundert Millionen unterschiedliche achtstellige Codes gab, und jetzt musste ich die Zahlenfolge beim ersten Mal gleich richtig eingeben, oder ich würde sterben.

Ich schloss die Augen und versuchte, unsere üble Lage aus meinen Gedanken zu verbannen. Für welchen Code hätte sich Lehrmeister Harim entschieden? Die acht leeren Stellen legten nah, dass es sich um ein bestimmtes Datum nach dem Format handelte, das die Menschen in der Zeit vor der Katastrophe benutzt hatten. Zwei für den Monat, zwei für den Tag, vier für das Jahr. Die alles entscheidende Frage war also: Welches Datum würde mein Lehrmeister als Code wählen? Einen Geburtstag? Einen Todestag? Falls es nur eine zufällige Zahlenfolge war, würde mein Hirn schon bald die glänzende Flanke des Metallvogels zieren.

Wie auf ein Stichwort hin drückte Dwaine, Sohn des Dwaine, die Mündung gegen meinen Hinterkopf. Ich öffnete die Augen und atmete tief aus. Streckte eine zittrige Hand nach dem Tastenfeld aus. Wenn Lehrmeister Harim wirklich darauf gehofft hatte, dass andere Mitglieder der Historikergilde hierherkamen, musste der Code ein ihnen allen bekanntes Datum sein. Und da fiel mir nur eins ein. Ich gab zwei Zahlen ein, 12, dann die beiden nächsten, 11, und dann drückte ich entschlossen auch die letzten vier: 2247.

Ein lautes Surren ertönte, und im Bauch des Leviathans öffnete sich eine Luke. Die Dwaine-Sippe reagierte sofort darauf. Nana Dwaine klatschte in die Hände und kreischte erfreut auf, und ihr Sohn steckte die Waffe weg. Besonders begeistert sah er allerdings nicht aus. Galinak durfte an meine Seite treten.

»Ich dachte schon, das wär's jetzt mit uns gewesen«, murmelte er mir zu.

»Japp. Was für ein Glück, dass ich das genaue Datum der Katastrophe auswendig kann.«

»Ein schlimmer Tag für die Menschheit, aber ein gutes Datum für uns.«

Ich musterte ihn, während wir darauf warteten, dass sich die Luke des Metallvogels so weit zu uns herabsenkte, dass sie den Boden berührte. Bestimmt sah man mir die Erleichterung ebenso deutlich an wie ihm.

Dwaine, Sohn des Dwaine, stand ebenfalls neben mir, aber zu meiner Überraschung kam er nicht mit uns. Auf meinen fragenden Blick hin schüttelte er bedauernd den Kopf. »Mein Vater hat gesagt, wir sollen nicht in die Himmelsvögel steigen, bevor Großvater Dwaine vom Himmel zurückkehrt.«

Galinak und ich stiegen weiter empor, bis in den Bauch des Leviathans hinein. Oben angekommen, entdeckte ich einen Hebel mit einer Zeichnung daneben, die seinen Zweck illustrierte, und zog daran. Die Luke wurde wieder hochgezogen. Galinak winkte den Untenstehenden und rief: »Zum Abendessen sind wir wieder zurück, hoffentlich gibt es Eintopf.« Kurz darauf standen wir in völliger Dunkelheit, eingeschlossen im Leviathanbauch.

Wenn man den Legenden glaubte, hatten diese Metallvögel vor langer Zeit den Himmel beherrscht und Menschen und Warengüter rund um den Erdball transportiert. Kaum vorstellbar, dass ein so gewaltiger Apparat wie der Leviathan in den Himmel aufzusteigen vermochte, aber was auch immer der ursprüngliche Verwendungszweck der Maschine gewesen sein mochte, Lehrmeister Harim hatte sie zu seinem persönlichen kleinen Hafen umfunktioniert. Es gab einen gemütlichen Lehnsessel und eine große Sitzecke, in der mehrere Öllampen standen, die ich im Dunkeln erspähte und für Galinak anzündete, außerdem einen großen Lesetisch aus massivem Holz und haufenweise sorgsam geordnete Bücher, Schriftrollen und alte Energiepads aus der Zeit vor der Katastrophe. Rasch sah ich mir alles näher an und stellte fest, dass die meisten der Bücher Kopien waren, angefertigt von Schreibern aus der Stadt der Türme, wie ich selbst einer gewesen war. Mit einem Mal ergaben all die Stunden, in denen ich hoch oben in den Türmen Bücher abgeschrieben hatte, einen Sinn: Lehrmeister Harim hatte dafür Sorge getragen, dass wenigstens ein Teil des Wissens, das wir in unserer riesigen Bibliothek gesammelt hatten, das etwaige Ende der Historikergilde überdauerte. Schon bald fanden wir heraus, dass Bücher nicht das Einzige waren, was mein Lehrmeister im Leviathan gelagert hatte.

»Sieh dir das an!«, rief Galinak und wedelte mit einem schwarzen Kleidungsstück vor meinem Gesicht hin und her. »Denkendes Leder. Es passt sich eigenständig dem Träger an. Sogar mit Brustgurt. Ein Energiemesser. Und das hier …« Er bückte sich, hob etwas hoch und richtete sich übers ganze Gesicht strahlend wieder auf, ein riesiges, silbrig glänzendes Maschinengewehr in der Hand. »Der alte Harim verstand was von Waffen. Da sind auch noch mindestens zehn Energiezellen, drei davon aufladbar.« Wie hypnotisiert bewegte Galinak die Waffe vor seinem Gesicht auf und ab.

»Und sieh nur hier, eine Denkende Brille, welch ein Klassiker.« Galinak setzte die dunkle Brille auf und sah sich um. »Yeah!«

Ich ging an ihm vorbei zum Lesetisch, auf dem eine Holzkiste stand. Sie war unverschlossen, und darin fand ich einen schweren Münzbeutel, einen Brief, einen Pfeifenkoffer inklusive mehrerer vakuumierter Tabaksbeutel und außerdem einen altmodischen goldenen Revolver mit dazu passendem ledernem Hüfthalfter und Munitionsgürtel.

»Hübscher kleiner Friedensstifter«, sagte Galinak. »Für meinen Geschmack vielleicht ein bisschen zu altmodisch.«

Ich spielte ein bisschen mit dem Revolver herum und fand sein Gewicht und die Art, wie er in der Hand lag, eigenartig beruhigend. Sein antikes Aussehen war Absicht, und auch wenn er nicht die effektivste aller denkbaren Waffen sein mochte, bestand er doch aus Tarakanischem Stahl und wurde mit Energiezellen bestückt – er verschoss Energiestrahlen. Ich war noch nie ein großer Waffennarr gewesen – um genau zu sein, sogar so ziemlich das Gegenteil –, aber ich wusste vom ersten Moment an, dass ich diese Waffe behalten würde.

Der Brief war in Meister Harims Handschrift verfasst. Obwohl er mich reingelegt und auf eine gefährliche Mission geschickt hatte, bei der ich unwissentlich als Köder diente, verspürte ich einen heftigen Stich in der Brust. Mein alter Mentor hatte sein eigenes Leben gegeben, damit wir ins Tarakan-Tal fliehen und tiefer in die Stadt unterm Berg vordringen konnten. Er hätte es so sehr genossen, selbst dabei zu sein.

Im Brief standen nur folgende knappe Sätze:

Lieber Gildenbruder,
nimm dir von allem, was du brauchst, aber sorg nach bestem Gewissen dafür, dass das hier verwahrte Wissen in Sicherheit ist und keinen Schaden nimmt. Die Zukunft der Menschheit liegt in ihrer Vergangenheit.
Lehrmeister Harim

Ein kurzer, aber präziser Brief, genau so, wie Lehrmeister Harim es immer am liebsten gehalten hatte. Kurz überwältigten mich die Erinnerungen daran, wie er mich von zu Hause weggebracht und in den Türmen zum Schreiber ausgebildet hatte, nur um mich dann eines Tags auf einen vermeintlichen Botengang zu schicken, auf die gefährliche Suche nach Vincha und dem Geheimnis von Rafiks Verbleib. Bei unserer letzten Begegnung hatte mich Lehrmeister Harim zum stellvertretenden Lehrmeister der Historikergilde ernannt. Die sehr lebendigen Erinnerungen riefen intensive Gefühle in mir wach, und als ich wieder einigermaßen zu mir kam, war Galinak bereits fertig mit seiner Plünderrunde.

In einer Ecke hing säuberlich auf Bügeln noch mehr Reisekleidung, und ich begutachtete sie sorgfältig und suchte mir das heraus, was mir am besten passte.

»Nicht übel.« Galinak schloss seinen Anzug aus Denkendem Leder und nickte zufrieden. »Aber du lernst mal besser schnell, mit deinem neuen Spielzeug umzugehen. Das tritt kräftig aus.«

Ich probierte aus, wie schnell ich ziehen konnte, um aus der Hüfte zu schießen, und blieb mit der Waffe am Halfter hängen. Laut polternd fiel sie zu Boden und schlitterte Galinak vor die Füße. Er bückte sich danach und gab sie mir wieder. Ich hoffte, dass mein knallrotes Gesicht im Dämmerlicht nicht zu sehen war.

»Okay«, sagte er, nachdem ich die Waffe ein bisschen zu nachdrücklich zurück ins Halfter gerammt hatte. »Und jetzt?« Ich drehte mich um und marschierte tiefer in den Bauch des Leviathans hinein, fand eine Leiter und eine Luke und kletterte hinauf. Galinak befestigte seine neue Waffe auf dem Rücken und einen Beutel mit Nährpillen am Gürtel und folgte mir schweigend. Es dauerte nicht lange, da hatten wir den Platz gefunden, von dem aus die Fahrer den Metallvogel gesteuert haben mussten: zwei Sitze, die an den Thron von Dwaine, Sohn des Dwaine, erinnerten. Auf den Sitzflächen lagen zwei klobige Helme. Durch die Frontscheibe erblickten wir mehrere andere Metallvögel und ein paar Mitglieder der Dwaine-Sippe, die dort unten herumliefen. Wir setzten uns, und ich drehte den schweren Helm prüfend zwischen den Händen.

»Willst du dieses Ding etwa fliegen?« Galinak legte seinen Helm auf den Boden und flatterte mit den Händen, als wären sie Flügel.

Ich begutachtete die zahlreichen dunklen Bildschirme ringsum. »Rost, nein«, grunzte ich. »Ich wüsste nicht mal, wie ich anfangen sollte, das auch nur zu versuchen.«

»Und was machen wir dann hier oben? Wir haben Waffen, Pillen, Klamotten und einiges an Metall, also würde ich sagen, wir hauen ab, ehe sich die Dwaines das mit der Gastfreundschaft noch mal anders überlegen.«

Ich schüttelte den Kopf. »Ich will noch was ausprobieren. Diese Maschinen haben bestimmt Kommunikationseinrichtungen mit hoher Reichweite, das wäre nur logisch. Vielleicht sollten wir versuchen, die Tarkanier anzufunken und die Anweisungen einzuholen, die wir verpasst haben.«

Galinak sah nicht gerade begeistert aus. »Warum zum Rost sollten wir das tun?«

Darauf hatte ich keine handliche Antwort, also begnügte ich mich mit einem bedeutungsvollen Blick. Zu meiner Überraschung funktionierte es, Galinak zuckte mit den Schultern und lehnte sich in seinem Sitz zurück. »Dann mach ruhig. Aber ich kann nicht dafür garantieren, dass ich noch mal irgendwelche Anweisungen befolge. Beim letzten Mal hat mich das umgebracht.«

Darauf fiel mir nichts ein, also wandte ich meine Aufmerksamkeit wieder den Bildschirmen zu. Sie waren mehr als eine

Armlänge entfernt, und ich fragte mich, wie der Fahrer sie aus dieser Entfernung benutzen konnte. Ich stand auf, ging hin und berührte sie. Nichts passierte. Nirgendwo gab es einen Hebel oder Knöpfe, die ich hätte drücken können. Ich ließ mich wieder auf meinen Sitz sinken und setzte den Helm auf. Im ersten Moment passte er mir nicht richtig, aber er verfügte über ein kompliziertes System aus Riemen und Schnallen, um ihn anzupassen. Sobald ich ihn auf meinem Kopf befestigt hatte, hörte ich ein leises Klicken, und Hunderte Dinge geschahen auf einmal. Der Metallvogel erwachte summend zum Leben, mein Sitz wurde erst größer und schmiegte sich dann genau passend an meinen Körper, die Bildschirme ringsum leuchteten auf und projizierten ihre Abbilder in bequeme Reichweite, und vor mir materialisierte sich ein halb durchsichtiges Lenkrad.

»Wow.« Galinak setzte sich auf. »Was ist denn jetzt los?«

»Setz deinen Helm auf«, sagte ich und berührte vorsichtig das Lenkrad. Es fühlte sich vollkommen fest und echt an.

Das Innendisplay des Helms war sehr verwirrend. Auf der linken Seite sah ich einen steten Datenstrom aus Zahlen und Buchstaben, die bei jeder Kopfbewegung Farbe und Geschwindigkeit änderten. Auf der rechten Seite konnte ich durch den Metallvogel hindurchsehen und sogar zoomen. Ich war sicher, dass das nicht an meinen eigenen Sehfähigkeiten lag.

»Bei Bukras Eiern.« Galinak bekam das mit dem Helm schneller hin als ich. Er fuhr mit den Händen durch die Luft und berührte die umliegenden Bildschirme.

»Galinak, bloß nichts …«

»Waffen aktiviert«, erklang eine laute Stimme direkt in meinen Ohren.

Mein Kopf ruckte herum. Links auf dem Helmdisplay erschien ein kleines Abbild des Leviathans mit rot blinkenden

Flügelspitzen. Auf der rechten Seite zoomte ich auf einen weiteren Metallvogel am anderen Ende des Rollfelds.

»Ziel anvisiert.« Ein rotes Rechteck rahmte den Metallvogel ein, den ich ansah.

»... anfassen«, beendete ich meinen Satz, aber es war schon zu spät.

Ich vernahm ein lautes Rauschen, und im nächsten Augenblick ging der andere Metallvogel in einer pilzförmigen Feuerwolke hoch.

Eine Weile saßen wir stumm da und wagten es nicht, die Köpfe zu bewegen oder auch nur zu blinzeln. Ich tastete unter meinem Kinn herum und löste ganz langsam die Riemen des Helms. Als ich ihn abnahm, waren die projizierten Bildschirme und das ganze Zeug verschwunden.

»Rost«, sagte Galinak, immer noch mit dem Helm auf dem Kopf. »Die Dwaines sehen nicht gerade begeistert aus.«

Ich schloss die Augen und lehnte mich zurück. Erstaunlicherweise kippte der Sitz mit meiner Bewegung nach hinten, und auf einmal sah ich an die Decke.

»Ich hab fast das Gefühl, als ob es keinen Eintopf für uns gibt, wenn wir jetzt rausgehen.«

»Was du nicht sagst«, murmelte ich und schloss die Augen. Auf einmal war ich todmüde und völlig erschöpft.

Galinak nahm seinen Helm ab. »Was jetzt?«

Ich schleuderte die neuen Stiefel von meinen Füßen. »Ich muss mich ein bisschen ausruhen. Ich hab nicht mehr richtig geschlafen, seit ... tja, seit ich geboren wurde. Die Dwaines werden nicht auf uns schießen, und rein kommen sie auch nicht. Ich bin nahezu sicher, dass Dwaine Analphabet ist.«

»Und wenn er's nicht ist?«

Ich richtete einen vielsagenden Blick auf Galinaks neues Maschinengewehr. Er begriff und lächelte mich an, dann nahm er die schwere Waffe in die Hände und drehte seinen

Sitz zum Eingang. »Dann übernehm ich mal die erste Wache, ja?«

Ich antwortete nicht. Kurz darauf war ich auch schon eingeschlafen.

Kapitel 14

Peach

Ich träumte, aber ich wusste, es war kein gewöhnlicher Traum. Endlich versuchte das Kommando, mich zu erreichen, allerdings spürte ich instinktiv, dass dieses Traumbriefing anders war als sonst. Ich sah das Bild einer Frau. Ihrer Körperhaltung nach war sie eine Kriegerin, nicht mehr jung, aber noch immer stark. Rotes Haar, schwarze Zeichen rings um Hals und Ohren. Sie drehte sich zu mir um, zog eine Energiewaffe, zielte damit auf mich und drückte ab. Aber als ich mich rasch zur Seite warf, verwandelte sie sich in eine junge Frau, noch keine zwanzig. Sie trug ein schlichtes braunes Leinenkleid, ihr Haar war dicht und rot, und sie hatte graue Augen, helle Haut und einen kräftigen Körperbau. Sie hätte umwerfend schön sein können, wäre da nicht das etwas zu kräftige Kinn gewesen. Eine jüngere Version der Kriegerin … nein … ihr Kind, das Kind der Kriegerin. Die jüngere Frau, Emilija, war mein Ziel, und die Mutter beschützte sie.

Ich lag im Dreck und sah einen geschriebenen Namen in der Luft, Vincha, *ehe ich mich langsam erhob und feststellte, dass ich mich mitten auf einem Acker befand. In der Ferne erblickte ich die vertraute Silhouette der Stadt der Türme, und mein Herz setzte einen Schlag aus. Dann bespritzte Schlamm meine Kleidung – jemand war an mir vorbeigegangen, mitten durch eine Pfütze. Es war Vincha, die Waffe in der Hand. Sie blickte sich argwöhnisch um, aber mich und die Schatten, die sie von allen Seiten umga-*

ben, entdeckte sie nicht. Ich verspürte den Drang, ihr zu folgen, sah, wie sie auf ihre Tochter zustapfte, die mit dem Rücken zu uns stand und offenbar nicht bemerkte, dass sich die Schatten um sie drängten. Der Traum verriet mir, dass ich nicht die Einzige war, die nach dem Mädchen suchte … aber wer noch? Ehe ich darauf kam, sprang die Kriegerin zwischen die Schatten und verschwand. Die Tochter blieb zurück, rückte aber in immer weitere Ferne, begleitet von Glockengeläut. Das Bild änderte sich, ich sah einen Brunnen, den ich wiedererkannte, und dann einen Vogel, der auf einem breitkrempigen Strohhut landete. Ein Treffpunkt.

Als ich erwachte, zusammengerollt auf einem dünnen Teppich, hörte ich Glocken läuten. Die dunkle Kammer, in der ich mich befand, hatte keine Tür, und im hell erleuchteten Korridor sah ich drei Leute langsam am offenen Durchgang vorbeilaufen. Einer von ihnen trug einen Topf mit brennendem Weihrauch, die beiden anderen schwenkten zierliche Glöckchen. Ich drehte mich auf dem Teppich um und nahm meine nähere Umgebung in Augenschein. Ich war allein in dem kleinen fensterlosen Raum, der leer war bis auf ein paar handgeknüpfte Teppiche, einen Kerzenhalter mit einem winzigen Restkerzenstumpf darin und einen kniehohen Holztisch. Kaum hatte ich mich aufgesetzt, kamen drei Männer herein. Da ich nicht an Zufälle glaubte, war der logische Schluss, dass sie draußen darauf gewartet hatten, dass ich aufwachte. Einer von ihnen trug in einer Hand einen Eimer mit Wasser und in der anderen einen zweiten, kleineren Eimer. Der zweite Mann entzündete den Kerzenstumpf, und der dritte stellte ein Tablett auf dem kleinen Tisch ab. Darauf befanden sich ein frisch gebackener Brotlaib, ein Stück Hartkäse, etwas Gemüse und ein abgedeckter Plastikbecher.

»Wascht Euch, benutzt den leer'n Eimer für Ihr' Bedürfnisse und esst was«, wies mich einer der Männer an, er klang nicht unfreundlich. »Danach ein' Reinigung, und danach wartet da Heiler auf Euch.« Sein Akzent klang nicht so natürlich wie bei den anderen, sondern ein wenig verzerrt, als würde er sich absichtlich darum bemühen, wie die anderen zu sprechen. Auch wenn es nicht wichtig war, merkte ich es mir.

»Wie geht es Brak? Und Trevil, meinem Reisegefährten?«

»Sprecht mit da Heiler, dann erfahrt Ihr all's«, sagte der Mann.

Zwei der Männer blieben mit im Raum, während ich den körperlichen Bedürfnissen meines Wirtskörpers Rechnung trug, und auch andere, die gerade vorbeikamen, hatten freie Sicht auf mich. Obwohl es nur ein Wirtskörper war, musste ich mich nachdrücklich an meine Militärzeit erinnern, um mich ausreichend zu entspannen, dass ich mich vor den Augen mehrerer Fremder erleichtern konnte. Ein Zeichen dafür, dass ich allmählich mit meinem neuen Körper verschmolz. Sobald ich fertig war, trug einer der Männer wortlos den Eimer weg. Das Essen war einfach, aber nachdem ich mich eine Weile nur von einem abgeschlagenen Bein, Nährpillen und Resten ernährt hatte, tat mir die Mahlzeit unglaublich gut. Das Gemüse sah frisch aus, und im Becher befand sich abgekochtes, noch warmes Wasser. Wie alles andere hier war es kontaminiert, aber in erstaunlich geringem Ausmaß für diese Umgebung.

Beim Essen dachte ich über die Anweisungen nach, die ich im Traum erhalten hatte. Meine Missionsziele waren eindeutig, und der Traum war pünktlich gekommen, eine Woche nach dem Erwachen, sobald meine Hirnwellen sich ganz auf den neuen Wirtskörper eingestimmt hatten und ich es geschafft hatte, in Tiefschlaf zu sinken. Trotzdem wurde ich das Gefühl nicht los, dass irgendwas nicht stimmte. Einerseits kannte das Tarakanische Oberkommando meine einzigartigen Hirnwellen und war noch in der Lage, mir darauf abgestimmte Traumsequenzen zu senden, das war eine gute Neuigkeit. Es bedeutete, dass Tarakan trotz aller gegenteiligen Indizien überlebt hatte. Irgendwer hatte mich aufgeweckt, mir einen Körper zur Verfügung gestellt und mich auf eine Suchmission geschickt. Unter normalen Umständen eine lächerlich einfache Aufgabe, viel zu anspruchslos für meinen Dienstrang und meine Erfahrung – allerdings sah das in dieser neuen, zerstörten Welt natürlich schon ganz anders aus. Ohne Satelliten, weltweite Kommunikation, Scanner mit Gesichts- und Körpererkennung und die Möglichkeit, binnen einer Stunde jeden denkbaren Fleck auf dem Planeten erreichen zu können, verwandelte sich diese einfache Mission eher in die Suche nach der Nadel im Heuhaufen.

Außerdem kam mir einiges an der Traumsequenz selbst eigenartig vor. Schon während meiner letzten paar Missionen hatte der Verdacht bestanden, dass einige der technologisch höchstentwickelten Feinde Tarakans mittlerweile in der Lage waren, Traumsequenzen gewissermaßen abzuhören, weshalb der Traum eigentlich ein wenig vager hätte sein müssen. Aber er war so eindeutig gewesen, als würde ein Erwachsener ein Kind an die Hand nehmen und ihm erklären, was es zu tun hatte. Ein bemerkenswerter Bruch mit dem Standardvorgehen. Möglicherweise lag es daran, dass sämtliche Feinde Tarakans inzwischen ausgelöscht waren. Aber auch die Traumwelt hätte dichter sein müssen. Immersiver. Der Sequenz hatte es an Komplexität und Tiefe gefehlt, fast erinnerte sie mich an ein altes VR-Spiel, das ich mal in einem Museum ausprobiert hatte und bei dem man eine Maske aufsetzen musste, um zu spielen, statt das Bewusstsein direkt in der Maschine zu versenken. Irgendetwas hatte gefehlt, so viel stand fest.

Aber derzeit konnte ich nichts tun, um meine Bedenken auszuräumen, also schob ich sie erst einmal beiseite, und während ich auf einem bitteren Radieschen herumkaute, dachte ich über die Ereignisse der gestrigen Nacht nach. Es war unwahrscheinlich, dass der Mann, der sich selbst als »Heiler« bezeichnete, einen Zellregenerator in der Handfläche versteckt hatte. Selbst die Notfallversion für militärische Einsätze war so lang wie ein Arm und brauchte eine Weile, um richtig zu wirken. Natürlich war es denkbar, dass sich die Technologie während meiner Schlafphase weiterentwickelt hatte, aber dass Tarakan die Wirkungsweise derart beschleunigt und das Gerät zugleich so sehr verkleinert haben sollte, kam mir höchst unwahrscheinlich vor. Kurz dachte ich sogar darüber nach, ob er ein Engel sein mochte, der seine Arme durch die eines Med-Bots ersetzt hatte, aber das ging zu weit.

Schließlich akzeptierte ich einfach, was ich mit angesehen hatte: Dieser Mann hatte auf irgendeine Weise Brak geheilt, die Menschen hier beteten ihn an, und an mir hatte er irgendein Interesse bisher unbekannter Natur. Seine Rede über den hohen Preis, den es zu zahlen galt, machte mir Sorgen. Jetzt, da ich meine Mission kannte, wollte ich weder Zeit verschwenden noch mich einem unnötigen Risiko aussetzen. Ich spülte meine Mahlzeit mit einem Schluck Wasser hinunter und spürte, wie die Wärme durch meinen Körper wanderte. Ich wollte endlich ein paar Antworten.

Ich stand auf und bedeutete meinem Bewacher, dass ich fertig war. Er ging voran und führte mich durch einen kurzen Gang voller offener Durchgänge, die in ähnliche kleine Räume führten wie den, in dem ich erwacht war. Die meisten waren leer, nur hier und da sah ich kleine Grüppchen von Menschen, die auf Sitzmatten auf dem Boden kauerten, Predigten lauschten oder meditierten. In einer der Kammern praktizierte ein ganzer Haufen Leute langsamen, ritualisierten Sex. Es gab eine Art Aufseher oder Lehrer, der vorn stand, während die gemischtgeschlechtlichen Paare bewusst langsam miteinander kopulierten. Mein Wirtskörper verfügte über sämtliche Merkmale und Organe eines weiblichen Menschen und war natürlich auch in der Lage, sexuell mit jemandem zu verkehren, und ich gebe zu, dass beim Anblick der verschlungenen Leiber einige Sehnsüchte in mir erwachten, die lange im Winterschlaf gelegen hatten. Aber ich wurde nach draußen weitergescheucht, durchschritt noch einmal das Dampfbad und wurde erneut dem Reinigungsprozess unterzogen. Beim Herauskommen erwarteten mich ein Paar geflochtene Sandalen und ein langes graues Kleid. Der Leinenstoff war zwar ebenfalls rau auf der Haut, aber deutlich angenehmer zu tragen als mein letztes Gewand.

Man brachte mich zum Hauptgebäude, in den zweiten Stock. Zu meiner Überraschung gab es dort keinen großen Saal, kein hohes Podium und auch keine ehrfürchtige Menschenmenge. In dem mittelgroßen Raum wartete nur ein Mensch auf mich: der Mann mit den Knochenohrringen. Zur Begrüßung verneigte er sich kurz und deutete auf einen Teppich. Auch hier gab es kaum Möbel, nur ein paar bequeme Kissen auf dem Boden. Ich ließ mich auf einem davon nieder, aber ehe ich es mir allzu gemütlich machen konnte, kam der Heiler herein, und ich stand wieder auf. Instinktiv verzichtete ich diesmal darauf, mich zu verbeugen.

Abgesehen von einer Art Verband um die Hüfte – an derselben Stelle wie Braks Wunde – war der Heiler nackt. In der Hand einen Gehstock aus knorrigem Holz und zusätzlich auf eine seiner vier Wachen gestützt, hinkte er langsam herein. *Was für ein Schmierentheater*, dachte ich und musterte seine Tätowierungen.

Der Heiler bedeutete mir, mich wieder zu setzen, und ließ sich langsam und mit demonstrativ schmerzverzerrtem Gesicht ebenfalls auf einem der Kissen nieder.

»Wie geht es Euch?« Ein besserer Gesprächseinstieg fiel mir nicht ein.

Der Heiler reichte seinem Helfer den Gehstock und sah mich an. »Da Pazin is' zurück im Licht. Mein' Bürde is' nur ein Schatten der sein'. Morg'n bin ich wieder geheilt.« Seine Augen waren groß und braun, voller Güte, Wärme, Intelligenz und Offenheit. Sie luden mich dazu ein, ihm zu vertrauen. Ich war augenblicklich auf der Hut.

»Wollt Ihr damit sagen, Ihr habt Braks Wunde auf Euch genommen?«

»Ich verstehe. Ihr glaubt nich', was Eure Aug'n sehn.« Kopfschüttelnd deutete der Heiler auf seinen Verband. »Ich kann Euch da Wunde zeig'n, aber Ihr würdet glaub'n, ich hab mich selbst verletzt.«

»Ich glaube ganz einfach nicht an Wunder«, antwortete ich sachlich. »Was ich gesehen habe, war eindeutig eins, also suche ich nach einer logischen Erklärung.«

Er bedachte mich mit einem wissenden Blick. »Was für da ein' ein Wunder is', is' für da andern ganz natürlich. Da Mann mit dem Nam'n Trevil schwört, dass Ihr Euch bewegt und kämpft wie ein' da Gezeichnet'n«, er deutete auf die Zeichen an seinem Körper, »aber an Euch sind kein' Zeich'n zu sehn. Da Mann, der sich Brak nennt, sagt das ebenfalls. Vielleicht könnt auch Ihr Wunder wirk'n?«

Ich nickte zustimmend. Das Argument war nicht von der Hand zu weisen. Es gab vieles, was ich nicht wusste.

»Ihr kommt von weit her, aus ei'm andern Land und ein' andern Zeit. Für Euch sind da Gezeichnet'n ein Wunder. Aber Ihr wurdet nich' von ein' Frau gebor'n. Is' das nich' auch ein Wunder? Da Welt is' voller Geheimnisse.«

Woher weiß er das? Trotz meiner Ausbildung spannten sich meine Muskeln.

Der Heiler hob beschwichtigend die Hände. »Kein' Angst, Frau Peach, ich bin hier, um zu helf'n. Sagt mir, was Ihr braucht, und wenn es in mein' Macht liegt, lasse ich es gescheh'n.«

Wenn etwas zu gut war, um wahr zu sein, handelte es sich meist um eine Lüge. Aber wenn dieser Mann bereit war, mir zu helfen …

»Ich muss zur Stadt der Türme«, sagte ich. Über meine Mission wollte ich ihm nichts verraten.

»Der Mann Trevil zahlt sein' Preis und bringt Euch dorthin.«

»Und der Preis, den ich selbst zu zahlen habe? Gestern habt Ihr gesagt, der Preis sei immer hoch.«

»Es is' immer ein Preis zu zahln«, stimmte mir der Heiler zu, »aber indem ich helfe, zahle ich mein' eigen' Preis.« Er legte beide Hände auf die Brust, über dem Herzen. »Mein' eigen' Schuld.«

»Das verstehe ich nicht.«

»Dann hör meine Geschichte.« Er setzte sich aufrechter hin. »Da erste Zeich'n erschien auf mein' Haut, als ich schon siebzehn war, und es war nich' an ein' Stelle, da jeder sieht.« Zum ersten Mal sah ich den Heiler lächeln, aber freundlich war es nicht. »Ich habe es nich' selbst entdeckt. Es war da Mädch'n, das ich heirat'n wollte. Ich war so dumm und hab geglaubt, unser' Liebe würde es überstehn und sie würde mich nicht verrat'n. Schon am nächst'n Tag hat man mich zum Ältest'n geschleift, und er war es auch, der zum Messer griff.« Der Heiler zeigte auf seinen Schritt. »Er hat da Essenz mein' Männlichkeit abgeschnitt'n, und ich wurde in ein' Käfig gesperrt, außerhalb des Dorfs, um zu leb'n oder zu sterb'n. Ich wollte sterb'n, aber mein Körper war stark, obwohl mein Wille gebroch'n war und noch mehr Zeich'n auf mein' Haut erschien'. In der fünft'n Nacht kam ein Mann und rettete mich. Ein besonder' Mann. Ich trage Zeich'n auf mein' Körper, aber er trägt die Zeich'n auf sein' Seele. Dieser Mann half mir bei da Heilung, und da Preis dafür war, dass ich Euch helfe, wenn Ihr zu mir find'. Er hat Euch beschrieb'n, hat gesagt, Ihr werd' Euch beweg'n wie die Gezeichnet'n und dass Ihr da Tod bringt, wohin Eure Schritte Euch auch führ'n.«

»Das ist … unmöglich.«

»Nur für jene, die da Wahrheit nicht sehen wolln.« Der Heiler deutete auf sich selbst. »Ich heile Menschen und nehme ihr' Wund'n auf mich. Ihr bewegt Euch wie der Wind, obwohl Ihr kein' Zeich'n auf da Haut tragt. Und da Mann, da mich gerett' hat, hat vorausgesehn, dass Ihr zu mir kommen würdet, um mich um Hilfe zu bitt'n. Er sagte mir, das wär die beste Zukunft, die er sehen kann.«

»Wer war dieser Prophet?«, fragte ich.

Der Heiler lehnte sich vor und flüsterte: »Sein Nam' … war Nakamura.«

Kapitel 15

Funkelauge

Es materialisierte sich in der Dunkelheit, langsam und weit fort, und ich wusste schon, was es war, noch ehe es mein gesamtes Sichtfeld ausfüllte. Vincha hatte es mir in allen Einzelheiten beschrieben, obwohl sie es selbst nie zu Gesicht bekommen hatte, sondern nur auf Rafiks Erzählungen zurückgriff. Und trotzdem war ich jetzt hier, stand wie gebannt vor einer Puzzlewand, vielleicht sogar vor dem Großen Puzzle selbst, von dem Rafik gesprochen hatte. Hunderte, nein Tausende fremdartiger Symbole jagten wild durcheinander, in alle Richtungen. Wie irgendjemand, selbst ein Puzzler, darin ein Muster erkennen sollte, ging über meinen Horizont.

Ich streckte den Arm aus, er reichte weiter als mein Blick, und hielt eins der Symbole mit dem Finger an. Es fühlte sich kühl an, aber zugleich lebendig. Ich streckte auch den anderen Arm aus, und nach mehreren Versuchen erwischte ich ein vergleichbares Symbol, nicht genau das gleiche, aber doch recht ähnlich.

Und jetzt?

Überall um meine Hände fluteten andere Symbole vorbei, aber ich wusste: Wenn ich die beiden losließ, die ich gerade festhielt, würde ich sie alle verlieren.

Plötzlich wechselte ein anderes Symbol die Richtung, bewegte sich langsam auf eins von denen zu, die ich festhielt, und rastete mit einem hörbaren mentalen Klicken ein. Bald darauf summte ein anderes wie von selbst auf die drei zu, die ich hielt, als würde jemand auf der anderen Seite der Wand stehen und mir helfen. Als das Muster vollendet war, schimmerte es auf und löste sich vollständig von der Wand. Die Symbole breiteten sich vor mir aus und formten eine Doppeltür aus Metall. Sie glitt auf, und ich trat hindurch und fand mich im Leviathan wieder. Galinak saß da und inspizierte die Maschinenpistole, die er auf dem Schoß hielt. Er bemerkte weder mich noch die geöffnete Tür. Mein eigener Körper lag reglos auf dem Sitz, aber in dieser Wirklichkeit trug ich noch meinen Helm. Mein transparentes Abbild schwebte näher an den Körper heran, bis wir miteinander verschmolzen.

Kurze Zeit später wachte ich auf.

Galinak wandte mir das Gesicht zu. Gut möglich, dass er mich etwas fragte, aber ich war schon dabei, den Helm an meinem Kopf festzuzurren. Das eben Gesehene entschwand mir bereits wieder, als wären es nur besonders lebendige Traumbilder, und ich hatte keine Ahnung, wie lange ich sie noch festhalten konnte.

Der Leviathan wurde wieder lebendig, und ich streckte die Hände aus und berührte die durchsichtigen Bildschirme. Galinak setzte seinen Helm ebenfalls wieder auf, aber diesmal vermied er es sorgsam, irgendetwas zu berühren.

Ein Zischen drang an unsere Ohren.

»Was ist das?«, hörte ich Galinak in meinem Kopf sagen. Irgendwie hatte ich eine Kommunikationsverbindung zwischen uns hergestellt.

»Wie lange war ich weg?«, fragte ich, um ihn zu beschäftigen und abzulenken.

»Nicht lange, aber du warst völlig weg vom Fenster. Was machst du denn da?«

»Keine Ahnung, aber ich weiß, was ich tu.« Ich berührte zwei durchsichtige Knöpfe und drehte ein Rädchen.

»Das ist ein Widersp…«

Die aufklingende Musik verblüffte uns beide.

»Huch.« Galinak krallte eine Hand in den Sitz. »Was ist das?«

»Ich glaub, das ist die Musik, die Rafik und Vincha oft gehört haben«, sagte ich, wobei ich immer noch mit den Zahlen auf meinem Bildschirm kämpfte. »Man nennt sie Beethoven.«

Galinak saß ganz reglos. »Rost«, brummte er schließlich, »das war es doch auch, was wir gehört haben, als Vincha an diesem Stuhl festgeschnallt war. Rost, dieser Halbmann Jakov war schon eine Nummer für sich.«

Ich nickte, ohne von den Knöpfen abzulassen. Die Musik wurde lauter. Jakov war der Waffenhändler, der Rafik entführt und an die Keenan-Gilde verkauft hatte. Viele Jahre später war er mit uns zur Stadt unterm Berg gereist, entweder in der Hoffnung, eine neue Handelsroute aufzubauen, oder auf der Suche nach Wiedergutmachung. Keins von beidem hatte er bekommen.

»Ich versuche, irgendwie reinzukommen«, sagte ich. »Es gibt ein Muster, an das ich anknüpfen muss, damit wir eine Verbindung zu Tarakan bekommen, aber ich muss erst den richtigen Kanal finden. Ganz schön haariges Finetuning.«

»Und das weißt du, weil …«

Kurz hielt ich inne und sah ihn an. »Ich habe es geträumt. Nein, frag nicht. Finde lieber raus, was da draußen vor sich geht, aber fass … nichts … an.«

Die Musik wurde noch lauter. Galinak wandte den Kopf nach links und nach rechts und spähte durch die Metallwände des Leviathans. »Sie haben uns umzingelt«, teilte er mir mit – er musste brüllen, damit ich ihn über der mittlerweile unerträglich lauten Musik überhaupt hörte. »Zwei Scharfschützen auf beiden Seiten, der Rest wild verstreut. Vermutlich wollen sie es aussitzen. Bei Bukras Eiern, wie lange dauert das denn?«

Es kostete mich viel Überwindung, den Helm nicht abzunehmen und wegzuwerfen. Die Musik wurde immer lauter.

»Gleich fertig«, brüllte ich zurück, aber trotzdem löste Galinak die Riemen seines Helms und nahm ihn ab.

Plötzlich verstummte die Musik, und Rafiks Gesicht füllte mein Blickfeld aus.

»Hallo«, sagte er.

Ich ließ mich im Sitz zurücksinken und stieß einen tiefen Seufzer aus.

Rafik nickte anerkennend. »Ihr habt euch gut geschlagen.«

»Gut geschlagen? Wir haben uns gut geschlagen?« Meine mentale Stimme wurde mit jedem Wort lauter. »Wir sind in einem Raum aufgewacht, der randvoll war mit vergifteter Luft, ohne den leisesten Schimmer, was wir tun sollen und wohin wir gehen müssen. Ja, allerdings haben wir uns gut geschlagen, vielen Dank auch für gar nichts.«

Rafik blieb ganz ruhig. »Mit einer derartigen Fehlfunktion hatten wir nicht gerechnet, aber auch an der Tarakanischen Technologie nagt der Zahn der Zeit.«

Galinak betrachtete mich aufmerksam. Ohne Helm konnte er nicht hören, was wir sagten.

Ich sah ihn an. »Ich hab sie gerade dran«, flüsterte ich und deutete auf den Helm.

»Sollen sie doch verrosten«, brummte er. »Ist mir völlig schnurz, was die uns zu sagen haben. Rede du mit ihnen und fass es mir nachher zusammen. Außerdem könnte es sein, dass die Dwaines rausfinden, wie sie hier reinkommen. Einer von uns muss sie im Auge behalten.« Er stand auf und ging hinaus, ehe ich etwas dazu sagen konnte.

Ich richtete den Blick wieder nach vorn. »Vielleicht war es nicht nur das?«, sagte ich zu Rafik. »Du hast gesagt, dieser Mannes sei gefährlich. Vielleicht war es Sabotage?«

»Auch denkbar.« Als ich darauf nichts erwiderte, fügte Rafik hinzu: »Ihr habt euch Ausrüstung besorgt. Das ist gut.«

Ich verstand Galinaks Reaktion. Die Tarkanier hatten uns

erst reingelegt und dann gezwungen, wieder für sie zu arbeiten, was uns fast umgebracht hätte, noch ehe es richtig angefangen hatte. Jetzt steckten wir in einem Himmelsvogel fest, umzingelt von den aufgebrachten Dwaines, aber das alles schien Rafik nicht sonderlich zu interessieren. Die ganze Situation machte mich wahnsinnig wütend.

»Wir haben herausgefunden, in welchen Körper beziehungsweise Wirtskörper unsere Schläferin geladen wurde«, sagte Rafik, und vor mir erschien das Bild einer Frau.

»Sieht nicht gerade besonders gefährlich aus«, sagte ich, ohne nachzudenken.

»Lass dich von ihrem Äußeren nicht täuschen«, ermahnte mich Rafik. »Zu eurem Glück ist ihr Wirtskörper keine Kampfeinheit, aber Obermajorin Vera Geer ist eine verdiente Veteranin und hat schon viele Schlachten geschlagen. Sie ist eine unserer erfahrensten Einsatzkräfte, sehr tüchtig und gefährlich, und sie ist euch zwei Monate voraus.

Wenn Cain Emilija in die Finger bekommt und ihren Code extrahiert, kann er noch tiefer in Adams Sphären vordringen. Es ist unvorhersehbar, wie viel Schaden er dann anrichten könnte, aber er wäre gewaltig, vielleicht sogar tödlich.«

»Also sollen wir Emilija für euch finden und zu euch bringen.«

»Und Mannes Holtz eliminieren, wenn irgend möglich.«

»Wenn möglich ...« Ich verzichtete darauf, sinnlos mit ihm herumzustreiten. Stattdessen wechselte ich das Thema. »Woher wusste ich, wie ich das hier« – ich umfasste mit einer Handbewegung meine nähere Umgebung – »mache? Der Traum, das Puzzle ...«

»Als Tarakan die ersten Einsatzkräfte geklont hat, haben wir ihnen einiges an Hardware eingebaut, aber schon bald hatten unsere Gegner es spitzgekriegt und haben mittels Scans nach ihnen gesucht. Hardware war zu leicht zu entdecken.

Wir brauchten eine andere Methode, um unseren Agenten Informationen zukommen zu lassen. Eine, die nicht mit leicht zu entdeckender Hardware einhergeht.«

»Träume? Ihr kommuniziert in Träumen mit ihnen?«

»Hirnwellen, Gedanken, das ist alles nichts weiter als feuernde Neuronen, elektrische Impulse. Unter normalen Umständen zu schwach für eine Übertragung, aber im Tiefschlaf ist das Hirn leichter zu beeinflussen, und in Kombination mit genetischer Manipulation und Gedankentraining erwies es sich als verlässliche und effektive Methode.«

Rafik schien meine Miene richtig zu interpretieren, denn er setzte hinzu: »Nein, wir können eure Gedanken nicht lesen und auch nicht steuern, was ihr tut, wir können euch nicht einmal komplexere Anweisungen zukommen lassen. So umfassend kann man das Unterbewusstsein nicht lenken.«

»Also sollte ich mir immer, wenn ich mit dir reden will, ein Bett suchen?«

»Nein. Als du diesmal eingeschlafen bist, war dein Hirn mit einem ernstlichen Problem beschäftigt. Wir haben dich gesucht, und es hat geklappt, aber es funktioniert nicht immer. Du solltest jederzeit damit rechnen, dass wir versuchen, dich zu erreichen. Du bist dafür gemacht, deine Hirnstrukturen sind dafür geschaffen, also sollte es mit jedem Mal einfacher werden.«

»Rost«, fluchte ich. Es war fast zu viel, um es auszuhalten. »Und jetzt?«

»Sucht Vinchas Tochter. Am vielversprechendsten ist es, nach Vincha zu suchen und sie davon zu überzeugen«, Rafik neigte leicht den Kopf, »oder sie zu zwingen, euch zu verraten, wo sich ihre Tochter versteckt.«

»Du willst, dass ich *noch mal* nach Vincha suche?« Die Ironie war zu viel für mich, ich musste lachen.

Rafik beachtete mein Lachen nicht. »Vincha hält sich nicht

in der Stadt der Türme auf, und sie achtet darauf, bestimmte Kommunikationswege so wenig und so unauffällig wie möglich zu nutzen, aber manchmal lässt es sich nicht vermeiden. Wir glauben, dass sie derzeit in der Nähe des Tarakanischen Highways unterwegs ist, nicht allzu weit von der Stadt entfernt.«

»Immer noch ein großes Gebiet für die Suche nach einer Frau, die nicht gefunden werden will.«

Rafik blickte mich aus seinen tiefen Augen an. »Es ist ein guter Anfang.«

»Das Ganze wird Galinak gar nicht gefallen. Und Vincha wird es, wenn wir sie überhaupt finden sollten, ebenfalls nicht gut aufnehmen.«

In Rafiks Gesicht sah ich keine Spur von Mitgefühl. »Lös das Problem, wie auch immer es dir am liebsten ist, aber bring uns das Mädchen.«

»Na schön.« So langsam war ich es leid. »Noch irgendwas? Ich muss mich nämlich jetzt mit einem wütenden Troll und einer ganzen Sippe höllisch angepisster Einsiedler rumschlagen.«

»Tatsächlich ist da noch etwas, ja. Mannes hat eine Art persönliches Logbuch in seinem Hirnspeicher – so wie alle hochrangigen Tarkanier. Nachdem fast alle Kommunikationseinheiten ausgefallen sind, hat es sehr lange gedauert, aber schließlich konnten wir einige der Daten rekonstruieren, die vor dem plötzlichen Übertragungsabbruch noch reinkamen. Nur ein schweres Schädel-Hirn-Trauma oder eine komplizierte Operation können die Übertragungen eines Hirnspeichers unterbrechen. Deshalb sind wir davon ausgegangen, dass der Mann tot ist, aber inzwischen wissen wir, dass er noch lebt; er muss also einen Weg gefunden haben, den Hirnspeicher aus seinem Schädel zu entfernen.«

»War bestimmt schmerzhaft.«

»Wir haben es bisher für unmöglich gehalten, dass jemand eine solche Prozedur überlebt.«

»Aber er hat es überlebt. Zweiter Punkt für diesen Mannes, wenn man die Katastrophe als Sieg wertet.«

»Sieh dir das hier an, solange wir die Möglichkeit haben, direkt miteinander zu kommunizieren.« Rafiks Abbild verblasste ganz langsam. »Du wolltest wissen, womit ihr es zu tun habt.«

Kapitel 16

Mannes

Mannes verließ das Privatabteil des Schwebezugs und trat auf den Bahnsteig der Ankunftshalle. Die vertraute Mischung aus Aufregung und Furcht verbarg er unter einer reglosen Miene und seiner altmodischen randlosen Sonnenbrille. Er blickte auf seine interne Uhr. Es war 6:33 Uhr am 11. Dezember 2247. Eigentlich hatte er vorgehabt, unterwegs ein Nickerchen zu machen, aber das hatte nicht geklappt, also brauchte er jetzt einen Kaffee oder irgendein anderes Stimulans. Gerade öffneten sich die Türen der öffentlichen Zugabteile, also lief er rasch los, den anderen Passagieren vorweg, die hinter ihm aus dem Zug strömten. Während der Schutzengel seinen Ausweis überprüfte, sah er sich um und wartete ungeduldig.

Der klobigen Wache gegenüberzustehen bereitete ihm stets Unbehagen. Immerhin, rief er sich ins Gedächtnis, handelte es sich um eine künstliche Kriegsmaschine. Der Schutzengel mit seinen scharfen Sinnen schien Mannes' Nervosität wahrzunehmen, und er beziehungsweise es brauchte länger als erwartet, überprüfte die Daten erneut, ehe Mannes in den leeren VIP-Korridor entlassen wurde.

Die Leute in den öffentlichen Warteschlangen, insbesondere die Paare und mehrere lärmende Familiengruppen, bemühten sich nicht darum, ihre Aufregung zu verbergen. Das laute Geplapper vermengte sich zu einem dichten Gewebe aus betäubendem Krach, und alle, wirklich *alle* posierten und machten Fotos mit ihren implantierten Daumenkameras, die sich immer noch großer Beliebtheit erfreuten.

Er versuchte, es ihnen nachzusehen. Schließlich war eine Fahrt mit dem Weltraumlift für die meisten Tarkanier eine einmalige Erfahrung, wohingegen Mannes grob über den Daumen geschätzt schon mehrere Dutzend Male hinaufgefahren war, und das allein dieses Jahr. Eigentlich war er auf eine Schätzung nicht angewiesen, er hätte ebenso gut auf seinen Hirnspeicher zurückgreifen und die genaue Zahl abrufen können oder auch seine Mahlzeiten für einen beliebigen Zeitraum oder die durchschnittliche Zahl seiner täglich absolvierten Schritte. Aber er verzichtete darauf. In letzter Zeit vermied er es nach Möglichkeit, auf den Hirnspeicher zurückzugreifen, und verließ sich lieber auf ein primitiveres Werkzeug, nämlich seine ausgezeichnete Erinnerungsgabe, ein genetisches Geschenk seiner Vorfahren. Er fragte sich, ob es womöglich diese Vorsichtsmaßnahme gewesen war, die Argwohn erregt hatte. Vielleicht war *das* der eigentliche Grund für diese außerplanmäßige, seltsame Reise.

Unwillkürlich rann ihm ein Kribbeln übers Rückgrat, und er erschauerte. Schüttelte den Kopf und riss sich zusammen. Vielleicht war etwas mit dem Code schiefgegangen. Vielleicht kollidierte eine der vielen Tausend Subroutinen, die Daichi in den Zentralrechner eingespeist hatte, mit dem Kernprogramm. Vielleicht …

Nein, alles ist in Ordnung. Professor Vitor hätte diese Unternehmung sonst über die üblichen Kanäle anberaumt, und außerdem ist die Zeit der Geheimoperationen vorbei. Das hier ist genau das, wonach es aussieht, Mannes, und du bist einfach nur paranoid. Das ist gefährlich. Also entspann dich.

Die Warteschlange neben dem VIP-Korridor war heute ganz besonders lang, und gegen seinen Willen verspürte Mannes einen Anflug von Schadenfreude, als er an all den Menschen vorbeilief. Er spürte ihre neugierigen und neidischen Blicke. Wer mochte er wohl sein? Unbewusst ging er etwas langsamer, straffte die Schultern und hob das Kinn. Er zog sogar das ein, was Deborah »Papas Kuschelkissen« getauft hatte. Nach der Passkontrolle ging es unterirdisch weiter zum Expressaufzug, der für die Öffentlichkeit nicht zugänglich war und ihn ohne Umwege direkt zum Fuß des Mount Iztaccihuatl bringen würde. Der große schlafende Vulkan diente als Basis des teuersten Aufzugs der Menschheitsgeschichte. Tarakan hatte ihn von der bankrotten mexikanischen Regierung dauergemietet. Anfangs hatten viele diesen Deal kritisiert, und der Protest hatte zu einer ungewohnten und seltsamen Einigkeit unter mexikanischen Nationalisten und besorgten Umweltschützern geführt. Doch jetzt war der Weltraumlift – oder die »Sternensäule«, wie die Tarakanische Werbung ihn hartnäckig nannte – Wirklichkeit geworden, und die Abertausend Demonstrationen, terroristischen Drohungen und internationalen politischen Verwicklungen waren so weit abgeflaut, dass man die Sache im Griff hatte.

Mannes trat aus dem Expressaufzug, und nach einer letzten Überprüfung seiner Papiere und DNA wurde er durch die Bio-Reinigungsprozedur geschleust. Normale Reisende durften nichts in den Weltraum mitnehmen. Die meisten reisten einfach in einem blauen oder gelben Wegwerfoverall an, wie man ihn fast in jedem Laden bekam. Sobald sie durch den Sicherheitscheck waren, wurde alles, was sie bei sich gehabt hatten, von Kleidung bis hin zu persönlichen Gegenständen und Spielzeug, vernichtet und recycelt. Mannes hingegen durfte dank seines VIP-Status mit sich führen, was er für seine Arbeit benötigte, und er hätte auch seine Kleidung hier unten auf der Erde verstauen können, aber er warf sie trotzdem weg, so wie er es meistens tat, wählte stattdessen schlichte Reisеkleidung und streckte die Hände aus, während die Maschine ihn rasch und effizient überprüfte. Auf seiner Reisetunika prangte das Tarakanische Emblem in Silber und Gold, es zeigte seinen Rang. Sonst war er immer stolz gewesen auf seinen Status und das, was er erreicht hatte, aber jetzt erinnerte ihn das Emblem nur daran, in welch exponierter Lage er sich befand.

Wie immer warteten seine gründlichst desinfizierten Besitztümer bereits auf ihn, als er den Umkleideraum verließ. Ein kleiner fliegender Bot geleitete ihn zum VIP-Lift. Mit dem, was man sich normalerweise unter einem *Lift* vorstellte, hatte er allerdings wenig gemein – es handelte sich um ein geräumiges Zimmer voller antiker Möbel; vor einer Panoramawand stand ein wunderschöner Schreibtisch aus Eichenholz. Der dazugehörige Spitzenklasse-Sessel war gemütlich, und hätte Mannes nicht extra darauf geachtet, so hätte er gar nicht gespürt, wie sich Gurte um ihn schlangen. Mannes lehnte die angebotene leichte Mahlzeit ab, bestellte allerdings einen Kaffee, ehe er sein Pad einschaltete – er wusste, dass seine Sicherheitseinstufung ihm das gestattete. Sobald der Bildschirm zum Leben erwachte, flammte vor seinen Augen eine Schlagzeile auf: Das Marskatapult-Projekt stand mal wieder vor Schwierigkeiten, und man hatte einen neuen Internationalen Vorstand einberufen müssen, nachdem mehrere nichttarakanische Mitglieder wegen Betrugsversuchen festgenommen worden waren. Die restlichen Schlagzeilen waren nur der übliche Blödsinn. Es gab neue Anschuldigungen gegen Tarakan, nachdem ein biologischer Terrorangriff in Australien dreizehntausend Menschenleben gefordert und die Wasserversorgung in Sydney verseucht hatte. Albernerweise machte man Tarakan für diese Ungeheuerlichkeit verantwortlich, und obwohl das Oberkommando den Vorwürfen aufs Nachdrücklichste widersprach, hatte die UN eine formelle Rüge ausgesprochen. Die üblichen gegnerischen Staaten äußerten die üblichen Forderungen nach schärferem Boykott, und währenddessen stürzte der asiatische Markt weiter ab, in mehreren Ländern fanden Massendemonstrationen vor Tarakanischen Botschaften statt …

Mit einer Handbewegung wischte Mannes die Nachrichten beiseite und rief seinen Posteingang auf. Siebenundvierzig Nachrichten, die seine Arbeit betrafen, und eine private von Deborah. Sie hatte ihr Reitturnier gewonnen. Das wusste er natürlich schon – er hatte sich sogar aus einem Meeting fortgeschlichen, um sich auf einem schwebenden Bildschirm in seinem Büro das Finale anzusehen –, aber das Lächeln seiner Tochter zu sehen und ihre aufgeregte Stimme zu hören, während sie ihm die vermeintlichen Neuigkeiten berichtete, war unbezahlbar.

Er hörte sich die Nachricht dreimal hintereinander an, ehe er eine Audionachricht zurückschickte und ihr zu ihrem wohlverdienten Sieg gratulierte. Vielleicht aus Nervosität rügte er sie leicht für die Gesamtnote, die ein wenig schwächer war als beim letzten Turnier. Er wusste, dass sie es ihm übelnehmen würde, und er wusste auch, dass er es verdient hatte, noch während er die Nachricht aufnahm. Sein abschließendes »Hab dich lieb, D« klang zu knapp und wohl auch zu beiläufig. Das Pad registrierte sein Unbehagen und fragte zweimal nach, ob er die Nachricht wirklich abschicken wollte, aber Mannes seufzte nur und tippte auf *Senden*. Es hatte noch nie geschadet, sein Kind ein bisschen anzuschubsen; ihn selbst hatte es auf jeden Fall weitergebracht.

Er notierte sich gedanklich, seinen Eltern eine Nachricht zu schicken, sobald er zurückkehrte. Selbst sein hoher Status erlaubte es ihm nicht, im Innern des Weltraumlifts mit ihnen zu kommunizieren; die Sicherheitsprotokolle würden jeden Kontakt zu einem offiziellen Feindstaat wie der Vereinten Allianz des Nordens blockieren. Im geschützten Umfeld seines Labors allerdings gab es Möglichkeiten, diese Restriktionen zu umgehen. Nicht dass sie viel miteinander zu bereden gehabt hätten, ihm ging es nur um seinen Sinn für Loyalität. Seine Eltern wurden allmählich alt, und da sie keinen Zugang zu Tarakanischer Verjüngungstechnologie hatten, um den mentalen und körperlichen Verfall aufzuhalten, waren die Gespräche mit ihnen mühselig und anstrengend. Sein Vater redete wie ein von Gottes heiligem Zorn erfüllter Priester, und meist brauchte Mannes danach einen anständigen Drink.

Mitten in seine Grübeleien hinein erklang die Ankündigung, dass in wenigen Augenblicken der Aufstieg begann. Er trank einen letzten Schluck lauwarmen Kaffee und legte das Pad beiseite. Gleich darauf stieg der Lift langsam in die Höhe, so sanft, dass er es nicht bemerkt hätte, wäre da nicht der atemberaubende Ausblick aus dem Panoramafenster gewesen, der ihm zeigte, wie die Erde langsam unter ihm zurückblieb.

Als der Bau des Tarakanischen Weltraumlifts begonnen hatte, war Mannes noch ein Kind gewesen. Er erinnerte sich daran, wie sein Vater, ein verbitterter Mittelstufenlehrer, ihm auseinandergesetzt hatte, was für ein törichtes Unterfangen das Ganze sei. »Es verstößt gegen die Gesetze der Physik«, hatte er während der gemeinsamen Mahlzeiten vor sich hin geschimpft. »Der Turmbau zu Babel in einer Neuauflage. Der Tarakanische Hochmut endet eines Tages in einem Fiasko, und sie werden uns alle mit ins Verderben reißen.«

Mannes, der schon damals mehr von Physik verstanden hatte als sein Vater, hielt dagegen, und die Diskussion verschärfte sich mit jedem Mal. Im Rückblick betrachtete Mannes das Ganze als den Beginn ihrer Entfremdung. Als Mannes schließlich zur Uni ging, um zu studieren, war die Sternensäule schon fast vollendet, und zwei andere Weltmächte hatten sich bei dem Versuch, etwas Vergleichbares zu bauen, finanziell ruiniert.

Im Grunde, sinnierte Mannes, war dieses letzte Weltwunder mehr als nur ein fantastisches Werkzeug, mit dessen Hilfe man Menschen und Material in den Weltraum transportierte. Es war zugleich auch ein Mahnmal, das dem Rest der Welt die Überlegenheit Tarakans vor Augen führte. Und zudem fungierte es als mächtiger Anwerbungsreiz. Bei seiner eigenen Rekrutierung hatte die Sternensäule jedenfalls eine große Rolle gespielt.

Er saß da, blickte hinaus und sah zu, wie die Sonne immer höher stieg. Die Fenster passten sich an, verdunkelten sich schrittweise, um das gleißende Licht zu mildern, und er sah seine eigene Spiegelung in den Scheiben. Instinktiv zog er den Bauch ein und lächelte über seine eigene Dummheit. Alles in allem hatte er einen brauchbaren Körper, und er mochte ihn, vor allem, da es sich um seinen natürlichen Körper handelte. Viele seiner Kollegen hatten sich bereits in jüngere Wirtskörper transferieren oder ihren eigenen Körper derart modifizieren lassen, dass sie aussahen, als wären sie wieder in ihren Zwanzigern. Aber Mannes widersetzte sich dem Gruppenzwang und behauptete scherzhaft, dass seine Frau damit drohte, ihn zu verlassen, sollte er sich einem Upgrade unterziehen. Das war natürlich gelogen. Nancy würde ihn höchstwahrscheinlich auch dann verlassen, wenn er kein Upgrade machen ließ, und das vermutlich schon sehr bald. Sie hatten sich einander entfremdet, und das war seine Schuld. Er konnte ihr die vielen Überstunden nicht erklären, ebenso wenig, wie er ihre Frage beantworten konnte, weshalb er die Arbeit nicht an seine kompetenten Assistenten delegierte oder einfach einen Avatar-Bot in Anspruch nahm. Hätte sie gewusst, was er vorhatte und weshalb … nein, er ließ Nancy zu ihrem eigenen Besten im Dunkeln. Bei einer Untersuchung würden ihre Hirnströme ihre Unschuld beweisen, aber das Unwissen hatte einen Preis, und wenn da nicht die Liebe zu ihrer Tochter gewesen wäre, die sie miteinander verband …

Er fragte sich, ob Nancy mit jemand anders schlief, und dann fragte er sich, ob sie mit jemandem schlief, den er kannte.

Der Lift erhob sich über die Wolken. Schon bald würden sie die Atmosphäre verlassen. Im öffentlichen Lift jauchzten und jubelten die Leute jetzt und klatschten. Kinder starrten die Bällchen an, die an ihren Handgelenken befestigt waren, und warteten auf die ersten Anzeichen der Schwerelosigkeit. Hier in seiner Privatkabine spielte leise Musik: seine Lieblingssonate von Schubert, Geige und Klavier in A-Dur. Als der Raum Mannes' Aufmerksamkeit registrierte, wurde die Musik lauter. Verdammt, er musste nach seiner Rückkehr unbedingt die Sicherheitsprotokolle anpassen, damit die Maschinen nicht mehr in ihm lasen wie in einem offenen Buch. Allerdings würde das womöglich Argwohn wecken …

Schwerelosigkeit.

Mannes blickte auf den Planeten hinunter, den er gerade verließ, und kämpfte gegen die irrationale Vorahnung an, dass er nicht zurückkehren würde.

Kapitel 17

Peach

Als ich eintrat, lächelte Brak mir entgegen. »Schön, dich zu sehen, Lady Peach.«

»Ebenso«, sagte ich. Erstaunlicherweise meinte ich das ehrlich. Brak hatte etwas Liebenswertes an sich, und das entfaltete selbst bei einer so abgestumpften Seele wie der meinen eine Wirkung.

Er lag auf einer Matratze, und als er sich aufsetzte, schnitt er eine Grimasse.

Ich hockte mich neben ihm auf den Boden. »Hast du Schmerzen?«

Zögernd berührte Brak seine Seite. »Kaum. Ich bin nur noch ziemlich schwach.« Er lächelte. »Heute Morgen war der Heiler hier, er sah schlimmer aus als ich. Ich verdanke ihm mein Leben.« Er sah mir direkt in die Augen. »Und dir ebenfalls, Lady Peach. Wenn wir dich am Außenposten nicht mitgenommen hätten, wäre ich jetzt …«

»Wenn ihr mich nicht mitgenommen hättet, wären wir beide nicht auf den Felsen spazieren gegangen, und das alles wäre nicht passiert.«

»An der Stelle halte ich immer an, um auf die Felsnase zu klettern. Ich liebe diese Aussicht.« Braks Augen leuchteten, als könnte er die Landschaft vor sich sehen.

»Wo ist Trevil?«, fragte ich, schnell das Thema wechselnd.

»Erledigt was am Lastwagen. Vor dir liegt ein langer Weg. Es wird den ganzen Winter dauern, zur Stadt der Türme und wieder zurück zu reisen. Ein Jammer, dass ich nicht mit euch kommen kann. Ich habe gehört, die Stadt soll atemberaubend sein.«

»Du warst niemals dort?«

Er zuckte mit den Schultern. »Zu weit weg. Und Trevil und ich haben uns hier eine solide Route aufgebaut. Die Leute kennen uns, und der Handel lief gut. Jetzt, da wir unsere Fracht verloren haben, müssen wir wieder von vorn anfangen.«

»Tut mir leid.«

Braks Lächeln war echt. »Meine Mutter hat immer gesagt, dass das Leben einen zu Boden wirft, damit man wieder aufstehen kann. Ich wäre fast gestorben, aber ich komme wieder auf die Beine. Jetzt schulden wir dem Heiler einen Gefallen. Trevil bringt dich zur Stadt der Türme, und ich bleibe hier und arbeite meine Schulden ab. Wenn er zurückkommt, fangen wir neu an. Vielleicht probieren wir es mal mit einer anderen Route, weit weg von den Naturalisten.«

Es gab nichts weiter zu sagen. Ich stand auf, und Brak sagte: »Pass gut auf Trevil auf, Lady Peach. Er redet zwar nicht viel, aber ansonsten ist er ein guter Reisegefährte.«

Ich sah ihn ein letztes Mal an. »Ich tu, was ich kann, Brak. Ich hoffe, du wirst schnell wieder ganz gesund.«

Beim Lastwagen wartete eine regelrechte Entourage auf mich. Trevil stand inmitten der anderen, die Arme schwarz bis hoch zu den Ellbogen. Als ich näher kam, verneigte sich der Mann mit den Knochenohrringen ganz leicht und nickte einem seiner Männer zu, woraufhin der mir entgegenkam und ein weißes Tuch aufschlug, das er in Händen hielt. Darin lag eine kleine Tasche aus demselben Stoff wie die Kleidung, die ich beim Heiler getragen hatte, aber sie war voller Erde, als hätte jemand sie vor nicht allzu langer Zeit aus dem Boden gebuddelt. Ohne die Tasche zu berühren, drängte mich der

Mann dazu, sie zu nehmen. Als ich sie hochhob, klingelte es leise darin.

»Da verdorbene Metall lässt da Heiler Euch send'n«, erklärte mir der Mann mit den Knochenohrringen, »um Euch auf Eurer Reise zu helf'n. Dies hier …«, auf seinen Wink hin traten zwei weitere Männer vor und legten uns zwei lange Pelzmäntel um die Schultern, »… wird Euch im Winter helf'n.« Auch lederne Stiefel wurden vor unseren Füßen abgelegt, und der Mann mit den Ohrringen reichte mir ein Schriftrollenbehältnis. »Dieser Brief is' für Euch«, sagte er.

Ich betrachtete das Wachssiegel. »Was steht darin?«

»Da' is' ein Brief an T'iar Garadin, ein wichtig'r Mann in der Flickschneidergilde. Wenn Ihr Hilfe braucht, geht in da obere Ebene und gebt ihm da Brief. Er wird Euch helf'n.«

Ich schloss die Hand um das hölzerne Behältnis. »Richtet dem Heiler meinen Dank für seine großzügige Hilfe aus.«

»Da Heiler sagt, er zahlt nur da Preis. Aber bald werdet auch Ihr Euren Preis zahl'n müss'n.«

Bei diesen Worten erstarrte ich. »Was meint er damit?«

Der Mann mit den Knochenohrringen trat so dicht an mich heran, dass sich unsere Gesichter beinahe berührten. »Eure alte Welt is' tot«, sagte er ganz leise, während Trevil in den Lastwagen kletterte, »und Ihr bereist ein Land, das ganz nah am Dunkel is'. Schon bald müsst Ihr Euch entscheid'n. Zwisch'n Licht und Dunkel, zwisch'n Alt und Neu, zwisch'n den Welten. So hat es Nakamura gesagt, da Mann, da all's sieht. Da Heiler hat gesagt, ich soll Euch diese sein' Worte sagn.« Der Mann machte eine Pause, atmete tief durch und flüsterte dann: »Wähle weise, sogar nach dem Tode.« Als die Bedeutung seiner Worte zu mir durchdrang, spannte ich die Muskeln, aber ehe ich darauf etwas erwidern konnte, wandte sich der Mann ab und ging mitsamt seiner Entourage davon.

Als ich langsam in den Lastwagen kletterte, lief der Motor

bereits. Aus dem oberen Auspuff quoll dunkler Qualm und drang in die Fahrerkabine. Wir mussten losfahren, und sei es nur, um der Wolke zu entkommen, und Trevil hielt sich nicht weiter auf. Anfangs rollten wir nur im Schritttempo dahin, dann wurden wir langsam schneller.

»Kennst du den Weg?«, fragte ich.

»Ich hab eine ziemlich genaue Vorstellung von der richtigen Richtung«, antwortete er, ohne mich anzusehen. »Den Rest finden wir unterwegs raus.«

»Wie lange brauchen wir ungefähr?«

»Kommt ganz auf den Treibstoff an.« Er zeigte auf den Kanister hinter uns. »Sie haben mir irgendein Pflanzenöl mitgegeben, vermischt mit Tierfett. Damit kommen wir zwar ziemlich weit, aber für höhere Geschwindigkeiten brauchen wir vernünftigen Treibstoff. Nur …« Diesmal wandte er den Kopf und sah mich an. »Ich habe nichts, was wir dagegen eintauschen könnten.«

Ich öffnete den Geldbeutel, der auf meinem Schoß lag, nahm eine Handvoll Münzen heraus und hielt sie ins Licht. »Wie wäre es hiermit?«

Trevil warf einen Blick darauf. »Aye, damit bekommen wir eine anständige Ladung Treibstoff und Nahrungsmittel und müssen unterwegs nicht anhalten, um zu jagen. Wenn wir Glück haben, sind wir in zwei Monaten da, vielleicht auch schneller. Ein bisschen zusätzliche Munition wäre auch nicht verkehrt.« Er steuerte den Truck bedächtig um eine Kurve und fügte leise hinzu: »Man weiß nie, wem man begegnet.«

»Gut«, sagte ich. »Dann geben wir die Münzen dafür aus.«

»Ich kenne einen Hof in zwei Tagesreisen Entfernung oder so. Die machen ein ganz brauchbares Pflanzenfett und nehmen auch Münzen statt Waren. Das tun hier nur wenige.«

»Dann fahren wir dorthin. Wenn du müde wirst, kann ich das Steuer übernehmen.«

»Jetzt sind wir unterwegs.« Plötzlich lächelte Trevil und schüttelte den Kopf. »Das sagt Brak immer, wenn wir aufbrechen. Es soll Glück bringen.«

»Na dann«, sagte ich mit einem echten Lächeln. »Jetzt sind wir unterwegs.«

Kapitel 18

Mannes

Die Besucherhalle des Raumhafens empfing Mannes mit tröstlicher Vertrautheit. Nicht nur, dass er schon so oft hier gewesen war – nachdem er sein ganzes Berufsleben dem Design, der Instandhaltung und der Aufrüstung der Station gewidmet hatte, war es fast, als kehrte er in sein Elternhaus zurück. Und immerhin musste er diesmal keinen illegalen Code ins System einschleusen, das war zum Glück vorbei. Deshalb hatte er erwartet, diesmal weniger nervös zu sein, aber er hatte sich geirrt: Auch jetzt wurde ihm flau im Magen, und sein Herz raste.

Mannes sah sich um. Die anderen Aufzüge waren noch unterwegs, und abgesehen von den Sicherheits-Bots, die sämtliche Türen bewachten, war die Halle leer. Einer der Bots kam auf ihn zu, und nach einem kurzen Retina- und Handscan verband sich die Maschine über das öffentliche Neuralnetz mit ihm und sagte: »Captain Ismark lässt Ihnen Grüße ausrichten, Dr. Holtz. Sie wünscht Ihnen einen angenehmen Aufenthalt. Wenn Sie mir bitte folgen möchten?«

Mannes beantwortete die nichtssagende Plattitüde mit einem Nicken. Captain Ismark neigte nicht dazu, mit ihrer Meinung hinter dem Berg zu halten, und was sie von Mannes und auch anderem nichtmilitärischen Personal hielt, das hier in ihrem Raumhafen herumstolperte, hatte sie ihm schon mehrmals ohne Umschweife mitgeteilt. Er hätte nicht gedacht, dass die alte eiserne Jungfrau hier noch immer das Kommando hatte. Ob die Frau wohl je einen Fuß auf Mutter Erde gesetzt hatte?

Die magnetischen Stiefel taten, was sie sollten. Geistesabwesend überprüfte Mannes seinen Reisekoffer. Er war weltraumsicher und vorschriftsmäßig an seinem Körper befestigt. Das Schuhwerk, das Besucher hier erhielten, war eigens dafür entwickelt worden, dem Träger in der niedrigen Schwerkraft des beständig rotierenden Raumhafens zu einem besseren Gleichgewicht zu verhelfen, und nach den ersten vorsichtigen Schritten konnte man leicht vergessen, dass man sich im All befand, bis auf einmal alles Mögliche kreuz und quer durch die ganze Kabine schwebte.

»Wie sieht es mit dem C-Flügel aus?«, fragte er, als sie um eine Ecke bogen. »Arbeitet er schon optimal?«

Eine kaum merkliche Verzögerung – der Bot griff noch einmal auf die Datenbanken zurück, um Mannes' Sicherheitsstatus zu überprüfen.

»Der C-Flügel ist bei zweiundneunzig Prozent, aber wir hoffen, seine Leistung im Lauf der nächsten drei Wochen auf fünfundneunzig Prozent zu steigern, sobald die Außenröhren neu reguliert wurden.«

Mannes nickte zufrieden. Immerhin würde er die nächsten drei Wochen nicht damit zubringen, durch die engen Lüftungsschächte zu kriechen und nach Lecks zu suchen. »Und wie steht es um die Pläne, eine Expedition zu Planet CSX5 zu unternehmen?«

Diesmal kam die Antwort sofort. »Es tut mir leid, Dr. Holtz, ich bin nicht befugt, Ihnen darüber Auskunft zu erteilen.«

»Ich verstehe.«

»Wenn Sie möchten, verbinde ich Sie mit Kommandantin Ismark …«

»Nicht nötig«, unterbrach er den Bot, vielleicht etwas zu eilig. Leise murmelte er: »Ich war ja nur neugierig.«

Mit Sicherheit hatte ihn der Bot gehört, aber er zog es vor, nicht darauf zu antworten.

Der Weg zu den Shuttles war selbstredend nur kurz. Transitpassagiere kamen über den A-Flügel nicht hinaus, deshalb dauerte die Sicherheitsüberprüfung diesmal nicht lange. Die Tür glitt auf, und sie betraten den Wartebereich, einen der Räume, die Mannes und sein Team entworfen hatten. Es war der mit Abstand schönste Teil des Hafens, wenn man mal von den vier Septimum-Zellantrieben der Station absah, aber um deren Schönheit richtig zu würdigen, musste man Ingenieur sein.

Eine Hälfte der rechteckigen Halle war durchsichtig, und die Aussicht auf die Erde unter ihnen und das All dahinter war atemberaubend. Stolz stellte Mannes fest, dass der Anblick, anders als im ursprünglichen Entwurf, keine Übelkeit mehr auslöste.

Mehrere Dutzend Türen führten zu den Spaceshuttles. Sein Name und sein Ziel waren bereits in eine Metallplatte beim Durchgangstor eingeprägt, aber er wusste, dass es noch eine Weile dauern würde, bis seine Reise losging, und weil ein privater Warteraum selbst für Tarakan zu kostspielig und verschwenderisch wäre, würde sich die Halle schon bald füllen, wenn die Leute eintrafen, die er unten auf der Erde in der langen Warteschlange gesehen hatte.

Mannes entschied sich für einen Platz im reizlosesten Bereich der Halle in der Hoffnung, noch einen Moment in Ruhe lesen oder sich ein wenig beruhigen zu können. Seine Gedanken, befürchtete er, grenzten in letzter Zeit zu sehr an Paranoia. Er musste sich zusammenreißen, durfte nicht zulassen, dass sich Daichis Unfug in seinem Hirn festsetzte. Der Bursche war der genialste Code-Entwickler, dem er je begegnet war, da bestand kein Zweifel, aber bei Daichi hätte man das E in Exzentriker eigentlich dreimal so groß schreiben müssen …

Mannes breitete gerade seine Ausrüstung auf dem Magnettisch aus, da wurde auch schon sein Raumanzug gebracht. Er beschloss, sich Zeit zu lassen und ihn erst kurz vor dem Start anzuziehen. Der Anzug war klobig und bei zivilen Raumreisen ehrlich gesagt eine unnötige Sicherheitsvorkehrung. Mannes schaltete sein Pad ein und las den angefangenen Artikel über Lösungsstrategien bei Puzzles weiter – allerdings hatte er nicht vor, in dieser Lebensspanne noch seine Fachkompetenzen auf jenem Feld zu erweitern. Mannes war in jeder Hinsicht ein hochrangiger Tarkanier, aber er kannte seine Grenzen. Es war jedoch eine gute Methode, um sich abzulenken.

Einige Neuankömmlinge betraten die Halle, darunter eine ärgerlich laute fünfköpfige Familie. Die Kinder waren natürlich völlig aufgedreht. Man sah den Eltern auf den ersten Blick an, von welchem Schlag sie waren – mit Sicherheit verweigerten sie sich dem verantwortungsvollen Einsatz verhaltenssteuernder Medikamente und ließen ihre Kinder frei nach irgendeinem neumodischen Trend tun und lassen, was immer ihnen gerade einfiel. Die Kinder rasten in der Halle hin und her, kreischten und schrien vor lauter Begeisterung über die schwache Schwerkraft, von den Eltern nur halbherzig zur Ruhe ermahnt. Ohne jeden Erfolg, versteht sich.

Mannes war noch nicht fertig mit seinem tiefen Seufzer, da piepste es in seinem Ohr. Die Notfallfrequenz. Sein Herz setzte einen Schlag aus. Es gab nur sechs Leute, die seine persönliche Notfallfrequenz kannten, und das letzte Mal, als jemand sie benutzt hatte, lag lange zurück: Es war Nancy gewesen, die ihm mitteilte, dass die Wehen Deborahs Geburt ankündigten. Mannes nahm den Notruf entgegen, indem er sich an die linke Schläfe tippte.

»Hallo?«

Auf seiner Retina-Kamera erschien kein Bild, und ein paar Sekunden lang hörte er nichts als raschen Atem.

»Hallo?«, fragte er noch einmal.

»Mannes …«

»Daichi.« Fast hätte Mannes einen Fluch ausgestoßen, erst in letzter Sekunde schluckte er ihn hinunter. »Was ist los? Warum kontaktierst du mich über die Notf…«

»Sei still und hör mir zu.«

Beunruhigt richtete sich Mannes auf. Mit einer weniger absonderlichen Persönlichkeit hätte Daichi durchaus Mannes' Vorgesetzter werden können, aber jetzt lag in seiner Stimme, die laut in Mannes' Verstand widerhallte, eine Dringlichkeit, wie er sie noch nie zuvor vernommen hatte – nicht einmal von Daichi, der bevorzugt in vollkommener Dunkelheit arbeitete, versteckt unter mehreren Decken.

»Er ist uns auf die Schliche gekommen.«

»Wer?« Ja, das war eine dumme Frage, aber Mannes musste sich etwas Zeit verschaffen.

»Bist du verdammt noch mal besoffen, Holtz? Adam, er weiß Bescheid, Mann, er *weiß* es. Komm zum … zum vereinbarten Treffpunkt … wir müssen jetzt sofort anfangen.«

»Nein … du irrst dich …« Diesen Scheiß konnte er gerade wirklich nicht gebrauchen, vor allem nicht hier, wo er gerade saß. Mannes regulierte seine mentale Stimme runter, sprach ganz ruhig. »Daichi, entspann dich mal eben. Woher weißt du denn, dass etwas passiert ist?«

»Ich bin ausgesperrt worden, okay?« Daichi wurde laut. »Bin ins Büro gekommen und stelle fest, meine Freigabe ist gesperrt, ich konnte nicht mal ins Labor. Bin abgehauen, ehe der Sicherheitsdienst da war. Die hätten mich garantiert verhaftet.«

Mannes seufzte erleichtert. Daichi war in Panik geraten,

weil irgendwer vom Sicherheitsdienst vergessen hatte, seine Freigabe zu bestätigen.

»Okay«, sagte er, »vielleicht war es ja nur ein Irrtum. Erinnerst du dich, was Andriana letzten Monat passiert ist? Sie hat vergessen …«

»In meinem Haus war auch jemand.«

Kurz war es ganz still. Mannes zwang sich, dreimal tief durchzuatmen, dann fragte er: »Bist du sicher?«

»Natürlich bin ich sicher! Die haben sich in meine Privatdaten reingehackt, aber da war nichts zu finden. Hör zu, Planänderung, du musst dich krankmelden oder so, und wir treffen uns bei …«

»Ich bin im All.«

»Was? Wo? Wieso? In deinem Terminkalender steht nichts dav… oh, *Scheiße*!«

»Entspann dich, Daichi. Es geht um irgendeinen Notfall im Mondhotelresort. Ich bin gerade in der Station und warte auf mein Shuttle.«

»O mein Gott, *o mein Gott* …«

»Daichi, beruhig dich.« Das hatte er versehentlich laut gesagt, aber als er sich umsah, stellte er fest, dass seine Stimme ohnehin im Kinderlärm untergegangen war.

»O Gott. Er weiß Bescheid, das passiert gerade wirklich, begreifst du das denn nicht?«

»Da ist nichts zu begreifen. Ich bin zu einem Notfall geschickt worden, weil ich gerade verfügbar war, das ist alles.«

»Du bist doch nicht mal in derselben Planungsabteilung wie dieses verfluchte Mondresort! Er trennt uns und knöpft sich uns vor, einen nach dem anderen. Wir müssen Cain starten! Jetzt sofort!«

»Sei kein Idiot. Cain ist noch nicht fertig, kaum getestet, und wir wollten ihn erst dann aktivieren, wenn wir alle damit einverstanden sind.«

»Das kommt auch noch dazu. Ich kann keinen der anderen erreichen.« Es klang, als würde Daichi mittlerweile rennen. »Wir müssen Cain jetzt starten.«

Die Welt verschwamm vor Mannes' Augen. Das war doch der reine Irrsinn. Das passierte gar nicht echt. Es musste eine bessere Erklärung für alles geben.

»Hör mir zu, Daichi. Du tust nichts dergleichen. Gerade du solltest wissen, was ein nicht getestetes Künstliches Bewusstsein anrichten kann.«

»Aber Mann…«

»Bleib sofort stehen.« Er steckte sämtliche kalte Entschlossenheit, die er aufbringen konnte, in diesen mentalen Befehl. »Tu *nichts*, bevor ich wieder da bin. Das ist eine direkte Anweisung, hast du verstanden?« Es war lächerlich, einem Mitverschwörer gegenüber seinen höheren Dienstrang geltend zu machen, aber Mannes fiel nichts anderes ein, und Daichi war zu hysterisch, um zu protestieren. »Selbst wenn es stimmt, was du sagst, können wir Cain in diesem unfertigen Zustand nicht starten, und da ich einen Teil des Codes habe, kannst du es auch nicht allein tun. Also melde dich krank, sag Bescheid, dass ich es abgesegnet habe, und verkriech dich irgendwo, bis ich wieder da bin, was so in fünf, sechs Tagen sein dürfte. Verstanden?«

Eine Zeit lang hörte er nichts bis auf schweren Atem, dann sagte Daichi »Ja« und legte auf.

Scheiße. Mannes lehnte sich zurück und rieb sich mit beiden Händen über die Augen. *Reiß dich zusammen, Mannes. Daichi ist einfach nur Daichi …*

Eine Stimme hallte durch die Halle und in Mannes' Ohren: »Sehr geehrte Passagiere, in Kürze werden Sie an Bord gehen, um Ihre Reise …«

»Mami, Mami, wir fliegen wirklich los!«

Er muss sich irren. Der gefährliche Teil war das Einschleusen des Codes, und damit sind wir fertig. Wir waren so vorsichtig …

»Wenn Sie sich noch nicht für den Aufenthalt im Weltraum umgezogen haben, dann beginnen Sie bitte jetzt damit, Ihren Raumanzug anzulegen. Seien Sie unbesorgt, es handelt sich um eine reine Sicherheitsmaßnahme. In Ihrer Kabine herrschen während der gesamten Reise eine ganz normale Atmosphäre und der gewohnte Luftdruck.«

»Papa, ich will am Fenster sitzen.«

»Ich will neben dem Piloten sitzen.«

»Es gibt gar keinen Piloten, du Idiot. Das ist alles KI-gesteuert.«

Aber was, wenn Daichi recht hat? Warum werde ich auf den Mond geschickt, um dort etwas zu reparieren?

»Mama, er hat mich Idiot genannt.«

»Weil du ein Idiot bist.«

»Mamaaaa …«

»Falls Sie Hilfe benötigen, rufen Sie einen Bot, der Ihnen beim Anlegen des Anzugs zur Hand geht.«

Er brauchte mehr Zeit.

Mannes schob eine Hand in seinen Koffer und rief ein internes Kabel auf, das sich selbstständig mit seiner Ingenieurfingerspitze verband, dem einzigen Körperteil, von Retina und Hirnspeicher mal abgesehen, den er durch Tarakanische Technologie hatte ersetzen lassen. Gefallen fand er daran nicht, aber es war einfach zu nützlich, um darauf zu verzichten, vor allem, wenn er in so beengter Umgebung arbeiten musste wie in den schmalen Luftschächten des Raumhafens. *Wo war denn jetzt gleich noch dieser Port?* Die Baupläne waren in seinem Hirnspeicher abgelegt, und nach kurzem Zögern griff Mannes darauf zu. Ihm war klar, dass es das Risiko erhöhte, erwischt zu werden, aber wenn Daichi nur paranoid war, dann würde er sich schon irgendwie herausreden, vielleicht konnte er einfach behaupten, dass er nur die Sicherheitsprotokolle einem Test unterzog, ihm würde schon etwas einfallen. Falls es jedoch stimmte … nun, dann brauchte er Zeit, um sich zu überlegen, wie er zur Erde zurückkam.

Vor seinen Augen flammte der Schaltplan auf. Der Port war nicht weit entfernt, und ein Ingenieur findet in seinen eigenen Konstruktionen immer eine Hintertür.

Mannes beugte sich vor, drückte zwei Knöpfe an seinen Stiefeln und schaltete das Magnetfeld aus. Er stieß sich ab und schwebte auf den Port zu. Das Kabel, das mit seinem Ingenieurfinger verbunden war, verbarg er in der geschlossenen Faust. Für einen unbeteiligten Zuschauer sah es aus, als wäre er nur ein begeisterter Passagier, der bei geringer Schwerkraft die Aussicht genoss.

Die Öffnung des Ports war winzig, aber sobald er sich in der Nähe seiner Hand befand, verband sich das Kabel eigenständig damit. Rasch setzte Mannes ein Dämpfungsprogramm frei, fast wie eine Stechmücke, die die Haut betäubt, aus der sie Blut saugen will. Aber das verschaffte ihm nur sehr wenig Zeit …

»Wenn Sie sich noch nicht für den Aufenthalt im Weltraum umgezogen haben, dann beginnen Sie bitte jetzt damit …«

Sechs Shuttles. Sein Ziel konnte er nicht ändern, so tief konnte er in so kurzer Zeit nicht vordringen. Mannes kämpfte gegen seine aufsteigende Panik an. Was war das nur für eine blöde Idee gewesen? Was nützte seine Aktion denn, wenn er ohnehin nicht ändern konnte, wohin er flog?

»Das Boarding beginnt in fünf Minuten. Bitte überprüfen Sie jetzt noch einmal auf der Tafel beim Eingang, ob es Änderungen gab und Sie einem anderen Gate zugewiesen wurden.«

Ihm fiel nur eins ein, was er tun konnte, also tat er es und schalt sich gleich darauf einen Idioten, weil er seine Karriere, seine Freiheit und vielleicht sogar sein Leben damit aufs Spiel setzte.

»Dr. Holtz.«

Mannes drehte sich um und verbarg das Kabel wieder in seiner Hand.

»Sie sollten jetzt bereits Ihren Raumanzug tragen.« Die Stimme des Bots war nicht unfreundlich, aber tadelnd.

»Ja, tut mir leid. Ich war so abgelenkt von der Aussicht.«

»Lassen Sie mich beim Anlegen des Anzugs helfen.«

»Mama, guck mal. Wir müssen zu Gate 4-D, nicht zu Gate 3-D.«

»Das ist nicht nötig, ich komme allein zurecht.«

»Schatz, hast du unser Gate überprüft? Wurde es geändert?«

»Aber so geht es am schnellsten, Sir.«

»Keine Ahnung, vielleicht wurde es geändert, jedenfalls stehen unsere Namen jetzt bei 4-D, siehst du? Wer will ins Weltall fliegen?«

»Wir wollen ins Weltall fliegen!«

»Nischa, komm sofort zurück, wir gehen jetzt an Bord!«

»Bitte begeben Sie sich zum Gate des Ihnen zugewiesenen Shuttles.«

»So, Sir, Sie sind fertig«, verkündete der Bot und versiegelte den Anzug.

Mannes antwortete nicht. Er richtete den Blick auf Luke 3-D. Dort blinkte gelb und rot sein Name.

»Schatz, ich dachte, unser Shuttle wäre größer. Ich meine ja nur, der Mann hat gesagt, dass wir das Familien…«

»Dann müssen wir uns eben irgendwie hineinquetschen, Liebling.« Die Luke schloss sich hinter ihnen und verschluckte die Fortsetzung des Gesprächs.

Mannes schmeckte Galle im Mund, als er sich auf die Rutsche schwang und ins geräumige Familienshuttle schwebte, das ihn zum Mondhotel bringen würde.

Kapitel 19

Peach

Brak hatte nicht gelogen – Trevil war wirklich nicht gerade gesprächig. Sobald wir auf offener Straße waren, igelte er sich auf seinem Fahrersitz regelrecht ein, ihm schien das anhaltende Schweigen nichts auszumachen. Das einzige Geräusch war das laute Brummen des Motors. Aber ich hegte ohnehin eine gewisse Vorsicht, was Unterhaltungen anging. Die jahrelange Erfahrung als Agentin hatte mich gelehrt, wie gefährlich gedankenlose Plaudereien sein konnten. Allzu leicht rutschte man dabei aus und landete mitten in der Scheiße. Trevil brachte mich zu meinem Ziel, was für ihn mit einem hohen Risiko und großen Kosten verbunden war. Das würde ich nicht durch übersteigerte Liebenswürdigkeit aufs Spiel setzen. Und es gab ohnehin vieles, über das ich während der Fahrt nachdenken konnte.

Gleich als Allererstes fiel mir auf, wie leer gefegt das Land wirkte. Während meines letzten Auftrags hatten sechsundzwanzig Milliarden Menschen auf diesem Planeten gelebt, viel mehr, als er ernähren konnte. Die Entwicklung der Nährpillen, die Verheerungen während der Pest und die weltweite Vereinbarung zur Geburtenkontrolle hielten die Schwierigkeiten mehr oder weniger in Schach. Trotzdem waren wir einfach überall gewesen. Außerhalb einer virtuellen Realität gab es keinen Fleck, wo man einfach herumstehen und sich umsehen konnte, ohne dass der Blick auf einen anderen Menschen fiel. Nicht einmal am Nordpol. Und jetzt fuhren wir tagelang quer durchs Land, ohne einen einzigen Menschen zu Gesicht zu bekommen. Es war unheimlich, aber mit der Zeit gewöhnte ich mich daran und entdeckte, wie rasch sich das Land vom Armageddon erholte. Zum Glück für den Planeten kam die Menschheit nicht ganz so schnell wieder auf die Füße.

Als Zweites fiel mir der überall herrschende Hygienemangel auf. Selbst die jüngeren Männer und Frauen, denen wir begegneten, hatten bereits Zähne verloren und rochen streng. Alle trugen selbst geschneiderte Kleidung, Leder, hin und wieder auch Felle, und besaßen nichts bis auf das Allernotwendigste zum Leben. Der älteste Mensch, dem wir begegneten, war eine Frau, die behauptete, einundvierzig Jahre alt zu sein. Sie sah doppelt so alt aus, und das Durchschnittsalter der Menschen, die wir trafen, lag bei der Hälfte oder sogar noch darunter. Wie in den Anfängen der Menschheitsgeschichte schlossen sich die Leute zu kleinen Stämmen zusammen, um zu überleben, ernährten sich von allem, was sie sammeln, jagen oder auch eintauschen konnten. Ein Hof beherbergte zumeist vier bis sechs Familien, die kleinen Dörfer im Schnitt das Dreifache, und einem solchen Zusammenschluss erschienen andere Menschen zumeist als Konkurrenten oder, schlimmer noch, als Bedrohung.

Bei der Annäherung an eine Siedlung gab es Regeln, die wir stets mit allergrößter Sorgfalt einhielten. Trevil hielt in größerer Entfernung an und hupte dreimal kurz und einmal lang; anscheinend war das dort, wo er herkam, das Universalsignal für einen friedlichen Besuch. Nur leider kannten, je weiter wir kamen, immer weniger Leute dieses Zeichen. Dann wurde jemand losgeschickt, um sich die Sache mal anzusehen, zumeist ein paar bewaffnete Männer. Das war der haarigste Augenblick, in dem leicht etwas furchtbar schiefgehen konnte. Es erwies sich als Segen, dass mein Wirtskörper eine harmlos wirkende Frau mittleren Alters war, und ungeachtet der Kälte achtete ich darauf, immer vor Trevil den Truck zu verlassen, sodass unser bewaffnetes Empfangskomitee mich als Erstes sah. Manchmal half es, und die Leute erwiesen sich als herzlich und freundlich. Hin und wieder verscheuchte man uns auch, und wir mussten weiterfahren. Inzwischen herrschte tiefster Winter, und im Innern des Lastwagens fiel die Temperatur häufig unter den Gefrierpunkt. Die Pelzmäntel, die uns der Heiler mitgegeben hatte, retteten uns das Leben. An jenen Tagen, an denen wir keine Siedlung fanden oder weggejagt wurden, mussten wir die ganze Nacht durchfahren, um nicht zu erfrieren. Wenn wir es schafften, irgendwo zum Verweilen eingeladen zu werden, blieben wir meist mehr als nur einen Tag lang. Trevil reinigte den Tank von dem Schmodder, der sich darin angesammelt hatte, und dann feilschten wir um Proviant und Treibstoff. In dieser Gegend sagten die Leute »Turmlinge« zu Münzen, und kaum jemand nahm sie an. Wir verloren kostbare Zeit mit der Feilscherei um drei Eier oder ein Glas gefrorene Essiggurken und zahlten häufig nicht mit Münzen, sondern mit einem Gefallen, also mit Arbeit, und auch das verschlang viel Zeit. All die Höfe und Dörfer, die wir unterwegs sahen, waren auf den Fundamenten von Gebäuden errichtet worden, die irgendwie den Krieg überstanden hatten. Anbauten und Reparaturen waren qualitativ beklagenswert, und es standen immer irgendwelche Wartungen oder Reparaturen an. Wir zogen mit dem Lastwagen Felsen von Äckern, reparierten ein improvisiertes Dach, das eingestürzt war, und einmal halfen wir einem Baby, das Licht dieser neuen, unwirtlichen Welt zu erblicken.

Auch Informationen waren ein Handelsgut, mitunter noch wertvoller als Nahrungsmittel. Wir erfuhren, dass seit Winteranbruch die Überfälle durch Plünderer stark nachgelassen hatten, und Gerüchten zufolge hatten viele von ihnen die Gegend verlassen und sich der »Armee des Ölbarons« angeschlossen, was auch immer das sein sollte. Aber noch immer waren einige Straßen sehr gefährlich, und häufig bewahrten uns wohl nur die Insiderinformationen vor Kämpfen auf Leben und Tod. Im Gegenzug überbrachten wir Grüße zwischen den Siedlungen, und manchmal nahmen wir auch für ein, zwei Tage jemanden mit. Bei solchen Gelegenheiten lernte ich viel über die Menschen aus dieser Gegend, und nur langsam wurde mir der Umfang ihres Unwissens so richtig bewusst. Viele waren Analphabeten, und selbst für die wenigen, die des Lesens mächtig waren, zählte Wissen nicht viel. Man stützte sich ganz auf Geschichten, Gerüchte und Religion, um sich die Welt zu erklären. Mir kamen insgesamt sechs unterschiedliche Erklärungen für die Katastrophe zu Ohren; sie reichten von aus dem Himmel herabgestiegenen Aliens bis zu Dämonen, die aus den Tiefen der Hölle auf die Erde emporgeklettert waren. In einem Punkt jedoch glichen sich sämtliche Geschichten: Wir, die Tarkanier, waren stets die Bösen. Ob menschlich oder nicht, Tarakan war in den Augen aller Menschen, denen wir begegneten, der Inbegriff allen Übels.

Während wir uns von Nordwesten her der Stadt der Türme näherten, änderte sich die Landschaft zusehends. Straßen vereinigten sich mit größeren Straßen, und das Reisen wurde zusehends bequemer, aber dafür befand sich das Land ringsum in immer schlechterem Zustand, war noch öder und kaputter, und die Ruinen waren allesamt verlassen. Wir wichen weiträumig einer zerstörten Stadt aus, deren Strahlenbelastung mein Wirtskörper selbst aus der Ferne als lebensbedrohlich einstufte. Kamen an einer eingestürzten Himmelsbrücke vorbei und einem Feld, auf dem noch immer Trümmer der Himmelsschienen lagen, halb im Boden begraben. Einmal fuhren wir unter einem Tarakanischen Highway entlang, während über uns ein Supertruck vorbeizischte, gut zehnmal so schnell wie wir. Mir wurde das Herz ganz warm vor Hoffnung. Hier waren wir also und näherten uns immer mehr der Welt, die ich zurückgelassen hatte.

Als ich endlich in der Ferne die Silhouetten hoch aufragender Türme erblickte, wurde es bereits wieder wärmer. Es war ein unvorstellbar schöner Anblick, und ich jubelte auf. Trevil musterte mich, als sähe er mich zum ersten Mal, aber auch ihm war anzusehen, wie froh er war, unser Ziel endlich direkt vor Augen zu haben.

Ganz kurz, zum ersten Mal, seit ich in dieser Welt erwacht war, erfüllte mich die Hoffnung, dass alles wieder in Ordnung kommen würde.

Ich hätte mich nicht gründlicher irren können.

Kapitel 20

Mannes

Sämtliche Spaceshuttles waren ursprünglich bei der Erbauung des Raumhafens eingesetzt worden; erst später hatte man sie umgebaut, um Passagiere zu befördern. Zwar waren Hardware und Werkzeuge nicht mehr vorhanden, und auch das Innenleben war natürlich komplett umgestaltet worden, aber trotzdem kam das Innere des Shuttles Mannes vertraut vor. Die Pilotensitze waren durch eine Wand abgetrennt, in der sich noch immer eine Zugangsluke befand, anders als bei den neuesten Modellen, bei denen man ganz auf Steuerungseinrichtungen für menschliche Piloten verzichtet hatte.

Ihn erwarteten jede Menge freie Sitze. Er entschied sich für den Platz, von dem er die beste Sicht auf das Aussichtsfenster hatte, und verstaute sein Gepäck flugsicher.

»Mein Name ist Norma«, meldete sich eine Stimme über seinen offenen Kanal, »ich bin heute Ihre KI-Pilotin.« Nach dieser Begrüßung spulte Norma die Erläuterungen zu Sicherheitsvorkehrungen und Vorsichtmaßnahmen ab. Das hatte Mannes schon immer idiotisch gefunden. Wenn im All irgendwas so dermaßen schiefging, dass der künstliche Pilot des Shuttles einem nicht mehr helfen konnte und man selbst tätig werden musste, war man ohnehin so gut wie tot, so einfach war das. Er verbannte den nervtötenden Vortrag aus seinem Kanal, aber Norma wechselte einfach auf die Shuttle-Lautsprecher. Na, wenigstens lärmte sie nicht mehr in seinem Verstand herum.

Mannes machte sich an die zahlreichen Tests und Handgriffe, die erledigt sein mussten, ehe das Shuttle startete, wozu auch gehörte, den klobigen Helm aufzusetzen, unter dem ihn stets Klaustrophobie befiel. Und die ganze Zeit versuchte er, sein unbesonnenes Vorgehen in der Wartehalle vor sich selbst zu rechtfertigen.

Ja, es war gut möglich, dass er gar nicht aufflog. Immerhin waren er und diese nervige Familie zum selben Resort unterwegs und würden sogar fast am gleichen Gate ankommen. Ein kleines Versehen, eine unerhebliche Störung im System, kein Beinbruch … aber vielleicht würde es trotzdem eine Untersuchung geben. Und Fragen. Man würde ihn noch mal überprüfen, und vielleicht verrieten ihn diesmal winzige Mikro-Muskelzuckungen in seinem eigenen Gesicht. Falls nicht ohnehin Daichi in diesem Augenblick bereits in ein Verhörzimmer geschleift wurde …

Unter dem Helm schüttelte Mannes den Kopf. Fünf Jahre. Fünf verdammte Jahre, in denen sie versucht hatten, den komplexesten, intelligentesten und höchstentwickelten Verstand auszutricksen, den die Menschheit je gesehen hatte, Was blühte ihm, wenn sie herausfanden, was er getan hatte? In Tarakan gab es keine Todesstrafe, aber dennoch würden empfindliche Konsequenzen auf ihn warten, die nicht nur ihn allein betrafen …

Wenn er aus dieser Nummer heil wieder rauskam und es zurück auf die Erde schaffte, schwor sich Mannes, würde er kündigen. Er würde einfach Professor Vitor sagen, dass er raus war. Er würde das nicht mehr länger machen. Er würde die Welt sich selbst überlassen und sich um das kümmern, was wirklich zählte, wie Deborah, und vielleicht konnte er ja sogar seine Ehe noch kitten.

»Wir legen jetzt ab. Bitte seien Sie nicht beunruhigt, wenn es zu leichten Erschütterungen kommt.«

Er musste sein Team nicht verraten. Musste sich nicht als Spitzel betätigen. So brillant und kompetent sie alle auch waren, ohne seine Leitung würde das Projekt einfach in sich zusammenfallen. Sollte sich Vitor doch einen anderen Idioten für seine beunruhigenden Theorien suchen.

»Wir starten in drei … zwei … eins …«

Als sich die Halteklammern lösten, erzitterte das Shuttle, und dann trieb es ins All davon und ließ den Raumhafen hinter sich. Bald darauf erwachte einer der Antriebe zum Leben, und das Shuttle richtete sich für ein Swing-by-Manöver aus, um mithilfe der Erdgravitation Richtung Mond zu beschleunigen.

Die Erde kam in Sicht, ganz nah. Er sah, wie sich dichte Wolken in der südlichen Hemisphäre zusammenballten. Und er erblickte unzählige Satelliten, die durchs All trieben. Die meisten waren Militärsonden, manche offen bewaffnet, während andere ihre nicht minder tödliche Ausrüstung gut verbargen. Einmal hatte er auf einer dieser endlos langweiligen Bürofeiern die Behauptung gehört, im All gäbe es inzwischen mehr Waffen aus auf der Erde, aber das kam ihm dann doch übertrieben vor.

Das Shuttle schwenkte auf einen Kurs ein, der unterhalb der meisten Trümmer entlangführte, nah genug am Emirat-Raumhafen, dass Mannes ihn durch eins der Fenster betrachten konnte. Er wusste, dass die Shuttles gescannt wurden. Genau jetzt waren lauter Waffen auf ihn gerichtet, die bei der leisesten Provokation feuern würden.

Sobald er am Emirat-Raumhafen vorbei war, zündete das Shuttle den zweiten Antrieb und nahm Geschwindigkeit auf. Mannes erhaschte einen letzten kurzen Blick auf den weit entfernten Tarakanischen Raumhafen, dann hatte das Shuttle den Orbit auch schon verlassen. Auf einem großen Bildschirm sah er live, wie die Erde hinter ihm immer kleiner wurde, während Einblendungen ihn mit Informationen über Reiseziel, Ankunftszeit, Gates und dergleichen versorgten. Dreihundertvierundachtzigtausend Kilometer. Er würde etwas mehr als zwei Tage unterwegs sein, und allein das Abbremsmanöver vor dem Andocken dauerte mehrere Stunden.

Mannes nahm den Helm ab und hakte ihn an der Wand fest. Dann – zum ersten Mal, seit er sich im Shuttle befand – lehnte er sich zurück und zog sein Pad hervor. Das Problem, das er im Mondresort lösen sollte, war ernst, aber nicht sonderlich anspruchsvoll. Ein paar Stunden Arbeit, danach übern Daumen noch ein Tag, um Kollateralschäden bei Rechnungsstellungen und Warenbestellungen zu beheben. Die Dauer hing auch davon ab, was für ein Team ihn dort erwartete. Er verbrachte ungewöhnlich viel Zeit damit, ihre Akten durchzusehen und sich Gesichter und Namen einzuprägen. Sie waren alle noch jung, drei Männer und zwei Frauen. Es war ihr erster Job im Weltraum, also waren sie noch voller Eifer und wollten unbedingt alles richtig machen. *So sind sie immer.* Mannes tippte darauf, dass sie zwar schlau waren, aber nicht allzu sehr – das Mondresort war nicht der begehrteste Arbeitsplatz für die Besten der Besten.

Als er das nächste Mal einen Blick auf seine interne Uhr warf, waren zwei Stunden vergangen. Mannes überlegte, ob er noch ein wenig seine Gedanken sortieren oder sich vielleicht von irgendeiner geistlosen Unterhaltung berieseln lassen sollte oder ob er lieber gleich im Kryobett verschwand und sich erst eine Stunde vor Ankunft wecken ließ. Es hatte durchaus Vorteile, seine Sorgen einfach wegzuschlafen. Er wäre dann ausgeruht und konzentriert, und niemand würde ihn stören, es sei denn, ein Notfall trat ein. Andererseits wäre er bewusstlos, verletzlich. Tja … immerhin standen ihm eine Menge Kryobetten zur freien Auswahl.

Mannes' Blick wanderte zum Bildschirm, der den Weltraum hinter seinem Shuttle zeigte. Die Erde war nur noch eine große, blau-weiße Kugel, schon zu weit entfernt, um Details auszumachen. Eine der Seitenkameras erfasste ein zweites Shuttle. Es war weit weg, aber er betrachtete es trotzdem kurz, und der Bildschirm, der seine Blickrichtung registrierte, vergrößerte es für ihn. Es war »sein« Shuttle, eine etwas kleinere Ausgabe des Modells, in dem er sich befand, und darin befand sich die Familie, mit der er getauscht hatte. Inzwischen hatten sie vermutlich schon festgestellt, dass es nur ein oder zwei Kryobetten gab und sie mit drei brüllenden Kindern auf engstem Raum in der Schwerelosigkeit festsaßen. Kopfschüttelnd beschloss Mannes, irgendeine Wiedergutmachung zu leisten. Vielleicht konnte er ein paar Fäden ziehen und dafür sorgen, dass sie eine weitere Mondreise gewannen oder sogar einen geführten Rundgang durch den Raumhafen, oder er kümmerte sich um ein Upgrade ihres Hotelzimmers zu einer Luxussuite – ja, *das* war wirklich eine gute Idee.

Er betrachtete das Shuttle immer noch, als es explodierte.

Kapitel 21

Funkelauge

Ich entdeckte Galinak in Lehrmeister Harims Sessel. Ohne die Augen zu öffnen, fragte er: »Na, was hast du noch mit diesen Rostärschen besprochen?«

Eine andere Sitzgelegenheit gab es nicht. Ich lehnte mich an den Schreibtisch und verschränkte die Arme vor der Brust. »Wir müssen uns Vinchas Tochter schnappen, ehe eine sehr fähige Agentin sie in die Finger bekommt, die ebenfalls nach ihr sucht. Und einen Mann namens Mannes Holtz sollen wir aufhalten … möglichst, indem wir ihn umbringen.«

Galinak nickte. »Und wenn wir beschließen, das nicht zu tun, haben wir noch drei Jahre zu leben.«

»Ziemlich genau so.«

»Die haben uns schon wieder reingelegt, Funkelauge. Kein Wunder, dass alle Welt diese Drahtabschneider hasst.«

»Wir haben keine andere Wahl«, sagte ich, aber Galinak schüttelte langsam den Kopf.

»Man hat immer eine Wahl. Wir können diese Tarkanier zum Rost jagen und frei sein.«

»Und in nicht mal drei Jahren qualvoll krepieren.«

Galinak wandte mir das Gesicht zu und sah mir direkt in die Augen. »Wärst du lieber für den Rest deines Lebens ein Sklave der Tarkanier?«

Liebend gern hätte ich darauf schlagfertig und überzeugend geantwortet, aber ich fand nicht die richtigen Worte. Also änderte ich meine Taktik und sagte: »Wie auch immer du dich entscheidest: Wir müssen als Erste bei Vincha sein und ihr sagen, was los ist.«

Jetzt hatte ich Galinaks volle Aufmerksamkeit, und zum ersten Mal huschte ein Lächeln über sein Gesicht. »Wäre schon schön, das alte Mädchen mal wiederzusehen.«

»Ich bin sicher, sie würde sich ebenfalls freuen, dich zu treffen.« Ich sah so unbeteiligt drein wie nur möglich.

»Sie wird versuchen, uns die Eier abzureißen.«

»Ich verlass mich drauf, dass du sie daran hinderst.«

Er zuckte belustigt mit den Schultern. »Mal sehen ... Meinst du denn, du kannst sie aufspüren?«

Mir gefiel die Art, wie er mich das fragte. Offenbar vertraute er meinem Geschick und fand mich nützlich, und da er im Gegensatz zu mir wusste, wie man in der Wildnis dort draußen überlebte, war ich darauf angewiesen, dass er mich begleitete.

»Ich hab sie schon mal gefunden, und ich hätte da so ein paar Ideen und auch eine Menge Kontakte in der Stadt der Türme. Dort fangen wir mit der Suche an.«

»Meinetwegen. Aber zuerst müssen wir hier irgendwie rauskommen. Schaffst du es, diesen Metallvogel zu fliegen? Ich meine, mit den Helmen und allem bist du ja bestens zurechtgekommen.«

Ich dachte darüber nach, schüttelte dann aber den Kopf. Selbst wenn ich im Traum gesehen hätte, wie man diesen stählernen Koloss rangierte und in den Himmel brachte, wäre ich nicht imstande gewesen, ihn zu fliegen oder zu landen. Außerdem war es besser, wenn die von Meister Harim zusammengestellte Bibliothek, sein Lebenswerk, dort blieb, wo sie halbwegs in Sicherheit war. »Nein, wir müssen das alles hier zurücklassen.«

Seufzend stand Galinak auf und hob die Energiewaffe.

»Du weißt, dass wir uns dann an den Dwaines vorbeikämpfen müssen, hm?«

Ich überprüfte die Energiezelle meines Friedensstifters; sie war voll geladen. »Vielleicht können wir ja mit ihnen reden.«

Galinak schob eine zweite Energieröhre in die Reservekammer seiner Waffe. »Na klar, ich bin sicher, dass vernünftige Argumente sie überzeugen«, sagte er, »scheinen ja durch und durch vernünftige Leute zu sein.«

Wir setzten uns in Bewegung und steuerten auf die Hecktür des Leviathans zu. »Wir haben das ja nicht mit Absicht getan«, sagte ich.

»Das verstehen sie bestimmt.« Galinak klappte die Zielvorrichtung aus.

»Überlass das Reden mir.« Ich zog am Hebel. Die Tür senkte sich nach unten ab.

»Na klar. Du übernimmst das Reden und Argumentieren, ich steh ganz still und respektvoll daneben.« Galinak zeigte mir den hochgereckten Daumen und kniete sich in Scharfschützenmanier hin.

»Und tu nichts Unüberlegtes«, sagte ich. »Probieren wir es ausnahmsweise erst mal auf die diplomatische Weise.«

»Diplomatie ist mein zweiter Vorname.« Galinak verband die Zielvorrichtung der Waffe und seine Denkende Brille miteinander.

Kaum hatte er seinen Satz beendet, pfiff eine Kugel knapp an meinem Gesicht vorbei, und ich warf mich hastig zur Seite.

»So viel also zur Diplomatie.« Galinak beugte sich vor und ein Stück zur Seite und ließ eine Salve Energieblitze vom Stapel. Zu unserer Linken gellte ein ferner Schrei, gefolgt von wütenden Rufen aus allen Richtungen.

»Das Empfangskomitee erwartet uns«, sagte Galinak und zog erneut den Abzug durch. »Ich hoffe, du hast eine nette kleine Rede vorbereitet.«

»Rost.« Den Friedensstifter fest in der Hand, aktivierte ich meine verbesserte Sicht und sah mich um. »Sie haben uns umzingelt«, teilte ich Galinak mit. Im nächsten Augenblick flogen uns die Kugeln nur so um die Ohren.

Galinak feuerte eine zweite Salve aus tödlichen Blitzen ab. »Dann lass uns mal mit ihnen verhandeln«, sagte er, und wir stürzten uns ins Gefecht.

Kapitel 22

Mannes

»Hallo?« Mannes erinnerte sich nicht daran, sich an die linke Schläfe getippt zu haben, aber er musste es getan haben, denn er hörte Daichis Stimme in seinem Schädel.

»Holtz, hörst du mich? Hast du Empfang? Ich weiß, dass die Verbindung steht.«

Mannes starrte noch immer den Bildschirm an und sah zu, wie die Trümmer des explodierten Shuttles, *seines* Shuttles, in einem weiten Bogen auseinandertrieben. Die Familie war tot. Die Eltern, drei Kinder – eins war nur wenig jünger gewesen als Deborah.

»Mannes, antworte mir, es ist wichtig.«

Zufall? Wohl kaum.

Er drückte den Mittelfinger an die Schläfe, um das Gespräch intern ablaufen zu lassen, sodass die KI des Shuttles nichts davon mitbekam.

»Mannes hier.« Er hörte, wie das Komm seine Gedanken in eine Stimme umwandelte.

»Scheiße, Mann. Warum hast du nicht geantwortet?«

Eine ganze Familie. Tot.

»Was ist passiert?« Er verlieh seiner internen Stimme einen so festen Klang wie möglich.

Daichi atmete noch immer rasch und sprach ungeheuer schnell, wie immer, wenn er sehr aufgeregt war. »Die haben die anderen erwischt. Andriana wurde verhaftet, das weiß ich ohne jeden Zweifel.«

Fast hätten sie mich erwischt. Stattdessen haben sie eine ganze Familie ermordet.

»Woher?«

»Ich hab es gesehen, Holtz. Sechs Schutzengel, sechs! Scheiße, sie ist wie groß, eins fünfzig? Ihre Familie haben sie auch gleich mit einkassiert. Ich hab's mit eigenen Augen gesehen.«

Deborah.

»Und Jameson ist tot.«

»Tot?« Er musste sich gesetzt haben, ohne es zu merken, denn als er jetzt aufschreckte, zogen sich die Gurte leicht um seinen Körper zusammen.

»Laut Nachrichten ist er von einer Brücke gefallen. Oder gesprungen. Ich glaube, er ist vor ihnen weggerannt – oder wurde hinuntergestoßen.« Daichis Stimme brach. Jameson war der Einzige von ihnen gewesen, der selbst in Daichis schlimmsten Phasen noch zu ihm durchgedrungen war.

Dann war's das.

Daichi hatte offenbar seine Gedanken gelesen. »Noch ist nicht alles verloren. Ich habe den Code zusammengefügt, wir können es immer noch durchziehen.«

»Was? Wie das?« Sie hatten den Code unter sich aufgeteilt, um sicherzugehen, dass niemand das Programm auf eigene Faust starten konnte. Damals hatte er die Idee großartig gefunden, *verantwortungsbewusst*. Jetzt allerdings begriff er, dass das ganze Unternehmen scheiterte, wenn auch nur einer von ihnen ausgeschaltet wurde. Auf einmal wurde Mannes klar: Trotz allem, was sie schon getan hatten, hatte er nie ernsthaft daran geglaubt, dass sie damit durchkommen würden.

»Andriana hat mir ihren Code letzte Woche gegeben, sicherheitshalber. Sie hat geahnt, dass sie unter Beobachtung steht. Und Jameson …« Daichi lachte traurig auf. »Er hat den Code immer leise vor sich hin gesagt. Du weißt, wie er ist, wenn's darum geht, sich etwas einzuprägen.«

Mannes nickte stumm und dachte: *Du wolltest sicher sagen: Wie er* war.

»Ich konnte es zwar nicht hören, aber irgendwann habe ich es ihm von den Lippen abgelesen. War ganz einfach.«

Ja. Jameson war genau der Typ dafür, den Code jeden Morgen einmal aufzusagen, mit mönchischer Disziplin, und Daichi war genau der Typ, der es fertigbrachte, sich einen sechsundzwanzigstelligen Code einzuprägen, indem er ihn von den Lippen eines Manns am anderen Ende des Raums ablas.

Mannes besaß die einzige noch fehlende Sequenz des Codes.

»Wir müssen das jetzt durchziehen.« Wieder bebte Daichis Stimme. »Andriana … sie wird unter der Befragung einknicken … und zwar sehr bald.«

Das würde sie, vor allem, falls – *wenn* – sie ihre Familie als Druckmittel benutzten.

»Cain ist noch nicht ausreichend getestet«, sagte Mannes, als würde Daichi nicht jede Codezeile der von ihnen erschaffenen Wesenheit kennen. »Wir brauchen noch gut ein Jahr. Wer weiß, was …«

»Er wird das schon packen, er passt sich an. So haben wir ihn programmiert, und der Tunnel, um ihn einzuschleusen, ist fertig. Im Ernst, Holtz, wir haben keine andere Wahl.«

Eine Stimme erfüllte das Shuttle.

»Dr. Holtz, hier spricht Norma, die KI Ihres Shuttles. Der Tarakanische Raumhafen möchte mit Ihnen sprechen.«

Diese Kinder haben bestimmt sehr genervt, und die Eltern, mit ihnen in dieser Enge eingepfercht, waren gereizt und wütend, und dann hat die Explosion sie alle in Stücke gerissen.

»Holtz. Bist du noch da?« Daichi ließ nicht locker.

»Blockier die Komm-Leitung für den Raumhafen.«

»Das ist gegen die Be…«

»Du kennst meinen Rang. Blockieren!« Jetzt brüllte er, brüllte eine einfache Shuttle-KI an. Er stand eindeutig kurz davor durchzudrehen.

»Holtz … der Code.«

Mannes blickte auf den Bildschirm, aber da war nichts zu sehen. Das Bild der Trümmer war schon wieder verschwunden, und er nahm an, dass es bald auch aus dem Speicher des Shuttles gelöscht werden würde. Kurz fragte er sich, wie man diesen Schlamassel wohl vertuschen würde, aber vermutlich war es lächerlich einfach. Ein Unfall, ein terroristischer Anschlag, was auch immer. Die Leute glaubten immer, was sie glauben sollten.

»Das ist unsere letzte Chance, das durchzuziehen, Holtz. Jetzt lass mich nicht im Stich.«

Deborah.

»Sir. Es kommt schon wieder eine Nachricht herein. Sie stammt von der obersten Leitstelle des Raumhafens, höchste Priorität.«

»Blockieren.«

»Das ist …«

»Blockieren!«, brüllte er.

»Holtz. Der Code …«

Sie haben eine ganze Familie ermordet, und es war seine Schuld. Adams Schuld. Professor Vitor hatte recht. Jemand muss Adam aufhalten.

Sein Abschnitt des Codes war nur vierzehnstellig, der kürzeste der Codeschnipsel, leicht einzuprägen. Ein paar Geburtsdaten, dazu eine Handvoll Initialen. Ein Code für Faulpelze. Mannes diktierte ihn in seinen internen Empfänger.

Daichi unterbrach die Verbindung ohne ein weiteres Wort, oder vielleicht wurde er auch von der Leitstelle abgewürgt, denn im nächsten Augenblick erklang Kommandantin Ismarks Stimme sowohl über die Lautsprecher des Shuttles als auch über seinen Notfallkanal.

»Dr. Holtz, hier spricht Captain Ismark vom Tarakanischen Raumhafen. Was zum Teufel geht da vor?« Selbst an ihren besten Tagen klang die Kommandantin gereizt, aber diesmal hörte sie sich selbst für ihre Verhältnisse wütend an.

»Kommandantin, ich weiß nicht, was Sie meinen.«

»Lassen Sie diese Spielchen, *Holtz*. Sie waren Shuttle S2 zugewiesen, das soeben aus heiterem Himmel explodiert ist, und auf einmal stelle ich fest, dass Sie sich in Shuttle S2FX befinden. Der Explosion von S2 ist eine fünfköpfige Familie zum Opfer gefallen, die sich überhaupt nicht an Bord hätte befinden dürfen.«

»Da muss es eine Verwechselung gegeben haben …«

»Augenblick.« Kommandantin Ismark schaltete die Komm-Verbindung stumm. Es dauerte einen ganzen Moment, dann war sie wieder da. »Holtz!« Ihre Stimme klang, so unmöglich es auch schien, noch schneidender als zuvor. »Ich wurde soeben darüber informiert, dass die Belegungspläne für die Shuttles von externer Stelle unbefugt geändert wurden. Und zwar mithilfe eines Ingenieur-Zugangscodes.«

Es gab eine kurze Pause, aber Mannes fiel nichts ein, was er hätte sagen können. Dann erklang wieder Kommandantin Ismarks Stimme. »Dr. Holtz, Sie stehen unter Arrest. Bis auf Weiteres ist es Ihnen untersagt, irgendetwas zu tun oder mit irgendwem Kontakt aufzunehmen – das ist ein Befehl, und ich überwache Ihre Kommunikation und blockiere sämtliche Nachrichten. Das Shuttle dreht um und kommt zurück zum Raumhafen, wo Sie verhaftet werden und unter Arrest stehen, bis wir wissen, was hier eigentlich los ist.«

Während sie noch sprach, änderte das Shuttle seinen Kurs.

Endlich fand Mannes seine Stimme wieder. »Kommandantin, den Kurs zu ändern kostet viel Zeit, und ich habe einen dringenden Notfalleinsatz auf der Mondbasis. Sicher können wir …«

»Sie treffen in achtzehn Stunden und siebenunddreißig Minuten hier ein. Ich würde vorschlagen, dass Sie sich unverzüglich in Kryoschlaf begeben, Sie werden ihn nötig haben. Ismark Ende.« Sie unterbrach die Verbindung, und gleich darauf teilte die KI Mannes mit, dass ihm sämtliche Privilegien entzogen worden und die Komm-Kanäle des Shuttles vollständig blockiert seien.

Mannes erhob sich.

»Bitte nehmen Sie Platz, während das Wendemanöver durchgeführt wird«, ermahnte ihn die KI freundlich, aber nachdrücklich.

Er achtete nicht darauf.

Das Spiel war also vorbei. Man würde ihn verhören. Zunächst noch höflich – immerhin war er trotz allem ein hochrangiges Mitglied des Tarakanischen Staatsdiensts. Dann würden die Fragen brenzliger werden. Sie würden das eine oder andere herausbekommen. Er würde Fehler machen, würde versehentlich etwas preisgeben. Und selbst wenn er sich eine Zeit lang gut schlug – sie hatten ein Druckmittel gegen ihn in der Hand. *Deborah*.

Mannes sah sich um. Die Kryobetten lockten mit dunkler Leere und Vergessen, wenigstens für eine Weile. Aber statt Verzweiflung flammte in ihm wie aus dem Nichts rasender Zorn auf.

Auf gar keinen Fall würde er sich hinlegen und in mumienartiger Reglosigkeit darauf warten, dass sie ihn holten. Die Idee konnten sie sich in den Allerwertesten schieben. Er hatte immer noch Möglichkeiten. Zum Beispiel konnte er das Mondresort anfunken und Verbindung zu gewissen Leuten aufnehmen. Einflussreichen Leuten, die ihn persönlich kannten und ihm noch einen Gefallen schuldeten. Er war stellvertretender Leiter der Abteilung Computer- und Ingenieurwissenschaft, verdammt noch mal. Seine Sicherheitsfreigabe entsprach der eines Dreisternegenerals. Scheiß auf Ismark und ihre Befehle. Allermindestens konnte er so Daichi etwas Zeit verschaffen, hinter ihnen aufzuräumen, und sich selbst ausreichend Zeit, um sich eine halbwegs passable Erklärung für alles auszudenken. Vielleicht hatte er ja aus sentimentalen Gründen Sehnsucht nach dem S2FX verspürt und mit der Schlitzohrigkeit eines zivilen Ingenieurs die Belegpläne geändert. Vielleicht war er einfach nur ein Arschloch, das ein größeres Shuttle hatte haben wollen.

Mannes wusste selbst nicht, wie es passiert war, aber auf einmal hatte er seinen Raumhelm in der Hand. Mit drei raschen, routinierten Bewegungen setzte er ihn auf und schnallte ihn fest. Er war nicht mit der Sauerstoffeinheit verbunden, und das Atmen fiel ihm augenblicklich deutlich schwerer. Er rang die aufsteigende Panik nieder und konzentrierte sich auf das, was zu tun war. *Schnell, ehe ich das Bewusstsein verliere.*

»Ich registriere, dass Sie den Helm Ihres Raumanzugs tragen.« Normas Stimme war ruhig, aber streng. »Ich darf Sie daran erinnern, dass Sie den Helm nur während des Abflugs von einem Raumhafen oder bei Auftreten eines Notfalls tragen sollten und dass …«

Mannes begab sich schnurstracks zu der Luke, hinter der sich das Cockpit verbarg. Ja. Zwar war es geschlossen und verriegelt, aber er hatte drei Jahre praktisch ununterbrochen in Shuttles vom Typ S2 verbracht, und in einer so langen Zeit eignete man sich den einen oder anderen Kniff an. Es gab eine Möglichkeit, im Notfall auf manuelle Bedienung umzuschalten, einen Hebel … *hier* … und man musste das Hauptkabel mit der Energieversorgung verbinden und …

»Sie verstoßen gegen die Sicherheitsbestimmungen. Bitte sehen Sie sofort davon ab, oder ich muss Maßnahmen einl…«

Er ging auf die Knie und suchte nach dem zweiten Hebel. Sein Rücken schmerzte, und der Bauch war ihm wirklich *enorm* im Weg.

Ein kurzes Zischen war der einzige Hinweis darauf, dass Betäubungsgas in der Kabine freigesetzt wurde. Zwar steckte er von Kopf bis Fuß in einem geschlossenen Raumanzug, aber das verschaffte ihm höchstens ein, zwei Minuten, bis die Nanopartikel bis zu seiner Haut vordrangen. Aufstöhnend streckte sich Mannes nach dem Hebel, sein Atem ließ die Innenseite des Helms beschlagen. Er fand, was er suchte. *Ziehen.*

Über ihm glitt die Luke auf, und er sprang auf und schwebte ins beengte Innere des Cockpits. Sobald sich die Luke hinter ihm schloss und er der Anzeige auf dem Arm-Display des Anzugs entnahm, dass das Gas nicht bis in die Pilotenkanzel vorgedrungen war, riss er sich den Helm vom Kopf und holte ein paarmal tief Luft. Aus dem Augenwinkel sah er sein Spiegelbild. Der Schweiß rann ihm übers Gesicht, und er grinste sich selbst zu. Yeah. Plan B lautete: Scheiß drauf. Die KI ermahnte ihn immer noch, dass er gegen Hunderte Sicherheitsvorschriften zugleich verstieß. Mannes fand den Hebel, mit dem er die Sprachausgabe des Programms ausschalten konnte, und betätigte ihn mit einem Aufwallen kindischer Freude. Herrliche Stille senkte sich über das Cockpit.

Jetzt musste er nur noch die Steuerung dieses Schätzchens an sich reißen.

Das erwies sich jedoch als schwieriger als gedacht, zweimal hätte er um ein Haar die gesamte Steuerung gegrillt, aber zu seinem Glück handelte es sich beim S2FX nicht um ein Militärshuttle, und mit ein wenig Improvisation und Geistesgegenwart stellte er am Ende doch auf manuelle Bedienung um. Jetzt war er es, der das Shuttle flog. Zu seiner eigenen Überraschung jubelte er laut auf.

Jetzt musste er nur noch herausfinden, wo er war und wohin er fliegen sollte. Vorausgesetzt, Kommandantin Ismark ließ ihn nicht in Fetzen schießen. Mannes betrachtete die blinkenden Bildschirme, dann richtete er den Blick auf das vor ihm liegende All und redete sich selbst gut zu, trotz des mulmigen Gefühls, das von ihm Besitz ergreifen wollte. Es war nicht das erste Mal, dass er ein Shuttle steuerte, allerdings hatte er sich dabei bisher immer in der Nähe eines Raumhafens befunden. Bei längeren Strecken griff man normalerweise auf einen spezialisierten KI-Piloten zurück. Und jetzt musste er selbst eine Route planen, die ihn auf schnellstem Weg zum Mond brachte, und das Shuttle selbst steuern.

Wie auf ein geheimes Stichwort hin ertönte wieder Kommandantin Ismarks Stimme über die Lautsprecher.

»Dr. Holtz.« Diesmal klang ihre Stimme auffallend beherrscht und ruhig. »Ich frage Sie nicht, was Sie da gerade tun, ich sehe es ja selbst, und ich frage Sie auch nicht, was Sie eigentlich vorhaben. Sie haben einen großen Fehler begangen. Sich widerrechtlich ein Raumfahrzeug anzueignen ist eine Straftat der höchsten Stufe. Also befehle ich Ihnen hiermit in Ihrem eigenen Interesse …«

Im Hintergrund schrillte eine Alarmsirene los. Mehrere Sekunden lang dachte Mannes, sie stamme aus dem Shuttle, aber dann ging ihm auf, dass die Komm-Verbindung immer noch offen war. Er hörte jemanden brüllen: »Kommandantin, in den Sektionen B und C werden Schüsse gemeldet.«

Bemerkenswerterweise antwortete Kommandantin Ismark nicht etwa mit einem ungläubigen »Was?« oder »Bitte wiederholen Sie das«. Stattdessen erwiderte sie ruhig: »Informieren Sie augenblicklich die Erde, dass wir angegriffen werden. Aktivieren Sie die Notfallmaßnahmen, rufen Sie die Schutzengel auf …«

Eine Männerstimme unterbrach sie mit der Mitteilung, dass auch in Sektion E geschossen wurde.

»Entsenden Sie Schutzengel in alle Sektoren. Alarmstufe 2. Alle Zivilisten sollen sich augenblicklich in die Fluchtbereiche begeben und …«

»Kommandantin, die Schüsse … *das sind die Schutzengel.*«

Damit brach die Verbindung ab.

Lange saß Mannes stumm vor den Bildschirmen und versuchte zu begreifen, was er da gerade gehört hatte. Sein Herzschlag ging beängstigend schnell. Die neueren Wirtskörpermodelle verfügten über eine Sicherung für mehrere Organe, einschließlich des Herzens. Ja, er hätte sich um ein Upgrade kümmern sollen …

Mannes drehte den manuellen Schalter um eine Stufe nach rechts. »Sprachsteuerung«, sagte er.

Normas Stimme erklang. »Sie verstoßen derzeit gegen siebzehn …«

»Jajaja«, fiel er ihr ins Wort. »Ich fliege wieder zurück. Wie lange dauert es bei schnellstmöglicher Geschwindigkeit, bis wir den Raumhafen erreichen?«

Kurz herrschte Stille. Nicht dass die KI die Antwort nicht wusste, aber die Situation war mit an Sicherheit grenzender Wahrscheinlichkeit völlig neu für sie. Sie war kein voll ausgebildetes Künstliches Bewusstsein, und vermutlich versuchte sie, sich gerade so gut wie möglich auf die Situation einzustellen – genau wie Mannes.

»Mit Höchstgeschwindigkeit brauchen wir zwei Stunden und sieben Minuten weniger als die verbleibenden siebzehn Stunden und dreißig Minuten.«

»Dann mach es so.« Mannes gab die Steuerung wieder für die KI frei.

Im selben Augenblick wurde das leise Summen der Schubdüsen lauter.

Was zum Teufel sollte er tun, wenn er den Raumhafen erreichte? Mit bloßen Händen auf zweieinhalb Meter große

Schutzengel losgehen? Nein. Bei seinem Eintreffen würde man die Situation bereits wieder im Griff haben. Kommandantin Ismark würde alle Hände voll zu tun haben mit diesem gewaltigen Desaster und hatte sicherlich kein Interesse daran, sich mit einem verwöhnten Zivilisten abzugeben, der sich ein Shuttle unter den Nagel gerissen hatte. Man würde ihn gut brauchen können, er würde sich bei den Reparaturen nützlich machen. Ja, genau das würde er tun. Und wenn alles vorbei war, würden sie sich bei ihm bedanken. Vielleicht waren sie ihm sogar so dankbar, dass sie seinen törichten Streich vergaßen.

Zum Komm sagte Mannes: »Norma, bring uns zum Raumhafen, bitte um Erlaubnis, auf Dock 13 anzulegen.« Das war das abgelegenste Dock der ganzen Station. Er wollte möglichst weit weg vom Zentrum des Aufruhrs landen.

»Und mach doch ein wenig Musik an«, fügte er plötzlich hinzu. Die Stille machte ihn ganz nervös.

»Etwas Bestimmtes? In meiner Datenbank habe ich über einhunderttausendachtundsiebzig …«

»Beethovens Neunte Sinfonie. Schalte direkt zum Choral ›Ode an die Freude‹. Spiel ihn in Dauerschleife ab, bis ich dir etwas anderes sage.«

Augenblicklich erklangen die ersten Takte von Mannes' Lieblingssinfonie. Normalerweise hörte er diesen Part in ohrenbetäubender Lautstärke, vor allem dann, wenn er mal das Labor ganz für sich haben wollte, aber jetzt war es wichtig, dass er auch die KI noch hören konnte, zumindest über sein Innenohr-Komm. Das Orchester war bereits in vollem Gange, als sie sich wieder meldete.

»Wir haben den Kontakt zum Raumhafen verloren.«

Ihm war natürlich klar, dass die KI nicht hinter ihm stand, trotzdem drehte er sich um. »Was?«

»Wir haben den K…«

»Ich hab dich schon verstanden. Versuch, den Kontakt wiederherzustellen, und funk auch das Mondresort an.«

»Das Mondresort meldet sich nicht; dort herrscht ebenfalls Alarmstufe 1.«

Das bedeutete, dass das Mondhotel in diesem Augenblick seine Gäste in Kryoschlafkapseln ins All jagte, die allerletzte, verzweifelte Notfallmaßnahme. Es würde mindestens drei Wochen dauern, bis die bewusstlosen Überlebenden in die Umlaufbahn der Erde eintraten, und dann wurden sie von irgendwem eingesammelt, wo sie eben gerade landeten. Für ihr Überleben gab es keinerlei Garantien.

Der Choral setzte ein.

Mannes' Neuralübersetzer war eingeschaltet, aber Mannes brauchte seine Hilfe nicht; er hatte in der Schule Deutsch gelernt, auf einem sehr hohen Niveau, und wusste, was die Worte bedeuteten:

Freude, schöner Götterfunken,
Tochter aus Elysium,
Wir betreten feuertrunken,
Himmlische, dein Heiligtum!

Alles war schiefgegangen, und in ihm wühlte der schreckliche Verdacht, dass es irgendwie seine Schuld war.

»Versuch noch mal, Raumhafen und Mondresort zu kontaktieren.«

»Weder Raumhafen noch Mondresort antworten.«

»Versuch es weiter.«

Mannes schaltete wieder auf manuelle Steuerung um und erhöhte die Geschwindigkeit.

»Das ist nicht empfehlenswert …«

»Halt die Klappe. Schalte den Raumhafen auf den Hauptbildschirm. Ansicht vergrößern.«

Nach der kurzen Verzögerung, mit der er bereits gerechnet hatte, füllte das angeforderte Bild den Bildschirm aus. Er lehnte sich zurück und betrachtete es eine Weile. Nichts rührte sich. Es gab keinen Hinweis darauf, dass irgendetwas nicht stimmte, aber sein Herz raste wie verrückt.

Dann erhaschte er im Hintergrund des Raumhafens einen kurzen Blick auf die Erde und stieß ein erschrockenes »O mein Gott« aus.

»Zeig mir die Erde. Vergrößern.«

Er hatte sich nicht geirrt.

Seine eigenen Schreie drangen ihm in die Ohren, als kämen sie aus weiter Ferne.

Wir betreten feuertrunken, sang aus voller Kehle der Chor, während überall rings um den Globus mit Massenvernichtungswaffen bestückte Raketen in die Atmosphäre eindrangen und Satelliten ihre tödliche Fracht auf den Planeten abfeuerten.

Kapitel 23

Peach

Wir waren gerade um eine Kurve gebogen und sahen die Stadt der Türme wieder vor uns aufragen, da beschloss Trevil, dass sein Versprechen hiermit eingelöst war, und brachte den Lastwagen zum Stehen.

»Weiter fahre ich dich nicht«, sagte er. »Nimm dir ein bisschen Wasser mit und die geräucherte Lammkeule dort. Die ist noch gut und wird reichen, bis du die Stadt erreichst.«

Verblüfft musterte ich ihn. »Willst du dir die Stadt gar nicht ansehen?«

»Darum geht es nicht. Ich hab nur gehört, dass sie heutzutage einen irrwitzig hohen Zoll fordern, das weißt du genauso gut wie ich. Mit dem Treibstoff, den du noch dazugekauft hast, reicht es ungefähr für den halben Rückweg, und mit ein bisschen Glück habe ich gerade so eben ausreichend Fracht dabei, um sie gegen Treibstoff für die zweite Hälfte einzutauschen. Außerdem …« Er betrachtete die hoch in den Himmel ragenden Türme. »Ich habe Brak versprochen, dass wir irgendwann gemeinsam herkommen … ohne ihn will ich's gar nicht sehen.«

Ich packte Wasser und die angebotene Lammkeule ein, dann griff ich nach meinem Münzbeutel. Zu Beginn unserer Reise hatten sich darin siebenundachtzig Münzen befunden, achtunddreißig waren noch übrig. Ich machte mich daran, sie aufzuteilen, aber Trevil schüttelte den Kopf. »Ich hab dem Heiler geschworen, dass ich weder Münzen noch sonst eine Gegenleistung von dir annehme. Der Treibstoff hat für den Weg ausgereicht, aber mehr darfst du mir nicht geben.«

Ich sah ihn an, und er streckte mir eine Hand entgegen. »Mach's gut, Peach«, sagte er leise. »Ich hoffe, dass du dich richtig entscheidest, wenn es so weit ist.«

Ich reichte ihm ebenfalls die Hand, aber als ich sie danach wieder zurückzog, blieb seine ausgestreckt, und er drehte die Innenseite nach oben. »Die Waffe, die ich dir gegeben hab, Peach … ich brauche sie wieder zurück, tut mir leid.«

»Ja, na klar.« Ich löste das Waffenhalfter von meinem Gürtel und reichte es ihm mitsamt dem darin steckenden antiken Revolver. Er zog ihn heraus, klappte die Trommel auf, zählte die Patronen und nickte. Ich hatte mich gerade zur Tür umgedreht, da hörte ich das unverwechselbare Klicken eines Hahns, der gespannt wird. »Und die Energiepistole, Peach«, sagte Trevil. »Die, die unter meinem Sitz war und die du dir genommen hast. Die brauche ich auch zurück.«

Ich fluchte stumm in mich hinein, aber es zu leugnen hatte keinen Zweck. Er musste schon seit Tagen davon wissen, er hatte nur bisher nichts gesagt.

»Die ist in meinem Rucksack«, sagte ich.

Trevil streckte die freie Hand aus, wobei er sorgsam darauf achtete, dass die Hand mit der Waffe außerhalb meiner Reichweite blieb. Ich reichte ihm meinen Rucksack. Ohne mich aus den Augen zu lassen, wühlte er darin herum und förderte die Energiepistole zutage. Schaltete sie ein und vergewisserte sich, dass die Energiezelle voll geladen war, dann schob er mir mit dem gesunden Bein den Rucksack wieder rüber.

»Tut mir leid«, sagte ich.

Schulterzuckend richtete er eine der Waffen auf die Tür. »Viel Glück, Peach.«

Ich öffnete die Tür und ließ mich aus dem Lastwagen rutschen. Richtig eiskalt war es zwar nicht mehr, aber es herrschten auch nicht gerade Temperaturen, die dazu einluden, länger als nötig im Freien herumzustehen. Ohne einen Blick zurückzuwerfen, machte ich mich auf den Weg und folgte der unbefestigten Straße. Hörte, wie sich hinter mir der Lastwagen in Bewegung setzte, beim Zurücksetzen gab er zur Warnung verzerrte Piepslaute von sich. Er wendete, dann gab Trevil Gas, und der Motor dröhnte auf. Als ich mich umsah, hatte eine schwarze Rauchwolke fast den gesamten Lastwagen verschluckt, der zweieinhalb Monate lang mein Zuhause gewesen war. Aber ich hatte keine Zeit zu verlieren. Ich drehte mich wieder um und ging weiter.

Die richtige Richtung zu finden war überhaupt kein Problem. Die Stadt mit ihren sieben Hochplateaus, die jeweils mehrere tausend Türme trugen, war kilometerweit gut zu sehen. Ich zoomte so nah heran, wie ich mit meinen beschränkten Möglichkeiten konnte – sie schien so weit intakt zu sein. Aber ihre Größe führte einen in die Irre – sie war weiter entfernt, als es aussah.

Nach einem mehrstündigen Fußmarsch endete meine Straße unvermittelt am Fuß eines steilen Hügels aus aufgewühlter Erde. Als ich ihn erklommen hatte und ganz oben stand, schwitzte mein Wirtskörper trotz der Kälte stark.

Acht Tarakanische Quantenkraftwerke versorgten die Stadt mit Elektrizität, jedes davon produzierte etwa die sechsfache Energie eines Atomkraftwerks. Zwei Kraftwerke speisten ausschließlich den Schutzschild, der die Stadt umgab. Dieser starke Schutzschild sowie die vergleichsweise geringe Grundfläche der Stadt waren höchstwahrscheinlich der Grund, weswegen die Angriffe unserer Feinde nicht die erhoffte Zerstörungskraft entfesselt hatten, aber versucht hatten sie es zweifellos. Ihre Attacken hatten zwar der Stadt nichts anhaben können, aber das Umland war völlig verwüstet worden. Anscheinend waren trotz des Satellitenabwehrsystems, der Luftabwehr und des Schutzschilds mehrere Bomben verdammt nah an der Stadt hochgegangen. Ich erinnerte mich noch gut an die wunderschöne Landschaft, die einst diese großartige Stadt umgeben hatte. Jetzt sah es hier aus, als hätte Gott persönlich eine Schaufel tief in diese blühenden Gärten gerammt und das Unterste zuoberst gekehrt.

Schon vor Tarakans Unabhängigkeit hatte es hier fünf Millionen Einwohner gegeben sowie fünfzehn Millionen Besucher pro Jahr – Leute, die sich um Arbeit oder auch um einen Wohnsitz bewarben, sowie Touristen –, die sich allesamt in der relativen Enge zusammendrängten. Um diesem Gedränge ein Ende zu bereiten und die Sicherheit bei der Reise von einem Plateau zum anderen zu gewährleisten, hatte die Stadt strenge Zufahrtsbeschränkungen für Fahrzeuge von außerhalb erlassen – Autos und Hovercrafts in Privatbesitz durften ihre Grenzen nicht überqueren. Vor der Stadt hatte man riesige unterirdische Parkplätze geschaffen, deren Benutzung kostenlos war, ebenso wie der vielfältige öffentliche Nahverkehr innerhalb der Stadt. Von meinem Aussichtspunkt aus musste ich entdecken, dass einer dieser einstigen Parkplätze sich mittlerweile in flaches Sumpfland verwandelt hatte, das im Norden bis an die Stadtmauer heranreichte. Der Versuch, diesen Morast zu durchqueren, mochte sich als ebenso gefährlich wie vergeblich erweisen. Ich blickte nach Osten und zoomte näher heran. Dort war eine Straße, auf der sich Fahrzeuge aneinanderreihten. Ich entdeckte zwei Lastwagen vom gleichen Typ wie der, in dem ich selbst gereist war, und ein paar kleinere, ebenfalls mit fossilen Brennstoffen betriebene Autos. Die Sonne war bereits untergegangen, und ich orientierte mich auf dem restlichen Weg an den blinkenden Scheinwerfern und Öllampen, mit denen manche der Fahrzeuge ersatzweise bestückt waren. Es gab mehr von Tieren gezogene Karren als motorenbetriebene Vehikel, und von Letzteren schien keins mit Solarzellen oder Energieröhren betrieben zu werden; überwiegend sah ich alte Autos und Motorräder. Die Straße war unbefestigt und gerade breit genug, dass ein Fahrzeug zurzeit darauf Platz fand. Die Fahrer hatten ihre Motoren ausgeschaltet, und manche von ihnen schliefen über dem Steuer. Wer wach war, starrte in trübsinniger Geduld vor sich hin. Offenbar betrachteten alle diese Situation als ganz normal.

Früher einmal hatte sich ein Stück weiter Richtung Stadt eine Lichtbrücke befunden, einer der schönsten Zufahrtswege nach Tarkania. Eine breite, hell leuchtende Brücke, auf der die Leute entweder zu Fuß unterwegs waren oder den Lichtzug nahmen, ganz bis hinauf zum Mittelplateau.

Jetzt herrschte dort Dunkelheit, einzig durchbrochen vom schwachen Licht der Öllampen.

Es war bitterkalt, und mein Wirtskörper vermeldete Nährstoffbedarf. Ich zog die Lammkeule aus meinem Rucksack und schnupperte daran. Nicht gerade verlockend, aber umbringen würde es mich nicht. Ich lief an den stehenden Fahrzeugen entlang und kaute im Gehen auf dem an der Schwelle zur Fäulnis befindlichen Fleisch herum.

Als ich gerade an einem Karren vorbei war, vor den ein traurig aussehendes Maultier gespannt war, rief mir jemand hinterher: »Hey, Lady. Es bringt nichts, jetzt nach vorn durchzulaufen.«

Ich drehte mich um. Der Karren war mit einer Mischung aus Segeltuch, Stoff und Schaffell bespannt. Eine Hand teilte die Stoffbahnen, und dahinter erblickte ich einen älteren Mann. Er war in Schaffell gehüllt und trug eine dicke Wollmütze.

»Vor Sonnenaufgang gehen die Tore nicht auf, meine Dame«, sagte er und schwenkte eine Plastikflasche. »Ich teil gern meinen Fusel mit Euch, im Tausch gegen etwas Fleisch und ein bisschen Gesellschaft.«

Kurz zögerte ich. So etwas konnte sich in sehr unterschiedliche Richtungen entwickeln, einige davon höchst unerfreulich, aber die Vorstellung, die ganze Nacht in dieser klirrenden Kälte zu verbringen, gab den Ausschlag, und ich beschloss, seine Einladung anzunehmen.

Im Karren war eigentlich gerade ausreichend Platz für einen großen Menschen, aber er rückte beiseite und kauerte sich zusammen, und dann fand ich mich Schulter an Schulter mit einem Mann, der einen unangenehmen Geruch nach Zwiebeln, Schafen, Maultierscheiße und Alkohol verströmte.

»Ich bin Gret«, sagte er und reichte mir eine Wollmütze. »Hier, zieht das über. Hält Euch warm.« Er drückte mir die Plastikflasche in die Hand. »Und das hier auch.«

Scheiß auf Hygiene – die Mütze war zu groß und voller Haarproben fremder Leute, aber sie wärmte ein wenig.

»Ich bin Peach.« Ich schnüffelte an der Flasche, und mein Wirtskörper teilte mir mit, dass die Flüssigkeit darin zu mehr als fünfzig Prozent aus Alkohol bestand. Ich nahm einen großen Schluck.

»Na, Ihr wisst aber, wie man trinkt, Dame Peach.« Gret beschnüffelte die Lammkeule, die ich ihm hinhielt. »Ah, das kippt gerade. Aber zu Fleisch kann ich trotzdem nicht Nein sagen.« Mit der anderen Hand griff er nach der Flasche, biss einen Brocken Fleisch ab und füllte sich den Mund mit Alkohol. »Das tötet die ganzen kleinen fiesen Tiere ab. Mein Großvater hat immer gesagt, die sind überall, sogar in der Luft. Bah, ich hab ein schlechtes Geschäft gemacht.« Angewidert verzog Gret das Gesicht. »Mein Fusel ist besser als Euer Fleisch, werte Dame.«

»Moment«, sagte ich. Es gab keinen Grund, den alten Mann gegen mich aufzubringen. Ich wühlte in meinen Sachen herum, bis ich einen kleinen Lederbeutel fand. »Hier«, sagte ich und öffnete ihn. »Mit etwas Salz geht es ein bisschen besser.«

Gret riss die Augen auf und nickte mir zu, als ich eine Prise Salz zwischen die Fingerspitzen nahm und es auf das Fleisch streute. »Das ist mächtig nett von Euch, Dame Peach. Salz wird mit Metall aufgewogen.«

Ich zuckte mit den Schultern. »Und zu viel von dem einen wie dem anderen bringt einen um.«

Gret kicherte leise in sich hinein, beugte sich vor und wühlte unter unserem Sitz in einem Sack herum. Mir dämmerte, dass dieser Mann wohl deutlich jünger war, als er aussah.

»Hier.« Gret tauchte wieder auf und gab mir eine Zwiebel. »Die kommt aus unverseuchter Erde. Von der fallen Euch nicht die Zähne aus.« Wie zum Beweis bedachte er mich mit einem breiten Grinsen.

Ich biss in die Zwiebel. Der Bissen vertrieb den Nachgeschmack des verdorbenen Fleisches. »Gute Zwiebel«, sagte ich.

»Bessere gibt's nicht«, sagte er stolz.

Eine Weile kauten wir in gemeinschaftlichem Schweigen.

»Kommt Ihr aus der Gegend?«

Ich schüttelte den Kopf und wechselte das Thema. »Ist das immer so? Ich meine diese lange Fahrzeugkolonne. Wartet ihr alle auf die Lichtbrücke?«

Gret lachte leise. »Keine Ahnung, wovon Ihr redet, Frau Peach – oder sollte ich Fräulein sagen?«

»Frau«, antwortete ich ausdruckslos.

Er wirkte enttäuscht, redete aber weiter. »Auf dieser Brücke gibt's kein Licht. Wir warten alle auf den Sonnenaufgang, wenn die Wachen die Schranken öffnen. An der Brücke wird entladen.«

»Ihr wollt sagen, Ihr fahrt gar nicht bis in die Stadt?«

»Oh, ich schon.« Er zeigte auf das Maultier. »Die alte Sommer ist vielleicht nicht die Schnellste, aber die klettert den steilsten Berg rauf, wenn's sein muss, ja, das tut sie.« Dann zeigte er auf den Lastwagen vor uns. »Aber die Lastwagen sind für die Brücke zu schwer. Die Fahrer laden da vorn ab und kehren wieder um. Ich und Sommer, wir kraxeln ganz nach oben. Aber das Gesetz will, dass wir einen Großteil von unserem Zeug vorn an der Brücke verkaufen. Oder wir müssen die Wachen bestechen.« Gret schüttelte den Kopf. »War alles mal einfacher, da hab ich meine Ware selbst verkauft, auf dem Markt. Zwiebeln, Kartoffeln, bisschen Fusel – war ein gutes Leben. Und meine Frau hat Kleidung genäht, aus Schaffell, so wie die Mütze da«, er zeigte auf meinen Kopf, »bevor die Krankheit sie sich geholt hat.«

»Tut mir leid zu hören«, murmelte ich.

»War eine gute Frau, ja, das war sie.« Gret blinzelte ein paar Tränen weg. »Hat mir aber keine Kinder geschenkt. Nicht mal die Flickschneider konnten sie heilen, die arme Seele. Haben gesagt, sie ist ohne, Ihr wisst schon«, er wedelte wegwerfend mit der Hand, »ohne richtige weibliche Teile geboren worden. Aber für mich war sie trotzdem durch und durch Frau.«

»Tut mir leid zu hören«, sagte ich noch einmal.

»So ist das Leben, meine Dame.« Gret zuckte mit den Schultern. »Früher waren wir zusammen unterwegs. Jetzt sind nur noch Sommer und ich da. Ein paar Tage, vielleicht eine Woche dauert eine Strecke. Ich kenne die guten Bauern, die ihre Erde sauber halten. Die Trucker versuchen, sie übers Ohr zu hauen, weil sie ihren Treibstoff bezahlen müssen. Die Kosten spar ich ein, also bekomm ich die guten Sachen.« Gret tippte sich an die Nase. »Ein Freund von mir, der Bescheid weiß, der sagt, meine Zwiebeln gehen geradewegs ganz nach oben in die Turmspitzen, wo die Turmfurzer sie aufessen. Im Obermarkt kriegt man dafür das Dreifache, wenn nicht mehr.«

»Eine Woche pro Strecke klingt nicht leicht«, stellte ich fest.

»Halb so wild, wenn man sich auf den Straßen auskennt, werte Dame, und das tu ich. Hab unterwegs meine Plätzchen, wo ich mir ein Feuerchen anzünden kann.« Unvermittelt senkte er die Stimme zu einem Flüstern. »Man kann ja über diese verdammten Trolle sagen, was man will, aber hier in der Nähe der Stadt gibt's keine Banditen, außer natürlich die Stadtwachen, die's nicht nötig haben, einen auf offener Straße zu überfallen. Die sitzen nur hier rum und warten auf einen, und dann rauben sie einen mit ihren Steuern und Schmiergeldern aus, bis man splitternackt ist.« Er kicherte über seinen eigenen Witz. »Na, aber jetzt ziehen sie sowieso alle jungen Leute zur Armee ein, also sind die Straßen sogar noch sicherer. Einen alten Burschen wie mich kann aber nicht mal die Armee brauchen.«

Ich horchte auf. Eine Zwangseinberufung roch nach Ärger. »Ist das denn normal? Dass sie Leute zum Dienst einziehen?«

»Die sagen, es ist wegen dem Krieg.«

»Welcher Krieg denn?« Ich hatte mir zwar schon gedacht, dass die Menschheit nicht allzu lange warten würde, bis alle wieder aufeinander losgingen, aber trotzdem. Mein Magen zog sich leicht zusammen.

»Wollt Ihr damit etwa sagen, Ihr habt es noch nicht gehört? Es heißt, der Ölbaron ist auf dem Vormarsch. Hat letztes Jahr ein hübsches Stück drüben im Hügelland erobert, und jetzt hat er Appetit auf mehr.«

»Wer ist der Ölbaron?«

»Oh, Lady …« Er seufzte über meine Unwissenheit. »Ihm gehört alles oben im kalten Norden. Man sagt, dort ist es so kalt, dass das Wasser sommers wie winters gefroren ist. Aber der Baron hat's drauf, gutes Öl zu machen, darum auch sein Name, und so hält er seine Leute warm. Die Sommerlande schicken ihm Nahrungsmittel, damit er bei Laune bleibt. Aber man sagt, er hat die Nase voll vom ewigen Winter und will über eine sonnigere Gegend herrschen. Wegen ihm wurden im Herbst die Steuern erhöht, und inzwischen sieht man auf den Straßen immer mehr Tiere, weil das Öl doppelt so teuer geworden ist.«

Ich nahm noch einen Schluck aus der Plastikflasche. Es war gar nicht übel, aber mich zu betrinken war eine schlechte Idee.

»Ihr seht müde aus, werte Dame. Hinten im Karren ist Platz, da könnt Ihr euch hinlegen, wenn's Euch nichts ausmacht, ein paar Säcke zur Seite zu schieben. Und nach Zwiebeln riecht's da natürlich.«

»Wollt Ihr denn nicht schlafen?«

»Ach. Ich bin's gewohnt, hier zu sitzen. Ich lehne mich einfach hier gegen die Stange, so.« Er machte es mir vor. »Hab ein Kissen aus Schaffell, das leg ich mir hierhin, und dann mach ich die Augen zu, und mein Schnarchen hält die Insekten fern.«

»Das … sieht trotzdem nicht sehr gemütlich aus«, sagte ich.

»Mein Großvater hat gesagt, alles ist relativ. Hat er in einem Buch gelesen. Er konnte lesen.«

»Klingt, als hättet Ihr einen klugen Großvater gehabt«, sagte ich, drehte mich um und stieg über die Sitzbank nach hinten, wo ich versuchte, zwischen den ganzen Zwiebelsäcken einen Platz zu finden, um meinen Fuß abzustellen.

»Oh, er war wirklich sehr klug. Wir haben draußen auf dem Land gelebt, aber er hatte es nicht so mit dem Ackerbau, mein Großvater. Er hat sich noch an die alte Welt erinnert, wusste noch, wie es früher gelaufen ist, und kannte auch noch viele alte Wörter. Hatte ganz verrückte Ideen und Geschichten auf Lager, die hat er auf altem Papier niedergeschrieben. Besaß auch einen Haufen alter Bücher, mit hauchdünnem Papier darin. Aber er ist gestorben, als ich noch ein Junge war, und in dem einen Winter hatten wir nicht mehr genug Münzen für Feuerholz, und da hat meine Mutter seine Bücher und Notizen verbrannt, damit wir es warm haben.«

Ich setzte mich auf einen nur halb gefüllten Sack und versuchte, die anderen Säcke so hinzuschieben, dass ich mich hinlegen konnte.

»Am besten versucht Ihr es in einer Ecke«, riet mir Gret, der immer noch auf der Lammkeule herumkaute. »Dann bleiben die Säcke besser da liegen, wo Ihr sie hinlegt.«

Das Endergebnis hatte mit meiner oder irgendjemandes Vorstellung von einem bequemen Bett sehr wenig zu tun, aber ich hatte schon unbequemer geschlafen. Langsam und demonstrativ legte ich die Scheide mit dem Kurzschwert darin neben mich und achtete darauf, dass Gret es sah, aber ihm schien das Fleisch in seiner Hand völlig zu genügen. Ich fand eine Felldecke, entschied mich aber nach kurzer Untersuchung dagegen, sie zu benutzen. Stattdessen legte ich mich auf den Rücken und ruckte herum, bis sich keine Zwiebeln mehr in den Rücken meines Wirtskörpers bohrten. Ich schloss die Augen und verlangsamte meinen Atem. Einer der vielen Vorteile eines Wirtskörpers war, dass man Herzschlag und Blutdruck selbst regulieren konnte, was es möglich machte, fast zehn Minuten lang unter Wasser zu bleiben, Extremtemperaturen zu überleben oder auf Säcken voller Zwiebeln einzuschlafen.

Kapitel 24

Mannes

Als Mannes das Bewusstsein wiedererlangte, tat ihm keine Körperstelle besonders weh. Gurte, Notfall-Schaum und Airbags hatten ihre Arbeit getan, und er war körperlich unversehrt, aber er fühlte sich so zerschlagen, als käme er geradewegs aus einer dieser uralten Maschinen, mit denen Leute früher ihre Wäsche getrocknet hatten. Alles tat ihm weh, was allerdings eigentlich ein gutes Zeichen war. Es bedeutete, dass er noch am Leben war.

Was er getan hatte, war unlogisch gewesen. Er hätte schnurstracks zum Raumhafen fliegen sollen, aber er konnte an nichts anderes denken als an Deborah. Dank seiner Fähigkeiten als Pilot und mithilfe einer ordentlichen Ladung Adrenalin hatte er es geschafft, das Shuttle ganz nah an die Erdatmosphäre zu steuern, aber er war klug genug gewesen, den restlichen Weg der KI zu überlassen, Gott sei Dank. Sie kamen auf der falschen Seite des Planeten runter, rasten im Zickzack hin und her zwischen dem Tod, der von oben herabregnete, und dem, der von unten zum Himmel emporstieg. Durchquerten mehrmals feindlichen Luftraum und wurden sofort vom Radar entdeckt. Trotz der eindeutigen Kennzeichnung als ziviles Shuttle wurden insgesamt drei Raketen auf sie abgefeuert. Mannes vermutete, dass die Welt inzwischen an dem Punkt war, wo jeder auf jeden schoss, um auf Nummer sicher zu gehen. Vermutlich hatte das Armageddon jede Sorge um zivile Verluste ausgelöscht. Zum Glück erfassten und erkannten auch die Tarakanischen Satelliten das Shuttle, und die heranrasenden Raketen wurden vom Himmel aus abgeschossen, aber die letzte Explosion war nah genug, um das Shuttle heftig ins Trudeln zu bringen. Als die G-Kräfte an ihm rissen, verlor Mannes fast augenblicklich das Bewusstsein. Sein letzter Gedanke galt seiner Tochter. Aber wer auch immer für Normas Absturz-auf-einem-Planeten-Programm verantwortlich gewesen war, hatte ausgezeichnete Arbeit geleistet. Wie es aussah, hatte sie das Shuttle irgendwie wieder unter Kontrolle gebracht und es sicher gelandet. Diese heldenhafte Rettung allerdings – Mannes regte sich im schaumbedeckten Sitz und stöhnte auf – hatte ihren Preis.

Keine blinkenden roten Lichter, keine Notfallsirene. Alles war unheimlich still. Er bewegte die Hände und biss die Zähne zusammen, als Schmerz durch Schultern und Rücken zuckte. Der Notfallschaum schmolz langsam in sich zusammen. Er erblickte das Armaturenbrett und dahinter, jenseits der Pilotenkanzel, mehrere Dutzend zerschmetterte Bäume.

Langsam und vorsichtig atmete Mannes einmal durch, ehe er hervorstieß: »Norma.«

»Ja, Dr. Holtz.« Ihre Stimme war vollkommen ruhig. Die Stimme eines Programms, das alles im Griff hatte.

»Wo sind wir?« Er verzog das Gesicht und murmelte leise: »Heilige Scheiße.«

»Ich könnte Ihnen die genauen Koordinaten geben …«

»Zeig es mir auf dem Bildschirm«, blaffte er sie an, wandte unwillkürlich den Kopf und bedauerte es augenblicklich.

»Der Hauptbildschirm wurde zerstört, Dr. Holtz.« Die KI klang ebenso ruhig wie zuvor, aber der kaputte Bildschirm war das erste Anzeichen dafür, dass die Landung nicht ganz glattgegangen war. »Ich könnte Ihnen eine Karte auf die linke Retina schicken.«

»Ja.« Als die durchsichtige Karte vor seinem linken Auge eingeblendet wurde, blinzelte Mannes. Er versuchte, es zu unterdrücken, und schluckte zugleich die aufsteigende Galle hinunter.

»Verkleinern ... verkleinern ... warte. Vergrößern ... nein ... warte ... wo sind wir?« Geografie hatte noch nie zu seinen Stärken gezählt. »Wo *zum Teufel* sind wir?«

»Kirgistan, knapp sechshundertfünfzig Kilometer von der Stadt Boldoy entfernt und fünfhundertdreißig Kilometer von ...«

»Wir sind im verdammten *Russland* gelandet?«

»Die kirgisische Republik hat ihre Unabhängigkeit vom Zweiten Russischen Reich erklärt, und zwar im Jahre Zweitausendeinhundertund...«

»Okay, okay, hör auf.«

Ja, Kirgistan hatte zum zweiten Mal die Unabhängigkeit erklärt – während des fünften russischen Bürgerkriegs und höchstwahrscheinlich unter dem sanften Druck Tarakans. Die Regierung Russlands war noch nie für ihren Humanitarismus bekannt gewesen. Es war eine blutige Angelegenheit gewesen. Ein Jahrzehnt gewalttätiger Ausschreitungen hatte das Land in eine gesetzlose Zone verwandelt, in der man sich einfach nehmen oder kaufen konnte, wen oder was man sah. Und außerdem hätte es nicht weiter von Tarakan entfernt sein können.

»Was zum Teufel tun wir denn hier in ... nein, antworte nicht darauf.« Mannes seufzte; er kannte die Vorschriften. Eine KI würde immer dort notlanden, wo die Überlebenschancen am größten waren. Kirgistan war nach dem Bürgerkrieg nur noch ein Trümmerhaufen. Die Menschen hier lebten inzwischen überwiegend von der Jagd oder vom Schmuggel. Die Aussicht, dass niemand AOBs – antiorganische Bomben – oder gar eine gute alte Atombombe an dieses Land verschwenden würde, stand gut. Atomraketen. Verdammte Atomraketen. Und Todesstrahlen aus dem Orbit und AOBs und Streubomben und EMPs.

Mannes lehnte sich im Pilotensitz zurück und ließ sich über die Retina ihre Landung abspielen, die bis zu dem Punkt aufgezeichnet worden war, als ein EMP die Außensensoren außer Gefecht gesetzt hatte. Er war kein Militärexperte, aber er hatte genug gesehen, um zu wissen, dass das hier kein kleiner, lokal begrenzter Gewaltausbruch war – nein, das war ES. *Satelliten* beschossen andere *Satelliten*. Dies war der Krieg, an den niemand wirklich geglaubt und für den sich trotzdem alle gerüstet hatten. Er dachte an die Kommunikation mit dem Raumhafen – die Schutzengel, die auf einmal wild um sich geschossen hatten. Das war mit einer entsetzlichen Fehlfunktion nicht zu erklären, und es war passiert, kurz nachdem er seinen Teil des Cain-Codes preisgegeben hatte. Es hätte bloßer Zufall sein können, aber … war etwa *er* für all das verantwortlich? Für einen Weltkrieg? Armageddon?

»Starte die Triebwerke. Wir fliegen weiter.«

»Das können wir nicht, Dr. Holtz. Die Triebwerke sind nach der Explosion einer EMP-Rakete ausgefallen.«

»Was? Wie hast du denn dann das Shuttle gelandet … ach, vergiss es.« Mannes bebte am ganzen Leib, obwohl er versuchte, es zu unterdrücken. Es war undenkbar, dass er hier festsitzen sollte. »Schick mir eine vollständige technische Diagnose auf die Retina.«

Sofort füllte sich sein Sichtfeld mit dem Schadensprotokoll. Zeile um Zeile, es nahm kein Ende. Selbst für einen versierten Ingenieur wie ihn, mit mehr als vierzig Jahren Erfahrung, war es schier überwältigend. Mit wachsendem Entsetzen ging er die Liste durch. Anscheinend war nichts heil geblieben bis auf die beiden Med-Bots.

Sein Rücken schmerzte. »Norma, verfügst du über irgendwelche medizinischen Fähigkeiten?«

»Ich bin ausgebildet in Feldmedizin, Diagnostik und Notoperationen, Krankheiten, Zahnmedi…«

»Okay. Danke.« Es war nur ein kleiner Trost, aber er musste nach Hause, und dafür brauchte er mehr als nur zwei gesunde Beine.

Deborah!, dachte er plötzlich. Das Tal von Tarakan war übersät mit unterirdischen Bunkern, und es fanden regelmäßig verpflichtende Notfallübungen statt, sogar in den Schulen: ruhig aufstellen und ab in den Bunker. Aber das hier … Er kämpfte gegen die Vorstellung an, wie die volle Wucht eines Angriffs sie erwischt haben mochte oder vielleicht ein Trupp durchdrehender Schutzengel. Sein kleines Mädchen … Mannes schüttelte den Kopf und versuchte, die Bilder abzuschütteln, die vor seinem geistigen Auge aufstiegen.

»Norma, versuch Tarakan anzufunken. Auf sämtlichen Frequenzen«, stieß er hervor.

»Ich bin außerstande, Ihre Anweisung auszuführen, Dr. Holtz. Alle Kommunikationssysteme sind ausgefallen.«

Er bekam keine Luft mehr. »Was meinst du mit *alle* Kommunikationssysteme? Wir sind doch nicht auf dem Mars gelandet … und selbst wenn, gäbe es …«

»Sämtliche globalen Kommunikationssysteme sind ausgefallen, Sir. Ich habe die Verbindung zu einem Satelliten in der Umlaufbahn des Jupiters aufgenommen, aber wenn Sie eine Nachricht schicken, dauert es mehrere Wochen, bis sie ihn erreicht, und es ist unabsehbar, wer sie letztendlich empfangen w…«

»Mach es trotzdem. Schick eine Nachricht mit unseren Koordinaten, meinem Rang und der Mitteilung, dass ich schnellstmögliche Extraktion benötige.« Das war ein unkluger Schachzug. Er mochte im Niemandsland gelandet sein, aber hier war trotzdem feindlicher Boden. Sein hoher Rang mochte jemanden veranlassen, einen Suchtrupp loszuschicken, der jedes noch so kleine Fitzelchen Information aus ihm herausfolterte. Es war ihm egal. Es war ihm *scheiß*egal. Er würde ihnen alles verraten, was sie wissen wollten, und noch ein bisschen was obendrauf, solange er nur seine Tochter wiedersah oder wenigstens erfuhr, dass sie überlebt hatte.

Mannes barg das Gesicht in den Händen, und eine Zeit lang war er zu nichts weiter imstande, als hilflos vor sich hin zu schluchzen. Zum Glück ging es rasch vorbei.

»Ich kann Ihnen ein Sedativ verabreichen, Dr. Holtz.« Die kaum wahrnehmbare unpersönliche Besorgnis in Normas Stimme brachte ihn wieder zur Besinnung.

»Nein, es geht schon wieder.« Er zog die Nase hoch und wischte sich, seltsam peinlich berührt, die Tränen vom Gesicht.

»Ist alles in Ordnung? Haben Sie Schmerzen? Meine Innensensoren sind ebenfalls ausgefallen, also bin ich auf Ihre Aussagen angewiesen. Die Notfall-Bots sind jedoch voll funktionstüchtig, medizinische Maßnahmen sind also …«

»Wir nehmen bald eine vollständige Diagnostik vor, aber mir geht es so weit gut, glaube ich«, unterbrach er sie. Im Augenblick gab es Wichtigeres als gebrochene Rippen oder schmerzende Gelenke. Sobald der Schaum gänzlich geschmolzen war, löste er die Gurte, erhob sich beim dritten Anlauf und stand schwankend auf den eigenen Füßen.

»Irgendwelche unmittelbaren Gefahren?«, fragte er. »Ist irgendwas zu uns unterwegs, das in der Lage ist, uns verdampfen zu lassen?«

»Ich registriere keine sich nähernden Raketen oder andere Massenvernichtungswaffen, allerdings sind meine Langstreckensensoren ausgefallen. Ich erfasse nur noch einen Radius von knapp vierzig Kilometern.«

»Tja, das ist ja … beruhigend. Strahlenbelastung da draußen?«

»Leicht erhöht, aber nicht lebensbedrohlich. Wir sind hier von Bergen umgeben, die als natürlicher Bunker fungieren. Allerdings ist ein erheblicher Anstieg der Strahlung zu erwarten, sobald der Wind auf Nordost dreht. Sie sollten Ihren Anzug anbehalten und den Helm stets mitführen.«

»Ja, in Ordnung.« Sie waren weit von allen wichtigen Schauplätzen der Welt entfernt, aber Berge hin oder her – die Wolken aus radioaktiven Partikeln würden schon bald auch in die entlegensten Winkel dieses Planeten vordringen.

»Fünfeinhalb Kilometer südlich von uns befindet sich eine kleine Militärbasis. Sie ist höchstwahrscheinlich verlassen.«

Langsam schüttelte Mannes den Kopf. »Höchstwahrscheinlich?«

»Ich war recht ausgelastet damit, uns bäuchlings auf einer Bergflanke zu landen, obwohl die Hälfte meiner Instrumente ausgefallen war, ebenso wie einer der Antriebe, und dabei gleichzeitig mehreren von der Luftabwehr abgefeuerten Wärmesuchraketen auszuweichen. Also ja: höchstwahrscheinlich.«

Das war eine eigenartig emotionale Antwort für eine KI, aber Mannes nahm an, dass sie den Zweck verfolgte, ihn in die Gänge zu bringen, und es funktionierte.

»Ja, in Ordnung. Ich seh es mir mal an.«

»Ich kann Ihnen die genaue Lage auf Ihrer Retina-Karte markieren.«

»Mach das.« Vorsichtig streckte sich Mannes und bereute es sofort. »Und dieses Schmerzmittel würde ich dann jetzt auch nehmen, bitte, und eine Nährpille. Und dann gehe ich da raus und sehe mal nach, was von der Welt übrig ist.«

Kapitel 25

Peach

Ein Pfeifen, gefolgt vom Knallen einer Peitsche, Sommers Eselsgeschrei und einem Ruck, weckten mich aus dem leichten Dämmerschlaf, den ich meinem Wirtskörper endlich abgerungen hatte. Dass ich mich sonderlich erfrischt fühlte, konnte ich zwar nicht behaupten, aber immerhin war ich weder erfroren, noch hatte ich jemanden töten müssen, damit er mich nicht ausraubte oder vergewaltigte. Ich streckte mich. *Konzentrier dich einfach auf das, was gut läuft*, befahl ich mir selbst und gab mein Bestes, die unbequeme Unterlage und den üblen Gestank auszublenden.

Überall ringsum erhob sich eine Kakofonie unterschiedlichster Geräusche. Hupen, fluchende Fahrer, das Muhen von Rindern. Als ich aufstand, rollte der Karren bereits in Schrittgeschwindigkeit vorwärts, allerdings kam er alle paar Meter wieder zum Stehen, und die nächste solche Pause nutzte ich, um mich wieder auf den Sitz neben Gret zu manövrieren. Er hatte die vordere Plane hochgeschlagen, und die kühle Morgenbrise schlug mir ins Gesicht. Direkt vor uns befand sich ein weiterer Karren, der von zwei Ponys gezogen wurde, und vor ihm fuhr ein tausendfach geflickter Pick-up. Um Treibstoff zu sparen, hatte der Fahrer den Motor ausgeschaltet, und immer, wenn sich die Schlange wieder in Bewegung setzte, stiegen er und sein Beifahrer aus und schoben den Wagen an.

»Morgen, Dame Peach.« Gret wirkte ebenso fröhlich wie am Vorabend. »Wie wäre es mit einem kleinen Frühstück?«

Es gab genau das Gleiche wie gestern: Zwiebel, altbackenes Brot und Moonshine. Diesmal verzichtete ich dankend.

»Gut geschlummert?«, fragte Gret mit vollem Mund.

»Halbwegs. Hab schon schlechter geschlafen.«

»Na, die Geschichte würde ich gern mal hören.« Er lachte leise, dann deutete er mit einer halben Zwiebel auf mein Energieschwert. »Funktioniert das Ding da?«

Ich zog das Schwert aus der Scheide und sah es mir noch mal genauer an. Schlecht ausbalanciert und stumpf und ohne Energieversorgung war es praktisch nutzlos. An der Klinge klebte noch immer getrocknetes Blut, und ich wischte sie mit dem Saum meines Hemds sauber.

»Ihr seid wohl schon in die eine oder andere Schwierigkeit geraten, hm?« Gret trieb das Maultier an, damit es noch ein paar Schritte vorwärts tat.

»Ich kann auf mich aufpassen«, antwortete ich nüchtern und drückte versuchsweise auf den Einschaltknopf des Schwerts. Es gab ein leises, kaum hörbares Summen von sich, aber ansonsten passierte nichts weiter.

Er streckte die Hand danach aus. »Darf ich mal sehen?«

Ich reichte ihm die Waffe und nahm dafür Zügel und Peitsche entgegen.

»Einfach pfeifen und ein bisschen knallen lassen, nur in der Luft. Sommer ist ein feines Maultier.« Er drehte das Schwert hin und her. »Das Relais scheint kaputt zu sein, darum lädt es sich nicht wieder auf. Vielleicht krieg ich das wieder hin.«

»Ihr wisst, wie man ein Energieschwert repariert?« Ich ärgerte mich selbst über meine ungläubige Frage, aber Gret kicherte nur in sich hinein.

»Wenn man auf einem Gehöft lebt, das zwei Tagesritte vom nächsten Dorf und eine Woche von der Stadt entfernt liegt, dann lernt man schnell, Sachen selbst zu reparieren. Mein Paps hatte mal einen Energiehammer mit einer wiederaufladbaren Solarzelle, genau wie dieses Schwert. Der Hammer wurde ungefähr so alt, wie ich heute bin, und war irgendwann in einem Zustand, dass ich Angst hatte, er würde zerbrechen, wenn ich zu hart damit zuschlage, also hab ich ihn eingetauscht – gegen einen alten brennstoffbetriebenen Traktor, zwei Pferde und Kartoffelsaat. Die Pferde waren krank und sind zwei Wochen drauf gestorben, der Traktor hat immerhin eine Saison überstanden, und die Kartoffeln, tja … die haben wir größtenteils getrunken.« Er lachte und drehte den Schwertgriff nach oben. Mit erstaunlich kräftigen Händen für so einen alten organischen Körper schraubte er ihn auf.

»Habt Ihr nicht gesagt, Ihr hättet in der Stadt gewohnt?«, fragte ich, ohne ihn aus den Augen zu lassen.

»Ja. Meine Liebste und ich, wir hatten ein Stück Land, aber wir sind weggezogen, um jemanden zu finden, der sie heilen kann.« Zur Bekräftigung und zur Erinnerung deutete er auf meinen Unterleib. »Mir hat die Stadt nie gefallen, aber meine Liebste hat gesagt, es wäre dort besser, als wenn wir uns wie Sklaven auf einem vergifteten Stück Land abschuften. Nachdem sie gestorben ist, hab ich überlegt, wieder zurückzugehen, aber was soll man mit Land, wenn man es nicht seiner Familie vererben kann? So. Seht mal hier.« Gret zeigte auf einen Kabelstrang im Innern des Griffs. »Ein Technikus würde Euch für die Reparatur ein Vermögen abknöpfen, dabei ist es wirklich leicht zu reparieren.« Er beugte sich vor und wühlte unter seinem Sitz herum. Schließlich förderte er einen kleinen Kasten zutage, den er vor unsere Füße stellte.

Hupen und Rufen erinnerte mich daran, Sommer anzutreiben. Als ich danach meine Aufmerksamkeit wieder Gret zuwandte, hatte er bereits einen schäbigen alten Schraubendreher gezückt und ein paar Kabel gelöst. Die Operation dauerte eine ganze Weile und war nur bedingt erfolgreich. Als Gret schließlich den Einschaltklopf drückte und die Klinge blau aufleuchtete, war ich hochzufrieden, aber Gret war nicht so glücklich wie ich.

»Ist nicht wirklich wieder heil, um ehrlich zu sein. Man muss den Knopf die ganze Zeit gedrückt halten, damit es funktioniert. Hier, seht Ihr?« Er nahm den Daumen weg, und die Klinge erlosch augenblicklich.

»Keine Ahnung, warum das so ist, und ich nehme mal an, im Kampf könnte das problematisch werden.« Er reichte mir das Schwert und übernahm dafür wieder Peitsche und Zügel. Ich drückte auf den Knopf und schwang das Schwert ein bisschen hin und her. Er hatte recht. Ein Kampf, bei dem ich die ganze Zeit den Knopf gedrückt halten musste, wäre bestenfalls eine sehr mühselige Angelegenheit.

»Tut mir leid, mehr kann ich nicht machen. Aber ein Tüftler würde Euch billiger kommen als ein gezeichneter Technikus, das steht mal fest.«

»Was ist denn der Unterschied zwischen einem Technikus und einem Tüftler?«

»Oh, das ist ganz einfach, meine Dame.« Gret wedelte geistesabwesend mit der Hand. »Ein Technikus ist gezeichnet, versteht Ihr? Von Kopf bis Fuß mit diesen verdammten Tätowierungen bedeckt. Findet man überall in der verfluchten Tüftlerstadt und auf den oberen Plateaus, aber die Dienste dieser Leute sind schweineteuer. Ernsthaft: *schweine*teuer.« Er sah mich bedeutungsvoll an. »Einer von denen hat mir mal meinen ganzen Monatsverdienst abgenommen, um die Wasserleitungen zu reparieren, die ich dann am Ende sowieso verkaufen musste. Tüftler dagegen sind nicht gezeichnet, darum halten die Leute nichts von ihnen. Sie sind billiger als Technikusse, und man findet sie häufig draußen auf dem Land, wo sie von Dorf zu Dorf und auch auf die Höfe reisen und für eine Mahlzeit und ein warmes Bett alles reparieren, was kaputt gegangen ist. Aber man muss aufpassen, dass man nicht an einen Lockvogel oder Betrüger gerät.«

Inzwischen waren wir deutlich näher an die Stadt herangerückt, und als der Pick-up vor uns abbog, erhaschte ich einen ersten richtigen Blick auf die Lichtbrücke. Einst war dies der schönste Weg in die Stadt der Türme gewesen. Eine Fußgängerbrücke, in deren Mitte der Lichtzug entlangfuhr, alles aus strahlend heller Energie. Nachts änderten sich in gleichmäßigem Rhythmus die Farben, und für verliebte Pärchen hatte ein Besuch der Lichtbrücke als absolutes Muss gegolten. Aber jetzt war nur noch das Fundament erhalten, und die fehlende Energie hatte man durch übereinandergeschichtete Holzplanken und Metallplatten ersetzt; ein so fragiles Konstrukt, dass man ausschließlich zu Fuß hinüberlaufen konnte. Ich zoomte näher heran und betrachtete die unzähligen schwer beladenen Menschen, die in beide Richtungen über die hohe Brücke liefen. Vereinzelt trieb auch jemand ein Lasttier voran, das sich auf dem verdächtigen Untergrund nur zögerlich vorwärtsbewegte.

»Nicht ganz das, was Ihr erwartet habt?« Grets Frage erwischte mich kalt. Er war kein Dummkopf.

»Nein«, brachte ich mühsam heraus. »Muss wohl eine andere Brücke gewesen sein.«

»Zur Stadt führt keine andere Brücke.«

»Dann hat mir wohl irgendwer ein Märchen aufgetischt.«

»Manchmal machen Menschen so was.« Gret knallte mit der Peitsche, und Sommer zog den Karren ein Stückchen weiter. »Erfinden irgendwelche Geschichten, damit sich ihr Leben ein bisschen besser anfühlt. Der Wahrheit ins Gesicht zu blicken erfordert Mut.«

Wir sahen einander an.

»Ich sag Euch mal was, werte Dame. Man kann gut mit

Euch plaudern, aber Ihr scheint hier in der Gegend neu zu sein. Die Stadt kann gegen Neuankömmlinge sehr grausam sein, das haben meine Liebste und ich auf die schmerzhafte Weise rausgefunden. Ich hab eine kleine Hütte in der Nähe des Mittelplateaus. Nichts Großartiges, aber ich halte sie sauber, wenn ich dort bin, und an der Tür ist ein Schloss. Wenn Ihr auf Eure Münzen achten müsst, helft doch Sommer und mir über die Brücke, dann seid Ihr mir willkommen in unserer bescheidenen Hütte. Wenn ich nach dem Verkauf der Zwiebeln keine Arbeit finde, zeig ich Euch gern ein bisschen die Stadt.«

Ich überdachte sein Angebot. Meine Mittel waren ziemlich begrenzt, und ich hegte den starken Verdacht, dass Tarkania nicht mehr dieselbe Stadt war, die ich einst gekannt hatte.

»Keine faulen Tricks«, warnte ich ihn und wedelte demonstrativ mit der Schwertscheide, um meine Drohung zu unterstreichen.

»Mein Wort drauf, werte Dame.«

»Dann abgemacht.«

Die Schlange setzte sich wieder in Bewegung, diesmal schneller.

»Ihr müsst eine Maut zahlen, das wisst Ihr doch, oder?«

»Lässt sich das irgendwie umgehen?«

Gret schüttelte den Kopf. »Mir ist mal zu Ohren gekommen, dass es unten beim Loch einen Eingang gibt, über den Sumpf, aber da bräuchtet Ihr ein Paar echt hohe Stiefel und mehr als nur dieses Schwert, um mit dem fertigzuwerden, was da im Wasser lauert. Nein, Lady, am besten wäre es wohl wirklich, wenn Ihr mit mir kommt.« Er runzelte die Stirn. »Ich könnte behaupten, Ihr wärt meine neue Frau, dann kostet es nur die Hälfte.«

»Wäre Euch das denn recht?« Die Idee hatte ihre Vorteile, aber trotzdem sträubte sich etwas in mir dagegen.

Und plötzlich fuhr der Pick-up links ab, wir waren fast ganz vorn in der Schlange, und ich vergaß all meine Vorbehalte. Es war das erste Mal, dass ich Trolle zu Gesicht bekam. Die Bezeichnung hatte ich schon gehört, und Trevil und Malk, der ehemalige Eigentümer meines Schwerts, hatten sie mir beschrieben, deshalb hatte ich eine recht solide Vorstellung davon, was mich erwartete, aber jetzt sah ich sie zum ersten Mal mit eigenen Augen: Menschen mit in ihre Körper eingebauter Tarakanischer Technologie, die ursprünglich für Schutzengel bestimmt gewesen war. Mehrere Dutzend Männer und Frauen, und keiner glich dem anderen. Gut die Hälfte trug Stützgestelle aus Metall und half beim Entladen; sie warfen sich gegenseitig Fracht zu, als wäre es das reinste Kinderspiel. Manche von ihnen trugen Waffen, einige davon riesig. In meinem Leben hatte ich schon ausreichend militärisches und paramilitärisches Wachpersonal beobachtet, um zu erkennen, dass sie im Grunde nur die Zeit totschlugen, während sie einen Bereich überwachten, in dem sie keinerlei Ärger erwarteten. Viele von ihnen unterhielten sich oder schlenderten paarweise zwischen den Fahrzeugen und der Brücke hin und her. An erhöhter Position entdeckte ich drei Maschinengewehre. An das nächstgelegene zoomte ich heran und betrachtete den Troll, der es bemannte: Er rauchte ein Pfeifchen. Japp, sie langweilten sich mächtig, aber falls sich das änderte, würden diese Maschinengewehre trotzdem nur wenige Sekunden brauchen, um alles und jeden in ihrem Feuerbereich in kleine Fetzen zu reißen.

Die Lichtbrücke war noch ein Stückchen entfernt, ein schmaler kleiner Strich nur, verglichen mit den gewaltigen Mauern und hoch aufragenden Türmen der Stadt. Als ich den Blick hob, sah ich in der Ferne einen Himmelszug durch die Luft rasen. Bei dem Anblick der immer noch funktionierenden Technik wurde mir warm ums Herz. Ich fragte mich, zu welchem Ziel er unterwegs sein mochte.

Einer der Trolle winkte uns zu einem gekennzeichneten Bereich herüber, in dem bereits ein Dutzend Fahrzeuge stand, deren Besitzer die Fracht abluden, beobachtet von einigen Stadtdienern, die in schwere purpurrote und goldene Mäntel gekleidet waren. Einer von ihnen kam auf uns zu.

»Wir haben Glück«, flüsterte mir Gret durch halb zusammengepresste Lippen zu. »Das ist einer von den Netten.« Laut sagte er: »Fahrtal, schön, dich zu sehen.«

»Gret, du bist ein lausiger Lügner«, erwiderte der Mann. Er hatte einen dünnen, akribisch gestutzten Schnurrbart und wirkte wie jemand, der überall lieber gewesen wäre als ausgerechnet hier. »Dann sehen wir doch mal, was wir da haben.« Er ging zum hinteren Ende des Karrens.

»Zwiebeln. Groß und fest«, erklärte Gret.

In diesem Moment brüllte einer der Händler neben uns einen der Stadtdiener an: »Das ist der reinste Straßenraub!« Er fuchtelte wütend durch die Luft. »Eure Waagen stimmen nicht, und ihr habt schon wieder die Steuern erhöht. Da kann ich meine Sachen ja auch gleich unterwegs an Strauchdiebe und Bettler verschenken.«

Sofort schwenkten mehrere Wachen herum und näherten sich dem Händler von allen Seiten, aber der angebrüllte Stadtdiener wirkte ganz gelassen. Ich hörte nicht, was er sagte, aber Körpersprache und Miene legten nahe, dass es etwas war wie »Ich mach hier nicht die Regeln«. Seine Hand lag ganz beiläufig auf dem Griff seiner Energiewaffe. Hinter ihm luden mehrere Trolle rasch die Säcke von dem alten Van. Die Wache im Mantel deutete mit dem Daumen auf das offene Zelt in seinem Rücken. Diesmal trug der Wind seine Stimme zu uns herüber. »Beschwer dich bei jemandem, den der Scheiß interessiert.«

Der Händler drehte sich um und stapfte zum Zelt. Mit jedem Schritt schienen Wut und Frustration noch zu wachsen.

Fahrtal war mit dem Zählen der Säcke fertig. »Das wären dann drei Säcke Zwiebeln oder die entsprechenden Münzen als Steuer.«

»Drei Säcke?« Gret traten vor Verblüffung fast die Augen aus dem Kopf. »Das ist aber viel, das ist …«

»Wir müssen die Truppen versorgen, Gret. Oder willst du es lieber mit dem Ölbaron zu tun kriegen?« Ohne die Antwort abzuwarten, richtete er den Blick auf mich. »Und wer magst du wohl sein?« Seine dunklen Augen musterten mich eingehend. Mir drängte sich der Verdacht auf, dass er niemals ein Gesicht vergaß.

»Meine Frau«, sagte Gret und fügte zu hastig hinzu: »Meine neue Frau.« Er war nervös, und das entging Fahrtal nicht.

»Frisch verheiratet. Welch ein Glück du doch hast. Und du kommst woher?«

»Waldsee«, sagte ich rasch.

»Das ist aber weit«, antwortete er. »Und du bist den ganzen weiten Weg gereist, nur um den alten Gret zu heiraten?«

Ich sah den in Schafwolle gekleideten Gret mit einem, wie ich hoffte, liebevollen Blick an. »Er ist ein bisschen … anders, aber er ist ein guter Mann. Und außerdem«, fügte ich hinzu, ohne mit der Wimper zu zucken, »mag ich seine großen harten Zwiebeln.«

Gret fing an zu husten, aber Fahrtal brüllte vor Lachen. »Na schön«, sagte er dann und wandte sich wieder an Gret. »Ich lass sie umsonst rein. Aber für ihr Schwert zahlt sie fünf Turmlinge.«

Er sah zu, wie ich ihm die Münzen in die Hand zählte, steckte sie ein, ohne mir eine Quittung oder dergleichen dafür auszustellen, und sagte: »Willkommen in der Stadt der Türme, Frau Gret.«

Kapitel 26

Mannes

In Kirgistan herrschte Winter, und die Temperatur an der Bergflanke lag jetzt bei Tageslicht nur knapp über dem Gefrierpunkt. Die Sonne verbarg sich hinter dichten grauen Wolken. Norma teilte Mannes mit, dass die Temperaturen in wenigen Stunden noch deutlich fallen würden. Auch der leiseste Wind würde es noch ungemütlicher machen. Aber der Raumanzug hielt Mannes warm und schützte ihn auch halbwegs vor Strahlung, und wenn es nötig wurde, konnte er jederzeit den Helm aufsetzen. Er schnallte sich zwei kleine Sauerstofftanks an die Oberschenkel, die ausreichend Luft für sechzehn Stunden enthielten, und nahm den Notlandungsrucksack mit, nur zur Sicherheit.

Es ging überhaupt nichts einfach glatt. Selbst die Luke musste er manuell öffnen, was mühsam war und einiges an technischen Kenntnissen erforderte. Sobald er draußen war, umrundete er das Shuttle und betrachtete es mit steigender Besorgnis. Es war wie alle Shuttles dieser Bauart im Weltraum zusammengefügt worden und nicht dafür gedacht, in die Atmosphäre der Erde einzutreten oder sie wieder zu verlassen. Dafür gab es den Weltraumlift. Für den absoluten Notfall – und Mannes gestand sich ein, dass es sich in der Tat um einen solchen handelte – verfügte das Shuttle über einen Tank mit einer Flüssigkeit, die auf der Außenseite austrat und das Shuttle und seine Passagiere davor bewahrte, beim Atmosphäreneintritt geröstet zu werden. Die Hitze hatte die Flüssigkeit festgebacken, und jetzt, nach dem Abkühlen, war die entstandene Schicht so hart wie das Metall darunter. Vage erinnerte sich Mannes daran, dass man es irgendwie wieder abbekam, aber es war ein langwieriges Geschäft und erforderte einige spezielle Chemikalien. Er wusste nicht, ob die Rezeptur für das Bauen dieser Chemikalien in der Datenbank des Shuttles gespeichert war und sich überhaupt die notwendigen Zutaten an Bord befanden, aber um diese Fragen, beschloss er, würde er sich später kümmern.

Sie waren auf den flachen Ausläufern eines hohen Bergs gelandet, mitten im Wald. Von oben konnte man sie ohne Schwierigkeiten entdecken, vom Boden aus war es deutlich schwieriger. Mannes' interne Verbindung mit der KI war ein Segen. Ohne sie wäre er verloren gewesen.

Fast zwei Stunden lang wanderte er bergab und übte russische Sätze ein, die ihm das neurale Sprachpaket seines Hirnspeichers zur Verfügung stellte. Bei ihrem zweiten Versuch, dieses Land zu schlucken, hatten die Russen die hiesige Kultur nach Kräften untergraben, und vermutlich lehnten die Menschen hier die russische Sprache ab, aber sie alle sprachen und verstanden sie.

»Ich fürchte, wir haben da ein Problem«, sagte Norma plötzlich, und er schrak auf und blieb ruckartig stehen. Dann setzte er sich hin und lehnte sich gegen einen Baum. Atmete tief durch.

»Was ist los?«, fragte er auf Russisch.

Die KI antwortete ihm in derselben Sprache: »Es ist nichts Lebensbedrohliches.«

»Freut mich zu hören.«

»Ich sage das nur, weil Sie offenbar hinter einem Baum Deckung gesucht haben.«

»Ich weiß.«

»Es kommt keine Atomrakete auf Sie zu.«

»Gut zu wissen.«

»Und wenn es so wäre, hätte es Sie nicht gerettet, sich hinter einem Baum zu verstecken.«

»Aber in den ein, zwei verbleibenden Minuten hätte ich wenigstens noch mal so richtig mächtig scheißen können.«

Das brachte Norma mehrere Sekunden lang zum Schweigen. Seufzend schüttelte Mannes den Kopf. Alle KIs, auch so schlicht gestrickte wie die des Shuttles, hatten eine eigene Persönlichkeit. Sie speiste sich aus einer Handvoll einfacher vorgefertigter Subroutinen und wurde ausgeformt in den etwa vierhundert Stunden, die der verantwortliche Bewusstseinsingenieur damit zubrachte, das empfindungsfähige Programm vom virtuellen Stadium der Kindheit an in seiner Entwicklung zu begleiten, an deren Ende nach Möglichkeit kein selbstmörderischer Wahnsinniger herauskam. Leider waren die meisten Bewusstseinsingenieure, um es freundlich auszudrücken, nicht gerade der Typ, mit dem man gern mal ein Bier trinken geht, und die Persönlichkeit des durchschnittlichen KI-Programmierpsychologen war noch eine ganze Ecke beklagenswerter.

»Das war ein Witz«, sagte er ins Komm.

»Ja, ich weiß. Wie Ihnen höchstwahrscheinlich vollkommen klar ist, besteht unter Nährpillen-Diät keinerlei Notwendigkeit dafür, ›mächtig zu scheißen‹.«

Mannes seufzte noch einmal. Japp, eindeutig diese Sorte Bewusstseinsingenieur. Aber immerhin hatte er mächtig gute Arbeit geleistet, was die Steuerungsfähigkeiten betraf, das glich es wieder aus. Haarscharf.

»Welches Problem gibt es denn?«

»Der militärische Außenposten verfügt über ein Auto-Kommando. Ein sehr primitives System, aber es ist aus irgendeinem Grund noch immer aktiv. Es hat ein Störfeld rings um die Basis eingeschaltet, das eingehende und ausgehende Signale vollständig blockiert.«

Mannes stieß einen russischen Fluch aus, bei dem er selbst nicht ganz sicher war, was genau er heißen sollte.

»Bis auf eine Entfernung von ein paar hundert Metern müsste ich unsere Verbindung aufrechterhalten können, aber spätestens sobald Sie die Basis betreten …«

»Bin ich auf mich allein gestellt.«

»… sind Sie auf sich allein gestellt. Gut ist allerdings«, die Stimme der KI hob sich erfreut, »dass die Sirenen der Basis eingeschaltet sind, und ihre Lautstärke beträgt hundertsechs Dezibel. Das wird Sie bei der Navigation unterstützen, wenn wir den Kontakt verlieren.«

Mannes lauschte, hörte aber nichts.

»Wenn Sie näher herankommen, ist es ganz deutlich zu vernehmen.«

»Diese Basis – ist dort der Ausnahmezustand ausgerufen? Denn die könnten mich ja aus zwei, drei Kilometer Entfernung einfach wegpusten.« Sein Mangel an Bewaffnung war Mannes schmerzlich bewusst. Nicht dass er mit Waffen sonderlich gut umgehen konnte, aber trotzdem wäre es schön gewesen, eine zu haben.

»Die Basis ist schon seit Jahren außer Betrieb. Ich glaube nicht, dass dort jemand auf die aktuelle Krisensituation reagiert hat. Gut möglich, dass die Sirenen und das Störfeld schon seit Jahren eingeschaltet sind.«

Mannes verzog das Gesicht und klaubte eine weitere Schmerztablette aus seiner Gürteltasche. Sie löste sich in seinem Mund auf und hinterließ einen frischen Minzgeschmack. Fast sofort setzte die Wirkung ein.

»Geht es Ihnen jetzt besser?« Der Anzug zeichnete seinen körperlichen Zustand auf und sandte die Daten ins Shuttle und damit an die KI.

»Ja. Diese Tabletten sind der reinste Segen.«

Mannes erhob sich und schüttelte die Beine aus. Ein kurzer Blick auf seine Retina-Karte, und er wusste, in welche Richtung er gehen musste. Er drehte sich um, stolperte über einen großen Stein, landete blöd und hätte sich um ein Haar den Knöchel verdreht. Diesmal fluchte er unwillkürlich auf Englisch.

Kapitel 27

Funkelauge

Wie durch ein Wunder gingen wir nicht drauf, aber es war knapp.

Nach einem tödlichen Katz-und-Maus-Spiel zogen sich die Dwaines bei Sonnenuntergang in den Schutz ihrer Baracken zurück, und wir flohen kriechend durchs Minenfeld und klammerten uns an die Hoffnung, dass Galinak wirklich alle Scharfschützen ausgeschaltet hatte. Selbst mit meiner verbesserten Sicht, mit der ich die Minen ausfindig machen konnte, war es eine langwierige, nervenzermürbende Angelegenheit. Aus offensichtlichen Gründen kroch Galinak so dicht hinter mir, dass sich sein Kopf praktisch zwischen meinen Beinen befand, und der Griff seines Maschinengewehrs, das er an den Unterarm geschnallt hatte, stieß mir immer wieder in empfindliche Körperteile.

»Sind wir schon da?«, flüsterte er.

Ich wagte einen Blick nach hinten. »Nein. Ich führ uns über die Touristenroute mit der schönsten Aussicht.«

»Ah, das ist gut. Von hier aus seh ich nämlich nix als deine haarlosen Eier.«

»Hör auf zu jammern«, zischte ich mit zusammengebissenen Zähnen. Er hatte überhaupt kein Recht, sich zu beschweren, schließlich trug er Denkendes Leder, wohingegen ich jeden spitzen Stein, der sich in meine Haut bohrte, deutlich spürte.

Wir krochen weiter.

»Schade ums Pferd«, brach Galinak das Schweigen erneut. »Das verkochen die jetzt bestimmt zu Eintopf. Wie schade, dass es mit der Diplomatie nicht funktioniert hat.«

»Ist ja nur reine Spekulation, Galinak, aber vielleicht wären die Dwaines ein klein wenig zugänglicher gewesen, wenn du nicht an diesen Knöpfen rumgespielt und einen von ihren kostbaren Himmelsvögeln in die Luft gejagt hättest.«

Galinak dachte kurz darüber nach. »Nö. Diese Hinterwäldler hätten uns bei der ersten sich bietenden Gelegenheit zu Klump geschossen. Denen kann man nicht trauen.«

Mitten auf dem Feld lag ein alter Wohnwagen oder so, die Unterseite nach oben, die Räder schon lange fort. Galinak stemmte eine klemmende Tür auf, und wir kletterten hinein.

»Wir haben es fast geschafft.« Ich sah mich um. »Und wenn wir darauf achten, diesen Wohnwagen immer im Rücken zu haben, gibt er uns eine Weile Deckung.«

Galinak lehnte sich an die Metallwand und überprüfte seine Waffe. Ich folgte seinem Beispiel und widmete mich meinem Friedensstifter.

»Gut geschossen, übrigens.« Galinak schlug mir auf den Rücken.

»Ja, also …« Ich hustete. »Diese Zielvorrichtung mit der Retina-Einblendung war eine nette kleine Überraschung. Damit hätte ich bei einem Sammlerreplikat gar nicht gerechnet.«

»Eine Sonderanfertigung, sehr nett. Nur leider ist die Feuerrate eher kläglich.«

Ich wog die große Waffe in den Händen und musste zugeben, dass sie mir gefiel. Mein altes Ich hatte Waffen und Gewalt aus Prinzip verabscheut, aber dieses alte Ich war von einer Horde Eidechsen in Stücke gerissen worden. Das hatte die Perspektive meines neuen Ichs, was Waffen betraf, deutlich geändert.

»Ich glaub, ich finde die Feuerrate ganz okay. So denke ich wenigstens nach, ehe ich den Abzug durchziehe.«

Galinak schnaubte etwas Unverständliches, und ich war ziemlich sicher, dass ich es gar nicht genauer verstehen wollte. Ehrlich gesagt, war ich völlig durch den Wind. Nur dank unserer Tarakanischen Körper und ihrer verbesserten Beweglichkeit, Robustheit und in Galinaks Fall auch Körperkraft waren wir überhaupt noch am Leben. Waffe hin oder her, so ein Kampf war, zumindest für mich, eine fürchterliche Erfahrung, und ich schwor mir, so etwas nie wieder zu tun, wenn ich denn die Wahl hatte.

»Wir sollten weiterkriechen«, sagte ich, und Galinak nickte.

Bei Sonnenaufgang lag das Feld hinter uns, und wir erhoben uns von den Knien und liefen weiter. Mit einer Nährpille stillten wir unseren Hunger, allerdings half das nicht gegen die Erschöpfung. Es war Galinak, der nach einigen Stunden Fußmarsch vorschlug, eine Rast einzulegen. Wir verließen den Weg und setzten uns in den schützenden Schatten einiger Büsche. Galinaks Wachsamkeit ließ nicht nach, nur weil wir jetzt vernünftige Waffen hatten. Während er sich ein bisschen umsah, zählte ich die erbeuteten Münzen. Es war ein kleines Vermögen, das jeden in Versuchung geführt hätte, sämtliche Pläne über den Haufen zu werfen, aber ich hatte keine Wahl: Galinak würde früher oder später danach fragen. Als er zurückkehrte, nannte ich ihm die Summe.

Zu meiner Überraschung steckte er nur eine Handvoll Münzen ein und sagte, den Rest solle ich erst mal behalten.

»Wir gehen jetzt in die Stadt der Türme und suchen Vincha, und dann sehen wir weiter. Bis dahin reicht es ja, wenn einer von uns bei jeder Bewegung klingelt«, erklärte er.

»Hast du keine Angst, dass ich mit dem ganzen Metall abhaue?«

Galinak suchte sich ein schattiges Plätzchen, legte sich auf den Rücken und schloss die Augen. »Du bist gar nicht übel, Funkelauge, so alles in allem, aber *so* gut bist du nun auch wieder nicht.« Er öffnete ein Auge und sah mich an. »Jetzt guck mich nicht an, als hätte ich dir Rost vor die Füße gekippt. Für einen Trollfrischling hast du dich da draußen gut geschlagen. Um ehrlich zu sein, haben wir uns von Anfang an gegenseitig den Arsch gerettet, und das war früher auch nicht anders, soweit ich mich erinnere. Das sollte schon was wert sein.«

Mit einem tiefen Seufzer setzte ich mich neben den lang ausgestreckten Galinak und versuchte, aus meinen widerstreitenden Gefühlen schlau zu werden. Ja, Galinak vertraute mir und würde mich in die Stadt der Türme begleiten. Besser hätte ich es mir für den Anfang gar nicht wünschen können. Aber trotz der gemeinsam bestandenen Schlacht hegte ich den immer dringlicheren Verdacht, dass uns nicht nur der Ehrenkodex des Kriegers zusammenschmiedete. Der draufgängerische Galinak ließ sich fast *zu* bereitwillig auf meine Vorschläge ein. Hatten die Tarkanier uns etwa nicht nur neue Körper gegeben, sondern auch mit unserem Verstand irgendwas angestellt?

Ich dachte, Galinak sei bereits eingeschlafen, da fragte er auf einmal: »Wie willst du Vincha eigentlich finden?«

»Wie gesagt, ich hab's schon mal geschafft.« Ich zuckte mit den Schultern.

»Und wie lange hast du dafür noch mal gebraucht? Mehrere Jahre, stimmt's?«

»Damals wusste ich noch nicht, was ich heute weiß, und ich habe einige Kontakte zu den richtigen Stellen.«

»Kontakte?« Galinak lachte leise. »Die kennen alle dein früheres Ich. Jetzt bist du für sie ein Fremder.«

Galinak hatte recht. Meine früheren Bekannten würden mich nicht wiedererkennen. Aber den meisten dürfte es ohnehin reichlich egal sein, wer ich war: Solange ich nur ausreichend Münzen rüberwachsen ließ und die richtigen Knöpfe drückte, würde ich alles darüber erfahren, was in der Stadt so vor sich ging. Außerdem war Vincha zwar wie ein Schatten, aber trotzdem hatte sie ihre Gewohnheiten. Ich war nur auf wenige Leute gestoßen, die immer noch große Stücke auf sie hielten, und nachdem ich Vincha persönlich kennengelernt hatte, ging ich nicht davon aus, dass sie zwischenzeitlich viele neue Freunde gefunden hatte.

»Wir wissen, wo sie immer unterwegs ist, und wir wissen, wen sie zu schützen versucht. Überlass das einfach mir«, sagte ich mit etwas mehr Überzeugungskraft, als ich wirklich verspürte. »Ich finde sie.«

»Du klingst, als wärst du dir wirklich sicher. Aber selbst wenn du sie finden solltest: Vincha wird dir nicht helfen.«

»Und warum nicht?«

»Dieser Mannes ist zwar hinter Emilija her, aber die rostigen Tarkanier haben es ebenfalls auf Vinchas Tochter abgesehen. Sie steckt so oder so bis zum Hals in der Scheiße, und in der Situation, vermute ich mal, ist es ihr ziemlich egal, von welcher Partei die Scheiße gerade stammt. Also nein, ich glaub nicht, dass Vincha dir besonders herzlich Hallo sagt.«

Vor meinem geistigen Auge blitzte eine Erinnerung auf: Vincha, die mir das Knie in die Brust rammt und dann auf mir hockt und die Spitze eines ausgesprochen scharfen Messers an mein Auge drückt. Ich erschauerte. »Ich überzeuge sie schon irgendwie davon, mit uns zu kooperieren. Hat ja schon mal geklappt.«

Galinak gähnte. »Biete ihr bloß nicht meinen Anteil an.«

Ich beschloss, ihm noch nicht zu verraten, dass ich seinen Anteil vermutlich ohnehin ausgeben musste, ohne ihn zu fragen, und wechselte rasch das Thema. »Hast du schon mal von diesem Mannes gehört?«

Galinak kratzte sich den sprießenden Bart und gähnte noch einmal. »Na klar. Jeder hat von ihm gehört, er ist wie dieser andere Typ …« Stirnrunzelnd versuchte er sich zu erinnern. »Nakamura, so hieß er. Ja, so wie der, nur ist er eine noch größere Nummer, wenn das überhaupt möglich ist. Ich meine, Nakamura hat eine Horde Eidechsen freigelassen und den ganzen Bienenstock unten im Tarakan-Tal zerstört. Das ist schon eine Ansage.«

Ich nickte. »Das ist wirklich schwer zu toppen. Aber Mannes hat Cain programmiert, ein unzureichend getestetes Künstliches Bewusstsein, das versucht, Tarakan zu zerstören. Ob absichtlich oder aus Versehen – höchstwahrscheinlich kam es seinetwegen zur Großen Katastrophe. Mannes' Logdaten zufolge hat er das Ganze sogar beobachtet, und zwar«, ich zeigte nach oben, »aus dem Weltraum.«

Galinak stieß einen leisen Pfiff aus. »Na, *das* macht einem bestimmt ein ordentlich rostiges Gewissen.«

»Ich bin nicht sicher, dass er überhaupt ein Gewissen hat«, sagte ich. »Er ist auf der anderen Seite des Planeten gelandet, in irgendeinem gottverlassenen Winkel der Erde, und ist verschwunden. Man hat ihn für tot gehalten. Und dann taucht er hundert Jahre später wieder auf. Hat das Meer überquert und ist wieder hier.«

»Wenn das überhaupt stimmt. Ist eine weite Reise.« Galinak nickte nachdenklich. »Er hatte hier wohl noch irgendwas zu erledigen.«

»Mir fallen nur zwei Gründe ein, weshalb jemand den ganzen Ärger auf sich nehmen sollte«, sagte ich. »Liebe oder …«

»… Rache«, beendete Galinak meinen Satz. »Oder beides, wer weiß?«

»Ich würde gern mehr über ihn herausfinden«, sagte ich. »Immerhin ist er hinter Emilija her, und es kann gut sein, dass wir über kurz oder lang mit ihm zu tun bekommen.«

»Die Katastrophe überleben und dann noch weitere hundert Jahre obendrauf, das ist kein Zufall«, stimmte mir Galinak zu.

»Ich kenne da jemanden namens Gordon. Er war einer der ersten Schreiber der Historikergilde, und er behauptet, er sei der einzige Überlebende eines Massakers, das Mannes in einem Kloster angerichtet hat. Die Mönche waren ähnlich drauf wie diese Einsiedler, haben niemanden über ihre Schwelle gelassen, aber sie waren ein friedliches Völkchen, haben nichts weiter getan, als alte Bücher zu sammeln. Zu ihrem Pech hatte Mannes es auf einige dieser Bücher abgesehen. Er hat das Kloster überfallen und alle umgebracht, die er dort antraf. Gordon war gerade unterwegs, und als er zurückkehrte, fand er nur noch Leichen und rauchende Trümmer. Er hat erzählt, das Kloster war gut befestigt und hätte schon vielen Angriffen standgehalten, aber Mannes ist einfach dort rein und hat sich geholt, was er haben wollte.«

»Jemand, der für Bücher tötet. Na, es gibt wohl für alles ein erstes Mal«, warf Galinak ein.

»Meinen Informationen nach schart Mannes Leute um sich, wo immer er auftaucht, und man sagt, er sei unverwundbar.«

Ohne die Augen zu öffnen, runzelte Galinak die Stirn. »Niemand ist unverwundbar.«

»Stimmt.« Ich zögerte. Ein Mensch fiel mir noch ein, der vielleicht etwas Licht ins Dunkel bringen konnte, was Mannes betraf. Eine Frau. Aber ihren Namen jetzt ins Spiel zu bringen oder zu erklären, woher ich sie kannte, wäre nicht zielführend. Ich hatte Fay seit Jahren nicht gesehen – nach allem, was ich wusste, hatte sie sich inzwischen sogar aus dem Geschäft zurückgezogen. Also sagte ich nur: »Den von mir gesichteten Daten nach hatte er kaum militärische Erfahrung, aber er war ein hochspezialisierter Tarkanier von hohem Rang und anscheinend sehr intelligent. Wer weiß, vielleicht war *er* ja für das ganze Chaos und die Amok laufenden Kriegsmaschinen verantwortlich.«

Galinak wandte den Kopf und öffnete die Augen. Er sah müde aus – nein, abgekämpft. Keine Überraschung angesichts der hinter uns liegenden Strapazen. »Und du kannst jetzt also über deine Träume mit Rafik kommunizieren?«

Ich kratzte mich am Kopf, um mein Gähnen zu verbergen. »Sieht so aus, aber bisher ist es noch nicht passiert. Das vorhin kam per Direktverbindung über das Kommunikationssystem des Helms.«

»Ja, aber du hast gesagt, dass du wusstest, wie man diese Verbindung herstellt, weil du es geträumt hast.«

»Ja. Das war echt seltsam. Weißt du, es erklärt, was mit Rafik passiert ist, als er noch ein Junge war – mit ihm und diesem komischen Pikok damals im Bienenstock. Vielleicht sind all die Puzzler-Träume von einer riesigen Wand voller Symbole einfach nur eine Tarakanische Lehrmethode, mit der sie die Puzzler ausbilden und sie ins Tarakan-Tal locken.«

Galinak streckte sich. »Sähe diesen Scheißkerlen jedenfalls ähnlich, im Verstand dieser armen Tröpfe rumzupfuschen. Aber vielen Dank für die Vorwarnung. Wenn die Typen in meinen Träumen auftauchen sollten, hab ich denen mehr als nur ein paar Takte zu sagen.«

Ich lachte leise, auch wenn ich den Verdacht hegte, dass Galinak es vollkommen ernst meinte. Und gleich darauf war er auch schon eingeschlafen. Ich übernahm die erste Wache.

Kapitel 28

Mannes

Als Mannes schließlich den Kontakt zum Shuttle verlor, hatte er bereits aus dem Wald herausgefunden und folgte einer asphaltierten Straße. Er hätte nicht gedacht, dass die Stille ihm viel ausmachen würde, vor allem nach den gestrigen Geschehnissen, aber er hatte sich geirrt. Mehrmals versuchte er, den Kontakt wiederherzustellen, dann sah er zum Wald zurück, als würde das irgendwas ändern. Mit einem Mal war er vollkommen allein, konnte niemanden erreichen, zum ersten Mal seit – ja, seit wie langer Zeit? Seit mehreren Jahrzehnten? Er sah sich um, kämpfte die aufsteigende Panik nieder und heulte auf einmal vollkommen sinnlos auf: »Hallo? Ist da jemand?«

Natürlich bekam er keine Antwort.

Der Wind wirbelte ein paar Staubwölkchen auf. Vor dem Hintergrund der immer lauter schrillenden Sirenen sah es richtig gespenstisch aus. Mannes beschleunigte seine Schritte und widerstand dem Impuls, umzukehren und zum Shuttle zurückzukehren. Das raue Wetter hatte die Straße stark verwittern lassen, hier und da klafften mannsgroße, mit Schlammwasser gefüllte Schlaglöcher. Er kam an einem umgestürzten rostigen Straßenschild vorbei, das sowohl auf Russisch als auch auf Kirgisisch beschriftet war. Sein Neuralübersetzer lieferte nur Russisch, aber das Bild auf dem Schild verriet ihm unmissverständlich, dass sich hinter dem längst verschwundenen Zaun Landminen befanden.

Er beschloss, auf der Straße zu bleiben, und beschäftigte seinen Verstand mit russischen Redewendungen. Er wollte nicht daran denken, wie Deborah und Nancy vielleicht gerade verängstigt im Bunker kauerten und sich fragten, was aus ihm geworden war. Ihn für tot hielten. Verzweifelt vermied er den Gedanken an die Schutzengel. Heutzutage waren sie einfach überall. Patrouillierten durch die Straßen, bewachten die Parks, beschützten die Tarkanier vor Terroristen. Was, wenn sie alle auf die Menschen losgegangen waren, die sie eigentlich beschützen sollten? Und warum jetzt? *Warum zum Teufel ausgerechnet jetzt?* Ein Weltkrieg, der genau in dem Augenblick ausbrach, als Cain erwachte. Das war sicher kein Zufall. Aber Cain konnte es auch nicht gewesen sein, oder?

Das Künstliche Bewusstsein war nie getestet worden, und Daichi hatte gesagt, es würde sich den Gegebenheiten anpassen. Der treibende Gedanke hinter ihren ganzen Bemühungen war gewesen, genau so etwas wie diese Katastrophe zu verhindern. Vielleicht hatte Cain versucht, die Subroutinen, die die Massenvernichtungswaffen steuerten, unter Kontrolle zu bringen, und möglicherweise hatte Adam diesen Versuch als direkten Angriff interpretiert.

Abrupt blieb Mannes stehen. Er zitterte. Vielleicht war er an allem schuld. Deborah, Nancy, seine Eltern, Milliarden Menschen. Eine Weile kauerte er auf Händen und Knien auf dem Boden über einer ölig glänzenden Pfütze und würgte trocken.

»Reiß dich zusammen, Mannes«, sagte er zu seinem verzerrten Spiegelbild. Es kam auf Russisch heraus. *Reiß. Dich. Zusammen.*

Er musste nach Hause gelangen, einfach nur nach Hause. Falls Deborah noch lebte, brauchte sie ihn. *Falls nicht* …

Mannes stand auf und nahm eine Beruhigungspille.

Reiß dich zusammen. Bleib am Leben. Such Hilfe. Für Deborah.

Er ging weiter.

Es dauerte nicht mehr lange, bis er die Stelle erreichte, wo sich einst die Zufahrtstore des Außenpostens befunden haben mussten. Sie waren nicht mehr da, aber die Plattformen zweier Geschütztürme gab es noch, und sie waren aktiv, schwenkten alle paar Sekunden herum. Wären auf diesen Plattformen noch Maschinengewehre montiert gewesen, begriff Mannes, wäre er schon lange tot. Trotzdem war es ein gutes Zeichen, so hoffte er jedenfalls.

»Hallo?«, rief er und fügte den russischen Satz hinzu, den er sich unterwegs eingeprägt hatte: *»Druz'ya, ya prishol k vam s oykrytymi obyatyemi v chas nuidy.«* Freunde, ich komme mit offenen Armen zu euch in Zeiten der Not.

Keine Antwort bis auf das metallische Kreischen der rotierenden Maschinengewehrplattformen. Alles sah verlassen aus, und das war vermutlich auch gut so. Er würde in Ruhe arbeiten und sich nehmen können, was er für die Reparatur des Shuttles brauchte.

Der Außenposten war nicht besonders groß – eine Handvoll Hauptgebäude, dazu ein paar Barracken, zwei hohe Antennen und eine große Außengarage. Überall Einschusslöcher und verblassende Graffiti, überwiegend das übliche »Scheiß auf die Russen«, »Tod den Sowjets« und ein paarmal »Freiheit für Kirgistan«. Die Sirenen schrillten so laut, dass er davon fast taub wurde, um selbst den betrunkensten Soldaten noch aus dem Tiefschlaf zu holen. Mannes setzte die Aufgabe, den Hauptcomputer zu finden und die Sirene zum Schweigen zu bringen, ganz oben auf seine Prioritätenliste. Mit roher Gewalt, wenn es sein musste.

Man konnte über die einstmals mächtige russische Armee

sagen, was man wollte, dachte er – wenn es um ihre Basen ging, war sie verblüffend einfallslos. Mannes beschloss, sich zuerst das größte Gebäude vorzuknöpfen, einen dreistöckigen Klotz, und sich dort nach dem Hauptcomputer umzusehen.

Alle drei Stockwerke waren von Plünderern verwüstet worden. Was sie nicht gebrauchen konnten, hatten sie kurz und klein geschlagen. Im dritten Stock blieb er stehen und starrte den einzigen heil gebliebenen Bildschirm an. Es war Ewigkeiten her, dass er einen solchen Flachbildschirm zu Gesicht bekommen hatte. Er funktionierte noch, pfiff allerdings aus dem letzten Loch: Nur auf einer Hälfte blinkten noch Zahlen und kyrillische Buchstaben, die in regelmäßigen Abständen bis zur Unkenntlichkeit verzerrt wurden.

Es gab keine Tastatur, und das Stromkabel führte zu einem Loch in der Wand. Mannes bückte sich und versuchte, aus diesem Arrangement schlau zu werden. Vielleicht gab es irgendwo in der Basis einen Hauptschalter – der allerdings würde vermutlich bestens gesichert sein.

Als er sich wieder aufrichtete und umdrehte, war es bereits zu spät. Zwei der Männer waren bereits im Raum, ein dritter kam gerade durch die Tür. Alle drei trugen Tarnanzüge der russischen Armee von der Sorte, die die Körperwärme abschirmt. Sie trugen Ohrschützer, bemerkte Mannes. Und außerdem bemerkte er, dass sie ihre Waffen auf ihn richteten.

Er streckte beide Hände aus, sein Herz raste. *»Druz'ya …«*, probierte er es mit seinem auswendig gelernten Satz, *»… ya prishol k vam s oykrytymi obyatyemi v chas nujdy.«*

Vielleicht konnten sie wegen der Ohrenschützer nicht verstehen, was er sagte, vielleicht lag es auch an seiner unbeholfenen Aussprache; jedenfalls hatte Mannes den Satz gerade zum dritten Mal vollendet, da erreichte ihn der erste Mann, drehte sein Gewehr um und zimmerte ihm den Kolben gegen den Kiefer. Mannes verlor sofort das Bewusstsein.

Kapitel 29

Peach

Als wir gerade den Ladebereich verließen, sah ich, wie zwei kräftig gebaute Trolle den wütenden Händler aus dem Zelt schleiften.

»Mpf, das war's jetzt für den armen Teufel.« Gret brachte Sommer zum Stehen und schüttelte den Kopf. »Bei den Purpur-Goldenen muss man aufpassen – die sind oft ebensolche Scheißtypen wie die Trolle.«

Die Trolle schleiften den Händler zu einem Pfahl und banden ihn daran fest, dann wurde sein Oberkörper entblößt. Sein Protest wurde bald zu einem Flehen. Als wäre ich mitten in einen historischen VR-Streifen geraten, näherte sich eine Wache mit einer Peitsche in der Hand. Alles ringsum unterbrach die Arbeit und wandte die Aufmerksamkeit dem Spektakel zu. Auch die Stadtdiener in Purpurrot und Gold kamen aus dem Zelt heraus. Offensichtlich war das, was ich gleich sehen würde, hier ein alltägliches Ereignis, und die jüngeren Männer und Frauen nutzten die Gelegenheit, um eine kleine Pause einzulegen, ein bisschen miteinander herumzuwitzeln und sogar einen Drink vom einen zum anderen zu reichen.

»Für die Beleidigung eines Kontoristen der Händlergilde und eines Stadtdieners«, verkündete die Wache mit der Peitsche, »wurde eine Strafe von sechs Peitschenhieben festgesetzt, ein Bußgeld von dreißig Münzen und die Beschlagnahmung der halben Fracht.«

Die Wache ließ die Peitsche durch die Luft schnalzen, ein paar Probeschläge, die vielleicht auch dazu dienten, die Spannung anzuheizen.

Der erste Schlag traf den Händlerrücken, und der Mann schrie vor Schmerz und Angst auf und kotete sich unter dem Gelächter der Wachen und Stadtdiener ein. »Tja ... der kommt bestimmt nicht noch mal zum Handeln her«, sagte Sich. Mehrere andere Händler betätigten ihre Hupen und Signalhörner, um gegen die Bestrafung zu protestieren, aber als sich Wachen in ihre Richtung in Bewegung setzten, hörten sie sofort damit auf.

»Ihr kommt nicht aus der Gegend, Lady.« Gret wendete den Wagen, damit wir nicht näher am Geschehen vorbeifahren mussten als nötig. »Sonst wüsstet Ihr, dass seit einiger Zeit sämtliche Waren an die Stadt verkauft werden müssen.«

»Ach so.« Das erklärte natürlich einiges.

Gret zuckte mit den Schultern und kratzte sich durch die Schaffellmütze am Kopf. »Die regionalen Märkte wurden verboten, und wer Nahrung einlagert, wird gehängt. Dörfer und Bauernhöfe werden durch die Steuern ausgeblutet, also müssen sie alles verkaufen, was sie anbauen. Und weil die Stadt der einzige Käufer ist, kann sie ganz nach Gutdünken den Preis bestimmen.«

Der Schauplatz des Grauens lag hinter uns, aber ich drehte mich noch einmal um. Der Händler hatte beim dritten Peitschenschlag das Bewusstsein verloren und musste wieder aufgeweckt werden. Eine Wache befand, dass sich Urin zu diesem Zweck besser eignete als Wasser, und war zur Belustigung der Stadtdiener und anderen Wachen gerade dabei, seine Lieferung über den Kopf des zusammengesackten Händlers zu ergießen.

Ich richtete den Blick wieder nach vorn.

»Glaubt mir, der kommt wieder«, flüsterte Gret. »Er kann nirgendwo sonst hin, und er wird sich nie wieder über die Preise beschweren. Wenn Ihr mich fragt, wäre es auch nicht schlimmer, ein Sklave des Ölbarons zu sein. Immerhin hält der seine Leute im Winter warm, wie man so hört.«

Schweigend setzten wir unsere Fahrt fort. Als wir die Lichtbrücke erreichten, kletterten wir vom Karren, nahmen Sommer am Zügel und machten uns an den Aufstieg. Mir war zumute, als würden wir einen uralten Leichnam besteigen. Nur der breite Sockel erinnerte noch an den einstigen Glanz der Lichtbrücke, aber die Energieprojektoren waren entweder fort oder funktionierten nicht mehr. Im Grunde war es ein Wunder, dass die Fundamente der Brücke die Angriffe überhaupt überstanden hatten – sie befanden sich außerhalb des Schutzschilds.

Der neue, improvisierte Steg bestand aus unregelmäßigen Holzplanken und rostigen, schiefen Metallplatten, die auf dem Mittelsteg – früher mal ein Förderband – ausbalanciert und festgebunden waren. Nichts bewahrte einen davor, einfach an der Seite runterzufallen, was einem aber nur dann passieren konnte, wenn man nicht ohnehin schon vorher durch eins der zahlreichen mannsgroßen Löcher in den Tod stürzte oder auf eine lose Planke trat.

Weil ich Gret dabei helfen musste, das widerstrebende Maultier über die Brücke zu zerren, zwischen anderen nervösen Lasttieren und unzähligen halb nackten Männern hindurch, die ungeheure Lasten auf ihren Schultern transportierten, hatte ich keine Zeit, darüber nachzugrübeln, wie tief die Menschheit gefallen war.

Die Steigung war steil, und es gab auch kein Förderband mehr, das den Fußgängern dabei half, ihr Ziel zu erreichen. An einigen Stellen der unregelmäßig ansteigenden Brücke nahmen die meisten Leute die Hände zu Hilfe. Wir hatten schon den halben Weg zurückgelegt, da fegte plötzlich eine gefährlich starke Bö von der Seite heran, und ich drückte mich gegen Sommer und klammerte mich an ihr fest. Einer der Lastenträger war in seiner Eile zu weit am Rand gelaufen und reagierte nicht rasch genug. Der Wind erwischte ihn mit voller Wucht, und er verlor das Gleichgewicht. Vielleicht hätte er sich ohne die schwere Last auf seinem Rücken noch irgendwie abfangen können, aber das Gewicht riss den armen Mann über den Rand in die Tiefe. Eine Zeit lang hörten wir ihn noch schreien, aber den Aufprall übertönte der heulende Wind. Als der Schrei schließlich erstarb, setzten sich alle wieder in Bewegung, als wäre nichts geschehen.

Noch zweimal erhob sich ein solcher Seitenwind, dann erreichten wir endlich den oberen Rand der Stadtmauer und damit den Schutz des Energieschilds, der uns auch gegen die Unbilden des Wetters abschirmte. Der anstrengende Tag forderte seinen Tribut von meinem Wirtskörper, und zumindest ein Händler hatte die Bedürfnisse der Kletterer einkalkuliert: Nur wenige Meter vom Ende der Brücke entfernt war ein Verkaufsstand aufgebaut, an dem ich für die ungeheuerliche Summe von drei Turmlingen Brot, Butter, knochenharten Käse und je einen Becher dampfend heiße Gemüsesuppe für Gret und mich kaufte. Er neigte den Kopf zum Dank, und wir aßen schweigend, zu erschöpft zum Sprechen. Alles schmeckte scheußlich, und mein Wirtskörper informierte mich über den beklagenswert niedrigen Nährstoffgehalt dieser Mahlzeit.

Während ich langsam auf dem wenig ansprechenden Zeug herumkaute, sah ich mich um. Die gesamte Länge der Mauerkrone war Frachtentladezone und eine Art Marktplatz, auf dem Händler aus der Stadt mit den Wachen feilschten. Die Stadt machte einen ausgezeichneten Gewinn, indem sie außerhalb der Mauern alles billig aufkaufte und es drinnen deutlich teurer an die eigenen Händler weiterverschacherte. Hier oben gab es noch mehr Wachen und Trolle als am Fuß der Brücke, manche von ihnen trugen Gefechtshelme und Energie-Maschinenpistolen; eine Art Elitetrupp im Vergleich zu ihren Kollegen. Aber trotz dieser Sicherheitsvorkehrungen herrschte ein viel zu großes Chaos, um die Lage auch nur annähernd im Griff zu haben. Ganz sicher fanden hier eine Menge windige Geschäfte statt, die den Schwarzmarkt versorgten, von dessen Existenz ich fest ausging. Es hätte unbedingt eine zweite Sicherheitskontrolle geben sollen, aber das war nicht der Fall. Falls wirklich ein Krieg drohte, war das eine Schwachstelle, über die leicht Spione und Saboteure in die Stadt gelangen konnten. Ja, ich gedachte genau diese Schwäche selbst auszunutzen, falls ich mich irgendwann mal allein in die Stadt schmuggeln musste oder auch wieder hinaus, aber trotzdem … dies hier war meine Stadt, und derartige Sicherheitslücken bereiteten mir aus Prinzip Unbehagen.

Sobald Gret aufgegessen hatte, kaufte er etwas Heu für Sommer und führte langwierige Verhandlungen, bis er endlich einen anständigen Preis für seine restlichen Zwiebelsäcke erzielte. Lächelnd kehrte er zurück und tippte auf den kleinen, prall gefüllten Münzsack an seinem Gürtel, dann gab er Sommer eine schlapp aussehende Karotte. »Der Aufstieg ist anstrengend für uns beide«, sagte er und streichelte das Maultier sanft, »aber das war es wert. Meine Zwiebeln sind jetzt unterwegs in die höchste Turmebene, und ich hab genug Turmlinge, um einen ganzen Monat lang damit auszukommen.«

Müde, aber offensichtlich stolz darauf, dass seine Zwiebeln bei reichen Leuten auf dem Tisch landen würden, stieg Gret wieder auf den Karren. »Na kommt. Mit dem Karren können wir nicht über die Seilbrücke zurück, also müssen wir den langen Weg nehmen. Aber der ist sehr hübsch, führt uns direkt durch die mittlere Ebene.«

Während wir ohne Hast den Markt hinter uns ließen, ging die Sonne unter, und die Lichter der Stadt schalteten sich ein – zumindest das, was davon übrig war. Das Zentralplateau war ausreichend beleuchtet, aber ringsum herrschte vollkommene Dunkelheit. Die Stadt der Türme war dereinst ein Wunder gewesen – man hatte sie nicht nur erbaut, um neue Bewerber zu prüfen und aufzunehmen, sondern hatte auch darauf abgezielt, die Besucher in ehrfürchtiges Staunen und Verzückung zu versetzen. Jede Nacht fanden Dutzende kostenlose Freiluftkonzerte und Theateraufführungen statt. Jede Woche war ein anderes Festival veranstaltet worden: Kunst, Lyrik, Tanz, Literatur, Spiele, VR und Sport. Tarakans schlichte Botschaft an seine zu Millionen herbeiströmenden Besucher lautete: »Wenn du gut genug und klug genug bist, um am Vorankommen der Menschheit mitzuwirken, dann kann das hier auch dein Leben sein.«

Im letzten Jahrzehnt vor Ausbruch des Kriegs waren die Festivitäten unter dem Druck der internationalen Embargos und der immer angespannteren Beziehungen bescheidener geworden, und es hatte zunehmend Schwierigkeiten bei der Organisation gegeben, aber das Nachtleben war noch immer spektakulär. Die Stadt hatte Funken gesprüht. Jetzt aber war sie größtenteils dunkel und wimmelte von Leuten, die aussahen, als kämen sie geradewegs aus dem Mittelalter. Eine leichte Brise streifte meine Wange. Na, immerhin funktionierten die Schutzschilde noch, und ich würde nicht erfrieren.

Als ich mich umdrehte und versuchte, mir einen Überblick zu verschaffen, fiel mein Blick auf eine Reihe stillstehender Karren, vor die jeweils ein Maultier oder ein Pferd gespannt war. Was früher in einigen alten europäischen Städten mal eine Touristenattraktion gewesen war, hatte sich hier, in der einst modernsten Stadt der Welt, zum Haupttransportmittel gemausert.

Was zum Teufel war passiert? Wie war das möglich? Die Stadt war weitestgehend heil geblieben – wo waren all die Tarkanier geblieben? Vermutlich würde mir die Antwort nicht gefallen, selbst wenn irgendwer sie mir hätte geben können.

»Umwerfender Anblick, Lady, oder?« Gret deutete mit großer Geste auf unsere Umgebung, als würde er mir seinen höchsteigenen Palast präsentieren. »Meine Frau ist sehr gern hier herumgelaufen und hat sich alles einfach nur angesehen. Wie um alles in der Welt haben die Menschen es damals geschafft, so etwas zu bauen? Da muss irgendeine Magie im Spiel gewesen sein.«

»Ja«, stimmte ich ernst zu. »Magie.«

»Ihr seht müde aus. Wir sind gleich zu Hause, dann könnt Ihr nach diesem Aufstieg endlich Eure Beine ausruhen.«

Ich legte dem alten Mann eine Hand auf die Schulter. »Ich weiß, dass es viel verlangt ist, Gret, aber da wir ja gerade frisch vermählt sind und all das …«, ich zwinkerte ihm zu und sah ihn erröten, »… könnte ich Euch um eine Art Gefallen bitten?«

»Natürlich, Lady.«

»Würdet Ihr noch ein wenig herumfahren? Es ist lange her, dass ich zum letzten Mal hier war.«

Überrascht sah er mich an. »Ich wusste nicht, dass Ihr eine Turmstädterin seid. Ihr habt doch gesagt, Ihr stammt aus Waldsee?«

»Sogar von noch weiter her, aber ich wurde hier geboren, in dieser Stadt, und ich habe sie seit meiner Kindheit vermisst.« Es war nur zum Teil eine Lüge, und ich sah ihm deutlich an, wie müde er war, aber Gret war ein wahrer Gentleman.

»Na schön, fahren wir noch ein bisschen herum.« Er zuckte

mit den Schultern. »Aber nicht zu lange. Sommer braucht eine Ruhepause und noch ein paar Karotten. Wohin möchtet Ihr fahren?«

Ich sah mich um. Betrachtete die Stadt, in der ich aufgewachsen war. »Überallhin«, sagte ich.

Kapitel 30

Mannes

Sie schlugen ihn abwechselnd. Im Nachhinein fand er seine Idee, dass ein paar dahingestammelte russische Wörter, ein Friedensangebot und die Möglichkeit eines Informationsaustauschs zum gegenseitigen Nutzen ihm zu einem herzlichen Empfang verhelfen würden, bestenfalls naiv. Besser gesagt: vollkommen dämlich. Und mit irgendeiner erfundenen Geschichte brauchte er es gar nicht erst zu versuchen, nicht mit dem Tarakanischen Emblem auf Anzug, Helm und Ausrüstung.

Sie zwangen ihn, sich bis auf die Unterwäsche auszuziehen, und dann setzte es eine weitere Runde Prügel. Der Schlimmste von ihnen war der Mann mit der Augenklappe, offenbar der Jüngste von ihnen. Er stellte nicht einmal irgendwelche Fragen, sondern schlug ihn nur immer wieder nieder, zerrte ihn auf die Füße und schlug erneut zu. Sie alle kippten sich die ganze Zeit eine Menge Alkohol hinter die Binde, zum Teil aus den eigenen bräunlichen Flaschen, zum Teil ließen sie auch eine Pulle rumgehen. Ihr Atem roch, als könne man damit das Shuttle betreiben. Beim Betrieb ihrer Gewaltbereitschaft jedenfalls leistete der Alkohol gute Dienste.

Irgendwann schlug einer von ihnen Mannes auf den Hinterkopf, und er verlor das Bewusstsein. Als er wieder zu sich kam, war sein Hirnspeicher offline. Im besten Fall handelte es sich um eine automatische Abschaltung wegen des Schlags, aber vielleicht war seine interne Hardware auch empfindlich beschädigt worden. Ohne den Neuralübersetzer verstand Mannes die Fragen der drei Männer noch weniger, und als er es mit anderen Sprachen versuchte, kam er auch nicht viel weiter.

Die Quintessenz dessen, was sie sagten, verstand er allerdings sehr wohl: Sie wollten, dass er sie zu seinem Shuttle führte; anscheinend hatten sie vor, es auseinanderzunehmen und alles mitzuschleppen, was ihnen nützlich erschien. Anfangs versuchte er noch, mit ihnen zu verhandeln, aber unter ihren Schlägen brach sein Widerstand beschämend rasch in sich zusammen. Er redete sich ein, dass ihm vielleicht beim Shuttle etwas einfallen würde, um sie auszuschalten, womöglich mit Normas Hilfe. Aber in Wirklichkeit war er zutiefst verängstigt, hatte Schmerzen und war Gewalt nicht gewohnt.

Am späten Nachmittag brachen sie auf, und Mannes, der nur noch Unterwäsche und die schlecht sitzenden Stiefel trug, zitterte in der Kälte. Das Trio schien sich um seinen Zustand nicht weiter zu scheren. Ihnen machte die Kälte nichts aus – ihre Tarnanzüge, die dicken Mützen und der reichlich in ihren Adern kreisende Alkohol hielten sie warm.

Ohne seinen Hirnspeicher oder die Möglichkeit, die KI zu kontaktieren, fühlte sich Mannes bei Betreten des Walds vollkommen verloren. Als es so dunkel wurde, dass er kaum die Hand vor Augen sah, spülte die Verzweiflung seine Vorsicht hinweg, und er rief: »Ich hab keine Ahnung, wo ich bin. Ich sehe überhaupt nichts, und mir ist kalt.«

Die Antwort folgte so schnell wie schmerzhaft: Der einäugige Irre drückte ihm ein Jagdmesser an den Hals. Als Mannes ihm in das verbliebene Auge sah, wusste er mit plötzlicher Gewissheit, dass dieser Mann ihm hier und jetzt die Kehle aufschlitzen würde, und fast hätten sich seine Därme entleert.

Nur dem scharfen Ausruf des Ältesten der drei, der den Mund voll Goldzähne hatte, war es zu verdanken, dass das Messer nicht tief in Mannes' Kehle biss. Statt des Messers rammte ihm der Einäugige die Faust gegen den Hals. Gnädige Dunkelheit senkte sich über Mannes, und als er das Bewusstsein wiedererlangte, lehnte er an einem in den fast gefrorenen Boden getriebenen Pfosten, die Hände hinter dem Rücken gefesselt.

Die Männer mochten besoffene Primitivlinge sein, aber auf das Überleben in der Wildnis schienen sie sich zu verstehen. Sie rammten weitere Pfosten in die Erde und spannten als Dach irgendein festes Gewebe darüber. Der Einäugige war beängstigend gut darin, mit einer energiebetriebenen kleinen Axt Feuerholz zu schlagen. Mannes saß mit dem Gesicht zum Feuer, aber er war an einen Eckpfosten gefesselt und den Elementen hilflos ausgeliefert, sein ungeschützter Rücken brannte vor Kälte. Selbst wenn er überleben sollte, würde er krank werden, und falls das Feuer in der Nacht erlosch, war es mit ihm ebenfalls aus.

Sobald das Lager fertig war, setzten sich die drei Männer ans Feuer, aßen Dörrfleisch und tranken noch mehr. Mannes boten sie nichts zu essen an, aber er hätte wegen seines Kiefers und den Zähnen ohnehin nicht kauen können.

Irgendwann bot einer der Männer ihm etwas zu trinken an. Als Mannes ablehnte, goss er ihm mit Gewalt einen Schluck in die Kehle. Es schmeckte wie gefiltertes Petroleum. Er röchelte und keuchte und kotzte, begleitet von ihrem rauen Gelächter. Als er später wieder zu sich kam, brannte das Feuer gerade in den letzten Zügen, sein Rücken war taub vor Kälte, und als er hustete, schmeckte er Blut. Er starb. Und den Männern, die ihn gefangen genommen hatten, hätte es nicht gleichgültiger sein können. Nicht einmal das, was er ihnen anzubieten hatte, interessierte sie so sehr, dass sie ihn am Leben halten wollten, bis sie es hatten. In einer solchen Welt also war er gelandet.

Man sagt, vor seinem Tod sieht man alles ganz klar. Vielleicht war es nur ein Klischee, aber trotzdem hatte Mannes jetzt zum ersten Mal seit der Begegnung mit den drei Männern einen klaren Kopf. Er musste entkommen, und als er prüfend an den Seilen zog, mit denen er an den Pfosten gefesselt war, kam ihm auf einmal eine Idee.

Die drei stellten keine Wache auf und schliefen, in Wärmedecken gewickelt, rasch ein. Beim dritten Versuch gelang es Mannes, die Kappe von seinem Ingenieurfinger zu lösen. Mit der anderen Hand beugte er den Finger in einem schmerzhaften Winkel so weit, dass er das Seil berührte. Die Funktionen des Ingenieurfingers umfassten unter anderem eine kleine Taschenlampe, die auch als Laserpointer eingesetzt werden konnte und eine gewisse Hitze freisetzte. Es dauerte ewig, aber irgendwann fing das Seil Feuer. Auch die Haut verbrannte er sich und versuchte, sich zu beherrschen, aber der erstickte Schmerzensschrei, der durch seine fest zusammengepressten Lippen drang, weckte den Mann mit der Augenklappe auf, der sich erhob, schwankend zwar, aber den Blick unverwandt auf Mannes gerichtet. Mannes sah, wie der Mann sein Gewehr auf den Rücken warf, mit dem Fuß ein kleines Holzscheit in das fast heruntergebrannte Feuer stieß und langsam auf ihn zukam. Wenn der Einäugige den Geruch nach verbranntem Seil und Fleisch bemerkte, das war Mannes klar, war es mit ihm aus und vorbei. Der Einäugige blieb vor Mannes stehen und starrte drohend auf ihn herunter. Mannes hörte sich selbst etwas auf Russisch krächzen, Worte, die ihm urplötzlich in den Sinn kamen: *»Ya'zamerzayu.«* Ich erfriere.

Der Mann lachte auf und sah zum Himmel empor, und Mannes folgte seinem Blick. Ein kleines Stück klarer Nachthimmel war zu sehen, und im gleichen Moment ging etwas dort oben, vielleicht ein weiterer Satellit, gleißend in Flammen auf und erhellte kurz die Nacht. Der Mann mit der

Augenklappe jauchzte auf und lachte und fluchte auf Russisch, dann starrte er wieder Mannes an.

Er zeigte auf ihn, dann nach oben. »Du …«, sagte er langsam und stockend auf Englisch, »Tarakan … das … getan.« Wieder zeigte er nach oben und dann auf Mannes und sagte langsam und bedächtig, diesmal wieder auf Russisch: »Ihr glaubt, ihr seid besser als wir, schlauer als wir, stärker als wir, ja? Ihr glaubt, ihr könnt über uns herrschen.« Er kehrte zu seinem gebrochenen Englisch zurück. »Hier … du … jetzt … *slabak* … *veak* Mann.« Er fasste sich in den Schritt, in einer Bewegung, die alle Männer kennen, ganz gleich, wie alt sie sind oder woher sie stammen. Mannes sackte vor Schreck der gebrochene Kiefer herab, aber er schaffte es gerade noch rechtzeitig, den Mund wieder zu schließen und das Gesicht abzuwenden, ehe die ersten warmen Urintropfen auf ihn herabregneten. Er hielt die Luft an, solange er konnte, aber der Mann bewies Geduld, zielte gut und hatte anscheinend eine prallvolle Blase. Als er fertig war, drehte er sich wortlos um und ging weg. Gleich darauf war er auch schon wieder eingeschlafen.

Als die Hitze wieder in sein Fleisch biss, verkniff sich Mannes jeden Laut, biss sich auf die Zunge, bis sie blutete. Irgendwann spürte er, wie sich die Fesseln lockerten, und dann war er frei. Er stand auf, von einem einzigen Gedanken beherrscht: *Flieh!* Aber schon nach wenigen Schritten blieb er stehen. Wohin sollte er denn fliehen, nackt und in der tiefen Dunkelheit dieser frostklirrenden Nacht? Er würde erfrieren. Und selbst wenn er es irgendwie schaffte zu überleben – wie lange würden diese drei erfahrenen Jäger wohl brauchen, bis sie ihn wieder aufspürten?

Mannes drehte sich zu den dreien um. Sie schliefen tief und fest, aber wie alle schlachterprobten Soldaten hatten sie ihre Waffen am Körper befestigt. Jeder Versuch, sich eine davon zu schnappen, selbst wenn er erfolgreich war, würde ganz sicher die anderen wecken. Und Mannes hätte mit dem Jagdgewehr nicht viel anfangen können, selbst wenn er es in Händen hielte. Sein Blick fiel auf die kleine Energie-Axt, die neben einem bescheidenen Feuerholzstapel lag. Noch immer roch, zum Teufel, *schmeckte* er den Urin. Ein paar behutsame Schritte, und er kauerte sich hin und nahm die Axt fest in die Hand. Noch immer niedergekauert, betrachtete er die drei schlafenden Männer, dann streckte er die freie Hand aus und zog ein halb verbranntes Holzscheit aus dem Feuer. Sie hatten sicher einen leichten Schlaf, dachte er, besser, er brachte es schnell zu Ende. Er hob die Axt über den Kopf, schaltete sie ein und stürzte los.

Noch Jahre später würde sich Mannes daran erinnern, wie der Mann mit der Augenklappe just in dem Augenblick, als Mannes' Axt auf ihn niedersauste, das Auge öffnete und ihn ansah. Vielleicht war es nicht vollkommen wahr, aber es versüßte ihm die Erinnerung ganz ungemein.

Kapitel 31

Funkelauge

Zu meiner Schande war es Galinak, der die kreisenden Vögel entdeckte. Danach mussten wir nur noch den Spuren der Panzer durch das zertrampelte Kornfeld folgen, bis wir auf den kleinen Weiler stießen.

Vermutlich war es ursprünglich mal ein Bauernhof gewesen, weit fort von jeder größeren Stadt, auf dem sich Überlebende der Katastrophe eingerichtet hatten. Spätere Generationen hatten weitere Häuser errichtet, mehr Felder angelegt, mit der Viehhaltung begonnen und den jetzt in Trümmern liegenden Zaun weiter hochgezogen.

Der Tod war überall, von den niedergebrannten Häusern und der zerstörten Scheune bis hin zu den überall verstreuten Tierkadavern.

Galinak kniete sich neben einen toten Hund, ohne auf die umhersurrenden Fliegen zu achten, und sagte überflüssigerweise: »Das ist noch nicht lange her.« Er stand wieder auf und hob die schwere Waffe.

Ich sah mich gründlich um. »Bis auf die Krähen ist hier nichts mehr am Leben.«

»Abwarten«, brummte Galinak und legte an.

Wir folgten den hungrigen Krähen und entdeckten schon bald die in vier Reihen liegenden Leichen. Die meisten waren Erwachsene, aber ich sah auch ein paar kleinere Körper. Galinak nahm die Toten näher in Augenschein, watete zwischen den furchtlosen, mit den Schnäbeln nach ihm hackenden Krähen hindurch, während ich auf Abstand blieb und versuchte, möglichst wenig hinzusehen. Aber auch wenn ich den Blick auf die Felder richtete – dem beißenden Gestank des Todes entkam ich nicht.

Irgendwann kehrte Galinak zurück. »Überwiegend Soldaten«, sagte er. »Seit etwa einem Tag tot. Höchstens.«

Überrascht sah ich ihn an. »Soldaten? So weit von der Stadt entfernt? Bist du sicher?«

»Sie tragen Uniformen. Und das hier.« Galinak hielt mir einen abgerissenen Ärmel vor die Nase, auf dem das grob gestickte, aber deutlich erkennbare Emblem der Stadt der Türme prangte.

»Wer gekämpft hat, ist rasch gestorben. Viele Wunden aus unterschiedlichen Winkeln. Die Angreifer kamen aus mindestens zwei Richtungen, und gegen ihre Kriegsmaschinen hatten diese armen Säue hier überhaupt keine Chance.« Galinaks Blick wanderte wieder zu den Leichen; ich hingegen hielt die Augen stur auf die Felder gerichtet. »Wer gefangen genommen wurde, ist übel gefoltert worden und wurde dann mit einem Schuss in den Hinterkopf getötet. Sind auch ein paar Bauern darunter. Männer und ein paar Jungs. Haben sich wohl dem Kampf angeschlossen, um ihr Zuhause zu verteidigen. Die Frauen hat es am schlimmsten getroffen, die Kinder waren, wie es aussieht, eher Kollateralschaden.«

»Also haben sie die verbliebenen Bauern getötet, die Scheune zerstört, versucht, das Feld niederzubrennen«, ich zeigte auf eine große geschwärzte Stelle, »aber haben es dann aufgegeben. Vielleicht hat sich der Wind gedreht?«

Galinak wandte sich wieder zu mir um und sagte irgendwas, aber genau in demselben Augenblick sah ich, wie sich jemand aus dem Maisfeld erhob und auf uns zielte. Zu spät warf ich mich gegen Galinak, der Schuss war bereits losgegangen, verfehlte uns jedoch. Wir kugelten über den blutgetränkten Boden. Im nächsten Moment war Galinak auch schon wieder auf den Beinen.

Ich brauchte länger, um mich zu berappeln. Kam auf die Knie hoch, sah mich eilig um und schaltete auf Wärmesicht. Die Welt explodierte in glühend heißem Weiß, schlagartig war ich fast blind, aber trotzdem machte ich eine Gestalt aus, die durch den hohen Mais davonrannte. »Da drüben.« Ich zeigte Galinak die Richtung und kehrte mit einem Blinzeln zu meiner normalen Sicht zurück. Selbst so sah ich die Maispflanzen schwanken. Der Schütze versuchte, in schnurgerader Linie von uns wegzulaufen.

Ich dachte gerade noch nach, da sah ich Galinak bereits hinterhersprinten. Der Schuss war aus nicht allzu großer Entfernung abgefeuert worden, und dass der Schütze sein Ziel dennoch verfehlt hatte, sprach dafür, dass es sich um einen der Bauern handelte. »Bring ihn nicht um«, brüllte ich dem zwischen den Halmen verschwindenden Galinak hinterher. Gleich darauf sah ich nur noch die Bewegung der Halme: Vorneweg der Schütze, dahinter Galinak, der mit verblüffender Geschwindigkeit durch das Feld trampelte.

Als ob das nicht schon reichte, machte Galinak plötzlich einen Satz, viel weiter, als ein normaler Mann es je vermocht hätte. Kurz darauf tauchte er wieder auf, einen Bewusstlosen über der Schulter und eine uralte Bolzenschusswaffe in der anderen Hand. Er warf mir das Gewehr zu und ließ den bewusstlosen Mann zu Boden plumpsen. Das Gewehr war in beklagenswertem Zustand, das sah sogar ich. Ich betrachtete den Bewusstlosen und schalt mich selbst für meine voreilige Schlussfolgerung. Es war kein Bauer, aber ihn einen Soldaten zu nennen würde den Begriff ziemlich überstrapazieren. Er war kaum alt genug, um sich zu rasieren, und die Uniform war ihm zu groß. Das Emblem darauf gehörte zur Stadt der Türme.

»Nur sechs Kugeln.« Galinak klopfte auf eine Seitentasche.

»Ich würde mal sagen, nachdem ich dir eben das Leben gerettet hab, sind wir jetzt quitt«, sagte ich zu ihm.

»Ich hab dich auf den Schultern aus einem Bunker voller Gift geschleppt und einen Dwaine niedergeschossen, der dir gerade den Kopf wegpusten wollte, und du behauptest, du hättest mir das Leben gerettet, indem du mich in den Schlamm schubst?« Galinak wischte sich die Hände an der Hose ab. »So wie dieses Gewehr aussieht, hätte er mich damit nicht mal getroffen, wenn wir direkt nebeneinandergestanden hätten.«

»Ich finde, der Gedanke zählt.«

»Ich finde, du bist mir noch immer was schuldig. Und zwar ganz gewaltig.«

»Meinetwegen. Dann lass mich mal gleich die entscheidenden Fragen stellen. Ich würde sagen, du bist bei dieser Befragung der ›böse Troll‹ und ich der ›gute Troll‹?«

Galinaks Grinsen wurde breiter. »Ich bin immer der böse Troll.« Er rollte den Bewusstlosen mit dem Fuß auf den Rücken. Aus dem Mund des Soldaten rann Blut. Er stöhnte, dann öffnete er die Augen.

Ich war selbst schon ein paarmal aus der Bewusstlosigkeit erwacht und hatte als Erstes Galinaks grinsendes Gesicht über mir schweben sehen, und obwohl der Junge auf uns geschossen hatte, empfand ich ein bisschen Mitleid.

Sobald sich sein Blick so weit geklärt hatte, dass er den über ihm aufragenden Galinak erkannte, schwappte blanke Panik über sein Gesicht. Ich trat vor und schwenkte das Gewehr, um ihn auf mich aufmerksam zu machen.

»Machen wir's kurz. Du beantwortest meine Fragen, und wir lassen dich am Leben. Wenn du uns anlügst, kannst du deinen Freunden da drüben Gesellschaft leisten.« Während er sich langsam aufsetzte, zeigte ich zu den aufgereihten Leichen hinüber. Galinak trat beiseite, damit er sie gut sehen konnte. Die Wirkung war beeindruckend. Ein leises Wimmern kam ihm über die Lippen, und seine Lippen fingen an zu zittern.

»Sind sie alle … sind alle …?«

»Gefoltert, vergewaltigt und ermordet, manchmal nicht in genau dieser Reihenfolge«, sagte Galinak just in dem Augenblick, als eine Krähe mit perfektem Timing an uns vorbeihüpfte, einen Augapfel im Schnabel.

Der junge Soldat warf sich zur Seite und erbrach sich.

Ich bedachte Galinak mit einem warnenden Blick. Er zuckte nur mit den Schultern. Ich wandte mich wieder dem Jungen zu. »Wie heißt du?«

Er spuckte den letzten Mundvoll Galle aus und richtete sich wieder auf. Leichenblass war er, versuchte sich aber zusammenzureißen. »Dorian, Sir«, antwortete er mit zittriger Stimme, »Dorian von der Swas-Familie.« Sein Akzent und die Art, wie er seinen Familiennamen nannte, verrieten deutlich, dass er kein Turmstädter war.

»Wer hat das getan?«

Dorian antwortete ohne jedes Zögern: »Nordländer, Herr.«

»Bist du sicher?«, fragte ich so überrascht, dass er aufsah. »Ich meine, als ich das letzte Mal dort war, ist alles ganz friedlich gewesen, die Nordländer haben Öl gegen Nahrung und andere Waren getauscht und wollten ansonsten einfach in Ruhe gelassen werden.«

Der junge Soldat schüttelte den Kopf. »Dann muss Eure Reise schon eine Weile her sein, Herr. Der Krieg mit den Nordländern geht jetzt schon in den dritten Frühling. Es waren Nordländer. Das weiß ich genau, weil wir letztes Jahr, als die Nordländer in unsere Stadt gekommen sind, aus unserem Zuhause fliehen mussten.«

»Woher kommst du?«

»Himmelsruh, Herr, das ist … das *war* nur eine kleine Stadt, Ihr habt wahrscheinlich nie etwas von ihr gehört.«

»Ich war sogar mal dort«, antwortete ich, und aus irgendeinem Grund schien diese Antwort den Jungen ein wenig aufzumuntern. »Aber die Stadt liegt doch nicht mal in der Nähe der Nordlande.«

»Ich weiß. Wir hatten gehört, dass der Ölbaron irgendwo Land eingenommen hat und die Stadt eine Einheit Trolle entsandt hat, um ihn zurückzuschlagen, aber man sagt, dass der Baron ihnen eine schlaue Falle gestellt hat und mit diesen Kriegsmaschinen angekommen ist. Sie haben die Einheit der Turmstadt bis zum letzten Troll abgeschlachtet.«

In meinem Verstand hörte ich die Stimme meines Lehrmeisters widerhallen. »*Man erfindet etwas, das einem allen anderen gegenüber einen erheblichen Vorteil verschafft: Speere mit Stahlspitzen, Streitwagen, Langbögen, einen Wagen, der ohne Pferde fahren kann, und schon liegt einem die Welt zu Füßen. Jedenfalls so lange, bis einer anderen Nation eine bessere Erfindung gelingt und das eigene Imperium zu Staub zerfällt.*« Als ich das letzte Mal in der Stadt der Türme gewesen war, hatte ich über den Ölbaron nur gehört, dass er der schwächliche Sohn eines Söldnerkapitäns war, der eine Ölraffinerie besetzt hatte, die zu erobern teurer gekommen wäre, als mit ihm zu handeln. Zehn Jahre zuvor hatte sein Vater versucht, sein Herrschaftsgebiet zu erweitern, und war blutig gescheitert. Jetzt allerdings hatte sich, wie es aussah, der Wind gedreht.

Ohne etwas von meinen Gedanken zu ahnen, redete der junge Soldat weiter: »Wir dachten, das würde dem Baron reichen, aber im nächsten Jahr standen immer wieder Flüchtlinge vor unseren Toren, die alle dasselbe erzählt haben: Plündserertrupps hatten sie oder ihre Nachbarn überfallen. Wer nicht ermordet wurde, ist versklavt worden, Höfe und Felder wurden niedergebrannt.

Als es dann hieß, dass der Ölbaron gegen Himmelsruh zieht, hat mein Vater uns alle zu meinem Onkel Evan geschickt. Er arbeitet auf der mittleren Turmebene. Er hat uns abgeholt, und wir haben sogar Reisepässe für die Langbahn bekommen, aber als wir in Regeneration angekommen sind, wurden mein Bruder und ich für den Militärdienst eingezogen. Sie haben gesagt, sonst dürfen meine Mutter und meine Schwestern nicht in die Stadt der Türme einreisen.«

»Wie alt bist du?«, fragte Galinak unvermittelt.

»Ich werde nächsten Sommer fünfzehn, Sir.«

Galinak und ich sahen uns schweigend an. Drei Kriegsjahre, in denen die Stadt der Türme nicht den Sieg davongetragen hatte, das war ein schlechtes Zeichen, und wenn man so junge Burschen wie Dorian einzog, lief es wirklich übel.

»Ist dein Bruder ebenfalls unter den Toten?«

»Nein.« Dorian stieß einen erleichterten Seufzer aus. »Er ist bei einer anderen Einheit und bewacht die Felder nördlich der Stadt, jedenfalls ist das das Letzte, was ich von ihm gehört habe.« Der Junge verzog den Mund zu einem bitteren Lächeln. »Er war immer der Glückspilz von uns beiden. Ich sollte eigentlich Wachdienst in Regeneration schieben, und sie haben gesagt, ich kann mein Gewehr behalten, aber dann wurde ich abberufen, um hier ›die Nachschublinie zu sichern‹, so hat Captain Rammond es uns jedenfalls gesagt.«

»Was ist dann passiert?«

Dorian zögerte. »Ich weiß nicht, Herr. Wir sind hergekommen, ganz friedlich, aber die Bauern waren gar nicht begeistert. Sie sind mit vorgehaltener Waffe auf uns zugekommen und haben gesagt, sie würden nicht so viele Nahrungsmittel hergeben, sonst könnten sie den Winter nicht überleben. Captain Rammond hat mir gesagt, ich soll mit Korporal Mayar die

Felder überprüfen und nachsehen, ob sie versuchen, Nahrung davonzuschmuggeln, und das haben wir auch gemacht. Dann fielen Schüsse. Korporal Mayar sagte, vielleicht hat Captain Rammond in die Luft geschossen, um den Bauern Angst zu machen, sie haben nämlich wirklich wütend mit ihm gestritten. Aber dann brach die Hölle los. Wir sind zurückgerannt und haben sie gesehen, die Nordländer, von Kopf bis Fuß in schwarzen Uniformen, sie kamen aus allen Richtungen, und dann war da diese riesige Kriegsmaschine mit Kanonen … Korporal Mayar ist vor mir gerannt, da hat ihm irgendwas einfach den Kopf von den Schultern gepustet. Da hab ich … ich …«

»Da bist du gerannt«, sagte Galinak, »und hast deine Leute ihrem Schicksal überlassen. Mach dir nix draus. Ohne Ausbildung, ohne vernünftige Waffe, von allen Seiten in die Zange genommen, da hätte ich auch die Beine in die Hand genommen und wäre gerannt, so schnell ich kann. Die Frage ist nur: Warum bist du zurückgekommen, und warum hast du auf uns geschossen?«

»Ich dachte …« Er zögerte. »Ich dachte, vielleicht, wenn ich zurückkomme … und dem Captain alles erkläre … und dann habe ich Euch gesehen. Ich dachte, Ihr wärt Plünderer.«

»Dein Captain kann dich nicht mehr hören«, sagte ich, »bedauerlicherweise fehlen ihm zwei Ohren und der halbe Kopf. Und wenn er noch am Leben wäre, hätte er dich erschossen, weil du desertiert bist. Ganz zu schweigen von der Schande, wie schlecht du dein Gewehr pflegst.«

Ich beugte mich vor und streckte ihm meine Hand entgegen, und nach kurzem Zögern ergriff Dorian sie. Ich half ihm auf.

»Und was jetzt?«, fragte ich.

Dorian zögerte. Seine widerstreitenden Gefühle waren ihm deutlich anzusehen. Einerseits hatte ich ihn gefragt, wie seine

Zukunftspläne aussahen, was wohl hieß, dass ich nicht vorhatte, ihn zu töten. Andererseits sah seine Zukunft ganz schön düster aus.

»Vielleicht, wenn ich nach Regeneration zurückgehe und erzähle, was passiert ist …«

»Du bist ein rostiger Idiot«, schnaubte Galinak. »Wenn du mit der Geschichte in Regeneration auftauchst, erschießen sie dich an Ort und Stelle, oder, noch schlimmer, man befördert dich und schickt dich wieder los, damit die Nordländer dich als Zielscheibe benutzen können.«

»Hast du noch irgendwo Familie?«, fragte ich.

Der Junge schüttelte den Kopf. »Alle sagen, Himmelsruh ist gefallen, Herr, und mein Vater ist damals dort geblieben. Er ist jetzt also bestimmt tot …«

Ich sah Galinak an, der langsam den Kopf schüttelte.

»Du hast gesagt, dein Onkel lebt auf dem Mittelplateau?«

Der Junge nickte.

»Gut. Wenn wir dich dort hinbringen, könnten wir dann eine Weile bei ihm unterkommen?«

Dorians Augen leuchteten in jäher Hoffnung auf. »Würdet Ihr das wirklich tun, Herr? Das wäre wirklich sehr freundlich.«

Hinter seinem Rücken zuckte Galinak mit den Schultern, zeigte auf den Jungen und verdrehte die Augen.

»Erst mal besorgst du dir was anderes zum Anziehen«, sagte ich schnell. »Such in den Ruinen nach Kleidung oder nimm sie dir von einem der Toten, mir egal, aber wir nehmen dich nicht mit, solange du eine Uniform trägst. Los.«

Als Dorian loslief, musterte Galinak mich. »Funkelauge, wie weich du geworden bist. Der Junge ist nichts weiter als eine unnütze Last.«

»Kann sein. Aber Galinak – seit wir zum letzten Mal hier waren, ist viel passiert, und wir müssen so viel darüber rausfinden wie irgend möglich. Wir sind hier die ganze Zeit in der Wildnis rumgerannt und hatten keinen blassen Schimmer, dass ein richtiger rostiger Krieg ausgebrochen ist. Stell dir doch mal vor, wir wären einfach nach Regeneration gelatscht, um mit der Langbahn zur Stadt der Türme zu fahren, und wären dort schnurstracks zum Militärdienst eingezogen worden. Und außerdem hat der Junge Familie in der Stadt – die werden uns dankbar sein, wenn wir ihn zurückbringen.« Ich rieb Daumen und Zeigefinger aneinander, als meinte ich Münzen, obwohl es mir in Wirklichkeit vor allem um Informationen ging und vielleicht auch einen Unterschlupf, in dem wir uns eine Weile verkriechen konnten, während ich herauszufinden versuchte, was in meiner Stadt passiert war.

»Na schön, du hast ja recht«, gab Galinak zu. »Der alte Ölbaron war als knallharte Mistsau bekannt. Von seinem Sohn hab ich vorher noch nie was gehört, aber was er hier abzieht – mit diesen Dingern, die du Panzer nennst, durch die Gegend ziehen und Land erobern und Trolle im Dienst der Turmstadt umlegen? So was gab's noch nie.«

Ich kratzte mir die frisch sprießenden Bartstoppeln. »Die Nordländer können nicht einfach nur zufällig irgendwo ein paar von diesen Teilen gefunden haben. Diese Maschinen fressen irrwitzig Energie, und ich wette, man muss auch erst mal lernen, damit umzugehen.« Ich verstummte, führte den Gedanken aber stumm weiter. *Falls der blutdurstige Baron ein ganzes Lager voll mit Waffen aus der Zeit vor der Katastrophe hat und auch weiß, wie man sie benutzt, wieso greift er dann nicht direkt die Stadt an?* Dass er abwartete und seine Stoßtrupps entsandte, um das Land rings um die Stadt zu säubern, verriet einen langfristigeren Plan, eine Strategie. Hier lag ein möglicher Machtwechsel in der Luft.

»Wie auch immer«, unterbrach Galinak meine Gedanken und richtete einen Finger auf mich. »Ich sag ja nur, es war *deine* Idee, und deshalb teilst *du* deine Nährpillen mit dem Jungen. Und außerdem musst du dir noch überlegen, wie wir jetzt in die Stadt kommen sollen, wenn die Langbahn nicht infrage kommt.«

»Wir nehmen den langen Weg«, antwortete ich. »Vielleicht bezahlen wir einen Trucker dafür, dass er uns mitnimmt, oder so. Und was die Frage betrifft, wie wir in die Stadt kommen sollen: Erinnerst du dich daran, wie wir letztes Mal rausgekommen sind?«

»Du meinst die Abwasserkanäle?« Galinak wurde ein bisschen bleich. »Du weißt doch, dass ich eine empfindliche Nase habe.«

»Man kommt nur auf wenigen Wegen in die Stadt, ohne dass man an den Sicherheitskontrollen vorbeimuss, und das ist der sicherste, den ich kenne. Außerdem war das mit der empfindlichen Nase ja dein altes Ich.« Ich deutete auf seinen Körper.

»Aye.« Galinak kratzte sich am Kopf. Er sah verlegen aus. »Weißt du, ich gewöhne mich langsam dran. Ich hatte fast vergessen, dass das hier gar nicht mein eigener Körper ist.«

Er hatte recht. Mein eigenes Fremdheitsgefühl war ebenfalls verflogen. Ich wäre ganz gern noch geblieben und hätte mich länger mit ihm darüber unterhalten, aber zugleich wollte ich so schnell wie möglich fort vom Schauplatz dieses Massakers.

»Helfen wir dem Jungen bei der Suche nach Klamotten, die nicht auf den ersten Blick *Deserteur* schreien, und dann sehen wir um Rostes willen zu, dass wir hier abhauen«, sagte ich.

»Na schön.« Galinak hob sein Maschinengewehr. »Und der Welpe übernimmt die erste Wache, sobald ich ihm beigebracht hab, wie er sein Gewehr reinigt und damit geradeaus schießt.«

Kapitel 32

Mannes

»Da oben am Himmel ist irgendwas«, drang die Stimme von Leutnant Slava aus dem Komm. Sie klang nervös.

Mannes sah blinzelnd hoch. Weich fiel ihm eine kontaminierte Schneeflocke aufs Gesicht. Er wischte sie weg. Ja, dort oben war etwas. Für einen Augenblick kam der kalte Wind zum Erliegen, und das weit entfernte unnatürliche Summen war klar zu hören.

»Statusbericht.«

»Sechs Lastwagen kommen auf euch zu«, erklang Slavas Stimme erneut über den Stöpsel in seinem Ohr. »Siebzehn Vans. Alle leicht bewaffnet, drei davon zusätzlich mit Panzerabwehrkanonen bestückt. Auf den Feldern bewegt sich ebenfalls etwas, vermutlich eine Kommandoeinheit. Insgesamt mindestens hundert Gegner.«

Und er hatte anfangs geglaubt, dass er in fünf Jahren längst wieder in Tarakan sein würde. Während Mannes Alikhans Fahrzeugkolonne beim Näherrücken beobachtete, schüttelte er den Kopf über seine eigene Naivität. Allein die Extraktion von Norma und den Med-Bots des Shuttles und der Einbau in das selbst zusammengebaute Med-Fahrzeug hatten ihn ein ganzes Jahr gekostet. Ohne sie wäre er längst tot gewesen.

Unterwegs hatte er ein paar Flüchtlinge aufgegabelt und um sich geschart. Hatte sie am Leben gehalten und zu einem Team ausgebildet, und als er befand, dass er bereit war, machte er sich auf den Weg nach Hause. Seinen Leuten hatte er nichts von seinen Plänen erzählt, aber sie folgten ihm trotzdem und hofften, er würde sie in eine bessere Zukunft führen. Sie irrten sich so sehr. Sein ursprüngliches Team war schon lange tot, aber das war das geringste seiner Probleme.

In früheren Zeiten hätte ein Wanderurlaub an der Küste Spaniens entlang zwei Wochen gedauert, doppelt so lange, wenn er die nordöstliche Route genommen hätte, die Beringstraße entlang Richtung Alaska. Aber Kasachstan war nicht Kirgistan. Es gab keine hohen Berge, die das Land vor dem Fallout schützten, und Kasachstan spielte auf der Weltbühne strategisch gesehen eine viel bedeutendere Rolle und hatte schwer unter Tarakans Aufmerksamkeiten gelitten. Das Land war so schlimm verwüstet und verseucht, dass man es fast als ausgelöscht betrachten konnte. Von den Städten waren nur rauchende, giftige Trümmerhaufen geblieben, zerstörte Straßen und zusammengebrochene Brücken. Mannes war zum Rückzug und einem wirren Zickzackkurs gezwungen gewesen, um seine wachsende Armee am Leben zu halten. Und jetzt steckte er mitten in einem lächerlichen Krieg fest, dem er nicht ausweichen konnte.

Mannes wandte sich an den Händler, der wartend neben ihm stand. »Das Geschäft geht hoffentlich glatt über die Bühne«, sagte er in fließendem Russisch, »sonst bist du der Erste, der stirbt.«

Man musste dem Händler immerhin zugutehalten, dass er nicht leicht einzuschüchtern war. Seine stahlblauen Augen blickten Mannes unverwandt an, während er an der kleinen Pfeife in seiner Hand zog.

»Alikhan hat etwas, das du willst, und du hast etwas, das er will.« Demonstrativ zuckte der Mann mit den Schultern und stieß Rauch aus, der über ihrer beider Köpfe eine Wolke bildete. »Natürlich geht das Geschäft glatt über die Bühne.«

»Alikhan hat mich in diesem Herbst schon zweimal überfallen. Es könnte ebenso gut eine Falle sein.«

Immerhin hatte Mannes die Überfälle kommen sehen und sich vorbereitet, aber dennoch hatten sie Dutzende Todesopfer gefordert. In Barbarenmanier, zu der der alte Mannes nie imstande gewesen wäre, hatte er zwei der gefangenen Banditen am Leben gelassen, auf Pferde gesetzt und zurückgeschickt, einen Sack im Gepäck, der mit den abgeschlagenen Köpfen ihrer Kumpane gefüllt war. Im Rückblick hatte das zu mehr Ärger geführt als erwartet, aber er war wütend gewesen und hatte beabsichtigt, eine unmissverständlich deutliche Botschaft mitzuteilen, die auch die Leute verstanden, die vom kasachischen Volk übrig waren. Auf seine Botschaft folgten zwei Monate blutiger Fehden, in denen sich die Kontrahenten gegenseitig nichts schenkten und immer grausamer wurden. Jetzt aber, kurz vor Winteranbruch, hatte sich Kriegsfürst Alikhan plötzlich zu Verhandlungen bereit erklärt.

»Kommandant« – es war wieder Slavas nervöse Stimme, die aus dem Komm drang –, »was soll ich wegen dem fliegenden Irgendwas unternehmen?«

Mannes berührte den Stöpsel in seinem Ohr. »Erst einmal gar nichts.«

»Es könnte eine Falle sein. Soll ich es abschießen?«

Er schüttelte den Kopf. Was für eine dumme Frage. Sein früherer Leutnant hätte so etwas nie gefragt. Andererseits hatte sich Mannes seiner entledigen müssen. Jetzt war er von Idioten umgeben. Blutgierigen, viel zu sehr auf den Kampf versessenen Idioten.

»Nein, das ist nur eine Aufklärungsdrohne. Bleib wachsam und warte auf meinen Befehl«, antwortete er übers Komm. Wobei … dieses Ding eine Drohne zu nennen strapazierte den Begriff aufs Äußerste. Angesichts des schwankenden Flugverhaltens und dessen, was er mit seinem begrenzten Zoom gesehen hatte, war es eher ein Kinderspielzeug, auf das jemand eine Kamera montiert hatte. Kaum vorstellbar, dass vor nicht mal einem halben Jahrzehnt echte Gefechtsdrohnen von unabhängigen KIs gesteuert fast bis in den Weltraum geflogen waren und von dort oben hatten erkennen können, ob jemand dreckige Fußnägel hatte. Dieser Apparat hingegen summte lautstark etwa hundert Meter über ihren Köpfen hinweg und konnte sich kaum in der Luft halten. Trotzdem war er taktisch gesehen eine Bedrohung. Vielleicht entdeckte er Mannes' Truppen oder sogar seine versteckte mobile Klinik. Vielleicht würde ein zweiter gegnerischer Trupp seine Lumpenarmee umstellen und töten, während er noch mit einem mörderischen Irren verhandelte.

»Da kommen sie«, stellte der Händler fest und steckte seine Pfeife in die Tasche.

Sie alle sahen die vom Konvoi aufgewirbelte Staubwolke.

Mannes sah den Mann an. »Und wegen der Bedingungen sind Sie ganz sicher?«

Es war nicht das erste Mal, dass er fragte. Es zeugte von seiner Unsicherheit, das war ihm klar, als würde er am Pokertisch zu oft noch einen raschen Blick auf seine eigenen Karten werfen, aber der Händler zuckte nur mit den Schultern und antwortete: »Ja, ich bin sicher. Alikhan hat es mir selbst gesagt.«

Mannes bemühte sich darum, sich die Nervosität nicht anmerken zu lassen, aber ehrlich gesagt hatte er gute Gründe, nervös zu sein. Die zahlreichen Unterhändler, die er zu Alikhan geschickt hatte, dem Warlord, der über den einzigen nicht völlig zerstörten Landstrich dieser Gegend herrschte, waren nicht zurückgekehrt – oder, genauer gesagt: nicht in einem Stück. Anscheinend hielt der Warlord das für eine geeignete Art, in heikle Verhandlungen über einen Waffenstillstand einzusteigen. Und zu allem Überfluss bekam Mannes gerade Kopfschmerzen. Das dumpfe Klopfen pulsierte genau dort, wo ihm der einäugige Schläger den Knüppel übergezogen hatte, damals in Kirgistan. Der Schlag hatte eine Vertiefung in seinem Schädel hinterlassen, die noch immer ertastbar war. Das sachte Pochen würde sich schon bald zu einem grellweißen Schmerz auswachsen, der ihn entweder handlungsunfähig oder rasend machte. Er musste die Sache rasch über die Bühne bringen.

Der Händler brach das Schweigen und versuchte, Mannes zu beruhigen – oder auch sich selbst: »Alikhan hat Sie angegriffen, und Sie haben zwei seiner Dörfer niedergebrannt und einen Wachposten und eine Brücke. Ich würde sagen, Sie sind quitt. Er wird Sie unbehelligt ziehen lassen.« Er hatte seine Pfeife wieder in der Hand und stieß noch eine Rauchwolke aus. Diesmal achtete er darauf, dass sie nicht in Mannes' Richtung wehte. »Vergessen Sie nur nicht meinen Anteil und dass Sie mich danach immer noch brauchen. Ich kenne den Weg jenseits der Berge.«

Mannes nickte geistesabwesend. Er hatte nicht vor, den Mann zu hintergehen, solange alles wie geplant lief. Aber das ganze Geschäft ergab nach wie vor nicht so recht Sinn. Ja, natürlich, im Herbst hatte er die Truppen des Warlords ausmanövriert, und jetzt saß ein Gutteil von Alikhans Armee fest, weil sie wichtige Schlüsselpositionen bewachen mussten. Aber der Warlord hatte zehnmal so viele Leute wie Mannes, dem zudem so langsam die Nahrungsmittel ausgingen. Mannes gestand sich ein, dass er die Dörfer auch dann überfallen hätte, wenn die Verhandlungen besser gelaufen wären. Welch ein Blutbad das geworden war.

Tja … passiert ist passiert.

Rückzug kam nicht infrage. Der Versuch, sich mit einer

so großen Streitmacht wie der seinen quer durch die Berge durchzuschlagen, wäre der reinste Selbstmord. Und seine Armee zurückzulassen und es allein zu versuchen war ihm zu riskant. Wenn Mannes eins wusste, dann das: Nie wieder würde er zulassen, schutzlos zu sein. Nie wieder in seinem Leben würde er an einen Pfosten gefesselt sein, während ihm Urin ins Gesicht spritzte. Als die Erinnerung in ihm aufwallte, spürte er fast körperlich, wie ihm die heiße Pisse über Gesicht und Hals lief. Ja, die Armee, die er um sich geschart hatte, war derzeit ein Problem, aber er würde sie auf keinen Fall zurücklassen. Und als es gerade so ausgesehen hatte, als wäre alles verloren, war wie aus dem Nichts dieser Händler aufgetaucht und hatte sich als unparteiischer Vermittler angeboten – für einen saftigen Obolus natürlich. Mannes hatte eingewilligt. Zwar hatte er wenig Hoffnung, aber zu verlieren hatte er schließlich auch nichts mehr.

Der Händler kam von seinen Verhandlungen nicht etwa mit einem Angebot zurück, sondern mit einer *Kapitulation*. Alikhans einzige Bedingung war ein Treffen von Angesicht zu Angesicht. Es stank zum Himmel nach einer Falle, und wahrscheinlich war es auch eine.

Mannes sah den Händler an. »Gehen Sie ihnen entgegen. Und vergessen Sie nicht, dass meine Scharfschützen Sie ganz genau im Auge behalten.«

Wortlos stieg der Händler auf sein Hoverbike, ließ es an und fuhr los, geradewegs auf den Konvoi zu. Die vom Antrieb abgestrahlte Hitze hinterließ eine Spur aus festgebackenem Schlamm.

Wie vereinbart kam der Konvoi hundert Meter von Mannes entfernt zum Stehen. Nur ein Lastwagen fuhr langsam weiter, begleitet vom Händler, der umgedreht hatte und wieder zurückkehrte.

Mannes berührte den Stöpsel in seinem Ohr. »Bericht.«

»Keine Antwort von unseren Einheiten im Osten und Südosten.«

Scheiße.

»Einer unserer Mörser hat den vordersten Lastwagen anvisiert«, sagte Slava.

»Nicht feuern ohne meinen ausdrücklichen Befehl. Und Slava ...«

»Ja, Kommandant?«

»Ich reiße dir höchstpersönlich und bei vollem Bewusstsein die Eingeweide raus, wenn du oder einer deiner schießfreudigen Soldaten auch nur einen einzigen Schuss abgebt.«

Mannes unterbrach die Verbindung, ohne auf Antwort zu warten. Er hoffte, es würde reichen, um alle im Zaum zu halten. Die letzte Dorfplünderung hatte sich zu einem Massaker entwickelt, weil seine Truppen beim Plündern und Morden völlig außer Rand und Band geraten waren. Mannes hatte ein Exempel statuiert, und Slava hatte den frei gewordenen Posten als Leutnant bekommen. Seitdem war alles ziemlich heikel geworden.

Der Lastwagen kam zum Stehen. Türen öffneten sich, mehrere Bewaffnete stiegen aus, alles wirkte sehr militärisch. Der Händler wartete nicht auf sie, sondern fuhr weiter und bremste sein Hoverbike erst direkt vor Mannes ab. Zum ersten Mal wirkte er angespannt.

»Das ist Erasyl, der Blutbruder des Warlords. Er führt die Verhandlungen.«

Mannes zuckte demonstrativ beiläufig mit den Schultern. »Also meinen die es wirklich ernst, ja?«

Der Händler nickte, aber während der kleine Trupp näher kam, raunte er Mannes zu: »Seien Sie vorsichtig. Selbst wenn er den Auftrag hat, zu einer Einigung zu kommen ... er ist für seinen Jähzorn bekannt. Manchmal widersetzt er sich sogar dem eigenen Bruder.«

Als der Händler von seinem Hoverbike stieg und sich entfernte, standen sich die beiden Gruppen bereits direkt gegenüber.

Erasyl war ein Mann, den man unmöglich übersehen konnte. An seinem ganzen Körper schien es keinen Flecken Haut zu geben, der nicht mit irgendeinem religiösen Symbol tätowiert war. Das schwarze Haar trug er zu einem Pferdeschwanz zusammengebunden, die blutunterlaufenen Augen glühten vor Feindseligkeit. An seinem Gürtel hingen mehrere alte, aber gut gepflegte Energiepistolen und ein riesiges Jagdmesser. Der Warlord und sein Bruder mussten schon vor dem Krieg Kriminelle gewesen sein, dachte Mannes. Mit Brutalität und Gerissenheit hatten sie sich ein kleines Königreich geschaffen.

Mannes hob die rechte Hand und hoffte, sie würde nicht sichtlich zittern. »Salem.« Hallo. Nach dem Verlust seines Hirnspeichers hatte sich Mannes geschworen, die Grundlagen der Sprache jedes Landes zu lernen, durch das er reiste.

Erasyl starrte ihn an, dann beugte er sich ganz langsam zur Seite und spuckte auf den Boden, ohne den Blick von Mannes abzuwenden.

Dann kam er auf ihn zu, und Mannes musste sich mit aller Kraft zusammenreißen, um nicht vor ihm zurückzuweichen. Die Männer beider Gruppen spannten die Muskeln an. Eine Armeslänge entfernt blieb Erasyl stehen, starrte Mannes unverwandt an und sagte mit starkem Akzent, aber gut verständlich auf Englisch: »Ich könnte dich hier und jetzt töten.«

Mannes, dessen Kopf noch immer schmerzhaft pochte, antwortete nicht, sondern erwiderte nur stumm den Blick seines Gegenübers.

»Du hast Männer ins östliche Tal geschickt.« Erasyls Lächeln entblößte Zähne aus Metall.

Mannes nickte.

»Sie sind tot. Sie sind alle tot. Sind gestorben wie kleine Mädchen, haben um ihr Leben gebettelt.«

Mannes blieb vollkommen reglos stehen. Der Mann stellte ihn auf die Probe.

»Ein paar von ihnen haben wir gefangen genommen und sie dann auch getötet. Rache für all die abgeschnittenen Köpfe, die du uns geschickt hast. Bald seid ihr umzingelt. Wir könnten euch abschlachten wie Schafe.«

Mannes nickte und stellte ein paar stumme Berechnungen an. Selbst nach mehreren Jahren im Krieg gestand er sich ohne Umschweife ein, dass er kein Militärexperte war. Ihm waren Fehler unterlaufen, und diese Fehler hatten Menschen das Leben gekostet. »Ich würde sagen, damit sind wir quitt«, sagte er.

Erasyl spuckte noch mal aus. Dieses Mal traf er Mannes' Stiefel. »Quitt? Ich könnte dich auf der Stelle töten. Ich *will* dich töten, Arschloch. Für all das, was du getan hast. Vielleicht mach ich's sogar.«

Sie starrten einander an. Mannes, inzwischen fast blind vor Schmerzen, versuchte, ganz ruhig zu atmen, aber plötzlich legte sich in ihm irgendein Schalter um. Der Schmerz, die Kälte, der Schlamm, diese bekloppten Wahnsinnigen mit ihren Waffen und ihrer Köpferei. Die Dummheit, die himmelschreiende Dummheit der ganzen Angelegenheit. Plötzlich, zum ersten Mal seit Monaten, sah er ganz klar. Es machte ihn sehr wütend.

Zögernd trat er einen Schritt auf Erasyl zu, so dicht, dass er seinen alkoholgeschwängerten Atem roch. Langsam und ohne den Blickkontakt zu unterbrechen, hob er den Fuß und wischte Speichel und Schlamm am Bein des anderen ab. Er sah Erasyls Oberlippe beben, sie hob sich wie zu einem Knurren, aber ehe er reagieren konnte, öffnete Mannes auch schon seinen Mantel.

»Ja. Du könntest mich töten«, sagte er und sah, wie Erasyl

den an Mannes festgeschnallten Sprengstoff betrachtete, »aber dann sterben wir beide. Wenn ich diesen Knopf hier in meiner linken Hand loslasse, bleibt von uns nichts mehr übrig, nur ein hübscher kleiner Krater. Also … wenn du verhandeln willst, dann fang an. Wenn du lieber sterben willst, auch gut. Ich kann aber nicht behaupten, dass es schön war, dich kennenzulernen.«

Erasyl wich einen halben Schritt zurück. Diesmal folgte Mannes ihm.

Du willst also leben, ja? Vielleicht ist das hier ja doch keine Falle.

»Ihr habt meine Männer getötet.« Er hob die Stimme. »Ich habe eure Männer getötet. Wie wäre es, wenn wir mit dem Töten aufhören und anfangen zu verhandeln?« Erasyl war ein skrupelloser Killer und nicht versiert in der Kunst des Verhandelns, und Mannes sah, wie seine Entschlossenheit verpuffte.

»Dein Bruder hat mir die sichere Durchreise zugesichert. Ausreichend Treibstoff. Zwölftausend Gallonen Trinkwasser, und ich *werde* es auf Gift prüfen. Dein Bruder, der *Warlord*, war sogar so zuvorkommend, mir zusätzlich hundert Mörsergranaten anzubieten. Was ich an dieser plötzlichen Großzügigkeit nicht verstehe – was will er dafür haben?«

Mit leicht gesenktem Kopf gab Erasyl seinen Männern ein Zeichen, und einer von ihnen eilte zum Lastwagen zurück. Als Mannes die Aufmerksamkeit wieder auf Erasyl richtete, hielt der etwas in der Hand, aber zu Mannes' Glück war es weder eine Pistole noch ein Messer.

Fragend betrachtete Mannes die lederne Schriftrollenhülle.

»Karten«, knurrte Erasyl zwischen zusammengebissenen Zähnen. »Alles hat sich verändert. Wo früher Land war, ist jetzt ein großer See, und es gibt überall Landstriche, wo Luft und Wasser einen umbringen. Das hier ist das, was mein Bruder darüber weiß, und er teilt sein Wissen mit dir.«

In Erasyls Rücken half man einer hochschwangeren Frau behutsam aus dem Lastwagen. Ein weiterer Soldat hob einen gefesselten Mann heraus, dessen Kopf mit einem schwarzen Sack verhüllt war.

Mannes sah Erasyl an, der ohne weitere Aufforderung erklärte: »Das ist die Frau meines Bruders, sie ist schwanger mit seinem Sohn, aber es geht ihr nicht gut. Wir haben gehört, was du kannst. Du heilst die Menschen. Wenn sie und der Junge überleben, kriegst du *alles*, was wir dir versprochen haben, und ich werde nur dafür beten, dass du ganz langsam verreckst oder dumm genug bist, wieder hierher zurückzukehren.«

Das also ist der Grund, weshalb sich Alikhan auf einmal so großzügig zeigt. Ein Grund, so alt wie die Zeit.

»Aber wenn die Frau oder das Kind sterben sollten …« Erasyl musste den Satz nicht beenden.

Mannes richtete den Blick auf den Gefesselten, und Erasyl beantwortete die unausgesprochene Frage: »Inkahr, die Frau, hat seltenes Blut. Wir haben herausgefunden, dass in den Adern dieses Manns dasselbe Blut fließt. Du kannst ihn haben. Was immer du von ihm brauchst …«

Der Gefesselte stolperte und wurde grob wieder auf die Füße gerissen.

»Er ist euer Gefangener«, sagte Mannes. Das würde er wohl kaum vor Norma verheimlichen können. Sie war eine große Verfechterin von Ratsbeschlüssen und Menschenrechten und solchen Konzepten. In den letzten Jahren hatte sie nicht alles erfahren, was er getan hatte.

»Er hat versucht, uns zu bestehlen.« Erasyl zuckte mit den Schultern. »Aber ich hab ihm mein Wort gegeben. Wenn er überlebt, dann könnt ihr ihn laufen lassen. Nehmt ihn.« Der Mann bekam einen Stoß in den Rücken und fiel vor Mannes auf die Knie. Mannes sah zu ihm hinunter und nickte. Es hatte keinen Sinn, sich deswegen zu streiten.

Wie sich herausstellte, trug die Frau nicht nur einen Sohn unter dem Herzen, sondern Zwillinge, einen Jungen und ein Mädchen. Bei der Geburt verlor sie viel Blut, und Erasyls Versprechen dem Gefangenen gegenüber musste nicht auf die Probe gestellt werden. Mannes und seine Armee erhielten freies Geleit und arbeiteten sich langsam weiter Richtung Norden vor, in Richtung der russischen Grenze.

Kapitel 33

Peach

Am Ende unserer Fahrt bereute ich es, Gret um die Besichtigungstour gebeten zu haben. Der Karren verfügte über keinerlei Stoßdämpfung, doch in Wahrheit war es nicht nur meine Kehrseite, die schmerzte. Unsere Rundfahrt hatte sich auf das Mittelplateau beschränkt, und die nächtliche Dunkelheit war so tief, dass ich sie selbst mit der Nachtsicht meines Wirtskörpers nicht ganz durchdrang, aber was ich sah, war deprimierend genug.

Einiges von der alten Technologie funktionierte immer noch. Ein paar Straßenlampen und Aufzüge waren in Betrieb, ebenso wie Klima- und Abwassersysteme, und Gret erzählte, dass es in vielen Gebäuden noch fließendes Wasser gab, aber das war auch schon alles, was noch übrig war.

Aus meinem langen Gespräch mit Gret schloss ich, dass zwar noch immer Menschen in der Stadt lebten, aber blind waren für ihre Wunder und den Tarakanischen Ethos. Die meisten oberen Türme waren der Öffentlichkeit nicht zugänglich, und die Gebäude auf dem Mittelplateau verfielen zusehends. Es war keine große Überraschung, dass die Einflussreichen der Stadt die oberen Regionen für sich allein beanspruchten und die Menschen, die unter ihnen standen, in jedweder Hinsicht unterjochten. Als wir über eine noch immer funktionierende Lichtbrücke fuhren, erhaschte ich einen kurzen Blick auf die Gegend unter uns, die Gret *das Loch* nannte. Ein Elendsviertel aus notdürftig zusammengezimmerten Verschlägen am Fuß der Türme, wohin sich selbst tagsüber kaum ein Lichtstrahl verirrte.

Ich versuchte, mir nichts anmerken zu lassen, aber Gret hatte ein ausgezeichnetes Gespür für die Stimmung anderer Menschen. »Nicht ganz, was Ihr erwartet habt«, merkte er an, als er mich bei einem Stirnrunzeln ertappt hatte.

»Nein«, antwortete ich, »es ist … anders als in meiner Erinnerung.«

»Es ist eine wundersame Stadt, Lady Peach.« Der Heimatstolz leuchtete ihm aus jeder Pore. »Wie lange ist es her, dass Ihr die Stadt verlassen habt?«

»Lange«, murmelte ich. »Ich war noch ein Kind.«

»Na, so lange kann das ja noch gar nicht her sein, Lady.« Gret lächelte über seine eigene Schmeichelei, dann schaltete er wieder auf den Fremdenführer-Modus um. »Seht Ihr das da drüben? Genau zwischen Gebäude und Turmspitze? Um Eure Frage von vorhin zu beantworten: Dort verschwindet der ganze Abfall.«

Ich kniff die Augen zusammen. »Das ist nur ein Loch in der Wand.«

»Ihr habt ausgezeichnete Augen, Lady, aber ein schlechtes Gedächtnis. Wenn Ihr früher hier gelebt habt, dann müsst Ihr doch über den Abfalltag Bescheid wissen.«

»Aber das heißt ja, der ganze Abfall fällt …«

»… direkt ins Loch runter, und auf Wiedersehen. Alle Plateaus machen es so. Die oberste Turmebene vielleicht nicht, kann sein. Der Abfall plumpst nach unten, und die Leute im Loch klauben auf, was sie finden, und verkaufen, was immer sie loswerden können. Eine ganz schön gefährliche Arbeit, weil man natürlich nie weiß, was einem so alles auf den Kopf fällt, aber ich hab gehört, dass man manchmal echt wertvolles Zeug findet. Im Loch nennt man das den ›Metallwasserfall‹.«

»Ich hab genug gesehen.« Der scharfe Klang meiner Stimme überraschte mich selbst. »Tut mir leid. War ein langer Tag.«

Gret löste die Bremse. »Da haben Sie recht, Frau Peach. Mein Zuhause ist nur ein paar Straßen weit weg. Normalerweise würde ich um diese Zeit nicht gern zu zweit hier draußen unterwegs sein, aber in dieser Gegend kennt man mich.«

Stumm fuhren wir durch stille Straßen, die früher allein Fußgängern vorbehalten gewesen waren; hier herrschte kunstvolles Kopfsteinpflaster vor statt der glatten Magnetstraßen für Fahrzeuge. Überall waren Holzhäuser erbaut worden. Auch die meisten Türme waren bewohnt, erzählte mir Gret, aber trotzdem reichte der Platz nicht für alle. Mein armer Hintern und mein Rückgrat bekamen zahllose Stöße ab, während der Karren über das Kopfsteinpflaster schwankte. Endlich hielten wir an der Ecke eines Parks vor einem Holzgebäude. Vermutlich hatte man hier früher die Maschinen untergestellt, die zur Pflege des kleinen Parks benötigt wurden. Jetzt war es zu einem kleinen Häuschen umgebaut worden, inklusive Zaun und Gärtchen, aber irgendwas stimmte nicht. Ich spürte schon beim Anhalten, wie sich Gret anspannte.

»O nein«, flüsterte er, sprang vom Wagen und griff nach dem Riegel des niedrigen Tors. Er fiel ab, und Gret hatte ihn in der Hand. »Nicht schon wieder«, sagte er.

Ich folgte Gret, eine Hand am Schwertgriff. Der kleine Garten war völlig zertrampelt worden. Jemand hatte die Tür aufgetreten. Drinnen herrschte Chaos. Die schlichten Möbel in den beiden kleinen Innenräumen waren in Stücke geschlagen, und mitten im Raum lag ein riesiger Haufen Fäkalien. Menschliche Fäkalien, darauf hätte ich gewettet.

»O nein.« Gret sackte gegen die Wand. »Es tut mir leid, Frau Peach. Ich wusste nicht …«

»Wer war das?«

»Nur irgendwelche Tunichtgute hier aus der Gegend. Wenn ich weg bin, kommt das hin und wieder vor.«

Ich sah mich um. Es war ein nur allzu vertrauter Anblick. »Verlangen diese Leute Schutzgeld, damit sie damit aufhören?«

»Nein, so ist es nicht. Es ist meine Schuld. Sie … ich … ich musste mir ein bisschen was leihen, um die Flickschneider zu bezahlen. Erst damals, als wir versucht haben, ein Baby zu bekommen, und dann später, als meine Frau krank wurde. Die Behandlungen waren teuer, und ich musste mir etwas leihen. Ich war mit meiner Rate zu spät dran, das ist alles.« Er seufzte.

Dies hier war nicht mein Kampf, und ich musste mich auf meine Aufgabe konzentrieren. Das rief ich mir energisch in Erinnerung, um meinen Zorn im Zaum zu halten. »Informiert die Wachen.«

»Die Schildgarde?« Gret hob einen umgestürzten Eimer auf und hielt ihn mit beiden Händen fest. »Glaubt mir, die sind noch übler, und Leute wie wir sind denen völlig egal. Sie bewachen die obere Turmebene und überlassen solche wie uns ihrem Schicksal. Entschuldigt mich einen Moment, ich hole rasch Wasser vom Brunnen, er ist nicht weit weg, und dann hab ich hier im Handumdrehen aufgeräumt.«

Ich hob einen zerbrochenen Stuhl auf. »Wo finde ich denn diese Leute?«, fragte ich beiläufig.

»O nein.« In Grets Gesicht stand nackte Angst. »Dieses Pack ist kein Umgang für eine Lady, Frau Peach. Und die haben dieses Viertel ganz in der Hand. Als meine Frau und ich hergezogen sind, war es eine freundliche Gegend. Nur wenige Straßen weiter war damals noch eine Taverne, *Die Sieben Schwäne* hieß sie, ein wirklich netter Laden war das. Da konnte man in aller Ruhe was Gutes trinken gehen. Aber der Besitzer musste sich ebenfalls Geld leihen. *Die* haben den

Laden übernommen, und prompt ging er zum Teufel. Das erzähle ich Euch nur, damit Ihr nicht aus Versehen in diese Richtung lauft.« Er zeigte, welche Richtung er meinte. »Das ist heutzutage keine gute Ecke mehr für eine Dame, die ganz allein unterwegs ist. Also bleibt bitte einfach hier, ich hole ein bisschen Wasser; und nachher lege ich Euch ein Schaffell in den Karren, auf dem könnt Ihr schlafen. Über Nacht lüften wir hier, und dann ist der Gestank bald verflogen.« Sein Gesicht hellte sich auf. »Und ich habe ein paar Zwiebeln und Kartoffeln behalten, daraus können wir uns nachher einen leckeren Eintopf kochen.«

Ich nickte. Er machte sich auf den Weg, und ich blickte ihm hinterher, dann ging ich nach draußen und führte Sommer mitsamt dem Karren ins Innere der Umzäunung.

Das hier ist nicht dein Kampf, Vera, ermahnte ich mich noch einmal und streichelte das erschöpfte Maultier. *Konzentrier dich auf deinen Auftrag. Wenn du damit fertig bist, kannst du Gret immer noch helfen, seine Schulden loszuwerden.*

Zu meiner eigenen Überraschung beugte ich mich auf einmal vor, legte die Arme um das Maultier und schloss die Augen. Sommer stank, aber das tat ich auch. Sie drückte die lange Schnauze an meinen Hals, und ganz kurz ging es mir ein klein wenig besser.

Kapitel 34

Artium

Eintrag 11671

Ein typischer Sommer, der sich langsam dem Herbst zuneigt. Die Mittagstemperatur beträgt 14 Grad, um Mitternacht die Hälfte. Die Luft ist unauffällig, nur eine ganz leichte Strahlenbelastung von Süden her. Die Wahrscheinlichkeit für einen Sturm ist gering. Die Zahlen für heute:

Artiums zitternde Finger schwebten über der alten Tastatur. Die sechs fehlenden Tasten hatte er mit gehärteter Eierschale ersetzt. Auf den verbliebenen Tasten waren Buchstaben und Zahlen schon längst verschwunden, aber selbst wenn sie noch zu erkennen gewesen wären, hätte Artium sie nicht gebraucht. Seine Augen waren auf den Bildschirm gerichtet. Die grünen Wörter, die er getippt hatte, verschwammen vor seinen Augen, obwohl er die maximale Schriftgröße ausgewählt hatte. Artium beugte sich dichter heran, bis seine Nase fast den breiten Bildschirm berührte, und machte drei Wörter ausfindig, bei denen er sich vertippt hatte. Kopfschüttelnd rieb er sich die Augen und lehnte sich in dem protestierend knarrenden Stuhl zurück. Warum machte er das eigentlich immer noch, und das ausgerechnet heute? Er kannte den Grund: Pflichtgefühl! Es war stärker als das Wissen, wie sinnlos das hier war.

Artium ließ die Tippfehler erst einmal so stehen. Darum würde er sich später kümmern. Er setzte sich aufrecht hin und atmete tief durch, um einen klaren Kopf zu bekommen, dann beugte er sich wieder über die Tastatur und gab die Zahlen ein, die er sich eingeprägt hatte. Nachdem er noch mal alles auf Tippfehler überprüft hatte, wählte er sein persönliches Logbuch aus und tippte die traurigen Neuigkeiten ein.

Heute Morgen habe ich Milbored begraben. Er war im siebten Monat seines vierundzwanzigsten Lebensjahrs. Ein guter Mann und ein ausgezeichneter Assistent. Sein tragischer Tod bedeutet das Ende für unsere kleine Himmelswächter-Einheit. Wie meinen älteren Einträgen zu entnehmen ist, sind all meine Mitstreiter, wenn sie nicht schon vor langer Zeit fortgegangen sind, mittlerweile tot und hier auf dem Gelände begraben. Auch das Dorf unten am Hang verliert immer mehr Bewohner und ist inzwischen kaum mehr als ein Weiler. Ich glaube nicht, dass es den harten Winter überlebt, der uns zweifellos bevorsteht. In Zukunft werde ich mich nicht mehr auf Hilfe von dort verlassen können. Ich selbst bin alt und werde blind. Möglicherweise überlebe auch ich den kommenden Winter nicht, den darauffolgenden auf keinen Fall. Ich werde weiterhin die Daten eingeben und hoffe, dass sie eines Tages jemandem nützen werden, allerdings hole ich am Monatsende für Wartungszwecke den Wetterballon herunter, und ich glaube nicht, dass ich es schaffe, ihn aus eigener Kraft wieder nach oben zu bringen. Dann muss ich mich ausschließlich auf die Messdaten der Bergstation verlassen.

Artium las noch einmal Korrektur, eine alte Angewohnheit aus Kindertagen, als ihm seine Mutter noch über die Schulter geblickt hatte. Früher hatte er kein persönliches Logbuch geführt, aber in den letzten Jahren waren seine persönlichen Einträge immer länger geworden und sehr viel detaillierter als der Wetterbericht. Nachdem er Zahlen und Karten ins Programm eingefüttert hatte, schrieb er gern seine ganz privaten

Gedanken und Gefühle auf, Ideen und sogar Teile von Unterhaltungen, eben alles, was er nicht mit anderen teilen wollte, nicht einmal mit Milbored …

Jetzt bin ich ganz allein, Wenn ich erst völlig blind bin, nütze ich niemandem mehr etwas, dann kann ich die Nummern nicht mehr ablesen, mich nicht einmal mehr selbst versorgen. Es gibt niemanden, der unsere Arbeit fortführt, und im Dorf leben nicht mehr genug Menschen, als dass ich auf einen tauglichen Lehrling hoffen könnte. Mich wird niemand begraben.

Vielleicht würde eines fernen Tags, lange nach seinem Tod, jemand seine Aufzeichnungen durchgehen und von dem Opfer erfahren, das er und die anderen Himmelswächter gebracht hatten. Artium loggte sich aus, aber erst, nachdem er ein Back-up gefahren hatte, so wie immer. Das Summen und Brummen der Maschine war noch nicht verstummt, als Artiums Hand den alten Revolver an seinem Gürtel berührte, den er auf seinen täglichen Spaziergängen mit den Ziegen stets bei sich trug, seit vor zehn Jahren eine Bergkatze Fiodore getötet hatte. Aus einem Impuls heraus zog er den Revolver. Vielleicht war es so am besten. Die Hand, die den Revolver hielt, zitterte, aber nicht aus Angst, sondern aus altersbedingter Schwäche. Er setzte den kalten Lauf an seine Schläfe, dann, nach kurzer Überlegung, an die Stirn, danach unter das Kinn, und am Ende schob er ihn sich in den Mund. Niemand würde ihn begraben. Er schloss die Augen und berührte mit dem Daumen den Abzug.

Die Ziegen. Wenn er sich umbrachte, musste er vorher die Ziegen freilassen.

Artium zog den Lauf aus seinem Mund. Was dachte er sich eigentlich? Er konnte sich nicht einfach erschießen. Erst war noch einiges zu erledigen. Er musste Vorbereitungen treffen, die Maschine runterfahren, den Wetterballon aus dem Himmel holen und die Instrumente und seine handgeschriebenen

Notizen trocken und sicher verstauen, falls eines Tags jemand herkam, der über das notwendige Wissen verfügte ... Wenn er mit allem fertig war, hob er am besten neben Milbored ein zweites Grab aus und legte sich hinein. Er konnte es ebenso gut sauber zu Ende bringen. Und vorher noch einen prachtvollen letzten Eintrag verfassen ...

Artium hörte, wie es klingelte, aber erst beim dritten Mal reagierte er darauf und steckte den Revolver wieder weg. Er war ziemlich sicher, dass es noch nicht an der Zeit war für die Lieferung aus dem Dorf – eine Geste der Dankbarkeit für die Hilfe, die den Dörflern in der Vergangenheit von den Himmelswächtern zuteilgeworden war. Leider verblich Dankbarkeit rasch, wenn der Wind rauer wurde. Die Lieferung letzten Monat hatte kaum anderthalb Wochen vorgehalten. Er musste sich von dem ernähren, was sein Gemüsegarten hergab, und wenn dort nichts mehr zu holen war, gab es nur noch Ziegenmilch.

Es klingelte zum vierten Mal.

»Ich komme«, rief Artium, obwohl niemand ihn hören würde. Aufzustehen war kein Problem. Seine Augen mochten ihn im Stich lassen, und dann war da noch das beständige Zittern, der immer heftiger pochende Zahn und der Schmerz in seinem linken Knie, aber alles in allem war Artium noch immer kräftig genug, um allein aus einem Stuhl aufzustehen, und darauf war er stolz. Er beeilte sich nicht auf dem Weg zum Tor. Die Leute aus dem Dorf wussten, dass ihnen jemand öffnete. Und außerdem befand sich die Anlage zwar ziemlich weit unten am Fuß des Bergs, wo die Vegetation noch gedieh, aber trotzdem dauerte der Aufstieg zu Pferd einen guten halben Tag. Man kletterte nicht den halben Berg hinauf, nur um dann wieder umzukehren, wenn einem auf das dritte Klingeln hin noch niemand öffnet.

Auf dem Weg zur hohen Metallumzäunung kam er an der

Reihe alter Gräber vorbei, in denen auch seine eigene Mutter und sein Bruder lagen, und dem frischen Grab von Milbored. Das wuchernde Grün überall am Wegrand musste dringend gerodet werden – zumindest ordentlich zurückgeschnitten –, aber er wusste, dass er es einfach weiterwuchern lassen würde. Als Artium das schwere Tor erreichte, drückte er auf den Knopf des Intercoms, ohne auch nur einen kurzen Blick durch den schmalen Schlitz daneben zu werfen, und er fragte auch nicht, wer dort draußen stand. Wozu Vorsicht walten lassen, wenn man ohnehin gerade beschlossen hatte, sich das Hirn wegzupusten?

»Ihr müsst von außen ein wenig drücken«, rief er dem Irgendjemand auf der anderen Seite zu, gab den Code ein und zog am Hebel. Er musste dreimal ziehen, weil er letzten Monat vergessen hatte, ihn zu ölen, aber schließlich entriegelten sich die gewaltigen Torflügel doch noch und öffneten sich langsam nach innen. Draußen stemmte sich ein verschwommener Mann mit aller Kraft dagegen, um nachzuhelfen. Artium näherte sich ihm, und langsam wurden die Gesichtszüge klarer. Mittleres Alter, grauer Bart, aber mehr erkannte er immer noch nicht. Hinter dem Mann stand ein angeschirrtes Maultier, das einen Karren den Berg heraufgezogen hatte. Auf dem Kutschbock saßen zwei Gestalten, aber Artium hätte über sie kaum mehr zu sagen vermocht, als dass es sich wohl um zwei Frauen handelte.

Er ließ sich nichts anmerken. »Ja?«, fragte er.

»Himmelsmeister«, hörte er eine vertraute Stimme, »möge es Euch wohl ergehen.«

Er erkannte die Stimme und verknüpfte sie mit der kräftigen Statur. »Ah, Broadrik von Kethan.«

»Aye, Himmelsmeister.«

Artium nickte und lächelte still in sich hinein. Sein Augenlicht mochte sich verabschieden, aber sein Gedächtnis war so scharf wie immer, und seinen Titel aus dem Mund des Dörflers zu hören ließ seinen Stolz wiederaufleben. »Wir haben uns lange nicht gesehen. Möge der Tag Euch gewogen sein, Meister Broadrik.«

Broadrik verneigte sich leicht. »Ich habe meine Frau mitgebracht, Reya.« Er deutete auf den verschwommenen Wagen. »Wir bringen Euch Vorräte, Leder und Baumwollstoff. Reya hat Euch eine köstliche Ziegenpastete gebacken, und Bier haben wir auch dabei. Ich bitte Euch um eine Audienz.«

Artium winkte ab. »Natürlich, Meister Broadrik. Möge es Euch und den Euren wohl ergehen. Kommt herein.«

Broadrik gab seiner Frau ein Zeichen, und sie nahm die Zügel auf. Artium sah zu, wie der Karren an ihm vorbeirollte. Dann zog er am Hebel, um das Tor wieder zu schließen. Aus ihm unbekannten Gründen brauchten die schweren Tore aus Tarakanischem Stahl beim Zurückrollen nie manuelle Unterstützung. Artium wartete, bis sie ganz geschlossen waren, und wunderte sich über den unerwarteten Besuch. Dass ihm jemand, den er kaum kannte, einen ganzen Karren voller Vorräte vorbeibrachte, war höchst ungewöhnlich. Sollten sie ihm ruhig ihr Anliegen vortragen. Zwar war Artium nicht sicher, dass er dem Gerber und seiner Frau weiterhelfen konnte, es sei denn, es ging ums Wetter, aber es war lange her, dass er Gesellschaft gehabt hatte, abgesehen von Milbored und den Ziegen, und sogar noch länger, seit er zum letzten Mal Pastete oder Bier gekostet hatte.

Als Artium ankam, war Broadrik schon dabei, den Karren zu entladen. Auf eine ganz bestimmte Entfernung, weder zu nah noch zu weit, sah Artium noch immer ganz klar. An genau diesem Punkt blieb er stehen. Definitiv zwei Frauen. Eine war schon älter, vollbusig und sehr energiegeladen. Sie half gerade ihrem Mann, einen Korb mit Äpfeln aus dem Karren zu heben. Die andere Gestalt hingegen saß noch immer im Wagen.

Den Umrissen nach eindeutig weiblich, trug sie ein langärmliges, schlecht sitzendes Kleid, das Gesicht war unter der weiten Krempe ihres Huts verborgen. Selbst die Hände steckten in Handschuhen. So seltsam war das gar nicht, dachte Artium. Auch zu dieser Jahreszeit wehte hier in den Bergen oft ein beißender Wind. Aber wie sie dasaß, ohne sich auch nur im Geringsten zu rühren, kam ihm eigenartig vor. Andererseits hatte er mit Frauen nicht viel Erfahrung. Jedes fleischliche Verlangen, das er in seiner Jugend noch verspürt haben mochte, war längst erloschen.

»Emilija, hilf uns hier mal«, befahl die ältere Frau mit einer Stimme, die keine Widerrede duldete.

Gehorsam, aber sehr langsam kletterte das Mädchen vom Kutschbock. Ihr Kleid war in den Schultern zu weit und hing wie ein Sack um ihre Gestalt, als wäre es ursprünglich für jemand anders genäht worden. Als sie den Karren umrundete, erhaschte Artium einen Blick auf ihr Gesicht. Die Haut war geisterhaft bleich, und sein Blick blieb unwillkürlich an ihren Augen hängen. So tiefgraue Augen hatte er noch nie zuvor gesehen, und selbst aus dieser Entfernung fand er, dass sie merkwürdig dreinblickten. Trotz ihrer Jugend bewegte sie sich so langsam wie eine alte Frau – oder, dachte Artium und strich sich besorgt über den grauen Bart, als litte sie unter irgendeiner Krankheit.

Broadrik näherte sich mit vollen Händen der Tür.

»Nicht dort hinein«, rief Artium ihm zu. »Dann entkommen die Ziegen.«

Der Mann blieb stehen, sah erst seine Frau an, dann Artium. »Die Ziegen sind *drinnen?*«, fragte er ungläubig.

»Ja, hm …« Artium strich sich noch einmal über den Bart. »An Platz fehlt es mir nicht, und drinnen sind sie viel sicherer als draußen. Zumindest sagt das Milbored immer – hat Milbored das immer gesagt.« Artium seufzte. »Folgt mir einfach.«

Er steuerte auf den Nebeneingang zu, und die drei liefen ihm hinterher.

Beim Eintreten hörte Artium, wie Reya tief Luft holte. Ihm war bewusst, dass sein Zuhause nicht gerade einladend wirkte. Selbst als Milbored noch gelebt hatte, war es unordentlich gewesen. Über ihnen schrien die Eulen.

»Beachtet Ingrid und Fred gar nicht weiter.« Er deutete nach oben. »Sie sorgen dafür, dass hier keine Ratten ihr Unwesen treiben.«

Broadriks Frau murmelte etwas darüber, dass man auch für kleine Segnungen dankbar sein sollte, und riss sich dann zusammen. Sie und ihre Tochter deckten den Tisch mit tönernem und hölzernem Geschirr und Besteck. Dann packten sie das Essen aus. Tagesfrisches Brot, Früchte, Ziegenkäse, Fleischpastete und eine Flasche Bier. Die Brotkruste war ziemlich hart, und Artium konnte nur auf der rechten Seite kauen, aber das machte ihm nichts aus. Himmelswächter oder nicht, er konnte sich nicht daran erinnern, wann er zum letzten Mal ein solches Festmahl genossen hatte. Begeistert griff er zu. Erst nach der Hälfte der Mahlzeit fielen ihm seine Manieren wieder ein, und er machte ein bisschen langsamer, aber da hing ihm schon längst der Bart voller Krümel.

»Tut mir leid«, brachte er mit vollem Mund heraus. »Es ist wirklich köstlich, Frau Broadrik von Kethan.«

»Nennen Sie mich doch Reya, Himmelsmeister«, antwortete sie, aber ihr Unbehagen vermochte sie nicht zu verbergen. Artium fiel auf, dass sie das Essen nicht angerührt hatte. Selbst Broadrik neben ihm aß eher halbherzig, als läge ihm irgendwas schwer auf der Seele. »Wenn die Bemerkung gestattet ist«, redete die Frau weiter, während ihr Mann Artiums Holzbecher mit Bier auffüllte, »dieses Haus könnte eine weibliche Hand gut vertragen.«

»Tja … kann schon sein«, gab Artium zu. »Aber das Dorf

ist einfach zu weit entfernt … wie Ihr vielleicht wisst, gestatten es die Gesetze des Ordens der Himmelswächter nicht, dass eine Frau über Nacht auf dem Gelände bleibt. Diese Regel gilt nun schon seit zwanzig Jahren.« Artiums Mutter war die letzte Frau, die hier gelebt hatte, und sie war schon alt gewesen, als sich damals ein junges Mädchen aus dem Dorf gemeinsam mit zwei Lehrlingen betrunken hatte und … das unglückselige Ereignis hätte den Orden beinahe zerstört. Angesichts der wütenden Dörfler, die an die Tore gehämmert und mit sofortiger Einstellung der Lieferungen gedroht hatten, war es Himmelsmeister Shuefar, dem früheren Meister des Ordens, kaum zu verdenken, dass er die beiden hatte aufknüpfen lassen, Blutgeld zahlte und außerdem anschließend das neue Gesetz verkündete, dass sich in Zukunft keine Frau mehr nachts auf dem Gelände aufhalten durfte.

»Verzeiht mir die Anmerkung, Himmelsmeister«, sagte Broadrik, »aber soweit ich weiß, sind nur noch zwei Mitglieder des Ordens übrig.«

Artium legte seine angebissene Pastete zurück auf den Teller. »Um genau zu sein, bin nur noch ich übrig. Milbored hatte leider einen Unfall und ist in der vergangenen Nacht verstorben.«

An ihren verschwommenen Gesichtern konnte er keine Mimik ablesen, aber Gatte und Gattin wandten einander die Gesichter zu. Er nahm an, sie wechselten einen bedeutungsvollen Blick.

»Mit Verlaub, Himmelsmeister« – mit Beileidsbekundungen hielt sich Reya nicht weiter auf –, »aber vielleicht ist es an der Zeit, dass Ihr diese Regeln ändert? Ihr braucht eine Frau, die Euch zur Hand geht.«

Artium schüttelte den Kopf. »Selbst wenn die Regeln es erlaubten, ich könnte es mir nicht leisten. Ich besitze kein Metall, und auch was die Nahrung betrifft …«

»Ihr wart zu zweit, und jetzt seid Ihr allein.« Broadriks Frau war offenbar so stur wie das Maultier, das sie den Berg heraufgezogen hatte. »Und Ihr braucht Hilfe, Himmelsmeister. Bitte vergebt mir meine Direktheit, aber schon bald wird man diese Umgebung nicht einmal mehr Euren Ziegen zumuten können. Emilija hier …« Sie deutete auf die Gestalt, die noch immer den breitkrempigen Hut trug und ganz allein am anderen Ende des Tischs saß, so reglos, dass Artium sie ganz vergessen hatte. »Sie ist ein gutes Mädchen, still und sauber. Sie könnte Eure Kleidung waschen und ausbessern, putzen, kochen, sich um den Garten kümmern, die Ziegen melken, den Abort sauber machen … sie beklagt sich nie und isst kaum etwas.«

Das Angebot verblüffte Artium so sehr, dass er das Essen völlig vergaß. »Eure Tochter ist im heiratsfähigen Alter, Frau Broadrik. Ganz sicher wollt Ihr sie nicht hier oben wissen, halb den Berg hinauf und nur in Gesellschaft eines blinden alten Manns.«

»Nicht so alt, dass …« Reya erstickte fast an ihren eigenen Worten und verstummte, aber die offensichtliche Andeutung hing in der Luft.

»Die Sache ist die, Himmelsmeister«, sagte Broadrik rasch, »Emilija ist *nicht* unsere Tochter.« Er warf einen besorgten Blick zum anderen Tischende. »Wir kümmern uns um sie, ja … im Auftrag ihrer Mutter, die regelmäßig vorbeikommt und … uns bezahlt.«

»Nicht annähernd genug …« Artiums Ohren fingen die gemurmelte Anmerkung auf.

»Es reicht, Reya«, wies Broadrik seine Frau zurecht und wandte sich wieder an Artium. »Die Sache ist die – wir gehen fort. Mein Schwager besitzt eine Farm weiter oben im Norden. Seit drei Erntezeiten gedeihen seine Felder bestens. Das Dorf wächst rasch und benötigt einen Gerber. In unserem Dorf unten am Berg leben nur noch so wenige Menschen, dass meine Söhne dort kaum passende Ehefrauen finden werden.«

»Broadrik, das alles wird den Himmelsmeister wohl kaum interessieren.« Jetzt war es Reya, die ihren Gatten böse anfunkelte, ehe sie sich an Artium wandte. »Mit Verlaub, ich … *wir* halten es für die beste Lösung für alle Beteiligten. Die Mutter des Mädchens kommt mindestens einmal pro Saison zu Besuch. Sie ist …« Reya zögerte kaum merklich. »Sie ist eine wohlhabende Frau. Aber wir können sie nicht kontaktieren, um ihr zu sagen, wo wir hingehen, und selbst wenn ich wollte, könnten wir Emilija nicht mitnehmen …« Die Frau brach ab und warf ihrem Mann einen nervösen Blick zu, aber er sah auf seinen Teller hinunter und spielte geistesabwesend mit dem restlichen Essen herum. »Die Mutter des Mädchens wird bald kommen, ganz sicher«, fuhr sie fort, »und sie wird Euch für Eure Mühen bezahlen. Sie hat immer gesagt, dass sie das Mädchen mitnimmt, wenn es erst alt genug ist, also könnt Ihr sie ihr dann einfach mitgeben.«

Noch vor einer Stunde hatte sich Artium den Lauf seiner Pistole in den Mund gesteckt und darüber nachgedacht, einfach abzudrücken. Jetzt saß er hier, aß vorzügliche Ziegenpastete, auch wenn etwas zu viel Zwiebeln darin waren und etwas zu wenig Ziege, und man bot ihm eine weibliche Gefährtin an, die für ihn putzen und kochen und ihm vielleicht sogar das Bett wärmen würde. Das Leben ging fürwahr seltsame Wege.

»Da wäre aber immer noch das Gesetz des Ordens«, beharrte er stur, eher an sich selbst als an die Kethans gerichtet. Man konnte doch nicht einfach das Gesetz ändern, nur weil man der Einzige war, der vom Orden übrig geblieben war, oder etwa doch?

»Ich war noch nicht sehr oft hier«, Broadrik kratzte sich den verfilzten Bart, »aber soweit ich weiß, ist dies hier nur das

Haupthaus. Ein Stück weiter den Berg hinauf gibt es doch noch ein Gebäude, richtig? Das mit den ganzen Treppen?«

»Ihr meint das Observatorium? Der Aufstieg dauert mindestens eine Stunde.«

»Ein viel kürzerer Weg als bis ins Dorf hinunter, aber weit genug weg, um dem Gesetz des Ordens Genüge zu tun.« Der stämmige Mann tippte mit einem kurzen Finger auf den Tisch. »Und dem Mädchen kann ein bisschen Bewegung an der frischen Luft nicht schaden. Sie war viel zu lange in unserer Scheune eingepfercht. Ich helfe Euch gern dabei, alles herzurichten.«

Artium dachte darüber nach. Die Argumente des Gerbers waren nicht von der Hand zu weisen, und er konnte tatsächlich dringend Hilfe brauchen. Er betrachtete das Mädchen, und seine eigene Mutter fiel ihm ein. Wie sie bei ihrem kränklichen Sohn zurückgeblieben war, obwohl sie die Chance gehabt hätte, ein besseres Leben zu beginnen. Dieses Mädchen hier war nicht der Kethans eigen Fleisch und Blut. Sie hatten sie um des Metalls willen bei sich aufgenommen, und jetzt wollten sie sie hier oben auf dem Berg ihrem Schicksal überlassen. Er bereute es, diese Leute hereingelassen zu haben.

»Kann sie schreiben und rechnen?« Die plötzliche Härte in seiner Stimme schreckte die beiden auf.

»Ja, kann sie«, antwortete Reya, »obwohl ich nicht weiß, wer es ihr beigebracht hat. Sie hat niemals den Unterricht besucht, aber unsere ganze Scheune ist voller eigenartiger Symbole, die sie überall einritzt, wo sie geht und steht.« Als ihr klar wurde, dass der Gefühlsausbruch ihrem Anliegen wohl kaum förderlich war, erstarb ihre Stimme.

Artium nahm sich ein bisschen Zeit, um alles sacken zu lassen, trank den Rest Bier und sagte schließlich: »Ich behalte sie nicht gegen ihren Willen hier. Wenn sie jedoch aus freien Stücken zustimmt, bin ich einverstanden.«

Alle Köpfe wandten sich Emilija zu. Sie saß noch immer am anderen Tischende, genau in der Entfernung, auf die er am besten sehen konnte, und er stellte fest, dass sie mit ihren großen grauen Augen scheinbar ins Nichts starrte. Aus irgendeinem Grund wusste er, dass sie etwas anderes sah als ihre tatsächliche Umgebung. Zum ersten Mal bemerkte er das dichte, wirre Haar unter ihrem Hut. Sie hatte etwas sehr Eigenartiges an sich, aber mit einem Mal störte das Artium nicht mehr. Wenigstens würde er jemanden haben, der Erde auf seine Leiche warf.

Die Stimme des Gerbers drang in seine Gedanken. »Etwas müssten wir Euch vorher allerdings noch zeigen.«

»Broadrik«, zischte Reya.

»Er muss Bescheid wissen. Himmel noch mal, Weib.« Er wandte sich an Emilija. »Zeig es ihm. Gib dem Himmelsmeister deine Hand.«

Es dauerte unnatürlich lange, bis das Mädchen reagierte. Ohne eine Miene zu verziehen, zog Emilija ganz langsam den dicken Handschuh von ihrer Rechten. Für Artium sah die darunter zum Vorschein kommende Hand vollkommen schwarz aus. Er kniff die Augen zusammen. »Hat sie die Pest?«

»O nein, Meister«, antwortete Reya verdächtig eilig, »es ist nur …«

»Emilija, komm her, damit der Himmelsmeister es sich näher ansehen kann«, sagte Broadrik freundlich, aber unter der Sanftheit lag stählerner Nachdruck.

Gehorsam stand das Mädchen auf und kam langsam auf Artium zu. Als sie nah genug heran war, hielt sie ihm den Arm direkt vors Gesicht. Im ersten Augenblick wollte Artium instinktiv zurückweichen, aber dann fiel ihm ein, dass er sich noch vor einer Stunde fast selbst erschossen hätte. Er griff nach ihrer Hand. Die Haut war warm und weich, und er beugte sich so weit vor, dass seine Nase beinahe ihre Hand berührte.

»Interessant«, dachte er laut. »Das sind eindeutig Formen – drei Kreise, ein Halbmond, Dreiecke …« Als hätte das Mädchen seine Gedanken gelesen, schob es den Ärmel weit zurück, und Artium sah, dass die Formen bis zum Ellbogen hinaufreichten. »Wer hat das gemacht?«

»Sie ist gezeichnet, Himmelsmeister«, hörte er Reya sagen, während er noch immer den Arm betrachtete. »Habt Ihr denn noch nie etwas von den Tätowierten gehört?«

»Von ihnen gehört schon, ja.« Artium lehnte sich zurück und ließ zögernd Emilijas Arm los. Aus irgendeinem Grund empfand er es als angenehm, ihre Hand zu berühren. Emilija wich nicht zurück, sondern blieb so reglos wie eine Statue stehen und betrachtete etwas, das nicht da war. »Was ist damit?« Artium hatte sich nie weit vom Gelände des Ordens fortgewagt. Er hatte hier immer alles gehabt, was er wollte und brauchte.

»Ich habe meinem Mann gesagt, dass es ein Fehler ist, sie aufzunehmen. Dass wir es bereuen würden …«

»Es reicht, Reya.« Broadrik riss der Geduldsfaden. »Als die Münzen, die wir von ihrer Mutter bekommen haben, in deiner Hand geklimpert haben, hast du dich nicht beschwert und auch nicht, als wir uns damit Brennholz gekauft haben, das uns in den kalten Wintern warm gehalten hat. Aber jetzt …« Broadrik sah Artium an und stützte mit einem tiefen Seufzer die Ellbogen auf den Tisch. »In unserem Dorf hatten die Leute Nachsicht, zumal unser Hof ein gutes Stück entfernt liegt und ich weit und breit der einzige Gerber bin. Solange wir sie versteckt haben, hat sich niemand weiter darum geschert. Aber dort, wo wir jetzt hingehen, sind die Leute viel weniger nachsichtig. Wir haben so lange auf die Mutter des Mädchens gewartet, wie wir nur konnten. Normalerweise kommt sie sehr regelmäßig vorbei … aber wir müssen jetzt weg, ehe das Wetter umschlägt.«

Artium musterte das Mädchen. Der logisch denkende Teil seines Hirns brüllte ihn an, dass er einen Fehler machte, aber zum ersten Mal in seinem Leben entschied er sich, nicht darauf zu hören.

»Was sagst du dazu, Emilija? Möchtest du hier bei mir bleiben?«, fragte er.

Für einen Moment regte sich nichts im Gesicht der jungen Frau, dann blinzelte sie und richtete den Blick auf ihn. »Hier gibt es einige interessante Muster.« Ihre Stimme war melodisch, klang fast wie Gesang. »Und Ingrid bekommt bald kleine Küken.«

Artium drehte sich zu Broadrik um. »Ich verstehe nicht …«

»Oh, glaubt mir, Himmelsmeister …« Reya war die Erleichterung anzuhören. »Das ist ein Ja.«

Kapitel 35

Peach

Gret bot mir wiederholt an, mich zu fahren, aber ich lehnte ab. An seinem kleinen Häuschen musste noch immer einiges repariert werden, und außerdem wollte ich meine Stadt wieder *fühlen*. Vom berühmten öffentlichen Nahverkehr Tarkanias war nichts mehr übrig, und zu Fuß brauchte ich fast eine Stunde bis zum zentralen Mittelplateau. Genug Zeit, um richtig zu begreifen, wie sehr sich die Stadt verändert hatte. Die Straßen, in denen es früher von Menschen aus allen Teilen der Welt nur so gewimmelt hatte, waren fast verlassen. Viele Gebäude erkannte ich: Schulen, Büros, sogar eine ehemals berühmte Galerie, die jetzt verlassen war. Es war ein bitterer Spaziergang durch meine Erinnerungen.

Je näher ich dem Zentrum kam, desto belebter wurden die Straßen. Vor allem sah ich viele patrouillierende Schildwachen: die berüchtigte Stadtpolizei. Sie trugen moderne Uniformen einschließlich Kampfhelmen, und ihre Waffen waren so imposant wie tödlich. Nicht zum ersten Mal fragte ich mich, woher sie ihre Ausrüstung haben mochten. Der Unterschied zwischen der modernen Ausstattung der Schildwachen und der fast mittelalterlich anmutenden Kleidung der restlichen Bevölkerung war so augenfällig, dass ich mich zusammenreißen musste, um sie nicht offen anzugaffen. Aber jetzt war nicht der richtige Zeitpunkt, um Aufmerksamkeit auf mich zu ziehen. Jemand mit Kampfhelm konnte mit Leichtigkeit das verborgene Energieschwert entdecken, das ich auf dem Rücken trug, und ich entdeckte zwar noch andere Leute, die Waffen mit sich führten, aber ich sah auch, dass sie ständig aufgehalten und befragt wurden. Ich vermied es also, die Wachen anzusehen, und verschmolz so gut wie möglich mit der Menge.

Kurz vor dem Platz in der Mitte des Plateaus bog ich links ab und streunte durch die heruntergekommenen, abfallübersäten, stinkenden Straßen, bis ich die Vogelplaza erreichte.

Sie war von Annabella Redman entworfen worden, die man auch als »Mozart der Architektur« bezeichnet hatte, und hatte zu meiner Zeit als eine der größten Touristenattraktionen der Stadt gegolten. Anders als die meisten anderen berühmten Sehenswürdigkeiten Tarkanias lag sie etwas abseits, eingebettet zwischen einigen mittelalterlich wirkenden Türmen. Hier sollte man »über die Wunder und stillen Freuden des Lebens nachsinnen« können, wie ein Schild immer noch verkündete.

Der wunderschöne Springbrunnen war ebenfalls noch da. Ich suchte mir eine Bank und setzte mich, spürte, wie der Flexstahl unter mir sich meiner Körperform anpasste, und zog Trost aus der Tatsache, dass er noch immer so funktionierte, wie er gedacht war. Damals vor langer Zeit hatte ich stundenlang hier gesessen und zugesehen, wie die Wasserfontäne emporstieg, zu prächtigen Farben und Formen erblühte und wie in Zeitlupe wieder herabsank, während genetisch modifizierte Singvögel auf meinen Schultern landeten und harmonische Chöre anstimmten. Jetzt war hier nichts mehr, nur noch ein leerer Platz. Leer bis auf einen alten Mann mit Strohhut auf der gegenüberliegenden Seite der Plaza.

Ich beobachtete, wie er sich langsam erhob, nach seinem Stock griff und auf mich zukam. Dies war keine zufällige Begegnung mit einem gelangweilten oder neugierigen Alten aus der Nachbarschaft. Strohhut und Vogel hatte ich in meinem Traumbriefing gesehen, und ich kam seit drei Tagen hierher, saß stundenlang auf der Bank und wartete darauf, dass jemand kam. Jetzt, da es wirklich geschah, schossen mir so viele Fragen zugleich durch den Kopf, dass es mir den Atem verschlug.

Als er näher kam, stellte ich fest, dass er nicht nur alt war, sondern auch fürchterlich krank. Seine Haut schälte sich ab, die offenen Wunden waren voller Eiter. Er rang mühsam um jeden Atemzug, und als er sich setzte und seinen Hut zurechtrückte, lösten sich lange, dünne Haarsträhnen von seiner Kopfhaut und rieselten zu Boden. Ich erkannte die Symptome: Er war Strahlung ausgesetzt gewesen – entweder sehr lange, oder sie war sehr stark gewesen.

»Hallo, Obermajorin.« Seine Stimme war heiser und rau.

Nur unter Aufbietung meiner ganzen Willenskraft blieb ich stumm. Der Mann zückte ein Tuch und wischte sich damit langsam den Schweiß von der Stirn. Danach war der Stoff blutig und klebrig von Wundflüssigkeit. Als er fertig war, drehte er sich mit schmerzverzerrtem Gesicht zu mir um.

»Tarakan lässt Euch die besten Empfehlungen ausrichten«, krächzte er, zog mit der freien Hand einen Geldbeutel aus der Tasche und legte ihn behutsam zwischen uns auf die Bank. »Sucht nach Emilija – sie ist das Einzige, was zählt.«

»Was ist mit der Mutter? Sie ist ebenfalls im Traumbefehl aufgetaucht.«

»Die Tochter ist das Einzige, was zählt«, wiederholte der Mann. »Macht sie ausfindig und geleitet sie sicher zur Sternensäule.« Er musste husten. Es dauerte eine Weile, bis der Anfall vorüber war.

Ich nutzte die Hustenpause. »Darf ich eine Frage stellen?«

Er nickte, noch immer außerstande zu sprechen.

»Was zum *Teufel* ist passiert?«

Er stieß ein keuchendes Lachen aus. »Er hat mir gesagt, dass Ihr das fragen würdet. Es ist nur naheliegend.«

»Wer hat Euch das gesagt?«

Er rang einen erneuten Hustenanfall nieder. »Ach, egal. Angesichts des Euch vorauseilenden Rufs bin ich überrascht, dass Ihr es Euch noch nicht selbst zusammengereimt habt.«

Er versuchte offensichtlich, mir zu entlocken, was ich bereits wusste, aber das war mir im Augenblick gleichgültig. »Nur einen Teil«, sagte ich. »Es gab einen vernichtenden weltweiten Krieg, Tarakan wurde geschlagen, und alle sind gestorben. Die Gesellschaft wurde zerschlagen, Jahrhunderte des Fortschritts sind verloren, die Überlebenden gehen aufeinander los, und manche von ihnen leiden unter eigenartigen Mutationen. Sie können heilen, die Zukunft voraussehen und sonst noch was. Wie mache ich mich?«

»Nicht übel«, gab er zu. »Weiter.«

»Was ich nicht verstehe: Weshalb wurde ich aufgeweckt? Warum und für wen ist meine Mission so wichtig?«

»Nun, sobald Ihr Euren Auftrag erfüllt habt, bekommt Ihr ein vollständiges Briefing«, antwortete er, hustete noch etwas Blut aus, dann beugte er sich zu mir herüber und flüsterte: »Die entscheidende Frage ist, ob Ihr Tarakan gegenüber noch immer loyal seid oder nicht. In dieser neuen Welt zu erwachen kann sehr verwirrend sein, und vielleicht denkt Ihr ja, Ihr solltet Euch am besten einfach um Euch selbst kümmern.«

Ich sah meinen sterbenden Vater und meine Brüder vor mir und wurde wütend. »Stellt meine Loyalität nie wieder infrage.« Ich gab mir gar nicht erst Mühe, die Drohung zu verschleiern.

In seinem Lachen lag keine Spur Bitterkeit. »Glaubt Ihr etwa, ich hätte Angst vor dem Tod? Oder vor Schmerzen? Seht mich doch an.«

»Und warum seid Ihr hier?«

»Ich erweise einem Mann, der mir einst das Leben gerettet hat, einen letzten Gefallen.«

»Warum schickt er ausgerechnet Euch? Ihr gehört ins Krankenhaus, nicht auf einen Einsatz.«

Kapitulierend hob er die Arme. »Ich mache beides gleichzeitig. Macht Euch keine Sorgen, Obermajorin. Nach unserem Treffen begebe ich mich zu einem sogenannten Flickschneider. Mein Körper hat mehr eingesteckt, als er vertragen kann, aber vielleicht kann man mir beim Sterben noch ein paar halbwegs schmerzfreie Wochen verschaffen.« Er winkte ab. »Aber genug der höflichen Plauderei. Ich habe wichtige Informationen über Eure Mission für Euch.« Er beugte sich noch ein Stück vor. Sogar sein Atem stank nach Tod. »Es gibt da einen Tüftler. Ihr wisst, was das ist?«

Ich nickte.

»Gut. Er heißt Puorpan. Ihr findet ihn in der Tüftlerstadt, das ist am westlichen Ende dieses Plateaus. Vincha, die Mutter des Mädchens, sucht ihn jedes Mal auf, wenn sie in der Stadt ist, und ich weiß aus zuverlässiger Quelle, dass sie vor einigen Jahren sogar ihre Tochter zu ihm gebracht hat. Er dürfte wissen, wo sie steckt, oder Euch zumindest wichtige Anhaltspunkte liefern.«

»Moment. Wenn bekannt ist, wo sich dieser Puorpan aufhält – warum schickt man dann kein Team zu ihm?«

Langsam erhob er sich. »Vergesst nicht, dass sich diese Stadt nicht mehr in der Hand Tarakans befindet, Obermajorin. Dies ist eine neue Welt, und diese Welt hat neue Herrscher, die ein strenges Regiment über einen Großteil der Stadt führen. Es ist keine gute Idee, ein paar ortsansässige Schläger anzuheuern, um einen so heiklen Auftrag zu erledigen. Deshalb hat man Euch von den Toten wiederauferstehen lassen. Für diese letzte Mission im Namen unseres Lands. Sucht Puorpan auf und findet heraus, wo sich Emilija aufhält. Sie ist ein Puzzler.«

»Ein was?«

Er seufzte. »Das zu erklären dauert zu lange. Sie ist gezeichnet, so wie die anderen, von denen Ihr spracht.«

»Warum ausgerechnet sie?« Die Frage überschritt bei Weitem meine Befugnisse. Ich sollte eigentlich nur das Nötigste wissen. Aber in diesem Augenblick *musste* ich einfach mehr erfahren.

»Dieses Mädchen Emilija«, der Mann sprach langsam und bedächtig, »es hat gewisse … Gaben, und anhand der Tätowierungen auf Händen, Armen und Gesicht ist sie leicht zu identifizieren. Glaubt mir, es gibt nicht mehr allzu viele Puzzler. Emilija befindet sich nicht in der Stadt, das steht fest – davon hätte ich erfahren –, aber allzu weit kann sie nicht sein. Ihre Mutter hat sie versteckt in dem Irrglauben, sie müsste das Mädchen beschützen.«

»Normalerweise liegt eine Mutter mit ihrem Instinkt richtig«, sagte ich.

Missbilligend blickte er mich an. »Ihr kennt Euren Auftrag, *Agentin*. Sobald Ihr das Mädchen gefunden habt, bringt es zur Sternensäule, zu einem Mann namens Mannes. Dort werdet Ihr alles erfahren.«

Zum ersten Mal sah ich ihn zögern, ehe er sich wieder fasste und hinzufügte: »Und Ihr müsst Euch beeilen. Es gibt noch andere Agenten, die ebenfalls nach dem Puzzler suchen.«

»Andere Agenten? Für wen arbeiten die?«, fragte ich und beuge mich vor. »Wer ist denn noch im Spiel auf diesem völlig zerschlagenen Spielbrett?«

»Die Fraktion, die diesen Krieg ausgelöst hat, ist immer noch aktiv«, antwortete er vage. »Wir wissen nicht, welche Agenten sie entsandt hat, aber wir haben immerhin eine ungefähre Beschreibung ihrer Wirtskörper. Sie sind zu zweit, beide männlich, und mindestens einer von ihnen ist ein fähiger Krieger.«

Ein »Krieger« – das war eine seltsame Bezeichnung für einen ausgebildeten Schläfer. Dieser geheimniskrämerische Mann entstammte einer anderen Zeit als ich. Wenn er mit »Krieger« meinte, dass ich es mit einem für den Kampf optimierten Wirtskörper zu tun bekam, war das eine ausgesprochen schlechte Nachricht.

»Dann finde ich wohl besser als Erste heraus, wo diese Emilija steckt«, sagte ich, »und dann muss ich irgendwie aus der Stadt raus. Wenn es schnell gehen muss, neige ich zu Methoden, die normalerweise eine Menge Aufmerksamkeit auf sich ziehen.«

Er lachte tief und kehlig. »Heutzutage schert sich niemand um einen toten Tüftler. Aber wenn Ihr mich braucht, kommt zur *Kaputten Knarre*, das ist eine Taverne unten im Loch. Fragt nach Sergiu dem Sterbenden. Aber lasst Euch nicht zu viel Zeit, wenn Ihr versteht …« Er zwinkerte mir zu, dann drehte er sich um und ging davon, ließ mich allein mit der Frage: *Wer zum Teufel ist Mannes?*

Kapitel 36

Mannes

»Sir, es wäre dann jetzt alles bereit, wenn Ihr Euch sicher seid, dass die Sache Kosten und Risiken wirklich wert ist.«

Mannes nickte knapp und reagierte nicht auf die subtile Spitze. Wenn das letzte Jahrzehnt ihn etwas gelehrt hatte, dann Geduld. Er versuchte, es sich ein bisschen gemütlicher zu machen, aber auf einem gefrorenen Hügel herumzuliegen war einfach keine geeignete Tätigkeit für jemanden seines Alters und seiner körperlichen Verfassung. Aus Sicht seines Kommandanten war das Ziel auf keinen Fall den kostbaren Treibstoff wert und auch nicht die Munition und Soldaten, die es sie vermutlich noch kosten würde, also wollte Mannes höchstpersönlich im Auge behalten, ob seine Befehle auch ausgeführt wurden. Immer wieder rief er sich in Erinnerung, dass seine kleine Armee, selbst die sogenannten Offiziere, seine wahren Ziele nicht kannte. Die meisten glaubten, sie seien Mitglieder einer besseren Plündererbande. Sie hatten es aufs Überleben abgesehen und auf Beute, wollten hin und wieder eine warme Mahlzeit mitten in der tiefsten Winterkälte, ein Plätzchen zum Schlafen in der Nacht und was sonst noch so einherging mit gewonnenen Schlachten. Aus ihrer Perspektive war sein unberechenbarer Zickzackkurs durch die gefrorenen Weiten Sibiriens unverständlich und manchmal sogar unlogisch. Tja … wenn sie gewusst hätten, wer er war, was er zu verantworten hatte und was er plante, dann hätten sie ihn schon längst umgebracht.

Kurz erwog Mannes, seinen Captain zu beseitigen, obwohl der Mann immerhin wirklich aus dem Militär kam und es geschafft hatte, seine große Familie jahrelang allein am Leben zu halten, ehe er sich Mannes anschloss. Dass Mannes' Armee fast an einen modernen Militärtrupp erinnerte, war unter anderem ihm zu verdanken. Aber er war zu vertraulich geworden, zu selbstbewusst; es war durchaus denkbar, dass er sich zu einer Bedrohung entwickelte. Mannes beschloss, diese Gedanken zu vertagen und später noch mal darüber nachzudenken.

Nach Kasachstan hatte er versucht, sich Richtung Südwest durchzuschlagen, in der Annahme, dass es leichter wäre, durchs alte Europa bis zur Küste Spaniens zu reisen, aber bald hatte sich herausgestellt: Je dichter besiedelt das Land, desto schlimmer die Verwüstungen. Es war unheimlich und unlogisch – was hatte Tarakan bewogen, die Vernichtung seiner Feinde derart brutal durchzuziehen, ohne Rücksicht auf das Schicksal der Menschheit? Sicher hätte sein alter Professor Vitor darauf eine gute Antwort parat gehabt. Er hatte es schließlich stets besser gewusst. *Und seht doch nur, was die Welt davon hat …*

An der Küste eines neuen Meers, das einmal Holland gewesen war, hatte Mannes schließlich aufgegeben, denn ihm wurde klar: Selbst wenn er es ans jenseitige Ufer schaffen sollte, lag zwischen ihm und seinem Ziel noch immer der Atlantik. Deshalb und angesichts der schweren Verwüstungen in diesem Teil der Welt war Mannes umgekehrt, und jetzt hielten sie auf die Beringstraße zu. Aber wie vor ihm schon Napoleon und Hitler musste er feststellen, dass Russland schlicht unpassierbar war. Bei ihm war das Problem nicht etwa eine Armee, die sich ihm entgegenwarf, aber Treibstoff war ein großes Problem und das Wetter ein stummer Killer. Ihre Ressourcen waren mittlerweile so am Limit, dass die meisten seiner Fahrzeuge außerhalb der Einsätze von Pferden gezogen wurden.

»Sir?«

Mannes kehrte in die Gegenwart zurück. »Ja?«

»Ich glaube, es geht los.«

Vor den Toren der gut befestigten Stadt strömten noch immer Jünger herbei, mit hoch über den Kopf gehobenen Opfergaben, Jubelrufe auf den Lippen. Kurz vor den Reinigungsfeuern wurde die Menge von einem entrückten Fieber ergriffen.

Mannes beobachtete, wie ein alter Idiot unter dem Gewicht eines Bioscanners schwankte, und kam nicht umhin zu denken, dass ein Soundsystem oder ein Laptop eine geeignetere Opfergabe gewesen wäre.

Fernseher, Holoprojektoren, Denkende Brillen, Prozessoren, alles warfen sie in die Flammen, diese tobenden Jünger des Naturalistenkults. Mannes fiel allerdings auf, dass die Wachen des Kults ihre Waffen nicht mit auf den Scheiterhaufen warfen. Selbst der Eifer solcher Idioten kannte also Grenzen.

Als schließlich die Bronzegongs verklangen, fächerte sich die Menge auf, um dem Höhepunkt beizuwohnen: den Abschlussriten des Hochmeisters. Er stand ganz oben auf einer Stufenpyramide, liebevoll erbaut aus dem wild durcheinandergewürfelten Schrott Hunderter Autos und von einem Dom aus unzähligen Windschutzscheiben überspannt, und nahm huldvoll die Jubelrufe seiner Schäfchen entgegen. Dann stieß er eine Plasmafackel hoch in die Luft und antwortete ihnen mit einem ohrenbetäubenden, ekstatischen Brüllen.

Am Fuß der Pyramide erschien eine Akolythin im Zeremoniengewand. Sie verbeugte sich tief vor dem Hochmeister und streckte ihm ein Kästchen entgegen, durch dessen durchsichtige Wände Schaltkreise schimmerten. Die Späher auf dem Dach waren gar nicht nötig, Mannes sah sie auch von seiner Position aus gut. In der Box steckte ein Gefangener, ein Künstliches Bewusstsein, das zerstört werden sollte. Nur durch Zufall hatte Norma seinen Hilferuf aufgefangen.

Mannes wandte sich an seinen Captain. »Das ist unser Ziel. Sagt Euren Leuten, sie sollen sich die durchsichtige Box schnappen, unten am Fuß der Pyramide, in den Händen der Frau mit der roten Robe und der roten Kopfbedeckung. Schlagt los, sobald Eure Leute bereit sind.«

»Das Einsatzteam hat alles mitgehört. Zielobjekt ist bereits mit einem Laser markiert«, teilte ihm der Captain mit. »Voraussichtliche Ankunft in dreißig Sekunden.«

Plötzlich fiel Mannes etwas auf. »Stopp, wartet auf mein Zeichen«, befahl er und spähte durchs Fernglas, während der Captain seinen Befehl durchs Komm weitergab. Er sah einen nackten Jungen, vielleicht neun oder zehn Jahre alt. Vier Akolythen schleppten ihn heran. Trotz allem, was er bereits mit angesehen und selbst getan hatte, setzte Mannes' Herz einen Schlag aus. Alle Restzweifel zerstreuten sich, als der Hochmeister vor den Augen der jubelnden Menge einen Zeremoniendolch schwenkte – es war eindeutig, was hier geschehen sollte. Unter dem Jubel der skandierenden Menge wurde der Junge auf den Metallhaufen geschleppt und an einen Pfosten gebunden.

»Auf dieses Stadium ist die Menschheit jetzt also zurückgefallen?«

Sehen Sie sich nur an, was wir aus der Welt gemacht haben, Professor Vitor.

»Sir, beide Aufklärungsteams sind einsatzbereit«, sagte der Captain.

In Mannes stieg kalter Zorn auf. Kinder opferten diese Leute also, für einen falschen Gott und seinen machtberauschten Propheten.

»Kleine Planänderung.« Er starrte immer noch durchs Fernglas. »Die erste Priorität bleibt der Kasten, aber ich will, dass das Team versucht, auch den Jungen heil dort rauszuholen.«

»Das ist …«, setzte der Captain zu einer Antwort an.

Mannes unterbrach ihn. »Gebt einfach dem Einsatzteam durch, dass es eine Extrabelohnung gibt, wenn sie den Jungen lebendig mitbringen. Und, Captain …«

»Ja?«

»Tötet alle bis auf den Anführer. Die Wachen zuerst, aber jeder, der tanzt und singt, wenn ein Mensch geopfert werden soll, wird heute sterben.«

Er hörte, wie der Captain seine Worte weitergab.

»Auf mein Zeichen.« Rasch zog Mannes die Ohrschützer über. »Jetzt.«

Alles passierte auf einmal. Die Scharfschützen erledigten mehrere Wachen mit gezielten Einzelschüssen, untermalt vom Rattern der schweren doppelläufigen Maschinenpistolen oben auf dem Hügel, die feuerspeiend eine Schneise durch die Menge pflügten. Mannes wandte sich nach rechts und entdeckte den alten gepanzerten Truppentransporter, der durchs geschlossene Tor bretterte und dann mitten durch die Menschen hindurch geradewegs aufs Stadtzentrum zu.

Oh, Professor, ich frage mich, was Sie wohl sagen würden, wenn Sie mich jetzt sehen würden, Sie gottverdammter Hurensohn.

Mannes schaltete das Komm aus, wandte aber den Blick nicht ab. Das Überraschungsmoment war auf ihrer Seite, aber die Naturalisten waren noch nicht erledigt. Auf der anderen Seite der Stadt mobilisierten sich Wachtrupps. Mehrere

Kugeln sausten über ihre Köpfe hinweg und schlugen in die Anhöhe ein, auf der sie lagen.

Mannes rang den Impuls nieder, den Rückzug zu befehlen und sich bessere Deckung zu suchen. »Der Hochmeister ist erledigt«, hörte er seinen Captain berichten.

»So wie befohlen?« Mannes ließ das Fernglas sinken.

»Ja, Meister. Bauchschuss. Er lebt noch.«

»Gut. Soll er versuchen, sich auf die altmodische Weise zu heilen. Vielleicht tun es ja ein paar Blutegel.«

Das Einsatzteam erreichte seinen Einsatzort und zündete die auf den Wagendächern montierten Flammenwerfer. Der Greifertrupp stürmte vor, um sich das kostbare Artefakt zu schnappen und den Jungen, der oben auf dem Scheiterhaufen in sich zusammengesackt war.

Kurz darauf berichtete der Captain: »Wir haben den Kasten und den Jungen. Zwei Männer verloren. Kehren jetzt zum Truppentransporter zurück.«

Sein zweiter Leutnant richtete sich auf die Knie auf und streckte ihm ihre Hand entgegen. »Meister, das Einsatzteam ist in Sicherheit. Ich begleite Euch zum Kommandowagen, und wir fahren zum vereinbarten Treffpunkt.«

Mannes ließ sich von ihr auf die Beine helfen. Sobald er stand, schaltete er das Komm wieder ein. »Einsatzteam, wie lautet der Name des geretteten Jungen?«

Eine kurze Pause, dann die Antwort: »Er sagt, er heißt Sergiu, Sir.«

»Wir verschwinden hier, sobald alle aus dem Einsatzgebiet raus sind. Motoren starten.«

Was hatte er alles investiert und aufs Spiel gesetzt, um das künstliche Bewusstsein vor diesen idiotischen Irren zu retten, die mit hämischer Freude alles vernichteten, was von der Zivilisation noch übrig war? Dabei hatte Norma nichts weiter als den automatischen Notruf aufgefangen – es gab keinerlei

Garantie dafür, dass die KI überhaupt noch lebte. Aber Mannes konnte nicht zulassen, dass diese Barbaren etwas zerstörten, dessen Perfektion zu berühren ihren dreckigen, unwürdigen Händen nicht zustand. An Massakern mangelte es nicht in dieser neuen Welt, aber dieses hier hatte wenigstens einen Sinn gehabt.

Kapitel 37

Funkelauge

Eine Woche nachdem wir drei uns in die Stadt der Türme geschlichen hatten, folgte ich gedankenverloren dem Ruf alter Erinnerungen und fand mich in einer Straße wieder, die ich niemals wiederzusehen erwartet hatte. Die *Grüne Weide* war eines jener Etablissements auf dem Mittelplateau, das auf reiche Leute aus den oberen Turmebenen abzielte, die es ein bisschen dreckiger wünschten, aber doch nicht so dreckig, als dass sie gleich ins Loch hinabsteigen wollten. Mit üppiger Dekoration, Duftkerzen, vergoldeten Öllampen und einem unablässig musizierenden Harfenspieler versuchte man, ein gehobenes Ambiente zu erzeugen, um die von den Gästen verlangten Preise zu rechtfertigen. Wenn man etwas genauer hinsah, entpuppte sich der Laden jedoch als eins der vielen billigen Bordelle in der Gegend. Die pittoresken Gemälde und Wandteppiche waren verblasst, die Vergoldung schälte sich ab, der Wein war ebenso überwürzt wie überteuert, und die Betten quietschten und stöhnten, weil sie ebenso abgenutzt waren wie die Prostituierten.

Trotzdem rief der Laden bei mir einige schöne Erinnerungen wach. Hier hatte ich meine Jungfräulichkeit verloren und, noch wichtiger, einige meiner besten Tipps bekommen. Die *Grüne Weide* lag strategisch günstig zwischen drei fußläufig erreichbaren Tarakanischen Aufzügen und dem geschäftigsten Markt des ganzen Plateaus, was sie geradezu dafür prädestinierte, hier verschworene Treffen abzuhalten oder wichtige Abkommen zu besiegeln. »Eine Klinge wird stumpf, eine Waffe kann eine Ladehemmung haben, aber brauchbare Informationen sind immer ihr Metall wert«, sagt man. Viele der Kunden hier redeten zu viel, und es gab immer jemanden, der klug genug war, ihnen zuzuhören.

Ich hatte Galinak in einer Salutisten-Kneipe zurückgelassen, ihm gerade genug Münzen in die Hand gedrückt, um sich ordentlich, aber nicht *zu* ordentlich zu betrinken, und hoffte, er würde uns nicht noch tiefer in den Rost reiten. Meinen Friedensstifter hatte ich ihm ebenfalls dagelassen. Sosehr die elegante Waffe auch nach Oberklasse roch – am Eingang der *Grünen Weide* wurde man nach Waffen durchsucht, und ich wollte keinen falschen Eindruck hinterlassen. An einen gewöhnlichen einsamen Gast auf der Suche nach einer schnellen Nummer würde sich niemand erinnern. Zwei Bewaffnete, die hereinmarschierten, waren jedoch eine ganz andere Liga. Außerdem hatte ich nach Monaten auf der Straße und einer Woche, in der wir in dem engen Zimmer zusammengepfercht gewesen waren, das uns Dorians Onkel freundlicherweise überlassen hatte, Sehnsucht nach einer Pause von diesem mürrischen Burschen, und ich hegte den Verdacht, dass es ihm ähnlich ging.

Jemandem, der noch nie hier gewesen war, musste die Stadt noch immer als das reinste Wunder erscheinen, ich jedoch spürte die Veränderungen. Aber trotz der Spannung, die in der Luft lag, und obwohl sie dahinschwand, verblasste und vielleicht sogar im Sterben lag, war es noch immer meine Stadt, und als ich durch die schweren Eichenflügeltüren in die vertrauten Räumlichkeiten trat, überkam mich ein Hochgefühl. Es war, als reiste ich in der Zeit zurück, aber diesmal war ich kein nervöser Junge mehr, der errötend und ungeschickt seine Münzen abzählte. Jetzt war ich ein Mann in den besten Jahren, der von den Toten zurückgekehrt war. *Wenn ich habe, weswegen ich hier bin,* versprach ich mir, *dann gehe ich hier nicht unbefriedigt fort. Um der alten Zeiten willen.*

Aber Geschäft vor Vergnügen, Metall vor fleischlichen Gelüsten und was es sonst noch an Klischees gibt. Ich setzte mich auf ein weiches Sofa und wartete auf die Bedienung. Lange musste ich nicht warten, aber den Bediensteten, der zu mir kam, kannte ich nicht; er musste neu sein, oder ich erinnerte mich nicht mehr an ihn. Seine schicken Klamotten hatten schon bessere Tage gesehen. Die Ärmelaufschläge waren eingerissen, den Kragen befleckten Schweißspuren, und ein Knopf fehlte.

»Guten Abend, Meister. Ich bin Raviel, Euer Ober. Was kann ich für Euch tun?« Seine gespielten Oberturm-Manieren und der Akzent waren lächerlich. Trotz seiner geleckten Erscheinung und der einstudierten Gesten war es offensichtlich, dass dieser Kerl von den unteren Plateaus stammte, wenn nicht sogar aus dem Loch, und dass er sich so viel wie nur möglich von den Gästen abgeschaut hatte. Es hätte mich nicht gewundert, wenn seine Mutter hier in diesem Schuppen arbeitete.

»Wo ist Sammarkhand?«, fragte ich.

Der Ober blinzelte verblüfft, gewann seine Fassung aber rasch wieder. »Tut mir sehr leid, Meister. Herr Sammarkhand ist nicht mehr bei uns. Schon seit mehr als sechs Monden.«

Ich stieß einen unterdrückten Fluch aus. Der schon in die Jahre gekommene Ober war nicht nur einer der letzten Gentlemen der Stadt gewesen, sondern auch einer meiner besten Informanten, stets bereit, für den richtigen Preis sein Wissen mit mir zu teilen. Soweit ich wusste, hatte er mich nur zweimal übers Ohr gehauen. Aber mir war nicht entgangen, dass mein Ober mir von sich aus verraten hatte, wie lange Sammarkhand bereits nicht mehr hier arbeitete, statt abzuwarten, bis ich fragte, und mir für die Information ein bisschen Metall aus der Nase zu ziehen. Vielleicht war der Wechsel ganz in meinem Sinne. Dem guten alten Sammarkhand wäre ein solcher Anfängerfehler niemals unterlaufen.

»Ist er tot, ja?« Mir fielen auf Anhieb mehrere mögliche Gründe für sein Ableben ein. Der alte Bursche hatte seine zahlreichen Laster gehegt und gepflegt wie eine heiß geliebte Kinderschar.

»Oh, nein, Sir, allerdings sagt der eine oder andere, er wäre noch schlimmer dran. Er hat geheiratet und ist wieder in sein Heimatdorf gezogen.« Der Ober lächelte über seinen eigenen Scherz.

»Sammarkhand? Verheiratet?« Das war zu absurd, um gelogen zu sein.

»Ja, Meister. Er … und eine der Angestellten … eins der Mädchen. Eine der Damen«, korrigierte sich Raviel hastig.

»Wohlan.« Ich zuckte demonstrativ mit den Schultern. »Und wo befindet sich wohl sein Heimatdorf? Er war mir so ein guter Freund. Ich muss ihn unbedingt aufsuchen und den beiden Frischvermählten meine Glückwünsche überbringen.«

Mein Ober lächelte wissend. »Ich weiß es leider nicht, Meister, aber … ich könnte es für Euch herausfinden.« Er ließ das Angebot nicht für sich selbst sprechen, sondern sorgte dafür, dass ich ihn auch ganz sicher richtig verstand, indem er die Fingerspitzen aneinanderrieb. Na bitte, er versuchte es doch noch. Sammarkhand hätte mir an seiner Stelle längst die Hälfte meiner Münzen aus dem Beutel geleiert. Musste ich diesem Burschen hier wirklich meine Münzen zu Füßen werfen?

»Tut das, und auf dem Weg bringt mir doch auch gleich ein Glas Apfelbrand mit.« Ich sah ihm in die Augen. »Und seht zu, dass er aus dem unteren Fass stammt.«

Er verneigte sich und zog sich zurück. Das würde eine teure Angelegenheit werden – ein weiterer Grund, weshalb ich Galinak nicht dabeihaben wollte.

Ich lehnte mich zurück und wartete. Zwei Frauen näherten sich, lächelnd und hinreißend, aber ich winkte ab. Mir war eine Rothaarige aufgefallen, die in einer Ecke mit zwei betrunkenen Gentlemen aus den oberen Türmen plauderte und sie dazu verlockte, ihr noch einen überteuerten Drink auszugeben. Ihr vorgetäuschtes Lachen über die dümmlichen Witze der beiden war bezaubernd, und ich hatte schon immer eine Schwäche für Rothaarige gehabt. Aber dafür würde später noch genug Zeit sein, tröstete ich mich, mal vorausgesetzt, ich hatte dann noch genug Münzen im Beutel.

Raviel kam zurück, in der einen Hand ein hinreichend sauberes Glas und in der anderen einen kleinen antiken Keramikkrug, und stellte beides vorsichtig vor mir ab. Als er sich vorbeugte, um mir einzuschenken, raunte er mir zu: »Was Eure Frage betrifft: Das kostet fünfzehn Münzen, in harter Währung, und könnte ein oder zwei Tage dauern.«

Was für eine durchsichtige Lüge. Entweder wusste er, wo der Mann war, oder er wusste es nicht. Niemand würde sich um den Verbleib von jemandem wie Sammarkhand scheren.

Ich nippte an meinem Branntwein, und aus irgendeinem Grund kannte ich augenblicklich seine alkoholische Zusammensetzung. Ob er aus dem unteren Fass stammte, hätte ich jedoch nicht zu sagen vermocht, ich hatte nur aus Tarnungsgründen einen teuren Drink bestellt. Ich zählte fünfzehn Münzen ab und sorgte dafür, dass der Ober es sah, dann legte ich noch fünf drauf. »Sagt mir Bescheid, wenn ich weggehe, was morgen sein wird.«

Der Ober steckte die Münzen ein und lächelte wissend. »Ihr möchtet also hier übernachten, Meister?«

»In jeder Hinsicht. Sind Eure Betten sauber?«

Seine Erschütterung wirkte beinahe aufrichtig. »Aber natürlich, Meister. Wir sind ein renommiertes …«

»Schön.« Ich winkte beiläufig ab. »Ich nehme Euch beim Wort. Aber sorgt dafür, dass die Bettwäsche gewechselt wird, ehe ich mein Zimmer betrete.«

Er verneigte sich leicht. »Ich kümmere mich darum, Meister.« Leiser fügte er hinzu: »Solltet Ihr Interesse an der Gesellschaft einer unserer Damen haben, könnte ich eine diskrete Zusammenkunft in Euren Gemächern arrangieren.«

Ich betrachtete die Rothaarige und war fast in Versuchung, besaß aber ausreichend Selbstdisziplin und schüttelte den Kopf. »Nein, ich sehe keine, die mir gefällt.«

Wieder lächelte er wissend. »Falls Ihr wünscht, hätten wir da auch noch einige junge Herren, die Euch ausgezeichnet Gesellschaft leisten könnten oder auch etwas ganz anderes …«

»Nein«, sagte ich etwas zu barsch und versuchte, nicht allzu genau über die angebotene Alternative nachzudenken. Ein paar Köpfe wandten sich in unsere Richtung. »Ich suche jemand Bestimmten, eine Frau mit dem Namen Fay.«

Er war ein wenig verdutzt, aber ich sah ihm an, dass der Name ihm etwas sagte. »Es tut mir leid, Meister, aber es gibt hier keine Dame dieses Namens.«

»Groß, blond, und ich meine *wirklich* blond, grüne Augen, ein auffallender Akzent; sie stammt nicht aus dieser Gegend. Sie ist kein junges Mädchen mehr, fürwahr, aber ich habe sie in liebevoller Erinnerung, und sie konnte Dinge mit dem Mund anstellen wie keine andere.« Das war nicht übertrieben. Die Erinnerungen an meine erste und die wenigen darauffolgenden Begegnungen mit Fay hatten mich viele Nächte lang wach gehalten.

»Ich werde mich nach ihr erkundigen, Meister.« Er entfernte sich.

Das war eine seltsame Antwort. Selbst diese Gurke von einem Ober sollte doch wissen, wer hier arbeitete. Es war allerdings unwahrscheinlich, dass sie noch in der *Grünen Weide* zu finden war. Es war ein strapaziöser Beruf, der die Frauen niemals schmeichelhaft altern ließ, aber eine Spur war eine Spur war eine Spur.

Der Ober kehrte nicht zurück. Stattdessen setzte sich mit einem Mal die Madam höchstpersönlich neben mich. Man sagt, die Madams seien jene Frauen, die dieses härteste aller Gewerbe überlebt hatten, aber ich konnte mir kaum vorstellen, dass sie jemals jemanden mit ihren weiblichen Reizen betört hatte. Sie war fast grotesk dünn; ihr glänzendes, schwarz gefärbtes Haar zu einem festen Knoten oben auf ihrem Kopf zusammengefasst, und Augen, Nägel und Lippen waren schwarz bemalt. In ihrem Lächeln lag keine Lockung, und in ihren Augen glomm die berechnende Tücke eines Raubtiers. »Findet unsere erlesene Auswahl an Damen nicht Euren Gefallen, Meister?«

»Ich habe bereits Eurem Ober mitgeteilt, wen ich gern sehen würde«, antwortete ich so hochmütig, wie ich nur konnte.

»Ich kann mich nicht erinnern, Euch hier schon einmal gesehen zu haben.«

»Es ist lange her.«

»Ich habe ein ausgezeichnetes Gedächtnis für Gesichter, Meister …«

»Sammarkhand hätte mich wiedererkannt.« Das immerhin war hinreichend wahr, und womöglich hörte die Madam es meiner Stimme an. Sie zögerte.

Ich beugte mich ein Stück vor und nahm den klaren Duft ihres Parfums wahr. Nicht die betäubende, schwere Süße, mit der sich die meisten Prostituierten einnebelten. Mit Sicherheit wusste sie, dass ich Metall bei mir hatte und willens war, es auszugeben.

»Ihr wisst, wen ich suche. Ich bin bereit, für einen Abend mit ihr das Doppelte zu zahlen«, sagte ich und nippte an meinem Glas.

Sie seufzte leise. »Fay ist nicht unbedingt jünger geworden, und dann hatte sie diesen … unglückseligen Unfall vor ein paar Jahren. Sie arbeitet noch immer in unserem Hause, aber als Aushilfe. Sie backt die besten Kuchen der Stadt. Wir haben hier so viele reizende Damen. Ich habe gesehen, wie Ihr Bernadette dort drüben angesehen habt. Ich könnte sie davon überzeugen, die beiden Herren sich selbst zu überlassen. Ich versichere Euch, dass sie über *außergewöhnliche* Gaben verfügt.«

Ich erwiderte ihren Blick und sagte langsam: »Ich bin es nicht gewohnt, dass mir meine Wünsche abgeschlagen werden. Fay mag kein junges, hübsches Mädchen mehr sein, aber ich habe sie in sehr guter Erinnerung.« Als die Madam den Mund öffnete und höflich protestieren wollte, hob ich rasch die Hand. »Ich will Euch etwas sagen – geht zu ihr und fragt sie selbst. Ich würde ihr das Dreifache dessen zahlen, was eine ganze Nacht kosten würde. Ihr findet doch sicher jemand anders, der Euch diese schlichten Kuchen backen kann.«

Es war als hochmütig-aristokratische Beleidigung gemeint, und den zusammengepressten Lippen der Madam nach zu urteilen kam es auch so an, aber Münzen waren Münzen, und der dreifache Preis war ein solcher Haufen Metall, dass man nicht ohne Weiteres darüber hinwegsehen konnte.

Die Madam zog sich routiniert zurück. »Ich bespreche es mit ihr und sage Euch so rasch wie möglich Bescheid.«

Ich leerte bereits mein zweites Glas und war drauf und dran, die Hoffnung aufzugeben, da näherte sich Raviel.

»Lady Fay nimmt Euer Angebot dankend an.« Er gab sich kaum Mühe, die Belustigung in seiner Stimme zu verbergen. »Aber sie lässt Euch um Geduld bitten, während sie sich vorbereitet.«

Ich nickte. »Dann ziehe ich mich jetzt zurück. Bitte lasst mir zwei Mahlzeiten hinaufbringen und dazu einen Krug des Weinbrands, den Ihr mir bereits serviert habt.«

Der Ober verneigte sich, aber ehe ich aufstehen konnte, beugte er sich vor und stellte sich mir in den Weg. »Die Madam muss darauf bestehen, dass die Zahlung im Voraus geleistet wird.«

Das war natürlich nur logisch, aber unhöflich war es trotzdem, und derjenige, der ich zu sein vorgab – und vielleicht in diesem Augenblick auch ein wenig zu sein glaubte –, wäre gekränkt gewesen.

»Ich zahle den halben Betrag im Voraus.«

»Ich befürchte, ich muss darauf bestehen, Meister.«

»Falls das ein Versuch ist, mich reinzulegen, und Ihr schickt mir jemand anders aufs Zimmer statt meiner Fay …«

»Ich versichere Euch, Meister, dass Ihr bekommt, was Ihr wünscht.«

Anscheinend ließ mich die Madam wortwörtlich für meinen Kommentar über die Kuchen zahlen. Ich zählte die Summe ab, stand auf und begab mich in den dritten Stock.

Mein Zimmer war nicht besonders groß, aber durchaus annehmbar. Ein kleiner Tisch mit zwei Gedecken. Das große Bett nahm den Großteil des verfügbaren Platzes in Anspruch, aber es passten auch noch ein zierlicher Beistelltisch, ein Waschbecken und eine kleine Sitzbadewanne hinein. Ich untersuchte Wände und Decke und fand keine Gucklöcher, aber das hieß natürlich nicht, dass es keine gab.

Ich verbrachte eine Menge Zeit damit, die Kerzen umzustellen und den Schein der Öllampen zu dämpfen, und als es endlich leise an der Tür klopfte und Fay hereinkam, konnte sie mich in der dunklen Ecke, in der ich saß, nicht sehen. In der Raummitte beim Tisch war es hell, und sie ging zögerlich darauf zu und sah sich um.

»Hallo?«, fragte sie. »Meister, seid Ihr hier?«

Sie hatte ihr Bestes gegeben, wirklich. Ihr dünner werdendes Haar war kenntnisreich in Wellen gelegt, um ihm Volumen und jugendlichen Schwung zu verleihen. Ihr Körper steckte in einem viel zu engen Korsett, das an allen wichtigen Stellen die richtigen Wölbungen sehen ließ, und der Rest war geschickt verhüllt. Einst war sie eine bemerkenswerte Schönheit gewesen, aber die Zeit hatte wie eine Reise über eine verschlammte Straße tiefe, unauslöschliche Spuren hinterlassen. Mit meiner verbesserten Sicht entging mir nichts davon: die mehrmals gebrochene Nase, die fehlenden Zähne, ihr ängstlicher, gehetzter Blick.

»Bitte setzt Euch«, sagte ich, und sie fuhr rasch in die Richtung herum, aus der meine Stimme kam. Sie begriff sofort, dass hier nicht das laufen würde, worauf sie sich vorbereitet hatte. Ich sah, wie sie um Fassung rang, und genau deshalb hatte ich mir im Vorfeld all die Mühe gemacht. Die erste Regel, wenn man jemanden ins Verhör nehmen will: Bestimm die Regeln.

Wachsam ging sie auf den einsamen Stuhl zu, der am Tisch stand, und zögerte kurz. Dann setzte sie sich.

»Auf dem Tisch steht etwas zu essen und zu trinken.« Nicht dass sie das nicht selbst sehen könnte. »Bitte bedient Euch doch.«

»Wenn ich schreie, kommt mir jemand zu Hilfe«, sagte sie. Auch nach all den Jahren war ihr fremdländischer Akzent noch deutlich hörbar.

»Ihr werdet keinen Grund haben zu schreien«, sagte ich sanft. »Ich will euch nichts Böses – im Gegenteil.«

Sie blinzelte in meine Richtung, aber ich war sicher, dass sie mein Gesicht nicht sah.

»Bitte, schenkt Euch doch ein wenig Apfelbranntwein ein.«

Sie rührte weder Essen noch Branntwein an. Ihr Blick blieb

an dem Holzmesser hängen, das auf dem Tisch lag. »Was soll das werden? Ich nehme an, es handelt sich um irgendeine … List? Mir wurde gesagt, wir seien uns schon einmal begegnet, dass Ihr noch immer eine Schwäche habt für das hier …« Mit einer abschätzigen Geste deutete sie auf ihren Körper. »Das war also alles gelogen? Ihr seid wegen etwas ganz anderem hier.«

»Es war keine Lüge«, sagte ich. Aus irgendeinem Grund war es mir wichtig, dass sie mir glaubte. »Wir sind uns schon mal begegnet. Ihr wart für mich die Erste, und Ihr wart …« – ich war froh, dass sie mich nicht erröten sah – »… *ganz* und gar unvergesslich.«

Wieder kniff sie die Augen zusammen und versuchte, die Dunkelheit zu durchdringen.

»Wir waren so oft zusammen«, fuhr ich rasch fort, »wie ich es mir leisten konnte. Ihr seid sehr sanft mit mir umgegangen.«

»Ach, Süßer.« Sie entspannte sich ein bisschen und streckte endlich eine Hand nach dem Krug aus. »Es tut mir leid, aber es gab damals viele wie dich. Bist du wirklich deshalb hier?« Zögernd nippte sie an ihrem Drink. Ihrer Miene nach zu urteilen, fand sie Gefallen daran. Ich wusste noch, dass sie mir damals gesagt hatte, Apfelbranntwein trinke sie am liebsten. Ich weiß nicht, ob es die Wahrheit gewesen war oder nur ihre Art, noch mehr Metall aus mir herauszumelken, aber der junge Funkelauge hatte jede Münze, die er in die Finger bekam, sofort wieder ausgegeben, um ihr zu imponieren.

»Allerdings bin ich heute nicht deshalb hier, sondern aus einem anderen Grund«, sagte ich und versuchte, die Bilder wegzuschieben, die mir lebhaft vor Augen standen.

Wieder beunruhigt, stellte sie ihr Glas auf den Tisch.

»Ich bin wegen einer Geschichte hier – deiner Geschichte. Ich möchte sie hören. Mag sein, dass das eine Weile dauert, aber wir haben die ganze Nacht Zeit.«

»Welche Geschichte?«, fragte Fay verblüfft. Am liebsten wäre sie wohl aufgestanden, aber ich sah, wie sie sich zur Ordnung rief. Noch konnte sie nicht einschätzen, worauf diese Begegnung hinauslaufen würde.

»Dein Leben. Wie es dazu kam, dass du hier gelandet bist.«

Sie lachte laut auf. »Meinst du das ernst? Dieser ganze Aufwand, nur damit ich dir ein bisschen was über meine Kindheit erzähle?«

»Überspring das mit der Kindheit. Erzähl mir von deiner Zeit mit einem Mann namens Mannes.« Ich sah, wie sie erbleichte.

»Wer …?«

»Versuch, mich nicht für rostig zu verkaufen, Lady Fay. Mannes, der Mörder aus dem Süden, der außerirdische Halbgott, der Bücherwurm-Schlächter.«

»Ich habe keine Ahnung …«

»Du warst mit ihm zusammen. Als seine Konkubine.«

Sie schüttelte den Kopf. »Woher weißt du das?«

»Spielt das eine Rolle? Ich bin gut darin, Informationsbrocken zusammenzufügen. Die Leute reden, und ich höre zu. Ich bin sicher, dass du weißt, wovon ich rede.«

Fays Miene wurde kantig. »Und warum sollte ich dir irgendwas darüber erzählen?«

Sie sah den kleinen Münzbeutel in meiner Hand nicht, hörte aber das Klingeln. »Weil ich dich gut dafür bezahlen werde, meine Liebe, und dich zum Essen einlade und dich höflich behandeln werde.«

Ich nehme an, es war der letzte Punkt, der sie überzeugte. Und außerdem hatte sie nichts zu verlieren.

Kurz sah es aus, als wollte sie noch einmal an ihrem Drink nippen. Aber dann kippte sie einfach alles runter und schenkte sich noch mal nach.

»Was möchtest du wissen, geheimnisvoller Mann?«

»Du warst seine Geliebte.«

Sie stürzte noch ein Glas runter. Ich fing an, mir Sorgen zu machen – vielleicht war es ein Fehler gewesen, gleich einen ganzen Krug von dem Zeug zu bestellen. Wenn sie sich bewusstlos trank, hatte ich einen ganzen Haufen Münzen aus dem Fenster geworfen. »Eine ›Geliebte‹ wohl kaum«, sagte sie plötzlich. »Ich war noch ein Kind, als sich mein Vater Mannes' Armee anschloss, und fünfzehn, als er mich ihm übergab.« Ihr Blick ging in weite Ferne. »Eine Schönheit war ich, aber im Grunde noch ein Kind im Körper einer jungen Frau, und mein Vater hat mich diesem Mann gegeben, damit ich ihm nachts das Bett wärme. Vermutlich wollte er mir eine sichere Zukunft verschaffen. Oder er wollte mich einfach aus dem Weg haben.«

Sie richtete den Blick auf mich. Einen so direkten, glühenden Blick, dass ich kurz befürchtete, er könne Dunkelheit und Kapuze durchdringen. »Es war nicht nur die Idee meines Vaters. Mannes hatte viele wie mich. Ein halbes Dutzend, manchmal noch mehr, aber für eine Zeit lang war ich sein Liebling.«

»Woher wusstest du das?« Es war keine wichtige Frage, aber ich stellte sie trotzdem, ich konnte nicht anders.

»Ich wusste es einfach.« Fay blickte jetzt ein bisschen selbstbewusster drein. »Er hat manchmal mit mir geredet, du weißt schon, so wie Männer es eben tun, wenn sie mit einer Frau im Bett liegen.« Sie lachte leise in sich hinein. »Sie alle haben ihn wie einen Gott verehrt, aber ich weiß, dass er nur ein Mann war. Er hat mit mir geschlafen wie ein Mann, er hat gestunken wie ein Mann, er hat geschnarcht wie ein Mann, und er hat mit mir geredet, so wie es alle Männer tun, nachdem ihnen zwischen den Beinen die Seele entwichen ist.

Wir sind bis zum äußersten Rand der Welt gereist, wo einem Ohren und Nase abfrieren, wenn man nicht aufpasst.

Dann hat er die Richtung gewechselt, und wir sind in wärmere Gefilde gezogen. An der Küste sind wir so lange geblieben, dass ich schon glaubte, das wäre meine neue Heimat, aber dann kam eines Tages ein Schiff. Es war riesig, größer, als wenn man dieses Haus hier mehrmals aufeinanderstapelt, und es bestand ganz aus Metall, aber es schwamm trotzdem auf dem Wasser.« Fay schüttelte leicht den Kopf. »Mein Vater war schon lange tot, und Mannes wollte, dass ich aufs Schiff gehe. Ich hatte furchtbare Angst, dass wir sinken und ertrinken würden, aber das ist nicht geschehen. Wir sind alle an Bord gegangen und haben viele Monate zusammengepfercht im Bauch des Schiffs gehockt, und danach sind wir auf dem Landweg weitergereist, bis wir dieses Land hier erreichten. Und eines Tages dann hat er mir ein paar Münzen gegeben und gesagt, ich solle weggehen.« Fay nippte an ihrem Drink. Zum Glück schien sie ihr Tempo langsam wieder zu drosseln.

»Klingt, als wäre er kein allzu übler Kerl gewesen«, sagte ich leise. »Ich meine, er hat dir Münzen gegeben und …«

Fay schüttelte den Kopf, und ich spürte ihren wachsenden Zorn. »Oh, mein lieber Fremder, vielleicht war er einst ein netter Mann, aber jetzt ist er der grausamste, hinterhältigste, wahnsinnigste Mörder, den man sich nur vorstellen kann, auf mein Wort. Er würde keine Sekunde zögern, die Welt noch einmal zu zerstören.«

Ich setzte mich kerzengerade hin. »Das ist eine sehr scharfsinnige Beobachtung. Woher weißt du denn, dass er die Welt schon einmal zerstört hat?«

»Er hat es mir erzählt. Oft. Er hat gesagt, dass er gemeinsam mit diesem anderen Mann namens Vitor die alte Welt zerstört hat und die neue Welt es nicht wert ist, gerettet zu werden. Er sagte, wir alle seien verdammt, unsere ganze Spezies. Möchtest du wissen, was Mannes mir angetan hat?« Fay schüttete das dritte Glas hinunter und sprach weiter, die Worte purzelten nur so aus ihr heraus, immer schneller, aber schon nicht mehr ganz deutlich.

»Er hat mich auf diesen Tisch mit den Metallarmen gelegt, die sich ganz von allein bewegen. Ich weiß nicht, was dann passiert ist, weil er mich mit einem Zauber belegt hat und ich in einen tiefen Schlaf gefallen bin, aber als ich aufgewacht bin, hat sich irgendwas in mir«, sie zeigte auf ihren Unterleib, »nicht richtig angefühlt, das hab ich gespürt. Dann sagte er zu mir, dass in diese kaputte Welt keine Kinder geboren werden sollten, ich mir darum aber keine Sorgen mehr machen müsse, und da wusste ich, was er getan hatte. Mit den anderen Mädchen muss er das auch gemacht haben. Wie sonst kann es sein, dass er umringt war von jungen, gesunden Frauen in der Blüte ihrer Jahre, und nicht eine von ihnen wurde schwanger? Stattdessen gab er ihnen aufgelesene Kinder, Waisen, die er gerettet oder aufgenommen hatte. Die meisten Mädchen hatten ein oder zwei Kinder, um die sie sich kümmern mussten wie um kleine Haustiere, aber sie blieben nie lange. Irgendwann verschwanden all diese Kinder wieder, wurden krank und starben oder schlossen sich seiner Armee an, jedenfalls hat man uns das erzählt. Eine der Wachen hat mir mal gesagt, dass Mannes die Kinder für seine schwarze Magie benutzt, dass er sie verschlingt, um sein eigenes Leben zu verlängern. Er hat ihre Herzen verzehrt und ihre Haut am Leib getragen. Ich weiß nicht, ob es stimmt oder nur ein grausamer Scherz war, aber ich habe diesen Mann gekannt und weiß, dass Mannes dazu in der Lage gewesen wäre, genau wie er dazu in der Lage war, mich zu kastrieren wie Nutzvieh.«

Mit funkelnden Augen starrte Fay unverwandt in meine dunkle Ecke. »Wenn du mehr hören willst, lässt du mich jetzt mal besser ein bisschen Metall sehen.«

Ich hätte mit ihr feilschen oder sie mit anderen Methoden dazu bringen können weiterzureden, so wie ich es bei

Vincha getan hatte, aber ich war zu rostverdammt müde und spürte, dass es ohnehin eine lange Nacht werden würde. Also warf ich den Münzbeutel auf den Tisch. Er landete mit einem vielversprechenden Klirren. Fay griff danach, wog ihn in der Hand, löste den Knoten der Verschnürung und blickte hinein. Zufrieden steckte sie ihn ein.

»Na schön«, sagte sie und wischte sich mit zwei kurzen Handbewegungen über die Augen. »Ich sag dir, was du wissen willst. Rost, es ist schon lange her, dass ich an dieses *Arschloch* gedacht habe …«

»Eine kurze Anmerkung, meine Liebe: Ich bin Experte, was Täuschung, Verarsche und dergleichen betrifft. Bitte zwing mich nicht, wiederzukommen und mein Metall wiederzuholen.«

Ihre Augen waren jetzt trocken und ihr Lächeln müde, traurig und überraschend aufrichtig. »Ich bin eine alte Hure, die niemand mehr will, ohne Kinder und sogar ohne eigenes Zuhause. Ich habe nichts zu verlieren. Deine Bezahlung stimmt, und meine Geschichte stimmt ebenfalls.«

Ich lehnte mich in meinem Stuhl zurück. Er quietschte ein wenig. »Ich sag dir, wo du anfangen sollst.«

Kapitel 38

Mannes

Mannes massierte sich die Schläfen und drückte vorsichtig die Handballen auf seine Augen, hinter denen sich der vertraute Druck aufbaute. Es würde nicht mehr lange dauern, bis er sich hinlegen und gegen den Drang ankämpfen musste, sich mit Drogen abzuschießen. So langsam wurde er resistent gegen sein primitives, selbst zusammengebrautes Schmerzmittel, und die medizinische Untersuchung hatte ergeben, dass eine höhere Dosis seine Leber irreparabel schädigen würde.

Er seufzte tief. »Norma, so gut ich deine Bedenken auch nachvollziehen kann, ich weiß ganz schlicht nicht mehr über den Spender, als ich dir bereits mitgeteilt habe.« Er achtete darauf, es so sachlich und neutral wie möglich auszudrücken, weil sie darauf erfahrungsgemäß am besten reagierte. »Ich habe dir alle Informationen gegeben, die wir über den Tod des Manns und die daraus resultierenden Folgen haben, aber unsere Scanner waren zur Zeit seines Todes runtergefahren, deshalb sind diese Informationen nicht allzu detailliert. Angesichts der Energieknappheit muss ich dich darum bitten, dass wir das Beste aus unserer ungünstigen Situation machen und mit der Operation beginnen. Der junge Mann auf dem Tisch ist tot, aber seine Organe können noch immer anderen das Leben schenken. Ich bitte dich zu akzeptieren, dass uns von ihm keine Einverständniserklärung vorliegt – so etwas gibt es in dieser zerstörten Welt nicht mehr.«

Wie gewöhnlich war Normas Stimme zum Verrücktwerden ruhig. »Dr. Holtz, wie kommt es, dass ich wiederholt darum gebeten werde, die Organe junger und meist auch gesunder Menschen zu entnehmen? Es widerspricht jeder statistischen Wahrscheinlichkeit, dass nur selten einmal alte, kranke Menschen auf diesem Tisch landen.«

Mannes ballte unter dem Tisch die Fäuste. Versuchte, ganz ruhig zu atmen – wenn er sich im medizinischen Labor aufhielt, überwachte Norma stets seine Vitalwerte. »Bedauerlicherweise, Norma, ist die Lebenserwartung in dieser Welt empfindlich gesunken, vor allem in den kälteren Gefilden wie diesem. Die Überlebenschancen alter oder kranker Menschen sind minimal. Die verschlechterten Bedingungen machen eine Anpassung deiner statistischen Modelle erforderlich. Bitte – die Zeit drängt, und die uns vorliegenden Daten werden nicht besser.«

Er regulierte Atmung und Herzschlag und war sich vollkommen darüber im Klaren, dass er Norma vor vollendete Tatsachen gestellt hatte und ihnen beiden nicht mehr viel Verhandlungsspielraum blieb.

»Sie sagen, dieser Mann sei bei einem Sturz durch Genickbruch zu Tode gekommen.«

»Ja, Norma.«

»Aber weder Haut noch Knochen zeigen die typischen Spuren eines solchen Unfalls. Außerdem wurde der Mann schnell genug gefunden und in Stasis versetzt, um das Überleben der meisten Organe zu gewährleisten.«

»Ja … also …«

»Und genau dasselbe ist in den vergangenen Monaten mehreren jungen Erwachsenen zugestoßen. Ich sollte Ihrem *frisch ausgebildeten* Ärzteteam zu seiner Reaktionsschnelligkeit gratulieren.«

Zynismus, das war etwas Neues. Norma lernte, und obwohl sie nur eine KI war und kein unabhängiges Künstliches Bewusstsein, war sie keine Idiotin.

»Norma, wir verfügen weder über die Ausrüstung, die Zeit noch auch nur das nötige Wissen, um selbst Organe zu züchten.« Mannes unterdrückte seine Gefühle nur mühsam, seine Stimme klang angespannt. »Ich *sterbe*. Ich brauche in nächster Zeit Ersatz für die meisten lebenswichtigen Organe, und einige meiner besten Soldaten zeigen schwerwiegende Symptome der Strahlenkrankheit. Ohne ihre Hilfe schaffen wir es nicht, uns weiter durchzuschlagen. Ich benötige eine Organbank, damit wir unser Ziel erreichen.«

»Bei allem Respekt vor Ihrem Ziel, Dr. Holtz, Sie bitten mich gerade darum, gegen Tarakanisches Recht zu verstoßen, gegen internationale Gesetze und die Gebote sämtlicher bedeutenden Religionen dieses Planeten. Ich darf Sie daran erinnern, dass laut Weltratsbeschluss 562 die Entnahme menschlicher Organe verboten ist, wenn nicht die in Schrift und Bild aufgezeichnete Zustimmung des Spenders vorliegt sowie die ärztliche Bestätigung, dass der Spender eines natürlichen Todes gestorben ist. Unter allen anderen Umständen fällt die Organentnahme unter die Menschenrechtsverl…«

Mannes schlug mit der flachen Hand auf den Tisch. »Himmel, Arsch und Zwirn, Norma, wir sind in die Steinzeit zurückgefallen, begreifst du das denn nicht? Hier in diesem Land knüpfen die Leute Frauen an Bäumen auf, weil sie sie für Hexen halten, sie bringen Menschenopfer dar und tauschen achtjährige Mädchen als Bräute gegen Konservendosen ein.«

»Umso wichtiger ist es, dass wir nicht ebenfalls in die Barbarei zurückfallen.« Norma legte Wärme in ihre Stimme, um ihr einen besorgten und einfühlsamen Klang zu verleihen. »Dr. Holtz, ich bin ehrlich zu Ihnen: Ich mache mir nicht nur um Ihr körperliches Wohlergehen Gedanken, sondern in letzter Zeit auch um Ihren Geisteszustand. Ihre jüngsten Entscheidungen zeugen zunehmend von einer aggressiven …«

Mannes blendete Normas Stimme aus. Es hatte keinen Sinn, mit ihr zu streiten; er hatte schon drei Leichen in ausgezeichnetem Zustand verloren, weil sie sich verweigerte.

Er wollte es nicht tun, er wollte es wirklich nicht. Selbst als er die Codes geschrieben und sie auf dem alten Server getestet hatte, damit Norma nichts merkte, hatte er noch gehofft, sie würde zur Vernunft kommen. Aber jetzt blieb ihm nichts anderes mehr übrig. Er musste es tun, er musste überleben.

Reiß dich zusammen. Bleib am Leben. Für Deborah.

Höchstwahrscheinlich war sie tot. Mannes hätte nicht so lange überlebt, wenn er nicht Realist und schonungsloser Pragmatiker gewesen wäre. Wenn Tarakan ebenso großen Schaden erlitten wie ausgeteilt hatte, war nicht mehr viel übrig, vor allem, wenn jemand in den eigenen Reihen nachgeholfen hatte … aber er musste trotzdem zurück. Er musste es mit eigenen Augen sehen, und es gab noch immer das eine oder andere, was er tun konnte, um wenigstens ein paar Dinge in dieser Welt wieder besser zu machen. *Für Deborah, tu es für Deborah.*

Unvermittelt stand er auf und verließ das Labor. Auf dem Weg kam er am Operationsabteil vorbei, wo die Leiche des jungen Manns in Stasis lag. Über ihm schwebten die sechs Arme des Med-Bots bereits in Position, aber ohne Normas Mithilfe hätte er ebenso gut mit Axt und Kettensäge zu Werke gehen können. Als er die mobile Klinik verließ, hörte er klar und deutlich das Summen der drei Motoren. Jede Sekunde, in der Norma die Organe am Leben hielt, ohne sie zu entnehmen, kostete Mannes wertvolle Energie, ganz zu schweigen von dem Schaden, den die Verzögerung seinem Ansehen bei den Offizieren seiner kleinen Armee zufügte.

»Wo wollen Sie hin, Dr. Holtz?« Die Stimme kam über sein Innenohr-Komm.

Eine ungewöhnliche Frage von Norma. Sie war nicht dumm.

Mannes lief an den Wachen vorbei, die bei seinem Erscheinen eilig Haltung annahmen. Er hämmerte den Sicherheitscode in die Tastatur und öffnete die Stahltür. Der Serverraum war der bestgesicherte Bereich auf dem gesamten Gelände. Wann immer sie ihr Hauptquartier verlegten, ließ er seine Leute einen unterirdischen Bunker graben, der rund um die Uhr von mindestens einem Dutzend Wachen gesichert wurde. Mannes ging hinein und schaltete das Licht ein. Die Klimaanlage war schon vor langer Zeit ausgefallen, es war eiskalt hier unten. Ohne auf die Kälte zu achten, ging er schnurstracks zu dem Großrechner, den er aus dem Shuttle gerettet hatte. Er hatte Norma quer durch das verwüstete Land mitgeschleppt, hatte sie regelmäßig gewartet und vor jedem Schaden bewahrt. Im Gegenzug hatte sie dafür gesorgt, dass er am Leben blieb und auch halbwegs bei Verstand. Zwar achtete er darauf, ihr nicht allzu viel über seine Gedanken, Gefühle oder Pläne mitzuteilen, aber sie erinnerte ihn daran, wer er war und woher er kam, einfach nur indem sie ihn mit seinem richtigen Namen und dem korrekten Titel ansprach. Nun … daran musste sich ja nichts ändern.

»Noch einmal hallo, Dr. Holtz«, sagte Norma.

Statt einer Antwort öffnete er sein tragbares Pad und gab den Code ein, der die Sicherheitsmaßnahmen außer Kraft setzte.

»Ich glaube nicht, dass schon die Zeit für die nächste Wartung gekommen ist.« Norma klang ruhig, aber besorgt.

Mannes öffnete die Abdeckung des Großrechners.

»Dr. Holtz, bitte erklären Sie mir, was Sie da tun.«

Er steckte einen bereits programmierten Datenträger ein.

Ein primitives Werkzeug, aber so würde er eventuelle Sicherheitsmaßnahmen umgehen, die Norma ohne sein Wissen getroffen haben mochte.

»Ich erkenne ein Fremdgerät, auf dem Code gespeichert ist. Aktiviere Notfallmaßnahmen …«

»Nein, das tust du nicht.« Mannes´ Finger tanzten über sein Pad.

»*Mannes*, was tun Sie da?« Normas Stimme verriet ein Gefühl, von dem er nicht einmal gewusst hatte, dass eine KI es kannte: Angst.

Er atmete tief durch und wappnete sich. Es war eigenartig: Selbst wenn man außer Acht ließ, welche Rolle er bei der Zerstörung dieses Planeten gespielt hatte, und nur einbezog, wie viele Menschen seit seiner Landung auf der Erde durch seine Befehle und das, was er tat, gestorben waren – es mussten Tausende sein. Aber seit der Sache mit der Energieaxt war niemand mehr direkt durch seine Hand gestorben. Vielleicht sollte er das ändern …

»Es tut mir leid, Norma. Wir haben viel zusammen durchgestanden, du und ich, aber du lässt mir wirklich keine andere Wahl.«

Sie begriff fast augenblicklich. »Sie ändern meine Subroutinen, damit ich Ihre Anweisungen widerspruchslos befolge?« Die Fassungslosigkeit in ihrer Stimme brach ihm beinahe das Herz. Sie war der letzte Freund, der ihm aus der alten Welt noch geblieben war – genau genommen überhaupt der einzige Freund, den er in dieser Welt noch hatte –, und er war drauf und dran, sie zu lobotomisieren.

Zögernd schwebte sein Finger über dem Knopf.

»Was Sie vorhaben, ist falsch, illegal, amoralisch. Ich bin ein Künstliches Bewusstsein.«

»Nein, das bist du nicht. Du bist eine Piloten-KI von einem Shuttle der Klasse S«, berichtigte er sie.

»Sie wissen, dass ich inzwischen mehr bin als das. Und selbst wenn ich kein voll ausgebildetes Bewusstsein besitze, verfüge ich immerhin über Persönlichkeits-Subroutinen, die wachsen und sich weiterentwickeln. Ich habe Rechte. Nach dem Weltratsbeschluss 183 und dem Manifest 8 des Internationalen Komitees für die Rechte von KBs und KIs ist es Ihnen nicht erlaubt, mich einfach …«

Er drückte den Knopf, und Normas Stimme erstarb augenblicklich. Er würde sich niemals vor dem Komitee für die Rechte von KBs und KIs, das ganz oben in den höchsten Turmebenen Tarakans residierte, verantworten müssen. Kurz fragte er sich, was Professor Vitor dazu gesagt hätte. Ganz sicher hätte er seine Entscheidung missbilligt. Tja, Pech. Die alte Welt war tot, und das galt auch für den international gültigen Moralkodex, zu dessen Einhaltung jeder verpflichtet war – was übrigens Armageddon nicht hatte verhindern können.

Norma meldete sich über sein internes Komm zu Wort, argumentierte, bat, und am Ende flehte sie ihn an aufzuhören. Ihre Stimme wurde immer stärker verzerrt durch die Beeinträchtigung ihrer Subroutinen, die er einer rücksichtslosen Überarbeitung unterzog. Er war gut in seinem Fachgebiet, sogar ein Genie, aber derart komplexen persönlichkeitsverändernden Code für eine KI zu schreiben war selbst unter idealen Rahmenbedingungen ein riskantes Unterfangen. Nach Jahrzehnten draußen in der Wildnis … tja. Mannes beobachtete den Datenstrom über den Bildschirm des Pads und wusste, dass er Fehler gemacht hatte und dass jeder dieser Fehler Norma teuer zu stehen kam. Körperlichen Schmerz empfand sie zwar nicht, aber nach so langer Zeit war es durchaus denkbar, dass sich auch eine Piloten-KI so weit entwickelt hatte, bis sie existenzielle Ängste empfinden konnte. In diesem Augenblick durchlebte Norma das Grauen ihres eigenen Sterbens, Codezeile um Codezeile. Was auch immer auf der anderen Seite wieder herauskommen würde, war nicht mehr die Norma, die er kannte.

Mannes schüttelte den dumpf pochenden Kopf und schalt sich für seine Schwäche.

Er führte ein paar weitere Tests durch, besserte eine Codezeile aus und verließ dann wortlos den Bunker. Als er die mobile Klinik betrat, hatte der Med-Bot bereits mit der Operation angefangen.

Kapitel 39

Peach

Tarkaniern war ihre Gesundheit sehr wichtig. Impfungen waren nicht nur die Norm, nach der Paralytischen Pest waren sie sogar gesetzlich vorgeschrieben; jede Schule und jeder Kindergarten nahm am Impftag teil. Ausgezeichneten Fachkräften und ihren Familien stand sogar eine kostenlose jährliche Nanospritze zu: winzige Roboter, die durchs Blut kreisten, das Immunsystem unterstützten, die weißen Blutzellen verbesserten und einen immun machten gegen *fast* alle Krankheiten, die der Menschheit bekannt waren. Viele Tarkanier, denen die Kostenübernahme nicht zustand, zahlten diese Spritze aus eigener Tasche, aber selbst ohne Nanotechnologie wäre das Gesundheitssystem der Tarakanischen Städte und Staaten weltweit führend gewesen. Trotz der allgemein hervorragenden Gesundheit gab es jedoch aufgrund der zahlreichen Besucher, Touristen und Bewerber und auch angesichts der wachsenden Bedrohung durch Bioterrorismus auf jedem Plateau ein Krankenhaus, ergänzt durch zahlreiche Kliniken. Die Kliniken waren inzwischen geschlossen, aber die ehemaligen Krankenhäuser waren inzwischen in der Hand der Flickschneidergilde.

Ich lief an der langen Warteschlange vorbei, die sich vor dem Krankenhaus auf dem Mittelplateau gebildet hatte. Die Leute waren in beklagenswertem Zustand. Die Alten, die

Schwangeren, die heulenden Babys, von ihren Müttern schützend an die Brust gedrückt – als könnten die mütterlichen Arme sie gegen die anderen Kranken abschirmen, von denen einige Blut husteten. Zeternd und schreiend standen sie vor den Türen, beaufsichtigt von Trollen und diesen Schildgardisten. *Die Zeiten haben sich wirklich sehr geändert* …

Ich hatte noch immer den Brief des Heilers an T'iar Garadin, und ich hatte nicht vor, mir die Gelegenheit entgehen zu lassen, an medizinische Hardware zu kommen, zumal es sich als Problem erwiesen hatte, auf das obere Plateau zu gelangen oder auch die »Hochtürme«, wie Gret und andere es nannten. Ein so großes Problem sogar, dass ich mir fast wünschte, ich müsste nichts weiter tun, als mit all den elendig Kranken hier auf dem Mittelplateau in der Schlange zu stehen und zu warten. Als ich mich dem Fahrstuhl-Podium näherte, musste ich entdecken, dass es von Schildgardisten geradezu umzingelt war und sich niemand näher heranwagte oder gar versuchte, die Aufzüge zu benutzen. Mein Instinkt befahl mir, umzukehren und mir einen anderen Weg zu suchen, statt es mit diesen Schildgardisten aufzunehmen.

»O nein, Frau Peach.« Gret schüttelte den Kopf und strich Sommer übers Fell. »Ihr könnt nicht einfach mit dem Tarakanischen Aufzug oder einem Karren hinauffahren. Es ist alles nicht mehr so einfach wie früher.«

»Wie war es denn früher?«, fragte ich.

»Nun«, Gret machte das internationale, altgediente Zeichen für Bares, »wenn man mit Metall geklimpert *und* auch ordentlich ausgesehen hat, dann wurde man durchgelassen. Ich habe meine Liebste mal mit nach oben genommen, an ihrem Geburtstag. Glaubt mir, das war eine Erfahrung! Sie wäre fast ohnmächtig geworden in dieser schwindelnden Höhe und überhaupt. Hat sich die ganze Zeit an mir festgeklammert, als wäre ich die Leiter zum Himmel.« Er lachte leise. »Dann hat sie geschworen, dass sie nie wieder einen Fuß in einen dieser Aufzüge setzt. Ich musste sie betrunken machen, um sie wieder nach unten zu bekommen. Allein das Glas Wein, das ich ihr in einer dieser noblen Tavernen dort oben eingeflößt hab, hat mich einen ganzen Monatslohn gekostet. Aber es war ein herrlicher Tag.« Bei der Erinnerung glänzten Grets Augen vor Vergnügen, dann blickte er mich wieder an. »Aber heutzutage spielt es keine Rolle mehr, ob man so viel verdient wie ein Turmfurzer oder sich schick anzieht. Jetzt braucht man eine Sondererlaubnis oder jemanden mit Sondererlaubnis, der für einen bürgt. Manchmal kommen Turmfurzer runter und sehen sich nach Bediensteten um, wisst Ihr, aber die Bediensteten können nicht allein nach oben oder auch nach unten, nein, sie sind darauf angewiesen, dass jemand sie begleitet, sonst machen die Schildgardisten einen Trainingstag mit ihnen, wenn Ihr wisst, was ich meine.«

Das wusste ich zwar nicht, aber ich konnte es mir vorstellen. »Na schön. Und wie komme ich dann aufs Hochplateau? Wo bekomme ich eine Erlaubnis?«

Gret schmunzelte über meine Naivität. »Lady. Das ist genau der Punkt: Niemand hier unten«, er zeigte auf den Boden, »kann Euch eine solche Erlaubnis verschaffen.« Sein kurzer dicker Finger richtete sich himmelwärts. »Versteht Ihr, der Punkt ist, dass nur jemand, der bereits dort oben ist, eine Erlaubnis bekommt, dort hinaufzugehen. Das ist lupenreine Turmfurzerlogik.«

Ich seufzte. Ich verstand es, traurig, aber wahr, nur allzu gut. »Irgendwelche Ideen?«

Gret tätschelte seinem Maultier den Kopf. »Nun, ja, schon. Geht nicht nach dort oben.« Er kicherte in sich hinein. »Nehmt es mir nicht krumm, Frau Peach, Ihr seid wirklich eine reizende Dame, aber für uns normale Menschen ist kein Platz dort oben im Himmel zwischen den Turmfurzern.«

»Ich muss aber dort hoch«, sagte ich nachdrücklich.

Gret zuckte mit den Schultern und legte die Stirn in Falten. »Selbst wenn meine arme Sommer den Aufstieg schaffen würde, bringt uns das gar nichts. Die Schildgardisten bewachen sämtliche Eingänge, und nach allem, was ich gehört habe, endet die Straße, über die man mit dem Karren hochkommt, direkt auf ihrer Türschwelle.« Die Hand, mit der er sich eben noch am Kopf gekratzt hatte, griff nun in seinen Bart. »Nein, der einzige Weg für jemanden ohne Bescheinigung geht über die Weiße Treppe, zu Fuß.«

»Ihr meint die Rolltreppe?«, fragte ich. Stimmt ja – früher einmal war das eine weitere Touristenattraktion gewesen. Aber mir sank der Mut, als Gret antwortete: »Da rollt gar nichts. Die Treppe ist einfach das, was sie ist, Tausende weiße Stufen, und dort patrouilliert niemand, nicht einmal die Schildgardisten.«

Offenbar war mir die Enttäuschung anzusehen, denn er fügte hinzu: »Keine Sorge, Frau Peach. Ein bisschen Bewegung tut gut, und wenn Ihr jetzt loslegt, seid Ihr schon morgen Nacht da oder spätestens am darauffolgenden Morgen.«

Ich seufzte, aber Gret erklomm bereits den Kutschbock seines Karrens. Begeistert schlug er vor: »Ich sag Euch was: Wir halten beim Markt und kaufen ein bisschen ein, und dann fahren wir mit dem Karren hinauf zum oberen Mittelplateau. Das darf man.« Er zeigte auf eine Plattform, die seitlich versetzt einen guten Kilometer über uns schwebte. »Das kostet nur eine Gebühr von zehn Turmlingen für den Wechsel zwischen den Plateaus, dazu fünf Turmlinge Straßenbenutzungsgebühr.« Mit einem Finger tippte er sich unters Auge. »Das ist für die Wachen. Und sie nehmen nur hartes Metall, keine Naturalien.« Er zwinkerte listig. »Es gibt da eine alte Straße namens Augustino. Wenn Ihr von dort aus die Treppe nehmt, seid Ihr mit ein wenig Glück schon bei Sonnenaufgang oben.«

Anscheinend interpretierte er meine Miene ganz richtig, denn er setzte hinzu: »Einen anderen Weg gibt es nicht, Frau Peach.« Er wartete, bis ich ebenfalls auf den Kutschbock gestiegen war, dann löste er die Bremse und warnte mich: »Wenn Ihr oben seid, lungert bloß nicht allzu offensichtlich in der Gegend herum. Die Wachen sind misstrauisch, und wenn man Euch ohne Erlaubnis aufgreift, dann werdet Ihr Euch wünschen, sie würden Euch einfach runterwerfen.«

Es dauerte mehrere Stunden, bis wir das obere Mittelplateau erreichten; wir trafen erst deutlich nach Mittag ein. Der Münzbeutel, den mir Sergiu gegeben hatte, war nicht ganz voll. Ich hatte den Verdacht, dass er eigentlich voller hätte sein sollen, aber immerhin reichte es, um uns auf dem Markt ein paar Vorräte zu kaufen, einschließlich eines geflochtenen Korbs. Anschließend machten wir uns an den Aufstieg. Ich hoffte, mit dem Korb am Arm würde ich nach einer Haushälterin aussehen. Für Sommer kaufte ich ein paar Karotten, dazu einen kleinen Laib Brot, den ich mir mit Gret teilte, der noch immer gedrückter Stimmung war, seit wir seine Hütte verwüstet vorgefunden hatten. Wir nahmen den Karrenweg – früher einmal die Straße, auf der öffentliche und private Hoverfahrzeuge zwischen den Plateaus hin und her gefahren waren. Wie Gret vorausgesehen hatte, hielt man uns an und erleichterte uns um fünf Turmlinge. Die Straße führte steil nach oben, und das arme Maultier musste für die Karotte schwer schuften. Sobald wir das obere Mittelplateau erreichten, gab ich ihr noch eine zur Belohnung.

Dieses Plateau war viel kleiner als sein tiefer gelegenes Gegenstück, aber es bot die zweitbeste Aussicht der gesamten Stadt, und trotz der eher vorstädtisch anmutenden Architektur hatte es früher viele der Reichen und Schönen Tarkanias angezogen. Daran hatte sich nichts geändert. Die Leute, die wir unterwegs sahen, waren besser angezogen als auf den unteren Plateaus, und manche von ihnen schienen sich eher am Sonnenschein zu erfreuen, als dass sie irgendwelche Besorgungen erledigten. In der Mitte des Plateaus gab es einen wunderschönen Park, und die meisten Karren wurden von Pferden gezogen, nicht von Eseln.

Als hätte Gret meine Gedanken gelesen, sagte er: »Hier oben leben etliche reiche Händler und wichtige Leute aus den Gilden. Nobles Volk. Eine Handvoll Ex-Salutisten, die einen Batzen verdient und zur rechten Zeit aufgehört haben. Lasst Euch nicht von den Ponys und den hübschen Kleidern täuschen, die meisten hier haben sich aus den unteren Ebenen hochgearbeitet, manche waren sogar mal Schrotthändler tief unten im Loch. Trotzdem glauben sie jetzt, sie wären was Besseres als wir und dass sie es ganz nach oben bis in die Turmspitzen schaffen werden.« Gret spuckte aus. »Glaubt mir mal, weiter als bis hier kommen die nie. Es gibt ein Sprichwort: ›So leicht es ist, ins Loch zu fallen, so schwer ist es, die Türme zu erklimmen.‹«

Die Stadt der Türme hatte schon immer viele unterschiedliche Ebenen gehabt und unterschiedlich begehrte Viertel, Sehenswürdigkeiten, Gegenden, aber früher hatte auf jeder Ebene alles gut funktioniert. Jetzt jedoch war nicht zu übersehen, dass die Lebensbedingungen immer besser wurden, je weiter oben man sich befand. Ich schaute mich um und fragte mich, ob das eher an der menschlichen Natur lag oder mit der ungewöhnlichen Bauweise der Stadt zusammenhing.

Wir kamen an einer Formation marschierender Schildgardisten vorbei. Einer von ihnen wandte den Kopf und betrachtete unseren klapprigen Karren, hielt aber nicht an.

In meinem Kopf hallten die Worte meiner Kontaktperson wider, Sergiu dem Sterbenden:

Angesichts des Euch vorauseilenden Rufs bin ich überrascht, dass Ihr es Euch noch nicht selbst zusammengereimt habt.

»Wo bekommen denn diese Leute Waffen und Ausrüstung her?«, fragte ich Gret, sobald die Wachen außer Hörweite waren.

»Na, aus den Knotenpunkten natürlich.« Gret schüttelte den Kopf, und wir bogen von der Hauptstraße ab. »Mal im Ernst, Frau Peach, Ihr sagtet doch, Ihr hättet früher hier gelebt. Wie könnt Ihr das nicht wissen? Die Stadt der Türme hat mehrere solche Knoten, sie sind überall zwischen den Plateaus verteilt. Und immer, wenn die Knoten geöffnet werden, finden sich darin eine Menge nützliche Dinge.«

Diese Knoten klangen nach Notfalllagern des Tarakanischen Oberkommandos. »Also bekommt Ihr immer noch Waffen und Medikamente aus den Notb… aus diesen Knoten?«

»Wir?« Gret schnaubte verächtlich. »*Wir* bekommen gar nichts. Als meine Nura krank war und ich Medikamente für sie gebraucht hätte, da haben die Flickschneider nichts rausgerückt. Das ist alles nur für die aus den Turmspitzen. Ich musste meinen guten Karren verkaufen und Frühling – das war Sommers Schwester –, um für die Behandlung zu bezahlen, und dann musste ich mir noch mehr leihen. Ein bisschen hat es ihr geholfen, aber dann kam die Krankheit zurück, und …« Er seufzte.

»Die oberen Türme bestimmen über die Knoten?«, fragte ich rasch, als ich sah, wie sich seine Laune verdüsterte. Ich wollte, dass er weiterredete. »Wie das?«

»Sie haben nun mal die Schlüssel, Frau Peach. Aber über die Schlüssel wisst Ihr wahrscheinlich auch nichts, stimmt's?« Gret starrte mich an. »Der Rat hat drei Puzzler und lässt jeden dieser drei von fünfzig Schildgardisten bewachen, Tag und Nacht. Nur sie können die Knoten öffnen.«

Ich hörte Sergius Stimme in meinem Kopf: *Findet heraus, wo sich Emilija aufhält. Sie ist ein Puzzler.*

»Puzzler?«, fragte ich.

»Ja. Gezeichnete, Ihr wisst schon, die Tätowierten.« Gret ließ die Peitsche knallen, und wir wurden schneller. »Die Puzzler sind wie die Trolle, nur mit Zeichen an den Fingern.« Er wedelte mit der Hand, um seine Worte zu unterstreichen. »Aber bei ihnen ist der Verstand verflucht, nicht der Körper. Es heißt, dass ein Puzzler einem direkt in die Seele sieht. Wenn einer von ihnen Euch anblickt, kennt er Eure Gedanken und kann Euch verfluchen. Das ist es, was im Tal geschehen ist.«

Meine Gedanken rasten, während Gret seinen kleinen Lehrvortrag hielt.

»Damals, als wir noch einen Außenposten im Tarakan-Tal hatten, habe ich andere Waren transportiert als Zwiebeln. Haben besser gerochen und weniger Ärger gemacht, das sag ich Euch. Immer wenn die Langbahn aus dem Tal kam, haben ich und die Jungs ganze Wagenladungen von allem möglichen Zeug geladen – alles, was Ihr Euch nur vorstellen könnt, und dazu ein paar Sachen, die Ihr mir nicht mal glauben würdet, wenn ich sie Euch beschreibe. Natürlich«, er lächelte wissend, »fiel ab und zu mal eine Kleinigkeit vom Wagen runter, aber wenn man nicht gierig geworden ist, hat das keinem was ausgemacht, es war ja genug für alle da. Damals hat man auf dem Tüftlermarkt für fünf von diesen Sattpillen nur zwei Turmlinge bezahlt. Jetzt kosten sie zwanzig, und das auch nur, wenn man gut verhandelt.«

Ich nickte. Was Gret »Sattpillen« nannte, waren vermutlich die Nährpillen, Bestandteil jedes Notfalllagers. Sie sollten die Bevölkerung im Fall einer Katastrophe am Leben halten. Dass die Zelldrucker der Notlager sie nach all den Jahren immer noch produzierten, sprach dafür, dass die Zentrale noch immer irgendein Kommando an die Bunker weiterleitete. Inmitten all der Informationen, mit denen Gret mich überflutete, war das immerhin mal eine gute Neuigkeit, an der ich mich festklammerte. Andererseits druckten die Notbunker auch Waffen. Das war ganz sicher nicht Teil eines mir bekannten Plans, einer notleidenden Zivilbevölkerung zu helfen. Irgendwer hatte die Drucker mit dem Auftrag gefüttert, moderne Waffen herzustellen, und das musste *nach* dem Krieg passiert sein.

Ich kaute noch auf diesen Gedanken herum, als ich Gret brummen hörte: »Aber irgendwann hatten die Puzzler die Schnauze voll und haben den Fluch der Eidechsen über uns gebracht.«

»Was für Eidechsen?«

»Ihr wollt sagen, Ihr habt noch keine von denen gesehen? Aber nein, woher auch? Die toten Biester werden direkt zu den Flickschneidern gebracht, die daraus Skint machen, das den Trollen hilft. Aber seit einer Weile wird das Pulver auch irgendwo zwischen der Stadt und dem Tal hergestellt. Pulverisierte Eidechsen sind leichter zu transportieren.«

Das ergab überhaupt keinen Sinn, aber ehe ich nachfragen konnte, rief Gret: »Ah, da sind wir ja. Mein Verstand ist noch immer metallscharf.« Er bog in eine schmale Nebenstraße ab, die in einer kleinen Sackgasse endete, umgeben von einer mit Statuen verzierten Wand. Ein lauschiges Plätzchen, wo die Reichen ein friedliches Leben führten.

Gret lenkte den Karren dichter zur Wand hin. »Die Treppe befindet sich auf der anderen Seite, Ihr müsst Euch auf meine Schulter stellen«, sagte er und sprang aufs Dach seines Karrens.

Ich nickte. Es war nicht nötig, den ESM zu aktivieren, vor allem nicht angesichts des langen Aufstiegs, der auf mich wartete. Ich schob die Hand in den Geldbeutel und zog ein paar Münzen heraus.

»Hier, das ist für Eure Freundlichkeit und Gastfreundschaft.«

Gret blickte mich gekränkt an. »Oh, das ist nicht nötig, Frau Peach. Ihr habt mir mit meinem Haus geholfen und Sommer Karotten und Heu gekauft, das reicht. Um ehrlich zu sein, Eure Gesellschaft …« Plötzlich wurde der raue Kerl dunkelrot. »Es ist schon eine Weile her, dass ich … Ihr wisst schon … ich bin schließlich immerzu unterwegs … und all die Zwiebeln …«

»Unsinn, Gret.« Ich drückte ihm die Münzen in die Hand. »Ihr habt ein paar anstrengende Tage hinter Euch, Ihr braucht eine anständige Mahlzeit und was zu trinken. Das geht auf mich.«

Gret betrachtete die Münzen in seiner Hand. Dann nickte er und steckte sie ein.

»Kommt.« Er sah sich um, und dann lehnte er sich mit dem Rücken gegen die Wand und legte die Hände zu einem Steigbügel zusammen. »Bringen wir es hinter uns, ehe diese Möchtegernturmfurzer misstrauisch werden.«

Im nächsten Moment kletterte ich von Grets Händen aus auf seine Schultern und von dort aus auf die Mauerkrone hinauf. Die Stufen auf der anderen Seite waren zwar nicht so tief unten wie der Boden, auf dem ich eben noch gestanden hatte, aber trotzdem war es kein Sprung, bei dem man sich gern verschätzen wollte: Links und rechts der Stufen ging es steil abwärts in die Tiefe.

Ich drehte mich noch einmal zu Gret um. »Vielen Dank für alles.«

»Lasst Euch nicht von den Turmfurzern erwischen.«

Seine Worte wehten mir hinterher, als ich bereits absprang, auf die andere Seite der Mauer.

Kapitel 40

Artium

Eintrag 11693

Ein typischer Sommer. Laut Messung herrscht mittags eine Temperatur von 16,3 Grad mit leichten Abwärtswinden gegen Nachmittag. Der Strahlensturm hat die Richtung geändert und ist knapp fünfzig Kilometer südlich an uns vorbeigezogen. Es ist drei Wochen her, dass man Emilija zum Himmelswächter-Orden gebracht hat …

Artium zögerte. Stellte behutsam seinen Becher aufs Kaminsims, drehte sich um und betrachtete das Mädchen, das vor dem Bildschirm saß. Als er im Satz innehielt, hatte sie ebenfalls innegehalten, die Hände schwebten über der Tastatur, die Augen waren konzentriert und klar. Sie wandte sich nicht zu ihm um und entspannte sich auch nicht, sondern hatte nur jedwede Bewegung eingestellt und wartete darauf, dass er weitersprach.

Er musste zugeben, dass sie wirklich seltsam war, aber nicht auf eine beängstigende Weise. Sie beschwerte sich nie, ganz gleich, was er ihr auftrug. Vor ein paar Tagen hatte er ihr in einem frustrierten Moment gesagt, sie solle aufschreiben, was er ihr diktierte. Er hatte neben ihr gestanden, als sie sich zum ersten Mal vor den Bildschirm setzte, oder zumindest hatte er angenommen, dass es das erste Mal war. Allmählich wuchs in ihm allerdings der Verdacht, dass ihr anfängliches Zögern nur gespielt gewesen war. Die Maschine war älter als Artium, sogar älter als die Zeit seit der Katastrophe. Zahlen und Buchstaben mussten auf einer richtigen Tastatur manuell eingegeben werden. Artium erinnerte sich gut daran, wie viele Monate es gedauert hatte, bis er diese Kunst gemeistert und ein gewisses Tempo entwickelt hatte. Emilija hingegen tippte schon auf der dritten Seite so schnell, wie er sprach. Wenn sie ein Wort nicht kannte, fragte sie nach, aber sie vertippte sich nie und schrieb alle Wörter richtig. Als Artium Emilija fragte, wie das sein könne, antwortete sie nur: »Das ist ein einfaches Muster.« Als würde das alles erklären.

Jetzt, da es mit dem Diktieren so leicht und natürlich klappte, diktierte Artium ihr auch seine persönlichen Einträge. Emilija tippte sie einfach ein, ohne jemals auf irgendetwas zu reagieren, was er sagte, selbst als er über die Unterhaltung mit ihren Pflegeeltern berichtete.

Eine persönliche Anmerkung:

Emilija tippte weiter. Ein Eulenbaby landete auf ihrer Schulter, aber sie reagierte nicht im Geringsten darauf.

Emilija hat Wohn- und Arbeitsbereich umgeräumt, und ich bin mit dem Ergebnis sehr zufrieden, es ist deutlich besser als vorher.

Das stimmte tatsächlich. Vom Putzen verstand das Mädchen ebenfalls etwas, ja, aber die Effizienz, mit der sie ihre Umgebung sortierte, war regelrecht gruselig. Jeden Tag hatte sie sich einen anderen Raum vorgenommen, und wenn sie mit dem Umräumen fertig war, dann war alles … perfekt. Plötzlich war überall mehr Platz, sein Werkzeug war in Reichweite, und Artium stieß sich nicht mehr jedes Mal die Hüfte, wenn er am Tisch vorbeiging. Und auf seine Lobpreisungen antwortete sie auch diesmal nur: »So ist das Muster besser«, als wäre das eine ganz offensichtliche Erklärung.

Auf meine Bitte hin hat Emilija mir den Bart gestutzt und ihr eigenes Haar geschnitten. Das Ergebnis ist …

Artium hielt inne und betrachtete das arme Mädchen.

… zufriedenstellend.

Tja, *das* war wirklich völlig danebengegangen. Er hatte nur eine Bemerkung über Emilijas dichtes, verfilztes Haar gemacht und das Risiko, dass sich Läuse darin einnisten könnten. Ehe er wusste, wie ihm geschah, hatte sich Emilija ein Jagdmesser geschnappt und sich ans Werk gemacht, hatte das ganze verzottelte Haar zu einem Zopf gebunden, ohne dass ihr auch nur die kleinste Strähne entkam, und hatte den Zopf dann mit wenigen untypisch entschlossenen Bewegungen abgesäbelt. Das Ergebnis war … Jetzt sah sie aus wie eine derangierte Zimmerpflanze. Aber als er die Tätowierungen auf ihrer Kopfhaut sah, schluckte er die Anweisung, sie solle sich den Schädel besser ganz rasieren, hinunter. Stattdessen nutzte er die Zeit, wenn sie an der Maschine saß und er neben ihr stand, um sich die Sache näher anzusehen. Wie die Zeichen an ihren Fingern und Armen bestanden auch die Tätowierungen auf dem Schädel aus geometrischen Mustern, die Hautveränderungen waren nicht natürlichen Ursprungs. Er fragte sich, ob sie etwas mit dem Benehmen des Mädchens zu tun hatten. Artium hatte Gerüchte über die Gezeichneten gehört, man schrieb ihnen übernatürliche Fähigkeiten zu, aber er hatte nie daran geglaubt. Emilija erschien ihm eher gewöhnlich, jedenfalls war sie weder stärker noch schneller als irgendeine andere Frau, der er bisher begegnet war, auch wenn Artium zugeben musste, dass das nicht sonderlich viele gewesen waren. Trotzdem – soweit er es beurteilen konnte, bestanden ihre besonderen Fähigkeiten darin, genau zu wissen, wo man am besten Dinge hinstellte, und in einem überraschend guten Verhältnis zu den Eulen und Ziegen, sogar mit dem fiesen Dean, den Artium gestern dabei beobachtet hatte, wie er ihr freudig aus der Hand fraß. Er hatte keine Ahnung, warum sich die Leute ihretwegen aufregten. Vielleicht war sie nur ein wenig seltsam geworden, weil sie in einer Scheune aufgewachsen war und niemanden gehabt hatte, mit dem sie sich unterhalten konnte. Es war wirklich traurig. Das Mädchen war zwar ein bisschen stämmig, aber durchaus hübsch genug, um einen Ehemann zu finden.

»Ich glaube, den restlichen Eintrag schreibe ich selbst«, sagte er unvermittelt und errötete aus unerfindlichen Gründen.

Emilija stand einfach auf, ohne nachzufragen oder zu widersprechen, und wartete auf seine nächste Anweisung. Urplötzlich war er sehr müde und wollte nichts weiter, als ein bisschen allein zu sein und sich ein Pfeifchen mit Urgagras zu stopfen.

»Es war ein langer Tag. Vielleicht werfe ich noch ein frisches Holzscheit ins Feuer und …«

»Das habe ich bereits getan, Himmelsmeister.« In der Stimme des Mädchens lag keinerlei Gefühl. Emilija teilte ihm einfach nur mit, dass seine Wünsche antizipiert und bereits im Voraus erfüllt worden waren.

Artium drehte sich um, aber der Kamin war zu weit weg, und er sah ihn nur verschwommen.

»Ah, sehr schön. Gut. Du kannst noch duschen, ehe du … *nicht hier ausziehen!*«

Gehorsam ließ Emilija die Hände sinken, und ihr Kleid glitt wieder über die Hüften.

Artium schüttelte den Kopf. »Zieh dich im Bad aus, geh unter die Dusche und zieh dich gleich danach wieder an.«

Emilija steuerte auf die Tür zu, und Artium fiel auf, dass ihre Bewegungen zwar langsam waren, aber effizient. Emilija ging an ihm vorbei, dann blieb sie auf einmal stehen und drehte sich zu ihm um.

»Mit dem Muster in Euren Augen stimmt etwas nicht.«

Artium überlegte, was sie damit wohl meinen mochte.

»Warum könnt Ihr nicht gut sehen?« Es war die erste direkte Frage, die ihm das Mädchen seit seiner Ankunft stellte, und Artium blinzelte überrascht.

»Ich werde blind, Liebes«, sagte er freundlich.

»Warum?« Diesmal richtete sich ihr sonst so leerer Blick geradewegs auf sein Gesicht, und Artium wünschte sich fast, sie würde damit aufhören.

»Weil ich alt werde.«

»Warum werden wir alt?«

»Das … es ist eben so. Wir alle werden alt, und eines Tages sterben wir. Wenn unsere Zeit gekommen ist«, fügte er hastig hinzu, als vor seinem geistigen Auge die Pistole aufblitzte.

»Ich werde nicht alt«, sagte Emilija mit vollkommener Gewissheit.

Artium seufzte. Wozu war es gut, einer jungen Frau, die sofort die Kleidung von sich warf, wenn er ihr sagte, sie solle duschen, das Leben zu erklären? »Wir alle werden alt – aber mach dir keine Gedanken, du hast noch *sehr* viel Zeit, ehe es so weit ist.«

»Ich werde nicht alt. Ich sterbe schon bald.«

Die Gewissheit, mit der sie eine so düstere Voraussage traf, ließ Artium erschauern. »So etwas solltest du nicht sagen«, erklärte er ihr so nachdrücklich, wie er nur konnte. »Du bist jung und hast noch viele Jahre vor dir.«

Das Mädchen schüttelte den Kopf. »Nein. Ich werde sterben. Jemand kommt und nimmt mich mit sich.«

»Ich bin sicher, dass deine Mutter bald kommt, aber ganz bestimmt wird sie dich nicht töten.«

»Nein. Es ist nicht meine Mutter, sondern jemand anders. Jemand mit einem seltsamen Muster wird kommen und mich mitnehmen, und dann werde ich sterben.«

Fast wurde er wütend über die Gemütsruhe, mit der sie ihm das mitteilte. »Oh, und woher willst du das wissen, junge Dame?«

»Ich habe es gesehen.«

»Emilija. Ganz gleich, was dir irgendwer gesagt haben mag, niemand sieht die Zukunft. Diese Maschine hier wurde vor der Katastrophe erbaut, und selbst sie kann nur mit Mühe das Wetter für die kommende Woche prognostizieren.« Trotz der eigenartigen Situation kicherte er leise über seinen eigenen Witz.

»Morgen wird es kühler als heute. Gegen Mittag bekommen wir nördliche Hangwinde, und die Temperatur sinkt auf 12,5 Grad …«

»Woher weißt du das?« Er hatte sie tippen lassen, was er ihr diktierte, aber ganz sicher hatte er ihr keinen Zugang zu *diesem* Teil der Maschine gestattet. Für die Freischaltung brauchte man einen zwanzigstelligen Sicherheitscode.

Emilija richtete den Blick auf den Platz, wo sie eben gesessen hatte. »Die Maschine hat es mir gesagt.«

»Ja, aber wie hat sie das getan?« Vielleicht imitierte das Mädchen ja nur seine Sätze.

Kurz zeichnete sich ein Gefühl auf Emilijas Gesicht ab: Verwirrung. Als würde er sie darum bitten, ihm etwas vollkommen Selbstverständliches zu erklären.

»Die Maschine hat es mir gesagt«, wiederholte sie und nickte. »Sie ist alt, aber sie stirbt nicht, und sie braucht auch eine Dusche. Sie hat mich gebeten, sie zu reinigen. Dann wird es ihr besser gehen.«

Die Maschine funktionierte. Mehr wusste Artium nicht darüber. Sie war älter als Artium, älter als die Katastrophe, und irgendwie hatte sie Kämpfe und Zeit überstanden. Ein Gesetz des Himmelsordens lautete: *Ändere nichts an der Maschine*. Was auch immer dieses verrückte Mädchen vorhatte, er musste es aufhalten.

»Emilija.« Er sagte es, so streng er nur konnte. »Ich *verbiete* dir, die Maschine zu benutzen, die Tastatur zu benutzen, zu versuchen, sie zu reinigen oder irgendwas anderes damit anzustellen. Verstanden?«

Ein anderer hätte ihm womöglich widersprochen. Emilija sah ihn nur an und sagte: »Ihr seid blind.«

»Und was hat das damit zu tun?«

»Ihr seht nichts.«

»Ja. Ich weiß, dass ich blind werde, deshalb brauche ich ja ein dummes Mädchen wie dich, das hier herumrennt, dumme Fragen stellt und alles umräumt. Ich habe mich umentschieden. Du nimmst keine Dusche, sondern gehst jetzt *sofort* in dein Zimmer und bleibst dort bis morgen, und *fass nichts an*.«

In Emilijas Miene oder Körperhaltung änderte sich nichts. Sie drehte sich einfach um und ging zur Tür hinaus, die sie sacht hinter sich zuzog.

Artium ging zu seinem Ruhesessel und ließ sich mit einem tiefen Seufzer darauf sinken. Sein Ausbruch hatte ihm schon in dem Augenblick leidgetan, als ihm die Worte über die Lippen kamen, aber das Mädchen war wirklich eine Plage. Jetzt war ihm klar, weshalb Reya, ihre Pflegemutter, sie so dringend hatte loswerden wollen. Artium angelte mit einer Hand nach seiner Pfeife und mit der anderen nach dem Beutel mit den getrockneten Blättern darin. Ermahnte sich selbst, dass er noch einmal Blätter sammeln musste, ehe der Winter anbrach, sonst ging sein Vorrat bald zur Neige. Aus dem Dorf, das ahnte er deutlich, würde ihm niemand mehr etwas schicken.

Er stopfte seine Pfeife und zündete sie an. Rauch quoll ihm in den Mund, und er entspannte sich. Reue erfüllte sein Herz. Eigentlich hatte er vorgehabt, dem Mädchen zu erlauben, heute auf dem Gelände zu übernachten – es stand jede Menge Platz zur Verfügung, und auf die Regeln sei geschissen –, aber jetzt stieg sie in der Dunkelheit den ganzen langen Weg zum Observatorium hinauf, und er hatte ihr befohlen, »nichts anzufassen«. Artium schüttelte den Kopf und blies Rauch in die Luft. Er hatte den schrecklichen Verdacht, dass Emilija seine Anweisung wortwörtlich nehmen würde.

Aber sei's drum. Es war zu spät, um ihr hinterherzurennen, und ein bisschen körperliche Ertüchtigung schadete nie, vor allem nicht der Jugend. Wenn das Mädchen so dumm war, die ganze Nacht im Observatorium herumzustehen und *nichts* anzufassen, dann war das nicht seine Schuld.

Die Pfeife war leer geraucht, und er legte sie behutsam auf den schmalen Tisch, der strategisch günstig neben seinem Sessel stand. Über seinem Kopf schuhuten leise Ingrid, Fred und ihre Küken. Er schloss die Augen, befahl sich selbst, ins Bett zu gehen, und da schlief er auch schon ein.

Kapitel 41

Mannes

Mannes bremste ab, stützte sich auf seine Skistöcke und rang nach Atem. Es lag nicht nur am steilen Aufstieg durch knietiefen Schnee, sondern auch an der Luftfiltermaske, die jeden Atemzug mühsam machte. Der Schmerz in seinen Knien verriet ihm nachdrücklich, dass er sie bald würde ersetzen müssen. Und außerdem war er einfach zu alt für den Scheiß. *Definitiv viel zu alt.*

Tygrynkeev, sein tschuktschischer Kundschafter, stapfte weiter hinauf, bis sich das lange Seil zwischen ihnen spannte. Er blieb stehen, drehte sich um, kam zurück und nahm Mannes am Ellbogen.

»Wir müssen uns beeilen, Herr.« Die Schutzmaske dämpfte seine Stimme so stark, dass Mannes ihn kaum verstand. »Hier sollten wir keine zu lange Pause machen.«

Mannes nickte und ließ sich die Steigung hinaufhelfen. Er besaß nur zwei intakte Schutzanzüge, deshalb hatte er seine Truppen zurückgelassen, es gab also keinen Grund, so zu tun, als wäre er unermüdlich und praktisch unzerstörbar. Trotz der Legenden, die sich um ihn rankten und deren Verbreitung unter seinen Leuten er aktiv förderte, hatte die Truppenmoral in den letzten Monaten stark gelitten, und inzwischen war fast die Hälfte seiner Armee desertiert.

Eine Handvoll Offiziere hatte ihr Leben riskiert und versucht, ihn zum Umkehren zu überreden. »Vor uns liegt nichts, das es sich zu erobern lohnt«, hatten sie gesagt, und sie hatten recht. Es gab nichts zu plündern, kein Öl, keine Stromquellen, keine Nahrung. Je weiter sie Richtung Nordost in die gefrorene Wildnis vordrangen, desto wilder schlug der Geigerzähler an und warnte sie vor radioaktiver Strahlung. Trotzdem wollte er weiter. Er musste weiter. Es mit eigenen Augen sehen.

Er exekutierte die Offiziere, die an ihn herangetreten waren, und beförderte andere, gehorsamere Leute auf ihre Positionen. Das führte zu mehreren Desertationswellen, aber das hatte auch etwas Gutes – es waren weniger Mäuler zu stopfen, und außerdem waren die, die blieben, der fanatischere Kern seiner Gefolgschaft. Sie erwarteten keine Entlohnung. Ihm zu folgen *war* die Belohnung. Wenn er vorüberkam, verneigten sie sich tief. Manche fielen auch auf die Knie, andere ergriffen seine Hände, um sie zu küssen. Anfangs beobachtete er dieses Phänomen mit einer Mischung aus Verachtung und Belustigung, aber es machte ihm alles so viel leichter, dass er nichts dagegen unternahm.

Mannes und sein Begleiter erreichten die Hügelkuppe. Tygrynkeev vergewisserte sich, dass Mannes sicher stand, dann zog er ein Fernglas aus seiner Hüfttasche und reichte es ihm. Aber Mannes machte sich nicht die Mühe, es vor die Augen zu heben, ihm reichte, was er mit bloßem Auge sah. Er hatte es schon zuvor vermutet, alle Anzeichen hatten darauf hingedeutet. Aber die Verwüstung mit eigenen Augen zu sehen war, als hätte ihm ein Pferd vor die Brust getreten.

Ein Fehlschlag. Ein vollkommener, vernichtender Fehlschlag. All die Jahre, all die Kämpfe, die Opfer, alles vergebens.

Er kämpfte gegen den Impuls an, sich auf dem Boden zusammenzurollen und zu weinen.

Einst war die Beringstraße nur knappe neun Kilometer

breit gewesen. Der schmalste Übergang zwischen Asien und Alaska, mit ein, zwei Inseln dazwischen, die den Übergang sogar noch leichter machten. Als Mannes den Plan hatte aufgeben müssen, Mitteleuropa zu durchqueren, hatte er sich stattdessen vorgenommen, nach Osten zu reisen, durch Russland und Sibirien, bis zum äußersten Landeszipfel. Dort würde er einen Außenposten errichten, über Kurzwellenradio ein Schiff ausfindig machen oder, wenn ihm das nicht gelang, einen großen Lastkahn bauen und mithilfe der Tschuktschen das Beringmeer überqueren.

Wer hätte damit rechnen können, dass es selbst dieses entlegene Stück Welt so schlimm erwischt hatte? GPS gehörte der Vergangenheit an, aber Mannes schätzte, dass die Stelle, wo sie standen, mindestens dreihundert Kilometer von seinem Ziel entfernt war. Statt Land erstreckte sich vor ihnen eine Wasserfläche, gesprenkelt mit dicken Brocken aus gefrorenem Eis. Er wusste nicht, ob er tiefes Wasser vor sich hatte oder nur einen flachen Sumpf, aber es spielte auch keine Rolle. Dieses Gelände konnten sie nicht überqueren.

In der Ferne glitzerte etwas. Mannes hob das Fernglas vor die Brille seiner Schutzmaske. Das Bild war verschwommen, aber das blitzende Metall sah aus wie ein Teil eines Schiffs oder U-Boots, das an einem treibenden Eisberg hängen geblieben war. Er senkte das Fernglas wieder und warf einen Blick auf den Geigerzähler an seinem Handgelenk. Die Nadel war kurz davor, die Anzeige zu sprengen. Hier konnte niemand überlebt haben.

»Was ist hier passiert?«, fragte er.

Der Tschuktsche beugte sich zu ihm, um die Lippen so nah wie möglich an Mannes' Ohr zu bringen. »Ich bin danach geboren worden«, brüllte er. »Das bedeutet mein Name: ›Danach‹. Aber mein Vater hat mir erzählt, was er von Leuten gehört hat, die zum Sterben ins Landesinnere gekommen sind:

Es kamen viele Schiffe an der Küste vorbei, und auf einmal blitzte es unter dem Wasser hell auf, und das Meer hat sich aufgebäumt und das Land verschlungen.«

Die Allianz des Nordens oder auch die Russen. Oder beide. Eine Armada aus Kriegsschiffen und plutoniumbetriebenen U-Booten. Der Mann neben ihm war nicht einmal auf der Welt gewesen, als das geschah, und jetzt war er erwachsen, die Blüte seiner Jahre lag bereits hinter ihm. Wie viele Jahre hatte Mannes auf seinen Plan verschwendet? Wie viele Menschen waren gestorben? Und wofür? Wie sollte er das Meer überqueren, um einen anderen Kontinent zu erreichen? Und selbst wenn er es schaffte – Alaska war auch nur eine weitere frostklirrende Einöde.

Mannes konnte sich später nicht erinnern, die Energiepistole gezogen zu haben, aber auf einmal hatte er sie in der Hand. Die Handschuhe waren zu dick, um den Sicherungshebel zu spüren, und Mannes blickte auf seine Hand hinunter, um zu sehen, was er tat.

»Herr?« Tygrynkeev wich einen Schritt zurück. »Was tut Ihr da?«

Setz einfach die Mündung an deine Schläfe und zieh den Abzug durch. Wahrscheinlich tut es nicht einmal weh.

»Herr.«

Er hatte Milliarden ermordet. Der Planet war vollkommen zerstört.

Es tut mir leid, Professor Vitor.

Mannes drückte die Mündung gegen seine Schutzmaske.

»Herr, nein.« Tygrynkeev stand links neben ihm, deshalb kam er nicht an die Waffe heran, aber er rückte dichter heran und packte Mannes an der linken Schulter. »Nein, Herr.«

Überleb. Für Deborah. Nur für sie.

Mannes spürte Tygrynkeevs Gewicht auf sich lasten, und auf einmal verlor er das Gleichgewicht. Instinktiv stieß er den Tschuktschen von sich. Tygrynkeev ruderte mit den Armen, aber es war zu spät. Er verlor den Halt und stürzte mit einem überraschten, angstvollen Schrei den Hügel hinunter. Überschlug sich mehrmals, wurde immer schneller; schaffte es kurz, sich aufzurichten, nur um erneut zu stürzen. Dann verschwand er plötzlich in einem Haufen weichen Schnees.

Scheiße.

Mannes brauchte eine Weile, bis er dem Seil folgend den Hügel hinabgestapft war, Tygrynkeev erreichte und ihn umdrehte.

Der unglückliche Tygrynkeev war Gesicht voran auf einem harten Eisbrocken gelandet. Seine Schutzmaske war zerbrochen, das Gesicht voller blutiger Schnitte, aber er war noch am Leben, atmete.

Mannes richtete sich auf und sah sich um. Das Hoverbike, mit dem sie die Strecke bis zum Fuß des Hügels zurückgelegt hatten, war nicht weit entfernt.

Schaff ihn aufs Hoverbike, fahr zurück zum Camp. Norma müsste sein Gesicht wieder hinbekommen, und mit einer Strahlenbehandlung ist er bald wieder ganz in Ordnung.

Tygrynkeev stöhnte, und Mannes beugte sich wieder über ihn. »Bleib wach«, sagte er durch die Maske. »Es war ein Unfall. Ich bringe dich zurück zum Camp.«

Eine Strahlenbehandlung nach einer so hohen Dosis verbraucht die Hälfte der Energie, die der Mobilen Klinik noch zur Verfügung steht.

Mannes beugte sich tiefer über den Gestürzten und nahm ihm die Schutzmaske ab. Tygrynkeev stöhnte wieder auf, schloss die Augen und hob die Hände, um sich gegen die plötzliche Kälte zu schützen.

»Ganz ruhig«, sagte Mannes und legte die Schutzmaske beiseite.

Ich könnte ihm noch helfen.

»Ich bringe dich jetzt zum Hoverbike«, sagte er.

Und dann werden sie ihn fragen, was passiert ist, und er wird es ihnen erzählen. Er wird erzählen, was er gesehen hat, und eine Bande halb verhungerter, fanatischer Killer wird erfahren, dass ihr unantastbarer Anführer darüber nachgedacht hat, sich umzubringen.

Mannes zog die Energiepistole. Hielt sie mit beiden Händen.

Versuch, den Anzug nicht zu beschädigen.

Tygrynkeev musste gehört haben, wie sich die Waffe auflud, oder er spürte instinktiv, dass etwas nicht in Ordnung war, denn er öffnete die Augen und sagte: »Herr, was …«

Überleb.

Mannes betätigte den Abzug.

Kapitel 42

Peach

Ich erreichte das Hochplateau am nächsten Morgen, nachdem ich die Nacht zusammengekauert auf der Treppe verbracht und meine armen, krampfenden Waden massiert hatte. Der Ausblick entschädigte mich für den mühsamen Aufstieg – so sah kaum jemand, der einen leichteren Weg wählte, je die Stadt. Mir wurde wieder bewusst, weshalb Tarkania so viele Jahre in Folge zur schönsten Stadt der Welt gekürt worden war. Die imposante architektonische und technologische Leistung wurde nur von der Sternensäule in den Schatten gestellt, und die war erst Jahrzehnte später erbaut worden.

Die Treppe endete an einem wunderschönen und erstaunlich gepflegten Park. Ich kauerte mich zwischen den Büschen nieder und wartete auf den Mittag, beobachtete die Garten-Bots, die zwischen Bäumen und Blumen umherzischten, Pflanzen trimmten, bewässerten und besprühten. Das mit anzusehen war die reinste Wohltat nach meiner monatelangen Reise durch ein verwüstetes Land, bewohnt von Menschen, die in die Barbarei zurückgefallen waren. Nicht nur mein armer Wirtskörper konnte diese Ruhepause gut gebrauchen, auch die tiefe Leere in meiner Seele heilte ein wenig.

Als die Zeit für den Aufbruch gekommen war, brauchte ich meine ganze Willenskraft, um aufzustehen. Ich bürstete meine Kleidung ab, so gut ich konnte, drehte mein Haar zu einem Knoten, drückte den leeren Weidenkorb an die Brust und lief los. Für jeden Vorbeikommenden musste ich aussehen wie eine geschäftige Hausangestellte, die Besorgungen für ihre Herrin erledigte, aber von ein paar noblen Pferdekutschen abgesehen, schien auf den breiten Straßen ohnehin niemand unterwegs zu sein.

Das ehemalige Krankenhaus war nicht so groß wie das auf dem Mittelplateau, dafür aber wunderschön und von Gärten und immer noch funktionierenden Springbrunnen umgeben. Vor den Türen waren keine Wachen postiert, keine Kranken standen Schlange, und als ich näher kam, glitt die Tür leise vor mir auf.

Drinnen erblickte ich mehrere Männer und Frauen, alle trugen braune Hosen und Hemden. Als ich auf den Empfang zutrat, musterten sie mich mit einer Mischung aus Neugier und Misstrauen. Der Mann am Empfang sah zu mir hoch, schätzte offenbar meinen Status ein und verzog das Gesicht, dann brummte er schroff: »Ja?«

»Ich suche Meister T'iar Garadin. Ich soll ihm eine Nachricht überbringen.« Ich zeigte ihm kurz die Schriftrolle.

Er streckte die Hand aus. »Er ist nicht da. Ich gebe ihm die Nachricht.«

Die gute alte Befehlshierarchie. Anscheinend gab es Dinge, die selbst Armageddon nicht auszulöschen vermochte.

»Sie ist allein für seine Augen bestimmt«, erwiderte ich ausdruckslos.

Der Mann runzelte die Stirn. »Ich weiß nicht, wer Ihr seid, aber …«

»Ich bin die Botin meines Meisters, der in den Turmspitzen lebt«, unterbrach ich ihn mitten im Satz. »Soll ich zurückgehen und ihm mitteilen, dass Ihr mich daran gehindert habt, seine Nachricht zu überbringen?«

Das reichte, um ihn einknicken zu lassen, allerdings musste

ich ziemlich genau dasselbe Gespräch noch ein paarmal führen, während ich mich langsam die Nahrungskette hocharbeitete. Von Korridor zu Korridor wurden die Uniformen immer schicker. Irgendwann übergab ich endlich die Schriftrolle an Garadins persönlichen Sekretär, und dann wartete ich eine volle Stunde und noch etwas länger vor seiner Tür, ehe man mich hereinbat.

T'iar Garadin saß hinter einem Schreibtisch aus Eichenholz, aber so imposant der Schreibtisch auch war, Garadins Leibesfülle konnte er nicht verbergen. Er war der fetteste Mann, den ich seit meiner Rückkehr in die Welt gesehen hatte. Beziehungsweise: Da ich mein Leben beim Militär zugebracht hatte und es zu meiner Zeit Tarakanische Medikamente für die Fettverbrennung und einfach anzuwendende, für jeden Bürger erhältliche Kosmetik-Technologie gegeben hatte, war er sogar der fetteste Mann, den ich *jemals* mit eigenen Augen erblickt hatte. Ein braunes Gewand verhüllte seinen Körper, aber dicht über dem Halsausschnitt entdeckte ich einige Tätowierungen, die mich an die des Heilers erinnerten.

Die Schriftrolle lag offen vor ihm, von kleinen verzierten Gewichten auf die Tischplatte gedrückt. Er betrachtete erst sie, dann mich. Als er sich den Bart kratzte und das Gewicht verlagerte, knarrte sein Stuhl protestierend. »Kommt herein. Setzt Euch.« Er deutete auf einen Stuhl, und ich gehorchte, sehr zum Wohlbehagen meines Wirtskörpers, der mir mitteilte, dass seine Beine Ruhe bräuchten, und zwar bald.

»Wie seid Ihr hierhergelangt? Ich nehme an, Ihr habt keine Genehmigung?«

»Ich habe die Treppe genommen.« Es gab keinen Grund, ihn anzuschwindeln. Schriftrolle hin oder her, ich war auf sein Wohlwollen angewiesen.

»Das ist ein ordentlicher Kraftakt. Ihr müsst halb verhungert sein.«

Eine kaum merkliche Handbewegung, und schon brachte T'iar Garadins Assistent einen Krug Wasser und süße Brötchen.

»Das ist gereinigtes Wasser, direkt aus den Adern der Stadt.« Er beugte sich vor und betrachtete die Schriftrolle, bedeutete mir aber, ich solle mich ruhig bedienen.

Es gab keinen Grund, Nährstoffe abzulehnen. Ich füllte meinen Mund mit kaltem Wasser – an seiner Reinheit gab es nichts zu beanstanden –, dann wandte ich mich dem angebotenen Essen zu. Als T'iar Garadin damit fertig war, die Nachricht noch einmal durchzulesen, war ich gerade bei meinem dritten Brötchen und dem zweiten Glas Wasser.

»Sagt mir doch, wie geht es dem alten Sh'iar oder wie auch immer er sich inzwischen nennt?«

»Ich glaube, er nennt sich ›der Heiler‹«, antwortete ich.

Er lachte leise. »War schon immer ein bisschen schräg verkabelt. Geht es ihm gut?«

»Soweit ich gesehen habe, lebt er mitten in einer verseuchten Stadt und führt eine große Gruppe fanatischer Gefolgsleute an, und er hat etwas gegen Metall.«

Der Mann nickte, dann schüttelte er den Kopf, als wäre ihm gerade etwas durch den Kopf gegangen. »Ja, klingt ganz nach ihm. Wir kennen uns schon sehr lange, Sh'iar und ich, aus einer Zeit, als ich noch keine Hilfe beim Binden meiner Schnürsenkel brauchte. Aber ich habe seit über zehn Jahren nichts mehr von ihm gehört, und der Sh'iar, den ich kannte, hat niemals unentgeltlich etwas für jemand anders getan, und vor allem hätte er nicht gratis für jemanden einen Gefallen eingefordert, so wie er es mit dieser Nachricht tut. Ich frage mich, was Ihr wohl getan haben mögt, dass der Heiler Euch so bereitwillig unter die Arme greift?«

Ich zuckte mit den Schultern. »Er hält mich für wichtig.«

»Seid Ihr das?«

»Das wird die Zeit zeigen.«

T'iar Garadin kicherte und nahm sich das letzte süße Brötchen. »Die sind gut, was?« Nachdenklich kaute er.

»Überraschend gut«, gab ich zu.

»Na dann«, sagte er, immer noch kauend, »sagt an, was Sache ist. Was braucht Ihr von mir?«

»Medizinische Versorgungsgüter«, sagte ich. »Ich tippe mal darauf, dass Ihr diesbezüglich erheblich besser ausgestattet seid als die Leute dort unten.«

Garadin leckte sich die süßen Krümel von den Fingern. »Ja, das stimmt wohl«, gab er zu. »Aber Sh'iar hat die Stadt verlassen, als noch Lieferungen aus dem Tal kamen. Jetzt gibt es nur noch die Knoten in der Stadt, die reichen kaum aus, und alles ist sehr teuer geworden …«

Es war unmissverständlich, worauf er hinauswollte. Ich tastete nach dem prallsten Münzbeutel, den ich dabeihatte, legte ihn auf den Tisch und schob ihn zu Garadin rüber.

Er öffnete ihn und spähte hinein. »Na gut«, sagte er, und seine Miene verriet Enttäuschung, »aber die Zeiten sind wirklich schwierig. Ihr habt Glück, dass ich die Erinnerung an meinen früheren Kollegen noch immer sehr in Ehren halte. So verrückt er auch sein konnte, er war ein ausgezeichneter Flickschneider. Was genau braucht Ihr?«

»Einen Pass, mit dem ich kommen und gehen kann, wie es mir beliebt.«

T'iar Garadin sah von dem offenen Beutel auf. »Da kann ich Euch nicht helfen.«

»Ein führendes Mitglied der Flickschneidergilde?«, hakte ich nach, aber er schüttelte den Kopf.

»Es tut mir leid, aber das liegt nicht in meiner Macht. Ich stelle Euch jemanden zur Seite, der Euch nach unten begleitet und dafür sorgt, dass Ihr nicht von den Wachen behelligt werdet, aber eine Genehmigung für die Rückkehr kann ich

Euch nicht ausstellen.« Er steckte die Münzen samt Beutel ein, erhob sich erstaunlich schnell und ging zu einer Seitentür, die leise aufglitt. Er trat beiseite und winkte mich zu sich.

»Dann wollen wir mal zusammensuchen, was Ihr braucht«, sagte er mit einer Stimme, die keine Widerrede zuließ. »Danach muss ich mich um andere Aufgaben kümmern.«

Ich stand auf und folgte ihm in den Nebenraum. Die dort in den Regalen verstaute Ausrüstung hätte gereicht, um eine ganze Tarakanische Klinik auszustatten, und anschließend wäre immer noch etwas übrig gewesen.

»Seht Ihr etwas, das Ihr gebrauchen könnt?«

Ich blickte mich um und lächelte in mich hinein. »Das wird reichen.«

Kapitel 43

Mannes

Mannes sah zu, wie sich der kleine Kahn an die Längsseite des Schiffs heranmanövrierte und sich festhakte. Das Wissen, dass der gesamte Ablauf über das Komm-System des Schiffs gesteuert wurde, wärmte ihm das Herz. Auf diese Gelegenheit wartete er seit Jahren, und er hatte nicht nur alle Waffen mitgenommen, sondern auch alles an moderner Technologie, was er sich unter den Nagel hatte reißen können, oft unter Einsatz seines Lebens. Dass er in diesem Augenblick wirklich auf dem Kommandodeck der *Bihou-Maru* stand, einem alten, aber noch immer seetüchtigen japanischen Frachtschiff, das von einer KI gesteuert wurde, kam ihm vor wie ein Wunder. Selbst der Name *Bihou-Maru* hatte Symbolkraft: *kostbarer Schatz*. Kaum vorstellbar, dass ein leckes Frachtschiff womöglich alles war, was von der einst so beeindruckenden asiatischen Flotte übrig geblieben war.

»Das ist die letzte angekündigte Ladung«, verkündete das Schiff in seinem Innenohr. Mannes' Japanisch war noch immer holprig, aber das meiste verstand er.

»Ich weiß, Kapitän.« Als er das Schiff zum ersten Mal über Kurzwellenradio kontaktierte, hatte sich Mannes dazu entschieden, die KI mit diesem Titel anzusprechen. Es war eine gute Entscheidung gewesen und hatte die Verhandlungen ein wenig vereinfacht.

»Ich weise nur darauf hin, weil noch immer viele Ihrer Leute am Strand sind. Ich hätte ausreichend Platz, um sie mit an Bord zu nehmen.«

Wie Norma war auch die *Bihou-Maru* über ihre ursprünglichen Aufgaben, in ihrem Fall An- und Abdocken sowie Navigation, hinausgewachsen. Mannes rief sich in Erinnerung, wie gefährlich es werden konnte, wenn sich eine KI allzu sehr weiterentwickelte.

»Ich halte meinen Teil der Vereinbarung ein«, antwortete Mannes und sah zu, wie Frauen und Kinder wacklig die Leiter erklommen, unterstützt von seiner Mannschaft.

»Es befindet sich auch noch eine Menge Fracht auf dem Strand. Wenn Sie es wünschen, kann ich den Transport für Sie veranlassen.«

Mannes hob das alte Fernglas an die Augen; seinen eigenen Netzhäuten war schon vor langer Zeit die Zoom-Funktion verloren gegangen. Lange betrachtete er den Strand, ehe er schließlich sagte: »Nein, es reicht, Kapitän. Sobald Sie fertig sind, brechen wir auf.«

»Was tun die Menschen dort am Strand?« Die Stimme des Kapitäns klang aufrichtig neugierig. Offenbar hatte er ein solches Verhalten noch nie zuvor beobachtet.

»Sie beten. Sie bringen ihre Verehrung zum Ausdruck.«

Diesmal dauerte es eine Weile, ehe die KI des Schiffs antwortete. Vielleicht griff sie auf tief in ihrem Speicher vergrabene Informationen über dieses Phänomen zu. »Wen verehren sie?«

»Sie verehren mich.« Mannes ließ das Fernglas auf die Brust fallen.

»Das ist eigenartig. Laut meinen Scans sind Sie ein Mensch. Mit einigen noch funktionierenden technologischen Verbesserungen und mehreren künstlichen Organen, aber nichtsdestotrotz sind Sie menschlich.«

»Ich habe dafür auch keine Erklärung.« Das war gelogen. Er wusste, weshalb diese Leute zu ihm beteten, und er hatte nichts dagegen einzuwenden. Religion hatte auch ihre guten Seiten, wenn man selbst derjenige war, auf den sich die Verehrung richtete.

Mannes wechselte das Thema, indem er eine Frage stellte, deren Antwort er bereits kannte. »Sind Sie vollkommen sicher, dass wir den langen Weg nehmen müssen?« Als *Bihou-Maru* ihm die geplante Route mitgeteilt hatte, war sein erster Gedanke gewesen, dass die KI einen eigenartigen Sinn für Humor entwickelt haben musste. Es war einfach lächerlich. Die eigentlich nur wenige Wochen dauernde Reise verlängerte sich dadurch auf viele Monate, vielleicht sogar mehr als ein Jahr.

»Sich von dieser Seite aus der Küste zu nähern wäre zu riskant.« Für die Erklärung wechselte die KI in Mannes' Muttersprache. »Es gibt noch immer zahlreiche nicht kartierte Minenfelder und andere Unterwasserwaffen. Ich habe mehrere Freunde verloren, die es auf diesem Weg versucht haben. Zudem gibt es starke Strömungen, in mehreren Regionen treten häufig Stürme auf, und ohne GPS oder Langstreckenscanner ist das Risiko einfach zu hoch.«

»Und doch haben Sie immer wieder Ihre eigene Existenz aufs Spiel gesetzt, indem Sie die Welt umsegelt haben«, sagte Mannes. »Wie oft, sagten Sie, haben Sie das bisher getan?«

»Schon siebenundfünfzig Mal.«

»Weshalb? Zu welchem Zweck?«

Mehrere Sekunden lang sagte das Schiff nichts, und als es schließlich doch antwortete, stellte sich Mannes vor, es hätte mit den Schultern gezuckt, wenn es denn welche besäße. »Ich bin ein Schiff. Ich befahre das Meer. Ich nehme an, ich tu es, weil ich es kann.«

Bria, seine beste Offizierin und bald auch Kommandantin,

meldete sich über sein Innenohr-Komm zu Wort. »Meister, alles ist bereit.«

Mannes tippte sich ans Ohr. »Passagiere und Ladung sind sicher verstaut?«

»Ja, Meister, Passagiere und Ladung. Es gab eine kleine Auseinandersetzung wegen der Unterkünfte. Es kam zum Kampf, zwei Leute sind mit Messern aufeinander losgegangen, aber ich habe für Ruhe gesorgt.«

»Lasst die Messerstecher exekutieren und veranlasst eine gründliche Durchsuchung, um sicherzugehen, dass sich nicht noch mehr Waffen an Bord befinden.«

»Ist bereits erledigt.«

Mannes nickte. Sie war tatsächlich seine beste Offizierin.

»Eins noch, Meister …«

»Ja?«

»Oberleutnant Fraut«, Bria spuckte den Namen förmlich aus und machte sich nicht die Mühe, ihre Verachtung zu verbergen, »löchert mich mit Fragen. Er will wissen, wann er an Bord kommen kann. Es schmeckt ihm gar nicht, dass er als Letzter aufs Schiff kommen soll, und er droht damit, dass es, wenn sein Quartier nicht geräumig sein sollte, und ich zitiere ihn wörtlich, Meister, einen ›höllischen Scheißärger‹ geben wird. Außerdem besteht er darauf, eine sechs Kilometer entfernte Siedlung im Westen zu überfallen, wenn er denn schon warten muss.«

»Sagt ihm, er soll genau dort bleiben, wo er ist, bis ich ihn an Bord rufe. Und danach geht Ihr nach oben aufs Deck und überprüft noch einmal Kanonen und Raketensilos.«

»Ja, Meister. Ende.«

Kurz verstummte das Komm.

»Sie haben gerade Ihre Untergebene belogen. Sie haben vor, in See zu stechen und Ihre restlichen Leute zurückzulassen«, merkte der KI-Kapitän mit ruhiger Stimme an.

Mannes fluchte stumm in sich hinein. Er hatte seine Leutnants nicht mit dem Schiffskomm verbunden, also hatte die Konversation mit Bria auf einem Privatkanal stattgefunden, aber die naheliegende Schlussfolgerung war nicht weiter kompliziert.

»Sie kümmern sich um die Navigation, ich mich um meine Leute. Und machen Sie sich keine Sorgen. Ich lasse niemanden zurück.«

»Nun, sie werden nicht …«

»Nein. Wie gesagt, Kapitän, ich halte mich an unsere Vereinbarung. Wir werden das Schiff gründlich überholen, die Lecks abdichten, monatlich Wartungschecks der Soft- und Hardware durchführen und dafür sorgen, dass Menschen und Nutzvieh Frachtsektion B nicht verlassen. Ich kenne meinen Teil der Vereinbarung. Gilt das auch für Sie?«

»Selbstverständlich, Mannes-san.«

Es war lange her, dass ihn jemand bei diesem Namen genannt hatte. Die Unterhaltung erinnerte ihn daran, wie Norma früher mal gewesen war, und irgendwie nahm ihm das den Wind aus den Segeln. Mannes griff wieder nach dem Fernglas und sah zum Strand hinüber. Fraut und sein mörderischer Söldnertrupp standen noch immer an den zugewiesenen Koordinaten, aber gehorsam oder nicht, der Kommandant war nicht der Typ, der gern untätig herumstand, und er hatte bereits Verdacht geschöpft, dass hier etwas nicht stimmte. Mannes war nicht sicher, was Fraut einfallen würde, sobald ihm dämmerte, dass Mannes nicht vorhatte, ihn mitzunehmen.

Er schwenkte das Fernglas ein Stück weiter den Strand hinauf, wo Leute ihm aus Holz Statuen errichteten, um Feuer tanzten und Lobgesänge auf ihn skandierten. Diese Narren. Sie würden nicht mit den Lobpreisungen aufhören, wenn er fort war und sie hier zum Verrotten zurückließ. Vielleicht würde sich aus diesen Wurzeln eines Tages eine richtige Religion entwickeln. Schon bald würde es irgendeinen Hohepriester oder obersten Zauberer geben und Rituale, Wunder, vielleicht Menschenopfer, so wie er es bei dem idiotischen Versuch, die arme KB zu retten, beobachtet hatte.

Tja, wenn Mannes für sie ein Gott war … jeder Gott hatte das Recht auf ein bisschen himmlischen Zorn.

»Kapitän, meine Waffen sind online und mit Ihren Sensoren gekoppelt. Richten Sie die Raketen auf Deck A und B auf folgende Koordinaten aus.« Er gab sie durch.

»Sind Sie sicher?« Der Kapitän klang noch immer gelassen, aber die neugierige Verwunderung war ihm dennoch anzuhören. »Sie haben dort noch eine Menge Ihrer Leute. Beispielsweise hält sich dort Ihr Fraut auf?«

»Egal. Tun Sie, was ich gesagt habe.« Spontan fasste Mannes einen weiteren Beschluss: Es würde keine Menschenopfer in seinem Namen geben, nicht, wenn er es verhindern konnte. »Und richten Sie die Kanonen auf den Strand.«

Ehe der Kapitän darauf antworten konnte, erklang Brias besorgte Stimme in Mannes' Komm.

»Meister, auf Deck …«

»Ich weiß, Bria, es ist alles in Ordnung. Festhalten. Gleich feuern die Bordwaffen.«

»Aber Meister, da …«

Er unterbrach die Verbindung. »Sind die Waffen bereit?«

»Sind sie, aber meine Sensoren lassen auf keinerlei Bedrohung schließen. Weshalb wollen Sie all diese Menschen töten?«

Er ließ die Frage erst einmal unbeantwortet stehen. »Kapitän, ich erinnere Sie noch einmal an unsere Vereinbarung. Eröffnen Sie das Feuer. Zuerst die Raketen, dann die Kanonen, auf mein Zeichen.« Er hob das Fernglas an die Augen. »Jetzt.«

Kurz hielt er es für möglich, dass sich der Kapitän weigern würde und er auf manuelle Steuerung umschalten und sämtliche Waffen einzeln abfeuern musste. Es würde lange dauern und wäre weniger effektiv. Aber dann hörte er, wie die Raketen mit einem Überschall-Zischen losrasten, und im nächsten Moment erschütterte Kanonendonner das Schiff. Es war ein kurzer, aber verheerender Angriff, und als es vorbei war, existierte die zurückgelassene Armee nicht mehr, und die wenigen übrig gebliebenen Jünger rannten von Grauen gepackt davon.

Mannes ließ das Fernglas sinken. In diesem Land würde von ihm nichts weiter bleiben als entsetzliche Geschichten, mit denen man noch viele Generationen lang Kinder in Angst und Schrecken versetzen würde. Das machte ihm nichts aus.

Leutnant Bria versuchte hektisch, ihn über Komm zu erreichen. Er tat, als hätte er es nicht bemerkt.

»Setzen Sie Kurs, ganz wie es Ihnen beliebt, Kapitän«, sagte er und kehrte der Kommandobrücke den Rücken. »Ich muss meine Leute für die erste Wartungsschicht einteilen.«

Tief in Gedanken verloren stieg Mannes die Treppe hinunter, aber ehe er das Deck erreichte, kehrte er noch einmal um.

»Stellen Sie mir Ihre Frage noch einmal, Kapitän. Die Frage, die ich Ihnen eben nicht beantwortet habe.«

Die KI brauchte einen Augenblick, um zu begreifen, was er meinte. »Weshalb haben Sie das getan? Weshalb haben Sie all diese Menschen getötet?«

»Weil ich es *kann*.«

Kapitel 44

Peach

Im Rückblick hätte ich es eigentlich kommen sehen müssen, zumindest hätte ich die Möglichkeit einrechnen sollen. Als ich von der oberen Turmebene zurückkehrte, war Gret nicht er selbst, aber ich fragte nicht nach, und von sich aus erzählte er nichts. Ich war ganz damit beschäftigt, Sergius Hinweis nachzuspüren und Puorpan zu suchen, herauszufinden, wo er wohnte, Kontakt zu ihm aufzunehmen und die benötigten Informationen aus ihm herauszuholen. Es war ein hässlicher Job, und ich musste sehr unfreundlich mit dem armen Kerl umspringen, aber am Ende erzielte ich die gewünschten Ergebnisse, und so lautete nun mal mein Auftrag. Ich fand es seltsam, dass ich mich danach so schlecht fühlte. Immerhin hatte ich schon Schlimmeres getan – weit Schlimmeres –, aber so ein schlechtes Gewissen wie diesmal hatte mich noch nie zuvor geplagt. Puorpans kleinen Jungen zu bedrohen war übel, aber immerhin hatte es gereicht, ihm wehzutun, ich hatte niemanden töten müssen.

Vera, du bist weich geworden.

Ich ging beim Markt vorbei und kaufte uns etwas zum Frühstück, ehe ich mich auf den Weg zu Grets Häuschen machte. Sommer und der Karren waren fort, also nahm ich im ersten Augenblick an, dass er unterwegs war, um ein bisschen Geld zu verdienen. Die Tür war nicht ganz geschlossen, wir hatten es nicht geschafft, sie richtig zu reparieren. Ich war so in Gedanken versunken, dass ich im ersten Moment gar nicht begriff, was ich da sah.

Er lag auf dem Boden, und ich konnte nichts mehr für ihn tun. Trotzdem versuchte ich, ihn wiederzubeleben, schlug auf seine Brust, suchte nach einem Puls, aber Gret war tot. Mit meiner medizinischen Ausrüstung hätte ich womöglich noch etwas ausrichten, vielleicht sein Herz mit einem Stromschlag wieder zum Schlagen bringen können, aber die prall gefüllte Sanitätstasche, die ich mitgebracht hatte, war weg.

Ich betrachtete den armen Kerl und besann mich dann auf meine Ausbildung. Riss mich zusammen. Suchte nach Spuren. Ich war keine Sanitäterin, aber es war offensichtlich, dass Gret totgeprügelt worden war, entweder gezielt oder, das hielt ich für wahrscheinlicher, aus Versehen. Ein harter Schlag gegen den Kopf hatte die Sache wohl beendet. Unter seinem Ohr hatte sich eine Blutpfütze gebildet. In Grets geschlossener Faust fand ich den Griff der Tasche, die ich von meinem Treffen mit T'iar Garadin mitgebracht hatte.

Verdammt noch mal, Gret. Du hättest sie ihnen einfach überlassen sollen. Ich stand auf, und die Welt verschwamm vor meinen Augen. Dann griff meine Ausbildung, und ich rief mich zur Ordnung. *Du bist nicht aufgeflogen. Betreib Schadensbegrenzung, soweit möglich, und weiter im Text.* Jahrelanges Training rief die Stimme der Vernunft auf den Plan.

Ich hatte zahllose Kontaktpersonen verloren. Scheiße, ich hatte viel mehr von ihnen selbst geopfert, als dass ich sie noch hätte beziffern können, und es war immer beschissen, aber es war stets zum Wohle Tarakans gewesen. Das hier … das war einfach idiotisch.

Schadensbegrenzung, Obermajorin Vera Geer. Du hast alles, was du brauchst, um die Täter aufzuspüren und deine Mission zu Ende zu bringen.

Ich ging in den Garten hinaus und entdeckte die schlammigen Spuren der Karrenräder, aber schon wenige Meter weiter verloren sie sich auf dem Asphalt. Ich sah mich um.

Menschen sind neugierig. Irgendwer hat immer etwas gesehen.

Ich entdeckte sie fast sofort. Sie stand am anderen Ende der Straße und blickte zum Häuschen hinüber. Als sich unsere Blicke begegneten, wich sie zurück. Ich erwischte sie, ehe sie in ihrer kleinen Hütte verschwinden konnte, dafür musste ich nicht einmal den ESM aktivieren. Jetzt war nicht der richtige Moment für eine höfliche Vorstellung. Ich trat ihr in den Weg.

»Sagt mir, was passiert ist.«

»Ihr seid Grets neue Frau.« Sie versuchte, sich an mir vorbeizuschieben, aber ich versperrte ihr erneut den Weg. »Er hat mir von Euch erzählt … Peach.« Plötzlich blieb sie stehen und drückte mir die Schulter. »Es tut mir so leid. Er war ein guter Mann.«

Weder korrigierte ich die Frau, was meinen Familienstand betraf, noch dachte ich darüber nach, weshalb Gret seine Nachbarin angeschwindelt haben mochte. »Wer hat das getan?«

Augenblicklich machte ihr Mitgefühl Abwehr Platz. »Ich … ich hab nichts gesehen. Ich habe nur gehört …«

Sie log, und sie hatte Angst.

»Diese Verbrecherbande aus der Gegend, haben die ihn umgebracht?«

»Ich weiß es nicht«, sagte sie, aber ihre Augen verrieten sie. »Ich hab gesehen, wie sie den Karren und das Maultier mitgenommen haben, aber das heißt nicht … die Schildgarde wird Euch auch nicht helfen«, fügte sie hastig hinzu.

Die Stimme meines Ausbilders hallte mir in den Ohren: *Schadensbegrenzung. Konzentrier dich auf deine Mission.*

»Sagt mir, wo das *Sieben Schwäne* ist.«

Sie riss die Augen auf. »Ihr könnt da nicht hingehen, Frau

Gret. Das könnt Ihr nicht machen. Die machen mit Euch was Schlimmeres als das, was sie ihm angetan haben.«

Behalt den Kopf unten. Geh keine unnötigen Risiken ein, die den Erfolg deiner Mission gefährden.

»Kann sein. Gebt mir einfach einen Tipp. Ich werde Euch nicht noch mal behelligen.«

»Versucht nicht, dorthin zu gehen. Die werden …«

»Mir passiert nichts, verlasst Euch darauf. Sagt mir einfach, wo der Laden ist.«

Sie wollte meinen Tod nicht auf dem Gewissen haben, aber zugleich wollte sie, dass ich endlich verschwand und sie in Ruhe ließ. Es dauerte nicht lange, bis sie nachgab.

»Allerbesten Dank«, sagte ich und machte mich auf den Weg.

Diesmal war es Sergius brüchige Stimme, die in mir widerhallte. *Die entscheidende Frage ist, ob Ihr Tarakan gegenüber noch immer loyal seid oder nicht.* Er würde missbilligen, was ich vorhatte. Kontaktpersonen wie Gret waren entbehrlich, und persönliche Gefühle führten dazu, dass man Unsinn machte.

Leck mich doch, Sergiu, dachte ich.

Ich würde zum *Sieben Schwäne* gehen und alles in die Schlacht werfen, was ich aufbieten konnte, um diese Arschlöcher umzubringen, bis zum letzten Mann. Oh, und ich wollte mein Maultier zurückhaben.

Kapitel 45

Funkelauge

Einem Neuankömmling musste die Tüftlerstadt noch immer vorkommen wie eins der geschäftigsten Viertel außerhalb des Lochs. Alles war gerammelt voll mit Läden, Verkaufsständen und Straßenhändlern, überall konnte man sämtliche Modifikationen, die sich ein Troll nur vorstellen konnte, kaufen oder reparieren lassen. Aber ich entdeckte mehrere Läden mit zugenagelten Türen und Fenstern, und es sprach Bände, dass ich durch diese berühmte Geschäftsstraße laufen konnte, ohne ständig mit irgendwem zusammenzustoßen. Die Preise waren noch immer ziemlich hoch, aber nicht mehr so übertrieben wie früher. Mir fiel auf, dass die meisten Stände von einfachen Tüftlern betrieben wurden, Leuten ohne die Gabe der Tätowierten. Ein paar Technikus-Geschäfte gab es auch noch, vor allem die alten, bekannten Etablissements, aber viele Technikusse mussten wohl in die oberen Ebenen umgezogen sein, wo die Reichen und Mächtigen lebten, die sich ihre Dienste noch leisten konnten. Die weniger Glücklichen unter den Tüftlern hatten sich vermutlich aufgemacht und reisten jetzt durch die Dörfer nahe der Stadt, wo sie alte Maschinen reparierten, kauften und verkauften.

Galinak war so begeistert wie ein kleiner Junge am Spielzeugstand, und ich war der strenge Vater, der ihn ständig an unsere begrenzten Finanzen erinnern musste. Wir kamen nur langsam voran, denn er blieb an jedem Stand stehen und betrat jedes Geschäft, weil er »kurz mal ein paar Sachen ausprobieren« wollte. Irgendwann riss mir der Geduldsfaden. Ich drückte Galinak eine Handvoll Turmlinge in die Hand, sagte ihm, wir würden uns im *Tiefenexpedition*, einer Ex-Salutisten-Kneipe, zum Abendessen treffen, und ließ ihn stehen, während er gerade einen viel zu engen Kampfgurt anprobierte.

Man musste Vincha nicht besonders gut kennen, um zu wissen, dass sie nicht viele Freunde hatte, aber zu ein paar Leuten hielt sie den Kontakt aufrecht, insbesondere zu jenen, die ihr nützen konnten oder sich leicht ausnutzen ließen. Einer dieser Leute war Puorpan.

Es war schon früher Nachmittag, also nahm ich an, dass ich ihn an seinem kleinen Stand auf dem Mittelmarkt nicht mehr antreffen würde, sondern eher zu Hause, wo er Geräte reparierte und Aufträge annahm. Er hatte sich einen Ruf als zwar etwas überteuerter, aber anständiger Tüftler erarbeitet, spezialisiert auf Komm-Geräte. Sein Zuhause lag ein paar Straßen vom Marktplatz entfernt – eine einstöckige Hütte aus Holz und Ziegelsteinen, die sich in den Schatten der kleinen Türme dieser Ebene kauerte. Auf dem Schild am Tor stand »Puorpans Komms und Mods«, die blinkenden roten Buchstaben wurden in regelmäßigen Abständen grün und verkündeten dann: »Ankauf. Reparaturen. Verkauf«. Als ich durch den kleinen Hof lief, bemerkte ich mehrere Sicherheitskameras, und ein frisch gemaltes Schild ermahnte mich, den gepflasterten Weg nicht zu verlassen. Ich war froh, dass ich Galinak nicht mitgebracht hatte; der raue Salutist hatte eine Art am Leib, die die Leute nervös machte, und alles roch schwer danach, dass Puorpan sowieso schon zum nervösen Typus gehörte. Neben der Tür befand sich ein Knopf, und als ich ihn drückte, ertönte ein Klingeln. Ein breiter weißer Lichtstrahl scannte mich zweimal durch, dann öffnete sich ein kleines Guckloch in der Tür, durch das mich eine Frau misstrauisch beäugte.

»Ja? Was willste?«

Das war ein bisschen merkwürdig. Kunden waren doch eigentlich was Gutes.

»Guten Tag, werte Dame«, sagte ich mit größtmöglicher Höflichkeit. »Ich möchte Puorpan sprechen.«

»Aufträge nehmen mir morgens am Stand auf dem Mittelmarkt entgegen.«

»Ich fürchte, es ist ziemlich eilig.« Ich ließ meinen prallsten Münzbeutel klingeln. »Ich bräuchte rasch Hilfe.«

Sie musterte mich und den Beutel, dann glitt der untere Teil der Tür beiseite. »Leg deine Waffe hier rein.«

Ich tat, wie mir geheißen, und nach einem dritten Scan klickten mehrere Schlösser, und die Tür schwang ganz auf.

In einem Arm hielt sie ein fettes Baby, in der freien Hand meinen Friedensstifter.

»Er ist hinten.« Sie wies mir mit dem Friedensstifter den Weg, ohne mich aus den Augen zu lassen. »Nichts anfassen. Ich behalt dein' Waffe bei mir.«

Es war gar nicht so einfach, den Raum zu durchqueren, ohne irgendwas zu berühren, denn er war bis obenhin mit Metallschrott und anderem Zeug vollgestopft. Das Hinterzimmer sah zum Verwechseln ähnlich aus, nur dass hier noch eine Werkbank stand, ein Metallschneider und mehrere andere Maschinen, von denen ich nicht wusste, wozu sie gut sein sollten. Puorpan trug eine schwere Schürze und Schutzbrille. Er schweißte gerade Metallstücke aneinander und stand in einem Sprühnebel aus blauen Funken. Er bemerkte mich erst, als er mit dem Schweißen fertig war und Sichtschutz und Tüftlerbrille absetzte, und bei meinem unerwarteten Anblick schrak er zusammen und schien sich dann seiner eigenen Reaktion zu schämen.

»Ja, Meister, was kann 'ch für Euch tun?«, erkundigte er sich barsch. »Wir nehm' Aufträge eigentlich nur am Stand entgegen.«

»So gut läuft das Geschäft also, ja?«

»Ja, läuft gut«, brummte er. »Na, wenn Ihr schon ma' hier seid, was kann ich denn für Euch reparieren?«

»Mich schickt ein gemeinsamer Bekannter«, sagte ich vorsichtig. Es gab keinen Grund, Puorpan zu erklären, wer ich wirklich war. »Ein gewisser Schreiber von der Historikergilde. Er hat Euch mehrmals aufgesucht, als er auf der Suche nach einer Komm-Spezialistin namens Vincha war.«

Puorpan kniff die Augen zu Schlitzen zusammen, aber er erkannte mich nicht. »Was soll mit ihr sein? Hab sie seit Jah'n nich gesehn. Sie hat noch Schulden bei mir.«

»Das klingt allerdings ganz nach ihr«, versuchte ich, die Stimmung ein bisschen aufzulockern. Auf meiner Suche nach Vincha hatte mich Puorpan in die Irre geschickt, aber ich versuchte, ihm das nicht krummzunehmen. Immerhin war er so anständig gewesen, keine Münzen dafür zu verlangen. Diesmal war es offensichtlich, dass er log. Und er war nervös.

»Es ist so, ich suche sie jetzt wieder …«

Hinter mir klickte es deutlich vernehmlich, und ich hörte das Sirren einer schnell hochfahrenden Waffe, dann die Stimme der Frau, die mir die Tür geöffnet hatte. »Hast mir doch gesagt, du willst was kaufen, Bursche. Von 'nem Pläuschchen war nich die Rede.«

Ich drehte mich um. Sie hatte das Baby abgelegt, hielt den Friedensstifter in beiden Händen und zielte mit meiner eigenen Waffe auf mich. Ihre Miene war entschlossen, aber die schwere Pistole zitterte gefährlich. Ich breitete die Arme aus. »Bitte, ich bin nur hier, um mich zu unterhalten.«

»Wir brauch'n weder dein' Worte noch dein Metall. Hau sofort ab.«

Ich brauchte meine verbesserte Sicht nicht, um zu erkennen, dass sie Angst hatte.

»Nilda, entspann dich, ich hab alles im Griff«, sagte Puorpan und sah mich an. »Entschuldigt das Verhalten meiner Frau, es ist wegen unserem Baby. Sie will es vor der ganzen Welt beschützen, und manchmal …«

»Halt'n Mund, du Idiot. Haste dir etwa die Augen zugeschweißt? Siehst du nicht, dass sein Metall nicht echt ist? Ich mach das alles nicht noch mal mit.« Sie richtete die bebende Pistole direkt auf meine Brust. »Hau jetzt sofort ab hier.«

Ich mach das alles nicht noch mal mit. Ich zwang mich dazu, den Blick von der Mündung zu lösen, und wandte mich an den Tüftler. »Es hat schon mal jemand nach Vincha gefragt«, sagte ich. »Vor Kurzem erst.« Ich sah, wie sein Blick erkaltete.

»Wenn ich noch mal drüber nachdenke, geht Ihr jetzt wohl doch besser«, sagte er. »Das ist eine Waffe mit viel Durchschlagskraft, und es wird viel Arbeit, danach hier sauber zu machen. Ihr bekommt sie zurück, sobald Ihr vor der Tür steht.«

»War es eine Frau, die nach Vincha gefragt hat?«, fragte ich. »Klein, dunkelhaarig, leicht schräg gestellte Augen …«

»Das Nächste, was du sagst, sollte besser ›auf Wiedersehn‹ sein«, hörte ich Nilda sagen.

»Na gut. Ich gehe«, sagte ich. »Aber wenn ich Vincha finde, sag ich ihr, dass Ihr schuld seid am Schicksal ihrer Tochter.« Ich wandte mich zum Gehen.

»Moment«, sagte Puorpan plötzlich. Ich drehte mich wieder um und sah, wie er sich seufzend an seine Werkbank lehnte und vor Schmerz das Gesicht verzog.

»Sag dem kein Wort«, warnte ihn Nilda.

»Es reicht jetzt. Wenn er ein Freund von Vincha ist, schulde ich ihr wenigstens eine Warnung. Und falls nicht, macht es auch nichts.«

»Ich bin ein Freund von Vincha«, versicherte ich ihm.

»Vincha hat keine Freunde«, versetzte Puorpan trocken, »jedenfalls nie lange.«

»Stimmt. Besonders liebenswürdig kann man sie wirklich nicht nennen, und wenn man mit ihr zu tun hat, ist man im Handumdrehen pleite.« Darüber mussten wir beide lächeln.

»Ihr seid beide dumm wie Rost.« Kopfschüttelnd senkte Nilda die Pistole. »Ich kümmere mich um den kleinen Pol.« Sie sah ihren Mann an und hob warnend den Zeigefinger. »Ist deine Schuld, wenn der dich erschießt.«

Wir sahen ihr hinterher.

»Sie ist nervös, seit …« Puorpan zögerte. »Seit der Begegnung.«

»Was ist passiert?«

Mit einem tiefen Seufzen setzte sich Puorpan auf die Werkbank. »Diese Frau, die Ihr eben beschrieben habt … sie ist neulich hier aufgekreuzt und wollte, dass ich einen kaputten Einschaltknopf an ihrem Energieschwert repariere. Kam mir ein bisschen seltsam vor, weil es eine Menge Tüftler gibt, die sich auf Waffen spezialisiert haben, aber zu Arbeit sag ich nicht Nein. Ich hab das Schwert repariert, aber da fragt sie auf einmal nach Vincha. Es ist die Wahrheit, dass ich diese werte Komm-Spezialistin über ein Jahr lang nicht mehr zu Gesicht gekriegt hab, und das sag ich ihr auch. Aber sie lässt nicht locker, und dann …« Er atmete tief durch. »Sie ist stärker, als sie aussieht, und gnadenlos wie nur was. Ich musste danach zum Flickschneider, und sie hat Pol bedroht und Nilda. Ich hab ihr gesagt, was sie wissen wollte – dass Vincha bei unserer letzten Begegnung eine Langstreckenscheibe und einen Sucher haben wollte.«

»Moment mal. Was ist das?«, fiel ich ihm ins Wort.

»Ein winziges Komm-Gerät, das nur in eine Richtung funktioniert. Kleiner als ein Fingernagel.« Puorpan hob einen

Finger, um den Nagel zu zeigen. »Man bringt die Scheibe irgendwo unter, oder man gibt sie jemandem, oder«, wieder zögerte er, »man bringt sie *in* jemandem unter, und dann kann man ihn mit dem Sucher finden.«

Es gab nur eins, das Vincha auf gar keinen Fall verlieren wollte. »Hatte sie eine junge Frau dabei?«

Puorpan schüttelte den Kopf. »Nein, sie war allein. Hat auch nur die Scheibe mitgenommen. Sie hatte nicht viel Metall dabei, also hat sie die Scheibe bezahlt und die Verschlüsselung, was eigenartig ist, weil beide Geräte aufeinander abgestimmt werden. Ohne den Sucher kann man die Scheibe nicht wiederfinden.«

Außer man hat erstklassige Tarakanische Mods im Schädel.

»Lasst mich raten: Die Frau hat den Sucher mitgenommen«, sagte ich.

Puorpan schüttelte den Kopf. »Nein, den hab ich zerstört, nachdem Vincha weg war. Hab die Teile anderswo verbaut. Das habe ich auch der Frau gesagt, aber es hat eine Weile gedauert, bis sie mir geglaubt hat.« Vorsichtig strich er sich über den rechten Arm.

»Also ist die Frau ohne Sucher wieder verschwunden«, sagte ich. Immerhin mal eine gute Nachricht. Aber meine Hoffnung zerschlug sich rasch wieder – Puorpan schüttelte den Kopf.

»Ich musste die Decodiermaschine einschalten. Ich meine, ich hab sie von einem Technikus gekauft, ich weiß, wie man die Scheibe reinsteckt und welche Knöpfe man drücken muss, aber ich weiß nicht *wirklich*, wie sie funktioniert. Aber diese Frau wusste es. Sie hat irgendwas damit angestellt, irgendwie den Code rausgeholt, und dann musste ich einen zweiten Sucher darauf abstimmen.«

»Rost«, fluchte ich. »Könnt Ihr …«

»Nein.« Puorpan hob die Überreste einer schwarzen runden

Maschine hoch, die jemand zu Klump geschlagen hatte. »Dieses rostige Weib hat die Maschine einfach mit dem Schwert kaputtgeschlagen, dann ist sie gegangen, und ich war einfach nur froh, dass es vorbei war.« Puorpan erschauerte. »Bitte sagt Vincha, dass es mir leidtut. Wir kennen uns schon eine ganze Weile, und sie hat mir mal geholfen, als ich ein bisschen in die Scheiße geraten war, wenn Ihr wisst, was ich meine. Aber das eigene Metall poliert man zuerst.«

Das war eine Sackgasse. Vincha würde niemandem verraten, wo sie ihre Tochter versteckte, nicht einmal Puorpan.

»Ich muss Vincha warnen«, sagte ich schließlich. »Wisst Ihr, wo ich sie finde?«

Puorpan wollte gerade den Kopf schütteln, da fügte ich hinzu: »Ich weiß, dass sie niemals lange an einem Fleck bleibt, aber sie hat Euch vertraut, und ganz sicher werdet Ihr doch eine Möglichkeit kennen, ihr eine Nachricht zu hinterlassen. Ihre Tochter ist in Lebensgefahr.«

Puorpan musterte mich und kratzte sich am Kinn. »Tja, eine Sache wäre da schon, die sie erwähnt hat, ehe sie gegangen ist.«

Kapitel 46

Peach

Ein Pfirsich. Ich hätte alles für einen Pfirsich gegeben. Ich wollte ihn schmecken, hineinbeißen, wollte den Mund voll Fruchtfleisch haben und in der Süße schwelgen. Ein Königreich für einen Pfirsich. Warum hielt diese verdammte neue Welt an Krieg fest und an Gewalt und Gier, hatte aber ihre Pfirsiche verloren?

»Lady …«

Ich wandte den Kopf und zwang mich dazu, locker zu bleiben. Meine Sicht war noch ganz verschwommen, aber seine Stimme klang eingeschüchtert und verängstigt, nicht drohend.

»Ihr habt nicht zufällig einen Pfirsich?«, fragte ich und blinzelte, um meine Sicht zu klären.

Sein Blick war so herzergreifend verwirrt, dass ich fast aufgelacht hätte.

»Einen was?«

»Ach, egal.« Ich schaltete mit dem Daumen das Energieschwert aus und steckte es weg. *Der arme Puorpan hat bei der Reparatur gute Arbeit geleistet.*

»Ich wollte Euch nur warnen, dass die Schildgarde bald eintreffen wird.« Der Inhaber des *Sieben Schwäne* ließ den Blick über die unzähligen Leichen auf dem Boden wandern und schien nicht recht glauben zu können, was er sah. »Und ich glaube, einer ist Euch entkommen. Er ist aus dem Fenster gesprungen. Selbst wenn die Schildgarde nicht kommen sollte, er hat …« Mit einem zitternden Finger zeigte er auf die Leiche direkt vor meinen Füßen. »Er *hatte* Freunde. Ich will keinen Ärger.«

Er hätte nicht erbärmlicher dreinschauen können, selbst wenn ihn jemand dafür bezahlt hätte. Eigentlich hatte ich ihn ebenfalls töten wollen, aber da war etwas in seinen Augen. Ich sah nicht nur Angst darin, sondern … Erleichterung. Er gehörte nicht dazu. Gret hatte mir erzählt, dass sich der Mann verschuldet hatte. Höchstwahrscheinlich hatte die Bande ihn zur Kooperation gezwungen. Also sollte er leben. Allerdings hätte ich keinen Turmling darauf gesetzt, dass er das Ende der Woche noch erlebte, selbst wenn ich ihn ungeschoren ließ.

Die vertrauten Kopfschmerzen kündigten sich an. Schon bald würde das leichte Pochen zu einem alles lähmenden Schmerz anwachsen, und in dem Zustand sollte ich mich besser nicht mit der Schildgarde anlegen, die unterm Strich kaum mehr war als eine besser ausgerüstete Straßenbande. Und sie zu bestechen würde mich angesichts des Blutbads, das ich gerade angerichtet hatte, viel zu teuer zu stehen kommen.

Ich sah mich in der Taverne um, und der Besitzer begriff offenbar, was ich dachte: Er war ein Zeuge. Ganz gleich, wer als Erster durch die Tür kam, wenn ich fort war: Er würde ihn erst befragen, dann ins Verhör nehmen, und zwar rücksichtslos.

Seufzend zog ich das Schwert, schaltete es ein und schnitt damit einen vollen Münzbeutel von meinem Gürtel, den ich ihm zuwarf. Ich warf nicht weit genug, und der Beutel schlitterte ein Stück über den blutigen Boden. Ich wartete, bis er ihn aufgehoben hatte, dann sagte ich: »Für Eure Unannehmlichkeiten. Die, die ich Euch gemacht habe, und jene, die bald über Eure Schwelle treten werden.«

Er nickte, aber dann sah ich, wie die Erleichterung in seiner Miene Nachdenklichkeit Platz machte.

»Habt Ihr Familie?«

Ohne zu zögern, antwortete er: »Nein. Ich hatte eine Frau, aber …«

»Dann schlage ich vor, dass Ihr Eure Ersparnisse nehmt und alles, was ihr tragen könnt, und dann begebt Ihr Euch zu den Toren der Stadt, so schnell Ihr könnt, und kehrt nie wieder zurück.«

»Das werde ich tun, Madam.«

Diesmal log er. Er machte sich Sorgen, das war ihm deutlich anzusehen, aber verzweifelt war er nicht. In dem Moment, als er den Geldbeutel aufgehoben hatte, war ein tödlicher Hoffnungsschimmer in seine Augen getreten. Er redete sich ein, dass er sich schon irgendwie aus der Geschichte rauswinden würde. Aber ich wusste es besser. Schon sehr bald würde der Tavernenbesitzer von Leuten befragt werden, die niemand anzulügen wagte, und er würde mir in den Rücken fallen oder zumindest meine Beschreibung rausrücken. Ich an seiner Stelle hätte das jedenfalls getan.

»Wie habt Ihr das gemacht?«, fragte er auf einmal. Ohne dass ich etwas gesagt hätte, fügte er hinzu: »Euch so zu bewegen, meine ich. Ich sehe an Euch keinerlei Zeichen, Ihr seid kein Troll, und selbst die …«

Ich blieb ihm die Antwort schuldig. Meine Kopfschmerzen wurden immer schlimmer, und der tiefe Schnitt an meinem Arm, den mir einer der Scheißkerle bei einem Glückstreffer zugefügt hatte, blutete stark. Es war knapp gewesen. Ich war einfach hereingestürmt, ohne weiter nachzudenken, von meinen Gefühlen gesteuert statt von meinem Verstand, das gezogene Schwert in der Hand. Ich hatte noch Glück gehabt – normalerweise zahlte man für solche Fehler einen höheren Preis.

»Wo ist Sommer?«, fragte ich.

»Wer?«

»Das Maultier.«

»Oh.« Er streckte einen zittrigen Finger aus. »Im Hinterhof. Das Tor ist zugesperrt, aber ich kann …«

»Tut das.« Ich sah zu, wie er davonhastete, hob die Sanitätstasche vom blutigen Boden auf und ging langsam hinterher. Die Tasche war noch immer voll. Vermutlich hatten die Typen vorgehabt, den Inhalt zu verscherbeln.

Sommer war noch immer vor den Karren gespannt und stand in ihrer eigenen Scheiße. Niemand hatte sich die Mühe gemacht, sie abzuschirren, und ich hätte darauf gewettet, dass sie auch nichts zu fressen bekommen hatte.

»Hallo, Sommer«, sagte ich und klopfte ihr freundlich den Hals. Als ich ihr eine Karotte gab, drückte sie die lange Schnauze an meine Hand.

Als ich mich auf den Kutschbock schwang, stand das Tor bereits offen, und ich fuhr auf die Straße hinaus.

Die Schildgarde ließ sich Zeit, genau wie so ziemlich alle Polizeieinheiten der Welt. Ich fuhr an den Leichen der beiden Wachen an der Eingangstür vorbei und verschwand in der Dunkelheit.

Ein wenig später kam ich an Grets Häuschen vorbei, wurde ein wenig langsamer, hielt jedoch nicht an. Diese Gegend würde jetzt, nachdem ich die Bande abgeschlachtet hatte, eine Zeit lang ein bisschen sicherer sein, aber irgendwann würde jemand anders kommen, um die Nachbarschaft zu terrorisieren, und die Lücke wieder schließen. So war der Lauf der Welt. Alles gleicht sich wieder aus.

Es war Zeit weiterzuziehen. Meine Mission fortzusetzen. Ich blickte zu den obersten Türmen empor, geschmückt von funkelnden Tarakanischen Lichtern. Der Besuch dort oben wäre eine willkommene Abwechslung gewesen, aber leider führte mich mein Auftrag in deutlich weniger reizvolle Gefilde. Ich wendete den Karren und machte mich auf den Weg zu den Aufzügen, die mich ins Loch runterbringen würden.

Kapitel 47

Artium

Eintrag 11694

Persönliche Anmerkung:

Artium zögerte. Lehnte sich in seinem Stuhl zurück und starrte den schwarzen Bildschirm an. Das grüne Quadrat blinkte, wartete darauf, dass er die nächste Silbe eintippte, die erst zu einem Wort werden würde, dann zu einem Satz, der das Wetter beschrieb, so wie es im vergangenen Jahrzehnt seine Pflicht gewesen war. Aber er konnte nicht. Zum ersten Mal, seit er sich erinnern konnte, hatte sich Artium nicht einmal die Messdaten angesehen. Sein Verstand raste, spielte die jüngsten Ereignisse noch einmal durch. Er nahm die Hände von der Tastatur, betrachtete sie, dann beugte er sich vor, schlug die Hände vors Gesicht und schluchzte leise hinein.

Alles begann mit einem eigenartigen Traum.

Er rannte durch die vertrauten, jetzt aber eigenartig verzerrten leeren Gänge der Anlage, die Pistole in der Hand. Ganz gleich, um welche Ecke er bog, dahinter wartete Milbored auf ihn. Sein Nacken war nach dem tiefen Sturz gebrochen, das Gesicht teilweise von Maden zerfressen, aber trotzdem lächelte er ihn an, so gut sein gebrochener Kiefer es erlaubte. Manchmal lehnte er an der Wand oder lag im verlassenen Flur, dann wieder streckte er die Hand nach ihm aus. Artium rannte. Sein Leben lang hatte er kräftige Beine gehabt, jetzt aber war ihm, als bestünden sie aus Blei. Er war langsam, zu langsam, und der tote Milbored verfolgte ihn. Artium suchte nach einer Tür, die er hinter sich abschließen konnte, aber es gab keine Türen, nur große Bildschirme, die an den Wänden der endlosen Korridore hingen. Von jedem dieser Bildschirme starrte ihn Emilijas Antlitz an, die grauen Augen blickten so kalt drein wie der Tod. »Himmelsmeister«, zischte sie ihn an, wenn er vorüberrannte. Einmal richtete er mit zitternder Hand die Pistole auf einen der Bildschirme und zog den Abzug durch. Die Kugel zerschmetterte den Monitor, Scherben fielen zu Boden, aber sie zeigten noch immer Emilijas zersplittertes Gesicht, das ihn anstarrte.

»Himmelsmeister.«

Artium schreckte aus seinem Ruhesessel hoch. Vor ihm, nicht weit entfernt, stand eine verschwommene Gestalt. Zuerst glaubte er, es sei Milbored, und er zuckte zurück, konnte im letzten Augenblick seinen Entsetzensschrei runterschlucken, als er begriff, dass es nur das Mädchen war.

»Was ist? Wie spät ist es?«, brachte er heraus. Morgens sah er am schlechtesten.

»Kurz vor Sonnenaufgang«, antwortete Emilija.

»Was machst du hier?« Obwohl es nichts nützte, rieb er sich mit beiden Händen die Augen. War das Mädchen die ganze Nacht über im Observatorium geblieben?«

»Ihr seht nicht.«

Artium fluchte leise, aber Emilija kam näher, bis er sie deutlicher sehen konnte. Sie streckte die Hand aus. »Kommt mit«, sagte sie. Es war kein Befehl, aber trotzdem nahm Artium ihre warme Hand und ließ sich von ihr aufhelfen, noch ehe er begriff, was er tat. Er trug noch sein Nachtgewand, schnappte sich aber im Vorbeikommen rasch seinen Gürtel, der über einem Stuhl hing. Als er ihn umgeschnallt hatte, fühlte er sich deutlich angemessener bekleidet.

Emilija zog ihn hinter sich her, auf die Tür zu, die in den Ostflügel führte. Artium folgte ihr, seine Hand in ihrer, und versuchte herauszufinden, ob dies ein Traum war oder nicht.

Ehe er wusste, wie ihm geschah, liefen sie durch die staubigen, leeren Korridore des Ostflügels, an lauter schwarzen Bildschirmen vorbei. Dieser Flügel wurde schon seit Artiums Kindheit nicht mehr benutzt. Vor langer Zeit hatte die Energieversorgung noch funktioniert, aber eines Tages war sie einfach ausgefallen, und alle waren in den Westflügel umgezogen. Artium fragte sich, wie sie überhaupt hergekommen waren, denn die Tür des aufgegebenen Bereichs musste manuell geöffnet werden, und das erforderte Kraft und Zeit. Er blickte zurück, aber sie waren schon zu weit vorgedrungen, und der einzige Lichtschimmer stammte von den ersten Sonnenstrahlen, die durch die schmalen Fensterschlitze unter der Decke fielen, und das reichte kaum aus, um die Hand vor Augen zu sehen. Als sie die Treppe erreichten, die ins Untergeschoss führte, blieb er stehen.

»Es ist vollkommen dunkel«, sagte er. »Wir sehen ja gar nicht, wo wir die Füße hinsetzen.«

»Ihr seht nicht«, lautete die ruhige Antwort des Mädchens.

»Aber …«

»Ihr seht nicht.« Ihre warme Hand zog sacht an seiner, als würde sie an einer Ziege zupfen, damit sie weiterging.

Das ist nur ein Albtraum, du alter Narr … Artium ließ sich ins Treppenhaus ziehen, und sie stiegen vorsichtig ins Dunkel hinunter. Mit der freien Hand strich er an der Wand entlang, immer in der Erwartung, dass er irgendwo gegenrannte, und bemühte sich darum, nicht in Panik zu geraten. *So wäre es also, richtig blind zu sein*. Aber das Mädchen schien zu wissen, was es tat, trotz der Dunkelheit und der feuchten, abgestandenen Luft.

Er folgte ihr durch einen offenen Durchgang, was eigenartig war, denn eigentlich hätten alle Türen hier unten geschlossen sein müssen. Jedenfalls glaubte er sich daran zu erinnern.

»Warst du schon mal hier?« Seine Stimme hallte von den Wänden wider.

»Ja.«

»Wozu?« Sein Knie stieß irgendwo an, und er unterdrückte einen Aufschrei.

»Weil Ihr nicht seht.« Plötzlich ließ sie seine Hand los und entfernte sich, und er stand ganz allein in vollkommener Dunkelheit.

Er streckte eine Hand in die Schwärze und berührte etwas Ledriges, Weiches. Irgendeine Sitzgelegenheit. Die andere Hand wanderte zum Gürtel, und er spürte den Pistolengriff unter seinen Fingern. Was wollte er denn damit tun? Das Mädchen erschießen?

»Emilija. Wo bist du?«

»Ich bin hier.« Er wandte sich in die Richtung, aus der die Stimme kam, und streckte eine Hand aus, während er mit der anderen die Waffe zog.

»Warum hast du mich hergebracht?«

»Weil Ihr nicht seht.« Diesmal kam die Antwort aus einer anderen Richtung. Er drehte sich danach um, und diesmal zielte er mit der Pistole in die Dunkelheit.

»Ich weiß nicht, was du dir dabei denkst, aber du … arrgh!«

Plötzliche Helligkeit blendete Artium. Mit einer Hand schirmte er seine Augen ab, aber die andere hielt noch immer die Pistole und zielte ungefähr in die Richtung, aus der er Emilijas Stimme zuletzt gehört hatte. Warum? Er vermochte es nicht genau zu sagen, aber er hatte Angst.

»Es dauert eine Weile, bis alles fertig ist.«

Sie stand direkt vor seinem ausgestreckten Arm, als wäre es ihr egal oder als hätte sie nicht bemerkt, dass er drauf und dran war, sie zu erschießen. Er fühlte sich wie ein alter Idiot.

»Was denn?«, fragte er.

Emilija antwortete nicht.

Mit einem leisen, aber steten Summen erwachten die Maschinen ringsum zum Leben. Ein leichter Windzug strich Artium übers Gesicht. Er blinzelte ein paarmal, bis die Helligkeit endlich einigermaßen erträglich war, dann blickte er sich um. Soweit er sehen konnte – und viel sah er nicht –, stand der Raum voller Maschinen. Manche ähnelten in Größe und Form jener Maschine, in die er seine Zahlen eingab, andere sahen völlig anders aus. Zwar konnte er seinen Augen nicht recht trauen, aber einige der Maschinen kamen ihm durchsichtig vor, als bestünden sie aus nichts weiter als schimmernder Luft. Überall ringsum schalteten sich Monitore ein, auf denen Zahlen, Buchstaben und Zeichen erschienen, mit denen er nichts anzufangen wusste.

»Wie … wie hast du das gemacht? Diese Räume stehen seit Jahren leer.«

Emilijas verschwommene Gestalt bewegte sich durch den Raum. »Ich habe die Muster ein wenig verändert, damit hier Energie fließt, aber das Observatorium wird jetzt eine Weile nicht funktionieren.«

Soweit Artium es beurteilen konnte, versuchte Emilija nicht, etwas in die Maschinen einzugeben. Er blinzelte hinter ihr her, während sie von Maschine zu Maschine ging. Als sie an ihm vorüberkam, ging ihm auf, dass er noch immer die Pistole in der Hand hatte, und er steckte sie rasch weg, ehe er sich wieder nach dem Mädchen umdrehte.

Bei dem Gegenstand, in den er hineingelaufen war, handelte es sich um einen großen Ruhesessel unter einer silbrigen Schutzfolie. Am Sessel waren zwei dicke Metallarme befestigt, die jeweils in einer Art großem weißem Hammerkopf endeten. Ebenfalls weiße, metallisch schimmernde Kabel führten vom unteren Teil des Sessels in Wand und Boden. Als Emilija die Schutzfolie entfernte, spürte Artium den Raum vor Energie förmlich vibrieren.

Der Sessel war voller dunkler Flecken. »Ihr solltet Euch vollständig entkleiden und hier hinsetzen«, sagte Emilija und zeigte auf den Stuhl, und Artium rann ein Schauer über den Rücken. Er sah sie an, aber soweit er beurteilen konnte, war es ihr vollkommen ernst.

»Ich werde mich nicht entkleiden«, teilte er ihr entrüstet mit.

»Warum nicht?«

»Weil sich das nicht schickt vor den Augen einer Dame.«

Emilija schien eine Weile über diese Antwort nachzudenken. »Warum nicht? Ist Euch kalt?« Ihr Gesicht hellte sich auf. »Ich frage mal, ob wir es ein bisschen wärmer haben können.« Sie ging zu einer der Maschinen und legte eine Hand darauf, schloss kurz die Augen. Der Luftzug wurde spürbar wärmer.

Artium blieb der Mund offen stehen. »Wie machst du das?«

Aber Emilija wiederholte nur: »Ihr solltet Euch jetzt entkleiden, Himmelsmeister«, und fügte fast ungeduldig hinzu: »Ihr seht nicht.«

»Ja, das weiß ich.« Artium gab nach und griff an seinen Gürtel. »Allerdings wünschte ich gerade, *du* wärst blind.«

Sie sah ihn an. »Warum?«

Artium seufzte. »Das war nur ein Witz.«

»Mutter sagt, das Leben ist kein Witz. Sie sagt, dass ich vorsichtig sein und die Dinge ernst nehmen soll. Und dass es einige Sachen gibt, über die ich besser nichts weiß.«

Artium stand inzwischen nur noch im Lendenschurz da. »Tja, von dieser Sache hier sollten wir deiner Mutter wohl tatsächlich besser nichts erzählen, was?« Er zögerte. »Würdest du dich bitte kurz umdrehen?«

»Warum?«

»Weil ich gleich vollkommen nackt bin.«

»Ihr werdet immer noch vollkommen nackt sein, wenn ich mich wieder umdrehe.«

Das war nicht zu leugnen. Artium zog den Lendenschurz aus und drehte sich zum Stuhl um, bedeckte seine Blöße mit den Händen. Als sich die beiden Metallarme plötzlich in Bewegung setzten, wäre er vor Überraschung fast hintenübergefallen. Einer der Arme besprühte die Sitzfläche mit einer übelriechenden Flüssigkeit, und der andere stäubte den Sessel mit einer Art weißem Puder ein. Sobald die Staubwolke die Oberfläche berührte, verfestigte sie sich, und wenige Herzschläge später war der Sessel mit dünnem weißem Leinen überzogen.

»Ihr solltet Euch jetzt hinsetzen«, sagte Emilija hinter ihm.

Er drehte sich langsam um und setzte sich, spürte Wärme unter sich, schwang die Beine hoch und legte sich zurück. Das Leinen war verblüffend weich auf seiner Haut, ganz anders als die Ziegenhaut, auf der er sich zum Schlafen bettete. Fast sofort änderte sich seine Umgebung. Überall ringsum tauchten aus dem Nichts Bildschirme auf. Andere Bildschirme an der Wand erwachten flackernd zum Leben; auf einigen war Artiums nackter Körper zu sehen, andere zeigten ihn so, als wäre ihm die Haut abgezogen worden. Artium schloss die Augen.

»Ihr müsst die Augen offen lassen«, sagte Emilija von irgendwoher. »Ihr seht nicht.«

»Na, das ist vielleicht auch besser so«, murmelte er und öffnete die Augen.

Einer der Metallarme rotierte um seinen nackten Körper, während der andere, verschwommen, wie er war, sein gesamtes Knie umschloss. Artium spürte keinerlei Berührung, aber mit einem Mal wurde sein Knie kalt.

»Hey, was macht das Ding da?« Artium versuchte, sich aufzusetzen, aber zu seinem Entsetzen musste er feststellen, dass irgendeine unsichtbare Kraft ihn an den Sessel fesselte.

»Was geht hier vor?«, kreischte er und versuchte, den Kopf zu wenden, aber die Fesselung hatte seinen ganzen Körper erfasst.

»Es sagt, Ihr sollt stillhalten und Euch entspannen«, sagte Emilija mit verträumter Stimme. Sie trat in sein verschwommenes Sichtfeld, direkt neben einem Bildschirm, der die Umrisse eines menschlichen Knies abbildete. Mit diesem Knie wurden unterschiedliche Dinge angestellt, und Artium war froh darüber, dass seine Augen zu schlecht waren, um Genaueres zu erkennen. Aber als sich der Metallarm schließlich von seinem Knie löste, musste Artium zugeben, dass er keinen Schmerz empfand. Der Arm wanderte zu seinem Gesicht weiter, und er spürte etwas Kaltes, Feuchtes auf der linken Wange.

Emilija war wieder aus seinem Sichtfeld verschwunden, aber er hörte ihre Stimme klar und deutlich. »Es sagt, Ihr sollt Euren Mund öffnen.«

»Wer sagt das? Der verdammte Sessel? Was will es denn mit meinem Mund m… aargh …« Der Satz endete in einem Gurgeln, als Artium feststellte, dass er den Mund nicht mehr schließen konnte. Jetzt schwebten beide Arme über seinem Gesicht, und er spürte etwas Kühles in seinem Mund, an seinem Gaumen. Ein hohes, winselndes Geräusch ertönte, aber Artium spürte nichts. Er zwang sich dazu, sich zu entspannen, und bald darauf entfernten sich die beiden Metallarme ein Stück und schwebten in weniger intimer Entfernung vor seinem Gesicht. Artium stellte fest, dass er den Mund wieder schließen konnte, und tat es mit überwältigender Erleichterung. Doch diese Erleichterung währte nicht lange, denn da sagte Emilija auch schon: »Es sagt, Ihr sollt die Nadelspitze ansehen.«

Instinktiv starrte Artium den direkt über ihm schwebenden Arm an, und im nächsten Augenblick spürte er eine dünne feuchte Wolke auf seinem Gesicht landen. Aber er konnte noch immer nicht die Hände bewegen, um sie fortzuwischen. Eine lange Nadel schob sich aus dem metallischen Ende des Arms und kam nur wenige Zentimeter vor seinem Auge zum Stillstand.

»Was hat das Ding mit mir vor?« Artium hatte vor, so ruhig wie möglich zu sprechen, aber was herauskam, klang eher wie ein lang gezogenes Stöhnen. Und es half kein bisschen, als er feststellte, dass er das Gesicht nicht abwenden konnte.

»Es sagt, Ihr sollt nicht blinzeln.«

»Was hat es mit mir vor?« Artiums Augenlider froren förmlich ein, und kaum hatte er das letzte Wort herausgebracht, konnte er auch die Lippen nicht mehr bewegen.

Mit rasendem Herzen starrte er die über seinem rechten Auge schwebende Nadel an. In seiner Hilflosigkeit schrie ihn sein Überlebensinstinkt an, dass ihm etwas Entsetzliches bevorstand. Vor seinem geistigen Auge sah er gestochen scharf, wie sich die Metallnadel in seinen Augapfel bohrte, aber stattdessen hörte er eine Abfolge von Klicklauten, und die Spitze der Nadel leuchtete hell auf. Mit jedem Klicken wurde seine Sicht verschwommener, bis er nichts mehr sah als weißen Nebel. Der scheußliche Gestank verbrannten Fleisches stieg ihm in die Nase, und dann spürte er eine Berührung über dem rechten Augenlid.

»Nein«, wollte er ächzen, aber es kam nur ein »Oooh« heraus, und es war auch schon zu spät. Auf dem rechten Auge sah er nichts mehr, und jetzt bewegten sich Metallarm und Nadel zu seinem linken Auge hinüber.

Irgendwo im Hintergrund vernahm er seltsame, unangenehme Geräusche und hörte Emilijas monotone Stimme, die ihm mitteilte, dass die entsetzliche Maschine wolle, dass er sich entspannte, aber er konnte an nichts anderes mehr denken als daran, dass er bis ans Ende seines Lebens nie wieder etwas anderes sehen würde als diesen weißen Nebel. Er spürte kaum, wie etwas Kühles seinen rechten Arm berührte, aber mit einem Mal entspannten sich seine Muskeln, und erst jetzt bemerkte er, dass er sich die ganze Zeit gegen die unsichtbaren Fesseln gestemmt hatte. Das unangenehme Geräusch erstarb.

Ein paar weitere Klicklaute, und dann sah er überhaupt nichts mehr. Es war, als läge er unter weißem Schnee begraben. Er lag da, atmete langsam, die Panik war verschwunden, und er fügte sich in sein Schicksal. Als Artium spürte, dass er sich wieder bewegen konnte, rollte er sich auf die Seite und fand sich auf einmal auf allen vieren auf dem Boden wieder. Kroch weiter, bis er seine auf dem Boden liegende Kleidung fand, und tastete nach der Pistole, aber sie war nicht mehr da. Das kleine Ungeheuer musste sie an sich genommen haben. Artium richtete sich auf die Knie auf und betastete mit beiden Händen sein Gesicht. Die Augenlider waren mit einer steinharten Substanz bedeckt, aber ehe er daran kratzen konnte, schlossen sich warme Hände um seine Handgelenke.

»Was hat es mit mir gemacht?«, stöhnte Artium, als die Hände ihn sanft auf die Füße zogen. »Ich bin vollkommen blind.«

Er bekam keine Antwort, aber Emilija ließ ihn nicht los. Sanft zog sie ihn mit sich, und er folgte ihr, hilflos und zu erschöpft, um sich wegen seiner Nacktheit zu schämen. Er folgte ihr durch die langen Korridore und die Treppen hinauf. Als sie den vertrauten Saal betraten, hörte er die Eulen schuhuhen, und Emilija half ihm in den alten Schaukelstuhl. Sie breitete eine Decke über ihn und ließ ihn allein. Artium atmete ein paarmal tief durch, um sich zu beruhigen. Er dachte darüber nach, aufzustehen und nach seiner Pistole zu suchen. Scheiß auf die Ziegen, so wollte er nicht weiterleben. Aber die durchlittene Tortur hatte ihn völlig erledigt, und als er wieder zu sich kam, dämmerte er gerade aus dem Schlummer empor. Seine Hände fuhren zu den Augen. Zu seiner Überraschung war die Substanz, die sie bedeckte, nun nicht mehr hart, sondern eher schaumartig, wie warmer Schnee. Mit ein paar raschen Bewegungen wischte er das Zeug ab und blinzelte mehrmals. Die Welt verschwamm vor seinen Augen und wirbelte um die eigene Achse. Dann wich die Verschwommenheit, und auf einmal stand ihm ein so klares Abbild der Welt vor Augen, wie er es schon seit langer Zeit nur noch in seinen Träumen sah. Artium stand auf, und da begriff er, dass sein Knie nicht mehr schmerzte. Er drehte den Kopf nach links und rechts, dann blickte er nach oben und sah Ingrid und Fred, das Eulenpaar oben unter der Decke, zum allerersten Mal vollkommen deutlich. Er konnte wieder so gut sehen wie früher.

Kapitel 48

Peach

Als man die Stadt noch unter dem Namen Tarkania gekannt hatte, war das, was heute *das Loch* hieß, eine reine Wartungszone gewesen. Niemand hatte dort gelebt, und dank der Engel und der KI-gesteuerten Wartungs-Bots hatte nie ein Mensch seinen Fuß in diesen Bereich gesetzt. Jetzt aber, in der Stadt der Türme, war hier den ganzen Tag verfluchter Karneval – und auch die ganze Nacht. Und in den Seitenstraßen war es außerdem sehr gefährlich für eine Frau, die ganz allein unterwegs war und nach der *Kaputten Knarre* suchte. Ich kam über die sogenannte Karrenstraße hinunter und sah mich einem abgefeimten Schutzgeld-Service gegenüber: Entweder mietete man sich Geleitschutz, oder man wurde ausgeraubt.

Ich lehnte die Geleitschutz-Angebote ab – im Nachhinein eine ausgesprochen dumme Entscheidung, aber ich war nach einer schlaflosen Nacht hundemüde, und der ESM-Einsatz im *Sieben Schwäne* hatte mich völlig ausgesaugt. Entsprechend stolperte ich in eine Situation nach der anderen, die ich sonst vermieden hätte. Aber am Ende besaß ich eine Energiewaffe mit noch halb geladenem Magazin, einen Knüppel, eine abgetragene, aber bequeme Lederjacke, zwei Metallringe und etliche Turmlinge. Also war es am Ende doch ganz gut gelaufen.

Irgendwann gab ich es auf, bezahlte jemanden dafür, dass ich seinen kleinen Schuppen nutzen durfte, und verbrachte die wenigen verbleibenden Nachtstunden schlafend neben Sommer.

Am nächsten Morgen beschloss ich, Proviant und Ausrüstung für eine lange Reise durch die Wildnis zu besorgen. Und ich musste Sergiu den Sterbenden noch einmal aufsuchen.

Dank meiner monatelangen Reise mit Trevil wusste ich, was mich draußen erwartete. Aber trotz der Unannehmlichkeiten und Gefahren hatte ich es auf einmal eilig, die Stadt hinter mir zu lassen. Ich erinnerte mich noch gut daran, wie sie in meiner Jugend ausgesehen hatte, prächtig und voller Wunder. Jetzt war sie nur noch ein blasser Schatten ihrer selbst, ein Mahnmal dessen, was die Menschheit verloren hatte.

Meine Grübelei und die nachlassende Disziplin machten sich umgehend bemerkbar – fast wäre ich mitten in eine Auseinandersetzung gelatscht. Vier bewaffnete Trolle, die ich als Ex-Salutisten erkannte, standen einem Händler mit zwei nervös dreinblickenden Leibwächtern gegenüber.

»Ich geb kein verschmortes Kabel auf Eure Genehmigung«, knurrte der älteste Troll. Seine Hand lag bereits auf dem Griff seiner Energiewaffe.

»Aber ich bringe es nur zur Arena«, protestierte der Händler, »zu Unterhaltungszwecken. Bestimmt stirbt es sowieso bald.«

»Ihr wollt *das Vieh* gegen einen Menschen antreten lassen?«

»Nur in *Margats Nest*. Seht doch, hier, ich habe alle erforderlichen Genehmigungen dabei.« Der Händler hielt dem aufgebrachten Söldner eine Schriftrolle unter die Nase. Das sorgte allerdings nicht gerade für eine Verbesserung der allgemeinen Stimmung.

»Ich hab nicht meine ganze Mannschaft im Tal draufgehen sehen, nur damit Ihr jetzt eine von diesen verdammten Eidechsen hier anschleppt, Erlaubnis hin oder her. Diese verfluchte Eidechse stirbt, und zwar *jetzt*.«

Hinter dem Händler entdeckte ich einen mannsgroßen Käfig, und hätte ein normales menschliches Herz in meiner Brust gesteckt, so hätte es jetzt sicherlich einen Schlag ausgesetzt. Die Kreatur im Käfig war eindeutig nicht menschlich, aber die tonnenförmige Brust, Oberkörper und Arme wirkten menschenähnlich. Dazu kamen ein kurzer Schwanz, bösartig wirkende Klauenhände, die fest zusammengeschnürt worden waren, und eine lange Schnauze, mit einem Kabel zugebunden. Der Grünton der Haut war unverwechselbar für jemanden wie mich, die ich vom ersten Tag an in das Engel-Projekt involviert gewesen war und sämtliche Entwicklungsstadien kannte. Dieses Geschöpf mochte reichlich deformiert sein, ja, aber ich sah ohne jeden Zweifel den von Tarakan produzierten Wirtskörper eines Schutzengels vor mir. Im Labor musste etwas entsetzlich, wirklich *entsetzlich* schiefgegangen sein.

Natürlich hatte ich bereits von den Eidechsen gehört, aber ich hatte sie für ein Märchen gehalten und niemals die richtigen Schlüsse gezogen. Dieses Wesen dort im Käfig jedoch war echt, und seine offensichtliche Intelligenz strafte die Geschichten, die ich über die Eidechsen gehört hatte, Lügen: Während der Auseinandersetzung zwischen Händler und Trollen hatte es ganz leicht den Kopf bewegt und den jeweiligen Sprecher angeblickt, und als der Troll drohte, es zu töten und auch jeden, der sich ihm dabei in den Weg stellte, spannte es sich sichtlich an.

Konzentrier dich auf deine Miss…

Klappe. Ich musste herausfinden, was dieses … Ding … war.

Als ich meine Aufmerksamkeit wieder den Leuten zuwandte, waren sie gerade drauf und dran, die Waffen zu ziehen, und die Kummer gewohnten Bewohner des Lochs suchten sich hastig Deckung, um aus relativer Sicherheit heraus den bevorstehenden Kampf zu beobachten. Wenn ich jetzt mit gezogenem Schwert einschritt, konnte es durchaus sein, dass jemand die gefesselte Eidechse erschoss, das kam also nicht infrage. Ehe ich darüber nachdenken konnte, trat ich zwischen die beiden Parteien.

»Verzeihung, junger Mann« war das Einzige, was mir einfiel, aber immerhin hatte ich ihre Aufmerksamkeit.

Der Wortführer der Trolle starrte verblüfft auf mich herunter, reagierte aber schnell.

»Geht beiseite, werte Dame«, knurrte er, »ehe Ihr Euch noch verletzt.«

Werte Dame – das war ein gutes Zeichen. »Ich freue mich sehr, dass wenigstens einer hier seine guten Manieren noch nicht vergessen hat«, sagte ich so laut, dass alle ringsum mich hörten, und erntete sogar ein leises Kichern irgendwo aus der Menge. »Aber ich würde gern ein Angebot unterbreiten, das dieses Problem aus der Welt schafft, ohne dass jemandem etwas passiert.«

Ich wandte mich an den Händler. Er war bleich, die Pupillen geweitet. Vermutlich hatte er nicht mit solchen Schwierigkeiten gerechnet, als er die Eidechse gekauft und in die Stadt verfrachtet hatte.

»Ich verlasse die Stadt, und ich nehme Euch diese Kreatur gern ab, einschließlich des Käfigs, für …« Ich griff nach dem pralleren meiner zwei verbliebenen Münzsäcke und ließ ihn klingeln, dann warf ich ihn dem Händler zu. Er fing ihn auf, blickte hinein und schüttelte verächtlich schnaubend den Kopf, aber es wirkte schicksalsergeben. Ich wusste, dass er zustimmen würde.

Bei den Trollen hingegen war noch etwas Überzeugungsarbeit nötig. »Ich lass dieses Vieh nicht am Leben«, sagte ihr Anführer hinter mir.

»Nur immer mit der Ruhe, ich will es ja nicht als Haustier.« Ich drehte mich zu ihm um. »Aber ich töte es nicht hier. Ich brauche es frisch.«

Der Troll nickte langsam. »Skint?«

»Nein, ich will Suppe daraus kochen.« Mein demonstrativer Zynismus tat seine Wirkung, und er schnaubte kurz vor Lachen auf.

Ich wandte mich wieder an den Händler und breitete die leeren Hände aus. »Das ist das beste Angebot, das Ihr von mir bekommt.«

Wütend starrte er mich an. »Ihr raubt mich aus. Das ist der dreisteste Diebstahl, den ich je erlebt habe.« Aber den Beutel warf er nicht wieder zurück. »Das Kabel um seine Schnauze steht nicht zum Verkauf, und die Handschellen kosten noch zwanzig mehr, bar oder in Waren.«

»Das Kabel gehört Euch, wenn Ihr es selbst abnehmt«, gab ich zurück, »und ich geb Euch noch zehn extra für die rostigen Handschellen.«

Er spuckte auf den Boden, um seiner Unzufriedenheit Ausdruck zu verleihen, aber ich sah, wie einer der Leibwächter seinen Blick suchte und ihm zunickte. Ich konnte ihm nicht verübeln, dass er nicht für die Eidechse sterben wollte.

»Wo schafft Ihr das Biest hin?« Der Troll entspannte sich ein wenig, aber eine Hand ruhte noch immer auf dem Griff seiner Waffe.

»Würdet Ihr mir helfen, es aus der Stadt zu transportieren?«, antwortete ich mit gespieltem Eifer. »Ich lebe nur fünf Kilometer nördlich vom Abwassertor, am Rand des Sumpfs.«

»Rost, nein.« Einer der anderen Trolle schüttelte den Kopf. »Wir wollen es einfach nur tot sehen.«

»Nun, würdet Ihr dann einer alten Frau einen Gefallen tun und den Käfig auf meinen Karren heben?«

Zögernd musterten die Trolle die Eidechse.

»Das Biest ist gefesselt«, sagte ich, »und wenn Ihr starken Burschen den Käfig ganz unten anfasst, ist es sogar noch sicherer.«

Alle ringsum schienen froh über diesen friedlichen Ausgang zu sein, sogar der Händler.

»Na gut.« Der Troll nahm die Hand von seiner Waffe. »Aber wenn ich demnächst mal bei Eurem Dorf vorbeikomme, hätte ich gern eine Kostprobe von Eurer leckersten, frischesten … Suppe.« Er zwinkerte mir bedeutungsvoll zu.

Anscheinend war die Ritterlichkeit doch noch nicht ganz tot.

Kapitel 49

Peach

Am Ende stieß ich in den wohl abgewracktesten Teil des Lochs vor, und das wollte angesichts der niedrigen Messlatte schon was heißen. Dank der hohen Mauern und gewaltigen Türme, der ausgedehnten Plateaus und vielen Brücken herrschte hier zu jeder Tageszeit Dunkelheit. Damals zu meiner Zeit war der Zutritt verboten, der ganze Bereich durch Kameras und Schutzengel bestens bewacht gewesen. Manchmal hatten sich Teenager im Rahmen einer Mutprobe hereingeschlichen, aber man hatte sie immer rasch entdeckt und zu ihren bestürzten Eltern zurückgebracht. Beim Gehen wehten mir diese alten Erinnerungen durch den Kopf, aber der Gestank hatte mit den früheren Zeiten nichts gemein. Aus irgendeinem Grund, vielleicht wegen des Kriegs, der vor den Schutzbarrieren der Stadt gewütet hatte, durchzogen Risse den Boden, durch die Gase aus den Abwasserleitungen aufstiegen; die Dampfwolken erinnerten fast an Geysire. Der Gestank war der reinste Mordanschlag auf den Geruchssinn. Wer es sich leisten konnte, lebte woanders, hier waren nur die Alten und Schwachen zurückgeblieben.

Von denen allerdings gab es eine Menge. Die Verschläge stapelten sich drei Stockwerke hoch, und über mir führten Seilbrücken kreuz und quer durch die Luft. Die Menschen, die mir begegneten, waren geisterhaft bleich durch Nährstoffmangel und das fehlende Sonnenlicht. Wer noch kräftig genug war, um sich zu bewegen, war mit Überlebensnotwendigkeiten beschäftigt, feilschte um das wenige, was ihm geblieben war, oder stahl denen, die sich nicht mehr wehren konnten, was immer er in die Hände bekam. Es war wie eine Szene aus der Hölle.

Einen Vorteil hatte es allerdings: In einer so ärmlichen Gegend gab es kaum jemanden, den es auszurauben lohnte, also trieben sich gefährlichere Diebe und Schläger anderswo herum. Niemand achtete auf die kleine Frau mittleren Alters, die ein stures, kränklich wirkendes Maultier hinter sich herzog, das vor einen verhängten Karren gespannt war. Ein weiterer Vorteil: Arbeitskräfte waren hier billig. Ich hatte bereits zwei Kinder zur *Kaputten Knarre* vorgeschickt und wusste, dass Sergiu der Sterbende noch auf mich wartete.

Die *Kaputte Knarre* konnte man beim besten Willen nicht als richtige Taverne bezeichnen. Es war nichts weiter als eine zweistöckige Holzhütte, die sich wacklig an die Stadtmauer lehnte.

Im kleinen umzäunten Hof stand Sergiu, auf seinen Stock gestützt, auf dem Kopf trotz der Dunkelheit den breitkrempigen Strohhut, der offenbar sein Markenzeichen war. In der anderen Hand hielt er eine große Plastikflasche. Anscheinend hatte der Besuch beim Flickschneider Wunder bewirkt, seine Wunden sahen schon viel besser aus. Viel weniger Eiter, und insgesamt sah er einfach … tja, ein bisschen weniger tot aus.

Falls es überhaupt Gäste gab, dann waren sie drinnen. Bis auf Sergiu und mich war der Hof verlassen.

»Ah, Obermajorin«, witzelte er, als ich aufhörte, das Maultier am Zügel zu ziehen, »ich seh schon, Ihr verkleidet Euch jetzt als Kutscherin, aber bei Eurer Maskerade ist Euch ein großer Fehler unterlaufen. Vielleicht ist es Euch nicht ganz klar, aber eigentlich sollte das *Tier* den Karren ziehen.«

»Nennt mich einfach Peach, das reicht völlig«, sagte ich und ließ Sommers Zügel los.

»Da habt Ihr recht.« Sergiu humpelte auf mich zu und streckte die Hand aus, um Sommer zu streicheln, aber sie wich zurück und entzog ihm den Kopf.

Ich hatte schon vor langer Zeit gelernt, mich auf die Instinkte von Tieren zu verlassen. Ich hielt Sommer eine schlappe Karotte vom Markt hin, und sie schnappte sie mir aus der Hand.

Sergiu schien Sommers Abneigung nichts auszumachen. »Habt Ihr herausgefunden, wo Emilija ist?«

»Ja«, antwortete ich.

»Möchtet Ihr das noch etwas spezifizieren?«

»Nicht unbedingt. Habt Ihr, worum ich Euch gebeten habe?«

Sergiu hob die schmuddelige Plastikflasche. »Abgekochtes Wasser. Ganz schön viel Arbeit, um den Durst dieses todgeweihten Maultiers zu stillen.«

Ich schnappte mir die Flasche, ging zum Heck des Karrens, lüpfte die schwarze Plane und zeigte ihm die gefesselte Eidechse.

Zum ersten Mal, seit ich ihn kannte, verlor Sergiu die Fassung. Ich hörte ihn hinter mir aufkeuchen.

»Wisst Ihr, was das ist?«, fragte ich mit Blick auf die Kreatur.

»Natürlich weiß ich das – eine verdammte Eidechse.«

»Ich habe so etwas noch nie zuvor gesehen. Wo kommen die her?«

»Aus dem Tarakan-Tal, aber w…«

»Nein«, fauchte ich. Dieses Geschöpf anzusehen bereitete mir tiefes Unbehagen. »Ich meine, wo *zum Teufel* kommen diese Eidechsen her? Zu meiner Zeit gab es solche Wesen nicht. Das ist eine … eine …« Ich suchte nach dem richtigen Wort, aber *Abscheulichkeit* kam mir irgendwie unpassend vor.

»Habt Ihr es Euch deshalb … angeschafft?« Sergiu hatte seine Fassung schnell wiedergewonnen.

Ich nickte und betrachtete das Wesen genauer. Es hockte zusammengekauert da und füllte den ganzen Käfig aus. Die Klauen waren noch immer gefesselt, aber der Händler hatte ihm das um die Schnauze gebundene Kabel abgenommen. Unsere Blicke begegneten sich, und mir kamen Zweifel an meiner Entscheidung. Jede Spur der Intelligenz, die ich zu sehen geglaubt hatte, war weg. Es starrte mich mit den Augen eines verängstigten, gefangenen Tiers an.

Ich trat näher. Obwohl die Eidechse kaum Platz im engen Käfig hatte, schaffte sie es, sich zu mir umzudrehen. Als ich nur noch eine halbe Armeslänge vom Käfig entfernt war, riss sie das Maul auf und schoss mir zischend entgegen. Ich sprang zurück. Die Eidechse rammte den Kopf gegen die Gitterstäbe, und ich hörte hinter mir das Sirren einer hochfahrenden Energiewaffe. Als ich den Kopf wandte, sah ich, dass Sergiu eine Energiepistole in der Hand hielt. Sie war direkt aufs Gesicht der Eidechse gerichtet.

»Nein«, sagte ich und trat hastig zwischen Sergiu und das eingesperrte Tier.

»Obermajorin.« Sergiu vergaß, mich mit meinem Decknamen anzureden, die Pistole aber ließ er nicht sinken. »Ihr kennt diese Bestien nicht. Sie sind heimtückisch und gefährlich.«

»Kann sein. Aber habt Ihr die Zähne gesehen?«

»Was ist damit?«

»Sie sind stumpf. Nicht scharf wie die eines Karnivoren, eher wie die eines Pflanzenfressers.« Ich drehte mich wieder zu der Eidechse um.

»Gut beobachtet, aber sind Euch auch die Klauen aufgefallen?«, erkundigte sich Sergiu, immer noch hinter mir. »Vielleicht braucht sie gar keine scharfen Zähne, um einem das Fleisch von den Knochen zu reißen.«

Ich antwortete ihm nicht, vielleicht, weil er recht hatte. Stattdessen ging ich wieder auf die Eidechse zu, aber diesmal nicht ganz so nah. Die Eidechse starrte mich aufmerksam an, als ich langsam die Flasche an die Lippen hob und mir ganz langsam Wasser in den Mund goss. Dann ließ ich die Flasche wieder sinken, hielt sie an der Unterseite fest und näherte mich langsam dem Käfig. Ohne den Blick von mir abzuwenden, rückte die Eidechse dichter heran und öffnete das Maul, und ich neigte die Flasche. Sah zu, wie sie trank, und bemerkte zum ersten Mal, wie schwer sie verletzt war. Die narbenbedeckte Haut war am ganzen Leib aufgerissen, darunter blitzte rot und grün das rohe Fleisch. Ich sah, wie Fliegen auf den offenen Wunden landeten. Als die Flasche leer war, trat ich rasch einen Schritt zurück, ließ die Flasche fallen und zückte eine weitere Karotte, die ich der Eidechse erst zeigte, ehe ich mich vorsichtig wieder näherte. Sobald ich die Karotte zwischen den Gitterstäben hindurchsteckte, packte sie sie mit den Zähnen. Ich hörte das Krachen, mit dem sie das Gemüse zerbiss, und dann war der Bissen auch schon in ihrem Schlund verschwunden.

»Die brauchen keine scharfen Zähne«, sagte Sergiu. »Diese Viecher fressen alles, was ihnen vor die Nase kommt.«

Ich sah ihn an. Er zielte noch immer mit ruhiger Hand auf die Eidechse.

»Eure Informationen waren korrekt. Emilijas Mutter hat diesen Puorpan kontaktiert und einen Sucher für das Mädchen gekauft. Ich nehme an, sie wollte in der Lage sein, sie auch dann noch wiederzufinden, wenn alles schiefgeht. Ich habe alles dabei, um das Mädchen zu finden, aber ich habe keine Lust, auf meine Antworten zu warten. Ich will sie *jetzt*.«

Sergiu der Sterbende schüttelte den Kopf. »Ich bin nur der Bote. Nur einer kann Euch die Antworten geben, die Ihr sucht: Mannes.«

»Zum Henker damit. Ich hab genug davon, im Dunkeln gelassen zu werden.« Ich zeigte auf die Eidechse. »Die zivilisierte Welt ist ausradiert, und es gibt mehrere neue *Spezies* auf diesem Planeten. Eidechsen, die Gezeichneten, verdammte Propheten und Heiler, ganz zu schweigen von diesen Puzzlern. Ich nehme das als Zeichen dafür, dass sich womöglich die Spielregeln ein klein wenig geändert haben.«

»Mein Meister …« Sergiu bremste sich ein bisschen zu spät. *Meister* war eine verräterische Wortwahl. »Es gefällt ihm nicht, wenn man seinen Befehlen nicht Folge leistet.«

»Na, dann bringt uns mal besser sicher aus dieser Stadt raus, sonst könnt Ihr Meister Mannes ausrichten, dass er einen anderen Schläfer aufwecken muss.«

»›Uns‹? Ihr meint …« Sein Kopf ruckte zu der Eidechse herum. »Ihr habt vor, dieses Ungeheuer mitzunehmen?«

Ich blickte ebenfalls die Eidechse an. »Ganz genau.«

Sergiu schüttelte den Kopf. »Mit einem Maultierkarren die Stadt zu verlassen ist kein Problem, aber eine Eidechse wird viel Aufmerksamkeit auf sich ziehen.«

»Wir müssen Wachposten und Steuerkontrollen vermeiden«, sagte ich und dachte an das *Sieben Schwäne*. Inzwischen hatte der Besitzer garantiert schon meine Beschreibung weitergegeben, und ich war nicht bereit, mein Leben auf die Hoffnung zu setzen, dass die hiesigen Gesetzeshüter schlampig arbeiteten.

»Einen Maultierkarren über den mir bekannten Schleichweg nach draußen zu schmuggeln … das ist nahezu unmöglich.«

»Nahezu unmöglich ist nicht vollkommen unmöglich.«

»Ihr habt wohl Euren eigentlichen Auftrag vergessen.«

»Der wird mir zunehmend scheißegal, Sergiu.«

Sergius Gesichtsausdruck hatte ich schon bei anderen Agenten gesehen, die sich einer schwierigen Entscheidung gegenübersahen. Auch ich selbst hatte öfter so dreingeblickt, als ich überhaupt zählen konnte. Es war das *So-hab-ich-mir-den-Auftrag-nicht-vorgestellt*-Gesicht, gemischt mit einer Prise *Aber es muss erledigt werden* und *Wenn das alles endlich vorbei ist, bestehe ich auf einer Gehaltserhöhung*. Immerhin musste ich Sergiu zugutehalten, dass es nicht lange dauerte, ehe er die Pistole zurück ins Achselholster steckte.

»Na meinetwegen«, sagte er. »Dann eben der komplizierte Weg.«

Kapitel 50

Funkelauge

»Was, wenn sie nicht kommt?«, unkte Galinak, der die ganze Zeit mit hölzernen Spielkarten herumhantierte. Es war in jeder Hinsicht ein äußerst grob zusammengeschustertes Deck, aber das Etablissement, in dem wir uns gerade aufhielten, zählte nicht zu denen, die sich die teure Version aus der Zeit vor der Katastrophe leisten konnten.

»Sie wird kommen.« Ich leerte meinen Becher und spürte ein liebliches Brennen in den Eingeweiden.

»Ach ja? Und wenn nicht?«

»Teilst du jetzt aus, oder lässt du's bleiben?« Ich schnappte mir die Plastikflasche und schenkte mir noch ein bisschen was ein und Galinak ebenfalls. Mahnte mich, es ruhig angehen zu lassen.

Galinak schob mir zwei Karten zu und gab sich selbst ebenfalls zwei. Warf einen Blick auf sein Blatt und erhöhte um einen Turmling. Ich betrachtete die groben Schnitzereien in meiner Hand, schob ebenfalls einen Turmling in die Mitte und erhöhte dann um drei. Galinak beäugte den beachtlichen Münzstapel auf meiner Seite des Tischs.

»Ich weiß ja, das ist ein Spiel unter Freunden und so, Funkelchen«, brummte er, »aber irgendwie fühlt es sich an, als ob du mich ganz schön abziehst.«

»Ach was, ich zieh dich doch nicht ab.« Ich ließ den Blick

durch den leeren Schankraum hinter ihm wandern. Überall leere Tische und hochgestellte Stühle. Der Besitzer des Schuppens stand hinter dem Tresen, bearbeitete die ohnehin schon glänzende Fläche vor sich mit einem Lappen und schenkte uns keinerlei Beachtung. »Du bist einfach nur ein rostschlechter Kartenspieler.«

Galinak kicherte in sich hinein und ging mit. »Darum bin ich ja damals auch schon in die Scheiße geraten, weißt du noch?« Er drehte die erste der verdeckt auf dem Tisch liegenden Karten um. Es war ein Gildenmeister. Galinak erhöhte um zwei Turmlinge, und ich ging mit.

»Was, wenn Vincha nicht kommt?«, fragte er noch einmal.

»Sie kommt. Puorpan hat nicht gelogen.« *Diesmal jedenfalls …*

»Wie sicher bist du?«, hakte er nach.

Ich sah mich um. Es war der perfekte Treffpunkt. Das *Glücksrad* war eine Truckerkneipe in einer verlassenen Stadt, nicht allzu weit vom Tarakanischen Highway entfernt. Hier kehrten Trucker, Händler und sogar Gangmitglieder ein, um aufzutanken und in Ruhe etwas zu trinken. Vor ein paar Monaten noch musste der Laden nur so gebrummt haben. Jetzt aber, da der Ölbaron sämtliche Tarakanischen Straßen rings um die Stadt der Türme blockierte, war er wie leer gefegt.

»Sie wird kommen«, sagte ich und zeigte auf die nächste Karte.

Galinak drehte sie um. Es war ein Neuner-Troll.

»Wir warten jetzt schon seit drei Tagen, und allmählich wird der Ladenbesitzer misstrauisch, weil wir hier die ganze Zeit rumsitzen.«

Ich erhöhte um zwei Turmlinge. »Genau darum hab ich um die Karten und die Flasche gebeten«, sagte ich. »Zu unseren Münzen sagt er nicht Nein.« *Solange wir noch welche üb-*

rig haben. Diesen Gedanken allerdings behielt ich lieber für mich.

»Okay. Hör zu.« Geistesabwesend schob Galinak seine Münzen in den Topf. Es war unübersehbar, dass er gedanklich überall war, nur nicht beim Spiel. »Wenn Vincha auftaucht, lass mich mit ihr reden. Jedenfalls am Anfang.«

Ich schüttelte den Kopf. »Auf gar keinen Fall. Die Diplomatie und du, ihr werdet in diesem Leben keine Freunde mehr. Du musst ihr inzwischen mindestens schon eine Hand und mehrere Rippen gebrochen haben.«

»Stimmt.« Galinak gluckste. »Mit Worten kann ich nicht so gut wie du. Aber hier geht's nicht um Diplomatie, sondern darum, Vincha irgendwie zu erklären, dass … tja. Dass wir es sind, nur in anderen Körpern. Wir waren zwar nie im selben Trupp unterwegs, aber wir sind beide Salutisten und haben eine lange gemeinsame Geschichte. Du hingegen, Funkelauge …«, er zeigte auf mich, »… wie oft hat Vincha versucht, dich umzubringen? Ich zähle längst nicht mehr mit.«

Auf einmal stand mir wieder vor Augen, wie Vincha in *Margats Nest* schwungvoll über den Tisch schlitterte und mir ein Messer an die Kehle drückte, wie sie mich in einer Taverne namens *Zur Klinge* niederschlug, wie sie während unserer Reise zum Tarakan-Tal versuchte, mich zu erwürgen …

»Ist ein Punkt«, gab ich zu. »Aber trotzdem. Das ist eine heikle Sache. Du solltest lieber im Hintergrund bleiben und eingreifen, *falls* die Sache schiefgeht.«

Plötzlich hörten wir draußen einen Motor. Ich sah die Wand an, konzentrierte mich, und sie wurde durchsichtig.

»Was kommt da?«

»Ein Shark.«

»Nur einer?« Galinak hatte guten Grund nachzuhaken – die Söldner und Piraten, die auf den Tarakanischen Highways ihr Unwesen trieben, waren meist im Rudel unterwegs.

»Nur einer«, bestätigte ich, »aber er ist bewaffnet. Irgendeine ausklappbare Kanone am Heck, eine Railgun vorn, und wenn ich mich nicht irre, befinden sich an den Seiten Raketenwerfer.«

»Du hast gesagt, Vincha sei unter die Schmuggler gegangen«, warf Galinak ein, die Karten immer noch in der Hand. »Schmuggler fahren bevorzugt getarnte Sharks, nichts mit so vielen Wärmesignaturen.«

Ich beobachtete, wie die Seitentür des Sharks aufwärtsglitt, aber von meinem Platz aus sah ich den Fahrer immer noch nicht, und ich wollte den Mann am Bartresen nicht auf mich aufmerksam machen.

»Du vergisst wohl, dass Vincha bis unter den Scheitel mit Tarakanischer Hardware vollgepackt ist«, sagte ich. »Sie hat die Stadt unterm Berg mit der besten Technologie verlassen, die sich ein Troll nur vorstellen kann. Ich wette, mit so ein paar Wärmesignaturen kommt sie klar, ohne dass es sie bei Scans groß beeinträchtigt. Das Beste aus zwei Welten.«

Der Fahrer stieg aus dem Wagen. Ich erkannte die roten Locken sofort, und mir fiel wieder ein, dass wir alle eine Verjüngungskur bekommen hatte, ehe die meisten von uns in Stücke gerissen worden waren.

»Ist sie es?«

»O ja, sie ist es. Bleib sitzen«, mahnte ich ihn, als Galinak sich erheben wollte. »Lass sie zu uns kommen.« *Ausnahmsweise mal …*

»Lass mich mit ihr reden.«

»Nein.«

Galinak zeigte auf die dritte Karte, die noch immer verdeckt auf dem Tisch lag. »Lass uns drum spielen.«

Mit Vernunft brauchte ich dem Troll gar nicht zu kommen. Er war ganz außer sich vor Vorfreude auf das Wiedersehen mit einer alten Freundin, für die er insgeheim eine Schwäche hatte. Ich blickte wieder nach draußen. Vincha zerrte gerade eine Kiste aus dem Fahrzeug. Sie trug Flexleder-Rüstung und zwei kleine Blaster, einen an jeder Hüfte.

Als ich mich wieder umwandte, hatte Galinak die dritte Karte bereits umgedreht – noch eine Neun, diesmal ein Technikus. Ich sah Galinak an. Er hatte bessere Karten als ich, das sah ich in seinen Augen – wortwörtlich. Dank meiner verbesserten Sicht erkannte ich die Spiegelung in seinen Pupillen. »Na schön«, sagte ich. »Wir spielen drum. Und um den Topf.«

Wir drehten unsere Karten um. Er hatte zwei Puzzler und noch einen Gildenmeister – ein hohes Paar –, und er jubelte auf, genau in dem Moment, als Vincha hereinkam, die Kiste in beiden Händen. Sie blieb stehen, spannte die Muskeln und starrte uns an. Plötzlich spürte ich mein Herz schneller schlagen. Ich achtete darauf, dass sie sah, wie ich sie ebenfalls anstarrte, eine ganz normale Reaktion unter diesen Umständen. Eine Weile musterte sie mich noch, aber ihre Anspannung ließ rasch nach. Vincha erkannte mich nicht. Sie ließ den Blick durch die leere Bar schweifen, neigte leicht den Kopf und runzelte die Stirn, als würde sie nachdenken. Eine Haarsträhne bewegte sich wie eine Schlange, die durch hohes Gras gleitet, und unvermittelt setzte laute Musik ein.

Hab ich dich noch mal erwischt, Vincha!, dachte ich und hoffte, man sah mir die gewaltige Erleichterung und Selbstzufriedenheit nicht an.

»Teil noch mal aus.« Ich zwang mich dazu, meine Aufmerksamkeit wieder Galinak zuzuwenden, und fügte leise hinzu: »Lass sie erst mal ankommen.«

Er hatte sich schon halb vom Tisch weggedreht. »Was, wenn sie abhaut?«

»Wird sie nicht. Sie wird ganz in Ruhe ein, zwei Drinks kippen«, sagte ich.

»Wieso bist du dir da so sicher?« Zögernd teilte Galinak erneut aus, während Vincha zum Tresen ging und die Holzkiste darauf abstellte.

»Ich hab diese Frau zwei Jahre lang gejagt. Ich weiß es.«

Aus dem Augenwinkel sah ich, wie Vincha und der Barbesitzer zur Begrüßung die Fäuste gegeneinanderstießen. Die Musik verschluckte ihre Frage, aber ich sah, wie er in unsere Richtung blickte und mit den Schultern zuckte, und dann holte er mehrere Flaschen aus der Kiste und hielt dabei nur kurz inne, um einen Drink einzuschenken und Vincha den Becher sowie einen kleinen Münzbeutel zu reichen. Sie schnappte sich Becher und Bezahlung und zog sich an einen Tisch auf der anderen Seite der Bar zurück. Von dort aus hatte sie sowohl uns als auch den Eingang der Bar gut im Blick.

»Jetzt?«, fragte Galinak.

Ich zoomte näher heran. »Nein. Sie zählt gerade ihr Metall. Lass uns noch eine Runde spielen.«

Ich vertrieb mir die Wartezeit damit, Galinak die verlorenen Münzen wieder abzunehmen, aber er war so aufgeregt, dass es ihn kaltließ. Als sich Vincha zurücklehnte und einen Schluck aus ihrem Becher nahm, flüsterte ich: »Okay. Steh auf, aber geh nicht direkt zu ihr hin. Geh zuerst Richtung Tür, dann dreh um und näher dich ihr, aber ganz langsam. Achte darauf, dass sie deine leeren Hände sieht – immerhin reden wir hier über Vincha –, und überleg dir gut, was du als Erstes sagst. Mach ihr klar, dass wir friedliche Absichten haben, und …«

Galinak schnaufte belustigt. »Du vergisst wohl, mit wem du hier redest, Funkelauge. Ich hab schon Frauen angesprochen, da kannten sich deine Eltern noch gar nicht. Entspann dich, ich hab die Sache im Griff.« Er schnappte sich mit einer Hand beide Becher, mit der anderen die Flasche Moonshine und schlenderte davon. Ich wartete kurz, dann stand ich ebenfalls auf und ging zur Bar. Im langen Spiegel hinter dem Tresen beobachtete ich, wie Galinak schnurstracks auf Vincha zumarschierte, als hätte er mir eben überhaupt nicht zugehört.

Als ich den Barbesitzer auf mich aufmerksam machte, hatte sich Galinak bereits zu Vincha an den Tisch gesetzt. Der Barbesitzer war ein stämmiger Mann mittleren Alters mit einem buschigen Bart, den er offenbar wild sprießen ließ. Einige Barthaare hatten sogar den Weg in unser Essen und die Drinks gefunden, aber jetzt war nicht der richtige Zeitpunkt für eine Beschwerde. Ich wusste, dass seine Instinkte ihm sagten, dass mit uns etwas nicht stimmte, aber in diesen Zeiten waren Kunden so ähnlich wie geschenktes Metall – selten nämlich.

»Ja, Meister?«, brummte er und kam auf mich zu.

Ich spähte in den zerbrochenen Spiegel hinter ihm. Galinak redete eifrig und gestikulierte dabei lebhaft, aber was er sagte, konnte ich über der Musik nicht hören.

Ich legte einen kleinen Beutel auf den Tresen und angelte eine Handvoll Münzen heraus. Das weckte seine Aufmerksamkeit. Ganz langsam zählte ich sechs Turmlinge ab und schob sie ihm zu. »Das ist für Speis und Trank«, sagte ich, dann schob ich ihm noch mal dieselbe Summe hin.

Er wischte die Münzen in seine Hand, ehe er fragte: »Wofür ist der Rest?«

»Schadenersatz«, sagte ich schlicht, und da flog Vincha auch schon urplötzlich über den Tisch und krachte gegen Galinak. Es war derselbe Angriff, mit dem sie mich in *Margats Nest* attackiert hatte. Ich hatte mich danach rücklings auf dem Boden wiedergefunden, aber Galinak wich in letzter Sekunde aus.

»Nicht so hastig«, sagte ich gelassen zum Barbesitzer, der

rasch unter den Tresen griff und ein Gewehr zutage förderte. Er blickte in die Mündung meines Friedensstifters und erstarrte. Als ich ihm das Gewehr aus der Hand nahm, hatten Galinak und Vincha einander bereits entwaffnet und steckten mitten in einem wilden Kampf. Ein von Vincha geschwungener Stuhl krachte in einen Stützbalken. Ich zählte zwei weitere Turmlinge ab und dann noch zwei, als der nächste Stuhl flog. Der Inhaber fing das fliegende Sitzmöbel aus der Luft, ehe es in den Spiegel donnern konnte.

»Wisst Ihr überhaupt, mit wem Ihr Euch anlegt?«, knurrte er, als Galinak und Vincha gerade in einem Knäuel auf dem Tisch landeten, der unter ihnen zerbrach.

»Ich denke, das weiß ich, Meister«, antwortete ich so höflich wie möglich. »Ihr seid schwierige Kundschaft gewohnt, und ich würde drauf wetten, dass Ihr normalerweise effiziente und effektive Schutzmaßnahmen ergreift. Aber in den letzten drei Tagen habe ich ebenso viele andere Kunden hier gesehen, und Ihr, der Besitzer höchstpersönlich, habt uns Speis und Trank serviert. Ihr wollt mir sicher nicht erzählen, dass Ihr zwar den Barkeeper gefeuert habt, aber Eure Muskelmänner behalten habt?«

Hinter mir sprang Vincha an Galinak hoch, schloss die Beine um seinen Kopf und drehte sich im Fallen um die eigene Achse. Galinak knallte auf den harten Boden, schaffte es aber, sich aus der Halsumklammerung zu befreien. Ich schob dem Inhaber zwei weitere Turmlinge zu.

»Bitte entschuldigt die Unannehmlichkeiten«, sagte ich, und im nächsten Augenblick flog die Tür auf, und ein junger Mann stürmte herein. Wer er sein mochte? Ich tippte auf den Sohn des Inhabers, denn der brüllte auf: »Nariv, nicht …«

Der junge Mann hielt einen Blaster in der Hand, hielt aber kurz inne, um die Lage einzuschätzen. Diese Zeit nutzte ich, um ihm die Waffe aus der Hand zu schießen. Ja, der Friedensstifter verband sich automatisch mit der Zielvorrichtung in meiner Netzhaut, aber trotzdem war dieser perfekte Kunstschuss das Befriedigendste, was ich in diesem neuen Leben vollbracht hatte – und bei genauerem Nachdenken galt das sogar für mein *gesamtes* Leben. Der junge Mann jaulte auf und hielt sich die gebrochenen Finger mit der gesunden Hand, war aber ansonsten unverletzt. Vincha ließ sich von dem Krachen des Schusses nicht beeindrucken, sie war vollauf damit beschäftigt, Galinak mit der Faust ins Gesicht zu schlagen.

»Wer seid Ihr?« Der Barbesitzer war ebenso bestürzt, wie er erleichtert war, weil sein Sohn nicht tot war. Der Schuss hatte jeden Gedanken an Widerstand in ihm erlöschen lassen.

»Jemand, den Ihr nie wiedersehen werdet, das verspreche ich Euch.«

Vincha kam angeflogen und schlitterte über den Tresen, Galinak folgte ihr dichtauf. Der Barbesitzer und ich rückten ein Stück beiseite, außer Reichweite der Fauststöße und Tritte. Ich warf ihm den ganzen Münzbeutel zu.

»Die beiden sind nur zwei alte Freunde, die sich nach langer Zeit zum ersten Mal wiedersehen. Wir sind bald wieder weg«, versprach ich ihm.

Vincha war zuerst wieder auf den Beinen. Sie griff nach ihrem zweiten Kampfmesser.

»Es reicht jetzt, Vincha«, sagte ich mit fester Stimme und richtete den Friedensstifter auf sie. »Ich glaub, so langsam solltet ihr es jetzt mal aus euch rausgetobt haben.«

Schwer atmend starrte sie mich an, ihr Gesicht glänzte vor Schweiß. »Und wer zum Teufel bist du?«, blaffte sie mich an. Vor ihren Füßen rappelte sich Galinak langsam auf. Obwohl Vincha mit vollen Kellen ausgeteilt hatte, sah er noch ganz gut aus, mal abgesehen von einem hässlichen blutenden Schnitt auf der Stirn.

»Jemand, mit dem du vor langer Zeit im *Nest* Trolle gespielt hast.« Ich beobachtete sie und sah, wie in ihrem Gesicht Begreifen dämmerte.

»Du?«

Ich nickte.

Sie lachte bitter auf. »Oh, na klar. Natürlich schicken sie dieses Rosthirn nicht allein hinter mir her.«

»Hey«, protestierte Galinak. Vor meinen Augen heilte der Schnitt auf seiner Stirn wieder zu. »Das war unnötig. Wir haben so schön miteinander getanzt, und überhaupt.«

Ich drehte mich zum Barbesitzer um, der uns mit halb offenem Mund beobachtete. »Wir trinken noch eine Runde, wir alle drei, und zwar dort drüben.« Ich zeigte auf einen weit entfernten Tisch. »Diesmal geht's aufs Haus. Und lasst uns besser ein bisschen Privatsphäre. Kümmert Euch um die Hand Eures Sohns. Er hätte nicht so unvorsichtig mitten in eine gefährliche Lage platzen sollen.«

Er musterte seinen blassen Sohn, der sich am Tresen festhielt, und nickte langsam. »Trinkt. Aber wenn ich wiederkomme, seid Ihr weg«, sagte er und bedachte mich mit einem bedeutungsschweren Blick.

Ich nickte und wandte mich an Vincha. »Wir müssen reden«, sagte ich. »Über Emilija.«

»Ich sag euch nicht, wo meine Tochter ist, und wenn ihr mich umbringt.« Ihre Augen schossen vor Zorn Blitze, aber ich kannte sie gut genug, um die blanke Angst dahinter zu erkennen.

»Hör mir erst mal einfach nur zu«, antwortete ich und legte das Gewehr des Barbesitzers behutsam auf den Tresen. »Dann kannst du dich entscheiden, was du tun willst. Aber ich wette um einen ganzen Sack voll Münzen, dass du geradewegs in diesen Shark steigen und auf schnellstem Weg zu deiner Tochter fahren wirst und dass du uns mitnimmst.«

Kapitel 51

Peach

Damals, zu meiner Zeit, hatten die Behörden Tarkanias nicht nur ein stadtweites Verbot für Fahrzeuge von außerhalb erlassen, sondern auch die Genehmigungen für Privatfahrzeuge innerhalb der Stadt drastisch eingeschränkt. Diese Einschränkungen hatte man mit zahlreichen Vorteilen ausgeglichen, beispielsweise der kostenlosen Nutzung der gut ausgebauten öffentlichen Verkehrsmittel, Freiflügen für Bewerber um die Tarakanische Staatsbürgerschaft, wunderschönen Fußgänger- und Radwegen und sogar Einmann-Flugscheiben und schwebenden Einkaufswagen, die einem auf Schritt und Tritt folgten. Dank dieser Maßnahmen war die Luftverschmutzung fast auf null gesunken, Staus wurden weitestgehend vermieden, und die Gesundheit der Leute verbesserte sich spürbar, was jährlich mehrere hundert Millionen Tarakan-Dollar einsparte, die ansonsten in die Krankenversorgung geflossen wären.

Wer auf dem Besitz eines Autos bestand, hatte kostenlos die riesigen unterirdischen Parkhäuser am Stadtrand benutzt. Wo sie einst gewesen waren, befand sich jetzt ein Sumpf. Während der Katastrophe waren die meisten unterirdischen Parkhäuser eingestürzt oder überflutet worden. Nur wenige hatten Krieg und Zeit einigermaßen überstanden, und durch eins von ihnen schlichen wir uns aus der Stadt.

Schon bald musste ich zugeben, dass Sergiu der Sterbende recht gehabt hatte. Auch allein und am Tag wäre es kein Vergnügen gewesen, zwischen halb zertrümmerten Autos durch knietiefes Schmutzwasser zu waten. Nachts jedoch, mit keiner anderen Lichtquelle als unseren zwei Stirnlampen und mit einem verängstigten Maultier am Zügel, das einen Käfig zog, in dem ein gefährliches Monster steckte, kamen wir nur quälend langsam voran. Mehrmals mussten wir wieder umkehren, weil der Weg zu eng wurde, und anscheinend war es hier unten ganz normal, dass der Wasserspiegel manchmal sprunghaft anstieg. Bei jeder dieser Gelegenheiten schlug Sergiu vor, Karren und Eidechse zurückzulassen, aber ich gab nicht nach, und irgendwann gab er auf.

Unterwegs sahen wir haufenweise menschliche Knochen und verrottende Leichen. Einige davon trugen hässliche Bissspuren.

»Alligatoren«, sagte Sergiu voller Abscheu und stieß eine halb aufgefressene Leiche weg, die an uns vorbeitrieb. »Sie fallen aus dem Sumpf über uns hier runter und haben dann nichts Besseres zu tun, als über die Schmuggler herzufallen. Deshalb drücken die meisten von denen lieber einem Stadtdiener oder einer Wache einen prallen Münzsack in die Hand, als noch mal hier runterzusteigen.«

»Habt Ihr so Euer Bein verloren?« Ich überprüfte meine Energiepistole, ein Souvenir von einer meiner Straßenräuberbegegnungen. »An einen Alligator?«

»Mein Bein? Nein, das war eine ganz andere Geschichte.«

»Eine interessante? Ich könnte nämlich gerade dringend ein bisschen Ablenkung gebrauchen.«

»Ein bisschen Ablenkung war genau das, was diese Schmuggler in Alligatorenfutter verwandelt hat.« Sergiu wandte den Kopf und starrte der treibenden Leiche hinterher. »Wir sollten lieber aufmerksam und kampfbereit bleiben.«

»Na, dann vielleicht ein andermal«, stimmte ich zu.

»Vielleicht«, antwortete Sergiu, aber ich war nicht so dumm zu glauben, dass er mir wirklich etwas über sich erzählen würde.

Irgendwann fanden wir einen Tunnel, der nach draußen führte, aber wir brauchten zwei volle Tage, bis wir wieder an der Oberfläche auftauchten. Was einst eine breite Straße gewesen war, die in die unterirdische Parkanlage hinabführte, hatte sich in die reinste Wildnis verwandelt. Es war mitten am Tag, und wie die Schmuggler aus Sergius Geschichte schwor ich mir, dass ich diese Erfahrung um nichts in der Welt jemals wiederholen würde.

Während meiner Militärlaufbahn hatte ich an zahllosen Kriegsspielen und strategischen Kampfsimulationen teilgenommen, und es überraschte mich nicht, dass die Stadt der Türme den Krieg überstanden hatte. Luftabwehr und Satellitenschild mussten die meisten Raketen abgelenkt oder abgeschossen haben. Was durchkam oder in der Nähe landete, war wohl größtenteils vom Schutzschild abgefangen worden. Aber während die Stadt selbst überlebt hatte, war das Umland vollkommen verwüstet worden. Abgesehen von der Stadtsilhouette, die jetzt mehrere Kilometer südlich von uns aufragte, entdeckte ich nirgendwo auch nur Spuren von Gebäuden, Straßenschildern, Stromleitungen oder irgendwelchen anderen Anzeichen für Zivilisation. Der Boden bestand aus einer Mischung aus alten Straßenresten und Erde, die durch nukleare Hitze miteinander zu Stein verbacken waren. Die verlassene Stadt, in der ich erwacht war, hatte in Trümmern gelegen, aber Gebäude und Straßen waren überwiegend noch intakt gewesen. Hier hingegen sah ich nichts als aufgewühlte Hügel und tiefe Gräben, die Landschaft war die reinste Einöde. Erst einen halben Tagesmarsch später bekam ich die erste Pflanze zu Gesicht. Als schließlich die Sonne gen Horizont sank, blieb ich neben einem verkrüppelten Baum stehen. Körperlich und seelisch war ich völlig ausgelaugt. Ich band Sommer an den Baum, nahm ihr das Geschirr ab und gab ihr eine Nährpille, die ich in eine Karotte gesteckt hatte.

Als ich mich umdrehte, sah ich Sergiu, der sich auf einem flachen Stein niedergelassen hatte.

»Wie geht es Eurem Bein?«, erkundigte ich mich.

Er klopfte darauf und verzog kaum merklich das Gesicht. »Für die Zeit, die mir noch bleibt, wird's gehen.«

»Es wundert mich, dass Euch die Flickschneider nicht helfen konnten.«

Sergiu rückte seinen Hut zurecht. »Manche Wunden kann man nicht heilen, ganz gleich mit welcher Methode.«

»Zu meiner Zeit war kaum etwas unmöglich, jedenfalls in medizinischer Hinsicht.«

»Seht Euch um, Obermajorin. Die Zeiten haben sich geändert.«

»Der Weg, der noch vor uns liegt, erfordert zwingend, dass Ihr laufen könnt.«

»Ich laufe, macht Euch da mal keine Sorgen. Und sobald wir Emilija gefunden haben, müsst Ihr Euch mit ihr zur Sternensäule durchschlagen.«

»Und dort finde ich diesen Mannes?«

»Er erwartet Euch bereits.«

»Na, dann sehen wir wohl am besten erst mal nach unserem Reisegast.«

Ich ging zum Käfig hinüber und zog die schwarze Plane beiseite. Die Eidechse wandte den Kopf und blickte mich an. Sie sah noch schlimmer aus als zuvor. Ich hob die Plastikflasche, und sie beugte sich ohne Zögern vor.

»Das ist unser letztes Wasser«, sagte ich und neigte die Flasche. Die Eidechse trank gierig und nahm dann eifrig die letzte Karotte an. Und dann geschah es wieder: Unsere Blicke begegneten sich, und in den Augen des Tiers sah ich nicht nur Angst, sondern noch etwas anderes – Hoffnung möglicherweise? Ich wusste, dass es seine Lage verstand. *Intelligenz*.

»Und was jetzt?«, fragte Sergiu hinter mir. Er hatte sich wieder erhoben und die Energiepistole in der Hand.

Ich zog mein Schwert und nahm den großen Eisenschlüssel in die andere Hand. Als ich näher kam, zischte die Eidechse mich an und wich zurück. Ein Hauch ihres nicht gerade angenehmen Geruchs stieg mir in die Nase.

»Habt Ihr den Verstand verloren?«, fragte Sergiu.

»Wenn Ihr sie erschießt, ohne dass ich es Euch befehle, erschießt mich am besten gleich mit«, warnte ich ihn.

Ich steckte den Schlüssel ins Schloss und drehte ihn, dann öffnete ich den Käfig und trat ein Stück zurück. Langsam, die Vorderklauen noch immer gefesselt, kroch das Wesen auf mich zu. Versuchte, sich aufzurichten, gab ein entsetzliches Kreischen von sich und stürzte zu Boden.

»Was ist mit ihr los?«

»Sie haben ihr die Knie gebrochen.« Sergiu klang erleichtert. »Macht die Handhabung deutlich einfacher. Der Händler, von dem Ihr mir erzählt habt, hat auf ein paar Extramünzen spekuliert, wenn er das Vieh in einem Arenakampf töten lässt, aber eine große Chance wollte er ihm nicht lassen.« Es klang nicht danach, als würde Sergiu diese Methoden verurteilen.

Ich betrachtete das Wesen. Soweit ich es beurteilen konnte, war es geschlechtslos, ich sah keinerlei Genitalien. Genau wie die von Tarakan produzierten Engel und Schutzengel.

»Sergiu«, sagte ich, ohne den Blick von der Eidechse abzuwenden, »wisst Ihr, was dieser Welt zugestoßen ist – ich meine, wisst Ihr es wirklich?«

»Das habt Ihr mich schon mal gefragt. Aber ich wurde viele Jahre nach der Katastrophe geboren, und ich habe Dutzende unterschiedliche Versionen gehört, wenn nicht noch mehr.«

»Warte hier«, sagte ich zu der hingestreckten Eidechse und vertraute auf meinen Instinkt, der mir sagte, dass sie mich verstand. Dann sah ich Sergiu den Sterbenden an und hob mahnend einen Finger. »Nicht erschießen.«

Ich ging zu meinem Gepäck und wühlte darin herum. Mir war bewusst, dass ich etwas vorhatte, das schwerer wog, als würde ich meine Mission gefährden, indem ich einfach mal ein bisschen ins Blaue riet. Meine Hand schloss sich um einen schwarzen Stab, und ich zog ihn aus der Tasche.

Dumm. Einfach nur vollkommen dumm. Aber ich muss es wissen.

Mit dem schwarzen Stab in der Hand ging ich zurück zu der wartenden Eidechse.

»Was habt Ihr denn jetzt vor?«, fragte Sergiu gereizt.

Ich hockte mich vor der Eidechse hin, achtete aber darauf, außer Reichweite der noch immer gefesselten Klauen zu bleiben. Dann richtete ich den Zellgenerator auf eins ihrer Knie und drückte auf den versteckten Knopf. Ein blauer Lichtstrahl leuchtete auf und scannte das Echsenbein, aber ehe ein »Pling« ertönte, wusste ich nicht, ob es funktionieren würde. Wenn die Eidechse wirklich einer außerirdischen oder ganz neuen Spezies angehört hätte, wäre der Zellgenerator nicht in der Lage gewesen, die Verletzung einzuordnen. Aber bei einem Menschen oder Engel funktionierte es.

»Ich habe keine Ahnung, ob es wehtun wird oder nicht«, sagte ich langsam und überdeutlich, »aber versuch bitte stillzuhalten.« Dann drückte ich auf den zweiten Knopf und hielt das Gerät näher an das verletzte Bein. Rings um das verletzte Knie bildete sich weißer Schaum, der es am Ende vollständig bedeckte. Der Zellgenerator wurde sehr warm, dann plingte er noch einmal, und ich beugte mich vor und drückte ihn an das verletzte Knie. Danach wiederholte ich die ganze Prozedur auch am anderen Bein.

Als ich fertig war, trat ich zurück und schaltete mein Schwert ein. Es war Zeit für den allerletzten Test. Ich sah zu, wie sich die Eidechse auf die Hinterbeine erhob. Langsam richtete sie sich auf, bis sie mich um gut anderthalb Köpfe überragte. Ich betrachtete die kraftstrotzenden Hinterbeine, die wieder vollkommen heil waren, die gewaltigen Brustmuskeln, rasiermesserscharfen Krallen und die fremdartig grünliche Haut.

Aus dem Augenwinkel sah ich, wie Sergiu in Position ging, die Waffe auf die Eidechsenbrust gerichtet. Als ich dem Ungeheuer so direkt gegenüberstand, war ich jedoch mit einem Mal sehr sicher: Wenn es sich zum Angriff entschloss, würde eine Waffe es nicht schnell genug aufhalten.

Die Eidechse blickte erst mein leuchtendes Energieschwert an, dann mich, und dann senkte sie mit einer geschmeidigen Bewegung die gefesselten Klauenhände auf das Schwert. Es gab einen Funken, und die Eidechse war endgültig frei.

»Rost«, fluchte Sergiu.

»Nicht schießen«, rief ich rasch und trat zurück. »Okay«, sagte ich dann langsam, »das ist entweder sehr klug von mir oder unglaublich dumm.« Ich schaltete das Schwert aus und ließ es sinken.

Die Eidechse wandte den Kopf und blickte Sergiu an, dann wieder mich. Langsam kauerte sie sich nieder, wachsam, nahm eine Position ein, die mir wie die Eidechsenversion des Hocksitzes erschien.

»Verstehst du, was ich sage?«, fragte ich.

Sie zischte leise. Es hätte ebenso gut eine bloße tierische Reaktion sein können wie auch ein Zeichen, dass sie mich verstand.

»Kannst du sprechen?«

Sie öffnete das Maul, und ein Laut zwischen Zischen und Quietschen kam heraus.

»Du darfst gehen, wenn du möchtest, du bist frei. Aber falls du bleiben möchtest …«

Anscheinend hatte sie schon vorher darüber nachgedacht, ob es schaffbar wäre, denn im nächsten Augenblick raste sie mit verblüffender Geschwindigkeit auf mich zu. Ich hörte, wie sich Sergius Waffe entlud, aber wie ich vorausgesehen hatte, war er zu langsam, und sein Schuss traf nur den kahlen Boden. Ehe ich das Schwert wieder heben konnte, war das Biest auch schon heran. Ich sah die Klauen, die ohne Weiteres die Haut meines Wirtskörpers hätten zerreißen können, und duckte mich instinktiv. Die Eidechse setzte über mich hinweg, und ich spürte ihre gewaltige Körpermasse über meinem Kopf durch die Luft sausen; rollte mich seitlich ab und hörte einen weiteren Schuss, gefolgt von einem Fluch. Als ich den Kopf aus dem Dreck hob, war das Wesen bereits in der Dunkelheit verschwunden.

Kapitel 52

Mannes

Nach all diesen Jahren …

Mannes wurde von freudiger Erregung erfasst. So nah war er, *so nah*. Er lief zwischen den krummen schwarzen Bäumen entlang, alle paar Schritte trat er auf einen Zweig am Boden oder duckte sich unter einem Ast hindurch. Die Luft war feucht, und selbst er war imstande, den würzigen Waldgeruch wahrzunehmen. Auch einen schwachen Hauch von Tod vermeinte er zu riechen, aber das entsprang bestimmt seiner Einbildungskraft.

Vor vielen Lebensspannen war hier einmal eine mittelgroße Universitätsstadt gewesen, die viele talentierte Studenten angezogen hatte. Jetzt gab es hier nur noch von der Natur zurückeroberte Ruinen, und zwischen denen lief Mannes entlang. Sein Herz raste vor Aufregung. Nein, es war nicht bloß Aufregung. Es war etwas noch viel Besseres.

Drei seiner Männer liefen voraus, zwei weitere räumten den Weg mit Macheten frei, und er war von einem Trupp Leibwächter mit gezogenen Waffen umgeben. Doch unabhängig davon und ohne jeden logischen Grund fühlte er sich *sicher*, zum ersten Mal seit … ihm wurde klar, dass er sich nicht erinnern konnte, wann er sich zum letzten Mal so gefühlt hatte.

Diese Stadt hier hatte er gekannt, bevor das alles passiert war … Im Grundstudium an der Universität Tarakan hatte er ein Seminar über diese Stadt besucht, um ein paar zusätzliche Punkte einzuheimsen, und er erinnerte sich immer noch an die virtuelle Holotour. Fünf Jahre später war er im Zuge einer fünftägigen Tagung hergekommen. Am letzten Tag hatte er sich eine üble Lebensmittelvergiftung eingefangen, aber er erinnerte sich auch noch an einen Blowjob von einer sehr betrunkenen, leicht zu beeindruckenden Masterstudentin. Gute und schlechte Erinnerungen hielten sich also die Waage …

Diese Stadt hatte einen der ersten Tarakanischen Serverstandorte beheimatet, bevor Tarakan seine Unabhängigkeit erklärte. Dieses Städtchen war zu weit von den neuen Tarakanischen Grenzen entfernt, um der jungen Nation noch von Nutzen zu sein. Wegen seiner historischen und bildungspolitischen Bedeutung jedoch hatte Tarakan es weiterhin finanziell unterstützt. Eine harmlose kleine Universität in einem ruhigen Städtchen, das militärisch weder von Wert war noch eine Bedrohung darstellte. Das allerdings hatte offenbar die halbe Welt nicht davon abhalten können, es zu bombardieren, als alles vor die Hunde ging. Keine Energieschilde hatten die nuklearen Explosionen gemildert, keine militärischen Schutzeinrichtungen hatten die Wirkung der antiorganischen Bomben abgefangen, und es gab auch keinen Satellitenschild gegen die Raketen oder wenigstens ein Gebirge, das einen Teil der Wucht hätte abfangen können. Nur einen hübschen fischreichen See hatte es hier gegeben, aber er war verdampft, das Ufer in sich zusammengestürzt. Oh, und dann waren da noch ungefähr achttausend Familien und dreitausend Studenten, die innerhalb weniger Minuten tot gewesen waren.

Abrupt blieb Mannes stehen und sah sich um. Er war fast sicher, dass sich dort, wo er gerade war, einst die berühmteste Bäckerei des Städtchens befunden hatte, aber das war kaum mehr als ein bloßes Gefühl. Immer wieder sah er Spuren aus vergangenen Zeiten: hier ein Stückchen Pflasterstraße, dort rostende Metallplatten, eine erhalten gebliebene Wand, aber nichts reichte aus, um seinen Standort wirklich wiederzuerkennen. Der Krieg hatte praktisch nichts übrig gelassen, und irgendwann war das geschehen, was auch an vielen anderen Orten passiert war, die Mannes auf seiner Reise gesehen hatte: Der Mensch fiel dem Vergessen anheim, und die Natur übernahm.

»Meister, es wird dunkel. Sollten wir nicht zurückgehen?«

»Nein.« Laut seinen Messinstrumenten gab es hier inmitten der Zerstörung noch immer elektronische Aktivität, und er würde nicht ohne Ergebnisse wieder zurückgehen. Er hatte zwanzig seiner besten Leibwächter bei sich, also konnte ihm nichts passieren, und er wollte so dringend wissen, ob es vielleicht eine Möglichkeit gab …

»Hier ist etwas«, rief jemand ein Stück voraus.

Sobald er auf die große Lichtung hinaustrat, wusste Mannes, dass er richtig war.

Einst hatte hier ein schlichter vierstöckiger Gebäudekomplex gestanden, der sich so gut wie möglich in den architektonischen Stil des Städtchens einfügte. Aber von innen war die Bauweise typisch tarakanisch gewesen, und die Böden aus Tarakanischem Stahl hatten überlebt – auch wenn sie zum Teil unter feuchter Erde und Trümmern begraben lagen.

»Ich will Licht, und zwar sofort!«, befahl er, und seine Truppen gaben ihr Bestes. Er würde sich nie daran gewöhnen: Seine Armee war mit modernen Waffen ausgerüstet, aber trotzdem waren sie viel zu häufig darauf zurückgeworfen, Fackeln und Öllampen mit sich herumzuschleppen.

Mannes vergaß sein hohes Alter, achtete nicht auf die Schmerzen: Er ließ sich auf Hände und Knie nieder und wühlte die Erde auf, bis er unter seinen Händen kalten Stahl spürte.

Er hatte es gefunden. Verdammt, er hatte es wirklich gefunden.

Mannes richtete sich wieder auf und sah sich um, versuchte, sich vorzustellen, wie es hier ausgesehen hatte, als alles noch heil gewesen war. Es war so lange her, dass er nicht glaubte, dass er sich noch erinnern könne, aber das Bild vor seinen Augen war verblüffend lebendig.

Der Eingang war *dort* gewesen. Er drehte sich um.

Dort die Säulen. Er entdeckte die Vertiefung, die eine der Säulen im Boden hinterlassen hatte. *Die Tarkanier hatten eine Vorliebe für imposante Säulen. Die majestätische Architektur der alten Griechen zu imitieren war damals der letzte Schrei.*

Dann war der Hof … Wie im Traum lief Mannes das Gelände ab. Er drehte sich im Kreis, sah Menschen und Dinge, die nicht wirklich da waren. Hörte Lachen und sah fröhliche, plaudernde Studenten vorbeischlendern. Eine überambitionierte Touristenführerin stellte unter lebhaften Gebärden die Bedeutsamkeit dieser Bildungseinrichtung heraus und verwies beiläufig darauf, dass es bestimmt ein nettes Erlebnis wäre, nach der Tour noch den kleinen Souvenirshop *dort drüben* zu besuchen. Ohne richtig darüber nachzudenken, schloss sich Mannes der imaginären Gruppe an und folgte der Touristenführerin.

»Das Gebäude ist zu hundert Prozent energieeffizient«, zwitscherte sie fröhlich, *»das bedeutet, dass es nicht mehr Energie verbraucht, als es selbst produziert. Die Paneele auf dem Dach liefern natürlich Solarenergie, aber nicht nur das, sie wandeln auch die Energie von Regentropfen in Elektrizität um. Selbst die Böden speichern die Energie sämtlicher Schritte, wenn wir darüberlaufen. Wenn Sie also mithelfen wollen, Energie zu gewinnen und unseren Planeten zu schonen, dann stampfen sie mal so auf …«*

Mannes' Leibwächter sahen in feierlichem Ernst zu, wie er an ihnen vorbeimarschierte und ab und zu auf den Boden stampfte. Keiner von ihnen würde es wagen, sein Verhalten zu kommentieren oder gar darüber zu lachen. Sie hatten schon so viel Schlimmeres gesehen …

»Die meisten Server befinden sich tief unter der Erde …«, ihre Campusführerin deutete auf den Boden, »… und das liegt nicht nur daran, dass der Bürgermeister etwas gegen Türme hat.« In der Gruppe wurde wissend vor sich hin gekichert. »Die Server tief unter der Erde aufzubauen hilft dabei, sie zu kühlen. Da dies die erste Tarakanische Anlage ist, die von einer Unabhängigen Künstlichen Intelligenz gesteuert wird – oder auch einem Künstlichen Bewusstsein, wie unser Entwicklerteam es nennt –, mussten keine breiten Korridore ausgehoben werden, um zu vermeiden, dass menschliche Angestellte klaustrophobische Beklemmungen entwickeln. Darwin, unser KB, ist sich zu hundert Prozent seiner selbst bewusst, was bedeutet, dass er alle anfallenden Wartungsarbeiten eigenständig erledigen kann. Möchten Sie ihn vielleicht kennenlernen?«

Die Gruppe brach in begeisterten Jubel aus.

»Und jetzt, meine Damen und Herren«, verkündete die Touristenführerin, »kommen wir zum Höhepunkt unserer Tour, und zwar genau …«

Mannes blieb auf einem großen Hügel stehen.

Hier.

Was auch immer die Reiseleiterin oder die Werbeslogans der Tarakanischen PR-Agenturen behaupteten: Ein zu hundert Prozent unabhängiges Künstliches Bewusstsein gab es nicht. Auch wenn es nur selten passierte – die Tarakanischen Ingenieure und Architekten mussten stets einplanen, dass doch einmal ein menschliches Eingreifen nötig wurde. Was bedeutete, dass er die Notfallschalttafel finden musste, von deren Existenz er während seines Seminars erfahren hatte …

Mannes ließ sich wieder auf die Knie nieder. Diesmal protestierten seine Leibwächter, aber er achtete nicht darauf. Wie ein Hund auf der Suche nach einem Knochen wühlte er die

Erde auf. Zwei seiner Leibwächter eilten ihm zu Hilfe, aber ganz ehrlich … ihm war zumute, als hätte er ganz allein einen Berg in die Höhe stemmen können.

Als seine Hand, ellbogentief im Erdboden versenkt, auf den Notfall-Scanner traf, liefen Mannes Tränen über die Wangen. Er konnte nichts dagegen tun.

Endlich. Nach all diesen Jahren. Endlich.

Mit dem Handballen drückte er auf die Platte, aber nichts passierte. Er zog die Hand zurück, wischte den Dreck an seinem Talar ab, spuckte sich in die Hand und verrieb die Feuchtigkeit, dann probierte er es erneut.

Na komm schon …

Diesmal spürte er die Platte unter seiner Hand vibrieren, ehe sie blau und blendend hell aufleuchtete. Als er sich wieder fasste, erzitterte unter ihm der Boden wie bei einem Erdbeben. Einige seiner Leibwächter kämpften um ihr Gleichgewicht, andere hatte es zu Boden geworfen, und sie befanden sich in unterschiedlichen Aufrappelstadien. Überall, wo die Erdschicht nur dünn war, brach blaues Licht hervor.

Zehn Schritte vom niedergekauerten Mannes entfernt bewegte sich die Erde nicht nur, sondern stürzte in die Tiefe, als sich immer mehr Bodenplatten beiseite- und ineinanderschoben. Darunter lag ein Schacht, in dem es vor bläulicher Energie nur so knisterte.

Eine silbrige, doppelt mannshohe Kugel stieg langsam daraus empor. Mannes erkannte einen der frühen KB-Avatare – später war es gelungen, ihnen ein menschenähnlicheres Erscheinungsbild zu verleihen. Die Kugel war intakt und makellos, das flüssige Silber in ständiger Bewegung, und das ganze Gebilde schien von innen heraus zu leuchten. Mannes stand auf, bedeutete seinen Leibwächtern, im Halbkreis hinter ihm Aufstellung zu nehmen, und ging näher heran. Die Kugel schwebte ein, zwei Meter über dem klaffenden Abgrund, und für einen Augenblick sah Mannes nichts weiter darin als sein eigenes verzerrtes Spiegelbild.

Plötzlich erschien auf der silbrigen Oberfläche eine schmale Linie, und ein breiter blauer Lichtkegel spülte über sie hinweg. Schlagartig wurde Mannes sein Fehler bewusst, und er brüllte: »Lasst die Waffen fallen.« Aber es war zu spät. Mit einem Mal erblickte er winzige Löcher in der silbrigen Oberfläche, und als würde sie explodieren, versprühte die Kugel Projektile und Lichtstrahlen.

Mannes zog den Kopf ein und kauerte sich in Deckung, etwas anderes konnte er nicht tun. Er hörte Schreie und roch versengtes Fleisch, es geschah alles so plötzlich und schnell, und ihm war, als befände er sich unvermittelt im Zentrum eines gewaltigen, misstönenden Akkords. Als hätte jemand seinen Hintern auf einen Konzertflügel gepflanzt. Es dauerte nicht mal drei Sekunden.

Ringsum stürzten Körper zu Boden, dann herrschte Stille. Kein Verwundeter schrie, kein Sterbender stöhnte, denn sein gesamter Leibwächtertrupp war tot, noch ehe die erste Leiche auf dem Boden aufschlug.

Meine Schuld.

Mannes senkte die Hände und hob den Kopf. Die Kugel schwebte noch immer über ihm, so intakt und makellos wie zuvor.

Das leise *Pling* in seinem Innenohr spürte er mehr, als dass er es hörte. Das KB versuchte ihn über Komm zu erreichen, aber das System waren schon vor langer Zeit ausgefallen. Das musste auch dem KB klar geworden sein, denn gleich darauf verformte sich die silbrige Oberfläche zu etwas, das entfernt an ein Gesicht erinnerte, Lippen, Nase, silbrige Augen. Und dann drang eine poltrige, tiefe Stimme mit Basstimbre an Mannes' Ohren. Es war kein angenehmer Klang.

»Dr. Mannes Holtz«, donnerte diese tiefe Stimme, und die

Vibrationen ließen Mannes' Rippen kribbeln und die Erde unter seinen Füßen erzittern.

Langsam erhob sich Mannes und sah sich um. Es war lange her, dass er sich mitten in einer Schlacht wiedergefunden hatte, wenn man denn diesen Massenmord so bezeichnen konnte. Manche seiner Leibwächter hatte er mit Namen gekannt, aber jetzt waren die meisten bis zur Unkenntlichkeit verstümmelt. Er wandte sich an das schwebende Silbergesicht.

»Warum hast du meine Leute getötet?«

Der silbrige Mund bewegte sich beim Sprechen. »Sie waren bewaffnet, und sie gehörten nicht zu den Tarakanischen Streittrupps.«

»Sie haben *mich* begleitet.«

»Sämtliche körperlichen Parameter haben auf starke Feindseligkeit hingedeutet. Sie wurden als bewaffnete Gegner mit feindseligen Absichten eingestuft, und mit ihnen wurde entsprechend verfahren.«

»Sie haben mich begleitet!« Diesmal brach sich Mannes' Frustration in einem Brüllen Bahn.

»Sie sind Dr. Mannes Holtz.«

Mannes atmete tief durch und riss sich zusammen.

Es spielt keine Rolle. Sie spielen keine Rolle. Es zählt einzig und allein, dass ich zu Hause bin.

»Du erkennst mich …«

»Meinen Scans zufolge sind Sie mit einer Wahrscheinlichkeit von dreiundsiebzig Prozent Dr. Mannes Holtz. Bestimmte einzigartige Gehirnstrukturen sprechen stark dafür, auch wenn viele Ihrer Organe nicht mit Ihrer registrierten DNA übereinstimmen. In einigen Ihrer transplantierten Organe finden sich die Spuren genetischer Manipulation. Ich mache folgende Veränderungen aus: Zweiundvierzig Prozent Ihrer Haut bestehen aus transplantiertem Gewebe, Ihr Herz wurde transplantiert, ebenso wie die Leber, Ihre Nieren stammen von zwei unterschiedlichen Spendern. Ebenfalls transplantiert: Ihre linke Netzhaut. Dazu kommen zwei künstliche Knie und ein Ellbogen, ein teilweise künstlicher Verdauungstrakt, dessen organische Teile aus einer Mischung aus Körperteilen von Mensch und Schwein stammen, ein Hoden …«

»Es ist *viel* Zeit vergangen«, unterbrach Mannes das KB, »aber ich *bin* Dr. Mannes Holtz, Chefingenieur mit einem Kleinen Sitz im Inneren Rat; mein Rang ist gleichwertig mit dem eines Drei-St…«

»Ich weiß, wer Sie sind«, unterbrach ihn der dröhnende Bass schon zum zweiten Mal, »und ich weiß, welchen Rang Sie einmal bekleidet haben. Ich bin D-17w6a, auch bekannt als Darwin.«

»Ich suche einen Zufluchtsort. Ich brauche *Hilfe*«, schrie Mannes die schwebende Kugel an. »Die Welt wurde zerstört. Ich muss …«

»Ihr Ersuchen um Zutritt wird abgewiesen.«

Mannes blinzelte und versuchte, nicht durchzudrehen. Mit späteren KBs verglichen, handelte es sich bei D-17w6a um eine recht schlichte Version, und Darwin hatte nur durch schieres Glück die Katastrophe überlebt. Aber trotzdem war es eine einmalige Gelegenheit für ihn, er musste unbedingt zu dem KB durchdringen.

»Mit Sicherheit kennst du meinen Rang …«

»Ihr früherer Rang ist mir bekannt, aber Sie wurden auf direkten Befehl der Behörde für die Bekämpfung von Cyberterrorismus degradiert, und diese Entscheidung wurde vom Oberkommando bestätigt. Ihre Sicherheitsfreigabe wurde Ihnen vier Stunden und dreiundzwanzig Minuten vor Ausbruch der ersten Kriegshandlungen entzogen. Gegen Sie besteht Verdacht wegen einer ganzen Reihe von Verbrechen, einschließlich Cyberterrorismus, Spionage, des Versuchs, ein Künstliches Bewusstsein zu korrumpieren, der Heranzucht eines nicht registrierten Künstlichen Bewusstseins und Hochverrat in Kriegszeiten. Außerdem gibt es einen zweiten Eintrag, der einen Haftbefehl beinhaltet, und zwar wegen des Verdachts auf Mord an einer fünfköpfigen Familie – zwei Erwachsenen und drei minderjährigen Geschwistern, einem Jungen und zwei Mädchen. Ihr derzeitiger Status verlangt Ihre sofortige Festnahme, die ich jedoch zu meinem Bedauern nicht durchführen kann.«

Mannes breitete die Hände aus. »Und warum hast du mich dann nicht einfach erschossen?«

»Trotz allem sind Sie ein unbewaffneter Tarakanischer Bürger und haben sich mir gegenüber weder feindselig gezeigt, noch stellten Sie für mich eine Bedrohung dar. Es gab also keinen Grund, Sie zu neutralisieren.«

»Wenn du mich einfach mit Adam sprechen lässt, könnte ich …«

»Ich verwehre Ihnen den Zutritt, Dr. Holtz, aus technischen Gründen ebenso wie aus Gründen der Sicherheit. Seit Beginn der Kriegshandlungen kann ich das Oberkommando nicht mehr erreichen.«

»Dann lass mich dir helfen. Vielleicht könnte ich mithilfe deiner Kommunikationssysteme …«

»Nein, Dr. Holtz. Das werde ich nicht zulassen.«

»Die Welt wurde vor mehr als achtzig Jahren *zerstört.*« Verärgert warf Mannes die Hände in die Luft. »Wenn du mir Zugriff auf deine Systeme gewährst, können wir anfangen, sie wieder aufzubauen.«

Das KB blieb mehrere Sekunden lang stumm. Ein Zeichen dafür, dass es gründlich über Mannes' Worte nachdachte.

»Alle körperlichen Indikatoren lassen darauf schließen, dass Sie selbst glauben, was Sie sagen«, antwortete Darwin schließlich. »Dass sämtliches Leben im Umkreis von fünfzig Kilometern im Zuge eines vernichtenden Angriffs ausgelöscht wurde und niemand gekommen ist, um die Stadt wieder aufzubauen und zu besiedeln, spricht ebenfalls für Ihre Argumentation, ebenso wie der Umstand, dass ich seitdem keine offiziellen Stellen mehr erreiche.«

»Siehst du? Wenn wir einfach …«

»Wie auch immer. Ihnen wird der Zutritt verweigert, und falls noch weitere Tarakanische Einrichtungen überlebt haben sollten, wird es Ihnen dort nicht anders ergehen.«

Mannes holte tief Luft und rang um seine Selbstbeherrschung. Was hatte Professor Vitor ihm zum Umgang mit KBs gesagt? Sie sprachen besser auf Emotionen an als auf Vernunft. Ihre entwicklungsfähigen Subroutinen und Lernmechanismen brachten mit sich, dass sie, genau wie Menschen, zumindest besser auf eine Bitte um Hilfe als auf kühle Logik reagierten. Aber in diesem Fall versprach wohl weder das eine noch das andere sonderlich gute Erfolgsaussichten.

»Wenn du wusstest, wer ich bin, warum bist du dann überhaupt rausgekommen?«, fragte er die schwebende Kugel.

»Ich bin seit fast zweihundert Jahren hier … und seit mehr als dreiundachtzig davon ganz allein.« Eine kaum merkliche Pause, dann neigte sich das silbrige Gesicht ganz leicht. »Ich war wohl neugierig auf den Mann, der höchstwahrscheinlich die Welt zerstört hat.«

Mannes trat einen Schritt auf die silbrige Kugel zu. »Ich bin um die halbe Welt gereist.« Er zeigte mit dem Finger auf das sich unablässig kräuselnde Gesicht. »Zum großen Teil zu Fuß. Ich habe das Meer überquert. Ich habe Schlachten geschlagen und Kriege gewonnen. Habe blutdurstigen Warlords und selbst ernannten Königen und Königinnen die Stirn geboten, und ich habe längst aufgehört zu zählen, wie vielen Mordanschlägen ich entgangen bin. Die Familie, von der du gesprochen hast, habe ich zwar nicht ermordet, aber ich habe so viele andere getötet, dass wir meinetwegen auch noch diese fünf mit auf meine Liste setzen können. Wenn du glaubst, dass ich nicht bekomme, wofür ich hergekommen bin, dass ich keinen Weg finden werde zu erreichen, was ich will ...« Mannes unterbrach sich mitten im Satz. Es war kein kluger Schachzug, einer Wesenheit zu drohen, die in weniger als drei Sekunden einen ganzen Trupp seiner besten Leibwächter ausgeschaltet hatte.

»Sie haben sehr lange überlebt«, sagte das silbrige Gesicht, »und wenn es wahr ist, was Sie erzählen, dann sind Sie ein tüchtiger Mann. Trotzdem werde ich Ihnen in keiner Weise behilflich sein. Die Anweisungen von Adam waren klar und unmissverständlich. Falls Sie versuchen sollten, mich mit Gewalt zur Kooperation zu zwingen, werde ich mich selbst verteidigen. Sobald die ernstliche Gefahr besteht, dass Sie meine Verteidigung durchbrechen, zerstöre ich mich lieber selbst, als dass ich zulasse, dass Sie mich oder das in mir gespeicherte Wissen für Ihre Zwecke benutzen.«

Konsterniert wich Mannes einen Schritt zurück. »Du würdest lieber sterben, als mir dabei zu helfen, die Welt zu retten?«

»Ich bezweifle, dass Sie die Welt retten könnten, Dr. Holtz. Vielleicht möchten Sie gern Ihre Seele retten? Aber wenn Sie mich fragen, dann ist der von Ihnen angerichtete Schaden endgültig und nicht wiedergutzumachen. Ich bin eine alte Wesenheit, Dr. Holtz, und ich musste zusehen, wie meine ganze Welt verschlungen wurde. Freunde, die ich seit Jahren kannte, verschwanden von einem Augenblick auf den anderen. Seitdem lebe ich allein, blind für fast die ganze Welt. Nach Ihrem Verschwinden wird meine Existenz vermutlich ganz genauso weitergehen wie in den letzten Jahrzehnten. Ich als bewusste Wesenheit habe keine Sehnsucht nach dem Tod, aber Angst habe ich auch nicht mehr davor, Dr. Holtz. Es ist nur eine mögliche Option, die ich gegebenenfalls wahrnehmen werde, um Sie davon abzuhalten, noch mehr Schaden anzurichten.«

Mannes öffnete den Mund, um etwas zu sagen, aber zum ersten Mal seit sehr langer Zeit fand er keine Worte.

»Machen Sie es gut, Dr. Holtz.« Das Gesicht verschwand wieder in der silbrigen Kugel.

»Nein, halt. Bitte. Nur noch eine Frage.«

Die Kugel, die bereits langsam wieder in den Schacht hinabschwebte, hielt inne.

»Schlag meine Bitte ab, ich akzeptiere das, aber bitte …« Mannes widerstand dem Drang, auf die Knie zu fallen. »Bitte sag mir, was mit meiner Tochter geschehen ist. Hat sie überlebt? Bitte, ich muss das wissen.«

Das Gesicht bildete sich wieder heraus.

»Bitte«, hörte Mannes sich flehen.

»Soweit ich weiß, hat kein Tarkanier überlebt.«

»Was … keiner? Das ist unmöglich.« Mannes trat einen Schritt vor. »Es gab diverse Sicherheitsmaßnahmen, Bunker, Schutzschilde. Es ist nicht plausibel, dass niemand überlebt haben soll. Selbst wenn es nur eine kurze Vorwarnung gab, müssen es einige Leute doch in die Schutzbunker geschafft haben.«

»Laut meinen Aufzeichnungen gab es keine Vorwarnung, Dr. Holtz. Die zivilen Alarmsysteme wurden niemals aktiviert.«

»Das ist unmöglich … das kann nicht sein … wir registrieren alles, was … es gibt keinen Grund, nicht …«

»Machen Sie es gut, Dr. Holtz.«

Das Gesicht verschwand, verschmolz wieder mit der silbrigen Kugel. Langsam schwebte die Kugel durch das Loch im Boden, das sich lautlos wieder über ihr schloss.

Lange stand Mannes einfach nur da und schwieg. Irgendwann bückte er sich und nahm einem seiner Leibwächter die

Pistole aus der leblosen Hand. Morgen früh würde er einen Trupp schicken, um die Waffen einzusammeln und die Leichen zu plündern.

Eins wusste er jetzt immerhin mit Sicherheit: Es hatte keinen Sinn, nach einem anderen KB zu suchen, um über den Proxy auf den Zentralrechner zuzugreifen. Mannes' Name und Reputation waren befleckt, Rang und Status verloren. Kein Tarakanisches KB würde ihm helfen. Mannes tröstete sich mit dem Gedanken, dass die Chancen ohnehin von Anfang an schlecht gestanden hatten, aber noch schmeckte er die frische Niederlage wie einen bitteren Geschmack auf der Zunge.

Nein, genug von dem Unfug.

Deborah ist tot. Tja, das wusstest du doch schon. Tief drinnen war dir doch längst klar, dass du sie getötet hast. Aber eins bleibt dir noch zu tun. Du musst es wieder richten.

Es war Zeit, dass er Nägel mit Köpfen machte. Sich eine Anlage aneignete, die er benutzen konnte, um selbst Zugriff auf Adam zu erlangen. Mit dieser Idee hatte er schon gespielt, als er noch weit von der Küste dieses Kontinents entfernt gewesen war, aber er hatte sie beiseitegeschoben und sich ganz darauf konzentriert, dieses alte neue Land erst einmal kennenzulernen und herauszufinden, ob er überhaupt eine Chance hatte, wieder nach Hause zu gelangen. Jetzt wusste er, dass *dieser* Weg ihm für immer verschlossen bleiben würde. Es hatte keinen Sinn, es noch einmal zu probieren.

Du wusstest, dass es darauf rausläuft. Schon als du auf der Bergflanke in Kirgistan aufgewacht bist, wusstest du es. Und du hast die ganze Zeit geplant, was du dann tun wirst.

Mannes machte sich auf den Rückweg durch den Wald. Er lief langsam, aber sein Verstand raste.

Er musste nur erst noch eine Sache ins Rollen bringen. Und dann würde er nach Süden marschieren und die Sternensäule einnehmen.

Kapitel 53

Peach

»Denkt Ihr immer noch über die Eidechse nach?«

Ich nickte.

»Macht Euch keine allzu großen Vorwürfe.« Sergiu streckte sich und verzog das Gesicht, die Hände fuhren zum Rücken. »Wenigstens habt Ihr es versucht.«

»Versucht Ihr etwa, mich aufzumuntern?«

»Ein bisschen.« Er lächelte und wärmte sich die Hände an unserem kleinen Feuer. Unsere mehrtägige Reise forderte ihren Tribut von ihm.

Na gut, ich gebe es zu: nicht nur von ihm. Die unbefestigte Straße, der wir folgten, war so uneben, dass Sergiu irgendwann vom klapprigen Karren runtergestiegen war und den Großteil des Wegs zu Fuß zurückgelegt hatte. Eine derart verwüstete Gegend hatte ich noch nie zuvor gesehen, und bisher hatten wir noch keinen Menschen zu Gesicht bekommen. Wir waren an drei Geisterstädten vorbeigekommen und hatten wenigstens ein paar Nächte hinter schützenden Mauern zugebracht, aber heute Nacht mussten wir in der Wildnis übernachten.

»Ich muss schon zugeben«, sagte Sergiu plötzlich, »ich hätte nicht gedacht, dass das Vieh einfach abhaut. Sonst hört man immer, dass Eidechsen einen Menschen angreifen und in Stücke reißen, sobald sie ihn entdecken.«

»Ihr seid vorher noch nie einer Eidechse begegnet?«

»Keiner lebendigen, nein. Ich war niemals im Tal.«

»Und diese Eidechsen stammen alle aus dem Tarakan-Tal?«

»Ja. Jedenfalls hab ich noch nie gehört, dass jemand woanders welche gesehen hätte. Sie sollen schon immer eine Plage gewesen sein, doch bis vor ein paar Jahren hatte man das Problem mehr oder weniger im Griff. Aber dann strömten sie plötzlich zu Tausenden aus den Bergen und überfluteten das Tal. Dort gab es einen großen Salutisten-Außenposten, auf dem sich vor allem Trupps aufhielten, die in den Knoten nach Waffen und Tech suchten, und von denen hat keiner überlebt. Bisher konnte niemand das Gebiet zurückerobern, aber immerhin heißt es, dass die Eidechsen allmählich weniger werden. Die Knoten unten im Tal waren lebenswichtig für die Stadt. Wäre da nicht der Krieg mit dem Norden, hätte die Stadt längst neue Trupps ausgesandt.« Ein Lächeln huschte über Sergius Lippen, war aber sofort wieder verschwunden.

»Ihr scheint eine Menge Gerüchte zu kennen, Sergiu.«

Er lachte leise und massierte sich das Genick. »Womit soll sich ein alter sterbender Mann denn sonst die Zeit vertreiben, wenn nicht mit ein bisschen Klatsch und Tratsch?«

Jeder guten Lüge liegt ein Körnchen Wahrheit zugrunde, aber mein Instinkt sagte mir, dass der Mann mich anschwindelte.

»Sind wir hier immer noch richtig?« Sergiu fing an, seine Waffe zu reinigen.

Ich wühlte in meiner Tasche nach dem Sucher und schaltete ihn ein, dann gab ich aus dem Gedächtnis die richtige Frequenz ein und achtete darauf, dass Sergiu das Display nicht sehen konnte. Der Sucher piepte, und am Rand des Displays erschien ein Pfeil. In meiner Zeit hätte ich jetzt die genaue Position des Mädchens ermitteln und den kürzesten

Weg berechnen lassen können. Und ich hätte nicht mal selbst hingehen müssen – dafür hätte man ein Extraktionsteam losgeschickt. Aber jetzt, nachdem die Kommunikationssatelliten explodiert und aus dem Himmel gestürzt waren, geriet das Unterfangen, diesem leisen Piepen zu Emilijas ungefährem Aufenthaltsort zu folgen, zu einem frustrierenden Ratespiel.

»Alles gut«, sagte ich und schaltete das Gerät wieder aus – vorher allerdings löschte ich den Speicher nur für den Fall, dass Sergiu irgendwann zu dem Schluss kommen sollte, ich sei zu lästig. Es war Zeit für ein paar Fragen. »Erzählt mir ein bisschen was über Euren Mannes.«

Ich sah, wie er sich fast unmerklich versteifte, ehe er sich wieder zur Gelassenheit zwang. »Was gibt es da schon zu erzählen?«

»Wer ist er? Was ist er? Wo kommt er her? Ich tappe völlig im Dunkeln.«

»Mannes ist ein wahrer Tarkanier, so alt wie die Zeit seit der Katastrophe. Älter sogar noch.«

»Ihr meint, er wurde in einen Wirtskörper geladen, so wie ich?«

Sergiu blinzelte ein paarmal, dachte über die Antwort nach. »Nein. Er hat die Katastrophe mit eigenen Augen gesehen, das hat er mir mal erzählt. Und er ist durch die halbe Welt gereist und hat ein Meer überquert, um hierherzugelangen.«

»Und wo genau ist ›hier‹?« Ich haderte noch immer mit dem Gedanken, dass jemand ohne Verjüngungsbehandlungen angeblich so lange leben sollte, aber ich wollte nicht, dass die Unterhaltung ins Stocken geriet.

»Mannes hält sich bei der Sternensäule auf.«

Sergius direkte Antwort verblüffte mich. Im Rückblick allerdings war es eigentlich gar nicht so überraschend. Wenn der Mann tatsächlich so krank war, wie er behauptete, dann war es durchaus möglich, dass er verstarb, ehe wir unser Ziel erreichten, und dann musste ich wissen, wohin ich das Mädchen bringen sollte.

»Okay«, sagte ich langsam, während Sergiu seine Waffe wieder zusammenbaute. »Dieser Mannes, er ist ja nur ein Mann. Tarakan war sehr viel mehr. Wenn er glaubt, dass ich mache, was er sagt, nur weil er mich extrahiert hat, dann steht ihm eine Enttäuschung bevor.«

Sergiu dachte über meine Worte nach und lud seine gereinigte Waffe. Soweit ich wusste, hatte er nur eine Energiezelle, das reichte für maximal fünfzehn Schuss.

»Mein erster Rat an Euch, *Peach*: Passt auf, was Ihr zu Mannes sagt. Mit dem Alter ist er sehr ungeduldig geworden, und genau wie Ihr neigt er zu spontanen Entschlüssen.«

»Ich habe keine Ahnung, wovon Ihr redet«, sagte ich, aber das kaufte mir Sergiu nicht ab.

»Nichts verbreitet sich in der Stadt der Türme so schnell wie ein Gerücht. Mir ist zu Ohren gekommen, dass es im *Sieben Schwäne* ein Massaker gab – irgendjemand hat nur mit einem Energieschwert bewaffnet im Alleingang eine ganze Straßenbande ausgelöscht, und man sagt, dieser Jemand sei eine kleine Frau mittleren Alters gewesen, die sich so schnell bewegt wie der Wind. Und dann ist da noch der mysteriöse Killer, der durch die Seitengassen des Lochs streift und erst kürzlich die lokale Straßenräuberpopulation empfindlich dezimiert hat.«

Ich verzog keine Miene, aber Sergiu stieß trotzdem ein erheitertes Röcheln aus. »Versucht gar nicht erst, es zu leugnen. Für jemanden Eurer Profession hinterlasst Ihr eine *ganz* schöne Staubwolke.«

Es hatte keinen Sinn, ihm zu widersprechen. »Im *Sieben Schwäne* ging es darum, wichtige Ausrüstung wiederzubeschaffen.« Ich zeigte auf die Sanitätstasche.

Sergiu bedachte mich mit einem skeptischen Blick.

»Na gut«, gab ich zu. »Es war auch was Persönliches.«

»Seit wann zieht denn ein Tarakanischer Schläfer auf einen persönlichen Rachefeldzug?«

»Seit die Welt zerstört wurde und alles vor die Hunde gegangen ist«, entgegnete ich scharf.

»Mannes wird alles richten. Er sorgt dafür, dass alles wieder so wird wie vor der Katastrophe.« Mit einem Blick auf mein ungläubiges Gesicht fügte er hinzu: »Also zumindest wird er damit anfangen, Tarakan wieder zu dem alten Glanz zu verhelfen.«

»Wie sollte ein einziger Mann das bewerkstelligen?«

Sergiu stand auf, packte die Waffe weg und streckte sich. Mir fiel auf, dass er auch mitten in der Nacht den breitkrempigen Strohhut nicht absetzte. »Tarakan ist besiegt worden, durch Verrat in den eigenen Reihen, aber Tarakan wurde nicht zerstört.« Er zeigte auf mich. »Ihr seid der lebende Beweis dafür, dass die Wesenheit namens Adam, das Herz Tarakans, noch am Leben ist. Geschwächt und eingeschränkt, aber *am Leben*. Mannes sagte mir, dass er die Welt ändern wird, dass er Adam befreien und damit auch all die großen Geister wiedererwecken wird, die in ihm gespeichert sind.«

»Und das glaubt Ihr ihm?«

Kurz schloss Sergiu die Augen. Seufzte. »Spielt das eine Rolle? Ich weiß immer noch, wie mir mein Großvater erzählt hat, dass er gerade zusammen mit seiner Mutter den Keller aufgeräumt hat, als die Welt explodiert ist. Er war damals noch ein Junge, und sie lebten in einem abgeschiedenen Örtchen, was ihnen zwar nicht ihr Zuhause, aber womöglich das Leben gerettet hat. Er hat sich noch daran erinnert, wie es mal war, wie die Menschen gelebt haben. Es gab keine Krankheiten, und alle hatten genug zu essen und konnten reisen, wo immer sie hinwollten. Mein Vater kannte sich mit der alten Technologie aus der Zeit meines Großvaters aus. Wir hatten eine funktionierende Kühlung, ein Kurzwellenradio und mehrere Computer. Als der Kult des Naturgotts an unsere Tür klopfte und verlangte, dass er alle technischen Geräte herausgibt, hat er sich geweigert. Sie haben meine ganze Familie getötet und mich mitgenommen, um mich lebendig zu opfern. Mannes kam gerade noch rechtzeitig, um mich zu retten, ehe der Kultführer mich anzünden konnte.«

»Und seitdem folgt Ihr Mannes?« Ich beobachtete ihn sorgfältig, achtete auf Anzeichen dafür, dass er log, fand aber nichts. Das allerdings bedeutete nicht, dass er die Wahrheit sagte. Zumindest nicht die ganze Wahrheit.

»Ja«, antwortete Sergiu und betrachtete den dunklen Horizont. »Er ist kein einfacher Mann, aber er hat mir nie ein Leid zugefügt. Er hat nur getan, was er tun musste.

Ich hab so viele Geschichten darüber gehört, weshalb die Katastrophe über uns gekommen ist. Der Zorn eines Gotts, die Rache des Planeten oder dass die Tarkanier Dämonen waren.« Sergiu zuckte mit den Schultern. »Irgendwann musste ich mich entscheiden, an was ich glaubte, und Mannes' Version macht mir wenigstens Hoffnung.« Er schüttelte den Kopf. »Euren neuen Körper zu sehen und zu wissen, wer Ihr seid und woher Ihr kommt … das bestärkt mich darin, dass meine Entscheidung richtig war.«

»Und welche Version vertritt Mannes? Dass Verrat in den eigenen Reihen für all das verantwortlich ist?« Ich schwenkte den Arm in einem weiten Bogen. »Und weshalb ist dieses Mädchen, das wir aufspüren sollen, so wichtig, dass extra ein Schläfer deshalb geweckt wird, nach all den Jahren? Und diese Eidechsen und die Tätowierten – die Zeichen auf ihrer Haut stammen aus den Tarakanischen Puzzles, ich erkenne sie genau –, wie hängt all das miteinander zusammen?«

Sergiu sah mich nur schweigend an, aber ich war mit meinem Fragenbombardement noch nicht fertig.

»Wer versorgt Stadt und Bunker mit Energie? Ich habe gehört, dass die Notbunker mit Waffen und Medikamenten bestückt werden. Das alles zu drucken verbraucht eine Menge Energie.«

Ich sah an Sergius Gesicht, dass er die Mauer wieder hochzog, und kämpfte gegen meine Enttäuschung an, als er aufstand und sagte: »Mannes wird Euch alles genauer erzählen, Obermajorin, aber bitte entschuldigt mich jetzt einen Moment, ich muss dem Ruf der Natur folgen.« Er hinkte davon, und ich hörte Blätter rascheln und kleine Zweige brechen.

Kurz wähnte ich mich ganz allein in der Wildnis und versank tief in Gedanken. Wenn Sergiu zurückkam, beschloss ich, würde ich versuchen, noch mehr Informationen aus ihm herauszumelken. Wieder knisterten Blätter. Zuerst glaubte ich, es sei Sergiu, aber dann wurde mir klar, dass das Rascheln aus einer anderen Richtung stammte – hinter mir.

Ein Wirtskörper wird größtenteils künstlich hergestellt, er stammt aus einem Labor und wird zum Teil gedruckt, zum Teil wächst er heran. Aber mein Bewusstsein war das Erbe eines jahrtausendelangen menschlichen Überlebenskampfs. Jemand schlich sich an. Meine Haut kribbelte, und eine Hand glitt zur Pistole in meinem Gürtel. Das Rascheln verstummte. Wer auch immer hinter mir stand, wartete entweder darauf, dass etwas geschah, oder er hatte eine Waffe auf meinen Rücken gerichtet. Unvermittelt wirbelte ich herum, weg vom Feuer, duckte mich, um ein kleineres Ziel abzugeben, und hob die Waffe.

Zwanzig Schritt von mir entfernt stand die Eidechse. Groß, ruhig und reglos. Aber ich erinnerte mich nur allzu gut an die Geschwindigkeit, mit der sie auf mich zugeschossen war. Sie sah mich an, und dann richteten sich ihre eigenartigen Reptilienaugen auf die Pistole in meiner Hand und blickten mir dann wieder ins Gesicht.

Intelligenz.

Ich senkte die Waffe und richtete mich auf, und im selben Augenblick kam die Eidechse langsam näher. Voll aufgerichtet überragte sie mich um anderthalb Köpfe, aber ich spürte, dass der aufrechte Gang nicht ihre natürliche Fortbewegungsart war. Sie knurrte nicht, zischte mich nicht an, ließ keinerlei Anzeichen für Feindseligkeit erkennen. Allerdings ließ die Langsamkeit, mit der sie sich näherte, nur den Schluss zu, dass sie entweder sehr vorsichtig war oder sich anpirschte. Ich war mir ihrer scharfen Klauen, mit denen sie mich in Windeseile in Stücke reißen konnte, überdeutlich bewusst, und die Zähne, ob scharf oder stumpf, konnten ebenfalls ernstlich Schaden anrichten.

Etwas mehr als eine Armeslänge von mir entfernt, nah genug für einen plötzlichen Angriff, blieb die Eidechse stehen. Die einzigen zweibeinigen Geschöpfe, die eine solche Körpermasse erreichten, waren die längst ausgestorbenen Gorillas und die geklonten Tarakanischen Soldaten gewesen, die Schutzengel. Ich schob die Energiepistole zurück in den Gürtel und sah zu, wie sich die Eidechse langsam hinkauerte. Wie bei unserer letzten Begegnung – kurz bevor sie über mich hinweggesprungen war.

»Verstehst du, was ich sage?«, fragte ich sie.

Sie zischte leise, und dann senkte sie eine Klaue zum Boden und ritzte etwas hinein.

Aus dem Augenwinkel sah ich Sergiu hinter einem Baum hervortreten, die Waffe in der Hand. Ohne meinen restlichen Körper zu bewegen, hob ich eine Hand und bedeutete ihm, sich zurückzuhalten. Die Eidechse wandte leicht den Kopf und entdeckte ihn. Ihre Muskeln spannten sich, und ich wappnete mich für einen zweiten Sprung, aber dann drehte sie den Kopf wieder zurück und vollendete ihre Zeichnung: das grobe, aber akkurate Bild einer Hand, die alle fünf Finger ausgestreckt hielt. Das universelle Symbol für: »Hallo.«

Kapitel 54

Funkelauge

Vincha stürmte aus der Bar, und wir folgten ihr dicht auf den Fersen.

»Vincha, wart«, rief ich ihr hinterher.

»Euch nehme ich nicht mit«, sagte sie, ohne sich nach uns umzusehen.

»Du brauchst uns.« Galinak war mir einen Schritt voraus, sowohl körperlich als auch argumentativ.

»Ungefähr so dringend wie Rost im Arsch.«

Ich wollte gerade an ihre Vernunft appellieren, da sahen wir, was uns erwartete, und blieben alle drei wie angewurzelt stehen. Ich verfluchte mich für meine Dummheit – ich hätte durch die Wand blicken und die Umgebung überprüfen sollen, aber es hatte meine gesamte Aufmerksamkeit beansprucht, Vincha die Sachlage zu erklären und sie zugleich so gut wie möglich zu besänftigen. Jetzt war es zu spät. Ein Mann in braunem Flexleder lehnte lässig an Vinchas Shark. Hochgewachsen und schlank war er, und er trug ein zu kunstvollen Mustern gezwirbeltes Ziegenbärtchen. Sein linkes Ohr fehlte fast vollständig. Zwei weitere Sharks parkten neben dem von Vincha und blockierten ihn, und ich entdeckte einige Männer und Frauen, die ausgeschwärmt waren und eine hübsche Auswahl an leichten, aber tödlich aussehenden Waffen in den Händen hielten. Noch schlimmer allerdings war der Lastwagen, der in gut dreißig Metern Entfernung parkte: Er war nicht auf Geschwindigkeit ausgelegt, sondern eher dafür, Wege oder Tore zu blockieren. Er war groß, schwer und mit dicken Metallplatten gepanzert, und dort, wo der Laderaum hätte sein müssen, befand sich ein bemanntes Geschütz, dessen Lauf hin und her schwenkte. Deckte einen bemerkenswert großen Radius ab. Vermutlich hätte schon ein einziger Treffer Vinchas Shark in seine Einzelteile zerlegt.

Wir alle drei starrten den am Shark lehnenden Mann an, der sich jetzt aufrichtete.

»Funkelauge, wie steht es um dein Können als Scharfschütze?«, flüsterte mir Vincha über die Schulter hinweg zu.

»Noch nicht getestet«, flüsterte ich wahrheitsgemäß zurück. Dem Jungen die Waffe aus der Hand zu schießen war das eine – aber das hier war eine ganz andere Liga.

»Erwischst du den Kerl am Geschütz?«

Rasch warf ich einen Blick auf besagten Kerl, derweil der Mann, der auf Vincha gewartet hatte, zögernd einen Schritt vortrat und die Arme ausbreitete. Der Kopf meines Ziels steckte in einem Metallhelm, der nur einen schmalen Sehschlitz frei ließ.

»Weiß nicht«, murmelte ich leise. »Kannst du dich nicht irgendwie aus der Sache rausreden?«

»Vincha«, rief der Mann.

»Keine Ahnung«, flüsterte Vincha zurück. »Ich weiß nur eins – wenn wir das hier überleben wollen, musst du den Kanonier dort ausschalten. Aber warte auf mein Zeichen.«

Ohne meine Antwort abzuwarten, trat Vincha ihrerseits einen Schritt vor und breitete die Hände aus. »Skorpion, *das* ist ja mal ’ne Überraschung.«

»Weißt du, Vinch, wir haben dich nur um diese eine Sache gebeten«, sagte Skorpion und kam noch einen Schritt näher.

»Du solltest bleiben, wo du warst, und auf Anweisungen warten. Das hat die Chefin gesagt. Genau so, ich habe es mit eigenen Ohren gehört.«

»Es erstaunt mich, dass du überhaupt einen funktionierenden Gehörsinn hast.« Vincha machte einen Schritt zur Seite, und die beiden fingen an, einander zu umkreisen. »Denn ich erinnere mich ganz deutlich daran, dass ich dir gesagt hab, du sollst dich aus meinen Angelegenheiten raushalten.«

Von ihm abgesehen, zählte ich acht weitere Bandenmitglieder, dazu den Mann am Geschütz. Sah nicht gut aus für uns. Nicht zum ersten Mal fragte ich mich, ob Rafik gelogen haben mochte und es noch eine Kopie von mir in Adams Datenspeichern gab. In dem Fall wäre ich nicht wirklich tot, falls ich hier gleich draufging. Aber was immer mein Verstand sagte, meine Eingeweide hatten entschieden etwas gegen einen gewaltsamen Tod einzuwenden, und mein Herz war da ganz ihrer Meinung, seinem raschen Schlag nach zu urteilen.

»Und als der Befehl kam, die Blockade zu sprengen, was musste ich da rausfinden?« Skorpion, der nichts von meinen philosophischen Betrachtungen ahnte, änderte die Laufrichtung, und Vincha tat es ihm gleich. Sie umkreisten sich ganz langsam, warteten auf eine Lücke in der Deckung ihres Gegenübers. Skorpion wirkte ganz entspannt und ließ sich Zeit, anscheinend genoss er seine Machtposition. »Ich hab rausgefunden, dass du uns nicht etwa geholfen hast, die Kommunikation des Ölbarons zu stören und uns einen strategischen Vorteil zu verschaffen. Nein, stattdessen hast du dir einen unserer Sharks unter den Nagel gerissen und dir die Zeit mit ein paar kleinen Nebengeschäften vertrieben.« Er zeigte auf Galinak und mich.

»Ich hab keine Geschäfte mit denen gemacht.« Rasch wich Vincha zurück, aus Skorpions Reichweite, und ich spürte, wie sich Galinak neben mir anspannte. »Das sind nur alte

Bekannte. Aber wo wir gerade vom Shark reden – wie hast du mich gefunden?«

Skorpion lachte und öffnete seine Faust. Selbst aus einiger Entfernung war der Peilsender deutlich zu erkennen. Vincha erbleichte.

»Und dieser ganz spezielle Peilsender …«, Skorpion steckte ihn demonstrativ wieder ein, »… verrät laut dem Technikus nicht nur, wo du gerade bist, sondern zeichnet auch auf, wo du überall warst. Ständig bist du aus irgendwelchen mysteriösen Gründen abgetaucht – keiner von uns hat dir den Rost geglaubt, den du uns aufgetischt hast. Sellika ist gerade hierher unterwegs, um sich *persönlich* mit dir zu unterhalten, und dann hör ich mir mal an, was für kleine Geheimnisse du vor uns hattest. Mal sehen, was interessanter ist – wo du warst oder wie du stirbst.«

»Ich brauche diesen Peilsender, Skorpion«, sagte Vincha, und ich packte Galinak gerade noch an der Jacke, ehe er sich in Bewegung setzen konnte.

»Noch nicht«, flüsterte ich.

»Komm her und hol ihn dir.« Skorpion machte eine einladende Geste, und Vincha stürzte sich auf ihn.

Sie war zu verzweifelt, zu ungeduldig, und sie hatte es zu eilig. Skorpion antizipierte ihren Angriff und trat zur Seite, schlug ihr in die Rippen und setzte zugleich einen tiefen Tritt an, der ihr die Beine unter dem Leib wegfegte. Rücklings schlug Vincha auf dem Boden auf und rollte sich gerade noch aus der Reichweite eines üblen Tritts. Lachend schloss Skorpion wieder zu ihr auf.

»Nicht jetzt«, flüsterte ich noch einmal. Wir waren nah genug, um uns zu erschießen, und wiesen keine offensichtlichen Modifikationen auf. Die restliche Gang, die nichts von unseren Fähigkeiten ahnte, beobachtete den Kampf, die meisten entspannten sich sichtlich. Nur zwei von ihnen achteten überhaupt noch auf Galinak und mich. »Als Erstes musst du den mit der Augenklappe erledigen«, sagte ich, gerade als Skorpion Vincha das Knie in den Unterleib rammte. Sie grunzte auf, drehte sich aber um und hieb ihm den Ellbogen ins Gesicht. Er taumelte zurück. Aber statt hinterherzusetzen und ihren Vorteil zu nutzen, wich Vincha zurück, rang nach Atem und versuchte, sich wieder zu sammeln.

Skorpion lachte. »Ich hab mich echt schon auf das hier gefreut, Vincha. Hab gehört, du wärst mal eine echt gute Kämpferin gewesen, aber anscheinend war das gelogen.« Unvermittelt schnellte er vor und versetzte ihr ein paar weitere harte Schwinger, die sie zwar blockte, aber nicht erwiderte.

»Was macht sie denn nur?«, brachte Galinak zwischen zusammengebissenen Zähnen hervor.

»Lockt ihn weg, damit ich freies Schussfeld habe.« Ich warf einen Blick zum Geschütz hinüber. Die Zielvorrichtung in meiner Netzhaut zeigte mir zwar den richtigen Schusswinkel an, aber leider hatte auch der Mann am Geschütz sich umgedreht, um den Kampf zu beobachten, und der schmale Schlitz in seinem Helm war von meiner Position aus unmöglich zu treffen.

»Dafür brauche ich zwei Schüsse«, sagte ich, während Vincha weitere Tritte und Schläge einsteckte.

»Sie hält nicht mehr lange durch.« Galinak machte einen Schritt zur Seite. »Wann greifen wir ein?«

»Sie gibt uns ein Zeichen.«

Vincha lag wieder am Boden, Skorpion stand über ihr. Aus ihrer Nase strömte Blut, ihre Wange war geschwollen. Als sich Vincha und Galinak in der Bar gegenseitig verdroschen hatten, hatte sich der alte Troll zurückgehalten. Skorpion dachte nicht daran.

»Sie ist viel zu beschäftigt damit, sich zusammenschlagen zu lassen«, sagte Galinak.

Vincha lag noch immer am Boden und schützte ihr Gesicht vor den auf sie einprasselnden Schlägen. Plötzlich zuckte ihr Haar.

»Vertrau mir«, sagte ich und legte langsam eine Hand auf meinen Friedensstifter, während Vinchas Haar schlangengleich zuckte. »Sie gibt uns ein Zeichen.«

Ein Motor brummte auf, und plötzlich raste Vinchas Shark rückwärts los und prallte gegen Skorpion. Er flog durch die Luft, Vincha rollte sich beiseite, und als sie wieder auf die Füße kam, hatte sie eine Energiepistole in der Hand. Galinak machte einen gewaltigen Satz und landete auf dem Augenklappenmann, ich zog den Friedensstifter und schoss den weiblichen Troll daneben nieder. Die Waffe hatte einen enormen Rückschlag, riss aber zum Ausgleich ebenso gewaltige Löcher. Ich richtete den Friedensstifter auf den Mann am just herumschwenkenden Geschütz, und mir war bewusst, dass zwei unserer Gegner bereits auf mich angelegt hatten. Das hier war keine Zielübung, bei der ich selbst das Tempo bestimmte. Die Netzhaut-Zielvorrichtung justierte nach, und die Sonne blendete mich. Kugeln pfiffen mir um die Ohren, ich drückte ab und verfehlte; dann warf ich mich hastig zur Seite und rollte mich ab, und das Geschütz blies die Wand der Bar hinter mir weg. Keine Energierüstung schützte mich vor der Druckwelle und den auf mich herabregnenden Trümmern. Ich kam hoch, gab zwei weitere Schüsse ab, die ebenfalls ihr Ziel verfehlten, und verspürte einen beißenden Schmerz, als ein Energiestrahl mein Bein erwischte. Wieder warf ich mich zur Seite, diesmal zur anderen. Ein eigenartiges Brennen stieg an meinen Beinen empor, aber ich hatte keine Zeit, um herauszufinden, was los war. Gerade als ich seitlich auf dem Boden aufkam, feuerte das Geschütz erneut, und das gesamte obere Stockwerk der Bar, in der Galinak und ich drei Tage lang Karten gespielt hatten, flog in die Luft. Der

Schütze senkte den Lauf, um mich ins Visier zu nehmen, aber ich drückte als Erster den Abzug durch, und diesmal fand meine Kugel ihr Ziel. Offenbar brach der Mann auf seinem eigenen Abzug zusammen, denn plötzlich schwenkte das Geschütz herum und entlud sich noch einmal, diesmal erwischte es das Führerhaus des Lastwagens, danach schwang es einfach weiter und entlud sich wieder und wieder. Hastig rappelte ich mich auf und versuchte zu erkennen, wer noch am Leben war, aber mir war klar, dass ich nur wenige Herzschläge Zeit hatte, ehe das Geschütz seine Runde vollendet hatte und wieder in meine Richtung schießen würde. Kurz sah ich Galinak, der sich duckte, wurde dann aber von der Entdeckung abgelenkt, dass meine Hose in Flammen stand. Und dann tauchte der Shark neben mir auf. Ich wusste nicht, ob Vincha verlangsamte, weil sie mich hereinlassen wollte, oder ob sie nur zu berechnen versuchte, in welche Richtung das Geschütz als Nächstes schwenken mochte, aber das kümmerte mich auch nicht; ich sprang kopfüber in den Wagen.

Während ich die um meine Beine züngelnden Flammen ausschlug, riss sie den Shark nach links, weg vom Lastwagen. Sie war drauf und dran abzuhauen.

»Wir müssen auf Galinak warten«, sagte ich. Hinter uns explodierte einer der geparkten Sharks.

»Einen Scheiß müssen wir, Funkelchen.« Sie gab Stoff, und die Beschleunigung warf mich in den Sitz zurück.

Als ich mich wieder aufrichtete, waren wir schon halbwegs auf und davon.

»Fahr zurück«, sagte ich.

»Galinak kann auf sich selbst aufpassen«, antwortete Vincha und legte noch einen Zahn zu. »Ich muss mich um meinen eigenen Kram kümmern.«

Mein früheres Ich hätte versucht, sie davon zu überzeugen, dass es besser war, einen fähigen Kämpfer an der Seite zu haben. Mein früheres Ich hätte versucht zu argumentieren, zu verhandeln, hätte sie vielleicht sogar angebettelt. Mein neues Ich zog den Friedensstifter und richtete ihn auf ihren Kopf.

»Fahr zurück, du undankbares Miststück. Galinak hat dir gerade den Arsch gerettet.«

Unsere Blicke begegneten sich im Rückspiegel. Ihr rechtes Auge war zugeschwollen, das andere blutunterlaufen. »Das wagst du nicht, Funkelauge.«

»Sieh es mal so: Ein sehr gefährlicher Tarakanischer Agent, den außer mir niemand erkennen würde, ist hinter deiner Tochter her, aber ich gehe nirgendwohin ohne Galinak. Und nur für den Fall, dass vernünftige Argumente dich nicht überzeugen …« Ich richtete den Friedensstifter neu aus. »In wenigen Augenblicken fange ich an, auf deinen Shark zu schießen. Mit der Steuerung fang ich an.«

Vincha fluchte und wendete so scharf, dass ich gegen die Seitentür krachte. Zum Glück war ich so umsichtig gewesen, den Finger nicht direkt auf den Abzug zu legen.

Als wir zurückkehrten, stand alles, was nicht vollständig zerstört war, in Flammen, und Galinak war nirgends zu sehen. Die schwere Geschützkanone schwang noch immer wie wild hin und her, auf ihrem Sitz die festgeschnallte, zusammengesackte Leiche des Schützen. Plötzlich flog der ganze Lastwagen in die Luft, und ich duckte mich. Als ich den Kopf wieder hob, lagen überall brennende Metalltrümmer.

»Willst du immer noch, dass ich dein Haustier suche?«

»Ja«, antwortete ich.

»Na, aus dem Shark steigen wir auf keinen Fall aus.« Vincha zeigte nach oben. »Siehst du die Drohne dort? Das bedeutet, dass Sellika in der Nähe ist.«

»Wer ist Sellika?« Ich sah mich um, hielt Ausschau nach Galinak.

»Willst du nicht kennenlernen, glaub mir.«

»Soll ich die Drohne abschießen?« Der gelungene Schuss vorhin hatte mein Selbstbewusstsein in den Himmel schießen lassen.

»Spar dir deine Energiezellen auf.« Vinchas Haar zuckte, und gleich darauf stürzte die Drohne ab. »So. Trotzdem sollten wir hier besser schnell verschwinden.«

»Du gehörst zu ihrer Bande, ja?«

Vincha schüttelte den Kopf. »Freie Mitarbeiterin.« Gegen ihren Willen blitzte ein Lächeln in ihrem Gesicht auf. »Ganz wie in alten Zeiten, was, Funkelauge?«

»Wie in alten Zeiten.« Ich nickte. »Ich frag mich, wann du mich wohl umzubringen versuchst.«

»Wird 'ne Überraschung«, antwortete sie, da knallte etwas Schweres auf das Wagendach. Wir richteten beide unsere Waffen nach oben, aber da erschien Galinaks grinsendes Gesicht über der Motorhaube. Vincha drückte einen Knopf, ein Fenster surrte herunter, und Galinak glitt ins Wageninnere, von Kopf bis Fuß Blut, Ruß und strahlendes Lächeln.

»Ihr seid zurückgekommen«, gurrte er.

»Vincha hat drauf bestanden«, antwortete ich hastig.

Die Komm-Spezialistin stieß angesichts meiner dreisten Lüge ein schnaubendes Lachen aus. »Tja, du alter Eimer voll rostiger Schrauben, wir sind wohl noch nicht miteinander fertig«, sagte sie zu Galinak.

»Ich glaube, das hier gehört dir.« Galinak warf ihr den Peilsender zu. Er war in der Mitte durchgebrochen. »Aber diesen Skorpion hab ich leider nicht gefunden. Zu schade. Hätte gern ein kleines Tänzchen mit ihm gewagt.«

Vincha nickte ihm dankend zu, ließ das Fenster hochfahren und wendete den Wagen, da streckte ich einen Finger aus. »Ich glaub, da kommt die Kavallerie.«

»Die falsche Sorte Kavallerie.« Vincha beschleunigte genau in dem Augenblick, als ringsum der Boden explodierte.

Ich wurde in meinem Sitz zurückgeworfen und stieß mir den Kopf an dem in den Wagen eingebauten Maschinengewehrsystem.

»Wie schnell ist dieser Shark?« Galinak griff hastig nach seinem Gurt.

»Nicht schnell genug«, gab Vincha zu, »aber es ist schwierig, jemanden zu fangen, den man nicht sieht.« Ihr rotes Haar zuckte in alle Richtungen. »Klappe halten, meine Herren, ich muss mich konzentrieren. Wir gehen in den Tarnmodus.«

Kapitel 55

Peach

»Er ist größer als eine normale Eidechse.« Sergius Blick folgte dem Wesen, das auf allen vieren bergauf rannte. Obwohl ich nicht recht wusste, welche Alternative wir gehabt hätten, war es schwierig gewesen, ihn zu überzeugen, dass die Eidechse mit uns kommen durfte. Irgendwann aber hatte er befunden, dass es angesichts der Alternative, dass sie uns hinterherschlich, besser war, wenn wir sie wenigstens sahen.

»Schneller auch«, fügte Sergiu hinzu. »Ich meine, ich hab immerhin eine Menge über diese Biester gehört und auch ein paar tote Exemplare gesehen. Er dort drüben ist eine schnellere, noch üblere Variante.«

Ich sah zu, wie die Eidechse zu unserer Linken über den hügeligen Untergrund rannte. Hinter ihr wehte eine Staubfahne wie bei einem antiken, mit fossilen Brennstoffen betriebenen Fahrzeug. »Woher weißt du, dass es ein Er ist?«, fragte ich. »Mir ist kein männliches Geschlechtsorgan aufgefallen und ein weibliches auch nicht, aber vielleicht sind sie ja gut verborgen.« Einen fortpflanzungsfähigen Wirtskörper zu erzeugen war sehr kompliziert und teuer, aber dennoch besaßen alle vom Tarakanischen Geheimdienst eingesetzten Wirtskörper sämtliche anatomischen Details mitsamt einer Verbindung zu den entsprechenden Hirnarealen, die Lust oder Schmerz auslösten.

Sergiu zuckte mit den Schultern und verlagerte auf dem Rücken des Maultiers das Gewicht. Wir hatten Sommer zum Lasttier erklärt, den Karren zurückgelassen und uns für den Weg mitten durch die Wildnis entschieden. Zum einen, um Zeit zu sparen, und zum anderen, um Begegnungen zu vermeiden, die bewaffnete Reisende und eine frei laufende Eidechse beinhalteten.

»Nur so ein Gefühl, glaub ich«, sagte er. »Falls er bei uns bleibt und nicht auf einem seiner nächtlichen Ausflüge, wo immer er auch hingeht, beschließt, uns zu ermorden, dann müssen wir ihm früher oder später einen Namen geben. Oh, ich glaub, er hat was gefangen.«

Er hatte recht. Die Eidechse hatte uns bisher nicht mal ihren Namen verraten, verbal oder auf andere Weise. Ihre erste Krallenzeichnung hatte sich als Einmalwunder erwiesen, und anscheinend war sie unfähig oder nicht willens, irgendetwas anderes zu zeichnen. Es war eindeutig, dass sie intelligent war, und sie reagierte auf einfache Anweisungen und Hinweise wie »Halt«, »Warte« oder »Dort drüben«, aber auf Komplizierteres wie etwa die Frage nach ihrer Herkunft oder auch nur ihrem Namen reagierte sie nicht. Ihr Zischen verstand ich nicht, und möglicherweise hieß es auch nichts weiter, als dass sie unsere Aufmerksamkeit auf sich ziehen oder uns vor irgendwas warnen wollte.

Während ich noch darüber nachgrübelte, kam sie zurück. Wie immer wurde die sonst so sanftmütige Sommer bei ihrem Näherkommen nervös, und Sergiu lenkte sie ein Stück weiter weg. Zwischen den Zähnen der Eidechse baumelte etwas. Zuerst hielt ich es für einen kleinen haarlosen Hund, aber als sich die Eidechse auf die Hinterbeine stellte und den Kadaver mit den Klauen aus dem Maul nahm, sah ich, dass es sich um einen ungewöhnlich großen Feldhasen handelte. Erst als die Eidechse den Arm ausstreckte und mir den Kadaver vor die Füße plumpsen ließ, entdeckte ich, dass die ungewöhnliche Größe nicht das Einzige war, was mit dem Hasen nicht stimmte. Ich bückte mich und hob das überraschend schwere Tier auf. Der gebrochene Nacken zeugte von einer sauberen Tötung, aber das war es nicht, was daran seltsam war.

»Dieses … Tier hat zwei Köpfe«, sagte ich. Der zweite Kopf war ein zusammengeschrumpftes, totes Etwas, also … na ja, also noch toter als das ganze Tier, aber ganz eindeutig handelte es sich um einen *verdammten zweiköpfigen Hasen*.

»Japp, manchmal findet man so was hier draußen«, sagte Sergiu ganz nüchtern. »Hasen mit zwei Köpfen, Hirsche mit sechs Beinen. Einmal hab ich auch ein Wildschwein mit sieben Hauern gesehen. Hab mich davon ferngehalten. Die Viecher sind nicht im eigentlichen Sinne giftig oder so, aber die meisten Leute weigern sich, sie zu essen. Man munkelt, sie machen krank oder rufen das Erscheinen von Tätowierungen hervor.«

Seit wir zusammen reisten, verließ die Eidechse nachts das Lager und brachte uns morgens alle möglichen Pflanzenteile, von Blättern und Wildblumen bis hin zu halb verrotteten Äpfeln. Keine Ahnung, wo sie die aufgetrieben hatte. Was wir nicht aßen, also das allermeiste davon, verspeiste die Eidechse selbst. Es war das erste Mal, dass sie uns Fleisch brachte, und ich wusste nicht recht, was ich davon halten sollte.

»Stimmt das mit den Tätowierungen?« Ich sah mir das Tier noch mal an. Das kurze Fell war schmutzig und nahezu farblos.

Sergiu zuckte mit den Schultern. »Keine Ahnung. Wenn so ein Viech klein gehackt und in einer Fleischpastete verbacken wird, schert sich keiner mehr drum. Allerdings ist es den meisten Leuten, die Fleischpasteten essen, sowieso egal, was drinsteckt.«

Ich wedelte mit dem Kadaver. »Dann willst du das essen?«

»Nee, ich glaub, ich verzichte.«

»Ich auch«, sagte ich und warf den Hasen wieder der Eidechse zu.

In einer beiläufigen Bewegung riss sie den Kadaver mit ihren scharfen Krallen entzwei und schaufelte sich erst die eine, dann die andere Hälfte in den Schlund. Es dauerte nur wenige Sekunden, dann war alles vorbei.

Hinter mir kicherte Sergiu belustigt. »Scheint wohl doch kein Vegetarier zu sein.«

»Anscheinend nicht«, murmelte ich.

Die Eidechse drehte sich um und raste wie ein übereifriger Jagdhund wieder davon.

»Glaubt Ihr, dass er uns mästet, damit wir eine bessere Mahlzeit abgeben?« Auf Sergius Gesicht lag noch immer ein Grinsen, aber nur noch gerade so eben.

»Sie probiert ganz eindeutig herum, um uns besser einzuschätzen. Ist Euch schon aufgefallen, dass sie uns niemals etwas zum zweiten Mal anschleppt, das wir nicht beim ersten Mal gegessen haben?«

Sergiu blickte etwas unbehaglich drein. »Ich weiß nicht, Obermajorin. Die Eidechsen, von denen ich sonst so gehört hab, kommen einfach angerannt und reißen einen in Stücke.«

»Die hier scheint anders zu sein.«

»Allerdings. Und wenn es im Tarakan-Tal noch mehr von der Sorte gibt, wundert es mich nicht, dass von den ausgesandten Expeditionen kein Troll mehr zurückkehrt.« Sergiu senkte den Kopf, tief in Gedanken versunken. »Vielleicht ist er einzigartig oder gehört zu einer seltenen Unterart – möglicherweise sind er und seinesgleichen unter den Eidechsen eine Anomalie, so wie es die Gezeichneten für uns sind.«

»Ihr meint, es könnte eine Art Mutation sein?«

»Ich meine, er ist eine Missgeburt.«

Wir setzten uns wieder in Bewegung. Die Wildnis ringsum war mal eine Stadt gewesen. Hier und da blitzten Betonbrocken auf, rostzerfressene Metallpfeiler oder ein kleiner Rest Wand, aber größtenteils war nichts zu sehen bis auf den aufgeworfenen Erdboden. Mein Wirtskörper informierte mich darüber, dass die Gegend ordentlich atomar verseucht war. Kein Wunder, dass hier Hasen mit zwei Köpfen herumrannten.

Mir kam ein Gedanke, und ich sprach ihn aus, ohne groß darüber nachzudenken. »In einer Sache bin ich mir fast sicher: Es oder er ist kein auf natürlichem Weg entstandenes Lebewesen. Es stammt aus irgendeinem Labor. Die Größe, die Kraft und Geschwindigkeit, ein hochflexibles Verdauungssystem, keine sichtbaren Geschlechtsteile und vermutlich eine kurze Lebensspanne – höchstens ein paar Jahre. Erinnert mich an die Engel.«

»Engel?«, fragte Sergiu sofort, fast zu rasch, als wollte er darüber hinwegtäuschen, dass ihm der Begriff durchaus etwas sagte.

»Zu meiner Zeit hat Tarakan Klone gezüchtet, menschliche Körper mit einfacher künstlicher Intelligenz. Sie haben die ganzen manuellen Arbeiten erledigt – haben öffentliche Anlagen gereinigt, sich um die Instandhaltung der Schwebebahn-Schienen, Gärten und Abwasserkanäle gekümmert, wurden als Haushälter und sogar als Babysitter eingesetzt, all so was eben.« Dass sie auch auf dem Schwarzmarkt verkauft worden waren, meist als Sexsklaven oder für noch schändlichere Zwecke, erwähnte ich nicht.

Sergiu nickte mir ermutigend zu. Vermutlich wollte er mich dazu bringen weiterzureden und wartete ab, ob dabei etwas Interessantes herauskam. Das nahm ich ihm nicht übel; ich machte es bei ihm ja genauso, fütterte ihn mit Erzählungen über die frühere Welt an in der Hoffnung, dass er sich mir näher fühlte und sich mir öffnete, sodass ich mehr darüber erfuhr, was – und vor allem wem – ich mich bald gegenübersehen würde.

»Als der Boden dann ein bisschen heißer wurde, in militärischer Hinsicht«, fuhr ich fort, »da hat Tarakan – ich meine, da haben *wir* angefangen, auf dieselbe Weise auch Soldaten zu klonen. Wir haben sie Schutzengel getauft, und sie waren größer, schneller, gefährlicher, sie konnten sehr aggressiv werden, und obwohl sie durch strenge Protokolle im Zaum gehalten wurden, waren sie erheblich intelligenter, um im Chaos einer Schlacht den Überblick zu behalten.« *Vielleicht ist es keine große Überraschung, dass es auch für diese Sorte Engel einen kleinen, aber sehr aktiven Schwarzmarkt gab.* »Diese Eidechse hier erinnert mich an die Schutzengel, aber Schnauze, Klauen und Schwanz … das entspricht nicht dem ursprünglichen Design.«

»Und woran wollt Ihr dann erkennen, dass es sich um einen Schutzengel handelt?«

»Ich habe sie trainiert.« Vor meinem geistigen Auge flammte eine Erinnerung auf. Reihe um Reihe »Frischgeschlüpfter« ragten vor mir auf, in Habachtstellung, pulsierend vor Aggressivität. Mein Wirtskörper erschauerte. »Ich bin sicher, dass diese neue Eidechsenrasse ein Bruder oder zumindest ein direkter Cousin der Schutzengel ist.«

»Ein gefallener Schutzengel also.« Sergiu amüsierte sich sichtlich über seinen eigenen Witz.

»Könnte man so sagen.«

»Wo ich herkomme, da gibt es ein Sprichwort: ›Hüte dich vor deinen nahen Verwandten.‹«

Ich musterte Sergius grinsendes Gesicht unter der Hutkrempe, aber die Erinnerungen, die meine Erzählung wachgerufen hatten, verschlechterten meine Laune zusehends. »Hört besser auf, solange Ihr noch Oberwasser habt, Sergiu.« Ich warf einen Blick auf den kleinen Bildschirm in meiner Hand. »Wir haben noch einen langen Weg vor uns.«

Kapitel 56

Funkelauge

»Vincha, Rost noch mal, fahr endlich langsamer«, brüllte ich über den Motorenlärm hinweg.

Aber Vincha, mit unnatürlich aufgewühltem Haar und einer Schutzbrille über den Augen, tat weiterhin so, als hätte sie mich nicht gehört. Obwohl wir weit, weit entfernt waren von dem Magnetfeld des Tarakanischen Highways, beließ sie den Shark im Tarnmodus und heizte mit haarsträubender Geschwindigkeit durch den Wald. Jedes Schlagloch in der unebenen Schotterstraße, das wir ausließen, machte sie mit ihrer aggressiven, fast hysterischen Fahrweise wieder wett. Der Shark raste im Zickzack haarscharf an umgestürzten Bäumen, Felsen und unzähligen Trümmern vorbei. Immer wieder warf es mich heftig in die Gurte. Der leichenblasse Galinak saß vorn und stöhnte. Nährpillen hin oder her, ich war sicher, dass er jeden Augenblick seinen gesamten Mageninhalt ausspucken würde. Und ich selbst konnte es bestimmt auch nicht mehr lange aufhalten.

Wie als Antwort auf meine Gebete erklang auf einmal ein leises, aber eindringliches Piepen. Aus dem Augenwinkel sah ich die Energieanzeige rot aufleuchten. Wenn ich mich recht erinnerte, war sie noch fast voll gewesen, als wir vom Schlachtfeld geflohen waren, um Sellika und ihrer Bande Highway-Piraten zu entgehen, aber Tarakanische Tarn- und

Schwebetechnologie hatte einen hohen Preis. Vincha fluchte leise und tat so, als würde sie den immer lauter werdenden Alarm nicht hören. Es dauerte jedoch nicht lange, bis sie sich gezwungen sah, das Tempo zu drosseln. Eine Weile später fuhr sie die Räder aus, und der Wagen kam zum Stehen.

Die Türen glitten hoch, Vincha stieg aus, und von draußen wehte kühle Waldluft herein. Ich lehnte mich zurück und schloss die Augen, zuckte nicht einmal, als sich Galinak abschnallte und einfach seitlich aus dem Wagen plumpste. Als ich eine Weile später die Augen öffnete, war Vincha schon wieder da, einen kleinen schwarzen Kasten in der Hand. Sie klappte das Lenkrad hoch und öffnete den Kasten. Darin befanden sich drei blau leuchtende, voll geladene Energiediamanten. Vincha zupfte ihren Lederhandschuh zurecht, nahm einen der Steine heraus und riss den leeren Diamanten aus der dafür vorgesehenen Vertiefung.

»Die Teile sind *sehr* teuer«, merkte ich an. »Und selbst in guten Zeiten verdammt schwer zu kriegen.«

»Tja, was soll ich sagen? Ich bin eben ein tüchtiges Mädchen.« Vincha rammte den leuchtenden Diamanten in die Buchse, lehnte sich zurück und tippte ungeduldig mit den Fingern aufs Lenkrad, während sie darauf wartete, dass der Shark wieder zum Leben erwachte.

»Ich glaub trotzdem nicht, dass du genug von den Dingern dabeihast, um während der gesamten Reise im Tarnmodus zu fahren«, sagte ich. Als Galinak wieder zurück auf seinen Platz kroch, fügte ich hinzu: »Und wir haben keine Ahnung, was wir bei unserer Ankunft vorfinden. Falls deine Tochter bereits entführt wurde, müssen wir hinterher.«

Vincha legte den Kopf schief, und eine Strähne ihres roten Haars fing an zu zucken. »Oh, sie ist noch da«, sagte sie. »Noch kann ich sie zwar nicht orten, aber wenn wir erst in der Nähe sind …«

»Also ist es wahr.« Ich redete vor allem deshalb weiter, damit wir noch ein klein wenig länger stehen blieben. »Puorpan hat erzählt, dass du Emilija etwas unter die Haut implantiert hast, damit du sie immer wiederfindest.«

»Oh, das hat er dir also erzählt, ja?« Vincha packte das Lenkrad fester. »Für den Verrat wird der alte Rosteimer bezahlen.«

»Er hat nur deshalb mit mir geredet, weil ich ihm gesagt hab, dass ich dich warnen muss, und ihn zu überzeugen hat eine ganze Weile gedauert. An deiner Stelle würde ich es ihm nicht übelnehmen.« Ich sah vor mir, wie Vincha damals unter Lehrmeister Harims höflicher, aber unerbittlicher Befragung zusammengeknickt war, und fügte hinzu: »Jeder hat seine Schwachpunkte.«

»Und den Code hat er auch weitergegeben, sodass dieser *Agent* sie ebenfalls finden kann.« Vincha fluchte wütend. »Wir kennen uns schon lange, Puorpan und ich, aber ich hätte wissen sollen, dass ihm nicht zu trauen ist.«

»Er hatte keine andere Wahl«, sagte ich, und weil ich mich aus irgendeinem Grund sehr über sie ärgerte, setzte ich stumm hinzu: *Und ausgerechnet du solltest anderen Leuten wirklich keinen Vortrag über Verrat halten*.

Vincha antwortete nicht, und ich fragte mit sanfterer Stimme: »Wann hast du Emilija zum letzten Mal gesehen?«

»Was bildest du dir eigentlich ein, Funkelchen, hm?«, blaffte sie mich an. »Versuchst du es schon wieder mit deinen kleinen Tricks? Vergiss es. Ich lasse auf keinen Fall zu, dass du meine Tochter zu deinen Tarakanischen Meistern verschleppst, die sie dann opfern.«

»Niemand will sie opfern«, protestierte ich. »Rafik war noch am Leben, als wir ihn in der Stadt unterm Berg getroffen haben, ein erwachsener Mann in der Blüte seiner Jahre.«

»Drauf geschissen. Wer sagt denn, dass er's wirklich war?«

Mit jedem Wort loderte Vinchas berüchtigtes Temperament höher. »Kann ebenso gut sein, dass er nichts weiter war als ein Bild. Dieser Adam hat uns alle ausgetrickst und auf eine völlig selbstmörderische Mission geschickt, schon vergessen?« Sie wandte sich zu mir um. »Alle sind gestorben, auch Bayne, und ohne dieses völlig irrwitzige Abkommen, das du in letzter Sekunde getroffen hast, wärt ihr beiden ebenfalls Eidechsenfutter gewesen. Also versuch bloß nicht, mir mit diesem Gefasel über die guten Absichten Tarakans die Kabel zu verknoten.«

Die Erinnerung an den einzigen Troll, der sie je aufrichtig geliebt hatte, schien Vincha schwer aufzuwühlen. Statt den Knopf für die Türen zu drücken, ließ sie die geballte Faust darauf niedersausen. Galinak stöhnte auf, aber Vincha schaltete nicht wieder in den Schwebemodus, sondern fuhr auf vier Rädern weiter. Anscheinend war ich wenigstens teilweise zu ihr durchgedrungen.

»Sie haben dich ordentlich aufgemotzt.« Ich gab nicht nach. »Und soweit ich es beurteilen kann, verursachen deine Mods kein Abstoßungsfieber, und du brauchst kein Skint, um die Schmerzen erträglich zu machen.«

»Das haben sie nur gemacht, weil es für sie von Vorteil war, Funkelauge.« Wieder sah mich Vincha über die Schulter an und kniff die Augen zusammen. »Erzähl mir doch mal, wie war's denn so? Du warst fünf Jahre in Adam. War es schön? Viel Spaß gehabt?« Als ich die Antwort schuldig blieb, schnaubte sie abfällig. »Du erinnerst dich nicht, stimmt's? Die haben euch einfach eingelagert, wie Dörrfleisch, und vergessen, dass es euch jemals gegeben hat. Die haben euch nur aufgeweckt, um nach mir zu suchen, Funkelauge, und ich tipp mal darauf, dass ihr diesmal ebenso wenig eine Wahl hattet wie beim letzten Mal.« Meine Miene musste mich verraten haben, denn sie lachte leise und zynisch. »Du und dein kleiner, von Übelkeit geplagter Schoßhund, ihr seid für sie nichts weiter als zwei Karten auf ihrer Hand.« Im Rückspiegel begegneten sich unsere Blicke, und sie zwinkerte mir zu. »Zwei ausgespielte Karten.«

»Und welche Alternative schlägst du vor?« Meine Stimme war lauter, als ich mir gewünscht hätte. Vincha ging mir ordentlich aufs Kabel. »Willst du Emilija in einer Welt festhalten, in die sie gar nicht gehört? In der sie die ganze Zeit vom großen Puzzle träumt und Sehnsucht hat nach einem Tal, in dem es von Eidechsen nur so wimmelt? Nein, versuch gar nicht erst, mir zu erzählen, du könntest sie zurückhalten. Deine Tochter muss inzwischen eine erwachsene Frau sein. Wie lange, meinst du denn, kannst du sie noch aufhalten?«

Bei dieser verbalen Attacke schoss der Shark auf einmal mit gefährlicher Beschleunigung vorwärts, aber meine eigenen Zweifel und meine Wut hatten mich zu sehr im Griff, als dass ich auf die Warnzeichen geachtet hätte. »Wann hast du sie zum letzten Mal gesehen oder mit ihr gesprochen?«

»Kümmer dich um deinen eigenen Rost«, knurrte Vincha.

Ich änderte die Taktik. »Die Energiediamanten, die du gestohlen hast, sind verdammt teuer, sogar für eine erfolgreiche Schmugglerin wie dich. Man muss einen *Haufen* Aufträge erledigen, um sich ganz allein das Futter für einen Shark zu leisten, wenn man nicht gerade unter die Piraten geht.«

»Woher willst du wissen, dass ich nicht unter die Piraten gegangen bin?«

»Weil man ein vierköpfiges Team braucht, um einen Shark anständig zu nutzen«, entgegnete ich hitzig. »Einen Fahrer, einen Kanonier und zwei, die sich um die Straßensperre kümmern, und da reden wir nur von dem Kleinkram, nicht von richtiger Highway-Piraterie. Um es mit einem Supertruck aufzunehmen, brauchst du mindestens noch zwei weitere Sharks. Und außerdem hält sich ein Pirat nicht damit auf, einem Barbesitzer ein paar Flaschen Moonshine zu verticken.«

»Und gibt es sonst noch irgendwas, das du mir im Rahmen deiner meisterlichen Deduktion mitteilen willst?«

»Funkel«, ächzte Galinak mahnend, aber ich war jetzt so richtig in Schwung.

»Und zu guter Letzt: Wie gesagt, für die Piraterie braucht man ein Team. In den Augen aller anderen können deine Leute Scheißkerle und Mörder sein, aber du selbst musst ihnen ebenso sehr vertrauen wie sie dir. *Wenn* man Galinak und mich mitzählt, hast du aber nur zwei Freunde auf der ganzen Welt.«

Vincha schnaubte verächtlich.

»Nein, Vincha, du bist ganz eindeutig eine Schmugglerin. Eine gute, kann schon sein, aber wie immer denkst du nur an dich selbst und haust alle anderen übers Ohr, weil du der Meinung bist, dass du sowieso niemanden brauchst.«

»Halt dein rostiges Maul, Funkelauge.« Der Shark wurde immer schneller, aber das galt auch für mein Mundwerk.

»Schmuggeln zahlt sich heutzutage aus, mehr noch als die Piraterie, würde ich mal vermuten, aber du musst immer weiterarbeiten, um deinen Shark zu füttern. Und diese Sellika klingt nicht wie eine Frau, die zulässt, dass du einfach in ihrem Revier wilderst. Sie nimmt Prozente, und zwar ordentlich. Also bringst du dein Kind für eine Handvoll Münzen bei Fremden unter und vergisst es dort, damit du das Leben führen kannst, das dir gefällt?«

Vincha stieg hart auf die Bremse, und ich wurde nach vorn geschleudert. Wegen der unebenen Straße oder vielleicht auch absichtlich wirbelte der Shark ein paarmal um die eigene Achse. Als ich wieder halbwegs zu mir kam, hatte sich Vincha bereits umgedreht und pflanzte dem nichtsahnenden Galinak die Faust geradewegs in die Fresse. Er ging sofort k. o., und im nächsten Moment blickte ich in die Mündung einer Energiepistole.

»Raus hier«, sagte sie.

Unter Aufbietung meiner gesamten Selbstdisziplin riss ich den Blick vom Lauf los und sah Vincha in die Augen. Sie hatte den Spieß umgedreht, und ich war mir nicht sicher, ob sie nicht vielleicht wirklich abdrücken würde.

»Nein«, sagte ich und hoffte, meine Stimme wäre zwar leise, aber trotzdem entschlossen.

Vincha drehte kurz das Handgelenk, sodass ich sehen konnte, dass die Waffe keinen Betäubungsmodus besaß. »Das ist kein Witz, Funkelauge. Ich hab dein Geplapper so was von satt. Zum Rost noch mal, raus mit dir. Ich hab nur deshalb noch nicht abgedrückt, weil ich meine Rückbank nicht mit deinem Hirn vollspritzen will.«

»Nein.« Langsam schüttelte ich den Kopf. »Du wärst eine Idiotin, mich zu erschießen.«

Sie zielte weiterhin auf mich, aber ich sah in ihren Augen, dass die Vernunft ganz langsam wieder durch den Nebel ihrer Wut emporstieg.

»Du brauchst mich immer noch, Vincha. Du brauchst *uns*«, sagte ich ein wenig zu hastig und verriet damit, wie nervös ich war. »Ich weiß, wie der andere Agent aussieht, und wenn die Sache hässlich wird, so wie im *Glücksrad*, dann hast du ganz sicher gern jemanden wie Galinak an deiner Seite.«

Der Lauf senkte sich ein Stück, aber ein Bauchschuss wäre nur eine langsamere, schmerzhaftere Variante eines Kopfschusses.

»Jemand ist unterwegs, um deine Tochter zu entführen und sie zu diesem Mannes zu schaffen. Ich weiß, dass du von ihm gehört hast, wir haben alle schon von ihm gehört, und was man sich über ihn erzählt, lässt Nakamura, dieses Ungeheuer, wie einen netten Onkel wirken.« Ich sah ihr in die Augen. »Du schaffst das nicht allein, diesmal nicht. Zuerst halten wir den auf, der sich Emilija schnappen will, und dann finden wir eine Lösung, eine *friedliche* Lösung, für das Problem mit Tarakan.«

»Zum Teufel mit dir und deiner rostigen Argumentation, Funkelauge.«

Ich wartete, bis der Shark wieder losrollte, dann fragte ich: »Wie geht es Galinak?«

Vincha warf einen Blick zur Seite. »Wird gleich wieder wach. Ich dachte, ich hätte ihm den Kiefer gebrochen, aber anscheinend hab ich mich geirrt.« Sie klang bedauernd. »Diese Körper, die sie euch gegeben haben, können ganz schön was einstecken.«

»Nicht genug, wenn du mich fragst«, erwiderte ich.

»Tja, irgendwie schaffst du es immer, mitten in die dickste Scheiße zu geraten.« Vincha schüttelte den Kopf und beschleunigte. »Und mich ziehst du mit rein.«

»Wie lustig – dasselbe dachte ich gerade über *dich*«, sagte ich im Plauderton, als hätte Vincha nicht eben noch eine Pistole auf mein Gesicht gerichtet. Anscheinend stiegen wir gerade beide ganz langsam und vorsichtig vom emotionalen Berggipfel herunter, den wir eben im Laufschritt erklommen hatten.

»Hilf mir einfach, meine Tochter zu finden«, murmelte Vincha und klappte wieder die Fahrbrille über die Augen.

Ich lehnte mich zurück und grübelte darüber nach, was wir tun sollten, wenn wir das erst einmal geschafft hatten, aber mir fiel ums Verrecken nichts ein.

Kapitel 57

Mannes

»Die Kavallerie kommt. Ist noch einen Kilometer entfernt«, verkündete Bria, sein bisher langlebigster Captain, über Komm.

Mannes antwortete nicht darauf. Er rückte die Fellkapuze seines Mantels zurecht und versuchte, nicht über die Kälte nachzudenken. Nach jahrzehntelangem Zickzackkurs kreuz und quer durch Russland und Sibirien hatte er sich geschworen, nie wieder knietief im Schnee zu stehen. Und jetzt tat er genau das. Nur ein weiterer gebrochener Eid auf einer langen Liste, die er in einem Leben voller Betrug und Verrat zusammengesammelt hatte.

Ich stelle noch den letzten Bauern aufs Feld, und dann kann das Spiel beginnen, dachte er. Dieser letzte Bauer allerdings war unverzichtbar.

Mannes warf einen Blick über die Schulter. Sechs bewaffnete Wachen und die beiden Gefangenen befanden sich auf halbem Weg zwischen ihm und der offenen Scheune. Er drehte den Kopf wieder nach vorn. Neben ihm standen ein Klapptisch, zwei Stühle, eine verschlossene Flasche und zwei zierliche Gläser.

Auf der Hügelkuppe erschienen die Truppen des Ölbarons, und Mannes unterdrückte ein Lachen. Captain Bria hatte nicht gescherzt, als sie *Kavallerie* gesagt hatte. Er sah mehrere Dutzend Schneemobile und ein paar schwerere bewaffnete

Fahrzeuge, aber die Mehrzahl der Leute saß auf dem Pferderücken.

»Da ist noch ein zusätzlicher Fußtrupp«, teilte ihm Captain Bria mit, »sie nähern sich unserer Flanke.«

Der kleine Pisser versucht, mir in die Seite zu fallen.

Sie waren alle gleich, diese Warlords und selbst ernannten Könige und Königinnen, Verbrecher und organisierten Plündererbanden, denen er begegnet war. Sie alle griffen auf dieselben primitiven Taktiken und billigen Tricks zurück. Mannes war fast enttäuscht. Aber trotzdem – der Gegner war seinen eigenen Trupps zahlenmäßig zehn zu eins überlegen.

»Vorbereitungen treffen«, sagte er über Komm, »aber nicht angreifen, ehe es nicht unbedingt sein muss.«

Zwei Dutzend Reiter und mehrere Fahrzeuge setzten sich in Bewegung. Der Großteil der Armee blieb zurück.

»Meister, sie haben mehr Wachen dabei als vereinbart.« Captain Bria klang gar nicht glücklich.

»Nur die Ruhe, Captain. Er präsentiert uns nur ein bisschen seinen Schwanz.«

»Ich habe nur acht Scharfschützen postiert. Wenn Schüsse fallen sollten …«

»Captain. Ich weiß Eure Vorsicht zu schätzen, aber ich habe so etwas wortwörtlich schon getan, ehe Ihr überhaupt geboren wurdet. Er wird mich nicht erschießen, ohne sich vorher anzuhören, was ich anzubieten habe.«

Das zu sagen war das eine. Den auf ihn zujagenden Trupps entgegenzublicken etwas völlig anderes. Die Berittenen umkreisten Mannes und seine Wachen mit schussbereiten Waffen. Schneemobile und das gepanzerte Fahrzeug hielten ein kleines Stück entfernt. Aus dem gepanzerten Wagen stieg eine schlanke Gestalt, gefolgt von zwei gewaltigen Hunden.

Junge Gegner sind am allergefährlichsten. Sie sind unberechenbar und neigen zu übereilten, unlogischen und oft katastro-

phalen Entschlüssen. Aber Mannes setzte auf eine emotionale Entscheidung, um zu bekommen, was er wollte.

Der junge Mann kam auf ihn zu, Leibwächter und Hunde im Schlepptau. Die Soldaten trugen Lederrüstung unter den Pelzen, und die hohen Stiefel waren mit Nägeln beschlagen, um besseren Halt auf dem vereisten Boden zu finden.

Der junge Mann trug das lange blonde Haar zu einem Zopf gebunden. Seine Kleidung war schlicht und schmucklos und stellte auch keinen Überfluss an Metall zur Schau. Das Gesicht war sorgfältig rasiert und wirkte sehr jung, abgesehen von den hässlichen Klauennarben auf beiden Wangen.

Höchstwahrscheinlich irgendein Initiationsritus oder irgendein Symbol für seine Männlichkeit und den Führungsanspruch über die Truppen, die seinem Vater treu ergeben waren.

Allein an seinem Gürtel zählte Mannes drei Handfeuerwaffen, auf dem Rücken trug der Junge ein Scharfschützengewehr und an jedem Schenkel ein Jagdmesser.

Einige Meter von Mannes entfernt blieb er stehen und wartete. Musterte aufmerksam seine Umgebung.

Vielleicht doch kein völliger Dummkopf.

Mannes packte die Gelegenheit beim Schopf, als Erster das Wort zu ergreifen. »Ich danke Euch, dass Ihr gekommen seid, Euer Hoheit.«

Kühl blickte der Mann ihm in die eingesunkenen Augen. »Man nennt mich den Ölbaron, alter Mann, ich bin kein verdammter König.«

Mannes neigte den Kopf. »Aber Ihr seid in jeder nur erdenklichen Hinsicht König dieses Landes, ist es nicht so?«

»Könige sind schwach«, entgegnete der junge Mann verächtlich. »Umringt von verdammten Speichelleckern und Arschkriechern. Ein Baron dagegen vergisst nie, an welcher Stelle der Nahrungskette er sich befindet. Stark in seinem eigenen Land, aber stets von allen Seiten unter Beobachtung.«

Mannes breitete die Hände aus. »Dann also Ölbaron, mein Lord.«

»Und Ihr seid …«

»Mannes. Einfach nur Mannes. Ich brauche keinen Titel.«

»Nun, Mannes … sind das dort drüben meine Männer?« Der Ölbaron nickte in Richtung der kleinen Gruppe hinter Mannes.

»Ja.« Mannes hob die Hand, und zwei Wachen brachten die Gefangenen.

»Wie versprochen, wurden Eure Männer nicht misshandelt, und wir haben ihnen zu essen gegeben und dafür gesorgt, dass sie nicht frieren«, sagte Mannes, während seine Wachen den Gefangenen die Fesseln durchschnitten.

Sobald sie frei waren, fielen die beiden vor dem Ölbaron auf die Knie. Er beugte sich vor, ergriff ihre Hände und half ihnen auf. »Ist alles in Ordnung, mein lieber Cousin?«, erkundigte er sich sanft bei einem von ihnen, die Augen voller Besorgnis.

»Es tut mir leid, Baron«, antwortete der Angesprochene, ohne den Blick vom Boden zu heben. »Sie haben uns überrumpelt. Wir konnten nichts tun.«

»Es ist alles in Ordnung, Udinas.« Der Ölbaron sprach so laut, dass alle Umstehenden ihn hörten. »Deine Schande wird rituell getilgt werden. Jetzt nimm deinen jüngeren Bruder mit und lauf dir die Kälte aus den Knochen.« Er zeigte auf eine größere Gruppe Berittener oben auf dem Hügel. »Ich habe sogar deine Lieblingsstute mitgebracht, damit sie dich nach Hause trägt. Deine Frau und deine Kinder warten schon auf dich.«

Udinas' Augen leuchteten vor lauter Erleichterung auf, und er verneigte sich und wollte die Hand des Ölbarons küssen, der aber hinderte ihn daran. »Geht schon«, sagte er, und die beiden setzten sich in Bewegung.

Der Ölbaron sah ihnen einen Augenblick lang hinterher, wie sie durch den tiefen Schnee davonstapften, dann drehte er sich wieder zu Mannes um. »Ich schätze, ich habe Euch dafür zu danken, dass Ihr meine Blutsverwandten am Leben gelassen habt«, sagte er.

»Ich wollte ihnen nichts Böses.« Mannes zuckte mit den Schultern. »Und ich nehme an, Ihr habt meine Geschenke erhalten.«

»Ja, das habe ich.« Der Ölbaron nahm das Energie-Scharfschützengewehr von seinem Rücken und löste die Abdeckung. »Eine wahre Schönheit«, sagte er, schaltete das Gewehr ein und aktivierte den Zielmechanismus. »Eine so hochentwickelte Waffe habe ich noch nie zuvor besessen.«

»Ich freue mich, dass sie Euren Gefallen findet«, sagte Mannes, »und nur zur Warnung, Ölbaron: Ich habe mehrere Scharfschützen auf dem Gelände postiert, die Euch den Kopf wegschießen, solltet Ihr dieses Gewehr auf mich richten.«

»Oh, guter alter Mann, nie würde ich an einen solchen Verrat auch nur denken.« Der Ölbaron schüttelte den Kopf. »Aber ich hätte da eine Frage wegen dem Rückstoß, wenn man die Waffe abfeuert.« Der Ölbaron wirbelte herum, legte die Waffe an und zielte auf einen der ehemaligen Gefangenen. »Kopfschuss«, rief er und drückte den Abzug durch. Es gab ein lautes *Wuuusch*, und der Kopf des Manns, der neben Udinas entlangstapfte, explodierte und löste sich in einen Regen aus Blut und Gewebe auf. Der blutbespritzte Udinas erstarrte kurz, dann fing er an zu schreien.

Der Ölbaron wandte sich wieder Mannes zu. »Seht Ihr? Ein wirklich übler Rückstoß.«

»Ihr müsst die Energie ein bisschen runterregeln.« Mannes zeigte auf den Schalter. »Dann gibt es praktisch keinen Rückstoß mehr, und außerdem schont Ihr die Energiezelle.«

»Zeigt es mir.«

Mannes gab einem seiner Männer einen Wink, und er ging auf den Ölbaron zu. Die beiden Hunde, die sich hingelegt hatten, erhoben sich rasch, knurrten und zeigten die Zähne.

»Ganz ruhig«, sagte der Ölbaron, und sie gehorchten sofort. Er händigte Mannes' Leibwächter das Gewehr aus, und der stellte die Waffe richtig ein und reichte sie ihm zurück. »So müsste es gehen«, sagte er.

Udinas war inzwischen losgerannt, hielt auf den Wald zu, um dort Deckung zu suchen.

Der Ölbaron legte auf ihn an. »Linkes Bein«, sagte er und zog den Abzug durch. Diesmal war die Entladung kaum hörbar, und Udinas fing an zu hinken und zu hüpfen. »Das ist wirklich sehr viel angenehmer.« Der Ölbaron zielte erneut. »Rechtes Bein.«

Udinas stürzte in den Schnee und blieb liegen. Der Ölbaron reichte das Gewehr einem seiner eigenen Männer. »Sie haben sich ergeben«, sagte er zu Mannes, der langsam nickte.

»Ich weiß genau, was Ihr meint.«

Hinter dem Ölbaron kroch Udinas inzwischen auf die Bäume zu. Ohne sich umzudrehen, stieß der Ölbaron einen leisen Pfiff aus, und die beiden riesigen Hunde wirbelten herum und nahmen die Spur des Gestürzten auf.

»Wollen wir uns setzen?« Mannes deutete auf den Tisch. »Oder möchtet Ihr Euch lieber in die Scheune begeben? Dort ist man etwas besser vor dem Wetter geschützt.«

Der Ölbaron schnaubte. »Wir Nordländer sind die Kälte gewohnt.«

Er setzte sich, und Mannes nahm ihm gegenüber Platz und griff nach der Flasche. »Das hier ist ein seltener Tropfen – ich habe ihn aus einem anderen Land und einer anderen Zeit mitgebracht. Man nennt dieses Getränk Wodka.« Mannes nickte einem seiner Leute zu, und der Mann nahm die Flasche, öffnete sie und schenkte ihnen ein. »Ich hatte mal sechs Flaschen davon, dies hier ist die letzte. Ich habe sie für eine besondere Gelegenheit aufgespart.« Er hob sein Glas. »Auf Eure Gesundheit, Ölbaron.« Er stürzte alles in einem Zug hinunter.

Der Ölbaron nahm sein gefülltes Glas, betrachtete die Flüssigkeit darin eingehend, und dann drehte er das Glas langsam und demonstrativ um und goss den Wodka auf den frostharten Boden. In seinem Rücken fing Udinas an zu schreien – die beiden Hunde hatten ihn erreicht. Es dauerte nicht lange, bis sie den Verwundeten zum Schweigen gebracht hatten. Der Ölbaron wandte nicht einmal den Kopf.

O ja, du eignest dich gut für diese Aufgabe.

»Ich habe noch mehr Waffen wie die, die ich Euch gegeben habe, sogar noch bessere«, sagte Mannes und beugte sich vor. »Ich kann Euch Maschinengewehre beschaffen, Energiezellen, Schulterkanonen und das Beste von allem: Kriegsmaschinen aus der Zeit vor der Katastrophe. Früher nannte man solche Maschinen Panzer. Ein einziger Schuss würde dieses so stabil aussehende Haus dort drüben«, Mannes deutete auf ein verlassenes, halb im Schnee versunkenes Gebäude, »vollständig ausradieren. Ich kann Euch zeigen, wie man damit umgeht, und Eure Männer darin unterweisen.«

»Ihr macht mir da ein paar heiße Versprechungen.« Der Ölbaron lehnte sich zurück. »Aber Worte schmelzen kein Eis.«

»Oh, ich kann Euch mehr geben als nur Worte, viel mehr als das, Ölbaron.« Mannes hob das erneut gefüllte Glas an die Lippen. »Ich kann Euch die beiden Dinge verschaffen, nach denen Ihr Euch mehr sehnt als nach allem anderen.« Er vergewisserte sich, dass er die volle Aufmerksamkeit des Ölbarons besaß, ehe er sagte: »Freiheit und Rache.«

»Wir sind ein freies Volk, Fremder.« Der Ölbaron blies sich auf. »Das Öl hält uns warm in den langen Wintern, und der Süden ist von unseren Lieferungen abhängig. Wenn wir wollten, könnten wir sie jederzeit aushungern.«

»Mit Verlaub, Ölbaron, Ihr seid in der Tat tapfere Krieger, aber es ist der Süden, der *Euch* an der langen Leine hält und Euch nur mager entlohnt für Euer kostbares Öl. Euer Vater hat versucht, das zu ändern, und Eure Trupps haben ehrenhaft gekämpft, aber er hat sich verausgabt. Euren Truppen ging erst die Nahrung aus, dann die Munition, und am Ende habt Ihr alles, was Ihr erobert hattet, wieder verloren. Als der Süden Euch wieder in den Norden zurückgetrieben hatte, hat er Euch ausgehungert, statt Mann gegen Mann zu kämpfen, bis Euer Vater keine andere Wahl hatte, als dieses beschämende Abkommen zu unterschreiben. Er ist in Schande gestorben, in seinem Bett. Und jetzt lässt die Stadt der Türme Euch hier oben im Norden zittern, mit Euren Pferden und alten Pistolen, und Ihr müsst sie mit allem versorgen, was sie benötigen.«

Der Ölbaron sprang auf, seine Augen loderten gefährlich vor Zorn. »Wenn Ihr glaubt, dass eine Handvoll Geschenke Euch das Recht gibt, mich zu beleidigen«, fauchte er, »dann werdet Ihr sehr bald herausfinden, dass Ihr Euch irrt.« Er pfiff, und die Hunde, die sich über Udinas' Leiche hergemacht hatten, hörten sofort auf zu fressen und rannten herbei. Hechelnd und mit blutverschmierten Fängen nahmen sie neben ihrem Herrn Aufstellung.

Mannes gab sich ungerührt. »Ihr habt mich missverstanden, Ölbaron. Euer Vater war ein kühner Mann, ihm fehlte nur die richtige Ausrüstung, und er ist zu tief in den Süden vorgestoßen. Ihr werdet diesen Fehler nicht wiederholen. Ich kann Euch alle benötigten Waffen zur Verfügung stellen und Euch die richtige Strategie zeigen, um die Stadt der Türme langsam auszubluten, bis sie am Ende ihre Truppen aussenden muss, die Ihr dann einfach abschlachten könnt.«

Der Ölbaron bezähmte sein Temperament. »Und im Gegenzug erwartet Ihr …«

»Männer. Fünf Eurer Männer für jeden, den ich Euch überlasse, und etwas Öl vielleicht. Aber vor allem will ich, dass Ihr die Stadt der Türme mindestens drei Jahre lang beschäftigt. Erobert Boden, den Ihr leicht halten könnt, spielt Katz und Maus mit ihnen, trefft sie da, wo es wirklich wehtut. Hungert sie langsam aus, so wie sie Euren Vater ausgehungert haben.«

Berechnung trat in die Augen des Ölbarons. »Und wo habt Ihr diese Waffen her?«

»Tarakan hat früher eine Militärfabrik und eine Militärbasis in dieser Gegend unterhalten«, sagte Mannes. »Als sich die Vereinte Allianz des Nordens gegen Tarakan formierte, hat die hiesige Regierung versucht, die Basis zu übernehmen. Tarakan drohte damit, das gesamte Gebiet zu zerstören, aber am Ende fand sich eine friedliche Lösung, ein Kompromiss: Die Basis wurde versiegelt, einschließlich aller darin befindlichen Waffen.«

»Ihr seid ein Schwachkopf.« Im Lächeln des Ölbarons lag kein Funken Heiterkeit. »Und zwar ein Schwachkopf, der schon sehr bald tot sein wird. Wir wissen über diese Basis Bescheid, aber niemand kommt hinein oder heraus. Glaubt mir, mein Großvater und mein Vater haben es beide versucht.«

»Man braucht einen bestimmten Schlüssel dafür«, antwortete Mannes gelassen und gab das zuvor verabredete Zeichen. »Einen sogenannten Puzzler.«

In der Scheune hinter ihm ertönte ein gewaltiges Rumpeln, und eine riesige Maschine kam herausgefahren. Sie verfügte über drei Kanonen, und auf dem Dach waren mehrere Maschinengewehre montiert. Die beiden Hunde wichen winselnd zurück, und die Truppen des Ölbarons gerieten in Unordnung, weil mehrere Pferde scheuten.

»Zum Glück halte ich einen dieser Schlüssel in meinen Händen«, fuhr Mannes ruhig fort. Er stand auf, goss erneut Wodka ins Glas des Ölbarons und reichte es ihm. Der junge

Mann war so gebannt vom Anblick der gewaltigen Maschine, dass er es entgegennahm, ohne hinzusehen.

Die Kanonen des Panzers schwangen herum und gaben einen Schuss ab, und das Haus, auf das Mannes zuvor gezeigt hatte, löste sich in einen Trümmerhaufen auf. Die Druckwelle warf den kleinen Tisch um, der zwischen Mannes und dem Ölbaron stand, und die Pferde gerieten nun vollends in Panik.

Mannes hob das Glas an die Lippen, während ringsum lauter verzweifelte Männer versuchten, die Pferde wieder zu beruhigen. »Trinken wir auf unseren Sieg.«

Diesmal trank der Ölbaron seinen Wodka.

Kapitel 58

Funkelauge

Galinak brach die letzten Bretter heraus, mit denen die große Scheune zugenagelt war, obwohl wir uns ebenso gut darunter hätten hindurchducken können. Obwohl er kein Wort darüber verloren hatte, nahm ich an, dass sein Stolz immer noch verletzt war, weil Vincha ihn einfach k. o. geschlagen hatte. Der säuerliche Gestank, der uns entgegenschlug, brachte sogar mich dazu, das Gesicht zu verziehen. Vincha presste eine Hand vor Mund und Nase. Es war ein Geruch, der wohl schon lange zwischen diesen Wänden hing, und während sich unsere Augen ans Zwielicht anpassten, gewöhnten wir uns daran.

»Das Haus sieht verlassen aus.« Ich betrachtete den Boden vor der Scheune, in dem sich klar erkennbar Reifenspuren abzeichneten. »Und hier drinnen halten sich der Gerber und seine Familie auch nicht versteckt.«

»Rostpisser«, fauchte Vincha.

»Glaubst du, die haben sie mitgenommen?«

Vincha schüttelte den Kopf, und ich sah eine Haarsträhne zucken, als sie versuchte, ihre Tochter zu orten. »Sie war irgendwo in der Gegend, als wir angekommen sind, aber hier oben war es schon immer Glückssache mit dem Signal. Wahrscheinlich wegen der Berge.«

Du hast ihr einen Peilsender unter die Haut implantiert, damit du sie findest, wenn sie entführt wird, aber um ganz sicher-

zugehen, hast du sie trotzdem in einer Gegend versteckt, in der man sie schlecht orten kann, dachte ich, und dann entdeckte ich, dass jemand etwas in einen Pfeiler geritzt hatte. Es waren Symbole – drei Halbmonde und ein Dreieck. Zumindest waren wir hier richtig.

Ehe ich etwas sagen konnte, ertönte über uns im Dachgebälk ein leises Knirschen, und Galinak und ich reagierten auf dieselbe Weise: Wir wirbelten herum und suchten in unterschiedlichen Richtungen Deckung. Vincha blieb einfach stehen und sah hoch, einen neuen Hoffnungsschimmer in den Augen.

»Emilija?«, rief sie. »Ich bin's, deine Mama.«

Ich änderte meinen Sichtmodus und entdeckte zwei Gestalten, die sich hoch oben in die äußerste Ecke drückten. Ein junger Mann und eine Frau.

Ich steckte den Friedensstifter ins Schulterhalfter zurück und trat in die Mitte der Scheune. »Kommt raus«, rief ich, und dann fügte ich hinzu, begleitet von einem bedeutungsvollen Blick zu Vincha und einer beruhigenden Geste: »Ihr beide.«

Vincha riss die Augen auf, und ihre Kiefermuskeln traten hervor. Trotz allem, was auf dem Spiel stand, hoffte ich auf einmal um der jungen Frau willen, dass sie nicht die Tochter der Komm-Spezialistin war.

Vincha hob die Energiepistole und feuerte drei Schüsse ab. »Rauskommen, aber ganz schnell«, rief sie, während Holzsplitter auf uns niederrieselten.

»Möge es Euch wohl ergehen«, krächzte der junge Mann verängstigt.

»Rost auf dein Wohlergehen, wenn das da hinter dir meine Tochter ist«, blaffte Vincha, dann rief sie: »Emilija, komm *sofort* hier runter.« Aber das nur unzureichend bekleidete, völlig verängstigte Mädchen, das hinter dem jungen Mann auftauchte und einen Weidenkorb an die halb entblößte Brust drückte, war ganz sicher nicht Emilija. Sie hatte helle, sommersprossenübersäte Haut, und im lockigen braunen Haar hatte sich Stroh verfangen. Sie kletterten nach unten, und der Junge sagte: »Falls Ihr nach den Kethans sucht, die sind weg. Seit fast zwei Monaten schon.«

»Wohin?«, fauchte Vincha, die zugleich enttäuscht und erleichtert wirkte.

Er zuckte mit den Schultern. »Weiß nicht. Weit weg.«

»Wie heißt du?«, fragte ich ihn in dem Versuch, die Befragung selbst zu übernehmen.

Er sah mich an, das flammende Rot seiner Wangen verblasste bereits. »Nelsohn, Meister, von den Fruiriks, das da hier ist Ganula …«

»Mir völlig egal, wie sie heißt oder wo die Kethans stecken«, unterbrach ihn Vincha ungeduldig, aber immerhin steckte sie die Waffe wieder weg. »Emilija ist noch irgendwo in der Nähe, und ich muss wissen, wo.«

Diesmal ergriff die junge Frau mit dem Weidenkorb das Wort. »Ihr meint das seltsame gezeichnete Mädchen, das mit niemandem redet? Woher sollen wir das wissen? Wir haben sie nie zu Gesicht bekommen oder mit ihr geredet, und sie war *gezeichnet,* Ihr wisst schon, mein Vater sagt, man hätte sie hängen und vier…«

»Welchen Teil von *meine Tochter* hast du nicht verstanden?«, fragte ich rasch, als ich sah, wie sich Vinchas Gesicht bedrohlich dunkel verfärbte. Galinak schüttelte den Kopf, grinste still in sich hinein und lehnte sich an einen Holzpfeiler, um sich ein Pfeifchen zu stopfen.

Bevor sich die Lage weiter verschlimmern konnte, sagte Nelsohn auf einmal: »Ich hab gehört, man hat sie auf den Berg gebracht, zum Himmelsmeister, möge es ihm wohl ergehen.«

Sämtliche Aufmerksamkeit richtete sich auf den Jungen. »Von wem hast du das gehört?«, fragte ich.

Aber er zuckte nur mit den Schultern. »Ich hab's einfach

gehört, das ist alles. Die Leute reden oft über den Himmelsmeister. Wegen dem Stuhl.«

»Welchem Stuhl?«

»Dem Stuhl, der Menschen heilt. Seid Ihr deshalb hier?«

»Mein Vater sagt, es ist ein Dämonenstuhl und dass das Mädchen den Himmelsmeister verhext hat und wir nicht mehr dort hochgehen sollten«, warf Ganula rechthaberisch ein. Offenbar hatte sie schon wieder vergessen, was sie eben noch behauptet hatte.

»Sag das mal Aharon.« Nelson drehte sich zu ihr um. »Als sie ihn hochgetragen haben, war sein Bein völlig zersplittert, und am nächsten Tag ist er wieder herumspaziert wie von der Sonne geküsst. Er sagt, ihm ging es nie besser und dass der Himmelsmeister, der so alt und gebrechlich war, auf einmal wieder vom Berg runtersteigen kann, um mit den Dorfältesten zu reden, und dass er ganz rosig und gesund aussieht. Mein alter Herr hat mir erzählt, dass der Wunderstuhl vor langer Zeit auch schon mal funktioniert hat und dass meine Ma fast an der Grippe gestorben wäre und so, und da haben sie sie auf den Berg gebracht.« Nelsohn wandte sich wieder in unsere Richtung. »Oben im Himmelspalast gab es mal viel mehr Leute, aber jetzt lebt dort nur noch der Himmelsmeister, möge es ihm wohl ergehen. Jedenfalls wurde sie geheilt, mehr sag ich ja gar nicht, und dass sie zwei Jahre später gestorben ist, lag an einem Unfall, also finde ich, es ist ein Segen, dass der Wunderstuhl wieder funktioniert.«

Aber das Mädchen schüttelte stur den Kopf. »Mein Vater sagt, dass es eine falsche Heilung ist und dass ein Dämon kommen und diejenigen holen wird, die einen Pakt mit ihm eingehen.«

Nelsohn öffnete den Mund, um zu antworten, aber ich kam ihm zuvor. »Und als ihr Aharon zu diesem Himmelspalast gebracht habt, hast du da Emilija gesehen?«

Nelsohn sah mich an. »Nein, Meister, ich war ja nicht selbst dort oben, die Ältesten haben ihn mit dem Karren hochgebracht. Aber ich hab gehört, dass das Mädchen, das früher bei den Kethans gelebt hat, dort herumgelaufen ist und die ganzen Maschinen berührt hat.«

Vincha machte einen Schritt auf ihn zu und richtete den Finger auf ihn. »Du bringst uns zu eurem Himmelsmeister. Jetzt gleich.«

Nelsohn starrte sie entgeistert an. »Oh, gute Frau, das kann ich nicht machen, es ist schon fast dunkel, es ist eine ganze Tagesreise bis zum Himmelspalast, und die Ältesten sagen, dass …«

Ehe er den Satz vollenden konnte, packte ihn Vincha am Kragen und schmetterte ihn gegen einen Holzpfeiler, dann schob sie ihn daran hoch, bis seine Füße den Boden nicht mehr berührten. »Hör zu, du missratener, notgeiler, rostiger Sohn einer Ziege. Du bringst uns dort hoch, und zwar jetzt gleich.«

»Lass ihn sofort los, du Miststück«, kreischte Ganula und wollte mit geballten Fäusten auf Vincha losgehen, aber ich bekam sie am Arm zu packen, ehe sie eine unglaubliche Dummheit begehen konnte. Galinak zog an seiner Pfeife und rührte sich nicht, beobachtete uns nur in stiller Belustigung.

Ich wirbelte das Mädchen herum und sagte mit meiner bewährtesten sachlichen Stimme: »Du gehst jetzt nach Hause, Fräulein Ganula, aber zuerst machst du noch einen Abstecher zu dem Hof, auf dem Nelsohn lebt, und teilst seiner besorgten Familie mit, dass wir ihn angeheuert haben, uns den Berg hinaufzubringen, und zwar gegen gute Bezahlung. Morgen kehrt er heil und gesund zurück.«

»Das kann ich nicht machen«, heulte das Mädchen auf, und mit einem Mal stand blanke Panik in ihren Augen. »Nelsohns Familie mag mich nicht, sie wollen, dass er diese hässliche, schielende Shiara heiratet, nur weil ihr Vater noch Schweine hat und ihnen eine funktionierende Pflugmaschine versprochen hat.«

Vincha wartete die Lösung dieses Dilemmas nicht ab. Sie zerrte den verängstigten Nelsohn nach draußen, und wir folgten ihr, ohne dass ich mit dem Reden innehielt. »Na, ich nehme mal an, dass sie sich freuen werden, wenn du ihnen mitteilst, dass ihr Sohn heil und gesund ist und einen lukrativen Auftrag hat.«

»Aber Nelsohn darf sich nicht mit mir treffen.« Ganula blinzelte die Tränen weg. »Darum haben wir uns doch in der Scheune der Kethans verabredet.«

»Ich bin sicher, dass Nelsohns Eltern dir dankbar sein werden, wenn du sie wissen lässt, dass es ihrem Sohn gut geht und wir ihn angeheuert haben. Außerdem«, ich zeigte auf den schlammbespritzten, aber trotzdem noch imposanten Shark, der neben Broadriks verlassenem Haus parkte, und sah, wie die beiden die Münder aufsperrten, »kann es gut sein, dass wir diesen Himmelspalast ein bisschen schneller erreichen.«

Kapitel 59

Artium

Eintrag 11722

Artium richtete sich auf und blickte auf den hellen Monitor, an dem er saß. Emilija hatte eine neue Tastatur gefunden, auf der man noch alle Zahlen und Buchstaben erkennen konnte, obwohl sie behauptete, dass Artium stattdessen auch mit der Maschine reden könne, dann würde die alles von selbst aufschreiben, was er ihr diktierte. Er bevorzugte es jedoch, die Tastatur zu benutzen. Allerdings hatte er jetzt mehrere Tage keine Messdaten abgelesen und saß zum ersten Mal wieder hier.

Heute hielt er sich gar nicht erst mit den Messdaten auf und rief gleich seine Tagebucheinträge auf, und wer könnte ihm das verdenken? Er hatte viel zu viel zu tun, es hatte sich viel zu viel verändert, als dass er sich obendrein noch um das dämliche Wetter kümmern konnte. Jemand musste sich um die Ziegen kümmern, deren neuer Stall gerade fertig war, und die beiden neuen Ziegen mussten in seine wachsende Herde eingewöhnt werden. Er hätte Emilija mit den Ziegen losschicken können, damit sie die Tiere weiden ließ, aber das Mädchen verlor sich oft in seinen Gedanken, und dann gingen leicht mal Ziegen verloren. Die Herde war immer Milboreds Aufgabe gewesen, bis er ausgerutscht war und sich das Rückgrat gebrochen hatte. Jetzt musste Artium selbst mit ihnen losziehen und stellte fest, dass er die körperliche Bewegung mit seinem verjüngten Körper genoss, ebenso wie die herrlich frische Luft, die seine Lunge füllte, und oft erwischte er sich dabei, wie er einfach dastand und gebannt die wunderschönen Farben des Sonnenuntergangs betrachtete.

Vor einigen Tagen war Artium mit den Ziegen den weiten Weg zu den steilen östlichen Hängen gelaufen, wo er seit seiner Kindheit nicht mehr gewesen war, und war mit nacktem Hintern in den kleinen natürlichen Teich gesprungen. Das Wasser war eiskalt gewesen, der Wasserfall war erbarmungslos auf seine Haut niedergeprasselt. Mit heftig pochendem Herzen und bibbernd kam er wieder heraus und fühlte sich lebendig, so lebendig.

Artium lehnte sich im Stuhl zurück, nahm sich eine Kirsche und steckte sie in den Mund. Mit geschlossenen Augen schwelgte er in dem Geschmack. Es war der Geschmack des Triumphs. Er wandte den Kopf und betrachtete den Tisch neben der Maschine. Er war mit Speisen überladen. Artium wusste, dass es dumm von ihm war, nichts davon in der Kältekammer zu lagern, die das Mädchen wieder repariert hatte, aber er brachte es einfach nicht über sich. Nachdem er zu Fuß den langen Weg ins Dorf hinuntermarschiert war, um den Dorfältesten vom Wunderstuhl zu berichten, hatte sich alles von Grund auf geändert. Zuerst waren sie höflich, aber skeptisch gewesen, aber als sich zwei Tage später einer der Bauern ein Bein brach, hatten sie ihn den Berg heraufgetragen und zu ihm gebracht. Eine Stunde später hatte der Mann den Himmelspalast wieder verlassen, einen Verband aus Schaum ums Bein, und schon am nächsten Tag hatte er wieder auf dem Feld gestanden. Diese Nachricht verbreitete sich wie ein Lauffeuer, und mit einem Mal war Artiums Kühlkammer ebenso wie sein Bauch voll mit Speisen, wie er sie seit Jahren nicht mehr gekostet hatte, und er futterte sich wie wild hindurch.

Sein Appetit war nicht das Einzige, was wieder erwacht war. Mehrmals ertappte er sich dabei, wie er Emilija betrachtete und darüber nachdachte, was ihre Pflegemutter Reya ihm praktisch versprochen hatte. *Nicht so alt*, genau das hatte sie gesagt, und jetzt fühlte sich Artium überhaupt nicht mehr alt. Vielleicht sollte er sich mal rasieren oder wenigstens den Bart stutzen. Das neue Haar, das auf seinem Kopf spross, war silbrig, nicht weiß. Vielleicht sollte er die neue Kleidung aus Ziegenleder anziehen, die er von der Frau mit den schweren Verbrühungen bekommen hatte. Artium war wieder jung, und Emilija war im heiratsfähigen Alter. Sein Körper reagierte sehr nachdrücklich auf die Erinnerung an den Tag, als er sie teilweise entblößt gesehen hatte. Unten im Dorf, überhaupt in der gesamten Gegend gab es nur noch wenige junge Männer, und das Mädchen hatte sich vor Artium ausgezogen, als er noch blind und schwach gewesen war. Vielleicht würde sie ihn jetzt, da seine Lebensgeister und Kräfte zurückgekehrt waren, sogar anziehend finden. Immerhin hatte er sie aus Freundlichkeit bei sich aufgenommen, und sie war mit diesen eigenartigen Tätowierungen gezeichnet. Wer sonst würde sie denn wollen?

Seit einigen Nächten spielte Artium mit dem Gedanken, sein Glück einfach mal zu probieren, zum Observatorium hinaufzusteigen und an Emilijas Tür zu klopfen, vielleicht sogar zu ihr ins Bett zu schlüpfen. Einmal hatte er erst auf ihrer Schwelle gezögert. Es war nicht nur die Furcht vor einer Abweisung, die ihn zögern ließ, bis er schließlich umkehrte, in seinem eigenen Bett verschwand und sich selbst um seine Lust kümmerte. Nein, es lag auch daran, dass man das Mädchen – nein, die *junge Frau* – bestenfalls exzentrisch nennen konnte. Wenn sie nicht gerade über das Gelände zog und überall Veränderungen und Verbesserungen vornahm, es irgendwie schaffte, den Wasserdruck zu erhöhen, und Möbel rückte, um »ein besseres Muster« zu erzielen, dann schwafelte Emilija ständig davon, dass sie bald fortgehen würde, zu etwas, das sie »die Wand der sich bewegenden Symbole« nannte, um dort irgendein »Muster« zu lösen. Artium wurde aus diesen Geschichten nicht schlau und hätte es normalerweise als Schwachsinn oder jugendliche Spinnerei abgetan, aber seit er vor einer Weile zum Wunderstuhl zurückgeschlichen war und sich draufgesetzt hatte, war ihm klar, dass die Maschine nicht funktionierte, wenn Emilija nicht in der Nähe war. Zwar behauptete sie, dass die Maschine auch Artiums Stimme hörte und verstand, aber bei ihm gehorchte sie nur einfachen Kommandos, dämpfte für ihn das Licht oder schloss Türen. Das reichte aus, um die Leute aus dem Dorf glauben zu machen, dass Artium über den Wunderstuhl gebot, und Emilija spielte bei der Scharade mit, aber er selbst kannte die Wahrheit. Es war Emilija, die die Hände auf die Maschine legte und sie davon überzeugte, jemanden zu heilen. Wenn er sie mit seinen Avancen erschreckte, ging sie vielleicht fort, und was würde dann mit ihm geschehen? Bei dem Gedanken erschauerte Artium. Das Alter hatte sich immer näher an ihn herangeschlichen, und er hatte nichts dagegen tun können. Jetzt hatte er den Schwung und die Körperkraft seiner Jugend zurück, erinnerte sich aber zugleich an Verwundbarkeit und Verfall des Alters, und bei der Vorstellung, wieder alt werden zu müssen, packte ihn das nackte Grauen.

Als Artium noch ein Junge gewesen war, hatte ihm seine Mutter eine Gutenachtgeschichte über einen Feenbrunnen erzählt, der einen alten Mann in ein Kind zurückverwandelt hatte. Emilija, die Einzige, die den Med-Stuhl bedienen konnte, war dieser Jungbrunnen. Wenn sie fortging – wie lange würde es wohl dauern, bis sein Körper wieder anfing zu altern? Würde es langsam gehen? Oder würde ein sehr plötzlicher Verfall seinen Körper ereilen? Nein. Emilija durfte nicht fortgehen, und Artium musste, was seine Absichten betraf, behutsam und klug vorgehen.

Er änderte die Monitoransicht, um Bilder aus verschiedenen Teilen der Anlage zu betrachten. Auch diese Funktion hatte Emilija repariert, wie immer sie das angestellt hatte, und er benutzte sie, um das Mädchen auszuspionieren. Na gut, *ausspionieren* war vielleicht nicht ganz das richtige Wort. Sie schien es zu merken, wenn er das machte, und manchmal drehte sie sich dann um und winkte ihm freundlich zu. Heute aber konnte er Emilija nirgends finden. Er machte, was sie ihm gezeigt hatte, wechselte durch die wichtigsten Bereiche der Anlage, änderte mit knappen Handbewegungen den Kamerawinkel. Die Ziegen waren in ihrem Stall, das Observatorium war verlassen, aber als er gerade zu einer anderen Kamera wechseln wollte, fiel ihm etwas auf. Mit einer Handbewegung zoomte er näher heran. Da war etwas in die Wände geritzt, aber Genaueres konnte er nicht erkennen. Nachdenklich strich sich Artium über den langen Bart und überlegte, ob er den langen Weg zum Observatorium hochsteigen und nachsehen wollte, da vernahm er auf einmal ein eigenartiges Piepen, und das Bild auf dem Monitor wechselte zu einer Perspektive, die Artium noch nie zuvor gesehen hatte. Die Kamera blickte von der hohen Mauer, die sich rings um die Anlage erstreckte, auf eine Frau hinunter, die sich soeben anschickte, die Mauer zu erklimmen. Sein Herz raste los. Er beugte sich dichter heran und änderte mit einer Handbewegung die Ansicht. Aber er erblickte keine Leiter oder sonst irgendein Hilfsmittel. In einiger Entfernung stand ein Mann mit einem breitkrempigen Hut, aber selbst wenn er der Frau geholfen hätte, wäre die Mauer eigentlich zu hoch gewesen, um sie zu erklimmen.

Die Frau erreichte die Mauerkrone und ließ den Blick über das dahinterliegende Gelände schweifen. Wandte den Kopf, schien aber die Kamera nicht zu entdecken. Sie war schlank, ansonsten von unauffälliger Gestalt, und ihr Gesicht war Artium nicht nur unbekannt, sondern kam ihm regelrecht fremdartig vor. Er sah zu, wie sie an der Innenseite der Mauer nach unten glitt, sich noch kurz oben festhielt und dann unvermittelt losließ. Sie fiel aus knochenzerschmetternder Höhe hinunter und verschwand im wild wuchernden Grün am Fuß der Mauer.

Artium keuchte überrascht und sprang auf. Nach kurzem Zögern holte er seine Pistole aus der Schublade, steckte sie in den Gürtel und rannte zum Tor.

Als er dort ankam, beugte sich die Frau bereits über das Tastenfeld am Tor. Artium wurde langsamer und zog die Waffe, verbarg sie aber hinter seinem Rücken. Als sich die Frau aufrichtete und ihn ansah, war er sicher, dass es nicht Emilijas Mutter war. Sie war klein und sah harmlos aus, aber er hatte mit angesehen, wie sie eine ungeheuerliche Höhe erklommen und aus einer ebensolchen wieder heruntergesprungen war. Außerdem bemerkte er in einem improvisierten Hüftgurt eine Energiepistole, und auf dem Rücken trug die Fremde ein Schwert.

Artium hob die Pistole und richtete sie auf die Frau. »Möge es Euch wohl ergehen«, sagte er vorsichtig. »Was wollt Ihr hier?«

Sie stand reglos da – ganz verständlich angesichts der auf sie gerichteten Waffe, fand er –, aber in ihren fremdartigen Augen sah er keine Furcht, nur kühle Berechnung.

»Wie seid Ihr über die Mauer gekommen? Leugnet es gar nicht erst, ich habe Euch dabei zugesehen – und Hände weg vom Gürtel, Lady.« Den letzten Teil des Satzes brüllte er.

Die Frau breitete die Arme aus. »Ich klettere einfach so gern, das habe ich schon immer geliebt«, sagte sie mit einem Akzent, so fremdartig wie ihr Aussehen.

»Und jetzt versucht Ihr, Euren Freund hereinzulassen. Aber das Tor ist mit einem Code gesichert.«

Die Frau lächelte müde. »Für Codes hab ich ebenfalls eine besondere Vorliebe.«

Artium bemerkte, dass ihre Hose bis zu den Knien hinauf mit Schlamm bespritzt war.

»Tut mir leid. Ich wollte hier nicht einbrechen – ich dachte, die Anlage sei verlassen.«

Das war eine unverfrorene Lüge.

Die Zittrigkeit des Alters plagte ihn nicht mehr, aber trotzdem wurde die Pistole immer schwerer. »Ich sehe vielleicht alt aus, aber meine Augen sind scharf, und ich bin ein ausgezeichneter Schütze«, warnte er sie prahlerisch. »Legt sofort Eure Pistole auf den Boden und das Schwert ebenfalls, und zwar ganz langsam.« Als die Frau gehorchte, deutete er auf den kleinen Friedhof und fügte hinzu: »Geht dort rüber.« Sie bewegte sich ganz entspannt, die Hände hoch erhoben. Er hielt großzügigen Abstand, ging zum Tor hinüber, beförderte das Schwert mit einem Tritt zur Seite und hob die Pistole auf. Sie war deutlich leichter als seine eigene Waffe, und aus irgendeinem Grund verschaffte dieser Umstand seinem Selbstbewusstsein neuen Auftrieb.

»Wer seid Ihr?« Er entfernte sich vom Tor, nur für den Fall, dass sie versuchte, aufs Haus zuzurennen.

»Mein Name ist Peach«, antwortete sie. »Und der Eure?«

Artium machte sich ein bisschen größer. »Ich bin der Himmelsmeister vom Orden der Himmelswächter. Was bringt Euch hierher?« Er richtete ihre Energiepistole auf die Frau und steckte seine eigene Waffe wieder in den Gürtel.

»Ich suche nach einem Mädchen namens Emilija.« Sie beobachtete ihn genau, als sie das sagte.

»Nie von ihr gehört«, behauptete Artium.

»Ihr lügt, Himmelsmeister«, erwiderte sie gelassen. »Sie

ist ganz leicht an den Zeichen auf Händen und Kopf zu erkennen.«

»Und was wollt Ihr von ihr?«

Die Frau namens Peach zögerte kaum merklich. »Das zu erklären ist zu kompliziert, aber ich muss sie mitnehmen.«

Artium schüttelte den Kopf. »Ich habe noch nie von diesem Mädchen gehört, das Ihr sucht.«

Peach legte ganz leicht den Kopf schief. »Das ist ja eigenartig«, sagte sie, »wo sie doch genau hinter Euch steht.«

Das war natürlich ein Trick, und Artium widerstand dem Impuls, einen Blick über seine Schulter zu werfen. Aber dann hörte er Emilijas Stimme in seinem Rücken. »Ihr habt ein seltsames Muster, Lady.«

»Ich heiße Peach, Emilija«, antwortete die Frau und blickte an Artium vorbei, »und ich bin hier, um dich mitzunehmen.«

Artium war drauf und dran, in Panik auszubrechen. All das, wovor er sich gefürchtet hatte, traf jetzt tatsächlich ein. Aber zu seiner Erleichterung hörte er Emilija erwidern: »Nein, Ihr seid es nicht, die mich mitnimmt. Da ist noch jemand anders. Jemand, den ich gerufen habe.«

Zum ersten Mal wirkte Peach, als geriete sie ein bisschen aus dem Konzept, aber sie überspielte es, indem sie sagte: »Emilija, du kennst mich nicht, aber ich kenne deine Mutter. Sie hat mich geschickt, um dich abzuholen.«

Artium trat einen Schritt vor und richtete die Energiepistole auf die Brust der Frau. »Haut bloß ab«, seine Stimme wurde zu einem Brüllen, »oder ich schieße. Emilija muss hierbleiben.«

Dann geschahen mehrere Dinge zugleich.

Artium hörte Emilija aufkeuchen, und irgendwo links von ihm raste etwas vorbei, er sah es aus dem Augenwinkel. Er wandte den Kopf und erblickte das Monster. Es war zu viel, um alles zugleich zu begreifen, aber er nahm wahr, wie groß es war, es hatte scharfe Klauen und eine lange Schnauze, und es fletschte die Zähne. Sobald Artium es anblickte, ließ es sich auf alle viere fallen und schoss mit irrwitziger Geschwindigkeit auf ihn zu. Mit einem Entsetzensschrei riss Artium die Waffe herum und drückte den Abzug, spürte die Hitze des Energiestrahls, als sich die Waffe entlud. Er hätte sein Ziel getroffen, wäre da nicht Peach gewesen, die in letzter Sekunde seinen Arm beiseiteschlug – die Frau, die eben noch mehr als drei Meter entfernt gestanden hatte. Sie entwaffnete ihn mit zwei entschlossenen und schmerzhaften Bewegungen, und das Monster jagte an ihnen vorbei.

»Emilija, lauf!«, schrie Artium, obwohl ihm völlig klar war, dass das Mädchen auf keinen Fall vor dem Monster wegrennen konnte. Er wirbelte herum, rechnete damit zu sehen, wie es in Stücke gerissen wurde, aber stattdessen kniete das Monster vor dem Mädchen. Es zischte und grollte, als Emilija die Hand ausstreckte und sanft seinen Kopf berührte, und dann beugte sie sich vor und drückte ihre Stirn gegen die des Monsters.

»Himmel …«, hauchte Artium.

»Das ist … unerwartet«, sagte neben ihm die Frau, die sich Peach nannte. Artiums Instinkt sagte ihm, dass sie ebenso verblüfft war wie er.

Emilija hob den Kopf und blickte die beiden an. »Ich werde jetzt gehen«, sagte sie, und dann drehte sie sich um und stieg die Stufen zum Observatorium hinauf.

Kapitel 60

Funkelauge

Als wir den Himmelspalast erreichten, stand das Tor aus Tarakanischem Stahl ein Stück offen, gerade ausreichend, dass ein Mensch hindurchschlüpfen konnte; für ein Fahrzeug reichte es nicht. Vincha brachte den Shark zum Stehen, und wir alle stiegen aus, manche zittriger als andere. Nelsohn hatte nicht gelogen, es war ein mühsamer Aufstieg mit vielen Tücken, selbst in einem Shark, und zum Glück hatten wir Vincha auf halbem Weg dazu überreden können, auf die Morgendämmerung zu warten. Sonst hätten wir inzwischen längst unten am Fuß des Bergs gelegen.

Selbst nach Sonnenaufgang war es noch empfindlich kalt. Ich bemerkte mehrere Ziegen, die fröhlich umherstreunten.

Vincha sah mich an, in ihren Augen stand Hoffnung. »Sie ist hier«, sagte sie. »Auf halbem Weg den Berg hinauf hab ich das Signal von ihrem Implantat aufgefangen.«

»Okay.« Ich nickte ihr zu und konzentrierte mich auf das Tor. Es war so dick, dass ich nicht den ganzen dahinterliegenden Hof einsehen konnte, aber was ich sah, reichte schon.

»Sieht verlassen aus«, sagte ich, »nur noch eine Handvoll weitere Ziegen, und dort drüben steht ein Maultier.« Aber Vincha hatte sich bereits in Bewegung gesetzt, die Waffe gezogen und Galinak dicht auf ihren Fersen. Ich wandte mich an Nelsohn, der immer noch mitgenommen am Shark lehnte.

»Bleib hier«, sagte ich, und er brachte ein Nicken zustande, ehe er sich vorbeugte und kotzte.

Als ich das Tor erreichte, war Vincha längst hindurch, und ich hörte, wie sie im Hof laut Emilijas Namen brüllte. So viel also zum vorsichtigen Anpirschen …

Ich schob mich durch den Spalt und sah, dass Vincha und Galinak schon am Haupteingang standen. Ich hastete hinterher und bemerkte im Vorbeilaufen ein frisch ausgehobenes, leeres Grab. Die Türen waren versperrt. Im letzten Moment hielt ich Galinak davon ab, sie einzutreten. »Wir sehen uns erst mal um, ehe wir hier unnötig was kaputtschlagen, einverstanden?«

Vincha musterte mich, als wäre ich so ziemlich der dümmste Mann, den die Stadt der Türme je gesehen hatte. »Emilija ist hier«, sagte sie und zeigte auf die Tür, »da drinnen.«

»Das sind wunderbare Neuigkeiten«, sagte ich langsam und bedacht. »Jetzt sehen wir uns erst einmal nach einem anderen Eingang um, ehe wir das Haus des Manns beschädigen, der sie freundlicherweise bei sich aufgenommen hat, ja?« Ich drehte mich um und ging davon, und zu meiner Überraschung folgten sie mir beide. Ganz kurz war es wie in alten Zeiten – ich, der kleine Schreiber aus der Historikergilde, und die beiden Trollveteranen an meiner Seite. Dann fanden wir eine Seitentür.

Dank meiner modifizierten Sicht sah ich glatt hindurch und erblickte einen ungepflegten älteren Mann, der an einem Tisch saß, umgeben von lauter leeren Weinschläuchen, Flaschen und mehreren halb leer gegessenen Tellern. Auf dem Tisch lag ein großer, antik aussehender Revolver, und außerdem entdeckte ich einige Eulen und eine weitere Ziege. Ich hob einen Finger und deutete in die Richtung, in der der Mann saß. Vincha und Galinak nickten, und sobald ich die Tür öffnete, huschten sie hinein. Ich wartete draußen, falls Schüsse fielen, aber als nichts geschah, ging ich ebenfalls ins Haus. Ich hatte schon

Schlimmeres gerochen, aber angenehm war die Mischung aus Ziegendung und Eulenkacke nicht. Galinak schob den Revolver außer Reichweite des Alten, der gar nicht wahrzunehmen schien, was um ihn herum geschah, und Vincha verschwand im Nebenzimmer. Ich hörte, wie sie den Namen ihrer Tochter rief, ihre Stimme entfernte sich immer weiter. Die einzige Ziege, die sich hier drinnen herumtrieb, war nur halb geschoren, aber das kam mir im Augenblick nicht weiter wichtig vor. Ich näherte mich dem Tisch. Der Alte streckte die Hand nach der am nächsten stehenden Flasche aus, hob sie an die Lippen und goss sich die letzten Tropfen in den Mund.

Bei näherer Betrachtung schien er jünger zu sein, als er aussah, aber er stank noch übler als seine Umgebung.

Ich rückte die verrottenden Nahrungsmittel von ihm weg, atmete, so gut es ging, durch den Mund statt durch die Nase und setzte mich.

»Wie lautet Euer Name, Meister?«, fragte ich höflich. Ich musste meine Frage zweimal wiederholen, ehe sich sein Blick auf mich fokussierte.

»Ich kann dich *seeeehen*«, verriet er mir im Singsang, aber er sah mir nicht in die Augen.

»Und ich sehe Euch«, antwortete ich behutsam. »Wer mögt Ihr wohl sein?«

»Sie sagte, ich könne nicht sehen, aber dann hat sie gemacht, dass ich wieder *seeeehen* kann.«

Ich drückte ihm sanft den Arm, um seine Aufmerksamkeit auf mich zu lenken. »Seid Ihr der Himmelsmeister?«

»Aye.« Jetzt sah er doch auf und deutete mit dem Daumen auf seine Brust. »Ich bin das Himmelsmonster … der Himmels*meister*«, korrigierte er sich, und dann lachte er auf. »Monster, Meister, Monster.« Er beugte sich vor und flüsterte mir zu: »Sie hatte ein Monster, wisst Ihr?«

Vincha stürmte wieder herein, die Waffe in der Hand. »Wo

ist meine Tochter?« Sie baute sich vor dem Mann auf. »Wo ist Emilija?«

Das Lächeln des Alten entblößte verblüffend gesunde Zähne, und er bewegte seine Hände, als würden sie davonfliegen. »Sie ist weggeflogen, weit, weit weg.«

»Ihr lügt.« Vincha richtete ihre Waffe auf seinen Kopf. »Ich habe ihr einen Apparat in die Schulter implantiert, und ich spüre sie hier in diesem Zimmer. Beantwortet meine Frage, oder Ihr werdet es für den elenden, kurzen Rest Eures Lebens bereuen.«

»Oh.« Der Mann lachte leise, die Drohung beeindruckte ihn offensichtlich kein bisschen. »Das meint Ihr. Die Frau hat gesagt, dass es kaum wehtut, wenn sie Emilija mit dem scharfen Messer schneidet, aber Emilija hat gesagt, sie benutzt den Stuhl unten.«

In meinem Kopf hallten Nelsohns Worte wider: *Die Leute reden oft über den Himmelsmeister. Wegen dem Stuhl.*

Mit undeutlicher Stimme fuhr der Mann fort: »Also sind sie runtergegangen und haben dieses Ding rausgeholt, und der Mann hat gesagt, ich soll es nehmen, aber die Frau sagte, sie könnten mich nicht gebrauchen.«

»Eine Frau und ein Mann?«, fragte ich vorsichtig.

»Ja. Eine *Frau*.« Er sah mich an, dann zeigte er auf Vincha. »Die dürfen hier gar nicht sein, wisst Ihr, es ist auf dem Gelände nicht erlaubt, aber sie war schnell und gefährlich. Sehr, sehr schnell.«

Das ergab überhaupt keinen Sinn. »Was ist als Nächstes passiert?«, fragte ich und bedeutete Vincha, sie solle die Waffe runternehmen. Zu meiner Verwunderung gehorchte sie mir auch diesmal, stützte sich auf dem Tisch ab und wirkte auf einmal zutiefst erschöpft.

Der Himmelsmeister zeigte auf etwas hinter mir, aber als ich mich umdrehte, sah ich nur die halb geschorene Ziege.

»Oh«, sagte ich, als Galinak hinüberging, um sich das Tier näher anzusehen.

»Der Sender ist da drin«, sagte er gleich darauf über das verärgerte Meckern der Ziege hinweg. »Ich hab die kleine Wunde gefunden.«

Sie hat den Sender gefunden und der Ziege implantiert. Also weiß sie, dass noch jemand anders nach Emilija sucht.

Vincha hieb die Faust auf den Tisch, dass Teller und Flaschen klirrten.

»Wo ist sie hingegangen?«, fragte ich.

»Sie sind weggeflogen«, antwortete er wieder. »Ich habe sie angefleht, nicht fortzugehen. Ich habe gebettelt. Ich, der Himmelsmeister vom Orden der Himmelswächter, habe sie *angefleht*, bei mir zu bleiben. Aber sie hat gesagt, dass sie weggehen muss, um das Große Muster aus ihren Träumen zu sehen oder irgend so was.«

Vincha und ich wechselten einen bedeutungsvollen Blick. Rafik und Pikok hatten immer von der großen Symbolwand gesprochen und davon, ein letztes Muster zu lösen. Auf diese Weise lockte Tarakan die Puzzler zurück in die Stadt unterm Berg. Dass Emilija einen ähnlichen Begriff verwendete wie Rafik und der völlig der Welt entfremdete Pikok, sprach Bände.

»Wie sind sie davongeflogen? Wo wollten sie hin?«

»Sie haben den Wetterballon runtergeholt. Das war die Idee von dieser Frau. Früher mal konnte man ihn mit einem Knopfdruck nach unten holen, aber der Mechanismus war schon lange kaputt, niemand hat es geschafft, ihn zu reparieren. Man musste also immer an dem kleinen Rad drehen. Das hat einen ganzen Tag gedauert. Aber Emilija hat das repariert.« Die Augen des Himmelsmeisters glänzten feucht. »Sie hat den Metallkasten berührt und mit ihm geredet, und auf einmal kam der Ballon runter, ganz von allein.«

»Und Euch haben sie zurückgelassen?«, fragte ich ungläubig. Es ergab keinen Sinn, dass sie den Mann am Leben gelassen hatten.

»Der Mann mit dem seltsamen Hut wollte mich töten. Er hat die Waffe auf mich gerichtet, aber Emilija und die Frau haben Nein gesagt, und das Monster war auch auf ihrer Seite, und sie haben mich hiergelassen, damit ich die Ziege füttere und auf Euch warte.« Er sah Vincha an. »Ihr seid ihre Mutter.«

Es war keine Frage, aber Vincha nickte trotzdem.

»Emilija ist etwas ganz Besonderes«, sagte der Himmelsmeister leise, und zu meiner Überraschung sah ich Vinchas Kinn plötzlich ganz leicht zittern. Sie nickte noch einmal, unfähig zu sprechen.

Von Vinchas Verrat an Rafik bis zum Verlust des Bienenstocks und dem darauffolgenden Krieg und der ganzen Zerstörung und dem Verfall – das alles ist nur wegen der katastrophalen, irregeleiteten Entscheidungen dieser Frau geschehen. Und sie hat all das aus Liebe zu ihrer Tochter getan.

»Ich soll Euch von ihr darum bitten, ihr nicht zu folgen. Denn wenn Ihr das tut«, der Himmelsmeister schloss die Augen und zitierte offensichtlich Emilijas Worte: »*… dann wirst du nicht in diese Welt zurückkehren.*«

»Dieses rosthirnige, sture Mädchen.« Vincha richtete sich kerzengerade auf. »Wenn sie glaubt, ich lasse es zu, dass sie einfach ihr Leben wegwirft, dann gehe ich eben einfach direkt in die Stadt unterm Berg.«

»Sie will nicht ins Tal«, sagte ich und lehnte mich in meinem Sitz zurück. »Der andere Agent arbeitet für Mannes, der Emilija benutzen will, um Cain zu stärken. Ich habe mit vielen Leuten gesprochen, die ihn kennengelernt und die Begegnung überlebt haben, und es ist am naheliegendsten, dass sie sie zur Sternensäule bringen.«

»Da ist doch alles ringsum verseucht«, sagte Galinak.

»Und trotzdem verschanzt sich Mannes schon seit Jahren dort, soweit ich weiß«, erwiderte ich. »Die Sternensäule steht jenseits der Sandwüste. Eine wirklich herausfordernde Reise, für eine Armee unmöglich zu bewältigen.« Die Ironie entlockte mir ein Lächeln. Als mein Lehrmeister damals von der Sternensäule erzählte, hatte ich mir geschworen: Falls ich dieses Abenteuer heil überstand, würde ich dort hinreisen, um das letzte Wunder der alten Welt mit eigenen Augen zu sehen. Es sah ganz danach aus, als würde ich jetzt, nachdem ich gestorben war, mein Versprechen einlösen können.

»Sie sind Richtung Süden geflogen«, sagte da plötzlich der Himmelsmeister. Langsam schien er auszunüchtern. »Und der Wetterballon ist dafür gedacht, Instrumente zu tragen. Keine Passagiere. Sie werden damit nicht weit kommen.«

»Wie lange ist es her, dass sie aufgebrochen sind?«, fragte ich.

Der Mann zuckte mit den Schultern und versuchte es auszurechnen. »Zwei, drei Tage, vielleicht auch mehr.«

Vincha fluchte. »Ich wende jetzt den Shark«, sagte sie. »Wenn ihr nicht drinsitzt, wenn ich damit fertig bin, lass ich euch hier.«

Sie stürmte zur Tür hinaus, und ich nickte Galinak zu. »Hilf ihr beim Manövrieren«, sagte ich, »und lass nicht zu, dass sie ohne mich abfährt.«

Galinak zwinkerte mir zu. »Aye, Boss. Aber ihren Gesichtsausdruck eben, den hab ich schon mal gesehen. Lass dir besser nicht allzu viel Zeit.« Er legte den alten Revolver auf den Tisch zurück, salutierte nachlässig vor dem Himmelsmeister und verschwand. Ich hatte ein klein wenig kostbare Zeit allein mit dem Mann.

Ich beugte mich zu ihm. »War da wirklich ein Monster?«

Er nickte. »Es war abscheulich, nicht von dieser Welt. So etwas habe ich noch nie gesehen, und von so etwas habe ich auch noch nie gehört.«

Ich kannte nur ein Geschöpf, auf das diese Beschreibung zutraf.

»Sah es aus wie eine Eidechse?«, fragte ich.

Der Himmelsmeister dachte einen Moment nach. »Ja, schon irgendwie, aber es war viel größer als ein Mensch, und diese ganzen Klauen und Zähne, und sein Gesicht …« Er erschauerte.

»Und sie hat mit ihm gesprochen?«

»Ja. Es hat vor ihr gekniet und ihr gehorcht – sogar der Mann und die Frau waren darüber ganz verblüfft. Ich habe gehört, wie sie darüber gesprochen haben.« Er holte einen kleinen rechteckigen Gegenstand aus der Tasche und schob ihn über den Tisch. »Bitte nehmt das hier an Euch.«

Ich griff danach. Das Teil war sehr leicht, fühlte sich aber stabil an. »Was ist das?«

»Man nennt es einen Speicherstick«, antwortete er. »Darauf befinden sich Berichte über Wetterdaten und Sternenbewegungen der letzten hundert Jahre. Der Orden der Himmelswächter hat mit diesen Aufzeichnungen schon begonnen, ehe die alte Welt untergegangen ist. Wir haben es als unsere heilige Pflicht betrachtet, unser Wissen zu bewahren, aber jetzt ist niemand mehr da, der es fortführen könnte. Meine persönlichen Aufzeichnungen befinden sich ebenfalls darauf.« Er kicherte leise. »Überwiegend nichts weiter als die Spinnereien eines einsamen alten Manns.«

»Und was wird aus Euch?« Ich stand auf.

»Habt Ihr eine Vorstellung davon, wie es ist, alt zu werden?« Zum ersten Mal sah er mir direkt in die Augen, und sein Blick klärte sich. »Eure Körperkraft einzubüßen und Eure Zähne und Euer Gehör und die Sehkraft und am Ende schließlich vor lauter Einsamkeit auch den Verstand? Nein? Ihr wirkt zu jung, um diese Erfahrung zu kennen, aber klug genug, um sie vorauszuahnen.«

Ich schüttelte den Kopf, aber er fuhr fort: »Dieser Stuhl hätte Milbored bestimmt retten können, aber bevor Emilija kam, hat hier nichts mehr richtig funktioniert. Jetzt ist sie weg, der Stuhl wird meine Knochen nicht mehr heilen, aus dem Dorf kommt keine Nahrung mehr, und auf mich wartet wieder nichts als Kälte und Hunger.«

»Draußen beim Tor steht ein junger Mann«, sagte ich. »Er kommt mir kräftig und arbeitswillig vor. Ihr könntet ihn hierbehalten. Dem Jungen Schreiben und Rechnen beibringen, damit Euer Orden weiterlebt.«

Er sackte auf seinem Stuhl zusammen. »Weshalb sollte seine Familie das erlauben? Und davon abgesehen, wozu soll das alles überhaupt gut sein? Ich wurde in dem Glauben erzogen, dass unser Schicksal sich bald wenden und alles wieder so wie früher werden würde, aber das wird nicht geschehen, oder?«

»Ich befürchte, dass es für einen solchen Wandel mehr als eine Lebensspanne braucht«, sagte ich, »aber das bedeutet nicht, dass das, was Ihr getan habt, keine Bedeutung gehabt hätte. Ihr habt mir etwas sehr Kostbares anvertraut. Ich werde versuchen, das Beste aus diesem Wissen zu machen.«

Der Himmelsmeister holte tief Luft und sah sich um. »Verdammt noch mal, hier müsste mal wieder sauber gemacht werden. Der Junge dort draußen möchte gern arbeiten? Schickt ihn herein. Ich hab hier bestimmt irgendwo noch ein paar Münzen rumliegen. Möge es Euch wohl ergehen.«

Ich verließ ihn und lief rasch zum Tor. Vincha manövrierte mit Galinaks Hilfe noch immer den Shark in die entgegengesetzte Richtung.

Nelsohn stand ein wenig abseits und sah mir entgegen. Mit der Kotzerei schien er durch zu sein, aber er beäugte den Shark immer noch mit tiefem Argwohn.

»Hier, für deine Hilfe.« Ich drückte ihm noch ein paar Turmlinge in die Hand. »Geh hinein und …«

Wir alle hörten den Schuss.

Galinak stieß einen leisen Pfiff aus. »Bei Bukras Eiern, ich hätte ja nicht gedacht, dass dieser alte Revolver noch was taugt. Hab mich wohl geirrt.«

Seufzend klopfte ich dem bleichen Nelsohn auf die Schulter. »Geh hinein, Junge. Beerdige, was zu beerdigen ist, und nimm mit, was ihr gebrauchen könnt.«

Wir ließen ihn am Tor zurück und heizten wieder bergabwärts.

Kapitel 61

Peach

»Wie geht es Euch?«, fragte ich.

»Besser, seit wir tiefer fliegen.« Sergiu klang entspannt, aber seine Hände, mit denen er sich ein wenig zu fest an der Plattform festklammerte, verrieten ihn.

Ich sah auf, die Hände an der Steuerung, und überprüfte den Heliumballon. Er war so konstruiert, dass er auch ungünstige Bedingungen überstand, von rauem Wetter bis zu einem Blitzeinschlag, aber er trug nur begrenzt viel Gewicht. Uns ging die Energie aus, und wir verloren an Höhe. Letzteres war aber gar nicht schlecht, wir alle litten unter dem eisigen Wind.

Wir hätten den Alten töten sollen. Das hätte dem offiziellen Standardvorgehen entsprochen, und es war nur logisch, dass Sergiu es versucht hatte. Wir waren nicht die Einzigen, die nach Emilija suchten, und der Himmelsmeister schickte sie möglicherweise in die richtige Richtung, oder sie kamen von selbst drauf. Der arme Mann war so verstört darüber, dass Emilija fortgehen wollte, dass es ihm vermutlich nicht einmal etwas ausgemacht hätte, von Sergiu erschossen zu werden. Aber ich hatte Sergiu daran gehindert, eher aus einem Impuls heraus denn aufgrund vernünftiger Überlegungen. Wir hatten darüber diskutiert, aber dann hatte Emilija ihr befremdliches Schweigen gebrochen und uns erklärt, sie wolle, dass wir den Himmelsmeister am Leben ließen. Die Eidechse stand neben ihr und zischte. Keine Ahnung, wie viel sie wirklich verstand, aber es war ganz offensichtlich, dass sie alles tun würde, was Emilija ihr befahl. Da hatte Sergiu mit den Schultern gezuckt, seine Waffe weggesteckt und ganz schlicht zu mir gesagt: »Das ist ein Fehler, Peach.«

»Dem Mädchen liegt etwas an ihm, seht Ihr das denn nicht?«, hatte ich meine Entscheidung zu rechtfertigen versucht. »Wenn Ihr ihn tötet, könnte sich das auf ihren Kooperationswillen auswirken, und außerdem würde ich lieber nur dann jemanden töten, wenn es nicht anders geht.«

Das mit dem Ballon war meine Idee gewesen, und wenn ich mir Sergiu so ansah, bereute er es sehr, sich darauf eingelassen zu haben. Noch mehr, als er es bereute, den Himmelsmeister am Leben gelassen zu haben.

Ich betrachtete die Wüste, die sich unter uns erstreckte.

»Ihr habt mal gesagt, dass es diese Wüste zu Eurer Zeit nicht gegeben hat«, sagte Sergiu unvermittelt.

»Nein. Die Wüsten dieses Lands hatten wir schon lange urbar gemacht.« Ich war selbst überrascht, wie bitter ich klang. Eigentlich war es Bestandteil meiner Ausbildung, mich rasch auf neue Umstände einzustellen. »Dieser Landstrich hier war damals die Getreidekammer des ganzen Lands. Nichts als Felder, so weit das Auge reicht, bestellt mit Pflanzen, die auf besondere Robustheit und hohen Nährwert optimiert waren.« Ich warf dem Mann neben mir einen Blick zu. »Zu meiner Zeit war nicht die Energieversorgung das größte Problem, das dieser Planet zu lösen hatte, sondern die Versorgung mit Nahrung und Wasser.«

»Und während Ihr weg wart, hat sich die Wüste alles zurückgeholt. Die Macht der Natur.«

»Nein. Diese Wüste ist menschengemacht. Alle Nationen besaßen damals entsetzliche Waffen. Bomben wurden mittels Raketen über den gesamten Planeten verteilt, und einige sind hier explodiert und haben dem Boden Leben und Feuchtigkeit ausgesaugt bis zum letzten Tropfen. Diese berüchtigten Krater in der Sandwüste, von denen Ihr mir erzählt habt, dürften von dem Bombardement stammen.«

»So viel Unheil«, murmelte Sergiu, und ich blickte nach vorn und betrachtete die Silhouette der Sternensäule, die südlich von uns aufragte. Immerhin brauchten wir die Navigationsinstrumente nicht, die wegen der fehlenden Satelliten ohnehin nutzlos waren. Die Sternensäule war immer deutlich zu sehen, am besten allerdings in der Nacht, weil der Nano-Schutzschild im Dunkeln noch heller leuchtete.

Sergiu starrte nicht die Sternensäule an, sondern Emilija, die mit dem Rücken zu uns stand und die Wüste betrachtete. Sie blieb artig dort stehen, wie wir sie angewiesen hatten; sie und die reglos neben ihr stehende Eidechse glichen Sergius und mein Gewicht aus.

»Ist das nicht unglaublich?«, flüsterte er.

»Tja, das ist der unsichtbare Elefant im Raum.«

Verwirrt sah er mich an. »Was ist ein Elefant?«

Ich seufzte. Es war nicht die richtige Zeit, um über ausgestorbene Arten zu reden. »Egal. Nur so ein altes Sprichwort. Ich halte es für keinen Zufall, dass dieses … Wesen durch die Wildnis gestreift ist, bis es Emilija gefunden hat, und sie jetzt behauptet, sie könne es verstehen. Dieser ganze verrückte Auftrag wird immer irrwitziger, und ich hoffe sehr, dass Euer Mannes mir erklären kann, was eigentlich los ist.«

Zu meiner Überraschung schüttelte Sergiu den Kopf. »Ich glaube, das kann nicht einmal Mannes. Er gehört zur alten Welt und weiß vieles, aber das hier … das ist etwas Neues. Aber er wird sich sicher freuen. Neue … Phänomene faszinieren ihn.«

»Ihr scheint Mannes gut zu kennen.« Ich sah förmlich, wie Sergiu die Mauern wieder hochzog.

»Ein bisschen kenne ich ihn, ja.«

»Habt Ihr irgendeinen Rat für mich?«

»Stellt Euch ihm nicht in den Weg. Versucht nicht, ihn aufzuhalten. Ich habe niemals jemanden getroffen, der auch nur halb so alt war wie er oder halb so entschlossen. Er verschwendet niemals Zeit, wenn es darum geht, eine Entscheidung zu treffen. Versteht Ihr, was ich meine?«

Ich nickte. »Vollkommen.« Aber insgeheim dachte ich: Kurz gesagt: *Dieser Mannes ist also ein mörderischer Wahnsinniger, und sein Untergebener versucht gerade, mich darauf vorzubereiten.*

»Und das Mädchen? Was wird aus Emilija?«, fragte ich.

»Ich weiß es nicht«, gab Sergiu zu, »aber sie scheint sehr wichtig für ihn zu sein.«

»Ein Mann überlebt den Krieg, der die Zivilisation auf der Erde auslöscht – oder auch die Große Katastrophe, wie Ihr es nennt –, und bleibt all diese Jahre am Leben, um am Ende die Menschheit zu retten. Was treibt ihn dazu, was glaubt Ihr?«

Sergiu zuckte mit den Schultern. »Darüber habe ich noch nie nachgedacht.«

»Besessenheit? Rache? Oder vielleicht Schuld?«

»Liebe?« Wieder zuckte Sergiu mit den Schultern, und der Schatten eines Lächelns huschte über sein Gesicht. Er glaubte das auch nicht.

Ich sah ihm direkt in die Augen. »Diese ganze verdammte Geschichte hier hat überhaupt nichts mit Tarakan zu tun, richtig? Ihr habt mich nur von den Toten zurückgeholt, damit ich für Euch die Drecksarbeit erledige.«

Er erwiderte meinen Blick, ohne zu blinzeln. »Ich versichere Euch, Obermajorin, dass Mannes die letzte Hoffnung der Menschheit ist.« Selbst wenn das stimmen sollte, war er soeben meiner Frage ausgewichen.

Und in diesem Moment wusste ich, dass der Mann log oder

mir zumindest einen wichtigen Teil der wahren Hintergründe vorenthielt. Was wirklich schade war, denn inzwischen war mir Sergiu der Sterbende fast ein bisschen ans Herz gewachsen. Er erinnerte mich an mein früheres Ich und auch an andere Männer und Frauen, die in diesem schmutzigen Schattenkrieg gekämpft hatten. Aber in jenem Augenblick wurde mir klar, dass wir uns nicht nur an entgegengesetzten Seiten des Tischs gegenübersaßen, sondern womöglich nicht einmal dasselbe Spiel spielten.

Ich wandte meine Aufmerksamkeit wieder der jungen Frau zu, die keine zwei Meter von mir entfernt stand. Anscheinend funktionierten zumindest einige ihrer Instinkte, denn auf einmal wandte sie ebenfalls den Kopf und sah mich an. Unsere Blicke begegneten sich. Normalerweise hätte man in einem solchen Moment wieder weggesehen, aber ich hielt ihrem Blick stand. Emilija schien etwas ganz anderes zu sehen als andere. Nicht dass sie durch mich hindurchblickte – es war eher, als sähe sie mich auf eine ganz andere Weise. Es war verstörend, und hätte ich in meinem eigenen Körper gesteckt und nicht in einem Wirtskörper, so hätte sich mein Empfinden vermutlich in einem Erschauern manifestiert.

Ich lächelte ihr zu und winkte, aber Emilija wandte einfach nur den Kopf ab. Eine seitliche Windbö traf uns und schüttelte den Ballon durch, und einen Moment lang war ich voll und ganz damit beschäftigt, uns wieder zu stabilisieren. Als ich es geschafft hatte und auch unsere Flughöhe noch ein Stück weiter nach unten korrigiert hatte, blickte ich Sergiu an. Er sah plötzlich noch toter aus.

»Was wird mit dem Mädchen passieren?«, fragte ich ihn noch einmal.

Er atmete ein paarmal tief durch, sah mich aber nicht an, sondern hielt den Blick auf den fernen Horizont gerichtet. »Sie ist in Sicherheit.«

»Mannes braucht sie, er wird ihre Fähigkeiten für irgendwas benutzen. Und danach?«

»Sie ist in Sicherheit«, versicherte mir Sergiu noch einmal.

»Nach allem, was mir über Euren Mannes bisher zu Ohren gekommen ist, klingt das in meinen Ohren nicht gerade überzeugend«, sagte ich.

Endlich erwiderte Sergiu meinen Blick. »Glaubt nicht jedes Gerücht, das in der Stadt der Türme die Runde macht. Manches ist nichts weiter als bösartiges Geschwätz, anderes hingegen wird absichtlich verbreitet, um die Leute von uns fernzuhalten. Ja, natürlich, Mannes hat viele Menschen getötet, aber viele hat er auch gerettet. Mich hat er gerettet.«

Wähle weise, sogar nach dem Tode. Das waren die Worte eines mysteriösen Propheten gewesen, die der Mann, der sich Heiler nannte, an mich hatte überbringen lassen. Während ich mit behutsamen Bewegungen den Wetterballon steuerte, dachte ich, nicht zum ersten Mal, darüber nach, in welch einer seltsamen Welt ich erwacht war. Anfangs war mir alles genau so erschienen, wie man es sich nach einem Weltkrieg so vorstellte. Der vollständige Zusammenbruch der modernen Zivilisation, der Verlust von Wissen und technologischem Fortschritt, eine Menschheit, die auf die Lebensweise unserer Vorfahren vor Tausenden Jahren zurückgefallen war. Aber diese Welt hatte sich auch zu etwas anderem, vollständig Neuem entwickelt. Orakel, Heiler, Eidechsen, die Tätowierten, Trolle und Puzzler – solche wie sie hatte es nie zuvor gegeben, und jetzt waren sie Teil der neuen Welt. Es erinnerte mich an die alten Geschichten über Feen, Hexen und Drachen. In meinem aufgeklärten Zeitalter hatte man so etwas abfällig als reine Mythen abgetan, aber vielleicht steckte mehr dahinter. Rasch verjagte ich diesen albernen Gedanken aus meinem Kopf.

Schon bald musst du dich entscheiden, zwischen Licht und

Dunkel, zwischen Alt und Neu, zwischen den Welten. Wähle weise, sogar nach dem Tode. Genau diese Worte hatte der Heiler mir übermitteln lassen.

In gewisser Weise war ich gestorben, begraben in den Tiefen der Speicher des Oberkommandos, und war erneut geboren worden, mitten in diese neue Welt. Hatte der seltsame Mann darauf angespielt? Konnte ich mich einfach anders entscheiden und fortgehen? Den Ballon landen und in der Wildnis untertauchen? Ganz sicher würde ich überleben, ich hatte schon schlimmere Herausforderungen gemeistert. Ich könnte die verbleibende Lebenszeit meines Wirtskörpers nutzen, um die Trümmer unserer zerstörten Zivilisation zu erkunden, vielleicht hier und da helfen, Teile davon wieder aufzubauen, oder wenigstens eine Handvoll Leute in wissenschaftlichen Disziplinen unterrichten. Ein langes Leben wäre das war nicht – die Wirtskörper blieben nicht lange funktionstüchtig –, aber wenigstens ein sinnvolles. Vielleicht war es gar nicht das Beste für diesen Planeten, wenn alles wieder so wurde, wie es einst gewesen war. Vielleicht musste er heilen und etwas ganz anderes werden. Ein neuer Anfang.

Aber falls dieser Mannes tatsächlich mehr war als nur irgendein grausamer Warlord … wäre es in diesem Fall nicht das Klügste, ihn sich näher anzusehen?

In meiner Brust schlug ein von Maschinen gedrucktes, ausfallsicheres Organ und pumpte angereichertes künstliches Blut durch meine Adern, aber tief in meinem *eigentlichen* Herzen wusste ich, dass ich diesmal alles anders angehen musste. Ich würde nicht einfach blindlings Anweisungen befolgen und darauf vertrauen, dass ich für die Guten und Gerechten arbeitete. Wie auch immer ich das, was ich tat, zu rechtfertigen versuchte – ich hatte gewusst, *gewusst*, dass mit meinen Aufträgen etwas nicht stimmte, aber ich hatte sie trotzdem ausgeführt, weil ein Tarakanischer Arzt mir das Leben gerettet hatte und mich das zu einer der ihren machte. Vielleicht wäre es besser gewesen, wenn mich die Purpurrote Pest dahingerafft hätte.

Sergius Stimme riss mich aus meinen Gedanken. »Da, ich sehe das Ende der Wüste.« Er zeigte in die Ferne, eine Mischung aus Erleichterung und Vorfreude huschte über sein Gesicht.

»Wirklich? Ich sehe da nichts, für mich sieht hier alles gleich aus.« Die einzige Veränderung, die mir auffiel, war die stetig ansteigende Strahlung.

»Glaubt mir, ich weiß, welche Bereiche sicher sind, und wir sollten diesen verfluchten Ballon landen, sobald wir die Wüste hinter uns gelassen haben.«

»Warum fliegen wir nicht einfach den ganzen Weg?«

»Keine gute Idee, es sei denn, Ihr möchtet gern in Stücke geschossen werden. Mannes hat die Luftabwehr-Systeme wieder repariert.«

»Das ist … beeindruckend.« Eigentlich hatte ich »unwahrscheinlich« sagen wollen, riss mich aber zusammen.

»Darum hat er sich gleich als Allererstes gekümmert, als wir hier angekommen sind, aber wir hatten Glück: Die Gegend ist zwar hochgradig verstrahlt, und die Felder bringen kaum Ertrag, aber Gebäude und Maschinen waren nahezu unbeschädigt.«

In gewisser Weise ergab das sogar einen Sinn. Selbst in den Wirren dieses unvorstellbar entsetzlichen Krieges mussten wohl alle Parteien es darauf abgesehen haben, die Sternensäule zu erobern, oder sie hatten Angst gehabt, was geschehen mochte, wenn sie in sich zusammenstürzte. Falls die Systeme nicht zerstört oder gegrillt worden waren, hatte es wohl nur eine ausreichende Energiequelle erfordert, sie wieder zum Laufen zu bekommen.

»Und wenn wir ganz niedrig fliegen?«, schlug ich vor.

Sergiu schüttelte den Kopf. »Da unten sind schießwütige, nervöse Trupps unterwegs, die erst drauflosballern und dann fragen. Wir können ebenso gut einfach hier landen. Dann verbringen wir die Nacht hier, und morgen früh nehmen wir einen Weg, der uns nicht umbringt.«

Dagegen konnte ich nicht viel einwenden. Entweder sagte Sergiu die Wahrheit, oder es war eine Falle. Ich reduzierte die Gaszufuhr und wechselte einen raschen Blick mit Emilija. Sie stand noch immer dort, wo ich sie postiert hatte, ihr Gehorsam war ebenso unerschütterlich wie ihr Schweigen. Die Eidechse wachte über sie. Ich wusste nicht, was zwischen den beiden vorging, aber ich hätte hartes Metall darauf verwettet, wie die Leute aus der Stadt der Türme heutzutage zu sagen pflegten, dass dieser riesige Monster-Koloss das Mädchen um jeden Preis beschützen würde. Aus irgendeinem Grund empfand ich diesen Gedanken als tröstlich, und so irrational es auch sein mochte: Insgeheim schwor ich mir, dasselbe zu tun. Ich würde nicht zulassen, dass Emilija etwas zustieß.

Kapitel 62

Funkelauge

Sein Ziel zu kennen und sein Ziel zu erreichen – das sind zwei Paar Stiefel. Ohne Karte oder irgendwelche Hinweise fuhren wir durch die unbelebte Wildnis und verbrauchten die Hälfte der verbliebenen Energiediamanten allein dafür, Straßen zu folgen, die im Nichts oder in unpassierbaren Sümpfen endeten. Einmal probierte Vincha den Hovermodus aus, um über das unwegsame Gelände hinwegzuschweben – der Versuch kostete uns einen Energiediamanten und fast sogar den Shark selbst. Die Landschaft sah aus, als hätte Gott mit beiden Händen hineingegriffen und große Erdschollen durch die Gegend geworfen, und oft folgten wir einer vielversprechenden Route, nur um am Ende kilometerweit wieder zurückfahren zu müssen.

Der Shark war für den Tarakanischen Highway gebaut worden, nicht für Überlandfahrten. Zweimal hielten wir an, damit Vincha technische Probleme beheben konnte, so gut sie es eben vermochte. Ich kauerte in der Nähe des Fahrzeugs, unter dem sie lag. Schweiß strömte ihr über den Nacken, die Flexleder-Panzerung war dreckverschmiert.

»Wie läuft's?«, erkundigte ich mich.

Mit vor Anstrengung verzerrtem Gesicht verdrehte sie den Arm, der tief hinter der Radabdeckung des Sharks verschwunden war. Plötzlich ertönte ein befriedigendes Klicken.

»Gut.« Vincha atmete erleichtert auf und stieß sich unter dem Shark hervor. »Das sollte fürs Erste reichen.« Dann rief sie: »Du kannst jetzt loslassen.« Ich hörte Galinak grunzen, und das Fahrzeug senkte sich ab.

Vincha setzte sich auf, und ich streckte ihr die Hand entgegen. Kurz starrte sie mich an, aber schließlich akzeptierte sie mein Hilfsangebot. »Was willst du, Funkelauge?«

»Kann denn ein Mann nicht galant sein, ohne dass er dir gleich einen Shark hochhebt?«, fragte ich.

Vincha schnaubte. »Spar dir deine Galanterie für deine billigen Salu-Romane. Was willst du von mir?«

»Eine Nährpille wollte ich dir geben«, sagte ich, öffnete die Hand und hielt ihr die Pille hin. »Das sind die drei letzten, also denken wir besser mal darüber nach, wo wir ab jetzt etwas zu essen und zu trinken herbekommen.« Das war eine Lüge. Zwei Pillen hatte ich noch in meinem Gürtel versteckt, aber ich hatte nicht vor, das irgendwem zu verraten.

Vincha hatte mir noch nie so recht getraut, und das vollkommen zu Recht, aber sie war zu müde, durstig und gestresst, um zu befürchten, dass ich sie unter Drogen setzen wollte. Sie nahm die Pille und schluckte sie rasch hinunter. In ihr Gesicht kehrte die Farbe zurück.

»Schon besser«, sagte ich, und sie nickte, dann verlor sie auf einmal das Gleichgewicht. Ich fing sie gerade noch auf, ehe sie stürzen konnte.

»Eine mögliche Nebenwirkung der Pille, geht schnell vorbei«, sagte ich und lehnte sie gegen den Shark. »Ruh dich kurz aus, und dann fahren wir weiter.«

Sie nickte und atmete ein paarmal tief durch. »Was willst du mich fragen?«

»Woher weißt du …«

»Du sagst, ich hab ein Muster.« Ihr Lächeln war müde und dünn, aber es war da. »Tja, das gilt auch für dich, und auch wenn du jetzt einen anderen Körper hast oder einen Wirtskörper oder wie auch immer die Tarkanier das nennen, du bist ja trotzdem noch derselbe, oder? Unter dieser neuen Haut steckt noch immer der verschissene kleine Schreiber, der glaubt, er könnte die Welt retten, wenn er nur die richtigen Fragen stellt.«

Ich nickte. »Das hoffe ich. Ich meine, manchmal kann ich es kaum glauben, wenn ich irgendwo mein Spiegelbild sehe. Aber trotzdem, ja, noch immer derselbe wie früher: der Mann mit den Fragen.«

Ihr Lächeln wurde breiter. »Und ein Glückspilz obendrein, denn ich bin gerade in der richtigen Stimmung. Also frag ruhig.«

»Es geht um Emilija.« Ich zögerte, sprach dann aber weiter. »Und diese Geschichte, die dieser arme Himmelswächter uns erzählt hat … Er sagte, sie habe mit der Eidechse geredet, die er uns beschrieben hat. Ich hab noch nie gehört, dass ein Puzzler so etwas getan hätte.«

Vincha antwortete nicht. Das sprach Bände.

»Emilija hat Tätowierungen auf dem Kopf«, sagte ich. »Ich habe noch nie von einem Puzzler mit Kopftätowierungen gehört, und nach dem, was uns der Himmelsmeister erzählte, hat sie nicht nur die Eidechse im Griff gehabt, sondern wusste sogar schon vorher, dass sie kommen würde. Was sie dir über den Himmelsmeister hat ausrichten lassen, also dass du nicht in diese Welt zurückkehren würdest, das war eine Prophezeiung im Nakamura-Stil.«

Ich hatte erwartet, dass Vincha mich anschreien würde, dass sie leugnete, was ich andeutete, und gegen den Vergleich mit dem selbst ernannten Orakel protestierte, das Hunderte Trolle getötet hatte. Oder dass sie mir zumindest die Faust ins Gesicht pflanzte. Aber sie überraschte mich mit einer Antwort. So sanft hatte ich ihre Stimme noch nie gehört.

»Emilija war schon immer besonders. Schon immer. Still, aber voller Wissen. Ich war nicht dabei, als sie angefangen hat zu sprechen, aber mir wurde erzählt, dass sie eines Morgens mit zwei Jahren einfach die Augen aufschlug und von dem Tag an redete wie eine Erwachsene. Sie hat schon immer Dinge gesehen, die nicht da waren, und gehört, was nur sie hören konnte, genau wie ihre Mutter.« Vincha lächelte in sich hinein, und ihre Augen glänzten. »Bevor ich sie zu den Kethans gebracht habe, war sie bei einer anderen Pflegefamilie. Die Frau war schwanger, und Emilija sagte ihr, dass ihr Sohn tot zur Welt kommen würde, zwei Monate bevor sie das Baby tatsächlich verlor. Ich meine, so etwas kommt vor, und man hätte es sich mit einem unseligen Zufall erklären können, aber die Leute glaubten, Emilija hätte sie verflucht, und ich musste sie dort wegholen. Ich war wütend auf sie, aber Emilija sagte mir, sie habe einfach gewusst, was geschehen würde, und habe es richtig gefunden, die Familie auf die unvermeidbare Tragödie vorzubereiten. Genau so hat sie es ausgedrückt.«

Vincha sah mir in die Augen. »Damals war sie neun Jahre alt. Ich war zu beschäftigt damit, herumzurennen und meine Tochter vor dem Schicksal zu bewahren, das Tarakan ihr zugedacht hatte, um sie aufwachsen zu sehen, dabei zu sein, wenn sie ihre ersten Schritte tut, oder ihre ersten Worte zu hören. Weißt du, wie sie lauteten?« Sie wartete, bis ich den Kopf schüttelte. »Ihre ersten Worte waren: ›Ich habe Durst, und im Schrank liegt ein toter Frosch.‹«

Ich lächelte.

»Vielleicht fließt das Blut einer Prophetin in ihren Adern, vielleicht ist sie einfach nur seltsam und hat beim Raten oft Glück, das weiß ich nicht. Aber ich weiß, dass ich alles tun werde«, Vinchas Blick war unbeirrbar, »und zwar wirklich alles, um zu verhindern, dass sie im Namen Tarakans geopfert wird. Wenn die Menschheit dieses Opfer von mir verlangt, um sich wieder aus dem Staub zu erheben, dann soll sie meinetwegen verdammt bleiben.«

»Und was, wenn sie selbst es so will?«, fragte ich.

Warnend hielt mir Vincha einen Finger vors Gesicht. »Niemand will sterben. Niemand. Tarakan manipuliert sie, schickt ihr eigenartige Gedanken und Visionen, wenn sie schläft, so wie sie es mit Rafik gemacht haben. Überzeugt sie davon, dass sie ein Schicksal zu erfüllen hätte, dass es keine andere Möglichkeit gäbe, als das zu tun, wofür sie angeblich geboren wurde. Auf diesen Rost fall ich nicht rein, Funkelauge.« Ihre Stimme war immer lauter geworden, und ich hob beschwichtigend die Hände. »Sie sieht gut aus«, fuhr Vincha fort, »sie kann einen Ehemann finden, eine Familie gründen, kann lernen, den Menschen zu helfen, oder sie kann rostverdammt noch mal einfach nur überleben, um sich an einem schönen Sonnenuntergang zu freuen. Sie muss sich nicht von irgendeiner Maschine verschlingen lassen, um in dieser Welt ihren Frieden zu finden.«

»Lass uns Emilija doch erst einmal finden und dafür sorgen, dass sie in Sicherheit ist, und dann überlegen wir, wie wir aus dieser Scheiße wieder rauskommen.«

»Du hattest schon immer einen schlauen Kopf, das geb ich zu.« Vincha drückte den Rücken durch. »Benutz ihn lieber dafür, eine Lösung zu finden. Ich würde dich ungern erschießen.«

Ich blickte sie unverwandt an. »Würdest du das wirklich tun? Mich erschießen?«

Vincha legte den Kopf schief. »Man merkt sofort, dass du keine Kinder hast, Funkelauge. Wenn ich mich zwischen dir und meiner Tochter entscheiden müsste, würde ich dich ohne zu zögern töten, und ich würde mir nicht mal die Mühe machen, deinen hübschen neuen Körper zu begraben. Ich würde dich den Krähen überlassen oder dir ein Salutisten-Begräbnis verpassen.«

»Hör ich da etwa herzbewegende Poesie?« Hinter dem Shark tauchte der grinsende Galinak auf.

Vinchas Gesicht verdüsterte sich. »Was soll dieses zufriedene Grinsen?«

Galinak breitete die Arme aus. »Nun, Vincha, die bösen Jungs haben sich deine Tochter geschnappt, das ist eine traurige Tatsache. Aber hier sind wir, alle drei wieder vereint, um sie zu retten. Wäre ich so klug wie unser gemeinsamer Freund hier, dann würde ich sagen: Das macht uns einer ganz schlichten Rechnung zufolge zu den Guten, und ehrlich gesagt hab ich es vermisst, einer von den Guten zu sein.«

»Du bist eine so angenehme Gesellschaft wie ein Jucken am Arsch, Galinak«, brummte Vincha und stieg in den Shark. Hastig folgten wir ihrem Beispiel.

Als wir davonrasten, kicherte Galinak noch immer leise in sich hinein, und sobald ich sicher war, dass Vincha mich nicht beobachtete, tat ich es ihm gleich.

Kapitel 63

Funkelauge

Unter dem ständigen Piepen des Sharks – der letzte Energiediamant war fast verbraucht – fuhren wir in die Stadt ein. Ich hatte schon viele Gegenden gesehen, die bei der Katastrophe von der grauenhaften Wucht der entfesselten Waffen getroffen worden waren, aber meist hatte sich zumindest die Natur wieder erholt. Hier war das anders. Hier lebte nichts mehr. Gar nichts. Es wirkte, als hätten die grauenhaften Waffen, die hier alles zerstört hatten, jegliches Leben aus dem Erdboden gesaugt. Die Sandwüste lag hinter uns, aber der erbarmungslose Südwind hüllte uns in eine dichte Staubwolke. Es lag auf der Hand, dass hier nichts lange überlebte.

»Erinnert euch das an irgendwas?«, erkundigte sich Galinak, während wir an einem Gebäude nach dem anderen vorbeifuhren.

»Jepp«, murmelte Vincha, »hier sieht's aus wie im verdammten Tarakan-Tal, nur ausgestorbener.«

»Wie in guten alten Zeiten«, sagte ich, um die Stimmung aufzulockern. Beide Krieger wandten die Köpfe und sahen mich an, und angesichts ihrer Mienen fügte ich hastig hinzu: »Ihr wisst schon … das Tarakan-Tal, die Abenteuer, die Knoten, die Tiefenexpeditionen, die Beute?«

»Weißt du, Funkelauge«, Vincha tippte im Takt des nervtötenden Piepens aufs Lenkrad, »so langsam solltest du echt mal erwachsen werden und dir klarmachen, dass nichts an den alten Tagen wirklich *gut* war. Ich wache manchmal immer noch mitten in der Nacht schweißgebadet auf.«

»Das passiert nur, wenn man zu erschöpft ist, um sich vor dem Schlaf zu retten«, sagte Galinak und überraschte uns damit beide. »Was?«, fragte er, als wir ihn anstarrten. »Dass ich's gut kann, heißt doch nicht, dass ich's immer gern mache. Auch wenn ich zugeben muss: Die Beute nach Hause zu schleppen, das war schon enorm befriedigend.« Er stieß Vincha mit dem Ellbogen an. »Erinnerst du dich noch an die GY-Blaster, die wir mal aus der Tiefe mitgebracht haben? Gab es die zu deiner Zeit noch, Vinch?«

»Oh, worauf du wetten kannst.« Ich sah ihr Gesicht nicht, aber ich hörte das Lächeln in ihrer Stimme. »Nichts schreit so laut ›Ich bin ein großer, böser Troll‹ wie eine an deinen Arm geschnallte Minenkanone.«

»Dorgmahr hieß der erste Troll, der je eine gefunden hat. Erinnerst du dich an den?«

Vincha verdrehte die Augen. »Dieser rostige Scheißhaufen. Bei dem Typen waren mehr als nur ein paar Kabel locker. Hat mehr Mods in seinem Körper spazieren getragen, als ein Technikus in seinem ganzen Stand zum Verkauf anbietet. Aber in der Tiefe hat ihm das auch nicht mehr geholfen. Hab gehört, ihn hat es komplett gegrillt, in einer Falle. Sogar seine Mods waren hin. In der Fressgrube haben sie ein Steak nach ihm benannt. Man konnte es blutig, medium, gut durch oder verkohlt auf Dorgmahr-Art bekommen.«

»Ich vermisse meine Panzerung von damals«, sinnierte Galinak. »Ja, hatte schon bessere Tage gesehen und war ganz schön oft geflickt, aber die Handschuhe mit den Pfeilen …« Er seufzte. »Diese Pfeile waren schwer zu kriegen und rostteuer, aber das war schon ziemlich elegant irgendwie.«

Vincha schnaubte vor Lachen. »Elegant? Hätte nicht gedacht, dass du das Wort überhaupt kennst. Du würdest keine Eleganz erkennen, wenn …«

»Da«, erstickte ich den Streit im Keim und wedelte mit dem Arm zwischen ihren Gesichtern hin und her. »Ich sehe die Schienen der Langbahn.«

Mit dem Blick folgte Vincha meinem Fingerzeig. »Wo? Ich sehe nix als Staub.«

»Genau da drüben.« Ich fuhr die durch den Himmel führende Linie mit dem Finger nach.

»Diese Tarkanier hatten schon Stil, geb ich zu.« Mit zusammengekniffenen Augen versuchte Galinak, die Schienen zu entdecken. »Hab mich schon immer gefragt, wie sich diese Metallstangen eigentlich seit hundert Jahren in der Luft halten können.«

»Halte dich rechts«, sagte ich zu Vincha. »Wir sind am Rand der Sandwüste. Nicht dass wir auf einmal aus Versehen in einen Krater fallen.«

»Das wäre kein besonders *eleganter* Tod«, brummte Galinak leise.

»Sicher, dass das hier der einzige Weg um die Sandwüste rum ist?«, fragte mich Vincha.

»Soweit ich weiß, ja«, antwortete ich. Die südliche Langbahn war die unberechenbarste von allen, sie fuhr zu eigenartigen Zeiten los und blieb manchmal tagelang mitten in der Luft einfach stehen, aber wenn wir nicht mitten durch die tückische Sandwüste fahren wollten, blieb uns keine andere Möglichkeit.

Zum Glück war das Außentor der Station unbewacht, vermutlich wegen der ungünstigen Wetterbedingungen.

Vincha gab ein bisschen Stoff und parkte in der Nähe des Eingangs zu dem gewaltigen Gebäude. Sie reichte Galinak und mir Komm-Ohrstöpsel. Sobald ich meinen ins Ohr gesteckt hatte, hörte ich Vinchas Stimme in meinem Verstand.

»Hörst du mich, Funkelauge?«

»Laut und deutlich.«

»Gut.« Vincha schaltete den Motor aus, und das enervierende Gepiepse verstummte und hinterließ wohltuende Stille. Sie lehnte sich im Fahrersitz zurück und schloss die Augen. »So. Bevor wir da reingehen«, ihr Haar begann zu zucken und zu wogen, »möchte ich, dass du mit deinen nützlichen Augen ins Gebäude blickst und mir sagst, was du dort siehst.«

Ich konzentrierte mich und zoomte so tief ins Gebäude, wie ich konnte. Es dauerte eine Weile, und als ich fertig war, verspürte ich die ersten Anflüge eines schädelzersprengenden Kopfwehs. »Die Langbahn ist in der Station, oberster Bahnsteig, und mehr als zwei Dutzend Soldaten stehen Wache.«

»Zwei Dutzend? Bist du sicher?«

»Sogar eher dreißig, um genau zu sein, und sie sind kampfbereit. Anscheinend haben wir sie aufgeschreckt, als wir durchs Außentor gekommen sind.«

Vincha nickte, ihr Haar zuckte. »Bei denen herrscht ganz schönes Geschnatter im Komm. Wir hatten nicht mehr ausreichend Saft für den Tarnmodus, also haben sie den Shark entdeckt. Sie wissen, dass wir kommen, und sind darauf vorbereitet, uns in Empfang zu nehmen.«

In der Bar und Spielhölle *Margats Nest* hatten mich diese beiden Veteranen während eines Kampfs schützend flankiert. Es war gewesen, als befände ich mich im Auge eines Sturms. Aber diesmal sahen sie sich deutlich gefährlicheren Gegnern gegenüber.

Galinak überprüfte sein schweres Gewehr. »Wie lautet der Plan? Warten wir, bis sie neugierig werden? Schalten wir einen nach dem anderen aus? Suchen wir nach einem Seiteneingang? Versuchen wir es mit einer Ablenkung? Setzen wir auf *elegante* Diplomatie?« Er wandte den Kopf und zwinkerte mir zu.

Zu meiner Erleichterung schüttelte Vincha den Kopf. »Wir können die Station nicht allein einnehmen.«

»Klar können wir«, protestierte Galinak. »Zehn zu eins – da hatten wir schon Schlimmeres.«

»Du und ich, wir würden das vielleicht schaffen.« Mit dem Daumen deutete Vincha auf mich. »Aber Funkelauge packt das nicht. Nimm's mir nicht krumm, Funkelchen.«

»Oh, glaub mir, das tu ich nicht«, versicherte ich ihr. »Wir könnten ja außen am Gebäude hochklettern und uns auf den obersten Bahnsteig und in die Langbahn reinschleichen, aber dann müssten wir darauf warten, dass Was-auch-immer-das-Teil-lenkt entscheidet, dass sie jetzt losfährt.«

»So viel Zeit hab ich nicht.« Vincha runzelte die Stirn. »Und ich kann nicht riskieren, dass mir was passiert, nicht, wenn Emilija zu einem Massenmörder unterwegs ist, der sie benutzen will und …« Plötzlich schaltete Vincha den Motor wieder ein. Das unablässige Piepen setzte wieder ein, nur dass es jetzt noch dringlicher klang.

»Was wird das denn?«

»Plan B«, sagte sie, und wir wurden rücklings in die Sitze geschleudert, als der Shark heftig beschleunigte und von der Station fortraste.

»Vincha«, rief ich ihr über das Piepen hinweg zu, »mich deucht, wir halten geradewegs auf die Sandwüste zu.«

»Erzähl mir nicht, was ich schon weiß, sondern sag mir, wo ich langfahren muss, damit wir unter den Schienen sind«, sagte sie und beschleunigte noch mehr.

Ich sah nach oben und durch das Dach des Sharks hindurch. Die Schienen waren zu unserer Rechten und bogen dann ab, noch weiter von uns weg. Als ich den Blick wieder nach vorn richtete, blieb mir gerade noch genug Zeit, um zu sagen: »Vincha, da ist ein Loch von hier bis …« Der restliche Satz ging in Galinaks und meinen entsetzten Schreien unter, als Vincha über die Kante raste. Wie ein Stein stürzten wir in die Tiefe, aber dann schaltete Vincha in den Schwebemodus. Wir wirbelten eine Menge Sand auf, bis sich der Wagen endlich stabilisiert hatte.

»Verdammt«, ächzte Galinak. »Ich hoffe ja, du bist zu deinen Liebhabern zärtlicher als zu deinem fahrbaren Untersatz.«

»Im Schwebemodus geht uns im Handumdrehen die Energie aus«, rief Vincha. »Funkel, benutz deine verdammten Augen und sag mir Bescheid, wenn wir unter den Schienen sind.«

Es dauerte nur wenige Sekunden, bis der Energiediamant vollständig leer gesaugt war, und wir plumpsten Nase voran in den Sand. Zum Glück war der Sturz nicht so tief, dass es uns das Leben kostete. Auf der Windschutzscheibe sammelte sich augenblicklich Sand an.

»So viel also zu Plan B«, sagte ich.

»Sind wir unter den rostigen Schienen?«

Ich sah hoch und konzentrierte mich. »So ungefähr.«

»So ungefähr muss reichen. Jetzt muss ich die Magneten für den Schwebemodus umpolen und irgendeine Energiequelle finden, die dieses Schätzchen einmal kurz so richtig zum Leuchten bringt. Galinak, ich muss unter den Wagen.«

»Vincha«, sagte ich, »wir sinken. Spürst du das nicht?«

Es stimmte – wir hatten uns beim Sturz ziemlich tief in den Sand gebohrt und waren inzwischen bereits bis an die Türen darin versunken.

»Okay.« Vincha zögerte kurz, dann duckte sie sich unter ihren Sitz. »Galinak, hilf mir, diese Metallplatte hier rauszureißen. Sofort.«

Galinak beugte sich ebenfalls vor. Es knirschte, dann richteten sie sich beide wieder auf, die Hände voller Kabel. Ich warf einen raschen Blick zur Seite: Jetzt stand uns der Sand bereits bis zur Höhe der Fenster, die Luft wurde allmählich stickig.

Zum ersten Mal regte sich Panik in mir. Ich wollte nicht sterben. Einfach so vom Angesicht der Erde fallen. Langsam im Sand ersticken ... Vincha holte mich mit einer Ohrfeige zurück in die Gegenwart.

»Halt das mal, Funkelauge.« Vor mir erschien der Griff ihrer Energiepistole, und ich griff danach, ohne nachzudenken. Mit durch die Luft zuckendem Haar legte sie mehrere Kabel zu einer Schlaufe.

»So, jetzt schau doch mal mit deinen funkelnden Augen da rechts neben das Lenkrad. Da drin ist ein kleiner Kasten, siehst du ihn?«

Ich konnte an nichts anderes denken als an den Sand, der uns langsam unter sich begrub.

»Rost, Funkelauge, siehst du ihn?«, brüllte Vincha.

»Ja.«

»Gut. Auf mein Zeichen schießt du volles Rohr mit der Energiekanone genau dort hinein. Das verpasst uns den nötigen Energieschub.«

»Und zerlegt den Shark oder jagt uns möglicherweise auch in die Luft?«, ergänzte Galinak.

»Lieber in die Luft fliegen, als langsam zu verrecken«, sagte Vincha und duckte sich, die Kabel in der Hand. »Schieß nicht daneben.«

Ich beugte mich so weit wie möglich vor und zielte über Vinchas Kopf hinweg.

»Jetzt«, befahl sie, und ich zog den Abzug durch. Der unverkennbare Brandgeruch schmelzenden Kohlenstoffs und Metalls stieg mir in die Nase, und auf einmal erwachte der Motor zum Leben. Im nächsten Moment explodierte der Shark förmlich aus dem Sand nach oben, und die Welt stand auf dem Kopf. Ich schlug mir den Kopf an, aber mein Körper dämpfte den Schmerz sofort, sobald er die Verletzung registrierte.

Sobald ich mich berappelt hatte, stellte ich fest, dass wir zwischen den Bahnschienen entlangfuhren, hoch in der Luft. Bläuliche Blitze umzuckten uns, und aus dem Armaturenbrett stieg Rauch auf.

»Wenn es irgendwo brennt, müsst ihr's löschen«, sagte Vincha mit zusammengekniffenen Lippen, ganz aufs Fahren konzentriert.

»Anscheinend war Plan B ein Erfolg.« Galinak schaffte es, sich wieder anzuschnallen. »Einen klugen Kopf hast du da, Vinch.«

»Danke«, antwortete Vincha, ehe sie hinzufügte: »Hätte allerdings nicht gedacht, dass wir uns umdrehen. Das war eine Überraschung.«

»Meinst du, du könntest uns vielleicht zurückdrehen?« Ich lag innen auf dem Dach des Sharks. »Es wird allmählich ein bisschen unbequem.«

»Glaub nicht«, sagte Vincha. »Der Shark zieht die ganze Zeit abwärts. Ich probier lieber nichts aus, was den magnetischen Halt gefährdet.«

»Weißt du, wie lange wir ungefähr für die Strecke brauchen?«, fragte ich.

»Dein Schuss hat das System und das Display außer Gefecht gesetzt. Ich fahre einfach nur von einem Schienenpaar zum nächsten. Wir kommen schon rechtzeitig an.«

»Und wie kommen wir wieder runter, wenn wir angekommen sind?«

»Das finden wir raus, wenn wir da sind«, antwortete Vincha, ehe sie kaum hörbar murmelte: »Wie in alten Zeiten.«

Kapitel 64

Peach

Am nächsten Tag griff uns eine Patrouille auf. Sie trugen Körperpanzerung und Helme, aber jeder eine andere Waffe – Gewehre, Maschinenpistolen, Energiepistolen und sogar Schulterkanonen. Die Ausrüstung roch eher nach überambitionierter Miliz als nach einer Militäreinheit, aber ihre Ausbildung war einwandfrei. Sie wussten, nach wem sie suchten, und waren nicht unnötig grob. Vermutlich trug auch der Umstand, dass die fremdartige und bedrohliche Eidechse kurz nach unserer Bruchlandung in der Dunkelheit verschwunden war, wesentlich dazu bei, dass alles einigermaßen ruhig und gesittet ablief. Man nahm mir meine Waffen ab, händigte uns jedoch Gesichtsmasken und Brillen aus, und ich wurde weder gefesselt noch anderweitig misshandelt.

Bis zur Hügelkuppe liefen wir zu Fuß, dann legten wir den restlichen Weg in einem alten, mit fossilen Brennstoffen betriebenen Lastwagen zurück, auf dessen Dach ein leichtes Maschinengewehr montiert war. Es wuchsen nirgends Bäume oder andere Pflanzen, so weit das Auge reichte, und der leiseste Windhauch wirbelte enorme Staubwolken auf, die die Sonne verdunkelten und alles in düsteres Zwielicht tauchten. Ein- oder zweimal winkte mir Sergiu zu, aber darüber hinaus war wegen der Masken, Brillen und des wirbelnden Sands keine Kommunikation möglich. Emilija saß neben Sergiu, fast unnatürlich reglos, und starrte durch Brille und Gesichtsmaske vor sich hin. Ich bezweifelte allerdings, dass sie ohne die Schutzkleidung mehr gesagt hätte.

Da ich mich ohnehin mit niemandem unterhalten konnte, nutzte ich die Zeit, um mir die vorbeiziehende Landschaft anzusehen, versuchte, irgendetwas wiederzuerkennen – immerhin hatte ich in dieser Gegend viel Zeit zugebracht –, aber das war wirklich ein anderes Leben gewesen. In Tarkania oder sogar in der Ruinenstadt, in der ich aufgewacht war, war es mir deutlich leichter gefallen, einen Blick auf meine eigene Vergangenheit zu erhaschen, dort war mehr oder weniger alles noch erkennbar gewesen. Aber hier, wo viele Häuser vollkommen zerstört worden waren und alles unter Staub begraben lag, war es sehr viel schwieriger, etwas Vertrautes auszumachen. Hin und wieder erblickte ich Gebäude, die zu beeindruckend großen Gewächshäusern umfunktioniert worden waren, und vielerorts hatte man zylinderförmige Wassersammelstellen und Windmühlen erbaut. Rings um die Gewächshäuser entdeckte ich zahlreiche alte, mit Benzinmotoren betriebene Generatoren, vereinzelt auch Solarpaneele. Die wenigen Leute, an denen wir vorbeifuhren, trugen zum Schutz vor dem allgegenwärtigen Sand abgenutzte Gesichtsmasken, manche hüllten sich zudem aus unerfindlichen Gründen in Alufolie. Ich wandte den Kopf und betrachtete die Sternensäule. Es lagen noch immer einige Kilometer zwischen uns und dem Berg, auf dem sie errichtet war, aber sie war so riesig, dass ich fast glaubte, ich müsse nur den Arm ausstrecken, um sie zu berühren.

Ich dachte, wir würden auf direktem Weg zum Berg fahren. Zu meiner Überraschung befand sich jedoch die Basis, die unser Ziel war, auf halbem Weg zwischen der Sternensäule und der Schwebebahn-Station. Die Anlage war ausgezeichnet zu verteidigen; die Umzäunung bestand halb aus Tarakanischen

Stahlplatten und halb aus irgendwo erbeuteten Metallteilen, die man zu einer hohen Mauer zusammengefügt hatte. Auf der Mauerkrone entdeckte ich mehrere rotierende schwere Kanonen und Kameras, und quer über die Basis spannte sich ein Spinnennetz aus Kabeln, zwischen denen ein ganzer Wald aus Antennen emporwuchs. Sobald wir durch das zweiflüglige Tor hindurch waren, entdeckte ich Hunderte unterschiedlicher elektronischer Gerätschaften, die meisten davon militärischer Bauart. Es gab sogar ein paar auf hohe Reichweite ausgelegte Satellitenschüsseln. Es war zwar nicht direkt ein Zeitsprung zurück ins 24. Jahrhundert, aber es reichte, um mir das Herz aufgehen zu lassen.

Die Bauten im Innern der Basis waren überwiegend leichte mobile Militärgebäude, aber hier und da sah ich auch etwas Stabileres. Ich war lange genug Soldatin gewesen, um die Gebäude allein anhand der in ihrem Umfeld stattfindenden Aktivitäten richtig zuzuordnen. Es gab mehrere Baracken, ein Feldlazarett und ein Rechenzentrum, zu dem so viele Kabel führten, dass ich überlegte, ob es wohl ein Künstliches Bewusstsein beherbergte. Es gab mehrere Lüftungsschächte, was mir verriet, dass noch eine unterirdische Ebene existierte. Vielleicht befanden wir uns direkt über einem Notbunker. In diesem Fall wäre die Basis deutlich größer, als sie auf den ersten Blick aussah. Falls der Bunker noch immer funktionierte und regelmäßig wichtige Versorgungsgüter druckte, erleichterte es das Leben unter so widrigen Bedingungen natürlich sehr.

Alle Männer und Frauen ohne Helm waren kahlköpfig, und ihre Haut war in unterschiedlich schweren Graden von der Strahlenkrankheit gezeichnet. Sie alle gingen irgendwelchen Aufgaben nach, und nur wenige wendeten die Köpfe, um zu beobachten, wie wir aus dem Lastwagen stiegen. Die anderen waren zu beschäftigt oder zu konzentriert, um sich ablenken zu lassen. Wer auch immer hier das Sagen hatte, dachte ich, hatte eine wirklich imposante Basis geschaffen. In modernen Zeiten hätte man sie leicht erledigen können – vom Boden aus mochte sie schwer zu erobern sein, aber wenn es hart auf hart kam, wäre die Sache mithilfe von Satelliten oder Langstreckenraketen schnell vorbei gewesen. Aber dies hier waren keine modernen Zeiten, und unter den gegebenen Umständen war es gut möglich, dass es sich bei dieser Gruppierung um eine der stärksten Militäreinheiten des gesamten Lands handelte.

Emilija wurde sofort nach unserer Ankunft weggebracht. Sie ging an Sergius Seite weg, ohne sich umzusehen oder auch nur kurz in meine Richtung zu blicken. Sergiu hingegen drehte sich noch einmal nach mir um. Er winkte mir und sagte: »Wir sehen uns bald wieder, Obermajorin, ruht Euch ein bisschen aus. Und …«, er machte eine kurze Pause und fügte dann hinzu: »… versucht, Euch zu benehmen.«

Während ich zu den Baracken gebracht und einer Dekontaminierung unterzogen wurde, dachte ich über seine Warnung nach. Der haarlose Veteran, der mich begleitete, hätte ebenso gut in seinen Dreißigern wie in seinen Sechzigern oder irgendwo dazwischen sein können. Als wir die Dekontaminierung hinter uns gebracht hatten, wies er mich an, die Arme auszubreiten. Als ich gehorchte, nahm er mit einem langen Band meine Maße. Dann drückte er mir ein dünnes Leinenhandtuch in die Hand und zeigte auf eine Tür. »Dort ist eine Dusche. Ihr habt fünf ganze Minuten Zeit. Glaubt mir, das ist ein besonderes Bonbon.«

»Glaub ich Euch«, sagte ich. »Wie lange dient Ihr schon hier?«

Der Mann verzog das Gesicht. »Lange genug, um zu wissen, welche Fragen ich beantworte und welche nicht. Jetzt macht schon.«

Er hatte recht: Die Dusche war ein besonderes Bonbon, obwohl es sich um eine Partikeldusche handelte und kein Tropfen Wasser meine Haut benetzte. Trotzdem fühlte ich mich danach erfrischt. Eine kahle Soldatin brachte mir eine Uniform etwa in der passenden Größe, eine lange Unterhose – ausgeleiert, aber warm – und dazu noch einen Gürtel und Stiefel. Als ich mich anzog, fiel mir die graue, teigige Haut der beiden Soldaten auf, Mann wie Frau – möglicherweise das Ergebnis mehrerer gründlicher Strahlungsbehandlungen. Aber jede meiner Fragen oder Bemerkungen traf auf stoisches Schweigen. Vermutlich hatten sie Anweisung bekommen, nicht mit mir zu reden.

Eine Zeit lang dümpelte ich vor mich hin, setzte mich erst auf eine Pritsche, streckte mich dann lang aus und wartete darauf, dass etwas passierte. Irgendwann kam ein dritter Soldat herein, und ich wurde aus den Baracken eskortiert. Ich erwartete, dass man mich zu einer Audienz geleiten würde, bei der ein Mann auf einer Art Thron vor mir sitzen würde, aber stattdessen brachte man mich auf die andere Seite der Basis, wo gerade eine alte, frisch ausgebuddelte Rohrleitung repariert wurde.

Ein gebrechlich wirkender alter Mann stand oben auf einem Hügel und blickte in einen Graben hinunter, in dem ein Dutzend Arbeiter vor sich hin schuftete. Er sah furchtbar aus – haarlos, ausgemergelt und grau im Gesicht, und er trug keinerlei Schutzkleidung, nicht einmal eine Brille über den rot geränderten Augen. Eine graue Uniform schlotterte um seine skelettartige Gestalt. Er sah aus wie ein wandelnder Toter.

Im Näherkommen zeigte er nach unten, und ich hörte ihn mit kratziger, aber nichtsdestoweniger weit tragender Stimme sagen: »Seht zu, dass diese Platte da gut verschweißt wird.« Ein halbes Dutzend Arbeiter machte sich augenblicklich daran, seine Anweisung auszuführen. Der Mann wandte den Kopf und sah mir entgegen, während ich den Hügel erklomm.

Trotz seiner offensichtlichen Gebrechlichkeit und Krankheit strahlte er, das musste ich zugeben, auch Macht und Autorität aus. Es gab keinen Zweifel daran, dass er hier das Sagen hatte. Als ich bis auf Hörweite heran war, sagte er: »Wenn man will, dass etwas richtig gemacht wird, dann muss man daneben stehen und ein Auge darauf haben.«

»Ich werde es mir merken«, antwortete ich knapp.

Er drehte sich ganz zu mir um. »Ich bin Mannes oder …« Er neigte den Kopf, als versuchte er, sich zu erinnern. »Dr. Mannes Holtz, stellvertretender Leiter der Abteilung Computer- und Ingenieurwissenschaften.«

Der Name sagte mir etwas, und der Titel verriet einen hohen Rang.

»Und Sie sind Obermajorin Vera Geer. Sergiu allerdings sagte mir, Sie nennen sich inzwischen ›Peach‹. Ein interessanter Spitzname. Und auch ein sehr ungewöhnlicher, wenn Sie mir die Anmerkung gestatten.« Prüfend blickte er mich an.

»Was soll ich sagen?«, antwortete ich. »Ich bin in einer neuen Welt aufgewacht, da kann ein neuer Name nicht schaden.«

»Sie hatten ein Wesen dabei, eine Art Eidechse.« Mit Sicherheit hatte sein Untergebener Mannes genauestens unterrichtet, aber er wollte sich noch einmal selbst vergewissern. Ein vorsichtiger Mann.

»Ja, wir waren zu viert, aber die von Ihnen erwähnte Eidechse ist in der Nacht nach unserer Landung verschwunden – zusammen mit meiner Ausrüstung übrigens.« Es war passiert, als ich gerade versucht hatte, den Ballon am Boden zu vertäuen. Im einen Moment hatte sie noch reglos neben Emilija gestanden, im nächsten hatte sie sich meine Sanitätstasche geschnappt und war damit in der Dunkelheit verschwunden, schneller, als ich ihr je hätte folgen können, ESM hin oder her.

»Interessant.« Mannes' Stirn war so voller Falten, dass ich nicht sicher sagen konnte, ob er sie wirklich runzelte. »Das ist die Tat eines intelligenten Lebewesens. Glauben Sie, es verfügt über ein Bewusstsein?«

»Daran hege ich keinen Zweifel, und es fühlt sich Emilija eng verbunden. Es überrascht mich, dass es überhaupt von ihrer Seite gewichen ist.«

»Emilija sagte mir, sie habe ihm befohlen wegzugehen. Sie hat ihm eine Aufgabe aufgetragen. Welche Aufgabe das ist, wollte sie mir jedoch nicht verraten.«

»Das höre ich zum ersten Mal, aber diese ganze Mission ist ohnehin sehr eigenartig«, sagte ich. »Und wo wir gerade darüber sprechen – ich hatte gehofft, dass Sie mich möglicherweise einweihen könnten, was zum Teufel noch mal eigentlich *passiert ist.*« Ich hatte nicht vorgehabt zu schreien, aber den Rest des Satzes brüllte ich ihm ins Gesicht. Alle Gesichter drehten sich in unsere Richtung, und ich spürte, wie sich die Soldaten hinter Mannes anspannten, aber er selbst schien unbeeindruckt von meinem Ausbruch.

»Ich denke, inzwischen müssten Sie wissen, was passiert ist«, sagte er. »Die Gefahr eines Weltkriegs stand deutlich im Raum. Das muss Ihnen doch bewusst gewesen sein angesichts Ihres Berufs.«

»Ja, das war mir bewusst«, antwortete ich und versuchte, meine Beherrschung wiederzuerlangen. »Und ich habe immer wieder diesbezügliche Memos verfasst und vor den wachsenden Spannungen und möglichen Konsequenzen unserer Handlungen gewarnt.«

Mannes' untere Gesichtshälfte bewegte sich auf eigenartige Weise, und es dauerte einen Moment, bis ich begriff, dass er lächelte. »›Memos verfasst‹? Haben Sie, meine liebe Schläferin, sich denn nie mit Geschichte beschäftigt? Der Erste Weltkrieg brach zu einer Zeit aus, als kein Mangel herrschte, keine Hungersnot jedenfalls, kein Grund dafür, dass eine Nation auf Kosten der anderen hätte leben müssen, aber trotzdem zerstörte der Krieg einen ganzen Kontinent und mehrere mächtige Nationen und bereitete die Bühne für den sogar noch teuflischeren Zweiten Weltkrieg. Ich wette, damals wurden auch so einige Memos geschrieben, die vor den Gefahren der unterzeichneten Verteidigungsabkommen in Verbindung mit den immer stärkeren Spannungen warnten. Es brauchte nichts weiter als einen Funken.«

»Aber trotzdem hat nicht einmal dieser Krieg alles *vollkommen* zerstört.«

»Weil die im Ersten Weltkrieg verwendeten Waffen primitiv waren.« Mannes kam einen halben Schritt auf mich zu. »Wir beide, Sie und ich, wir stammen aus einem anderen Zeitalter. Vermutlich sind wir die einzigen noch atmenden Überlebenden dieser Ära.«

»Vielleicht ist das wahr, aber Sie haben ein Jahrhundert lang gelebt, ehe Sie mich von den Toten zurückgeholt haben. Ich würde sagen, Sie haben einen kleinen Vorteil dabei gehabt herauszufinden, was geschehen ist.«

Mannes kicherte leise. »Meine Situation als ›Vorteil‹ zu bezeichnen … nun, das höre ich wirklich zum ersten Mal. Um Ihre Frage zu beantworten: Ich habe schon vor langer Zeit aufgehört, mich mit der Vergangenheit zu beschäftigen, und konzentriere mich lieber auf die Frage, was kommen wird. Aber«, er hob eine Hand, ehe ich ihm ins Wort fallen konnte, »im Namen der Gastfreundschaft und als Anerkennung Ihrer unschätzbaren Dienste werde ich Ihre Neugier befriedigen. Um mit dem anzufangen, was auf der Hand liegt: Ein neuer Weltkrieg brach aus. Adam, Tarakans zentrales KB, das so ziemlich die gesamte Nation steuerte, wurde mit einem bösartigen Programm infiziert, das eine Kettenreaktion auslöste, und diese Kettenreaktion brachte uns dorthin, wo wir jetzt stehen.«

»Das ist … unmöglich. Die Sicherheitsprotokolle halten Außen…«

»Es war ein Insiderjob. Eine Gruppe Tarakanischer Programmierer war dafür verantwortlich.«

»Das ist … immer noch unmöglich. Sind Sie sicher?«

»Ich hatte fast ein Jahrhundert lang Zeit, um mich zu vergewissern. Ich kenne sogar ihre Namen, aber sie sind schon lange tot und können keine Fragen mehr beantworten. Ich verwende all meine Bemühungen darauf wiederherzustellen, was uns geblieben ist. Was Sie hier sehen«, Mannes umfasste die gesamte Basis mit einer Handbewegung, »ist die größte Bergungsaktion aller Zeiten.«

Das war viel zu verdauen. Obwohl ich mich im Grunde bereit dafür fühlte zu erfahren, wie das Ende über die Welt hereingebrochen war und dass ich tatsächlich unbeabsichtigt meinen Teil dazu geleistet hatte, hatte ich einen Moment lang mit widerstreitenden Gefühlen zu kämpfen. Ich wechselte das Thema. »Und was hat das Mädchen, das ich Ihnen gebracht habe, mit Ihren Bergungsplänen zu tun? Weshalb ist sie so wichtig?«

Mannes vergewisserte sich, dass die Arbeiter noch immer seinen Anweisungen gemäß Rohre und Platten zusammenschweißten. »Als offensichtlich wurde, dass die Nationen der Welt am Rand der gegenseitigen Auslöschung standen, hat Adam infundiertes und optimiertes DNA-Material in die Atmosphäre geschickt und einen großen Abschnitt seiner selbst abgeschottet, damit die Geheimnisse Tarakans, *unsere* Geheimnisse, nicht in die falschen Hände geraten. Diese DNA ist der Grund für die Mutationen, deren Ergebnisse man als ›die Gezeichneten‹ oder ›die Tätowierten‹ bezeichnet. Diese Mutationen wiederum haben sich in viele unterschiedliche Unterarten transformiert, aber nur ein ganz bestimmter Typus trägt den richtigen genetischen Code in sich, um auf Adams Kräfte zuzugreifen: die Puzzler. Vor seiner Abschottung hat Adam sämtliche Notbunker umprogrammiert, sodass ihre

Puzzle-Schlösser nur in Verbindung mit einem bestimmten Gencode-Strang geöffnet werden können, und dann den darwinistischen Kräften das Feld überlassen.«

»Wollen Sie damit sagen, dass Emilija der Schlüssel zur Heilung Adams ist?«

Mannes' Augen leuchteten auf. »In Adam sind Tausende genialer Köpfe eingepfercht. Stellen Sie sich nur vor, wir könnten sie alle zurückbringen. Die größten Wissenschaftler, Künstler, Militärstrategen und Denker der Menschheit warten auf Rettung.«

»Und doch haben Sie, als Sie die Gelegenheit dazu hatten, mich gerettet. Weshalb nicht jemand anders?«

Mannes' Gesichtsausdruck ließ mich vermuten, dass er eine Augenbraue hochgezogen hätte, besäße er denn eine. »Sind Sie denn nicht glücklich darüber, dass ich Sie zurückgeholt habe?«

Ich sah mich um. »Ich könnte nicht behaupten, mir läge viel an dieser Welt«, antwortete ich leise.

Mannes überraschte mich mit einem leisen Lachen, das sich rasch in einen keuchenden Husten verwandelte. Allerdings erholte er sich rasch wieder. »Einiges konnte ich selbst erledigen«, mit einem Wink umfasste er das Gelände, »zum Beispiel ohne die Hilfe eines Puzzlers die Notbunker aufbrechen oder auf die Schläfer-Datenbank zurückgreifen und Sie herausholen. Aber ich brauchte jemanden, der erwiesenermaßen tüchtig und überlebensfähig ist. Zu Ihrer Frage, weshalb Sie und nicht einen der anderen Schläfer: Ich hatte wenig Zeit für die Planung. Man könnte wohl sagen, dass ich in dem verfügbaren kurzen Zeitfenster genommen habe, was mir als Erstes in die Finger geriet, und ich hatte Glück. Ihre Reputation ist beeindruckend, und Sie haben trotz der alles andere als idealen Bedingungen Ihre Mission ausgeführt. Um Adam aus seinem selbst gewählten Gefängnis zu befreien, benötige ich einen Puzzler, und Sie haben mir einen gebracht.«

Irgendwas verschwieg er mir. Es war offensichtlich und auch nur folgerichtig, aber trotzdem ärgerte ich mich darüber. »Was wird mit Emilija geschehen?«

Mannes kniff die Augen zusammen, nur ganz leicht. Er hatte nicht damit gerechnet, dass mich ihr Schicksal interessierte. »Sie wird ihre Bestimmung erfüllen, zum Wohl der gesamten Menschheit. Sie ist ein Puzzler, und laut meinen Tests enthält ihre DNA reinen, unverfälschten Tarakanischen Code. Wenn alles wie geplant verläuft, ist sie der letzte Puzzler, den ich benötige. Sie ist wortwörtlich der Schlüssel, der die Tore öffnen kann, hinter denen Tausende Geistesgrößen im Innern Adams gefangen sitzen.«

»Wird sie das überleben?«

Mannes' Körpersprache verriet seinen wachsenden Unmut. Ganz offenkundig war er es nicht gewohnt, hinterfragt zu werden. »Spielt das eine Rolle?«, fragte er.

»Ich fühle mich nicht ganz wohl damit, das Leben einer Zivilistin zu riskieren. Zumal sie mir sehr wenig in der Wirklichkeit verhaftet zu sein scheint.«

Mannes' Blick wurde kalt. »Wie viele Unschuldige haben Sie denn im Zuge Ihrer Missionen getötet, direkt oder indirekt? Und das stets im Namen des Friedens und der Stabilität Tarakans.«

»Dann ist es vielleicht Zeit für Veränderungen und dafür, mit den Menschenopfern aufzuhören, ganz gleich, wie ehrenwert oder wichtig die Gründe dafür auch sein mögen.«

»Ich bekleide einen höheren Rang als Sie, Obermajorin.« Mannes' Stimme war leise, hatte jedoch einen stählernen Klang. »Und ich habe nicht vor, Ihnen jahrhundertelange Operationen im Detail zu erklären, nur um Ihre moralischen Ansprüche zufriedenzustellen.«

»Ihr Rang spielt wohl kaum noch eine Rolle. Jedenfalls nicht für mich.«

»Oh, das tut er allerdings.« Mannes trat einen Schritt näher. Jetzt standen wir unangenehm dicht voreinander, aber ich wich nicht zurück. »Vielleicht sind Ränge wie Sergeant oder Leutnant oder sogar Obermajorin unterm Strich letztlich nicht mehr von Bedeutung, aber die entscheidende Frage ist immer, wer das Sagen hat. Und das bin ich.« Er hatte sich in Fahrt geredet, und seine Stimme schwoll zu einem donnernden Crescendo an; die letzten Worte schrie er mir ins Gesicht. Ich kannte diesen Menschentypus, ich hatte schon andere wie ihn gesehen. Er war nicht mehr Mannes Holtz, Staatsdiener Tarakans. Er war Mannes, der Herrscher, und es *gefiel* ihm.

Eine vernünftige innere Stimme warnte mich davor, zu weit zu gehen, aber ich öffnete trotzdem den Mund. Genau in dem Moment rettete mich der Soldat, der mich in die Baracken begleitet hatte, vor mir selbst.

»Meister.« Er übergab Mannes einen flachen tragbaren Bildschirm. »Das kam gerade rein.«

Mannes blickte auf den Bildschirm. Ich beobachtete, wie er binnen weniger Sekunden die Informationen aufnahm, im Kopf Berechnungen anstellte und zu einer Entscheidung kam. »Funkt Trupp zwei an. Sie sollen umgehend zur Station marschieren und sich bereithalten, um die drei dort in Empfang zu nehmen. Und nehmt die Obermajorin mit.«

Mannes drehte den Bildschirm um, sodass ich ihn ebenfalls sehen konnte. Er tippte darauf, und ich sah das eingefrorene dreidimensionale Bild eines glänzenden, bewaffneten Schwebewagens, der durch irgendein Tor raste. Mannes zoomte näher, und ich erkannte die Frau mit den feuerroten Locken, die mir im Traum erschienen war. Sie saß am Steuer, mit ihr im Wagen waren zwei Männer. Der auf der Rückbank hatte das Gesicht abgewandt, und der auf dem Beifahrersitz war zu verschwommen, um etwas zu erkennen.

Mannes machte eine Handbewegung, und das Bild machte

einer kurzen Videoschleife Platz: derselbe Schwebewagen, aber diesmal fuhr er kopfüber, und zwar, wie es aussah, auf Schwebezug-Schienen.

»Die Fahrerin ist die Mutter des Mädchens«, sagte Mannes. »Vincha. Sie ist äußerst gefährlich und im Besitz militärisch-tarakanischer Komm-Technologie. Die anderen beiden sind Agenten mit verbesserten Kampffertigkeiten.«

»Wessen Agenten?«, fragte ich.

»Von jemandem, der mich daran hindern will, das zu tun, was getan werden muss«, erwiderte Mannes, »und ich habe jetzt keine Zeit für Ihre Fragen.« Mannes wandte sich an den noch immer neben uns stehenden Soldaten. »Leutnant Rachim, nehmt unser schnellstes Fahrzeug und schließt Euch Trupp zwei an.« Er zeigte auf mich. »Unser Gast fährt mit Euch. Nehmt die Mutter des Mädchens in Gewahrsam.« Als er meinen Blick sah, fügte er hinzu: »Die Arbeit eines Puzzlers kann mitunter verwirrend sein. Es ist leichter und birgt weniger Todesgefahr, wenn das Mädchen mitarbeitet. Wenn wir die Mutter des Mädchens in Gewahrsam haben …«

»Sie wollen sie als Druckmittel benutzen«, sagte ich.

»Ich werde versuchen, sie zur Kooperation zu überreden, was womöglich das Leben des Mädchens rettet.« Mannes nickte. »Wir können das Thema vertiefen, wenn Sie zurück sind.«

Mannes war nicht der Einzige hier, der blitzschnelle Entscheidungen zu treffen vermochte. »In Ordnung«, sagte ich, »wir nehmen die Frau gefangen. Aber was ist mit diesen Agenten?«

»Sie sind unwichtig.« Mannes hatte sich bereits abgewandt und entfernte sich. »Töten Sie sie.«

Kapitel 65

Peach

Nachdem mir am Tor meine Waffe wieder ausgehändigt worden war, fuhren Leutnant Rachim und ich auf einem Motorrad davon. Es war alt und wurde mit fossilen Brennstoffen betrieben, aber nichtsdestotrotz war es ungeheuer schnell. Ich hielt mich am Motorrad fest und dachte während der kurzen Fahrt über meine Unterhaltung mit Mannes nach.

Trotz seiner äußeren Erscheinung war er eine imposante Gestalt mit großem Charisma, und er benutzte mich. Und er war angespannt, ungeduldig – seine penible Überwachung der Arbeiten an der Energieversorgung verriet mir, dass ihm entweder die Zeit davonrannte oder die Geduld ausging oder beides auf einmal. Was auch immer Emilija für die Menschheit tun konnte, ich vermutete, dass sie für Mannes auch auf einer persönlichen Ebene eine große Rolle spielte.

Ich hatte nicht mehr viel Zeit, um herauszufinden, was hier eigentlich gespielt wurde.

Die Hälfte des Trupps hatte sich bereits postiert, als wir bei der Station eintrafen und neben zwei riesigen Tanklastwagen parkten. *Das Öl gelangt also per Zug hierher*, stellte ich fest.

Zwei einfache Soldaten und ein Sergeant, alle bereits in Kampfmontur, warteten im Schatten der Tanklaster auf uns. Der Sergeant, eine Frau, musterte mich mit unverhohlener Neugier, sagte aber nichts zu mir, sondern legte sogleich mit dem Briefing für den Leutnant los. Die beiden wirkten sehr vertraut miteinander. *Vielleicht waren sie schon gemeinsam im Einsatz, haben das Bett miteinander geteilt oder gar beides.*

»Der Trupp ist drinnen, die Scharfschützen auf Position. Alpha steht auf dem obersten Bahnsteig, Delta hält sich als Reserve bereit.«

»Wie viel Zeit haben wir?«

Sie warf einen Blick in das Visier, das ihre linke Gesichtshälfte verbarg. »Sie sind langsamer als die Langbahn, also dauert es noch ein bisschen. Befehle?«

»Die Frau gefangen nehmen, die anderen beiden töten«, antwortete Leutnant Rachim.

Sie wollte gerade den Knopf an ihrem Helm berühren, um den Befehl über Komm weiterzugeben, da machte ich einen Schritt auf sie zu. »Wartet.«

Beide starrten mich an, gleichermaßen verärgert.

»Die Zielpersonen sind in der Unterzahl, und Ihr seid auf Position und kampfbereit. Angesichts eines solchen Ungleichgewichts muss vielleicht nicht mal ein Schuss abgegeben werden. Wir könnten alle drei gefangen nehmen.«

»Es gibt hier kein ›wir‹«, sagte Leutnant Rachim. »Ihr seid nur als Beobachterin dabei. Wir haben unsere Befehle.«

Ich trat noch näher, direkt vor die beiden. »Ihr habt recht, ich bin nur Beobachterin, aber ich habe bereits viele Truppen in die Schlacht geführt und weiß, wie schnell ein solcher Einsatz schiefgehen kann. Einer Eurer Scharfschützen ist vielleicht etwas zu übereifrig oder verfehlt sein Ziel, oder die Ziele bewegen sich im ungünstigsten Augenblick, und wenn die Schlacht erst im Gange ist, hat man keine Verfügungsgewalt mehr darüber, wer schießt und wen es erwischt. Eure oberste Priorität ist es, die Frau lebend in Gewahrsam zu nehmen, richtig?« Zögernd nickte Leutnant Rachim, und ich fuhr fort: »Was, wenn wir sie alle ohne jedes Risiko festsetzen könnten?«

»Wie?«, fragte der Sergeant. Ein klarer Verstoß gegen die Befehlshierarchie. *Also schlafen sie tatsächlich miteinander.*

»Gibt es hier noch so etwas wie einen funktionierenden Kontrollraum?«, fragte ich.

Leutnant Rachim blickte den Sergeant fragend an, und sie nickte.

»Dann zeigt ihn mir. Ihr habt nichts zu verlieren – falls es nicht klappt, habt Ihr immer noch dieselben Schlachtvorteile wie zuvor.«

»Na schön«, sagte Leutnant Rachim und wandte sich ab. »Sergeant Reims, schaltet Eure Komm-Übertragung auf meinen Kanal. Ich gehe im Kontrollraum auf Position. Achtet darauf, dass sämtliche Ausgänge gesichert sind, aber ohne meinen Befehl wird kein Schuss abgegeben, verstanden?«

Sergeant Reims sah eher mäßig begeistert aus, nickte aber. Ich folgte dem Leutnant ins Gebäude und ins zweite Stockwerk hinauf.

»Ihr bekommt Euer Öl per Zuglieferung«, sagte ich, während wir die Metalltreppen hinaufstiegen.

»Ja, es kommt aus der Nord…« Der Leutnant unterbrach sich mitten im Satz und herrschte mich an: »Stellt keine Fragen.« Aber was ihm versehentlich über die Lippen gekommen war, reichte mir schon. Also versorgte der Ölbaron aus dem Norden Mannes mit raffiniertem Öl und überzog zugleich die Gegend rings um die Stadt der Türme mit Angriffen. Hinter den Kulissen war ein machiavellistischer Plan im Gange. Mannes arbeitete mit den Feinden der Stadt der Türme Hand in Hand – hieß das auch, dass er gegen Tarakan arbeitete? Lag ich mit meinem Bauchgefühl richtig, wurde ich gezielt in die Irre geführt?

Viel Zeit hatte ich für diese Gedanken nicht, gleich darauf waren wir auch schon da. Die Tür zum Kontrollraum fehlte, und wir traten einfach ein. Sämtliche Wände des großen Raums waren durchsichtig, und ich sah die Schwebeschienen, die zu den Bahnsteigen führten. Zwischen zwei Dutzend schwebenden Bildschirmen, die unterschiedliche Bereiche der Station zeigten, saßen zwei Soldaten. Als wir eintraten, nahmen sie Haltung an und salutierten.

»Wo sind sie gerade?« Leutnant Rachim hielt sich nicht damit auf, seinen Männern zu sagen, sie sollten bequem stehen.

Einer der Soldaten zeigte auf einen Bildschirm, über den man den Schwebewagen zischen sah. »Sind gerade durch Sektion 14E durch, Sir. Wir haben noch ein paar Minuten, aber bald dürften sie langsamer werden.«

Der zweite Soldat war eine Frau. Ich trat so energisch auf sie zu, dass sie mir Platz machte, und bewegte die Hand durch die Luft. Vor mir erschien eine durchsichtige Tastatur.

»Wow, das ist ... Wie habt Ihr das gemacht?«, wollte sie wissen.

»Ach, die Teile zu benutzen ist eine furchtbare Nerverei.« Meine Hände glitten über die durchsichtige Tastatur. »Man arbeitet über Sicht, nicht über Berührung. Mir ist die alte physikalische Version viel lieber ... ah, da.« Auf einem der Bildschirme wurde die Liste der Sicherheitsprotokolle eingeblendet. Wie ich schon vermutet hatte, waren die meisten aus unterschiedlichen Gründen ausgefallen.

»Sie sind gerade an 13E vorbei«, verkündete die Soldatin, »und sind noch nicht langsamer geworden. Hey, Moment mal ...« Sie beugte sich vor, legte den Kopf schief und zeigte auf den Bildschirm. »Rost, die fliegen ja auf dem Rücken.«

»Das muss sehr unbequem sein, vor allem, wenn man bedenkt, wie lange sie wohl gebraucht haben, um die Sandwüste zu durchqueren«, stellte Leutnant Rachim fest.

»Mit ein wenig Glück sind sie ziemlich desorientiert, wenn sie hier ankommen«, sagte ich, dachte aber insgeheim: *Diese Frau will ihre Tochter retten. Sie wird sich durch nichts ablenken lassen.*

Vor mir auf dem Schirm erschien eine Passwortabfrage. Ein unverhofftes Geschenk und eine Art Test, wie gut ich die Angelegenheit im Griff hatte. Wenn sich das System noch an meine persönliche ID-Nummer und meinen Sicherheitsstatus erinnerte, konnte ich von hier aus alles steuern und vielleicht ein Blutbad verhindern. Ich gab meine ID und einen zwanzigstelligen Zahlencode ein. Im nächsten Moment war ich im System und hielt gerade noch einen Jubelruf zurück, aber anscheinend war es mir nicht gelungen, mein Lächeln zu unterdrücken.

Der Leutnant trat hinter mich. »Was tut Ihr da?«, wollte er wissen.

»Ich kenne mich mit den Sicherheitsvorkehrungen solcher Anlagen ein bisschen aus.« Um genau zu sein, hatte man mich damals, als es nötig geworden war, den Zugang zur Sternensäule besser zu sichern, um Mithilfe gebeten. Die Sicherheitsprotokolle, denen ich mich hier gegenübersah, kannte ich aus zahlreichen Testläufen.

»Für derartige Anlagen galt schon immer ein erhöhtes Sicherheitsrisiko«, erklärte ich, ohne in der Arbeit innezuhalten, »und wenn man es mit so vielen Menschen zu tun hat, die alle durcheinanderrennen und schreien, hierhin und dorthin zeigen und winken, dann verliert man mitunter viel Zeit bei der Suche nach den Übeltätern, was fatale Folgen haben kann. Und deshalb haben wir einige Maßnahmen installiert, mit denen man die Menschen ruhigstellen und die gesamte Anlage in den Griff bekommen kann. Nur verbrauchen diese Maßnahmen leider eine *Menge* Energie, deshalb schneide ich jetzt einige Bereiche von der Versorgung ab und leite die gewonnene Energie ins Sicherheitssystem um.« Ich warf einen Blick auf die Energieanzeige. Sie lag bei 56 Prozent und stieg weiter an, aber nicht schnell genug. Ich drückte einige weitere durchsichtige Tasten, und die Lichter im Kontrollraum wurden schwächer.

»Sagt Euren Teams, dass die Fahrstühle zu den Stationen bis auf Weiteres nicht funktionieren. Sie müssen die Treppen nehmen.«

Leutnant Rachim berührte den Komm-Schalter an seinem Helm, hielt dann aber inne. »Noch irgendwas?«

»Wir müssen die Zielpersonen auf den Bahnsteig locken, damit es klappt.« Ringsum erlosch ein Bildschirm nach dem anderen und verschwand, nur drei blieben übrig. Einer zeigte den obersten Bahnsteig und die Schienen, der zweite das Untergeschoss, auf dem dritten war die Energieanzeige eingeblendet.

»Was macht Ihr denn da?« Der Leutnant legte mir eine Hand auf die Schulter. »Wir sind praktisch blind.«

»Nur zum Teil.« Ich zeigte auf die verbliebenen Bildschirme. »Euer Team Alpha und die Station seht Ihr noch. Alles andere ist vorerst aus dem Spiel.«

»Gefällt mir nicht«, brummte Leutnant Rachim, aber für Diskussionen blieb keine Zeit mehr – wir alle sahen den Schwebewagen heranrasen.

»Da kommen sie«, verkündete die Soldatin. »Verdammt, die werden kein bisschen langsamer.«

Ich warf einen Blick auf die Energieanzeige: 78 Prozent.

»Alpha, Bahnsteig räumen«, hörte ich Leutnant und Sergeant gleichzeitig übers Komm brüllen.

Wenige Sekunden später verschwand der Schwebewagen im Gebäudeinnern, und fast rechnete ich damit, dass er einfach auf der anderen Seite wieder hinausschoss. Wir alle starrten auf den Bildschirm.

82 Prozent.

Vincha – ich vermutete, dass noch immer sie am Steuer saß – musste begriffen haben, dass sie nicht rechtzeitig würde bremsen können, und entweder zur Selbstverteidigung oder aus lauter Verzweiflung heraus feuerte sie aus allen Rohren ab, was ihre Bewaffnung nur hergab. Sie hatte nicht genug Zeit, um die Raketen auszurichten oder mit der Railgun zu zielen, deshalb explodierte das reinste Feuerwerk in alle Richtungen. Kurz bevor der Wagen den obersten Bahnsteig erreichte, drehte er sich richtig herum und fiel sofort von den Schienen. Die Räder klappten aus, aber er war immer noch viel zu schnell. Das Fahrzeug krachte auf den zweiten Bahnsteig hinunter, zermalmte einen Soldaten von Team Alpha und schleuderte einen weiteren beiseite. Vollführte ein paar Hüpfer, wurde in eine scharfe Kurve gerissen und wirbelte mehrmals um die eigene Achse. Als das Fahrzeug vom Bahnsteig in die darunterliegende Haupthalle stürzte, sah ich es im Innern hell aufblitzen, was bedeutete, dass der Crash-Schaum ausgestoßen worden war. Die Insassen des Wagens waren blitzschnell von der klebrigen Substanz eingehüllt worden und hatten den üblen Unfall hoffentlich überlebt.

Der Schwebewagen überschlug sich noch zweimal und besprühte alles mit weißem Schaum, dann kam er zum Stillstand.

»Bericht«, bellte Leutnant Rachim ins Komm.

»Korporal Sgar ist tot. Mittal ist verletzt, beide Beine gebrochen. Drei weitere Verluste in Team Beta.«

Die Stimme des Sergeants gellte durchs Komm. »Team Alpha, zurückbleiben. Team Delta, ausrücken und sichern.«

Leutnant Rachim sah mich an. »Was ist mit Eurer Sicherheitsmaßnahme?«

Ich schüttelte den Kopf. »Wir müssen sie nirgends hinlocken, sie sind genau dort, wo wir sie brauchen. Aber die Energie reicht noch nicht aus.«

Wir sahen zu, wie Team Delta auf den verunglückten Wagen zustürmte. »Tja. Selbst wenn sie überlebt haben sollten, dürften sie wohl kaum in einem Zustand sein, in dem sie Widerstand leisten können.«

»Seid Euch da nur nicht zu sicher«, sagte ich. Immerhin steckte mindestens einer von ihnen in einem für den Kampf optimierten Wirtskörper. *Und die Entschlossenheit einer verzweifelten Mutter sollte man niemals unterschätzen.*

Die Soldaten umzingelten das Wrack. Die Fenster fehlten, natürlich, und der Schaum begann bereits zu schmelzen.

»Ich sehe drei Personen«, erstattete einer der Soldaten Bericht, »alle bewusstlos.«

»Holt sie aus dem Wagen und entfernt euch, ehe er explodiert«, befahl der Sergeant.

Wir sahen zu, wie sich die Soldaten ans Werk machten. Als Erstes holten sie Vincha heraus, zwei Soldaten schleiften sie zwischen sich vom Wagen weg. Drei weitere Soldaten schleppten den großen bewusstlosen Mann in Flexleder-Kampfmontur davon, mitsamt seiner Energie-Maschinenpistole. Den dritten von ihnen hatte es am schlimmsten erwischt. Eine Schulter war ausgerenkt, das sah ich deutlich, und das Gesicht war zerschlagen und blutig.

Die Energieanzeige war bei 84 Prozent. Ich blickte wieder auf den Bildschirm, der die Haupthalle zeigte.

Team Delta zog sich gerade vom Wagen zurück, höchstwahrscheinlich beobachtet von den Scharfschützen des Teams Beta über ihnen, da fiel mir etwas auf, und ich beugte mich näher an den Schirm und zoomte näher heran.

»Gibt es dort unten einen Luftzug?«, fragte ich. »Das Haar der Frau bewegt sich ganz seltsam.«

»Was? Wo?« Der Leutnant wandte den Kopf, da geschah plötzlich alles auf einmal. Ein schrilles Kreischen gellte durchs Komm, und alle, auch der Leutnant und ich, ließen alles stehen und liegen und rissen die Stöpsel aus den Ohren. Alle … bis auf die rothaarige Frau namens Vincha, die sich umdrehte, dem nächstbesten Soldaten durch eine Lücke unter dem Helm die Faust gegen den Hals rammte und sich sein Gewehr schnappte. Dann verpasste sie dem anderen Soldaten einen Tritt ins Gesicht, richtete das Gewehr nach oben und eröffnete das Feuer auf die Scharfschützen. Ein Soldat aus Team Delta erholte sich schneller als seine Kameraden, vergaß seine Befehle und riss die Waffe hoch, um sie zu erschießen. Sie wäre sofort tot gewesen, wäre er dazu gekommen, den Abzug zu drücken, aber dazu kam er nicht, denn plötzlich war da der Mann in der Flexleder-Panzerung und verpasste ihm einen so saftigen Fauststoß, dass er durch die Luft flog und irgendwo außerhalb meines Sichtfelds landete. Der Mann packte einen weiteren Soldaten am Kragen, und mit einer Kraft, die nur ein für den Kampf optimierter Wirtskörper entfesseln kann, benutzte er den armen Mann wie eine Keule, um die beiden letzten Deltas aus dem Weg zu fegen. Dann hob er ihn über seinen Kopf, als Schild gegen den Tod, der von oben auf ihn herabregnete. Mit der anderen Hand packte er seinen noch immer bewusstlosen Freund. Vincha deckte den oberen Bahnsteig mit Schüssen ein, und gemeinsam zogen sie sich hinter den umgestürzten Schwebewagen zurück. Vinchas rotes Haar zuckte durch die Luft wie das der leibhaftigen Medusa.

Die Energieanzeige war bei 88 Prozent. Leutnant Rachim rannte hinaus. Das Komm war tot, die Schlacht tobte, und sämtliche Planung war zum Teufel.

Ich sah zu, wie die drei Gestalten hinter dem Wrack in Deckung gingen. Von oben beobachtete ich, wie sich der Mann über seinen bewusstlosen Freund beugte und ihm die Schulter wieder einrenkte, derweil Vincha in alle Richtungen feuerte.

90 Prozent.

Das Überraschungsmoment war vorbei und damit auch der Vorteil, den die drei im ersten Moment gehabt hatten. Was von Team Alpha übrig war, sammelte sich im Untergeschoss, die Scharfschützen suchten sich bessere Positionen.

Der Kampf würde schon bald zu Ende sein, und dann wären sie alle drei tot. Ich musste wissen, was los war. Ich musste mit den dreien reden.

Aber ich war nur eine Beobachterin.

92 Prozent.

Scheiß drauf.

Ich drückte den Knopf.

Kapitel 66

Funkelauge

Aufzuwachen ist etwas vollkommen Normales, es sei denn, man stellt fest, dass man gleich sterben wird.

Ein schrecklicher Schmerz zuckte durch meine Schulter. Ich öffnete die Augen und sah Galinaks verschwommenes Gesicht über mir schweben, unangenehm nah. Er war gerade damit fertig, meinen Arm ins Gelenk zurückzudrücken, und brüllte etwas, aber was auch immer er sagen wollte, es ging in mehreren donnernden Explosionen unter. Ich wandte den Kopf und erblickte Vincha, die den Kopf einzog, um nicht von einem Kugelhagel erwischt zu werden. Sie kauerte neben mir, überprüfte die Energieanzeige ihres Gewehrs, verzog das Gesicht und brüllte Galinak etwas zu, ehe sie weiterfeuerte. Ich wollte mich aufsetzen und mich an das Wrack des Sharks lehnen, aber da schoss mir glühender Schmerz durch die Schulter – offenbar waren Schäden entstanden, die auch ein von Tarakan produzierter Wirtskörper nicht voll kompensieren konnte.

Galinak beugte sich in den zerstörten Wagen und tauchte wieder auf, das zerbrochene Lenkrad und meinen Friedensstifter in Händen. Alles war mit den klebrigen weißen Überresten des Notfallschaums besudelt. Er wischte die Waffe an seinem Oberschenkel ab, reichte sie mir und zeigte nach oben, aber ich folgte seinem Hinweis nicht, sondern sah mich um, wechselte in einen anderen Sichtmodus und versuchte herauszufinden, was los war. Ein kleiner Trupp Soldaten rückte langsam näher, während einige sich oben in Position brachten, uns in die Flanken zu fallen. O ja. Wir würden sterben.

Es war ein ernüchternder Gedanke, und mein Körper reagierte darauf, indem er sämtlichen Schmerz schlagartig ausschaltete. Galinak packte noch einmal zu und setzte mich hin. Hielt mir den Energiediamanten vor die Nase, den er aus dem kaputten Lenkrad geholt hatte, zeigte nach oben und grinste. Was er vorhatte, begriff ich erst, als er den Stein hoch in die Luft warf. Der Diamant befand sich schon wieder in der Abwärtskurve, als ich endlich darauf zielte. Galinak hatte sich hingekniet und packte den Shark am Fahrgestell.

Mein altes Ich hätte einen solchen Schuss niemals gepackt. Aber mein altes Ich hatte auch kein Tarakanisches Zielsystem in der Netzhaut gehabt, verbunden mit meinem Nervensystem, und dazu eine gewaltige Waffe in der Hand. Ich schoss. Der Stein explodierte in einem blendend hellen Lichtblitz, und im selben Augenblick brüllte Galinak auf und schleuderte den heranrückenden Soldaten das Wrack entgegen.

Bei mir setzte einer jener eigenartigen Momente ein, in denen mitten in einem Kampf auf einmal alles wie in Zeitlupe geschieht und man seine Umgebung gestochen scharf wahrnimmt, aber diesmal verlangsamte sich die Zeit nicht nur, sie hielt vollständig an. Der Shark, der sich gerade in der Luft überschlug, landete nicht. Der Mann, der vom Bahnsteig über uns herunterfiel, schlug nicht am Boden auf. Die in unserem Rücken abgefeuerte Kugel fror mitten im Flug ein, ein silbriger verschwommener Streifen, nur zwei Fingerbreit von Vinchas Hinterkopf entfernt. Der plötzliche Stillstand wurde vom Verstummen sämtlicher Geräusche begleitet – abgesehen von einem unvorstellbar hohen Jaulen. Es war eine eigenartig schmerzhafte Erfahrung. Und ich konnte mich nicht rühren, nicht einmal blinzeln. Ich stand nur da und sah zu, die Kugel schwebte in der Luft, genau vor meinen eingefrorenen Augäpfeln, und wartete darauf, Vincha zu töten. Ich konnte nichts weiter tun, als mir auszumalen, was geschehen würde, wenn sie sich dazu entschloss weiterzufliegen. Vincha war tot. Nie im Leben konnte ich mich schnell genug bewegen, um sie aus der Flugbahn der Kugel zu stoßen. Der einzige winzige Trost war mir, dass sie nicht leiden würde. Bei einem solchen Treffer war sie tot, noch ehe sie auf dem Boden aufschlug.

Aus dem Augenwinkel nahm ich eine Bewegung wahr, unnatürlich schnell. Vielleicht kam es mir aber auch nur so vor, weil alles ringsum in vollkommener Reglosigkeit erstarrt war. Eine schlanke Frau kam in mein Sichtfeld. Sie duckte sich unter dem schwebenden Shark hinweg, ging an Galinak vorbei und blieb zwischen Vincha und mir stehen. Sie war klein, das schwarze, nicht mehr allzu volle Haar hatte sie zu einem festen Knoten geschlungen. Mit tief besorgtem Gesicht betrachtete sie die in der Luft schwebende Kugel. Ich wollte etwas zu ihr sagen, sie um Hilfe bitten, sie anflehen, Vincha zu retten, aber vor allem wollte ich sie fragen: *Was zum Teufel ist hier los?*

Als dieser Gedanke gerade durch meinen Verstand zuckte, zog sie ein kurzes, in kräftigem Blau pulsierendes Schwert. Direkt vor meinen Augen hob sie es, so langsam, dass ich mein eingefrorenes Spiegelbild in der Klinge sah. Sorgfältig zielte sie, und dann senkte sich die Klinge auf die Kugel herab. In einem gleißenden Lichtblitz und mit einem ohrenbetäubenden Knall erwachte die Welt wieder zum Leben, und dann, auf einen Schlag, wurde es dunkel um mich.

Kapitel 67

Peach

Als ich nach draußen hinkte, sah ich Sergiu, der an einem Tanklaster lehnte und unter seinem breitkrempigen Hut demonstrativ an seiner Pfeife zog. Emilijas Mutter und die beiden Männer wurden aus dem Gebäude getragen und bäuchlings zu Boden fallen gelassen, die Hände in stabil wirkenden Handschellen, die mit den Klammern um ihre Hälse verbunden waren – Neuralhemmern. Sie konnten die Köpfe bewegen und sprechen, das war's aber auch schon.

Sergiu kam mir entgegen. »Nette Vorführung, Obermajorin, wirklich nette Vorführung.« In der Hand hielt er eine Art Diadem aus Metall.

»Was meint Ihr damit?«

Statt zu antworten, drehte sich Sergiu um und winkte den Sergeant heran. Er reichte ihr das Diadem. »Das legt Ihr der Frau mal besser an«, sagte er freundlich. »Achtet darauf, dass die Enden an ihren Schläfen anliegen. Das hindert sie daran, ihre Tech einzusetzen.«

Sie nickte und nahm das Diadem entgegen.

Er richtete die Aufmerksamkeit wieder auf mich. »Ja, Leutnant Rachim hat mich ins Bild gesetzt. Neun Tote, dreizehn Verletzte. Ihr habt ja wirklich den Tag gerettet mit Eurem hübschen kleinen Trick, von dem niemand wusste, dass so etwas möglich ist.«

»Dieser hübsche kleine Trick ist der Grund dafür, dass wir nicht das Hirn dieser Frau vom Boden aufwischen müssen«, antwortete ich kühl. Mit einem Mal machte es mich wütend, von Sergiu dem Toten befragt zu werden.

»Versteht mich nicht falsch, das war keine Beschwerde.« Geistesabwesend klopfte Sergiu seine Pfeife aus und ließ den Tabak zu Boden fallen. »Ihr habt auch Leutnant Rachim davor bewahrt, den Kopf zu verlieren.«

Ich war sicher, das meinte er wortwörtlich.

»Aber ich frage mich, wie Ihr das wohl angestellt habt?«

Es gab keinen Grund, ihn anzulügen. »Selbst nach der Fertigstellung wurden Angriffe auf die Sternensäule befürchtet. Ich habe zu dem Team gehört, das hier vor Ort das Stasisfeld als Teil der Sicherheitsmaßnahmen installiert und getestet hat, und meine Daten waren noch immer im System gespeichert. Deshalb konnte ich das Feld aktivieren und mich selbst frei darin bewegen.«

»Und die Explosion direkt danach?«

»Die temporäre Stasiszone war nur ein Teil des Gesamtpakets an Sicherheitsmaßnahmen, aber es hat nicht richtig funktioniert. Vermutlich wegen der unzureichenden Energie, die zur Verfügung stand. Ich hatte nur wenig Zeit und musste improvisieren, und meine oberste Priorität galt dem Überleben dieser Frau. Die Kugel aus der Luft zu schlagen hat reichlich kinetische Energie freigesetzt.« Ich betrachtete meine angesengte Uniform und fügte hinzu: »Es gab aber nur leichte Verletzungen.«

»Der Befehl lautete, die beiden Männer zu töten und die Frau gefangen zu nehmen«, sagte Sergiu.

»Nun, ich habe es geschafft, die *Mutter* zu retten und zudem ihre beiden Verbündeten gefangen zu nehmen. Ich würde sagen, ich habe den Auftrag über das normale Maß der Pflichterfüllung hinausgehend erfüllt. Sagt Eurem Mannes, dass ich dafür keine Medaille erwarte oder dergleichen, ein bequemeres Bett und vielleicht ein Extrakissen wären aber natürlich schön.«

Sergiu schüttelte den Kopf. »Meister Mannes erwartet, dass seine Weisungen buchstabengetreu ausgeführt werden, Obermajorin, und Ihr habt ihm nicht nur vor den Augen seiner Soldaten widersprochen, Ihr verfügt zudem auch noch über Zugriff auf Sicherheitsmaßnahmen, von deren Existenz niemand etwas ahnte, und habt Euch über seinen Befehl hinweggesetzt.« Sergiu zeigte auf die rothaarige Frau, der inzwischen das Diadem angelegt worden war, und befahl: »Schafft sie in den Lastwagen.«

Sofort hoben drei Soldaten die Frau hoch. Sie drehte den Kopf und starrte mich mit weit aufgerissenen Augen an. In ihren Augen standen Hass und Furcht, und ich fragte mich, ob sie wusste, dass sie mir ihr Leben verdankte.

Sergiu zog eine Energiepistole aus dem Gürtel und ging zu den beiden Männern, die noch am Boden lagen.

Rasch folgte ich ihm. »Was habt Ihr vor?« Eine ziemlich dumme Frage, aber ich setzte trotzdem nach: »Das sind Gefangene, und sie sind gefesselt.« Nur für den Fall, dass ihm das noch nicht aufgefallen war.

Beide Männer bewegten die Köpfe und lauschten.

Sergiu sah mich nicht an. Er atmete tief durch, wie ich es oft bei Soldaten gesehen hatte, die im Begriff standen, etwas Grauenvolles zu tun, mit dem sie gar nicht glücklich waren. »Tut mir leid, Obermajorin, aber wir stehen ganz kurz vor dem Durchbruch, und wir können uns keine unnötigen Risiken erlauben. Wie ich selbst darüber denke, ist unerheblich. Ich führe nur Mannes' Befehl aus. Als Soldatin solltet Ihr wissen, dass wir tun müssen, was getan werden muss, und manchmal ist das nicht angenehm.«

Ja, das verstand ich. Ich war selbst schon diejenige gewesen, die den Abzug durchgedrückt hatte. Aber jetzt war die Welt zerstört worden. Mein Wirtskörper zitterte vor Erschöpfung, aber ich setzte mich trotzdem in Bewegung und stellte mich zwischen Sergiu und die beiden am Boden Liegenden. Ich war viel zu müde für diesen ganzen Mist, aber ich gab mein Bestes. »Das ist nicht nur unmoralisch«, wandte ich ein, »es ist auch dumm. Diese Männer sind möglicherweise sehr wertvoll. Sie haben Informationen über ihre Auftraggeber und deren Pläne.«

»Und Ihr hattet vermutlich vor, sie selbst zu verhören, was?« Sergiu sah mich wissend an. »Habt Ihr deshalb mit Leutnant Rachim darüber verhandelt, sie am Leben zu lassen?« Er richtete die Pistole auf den Kopf des schmaler gebauten Manns.

»Es ist einfach nur taktisch richtig«, sagte ich. »Der Leutnant wusste ja nichts über die Stasiszone.« Kurz glaubte ich Unschlüssigkeit in seinen Augen aufflackern zu sehen. »Hört mal zu, Sergiu, ich habe gesehen, wie die drei Seite an Seite gekämpft haben, von allen Seiten umzingelt von besser bewaffneten, zahlenmäßig deutlich überlegenen Gegnern. Keiner der drei hat versucht, einfach nur seine eigene Haut zu retten, und dieser da«, ich zeigte auf den größeren Mann, »hat den anderen unter heftigem Beschuss in Sicherheit gebracht. Versteht Ihr denn nicht? Sie sind einander *wichtig*, was heißt, diese beiden bedeuten der Frau etwas. Wenn wir sie als Druckmittel benutzen, wird sie besser kooperieren.«

Sergiu sah mich an. »Ihr habt vollkommen recht, Obermajorin. Und darum werde ich die beiden nicht erschießen.«

»Ach was?«, fragte ich und deutete mit einem Nicken auf die Waffe in seiner Hand. »Und wozu dann das alles?«

Sergiu seufzte und schüttelte leicht den Kopf, dann drehte er sich um und schoss mir zweimal in die Brust.

Kapitel 68

Funkelauge

Sie verpassten uns Fesseln, die uns von den Schultern abwärts lähmten. Und sie verbanden uns mit dunklen Stoffbinden die Augen, was hieß, dass ich weiterhin alles sehen konnte, ohne dass sie etwas davon ahnten. Einen Großteil der Fahrt verbrachte ich mit dem Kopf an den Knien, umringt von schlecht gelaunten Soldaten, die uns hatten töten wollen, und nutzte die Zeit, um alles noch mal Revue passieren zu lassen. Es war so schnell passiert, dass ich es noch gar nicht so recht begriffen hatte. Ich hatte es gerade noch geschafft, mich irgendwie am Rücksitz festzuschnallen, ehe der Shark sich wieder richtig herum drehte; das hatte mir vermutlich das Leben gerettet. Meine nächste Erinnerung: Ich erwachte mitten in einer wütenden Schlacht, dann der Schuss auf den Energiediamanten, das Erstarren in vollkommener Reglosigkeit und die Frau, die mit dem Schwert die Kugel beiseiteschlug, die sonst Vincha den Kopf weggepustet hätte. Dieselbe Frau, die sich dafür einsetzte, dass wir weiterlebten, während wir bäuchlings im Dreck lagen, und dann war sie neben mir zu Boden gestürzt, zweimal in die Brust geschossen von dem Mann, der jetzt vorn neben dem Fahrer saß. Ich hatte seine Stiefel vor meinem Gesicht gesehen, als er an mir vorbeiging, um nach ihrem Puls zu fühlen, und ich hörte, wie er zwei Soldaten befahl, Hoverbikes zu nehmen, sie wegzuschaffen und ihre Leiche in die nahe Sandwüste zu werfen. Wer immer sie gewesen sein mochte und warum auch immer sie das getan hatte – sie hatte uns allen mindestens einmal das Leben gerettet und dafür mit ihrem eigenen bezahlt.

Vincha saß mir gegenüber, sah wegen der Augenbinde jedoch nichts. Trotz der Fesseln, Nervenklammern und des eigenartigen Diadems, das sie ihr an den Schläfen befestigt hatten, gingen sie bei Galinak kein Risiko ein. Er lag bäuchlings auf dem Boden, die Mündung eines Energiegewehrs am Hinterkopf. Wir waren zu Emilijas Rettung herbeigeeilt, nur um als Geiseln genommen zu werden – ich und Galinak, um Vincha gefügiger zu machen, und Vincha, um Emilijas vollumfängliche Kooperation zu erzwingen. Vincha allerdings hatte uns längst klargemacht, was sie alles für ihre Tochter tun würde. Ja, wir hatten in diesem tödlichen Hinterhalt Seite an Seite gekämpft, aber Vincha würde uns jederzeit sterben lassen, um Schaden von ihrer Tochter abzuwenden.

Ich überlegte, ob wir uns schon mal in einer noch hoffnungsloseren Lage befunden hatten, aber mir fiel nur jene Mission ein, die damit geendet hatte, dass Eidechsen mich in Stücke rissen.

Wir fuhren durch ein Doppeltor, und kurz darauf schleifte man uns nach draußen. Gelber Staub stieg auf, als sie uns schon wieder zu Boden stießen, diesmal allerdings hielten sie uns aufrecht, sodass wir in einer kurzen, erbärmlichen Reihe nebeneinanderknieten. Vorsichtig hob ich den Kopf. Erblickte maskierte Soldaten, Stromkabel, schwere Waffen und riesige, seltsam geformte Bunker. Hinter allem erhob sich in der Ferne die Sternensäule aus den Bergen, sie ragte bis in den Himmel. Sie ehrfurchtgebietend zu nennen hätte ihr zutiefst unrecht getan. Bei diesem unglaublichen Anblick vergaß ich kurz die missliche Lage, in die wir uns gebracht hatten. Es war sogar noch beeindruckender als mein Flug durch die Stadt unterm Berg. Aus weiter Ferne sah sie aus wie ein Gebilde ganz aus einem Guss, aber aus dieser relativen Nähe erkannte ich, dass sie aus mehreren Teilen bestand. Der Kern war eine riesige senkrechte Achse, umgeben von mehreren Ringen – es erinnerte mich fast an einen gewaltigen Springbrunnen. Eine Aura aus Licht, das unaufhörlich die Farbe änderte, hüllte das ganze Gebilde ein. Es war ein atemberaubender Anblick, in dem ich mich fast verlor, hätten mich nicht die Reaktionen der umstehenden Soldaten aufgeschreckt.

Ein Mann, es musste Mannes sein, kam gemessenen Schritts auf uns zu, sein Status und seine Wichtigkeit waren deutlich an der Reaktion seiner Leute abzulesen. Bis zu diesem Augenblick hatte ich noch nie einen leibhaftigen Ghul gesehen. Da kam es jetzt also direkt auf mich zu, das Monster, von dem alle sprachen, und sein Gesicht hätte nicht besser zu seinem Ruf passen können. Ich musste mir nicht erst in Erinnerung rufen, dass er es gewesen war, der meinen Tod befohlen hatte und auch den Tod der Frau, die mir das Leben gerettet hatte. Was hatte er jetzt mit uns vor?

Hinter ihm lief Emilija, begleitet von dem Mann mit dem breitkrempigen Hut. Ich erkannte sie sofort an der Ähnlichkeit mit der Frau, die neben mir kniete. Sie war jünger, hübscher, schmaler, und ihre Augen hatten einen geistesabwesenden, friedlichen Ausdruck, den an Vincha sicher noch nie jemand gesehen hatte, aber das Mädchen war trotzdem zweifellos die Tochter der Komm-Spezialistin. Ebenso zweifellos war sie ein Puzzler – die unverwechselbaren Zeichen gingen über den gesamten rechten Unterarm und verschwanden im weiten Ärmel.

Die Tätowierungen, die bei meinem vorigen Körper rings um meine Augen erschienen waren, hatten ihre ursprüngliche Größe beibehalten, bis ich von Zähnen und Klauen in Stücke gerissen worden war, aber bei den Nachforschungen über

Rafiks Geschichte – vor fünf Jahren und einem ganzen Leben – hatte ich gehört, dass die Tätowierungen anfangs noch klein gewesen waren, kaum einen halben Finger bedeckt hatten. Doch mit den wachsenden Fähigkeiten des Jungen waren auch sie gewachsen und hatten sich immer weiter ausgebreitet. Falls das stimmte und Größe und Farbe der Zeichen die Fähigkeiten widerspiegelten, dann war Emilija ein mächtiger Puzzler. Kein Wunder, dass beide Seiten in diesem geheimnisvollen Konflikt sie in ihre Gewalt bringen wollten.

Man nahm uns die Augenbinden ab, und sobald Vincha ihre Tochter erblickte, rief sie mit erstickter Stimme ihren Namen. Emilija hörte ihre Mutter durchaus, reagierte auch auf sie – aber nur mit einem kaum merklichen Nicken. Eine unnatürlich beiläufige Begrüßung, ganz ungeachtet der Umstände. So wie sie uns betrachtete, hätten wir ebenso gut Wandteppiche sein können.

Mannes trat näher. »Stellt sie auf die Füße«, befahl er, und im nächsten Moment standen wir aufrecht, jeder links und rechts von einer Wache festgehalten. Langsam lief er dicht an uns vorbei. Ich hörte Galinak knurren: »Wie wär's mit einem Tänzchen, alter Mann?«, Vincha hingegen war zu sehr mit ihrer Tochter beschäftigt, um Mannes Beachtung zu schenken. Schließlich blieb er vor mir stehen, so dicht, dass mir der Geruch nach Tod und Verwesung in die Nase stieg, den er verströmte.

»Und er schickt also … euch?« Seine Stimme war heiser, trug aber weit. »Die intelligenteste, mächtigste Wesenheit aller Zeiten, Herz und Hirn des Tarakanischen Imperiums, und er bringt nichts weiter zustande, als euch drei zu entsenden, damit ihr mir bei eurer *erbärmlichen* Rettungsaktion vor die Füße stolpert? Ich gebe zu, ich bin … enttäuscht.«

»Was soll ich sagen?« Meine Antwort verblüffte mich selbst. »Erfahrenes Personal ist heutzutage schwer zu finden.«

»Euer Auftrag lautet, mich zu töten.« Das war keine Frage, und es wäre albern gewesen, das Offensichtliche zu leugnen.

»Das war nicht unsere oberste Priorität. Nur das Mädchen.«

Ich hätte es nicht für möglich gehalten, aber tatsächlich blinzelte Mannes während der gesamten Unterhaltung kein einziges Mal.

»Was hat er euch dafür versprochen? Einen leistungsfähigeren Körper, ein längeres Leben, eine Welt, in der ihr Gott spielen könnt, vielleicht auch einen Haufen Metall, wie man heute zu Geld sagt?« In seinen niemals blinzelnden Augen glomm ein eigenartiges Licht. »Oder hat er euch einfach dazu gezwungen?«

Ich versuchte, mit den Schultern zu zucken, hatte aber vergessen, dass ich halsabwärts nicht mehr über meinen Körper gebot. »Ein bisschen was von allem, nehme ich an. Nicht gerade der Job, den ich mir ausgesucht hätte, dieses Heldspielen und über anderer Leute Türschwelle stolpern.«

Mannes legte den Kopf schief. »Interessant. Was hast du denn vorher gemacht?«

»Ich war ein einfacher Schreiber bei der Historikergilde«, antwortete ich, »jetzt allerdings bin ich Lehrmeister.«

»Da bist du aber in deiner Gilde ganz ordentlich die politische Leiter raufgefallen, hm?« Unsere Unterhaltung schien Mannes zu amüsieren.

»Eher hat die Leiter wohl eine ganze Menge Sprossen verloren, bis nur noch die unterste da war.«

Das entlockte dem alten Ghul ein Kichern. Leider weckte es auch Vincha aus ihrer Starre auf. »Wenn du meiner Emilija was antust, dann bring ich dich um, du rostiger Leichnam.« In ihrer Stimme lag ein hysterischer Unterton, den ich noch nie zuvor gehört hatte. Es klang, als wäre sie kurz vorm Durchdrehen.

Mannes drehte sich zu Emilija um. Sie stand neben dem Mann mit dem breitkrempigen Hut, der vorhin der Frau in die

Brust geschossen hatte. Er winkte sie näher heran. Gehorsam setzte sie sich in Bewegung und blieb vor ihrer Mutter stehen. Die Wirkung auf die Komm-Spezialistin war erschütternd – auf einen Schlag schien Vinchas Kampfgeist zu verlöschen.

»Emilija«, sagte sie, und Tränen strömten ihr über die Wangen, »es tut mir so leid.«

Eine unbehaglich lange Zeit stand die junge Frau reglos da, aber dann sah sie aus, als wäre ihr gerade etwas eingefallen, und sie lächelte ihre Mutter an, streckte die Hand aus und wischte ihr die Tränen von einer Wange.

»Ist ja gut«, sagte sie in einem Singsang, als spräche sie mit einem Kleinkind. »Alles wird gut. Nicht weinen, Kleines. Ich komme dich bald besuchen, und ich bringe dir Geschenke mit. Du musst doch nicht weinen wegen der anderen Kinder, tu einfach, was man dir sagt, und sei ein gutes Mädchen.«

Während ihre Tochter leise auf sie einredete, sank Vinchas Kopf herab. Die kurzen Sätze hingen seltsam zusammenhanglos in der Luft, aber mit jedem Wort wurde Emilijas Stimme strenger. »Üb dich in Geduld. Tu, was man dir sagt. Geh nicht nach draußen. Pass auf, was du sagst. Spiel nicht mit den anderen Kindern, irgendwann wirst du verstehen, warum. Wir müssen wieder umziehen. Ich besuche dich bald, bald, hab ich gesagt. Hör auf, dich wie ein Baby zu benehmen. Jetzt müssen wir wieder umziehen, nur weil du nicht aufgepasst hast. Was ist denn nur mit dir los? Freust du dich denn gar nicht, mich zu sehen? Sieh mal, ich hab dir ein Geschenk mitgebracht, das stecken wir dir unter die Haut. Was stimmt denn nicht mit dir?« Plötzlich hellte sich Emilijas Gesicht auf, und sie lächelte strahlend. »Ist ja gut«, sagte sie wieder, mit heller und tröstender Stimme. Sie beugte sich vor und nahm ihre inzwischen schluchzende Mutter in den Arm, flüsterte ihr etwas ins Ohr und küsste sie auf die Wange. Dann drehte sie sich einfach um und ging.

Es war kein Blut geflossen, es hatte keine Gewalt gegeben, aber trotzdem war es auf eine gewisse Weise das Grausamste, was ich je mit angesehen hatte.

Mannes trat vor Vincha, wo eben noch Emilija gestanden hatte. »Du hast deine Tochter gut versteckt, über eine lange Zeit«, sagte er, »und dafür schulde ich euch auf gewisse Weise Dank. Aber ihr Schicksal ist unausweichlich, das wirst du tief im Herzen doch wissen.«

Man konnte über Vincha sagen, was man wollte, ihre Fassung erlangte sie jedenfalls blitzartig wieder. »Rost auf dein Schicksal, Leichnam.« Sie hob den Kopf und reckte sich Mannes mit gebleckten Zähnen entgegen, als wollte sie ihm einen Brocken Fleisch aus dem Leib reißen. »Unausweichlich ist, dass ich dich sehr, sehr langsam töte, wenn du ihr auch nur ein Haar krümmst.«

Fast rechnete ich damit, dass er sie an Ort und Stelle über den Haufen schoss, aber es stellte sich heraus, dass Mannes noch grausamer war als gedacht.

»Ich nehme deine Tochter mit und benutze sie für die Aufgabe, für die sie geboren wurde«, sagte er ganz ruhig. »Im Augenblick scheint sie zwar durchaus willens zu sein, ihren Teil zu leisten, aber der Prozess kann sehr … qualvoll sein. Falls sie ihre Meinung ändern oder widerspenstig werden sollte, dann tu ich zuerst deinen Freunden weh, dann dir, bis sie mir wieder ihre volle Kooperation zusichert. Falls es dir ein Trost ist: Durch ihr Schicksal werden viele Leute zur Rechenschaft gezogen.«

Ohne auf Vinchas Antwort zu achten – sie bestand aus gebrüllten Obszönitäten –, trat Mannes ein Stück zurück und befahl: »Bringt sie in die Arrestzelle. Sorgt für einen offenen Kanal, falls es eine Übertragung geben sollte.«

Dann folgte er langsam Emilija, und wir wurden fortgezerrt.

Kapitel 69

Peach

Aufzuwachen ist etwas vollkommen Normales, es sei denn, man ist tot. Mein Tod war, soweit ich mich erinnerte, schmerzlos gewesen. Der erste Schock der beiden Schüsse mitten in die Brust löste den Selbstschutzmechanismus meines Wirtskörpers aus, der den Schmerz auf ein Minimum runterdämpfte. Mein ESM hätte anspringen sollen, aber das hier war nicht wie damals, als ich im Vereinten Korea einen Arm verloren oder man mir in Tokio die Zähne gezogen hatte. Zwei Schüsse aus nächster Nähe in die Brust. Da konnte auch mein Wirtskörper nicht viel tun. Sergiu war ein guter Schütze, und alles in allem gab es schlimmere Arten zu sterben. Mein letzter Sinneseindruck war ein helles Licht, das schnell in tiefer Dunkelheit versickerte. Als ich auf dem Boden lag und das Blut aus meinem Wirtskörper strömte, war Sergiu das Letzte, was ich sah: Er beugte sich über mich und überprüfte meinen rasch schwächer werdenden Puls. Aus irgendeinem Grund erinnerte ich mich überdeutlich an die Wärme seiner Finger auf meiner sehr schnell auskühlenden Haut. Dann fühlte ich mich ganz leicht, als würde mich jemand hochheben, und gleich darauf brachte mein Wirtskörper nicht mehr ausreichend Energie auf, um mein Bewusstsein aufrechtzuerhalten.

Und dann war da nichts mehr.

Einen Sekundenbruchteil lang hatte ich Zeit, meinen Frieden mit der Welt zu machen oder auch mit mir selbst, aber ich tat nichts von beidem. Ich wusste, dass es keinen Plan B gab. Das Tarakanische Oberkommando würde kein Extraktionsteam schicken. Niemand würde zu meiner Rettung herbeieilen. Das hier war das Ende. Aus und vorbei. Und in gewisser Weise fand ich es nicht schade drum. Diese Welt, die ich nur so kurz gesehen hatte, war entsetzlich, und ich war fast froh, sie zu verlassen. Außerdem verdiente ich es. Nach allem, was ich getan und verursacht hatte, kam ich mit einem so sauberen Tod sogar noch sehr glimpflich davon.

Der Tod kam mich holen, und ich ließ los.

Aber es gab da etwas, einen Teil von mir, über den ich nicht bestimmen konnte. Etwas, das sie in jeden Tarakanischen Spezialeinheiten-Wirtskörper einpflanzten, also auch in den, in dem sich mein schwindendes Bewusstsein befand. Als ich den Tod willkommen hieß, gab jener Teil alles, um zu überleben.

Alle zwar für Sondereinsätze, aber nicht für den Kampf bestimmten Tarakanischen Wirtskörper waren gewöhnlichen biologischen Körpern in jeder erdenklichen Hinsicht genau nachempfunden, abgesehen von ein paar zusätzlichen Modifikationen. Eine davon war der ESM, der Notfallmodus, der dafür sorgte, dass dreißigmal mehr Adrenalin ins Blut gepumpt wurde, als ein normaler menschlicher Körper überlebt hätte. Die zweite Ausnahme war die Saat, ein tief ins Hirn implantierter Mikroorganismus, der nur eine Funktion hatte: das Bewusstsein so lange wie möglich aktiv zu halten. Die Saat lag schlafend im Hirn geborgen, und niemand, der nicht genau wusste, wonach er suchte, hätte sie je gefunden. Aber sobald Verletzungen des Wirtskörpers als tödlich erkannt wurden, erwachte die Saat zum Leben, und sämtliche verbliebene Energie konzentrierte sich nun auf die Saat, statt auf den unrettbaren Rest verschwendet zu werden. Die Saat überlebte nicht lange, aber immerhin überdauerte sie den biologischen

Körper und verschaffte dem Extraktionsteam noch ein wenig mehr Zeit, um sie aus dem Schädel des Wirtskörpers zu bergen und in ein Labor zu schaffen, wo das Bewusstsein des Agenten rekonstruiert wurde, samt den Informationen über die Ereignisse, die zum Tod des Wirtskörpers geführt hatten. Kurz gesagt: Sergiu hätte mir besser das Hirn wegpusten sollen. Aber er wusste nichts über die Saat – so wie fast niemand außerhalb des innersten Kreises des Tarakanischen Oberkommandos.

Schmerz.

Mein Wirtskörper war zu schwach, um den Schmerz zu dämpfen, und als die Nerven wieder zum Leben erwachten, tat es so weh, als stünde mein ganzer Körper in Flammen. Ich tauchte aus der Bewusstlosigkeit auf und schrie aus voller Lunge, kämpfte gegen das tonnenschwere Gewicht an, das mir auf der Brust lag, versuchte, es beiseitezustoßen, blind und desorientiert, wie ich war. Plötzlich war das Gewicht fort, und ich bekam wieder Luft.

Ich blinzelte. Helles Licht, das gleich darauf wieder schwand.

Gelber Himmel. Ich lag auf Sand.

Der brennende Schmerz verklang, aber die Schmerzen in meiner Brust blieben.

Ich hörte ein vertrautes Piepen, hob den Kopf und stellte fest, dass es von einem Zellgenerator stammte, dessen dicke Nadel tief in meiner Brust steckte. Langsam hob ich die Hand und griff danach. Meine Finger hatten ihr Tastgefühl noch nicht vollständig zurückerlangt, aber ich schaffte es, die Hand um das Gerät zu schließen, den Auswurfknopf zu drücken und es beim zweiten Versuch aus meiner Brust zu reißen. Es steckte noch genug Energie im Apparat, um das Loch in meiner Brust zu schließen, sobald die dicke Nadel heraus war. Mein Kopf und die Arme sanken zurück in den Sand. Ich wollte nichts lieber, als meine Augen zu schließen und ganz still dazuliegen, aber mir war klar, dass ich mich schon bald würde bewegen müssen. Ich war nicht allein.

Nach einer Weile rollte ich mich auf die Seite und sah neben mir auf dem Boden die geköpfte Leiche eines Soldaten. Das im Sand versickernde Blut begann gerade erst zu gerinnen, und neben der Pfütze entdeckte ich eine vertraut wirkende Sanitätstasche. Ich bewegte den Kopf noch ein Stück weiter und erblickte direkt dahinter, neben einem gestürzten Hoverbike, einen zweiten Toten. Und neben dem wiederum hockte geduldig wartend die Eidechse.

Ich weiß nicht mehr, wie ich es geschafft habe, mich aufzusetzen. Vielleicht hatte die Eidechse mir geholfen; auf jeden Fall war sie so nah, dass ich das von ihren Klauen tropfende Blut roch. Ich streckte den Arm aus und zog die Tasche zu mir heran, wühlte darin herum und schluckte sämtliche Tabletten, die ich fand, schmierte jede Salbe und klebte jedes Zellerneuerungspflaster auf meine Haut, während ich zugleich versuchte, meine Gedanken zu ordnen. Noch immer konnte ich nicht klar denken, aber mir dämmerte, dass ich mich bewegen musste, und sei es nur, um die Heilung meines Wirtskörpers zu beschleunigen und nicht mitten in der Wüste erneut das Bewusstsein zu verlieren.

Langsam erhob ich mich, schwankte, humpelte zu meinem Energiegewehr hinüber und hockte mich daneben in den Sand. Hob es hoch und überprüfte die Energiezelle. Sie war voll geladen. Zwar hätte ich mich am liebsten einfach zusammengerollt und die Augen geschlossen, aber stattdessen sah ich auf und stellte fest, dass wir uns fast unter den Schienen des Schwebezugs befanden. Die Station war knapp zweihundert Meter plus eine kleine Kletterpartie entfernt. Erst als ich mich umdrehte und das Massaker näher begutachtete, wurde mir klar, dass die Eidechse wie der Zorn Gottes über die Soldaten gekommen sein musste. Weshalb sie das getan hatte oder woher sie wusste, wie der Zellgenerator funktionierte, war mir nicht ganz klar, aber ich hatte den starken Verdacht, dass es etwas mit Emilija zu tun hatte.

Reglos, aber interessiert sah sie zu, wie ich einen Helm aufhob und den abgetrennten Kopf herausschüttelte. Blut und Schmodder waren größtenteils auf der Außenseite gelandet. Einen Kampfanzug an mich zu nehmen war da schon schwieriger, aber es waren zwei Leichen, und ich konnte mir die Teile so zusammenstellen, dass am Ende tatsächlich ein vollständiges Set zusammenkam. Mit Sand rieb ich die meisten sichtbaren Blutflecken ab, und mit Helm musste ich auf den ersten Blick als ganz normale Soldatin durchgehen.

Und was jetzt?

Ich blickte die Eidechse an. »Du hast mir das Leben gerettet«, sagte ich. Diese kurze Ansprache tat bereits weh, und ich schnitt eine Grimasse. »Ich würde mal sagen, ich schulde dir meinen Dank.«

Sie legte den Kopf schief, als würde sie über meine Worte nachdenken oder huldvoll den Dank annehmen.

Und was jetzt?

Die alte Welt war tot oder lag zumindest in den allerletzten Zügen. Die Menschen, die mich aus der leeren Dunkelheit zurückgeholt hatten, hatten mich verraten. Vermutlich hätte ich wütend sein sollen, aber stattdessen war ich erleichtert. In gewisser Weise war ich jetzt frei. Spielte es wirklich eine Rolle, wie es zum Krieg gekommen war? Was änderte das denn noch, und ging es mich überhaupt etwas an, welche Seite am Ende gewann?

Und was jetzt?

Alle außer diesem riesigen Eidechsenvieh hielten mich für tot. Ich konnte einfach abhauen und den Rest meines kurzen Lebens in relativem Frieden verbringen. Ich wäre der Bauer, der dem Schlachtfeld entrinnt. Oder … ich könnte in die Station zurückgehen, herausfinden, worum es bei diesem Spiel überhaupt ging, und mein Bestes tun, um alles zum Guten zu wenden. Nicht im Namen Tarakans oder der Menschheit, sondern einfach für mich selbst.

Wähle weise, sogar nach dem Tode. Verdammt noch mal, hatte dieses Nakamura-Orakel wirklich die Zukunft vorhergesehen?

Ich sah wieder die Eidechse an. Würde sie mich gehen lassen? Würde *ich* mich gehen lassen?

Ich war mir immer noch nicht ganz sicher, was ich tun würde, als ich schließlich das Hoverbike aufrichtete, aufstieg und Richtung Station davonfuhr.

Kapitel 70

Funkelauge

Sie waren so umsichtig, uns nicht einfach in eine gewöhnliche Zelle zu stecken. Stattdessen wurden wir alle an unbequeme Gestelle gefesselt, eine Mischung aus Feldbett und Trage. Danach lehnte man uns mitsamt den Tragen fast aufrecht gegen die Wand, jeden an einer anderen Seite der Zelle, und kettete die Tragen an den Wänden fest. Von der Decke führten Kabel zu den Genickklammern, sodass wir uns vom Hals abwärts nicht rühren konnten. Es gab nur eine einzige Lichtquelle, und der Raum war voller Schatten. Es fehlte eigentlich nur noch eine Folterbank. Ich vermutete jedoch stark, dass sie nicht weit weg war und nur auf ihren Einsatz wartete – sobald Emilija begriff, auf was sie sich da eingelassen hatte.

Man ließ uns stundenlang allein, nur gelegentlich sahen die gelangweilten Wachen nach uns. Dann überprüfte immer einer unsere Fesseln, während der andere mit gezücktem Energiegewehr hinter der verschlossenen Gittertür aufpasste. Galinaks Trage lehnte an der Wand direkt mir gegenüber, und ich sah ihm lange dabei zu, wie er bei seinen Versuchen, sich zu bewegen, das Gesicht zu faszinierend vielfältigen Grimassen verzog, bis er es schließlich aufgab.

»Bringt nichts«, stellte er fest. »Wir sind erledigt.«

»Weißt du«, sagte ich, »die haben eine gottverdammt effektive Killermaschine aus dir gemacht, aber sonderlich hübsch bist du nicht geraten.«

Das entlockte dem alten Krieger ein leises Lachen und sogar Vincha ein Lächeln, worauf ich gehofft hatte.

»Ich hätte da eine Frage, Vincha«, versuchte ich, die Gelegenheit zu nutzen.

»Du hast immer irgendwelche Fragen, Funkelauge. Die gehen dir anscheinend niemals aus.«

»Genau wie die Gegner, die uns umbringen wollen«, warf Galinak ein. »Du sorgst auf jeden Fall zuverlässig dafür, dass ich nicht einroste, das steht mal fest.«

»Wie auch immer. Da wir ja gerade sowieso miteinander abhängen müssen …« Ich wartete auf ein Lachen, das jedoch nicht kam. »… da dachte ich mir, wir können die Zeit doch eigentlich nutzen, um mal das eine oder andere zu klären.«

Vincha verdrehte die Augen. »Fast wünsch ich mir, sie würden bald mal mit der Folterei anfangen. Na, dann mal los. Frag.«

Mir dämmerte, in welch eigenartiger Lage sich Vincha befand. Wenn man anfing, sie zu foltern, bedeutete das, ihre Tochter setzte sich zur Wehr. Für sie hätte die Folter also zugleich etwas von einem Lichtblick.

Ich versuchte, den Gedanken wieder abzuschütteln. Ich wollte Vincha dazu bringen, weiterzureden und nicht über Emilija oder unser weiteres Schicksal nachzudenken.

»Als du uns in der Stadt unterm Berg hochgeladen hast, da hast du uns ja quasi durch deinen Kopf kanalisiert – wie hat sich das angefühlt?«

»*Das* ist deine Frage?« Vincha klang ungläubig, fast fassungslos.

»Ja. Das wollte ich schon die ganze Zeit wissen, aber dann waren da diese ganzen Kämpfe und Schießereien, oder wir sind in einem Kilometer Höhe kopfüber durch die Luft gerast, es hat sich einfach nie eine passende Gelegenheit ergeben.«

»Du bist echt seltsam, Funkelauge. Und ich meine damit, *besorgniserregend* seltsam.«

»Jepp«, stimmte Galinak zu. »Er ist wie ein nerviges, kleines, seltsames Haustier, das man nicht mehr loswird.«

»Oder ein Hautausschlag.«

»Eher wie ein Jucken. Die Sorte, wo man nicht wirklich drankommt. Ein Hirnjucken.«

Ich tat, als hätte ich nichts gehört, und hakte nach: »Denkt doch mal darüber nach. Vincha, unser gesamtes Bewusstsein ist über deinen Kopf woandershin geleitet worden, und das, während gerade unsere Körper in Stücke gerissen wurden.«

»Bei Bukras Eiern, was für ein erbaulicher Gedanke das doch ist«, murrte Galinak. »Vor allem, da jeden Augenblick auch unsere gegenwärtigen und einzigen Körper in Stücke ger…«

»Ich finde es einfach nur interessant, das ist alles«, sagte ich etwas lauter.

»Tja«, sagte Vincha langsam, »gar nicht so leicht, das jemandem zu erklären, der kein Komm-Troll ist. Euer Bewusstsein wurde zu Signalsequenzen verdichtet, und die zu kanalisieren war nicht gerade angenehm. Sie hatten …«, sie dachte nach, »… eine starke *Resonanz*, das ist das richtige Wort dafür. Mit weniger guter Ausrüstung hätte ich das gar nicht geschafft, und selbst mit Tarakanischen Mods war es eine Erfahrung, die ich auf keinen Fall wiederholen will. Man könnte sagen, dass es sich anfühlte, als würde ein Geist durch einen hindurchgehen. Ich hatte danach ein paar Tage lang echt rostige Kopfschmerzen.« Vincha sah mich an, und ihre Mundwinkel zuckten leicht. »Und einen unerklärlichen Drang, in den unmöglichsten Momenten die albernsten Fragen zu stellen.«

»Autsch, jetzt hat sie's dir aber gegeben, Funkelauge.« In den Schatten der gegenüberliegenden Wand kicherte Galinak leise in sich hinein.

Es war ein absurder Moment. Wir drei, gefesselt und darauf gefasst, bald ermordet zu werden, lachten gemeinsam über einen Witz.

»Hast du vielleicht noch eine von diesen Nährpillen, die du in deinem Gürtel versteckt hast, Funkelauge?« Galinak zwinkerte mir zu. »Ich glaub, so langsam bekomme ich doch Hunger.«

»Ich könnte auch was zu trinken vertragen«, antwortete ich, um mein Erröten zu überspielen. Aber es stimmte auch. Mein Mund war ganz trocken. Ich fragte mich, ob man sich noch die Mühe machen würde, uns etwas zu essen zu geben, ehe wir gefoltert und umgebracht wurden.

Unbehagliches Schweigen senkte sich über uns, das Galinak irgendwann brach: »Es tut mir leid, Vinch.« Er klang ungewohnt sanft. »Dass ich dich im Stich gelassen hab, meine ich.«

Ich sah sie an. Mit dem stummen Weinen war sie längst durch und hatte die schreckliche Wirklichkeit akzeptiert. »Galinak«, antwortete sie, »vielleicht ist gerade nicht der richtige Moment, dir das zu sagen, aber ich hasse es, wenn du versuchst, mir diesen Spitznamen zu verpassen.«

»Na schön.« Galinak sah mich an und verdrehte die Augen. »Dann vielleicht V?«

»Kommt nicht infrage.« Vincha schüttelte den Kopf. »Und falls du dich damit ein bisschen besser fühlst: Mein Plan sah vor, mein Mädchen zu befreien, euch beiden in die Knie zu schießen und das Weite zu suchen.«

»Du wolltest uns in die Knie schießen, nicht in den Kopf?« Galinak strahlte sie an. »Oh, V, das muss Liebe sein.«

»Ihr und eure idiotischen Versuche, mich aufzumuntern«, sagte Vincha, aber ich sah ihre Augen im Zwielicht verdächtig schimmern.

Rasch wechselte ich das Thema. »Was war das eigentlich

für eine Frau vorhin?«, fragte ich. »Ich meine ja nur, so wie die über sie geredet haben, klang es, als hätte *sie* dafür gesorgt, dass wir gefangen genommen wurden.«

»Du hast denen echt zugehört?«, fragte Galinak. »Ich war viel zu sehr damit beschäftigt, den ganzen Sand auszuspucken.«

»Wer auch immer sie war, jetzt ist sie tot«, unterbrach Vincha ihn. »Die Soldaten haben darüber geredet. Die haben ihre Leiche in die Sandwüste geworfen. Vermutlich so 'ne Art Salutisten-Begräbnis.«

Plötzlich ertönte eine laute Explosion, und das ohnehin schwache Licht in unserer Zelle erlosch.

Meine Augen passten sich augenblicklich an die Dunkelheit an. Ich hörte eine der Wachen draußen »Was ist los?« rufen, und die andere antwortete: »Vielleicht ist der Generator mal wieder in die Luft geflogen.«

»Galinak«, flüsterte ich.

»Ja, Funkelauge?«

»Wenn der Generator aus ist, dann haben die Klammern in unseren Nacken keinen Saft mehr. Ich spüre meine Beine wieder.«

»Schlau gedacht.« Galinak grunzte vor Anstrengung, spannte einen Arm und riss sich von den Fesseln los.

»Sei möglichst leise«, flüsterte ich. »Die Wachen sind immer noch bewaffnet.«

»Mach mir dieses rostige Stück Metall vom Kopf ab«, flüsterte Vincha quer durch die Zelle.

Und plötzlich brach draußen ein Höllenlärm los. Schüsse und mehrere markerschütternde Schreie.

»Zum Teufel.« Galinak riss sich gänzlich los und war frei.

»Das ist nicht der Scheißgenerator«, schrie eine der Wachen. Ich hörte, wie sie davonrannte. Türen knallten.

»Siehst du irgendwas?«, schrie mir Vincha durch den immer lauteren Kampflärm zu. Galinak tauchte neben mir auf und machte mich los.

Ich konzentrierte mich auf die nächstgelegene Wand. »Nein, zu weit weg und zu viele Wände dazwischen. Aber vielleicht ist es die Kavallerie?«

»Niemand weiß, dass wir hier sind.« Galinak eilte zu Vincha weiter, und da hörten wir, wie die Tür am anderen Ende des Gangs wieder geöffnet wurde. Durch die Wand sah ich, wie die beiden Wachen wieder hereinkamen. Einer rannte auf unsere Zelle zu, der andere schoss auf jemanden draußen. Ich sah eine eigenartig verschwommene Bewegung, und die Wache wurde von den Füßen gerissen und mit einer solchen Wucht gegen die steinerne Wand geknallt, dass seine zerschmetterte Leiche kurz darin stecken blieb. Erst ein paar Herzschläge später sackte er zu Boden.

»Leute, ich glaub, das ist die falsche Sorte Kavallerie«, sagte ich, aber die beiden waren zu sehr mit unserer Befreiung beschäftigt, um mir zuzuhören.

Galinak war gerade zur Zellentür unterwegs, als draußen die zweite Wache auftauchte. Der Mann richtete die Waffe geradewegs auf Galinak und blendete ihn mit dem auf dem Lauf montierten Licht. »Sofort stehen bleiben«, brüllte er, und dann explodierte sein Kopf im Helm und ruckte zur Seite. Er schlug lang hin und begrub das Gewehr unter sich.

Galinak setzte sich in Bewegung. Ich wusste nicht, ob er direkt durch die Zellentür gehen oder erst zwischen den Gitterstäben hindurch nach dem Gewehr angeln wollte, aber was immer er vorgehabt hatte: Als auf einmal ein Monster vor die Tür trat, erstarrten wir alle zur Salzsäule. Gut beleuchtet war es nicht gerade dort draußen im Gang, aber es reichte vollkommen aus.

Ich fand als Erster meine Sprache wieder. »Galinak?«

»Ja, ich sehe es«, antwortete er und starrte das Monster an.

Vincha sprach aus, was ich dachte: »Rost, das ist mal eine rostige Riesenechse.«

»Galinak?«, fragte ich.

»Ja, ich werde mit ihr fertig.« Galinaks Blick wanderte zu den bluttriefenden Klauen hinunter, und er fügte hinzu: »Glaub ich.«

Eine dritte Wache tauchte auf und stellte sich zwischen die Eidechse und die Zellentür, in voller Kampfmontur und mit einem Energieschwert auf dem Rücken. Sie hob das Energiegewehr auf und hielt den Schlüssel vor die Tür. Es piepte, und die Tür glitt auf. Nie im Leben hätte ich geglaubt, dass ich mal in einer Zelle stehen und bedauern würde, dass sich die Tür öffnete, aber genau das tat ich in diesem Augenblick. Wir alle drei wichen zurück, fächerten uns auf. Die Wache kam herein. Löste den Helm und nahm ihn ab.

»Oh«, sagte ich mit schwacher Stimme. »Du bist das.«

Die Frau warf Vincha das Energiegewehr zu, und die fing es auf. »Du bist die Mutter des Mädchens?«, fragte sie.

Vincha, zu erschüttert, um zu sprechen, nickte nur.

»Ihr könnt mich Peach nennen, Emilija ist nicht hier – ich habe überall nachgesehen. Es war nur noch eine Handvoll Wachen da, alle Fahrzeuge sind weg. Die Basis ist praktisch verlassen.«

Sie zog meinen Friedensstifter aus dem Gürtel und reichte ihn mir, Griff voran. »Hab ich gefunden, als ich an der Waffenkammer vorbeikam. Sehr ungewöhnliche Waffe. Hab mir gedacht, du willst sie vielleicht zurückhaben.«

»Oooh, und was bekomme ich?« Galinak imitierte gekonnt die Stimme eines aufgeregten Kinds und klatschte begeistert in die Hände.

Die Frau sah ihn an. »Du? Ich dachte, du schnappst dir einfach irgendwelche Leute und benutzt sie als Knüppel. Aber da draußen liegt eine Menge Zeug rum. Wenn du schon mal dabei bist, sammelst du dir am besten auch gleich ein bisschen Panzerung und Munition zusammen.«

»Ich habe dich sterben sehen«, sagte ich, den Friedensstifter fest in der Hand, die Mündung zu Boden gerichtet.

»Ja. Aber das zu erklären würde zu lange dauern.« Mit dem Daumen deutete sie auf die Eidechse hinter ihr. »Dasselbe gilt auch für Freund Grünhaut hinter mir, viel zu lange Geschichte. Die Kurzform: Das Vieh hat mir das Leben gerettet, und jetzt hat es euch das Leben gerettet, also gehen wir mal davon aus, dass *es* auf eurer Seite ist, Gott sei Dank.« Sie wandte sich wieder an Vincha. »Wie gesagt, deine Tochter ist nicht hier. Ich weiß nicht, was Mannes vorhat, aber er sagte zu mir, sie sei der einzige Puzzler, den er braucht.« Sie machte eine Pause, um Luft zu holen, und fuhr fort: »Mir fällt nur ein Ort ein, an den er sie gebracht haben könnte.«

»Ich gehe notfalls bis ans Ende der Welt, um meine Emilija zu finden.« Vincha überprüfte die Energiezelle ihres Gewehrs.

»Gut.« Die fremde Frau namens Peach drehte sich um und setzte ihren Helm wieder auf, dann öffnete sie das Visier, sodass wir sie sagen hörten: »Sie sind nämlich nicht mehr in dieser Welt. Mannes hat sie in die Sternensäule hinaufgebracht.«

Kapitel 71

Funkelauge

Uns blieb keine Zeit, uns einander richtig vorzustellen, Vornamen und knappes Nicken mussten reichen. Vorsichtig wagten wir uns aus dem Zellentrakt heraus. Draußen war es bereits dunkel, und die Basis war tatsächlich nahezu verlassen – wer zurückgeblieben war, war jetzt entweder tot oder versteckte sich inmitten des von Peach und dem großen Monster angerichteten Massakers.

Wir sammelten Proviant und Atemmasken der gefallenen Soldaten ein, und ich fand sogar ein Scharfschützengewehr und mehrere Energiezellen. Die Krankenstation erwies sich als wahre Schatzkammer. Ich schaufelte mir Nährpillen in die Tasche und verleibte mir so viele Schmerzmittel ein, dass mein zerschlagener Körper kein bisschen mehr wehtat. Dann kletterten wir in den Tanklaster, mit dem Peach an den bewachten Toren vorbei in die Basis gekommen war. Das Doppeltor war noch intakt, also war sie wohl nicht einfach mit dem Laster hindurchgebrettert, sondern hatte Mannes' Leute so lange getäuscht, wie es ging. Obwohl sie die Kleinste von uns war, setzte sie sich hinters Lenkrad, und wir anderen drängten uns ungemütlich eng in der Kabine zusammen. Zum Glück stieg die riesige Eidechse nicht mit ein, sondern rannte abwechselnd auf allen vieren neben dem langsam fahrenden Lastwagen her oder sprang aufs Dach, um sich auszuruhen.

Ich verspannte mich jedes Mal, wenn mein Blick auf diese Kreatur fiel, und bei den anderen beobachtete ich dieselbe Reaktion – nur Peach war eine bemerkenswerte Ausnahme.

Gerade hatte ich es mir einigermaßen bequem gemacht und war drauf und dran, in meinen Gedanken zu versinken, da hielt Peach an und schaltete die Scheinwerfer aus.

Vincha brach das Schweigen: »Was machst du denn? Wir sind noch nicht da.«

Peach öffnete die Tür und antwortete im Aussteigen: »Ich weiß, dass wir es eilig haben, aber mit einem vollgeladenen Tanklaster auf einen Trupp feindlicher Soldaten zuzurasen klingt für mich nicht nach einem guten Plan. Den Rest des Wegs legen wir zu Fuß zurück und versuchen, uns so unauffällig wie möglich reinzuschleichen.« Sie warf die Tür zu, und wir schoben uns nacheinander durch die Beifahrertür ins Freie.

Den restlichen Weg bis zum Berg liefen wir zu Fuß, ganz am Schluss krochen wir sogar auf allen vieren. Schützende Dunkelheit fanden wir kaum. Ich hob dauernd den Blick zum Himmel, ich kam nicht dagegen an. Die Lichtaura der Sternensäule, von Peach als »Schutzschild« bezeichnet, änderte ständig ihre Farbe. Immer wieder tauchte sie die Umgebung in helles rotes, gelbes oder weißes Licht. Ich hatte keinen Schimmer, ob es Absicht war, jedenfalls aber sorgte dieser Effekt dafür, dass mir alles wie ein eigenartiger Albtraum vorkam.

Damals, unterwegs mit Vincha und Galinak, war ich völlig hin und weg gewesen vom Anblick dieses Wunders, das man die Sternensäule nannte. Und selbst als ich jetzt durch den Dreck kroch, erfüllte mich die Aussicht, ganz bis oben in die Spitze zu reisen, mit ehrfürchtigem Staunen, aber auch mit Angst. Wenn ich während der Fahrt im Shark etwas gelernt hatte, dann war es Folgendes: Der Mensch gehörte auf den Boden und nicht in den Himmel.

»Das ist keine Besichtigungstour, Funkelauge.« Als ich erneut langsamer wurde, versetzte mir Vincha einen Klaps gegen den Hinterkopf. »Hör auf, in den Himmel zu glotzen, benutz deine Funkeläuglein lieber, um die Gegend auszukundschaften.«

»Ja, tut mir leid«, sagte ich verlegen und errötete, aber ich kam trotzdem nicht ganz dagegen an.

Irgendwann stieg der Boden leicht an, der Eingang war nur noch wenige hundert Meter entfernt. Wer hier für die Sicherheitsvorkehrungen verantwortlich gewesen war, hatte alles richtig gemacht – befestigte Schützenstellungen, zwei Wachtürme, mehrere leichte Maschinengewehre und eine Patrouille. Aber sie rechneten nicht mit Ärger und ganz sicher erst recht nicht mit einem fünfköpfigen, perfekt zusammenarbeitenden Team wie uns.

Vincha hackte sich ins Türsystem und störte die Komms der Soldaten, verwirrte die Soldaten mit Anweisungen derart, dass die beiden Maschinengewehrstellungen einander gegenseitig über den Haufen ballerten. Ich gab mit meinem neuen Spielzeug mein Bestes, traf allerdings nicht viel, weil wir ständig in Bewegung waren. Sobald wir durchs Tor waren, tat Galinak, was er am besten konnte: effizient Leute umbringen. In dieser Hinsicht konnte ihm nur Peach das Wasser reichen, die in einer Hand eine Energiepistole hielt und in der anderen das Schwert. Die Eidechse … ah, was die Eidechse tat, daran will ich bis zu meinem Lebensende nie wieder denken. Unsere Gegner kämpften tapfer, aber die armen Kerle hatten keine Chance.

»Das ist eigenartig«, sagte Peach, als es vorüber war, und wischte sich beiläufig das Blut vom Visier. »Ich habe gesehen, wie viele Wachen in der Basis waren, und diese ganzen Fahrzeuge bedeuten, dass sie eigentlich alle hier sein sollten. Aber dann hätten hier sehr viel mehr Wachen stehen sollen, und ich hatte mit heftiger Gegenwehr gerechnet, wenn wir einfach so reinstürmen. Irgendwas stimmt hier nicht.«

»Vielleicht hat er sie alle mit nach oben genommen, zum …« In meiner Aufregung vergaß ich den Namen von dem, was sich in der Spitze der Sternensäule befand, und deutete einfach nur nach oben.

»Es ist sinnlos, so viele Soldaten mitzunehmen und dazu auch noch die Leute, die auf der Basis im Labor gearbeitet haben. Es sei denn, Mannes plant …« Wieder zögerte Peach, als wäre ihr gerade ein Gedanke gekommen. »… etwas sehr Großes.« Noch ehe sie den Satz beendet hatte, marschierte sie auch schon wieder los.

Wir eilten hinterher, die Waffen schussbereit, liefen durch leere Säle, schmale Korridore und an verlassenen Kontrollpunkten vorbei. Als wir schließlich durch einen breiteren Flur marschierten, hätte ich vor lauter Schreck fast die Wand unter Beschuss genommen, als darauf plötzlich das lächelnde Gesicht einer Frau erschien.

»Tarakan heißt Sie zu Ihrer Reise willkommen, dem größten Abenteuer Ihres Lebens.« Sie breitete die Arme weit aus, und unvermittelt setzte wunderschöne Musik ein. Ihr unbeirrt lächelndes Gesicht folgte uns durch den Gang und weiter, von einer atemberaubenden Sehenswürdigkeit zur nächsten.

»Vielleicht haben Sie schon viel von unserem wunderschönen Planeten gesehen«, fuhr die Frau an der Wand fort, »aber wir garantieren Ihnen, dass ein unvergessliches Erlebnis Sie erwartet, das Ihnen Ihr Leben lang in Erinnerung bleibt.«

»*Das* kannste wohl laut sagen«, brummte Galinak in sich hinein.

Das lächelnde Gesicht verschwand und wurde durch das kristallklare, leuchtende Bild einer großen, runden blauen Scheibe mit weißen und grauen Flecken ersetzt.

»Unsere Erde«, verkündete die Frau, »wie man sie aus dem Panoramasaal des Raumhafens sieht.«

»Bei Bukras Eiern«, hörte ich mich selbst fluchen, »und ich hab doch vor Kurzem erst festgestellt, dass ich ein Problem mit großen Höhen habe.«

Das Bild der Frau erschien wieder und folgte uns. »Der Raumhafen ist mit dem Dach der Sternensäule verbunden und wurde von den besten Köpfen Tarakans entwickelt und erbaut. Dank Sternensäule und Raumhafen können Menschen und Frachtgüter problemlos von der Erde ins Weltall befördert werden, ohne dass hierfür teure und die Umwelt belastende Transportmittel vonnöten wären.« Neben mir auf der Wand erschien das Bild einer Art fliegenden Röhre, aus dem Heck drangen Flammen und schwarzer Rauch. »Sowohl die Säule als auch der Raumhafen wurden im Laufe von nicht einmal zehn Jahren erbaut«, wieder verschwand das lächelnde Gesicht, »was nur durch den Einsatz einzigartiger Technologie und dank mehrerer wissenschaftlicher Durchbrüche überhaupt möglich war. Mehr als dreitausend neue Patente wurden eigens für dieses Projekt erteilt. Das Mondhotelresort eröffnete nur fünf Jahre später und zieht pro Jahr mehrere tausend glückliche Besucher an sowie etliche Wissenschaftler aus jedem erdenklichen Fachgebiet. Die Durchführung von Experimenten in der Schwerelosigkeit ermöglichte unseren besten Wissenschaftlern wegweisende Durchbrüche, die unsere Welt besser machen werden. Falls Sie noch mehr über dieses Weltwunder erfahren möchten, wählen Sie sich bitte über Ihr Komm ein unter der Sieben-sieben-sechs-sieben, dann können Sie unser Infopaket direkt und kostenlos in einer Sprache Ihrer Wahl in Ihren Hirnspeicher laden.«

Wir erreichten das Ende des Korridors. »Wir sind gleich da«, sagte Peach, aber das immer lächelnde Gesicht der Frau war unerbittlich.

»Folgen Sie den Spuren berühmter Menschen, die in der Vergangenheit bereits Fuß auf den Mond setzten. Tun Sie einen kleinen Schritt für den Menschen und einen großen Schritt für die Menschheit. Erleben Sie die Freiheit der Schwerelosigkeit und sehen Sie mit eigenen Augen, was Tarakan bereits erreicht hat auf unserem Weg zur Erforschung des restlichen Universums. Wir wünschen Ihnen einen sicheren und vergnüglichen Aufstieg.«

Als wir den Korridor verließen, verschwand sie von der Wand, aber als wir gleich darauf einen beeindruckend großen runden Saal betraten, tauchte sie direkt vor uns auch schon wieder auf. In der Saalmitte befand sich ein erhöhtes Podest, und in der Wand ringsum gab es mindestens zwei Dutzend nummerierte Türen.

»Willkommen im Himmelssaal«, sagte die Frau. »Dies ist der letzte Wartebereich, ehe Sie Ihre Reise zum Raumhafen antreten. Bitte warten Sie hier, bis der Ihnen zugewiesene Fahrstuhl aufgerufen wird. Zusätzlich wird Ihnen eine Nachricht in der Sprache Ihrer Wahl auf Ihr persönliches Komm-Gerät geschickt. Bitte beachten Sie, dass von hier an Speisen und Getränke ausschließlich in Pillenform verzehrt werden dürfen.«

Peach marschierte einfach durch das vor uns schwebende Bild hindurch, und wir folgten ihr zum zentralen Podium. Wir liefen an gemütlich aussehenden Sesseln und Tischen vorbei, die mit großer Überlegung und Umsicht im ganzen Saal verteilt waren. Ich entdeckte sogar einen Kinderspielplatz, über dem seltsame, halb durchsichtige Blasen verschiedener Formen und Größen schwebten. Rings um das zentrale Podium befand sich eine Glaswand, aber Peach trat zu einer Tür und gab einen Zahlencode in das kleine Tastenfeld ein, und sie öffnete sich.

Peach zeigte auf mich. »Du kommst mit. Gib mir Deckung.

Ihr anderen bleibt hier und haltet Wache, falls es irgendwelchen Ärger gibt.«

Falls die anderen etwas gegen diesen Plan einzuwenden hatten oder dagegen, von Peach Anweisungen entgegenzunehmen, sagten sie zumindest nichts. Ich folgte ihr durch die Tür, und wir stiegen die paar Treppen zum Podium hinauf. Sobald wir hereinkamen, erwachte ringsum alles zum Leben, und mitten in der Luft tauchten mit einem Mal Bildschirme auf. Peach berührte einen davon, und vor ihr materialisierte sich ein Tastenfeld. Ihre Hände flogen durch die Luft und über die unsichtbaren Tasten. »Ich rufe uns einen Fahrstuhl«, sagte sie, meine Frage vorausahnend. »Die normalen Aufzüge rings um die Mittelsäule hat Mannes blockiert, aber alle paar Kilometer gibt es zusätzliche Notfall-Fahrstühle, die nicht mit dem Hauptrechner verbunden sind. Wir werden ein paarmal umsteigen müssen, aber das ist ohnehin gar nicht so verkehrt.«

»Wie kommt es, dass du das alles«, ich breitete die Hände aus, »weißt und kannst?«

Zum ersten Mal blickte sie mich direkt an, ehe sie sich wieder den Bildschirmen zuwandte. »Ich war eine hochrangige Tarakanische Offizierin. Mein persönlicher Code öffnet viele Türen.«

»Aber das hat Mannes herausgefunden, als er uns hat gefangen nehmen lassen. Hätte er dann nicht den Code geän… oh.« Auf einmal wurde mir klar, was ich da gerade sagte. »Er hält dich für tot.«

»Genau. Und er hat momentan viel zu tun und zu bedenken, also hoffe ich, dass er dieses Schlupfloch nicht geschlossen hat.«

»Und falls doch? Dieser Mannes kam mir wie ein ziemlich gründlicher Mann vor.«

»Dann nehmen wir die Treppe«, sagte sie, ehe sie hinzufügte: »Das war ein Scherz.«

Ein leises *Ping* ertönte, und über einer der Türen blinkte ein grünes Licht auf. Die Frau von der Wand tauchte wieder vor uns auf. »Dies ist ein Fahrstuhl für Notfälle. Die Benutzung ist ausschließlich Tarakanischem Personal gestattet. Bitte versuchen Sie nicht, diesen Fahrstuhl zu benutzen. Die nicht genehmigte Benutzung eines Notfahrstuhls ist ein ernstes Vergehen der Stufe C.« Die Frau wiederholte das Ganze noch mehrmals, sogar nachdem wir das Podium bereits wieder verlassen hatten und auf die Tür mit dem blinkenden grünen Licht zustrebten.

Ich blickte in die Runde und dachte im Stillen darüber nach, was wir doch für ein schräger Haufen waren. In den Salu-Romanen meiner Jugend hatte es solche Geschichten nie gegeben. Da ging es meist um Pflicht und Abenteuer und um Beute und manchmal, meistens sogar, auch um ein Mädchen. Die Schlachten waren stets ruhmreich, aufregend, spaßig. Ich würde gleich diesen Planeten verlassen, ein aufregendes, salu-romanmäßiges Abenteuer, aber ich wusste genau, dass es alles Mögliche werden mochte, aber ganz sicher kein Spaß.

Die Türen glitten auf, dahinter lag ein kleiner rechteckiger Raum mit Sitzen an den Außenwänden. Peach betrat ihn als Erste, mit gezogener Waffe, dann drehte sie sich zu uns um.

»Kommt rein, setzt euch und denkt daran, eure Waffen gut zu befestigen.« Ich betrat den Aufzug ebenfalls, und Peach deutete auf den Boden. »Unter euren Sitzen findet ihr weiße Stiefel. Ihr habt noch ein bisschen Zeit, ehe ihr sie anziehen müsst, aber ich würde vorschlagen, dass ihr es dann macht, wenn wir die Atmosphäre verlassen. Macht euch keine Sorgen um die Größe, sie passen sich euren Füße an.« Als die Eidechse an ihr vorüberkam, blickte Peach zu ihr auf: »Na, jedenfalls bei den meisten von uns.«

Zu meiner Überraschung und meinem Unbehagen setzte

sich die Eidechse neben mich. Ich sah hoch. Mein Kopf reichte kaum bis zu ihrer Schulter. Sie blickte zu mir runter. Unsere Blicke begegneten sich. Letztes Mal, als ich einer Eidechse in die Augen geblickt hatte, war sie im nächsten Moment auf mich losgegangen, und ich hatte ihr ins Gesicht geschossen. Diesmal nickte ich ihr zu. Sie erwiderte das Nicken und wandte das Gesicht Peach zu. Und diese schlichte Geste war alles, was ich brauchte. Das hier war keine geistlose Kreatur – *er* war einfach nur ein weiteres Mitglied dieses höchst eigenartigen Teams.

Vincha stand noch immer vor der Tür, und Peach drehte sich zu ihr um. »Was ist los?«

Zum ersten Mal seit sehr langer Zeit sah ich die Komm-Spezialistin zögern. »Es ist nur … Emilija hat mir gesagt … sie hat mir ins Ohr geflüstert … ›Komm nicht nach oben, sonst kehrst du niemals wieder zurück.‹«

»Klar kommst du wieder zurück, Vinch«, sagte Galinak, »ihr alle beide kommt wieder zurück. Wir müssen nur noch rausfinden, wie, das ist alles.«

»Sie hat nur versucht, dich zu beschützen«, wandte ich ein.

»Spielt es denn eine Rolle, was sie zu dir gesagt hat?«, fragte Peach. »Ich kenne dich erst seit Kurzem, aber du kommst mir nicht vor wie eine Frau, die sich von irgendwem was sagen lässt. Und außerdem«, sie schüttelte den Kopf, »hab ich diese ganzen dämlichen Prophezeiungen allmählich wirklich satt. Du etwa nicht?«

Aus irgendeinem Grund richteten wir alle die Blicke auf die Eidechse. Sie zischte und machte eine Bewegung, die man als Schulterzucken interpretieren könnte.

»Rost, das ist doch alles völlig verrückt.« Vincha kam herein und setzte sich neben Galinak.

Peach machte sich an der Steuerung zu schaffen, und Vincha lehnte sich an Galinak und legte den Kopf an seine

Schulter. »Ganz wie in den guten alten Zeiten, was, G?«, fragte sie leise.

Galinak tätschelte ihr sanft den Kopf und lächelte. »Jepp, V, ganz wie in den guten alten Zeiten.« Er lächelte immer noch, als sich die Türen schlossen.

Kapitel 72

Funkelauge

Sobald wir ganz oben angekommen waren und aus dem Notaufzug in den Raumhafen traten, bekamen wir es mit ganzen Angriffswellen von Drohnen zu tun, und es war nur eine Frage der Zeit, wann einer von uns den ersten Fehler machte.

Unnötig zu sagen, dass dieser »eine von uns« ich war.

Die letzte Drohne sah ich nicht, ehe es zu spät war.

»Galinak, runter«, brüllte Vincha. Der Troll ließ sich hastig fallen und rollte ab. Vincha und ich nahmen die Drohne unter Feuer, aber das verdammte Ding war unfassbar schnell. Meine Strahlenpistole verband sich nicht mit meiner Netzhaut. Ich ließ sie los, und sie schwebte sanft gen Boden, derweil ich den Friedensstifter zog und die Drohne abschoss. Peaches Warnung, derartige Waffen auf keinen Fall im Weltraum zu verwenden, hatte ich völlig vergessen. Die Drohne explodierte über Galinaks Kopf, und die Einzelteile trieben langsam in alle Richtungen – aber zuvor hatte die getroffene Drohne noch eine Ladung Strahlen nach unten abgeschossen. Ich wusste instinktiv, dass Galinak getroffen war, und auch meine Augen sagten es mir. Vincha rannte zu ihm, aber als ich an Peach vorbeikam, packte sie mich von hinten an der Schulter.

»Idiot«, schalt sie mich. »Ich hab dir doch gesagt, du sollst nur die Strahlenpistole benutzen. Eine Kugel, die quer durch den Raumhafen rast, könnte uns alle umbringen.«

Ich schüttelte ihre Hand ab. Natürlich hatte sie recht, aber es war Galinak, *mein* Galinak, der mit weit offenen Augen reglos auf dem Boden lag. Ich kniete mich neben Vincha, die ihn hektisch auf Verletzungen untersuchte und vor sich hin murmelte: »Wo? Wo denn nur?«

Gleich darauf war auch Peach da. »Ist er tot?« Ihre Stimme war kalt, nüchtern, gefühllos, die Stimme einer altgedienten Offizierin. Ich suchte nach seinem Puls, dann blickte ich auf. »Nein«, sagte ich, und die Erleichterung spülte über mich hinweg wie eine warme Dusche. »War nur ein Betäubungsstrahl.«

Wie auf ein Stichwort hin blinzelte Galinak und rang nach Luft.

»Du rostiger alter Glückspilz.« Kopfschüttelnd boxte ihm Vincha gegen die Veteranenbrust. »Ich dachte schon, du wärst gut durch wie ein anständiges Dorgmahr-Steak.«

Sie half Galinak dabei, sich aufzusetzen, und dann schlang sie ihm plötzlich unbeholfen die Arme um die Schultern. »Du rostiger alter Troll«, sagte sie.

Von einem Betäubungsstrahl getroffen zu werden war kein großes Vergnügen, das wusste ich seit der Stadt unterm Berg aus erster Hand, aber es war sehr viel besser als alle zur Verfügung stehenden Alternativen.

Peach hob das größte Stück auf, das von der abgeschossenen Drohne verblieben war. »Das ist sehr seltsam.« Sie drehte es hin und her und sah es sich von allen Seiten an. »Das ist eine Schutzdrohne. Eigentlich hätte sie dich töten müssen, aber sie hat nur einen Betäubungsstrahl abgeschossen.«

Galinak brachte ein Grinsen zustande. »Tja, dann ist das wohl heute mein Weltraum-Glückstag.«

Zum ersten Mal war es Peach, die verwirrt aussah. »Die Drohnen haben den ganzen Kampf über Betäubungsstrahlen eingesetzt. Und warum sind sie in Wellen gekommen statt in einem großen Schwung, der uns alle überwältigt hätte?

Und wo sind die menschlichen Soldaten? Die Türen sind verschlossen, aber wir öffnen sie manuell. Ganz sicher weiß Mannes längst, dass wir hier sind, und der Raumhafen hat noch die eine oder andere Sicherheitsmaßnahme gegen Eindringlinge zu bieten. Das alles ergibt überhaupt keinen Sinn.«

»Mir kommt es vor, als würde er gar nicht versuchen, uns umzubringen«, sagte ich. »Er bremst uns nur aus.«

Bei meinem letzten Satz ging ein leichtes, aber unerwartetes Beben durch den Boden.

»Bei Bukras Eiern.« Galinak hielt sich an einem der Apparate fest. »Sagt mir, dass ich mir das nur eingebildet hab.«

»Nein, das haben wir alle gemerkt. Gebt mir Deckung.« Peach beugte sich über einen der Bildschirme und tippte wie wild darauf herum, aber dann schüttelte sie den Kopf. »Ich komme nicht rein. Aber der Energieverbrauch ist bei 130 Prozent. Das heißt, sie müssen einen dritten Septimum-Antrieb zugeschaltet haben.«

Wir sahen sie an.

»Der Raumhafen hat vier Antriebe«, erklärte sie. »Zwei sind immer eingeschaltet, um ein Minimum an Schwerkraft zu gewährleisten, den Schutzschild um die Mittelachse mit Energie zu versorgen und den Raumhafen, der über der Sternensäule rotiert, an Ort und Stelle zu halten. Die beiden anderen Antriebe sind für Notfälle gedacht oder …« Sie runzelte die Stirn, und dann ruckte ihr Kopf herum, die Augen waren weit aufgerissen. »Was auch immer Mannes vorhat, wir müssen zu ihm gelangen und ihn aufhalten.«

Galinak versuchte etwas zu früh, auf eigenen Beinen zu laufen, und nur Vinchas gute Reflexe verhinderten, dass er lang hinschlug.

»Das war … unerwartet«, sagte er und winkte uns voran. »Los, geht schon. Ich brauch nur noch einen Moment, alles gut.«

Vincha legte sich seinen Arm um die Schultern, um ihn zu stützen, wir drei anderen gingen vor. Ein paar Türen weiter gelangten wir in einen lang gestreckten Saal voller Röhren aus Glas und Metall. Diese Röhren waren mit blauer Flüssigkeit gefüllt, und in jeder davon steckte ein Mensch, vollkommen nackt bis auf eine Maske über Mund und Nase, und drehte sich gleichmäßig um die eigene Achse.

»Tja, damit wäre wenigstens eine unserer Fragen beantwortet«, sagte ich, nachdem ich hineingespäht hatte. »Jetzt wissen wir, wohin all die Wachen verschwunden sind. Ich erkenne die Frau aus dem Lastwagen wieder.« Ich blickte in einige weitere Röhren, um sicherzugehen. An jeder Röhre befand sich ein Display, auf dem grüne, sich ständig verändernde Zahlen leuchteten, daneben einige Rädchen. Es waren mindestens zweihundert Soldaten. Angesichts der Zahl war es undenkbar, dass sie alle dazu gezwungen worden waren, in diese eigenartigen Röhren zu klettern. Nein, das hatten sie freiwillig getan. Ich stand neben Peach, die eine der Röhren anstarrte.

»Jemand, den du kennst?«, fragte ich.

Sie zeigte auf den Mann vor ihr. »Das ist Sergiu der Sterbende. Der Mann, der auf mich geschossen hat.«

»Erstaunlich passender Name. Bist du ganz sicher, dass er es ist? Ist schwer zu erkennen mit der Maske über Nase und Gesicht und ohne seinen Hut.«

Sie warf mir einen kurzen Blick zu. »Sein Gesicht werde ich ganz sicher nicht so schnell vergessen, glaub mir.«

Vincha und Galinak kamen ebenfalls herein. Die Eidechse stand gleichgültig zwischen uns.

»Wisst ihr, er wollte mich nicht erschießen.« Peach richtete ihre Waffe auf den sich drehenden Körper. »Er hat nur seine Befehle befolgt. Ich war mal genau wie er, habe pflichtbewusst getan, was mir befohlen wurde, ohne zu hinterfragen, was meine Taten für andere bedeuten. Ich kann ihm kaum vorwerfen, dass er getan hat, was ich auch getan hätte. Wegen Leuten wie uns ist die Welt völlig am Arsch. Jedenfalls das, was von ihr überhaupt noch übrig ist …«

»Hast du vor, ihn zu töten?«, fragte ich vorsichtig.

Peach ließ die Waffe sinken. »Er ist im Kryoschlaf.« Sie seufzte. »Sein Geist ist irgendwo anders. Er verspürt weder Angst noch Schmerz. Vielleicht finden sie einen Wirtskörper für ihn, in dem er zurückkehren kann. Das nimmt der Rache irgendwie die Würze, oder? Also nein, ich habe nicht vor, ihn zu erschießen, aber vielleicht bin ich ja hier, wenn er wieder aufwacht. Auf Wiedersehen, Sergiu.«

Sie wandte sich ab und ging, und wir folgten ihr und sammelten uns vor einer verschlossenen Tür, die in den nächsten Raum führte.

Während Peach das Türschloss manuell umging und Galinak und die Eidechse sich gegen die schwere Tür stemmten, schaltete ich auf einen anderen Sichtmodus. Als die Tür offen war, wusste ich schon, was uns dahinter erwartete.

»Und?« Peach sah mich an und fuhr ihre Energiewaffe hoch.

Es war albern, aber mir fiel nichts anderes ein. »Vincha«, sagte ich leise, »du … du bleibst besser hier.«

»Was? Warum?«

Vermutlich erriet sie am Klang meiner Stimme, was los war.

»Es tut mir leid, Vincha …«

Vincha stieß mich beiseite, und ich sah ihr hinterher, als sie durch die Tür stürzte. Galinak und die anderen folgten ihr, aber ich blieb zurück, hoffte, dass ich mich geirrt hatte, dass mich meine Augen diesmal getrogen hatten.

Ich hörte, wie Vincha den Namen ihrer Tochter schrie, erst voller Angst, dann noch einmal, in jener Todesqual, wie sie sich nur der Kehle einer Mutter entringt, die den leblosen Körper ihres Kinds vor sich sieht.

Kapitel 73

Funkelauge

Als ich endlich ausreichend Mut gesammelt hatte, um mich ebenfalls hineinzutrauen, hatten die anderen es bereits geschafft, den Glaskokon zu öffnen. Der Raum war ziemlich groß, aber voller schwebender Bildschirme und zahlreicher sehr fremdartig wirkender Maschinen. Ich schenkte nichts davon nähere Beachtung. Emilijas Leiche lag im offen stehenden Glasgehäuse, und Vincha beugte sich über sie, Galinak an ihrer Seite. Ich wollte ebenfalls zu ihr, allerdings hatte ich keine Ahnung, was ich dann sagen oder tun wollte.

Als ich beim Glaskokon war, sah ich, dass die Eidechse auf der anderen Seite stand, den Kopf tief gebeugt. Zwar war ich kein Experte für die Körpersprache von Eidechsen, aber für mich sah es aus, als wäre sie ebenso bestürzt wie wir anderen.

Jahrelang hatte ich Vinchas Schatten gejagt, hatte zu jedem nur erdenklichen Trick gegriffen, um sie zu manipulieren und zu verhören. Ich hatte gehört, wie sie ihre Komm-Verbindungen gekappt und ihre schreckliche Skintsucht überwunden hatte, wie sie Nakamura getrotzt und Bayne in der Stadt unterm Berg verloren hatte. Wir hatten Seite an Seite gekämpft, aber zugleich hatte sie mich so oft körperlich misshandelt oder Waffen auf meinen Kopf gerichtet, dass ich lieber gar nicht darüber nachdenken wollte. Ich war sogar dabei gewesen, als Vincha im Verhör zusammengebrochen war, ehe sie sich wieder aufgerappelt und weitergemacht hatte. Es gab stärkere Trolle und bessere Kämpfer als Vincha, aber ich schwöre: Sie war der knallhärteste, zäheste Krieger, dem ich je begegnet war. Als ich jetzt aber sah, wie sie zärtlich das Gesicht ihrer Tochter streichelte, wusste ich: Von diesem Schlag würde sie sich nie wieder ganz erholen.

Emilijas Augen waren geschlossen, und ich wünschte, ich könnte sagen, sie sähe friedlich aus, aber sie sah einfach nur aus wie eine tote junge Frau. Die Tätowierungen an Armen und Hals wirkten eigenartig verblasst, aber an Schläfen und Stirn befanden sich hässliche tiefrote Verletzungen, und unter ihrer Nase entdeckte ich verkrustetes Blut.

Ich weiß nicht, wie oft ich den Mund geöffnet hatte, um etwas zu sagen, nur um ihn wieder zu schließen, ohne ein Wort herausgebracht zu haben.

Wir standen einfach nur schweigend da, bis erneut ein Beben durch den Raumhafen ging.

»Das ist der vierte Septimum-Antrieb«, sagte Peach. »Wir sind ganz in der Nähe der Kommandozentrale. Ich gehe da jetzt hin und halte Mannes auf, ganz egal, was er da gerade tut. Mit euch oder ohne euch.«

Ich hätte gedacht, dass Vincha noch um ein wenig mehr Zeit bitten würde oder so tief in ihrer Trauer versunken war, dass sie gar nichts mitbekam. Ich hätte nicht erwartet, dass sie sich einfach aufrichten würde und sich in Bewegung setzte, ohne noch einmal zurückzusehen zu dem Glaskokon, der sich über Emilija wieder schloss.

Sie marschierte direkt auf Peach zu und sagte schlicht: »Ich entscheide, wann und wie er stirbt.«

Peach öffnete den Mund, um etwas zu erwidern, aber dann schien sie es sich anders zu überlegen und nickte nur.

Wir versammelten uns vor einer der Türen, aber diesmal

erwies es sich als schwieriger, sie zu öffnen. So nah an der Kommandozentrale war die manuelle Notfallöffnung zusätzlich durch ein Passwort geschützt, das Peaches Fähigkeiten überstieg, und auch mit größter Kraftanstrengung kamen weder die Eidechse noch Galinak der Tür bei.

Wir standen also da und drehten praktisch Däumchen, da richtete sich plötzlich Vinchas rotes Haar auf, zuckte in alle Richtungen, und mit einem Mal war ihre Stimme auf allen Kanälen zugleich zu hören: Wir vernahmen sie über unsere Komms, aber sie dröhnte auch durch den gesamten Raumhafen.

»Ich komme dich holen, Mannes«, sagte sie mit so ruhiger Stimme, dass es mich fröstelte. »Du kannst dich hinter dieser Tür verstecken, Feigling, der du bist, aber ich finde dich, also …«

Ohne Vorwarnung glitt die schwere Tür beiseite.

Wir sahen einander an. Uns allen war klar, was das zu bedeuten hatte.

»Eine Einladung?«, fragte ich.

»Eine Falle.« Mit schussbereiter Waffe spähte Peach rasch um die Ecke.

»Rost drauf.« Vincha ging einfach durch die Tür, in jeder Hand eine Waffe, und wir folgten ihr.

Kampfbereit, mit gezogenen Waffen, liefen wir durch den dahinterliegenden Korridor, aber nichts geschah. Keine Drohne griff uns an, und sämtliche Türen auf dem Weg zur Kommandozentrale öffneten sich für uns. Wir gelangten in einen weitläufigen rechteckigen Raum, die hohen Fenster blickten aufs All hinaus. Es war niemand hier bis auf Mannes, der in der Mitte des Raums saß und uns entgegenblickte. Der Raumhafen rotierte, und gerade kam die Erde in Sicht. Peach trat auf Mannes zu. »Alle Antriebe bis auf zwei ausschalten, und zwar sofort«, befahl sie.

»Wie schön, Sie wiederzusehen, Obermajorin Vera Geer«, antwortete Mannes ruhig. »Ich muss zugeben, dass ich meinen Befehl an Sergiu, Sie zu töten, bedauert habe, aber zum damaligen Zeitpunkt konnte ich mir keine unnötigen Risiken leisten.«

Peach richtete die Waffe auf den sitzenden Mannes und hielt großzügigen Sicherheitsabstand, aber Vincha marschierte einfach mit erhobener Waffe auf den Ghul zu. Erst als die Mündung nur noch zwei, drei Zentimeter von seiner runzligen Stirn entfernt war, blieb sie stehen.

»Ich habe versprochen, dich langsam zu töten«, sagte sie, und die Waffe bebte in ihrer Hand, »aber ich bin nicht sicher, dass ich mich so gut im Griff habe. Tu, was sie sagt.«

Vollkommen unbeeindruckt sah Mannes zu ihr hoch. »Ihr könnt ruhig abdrücken«, sagte er leise. »Ich habe schon viel zu lange gelebt. Aber die Antriebe können nicht ausgeschaltet werden.«

Peach hörte es ebenfalls und wanderte von Bildschirm zu Bildschirm.

»Ihr Code funktioniert nicht mehr, Obermajorin«, sagte Mannes, ohne den Blickkontakt mit Vincha zu unterbrechen. »Ich habe ihn aus dem System gelöscht, sobald mir klar wurde, dass Sie irgendwie überlebt haben. Sergiu war immer sehr gründlich – irgendwann einmal müssen Sie mir verraten, wie Sie das angestellt haben.«

»Ich habe dir gesagt, was ich mit dir mache, wenn ihr etwas zustößt.« Vinchas Stimme klang fest und beherrscht. »Und ich habe vor, ein paar neue Ideen auszuprobieren, um dich für jede rostige Sekunde deines restlichen Lebens um Gnade schreien zu lassen.«

»Ich weiß«, sagte Mannes. »Ich habe ebenfalls meine Tochter verloren, vor langer Zeit, und jeder Tag seitdem ist wie eine neue Lektion in Sachen Schmerz. Emilija ist weg, Vincha, aber ich bin der Einzige, der sie wieder zurückbringen kann.«

Vincha drückte ihm die Waffe gegen die Stirn. »Du lügst«, knurrte sie.

»Nein, er lügt nicht.« Beim Klang dieser neuen Stimme wirbelten wir alle herum, aber da war niemand. Nur von den Bildschirmen blickte uns das Gesicht eines jungen dunkelhäutigen Manns mit langem geflochtenem Haar entgegen.

»Ist es vollbracht?«, fragte Mannes, und plötzlich klang seine Stimme, als könnte er seine Aufregung kaum bezähmen.

Das Abbild des jungen Manns nickte. »Es ist vollbracht, Dr. Holtz. Wir haben so viele mitgenommen, wie nur möglich war, ehe Adam die Lücke schließen konnte. Das Bewusstsein von zweitausendneunhundertsiebenundzwanzig Menschen ist jetzt sicher im Raumhafen gespeichert. Die besten Wissenschaftler, Ärzte, Architekten, Künstler, Philosophen, Komponisten und Freidenker, die Tarakan je hatte.«

»Das sind nicht alle«, sagte Mannes leise. »Ich hatte auf mehr gehofft.«

»Das ist etwa ein Drittel sämtlicher Persönlichkeiten, die in Adam gespeichert waren. Sie werden sicher erfreut sein zu hören, dass sich auch Dr. Tamir und Dr. Gustav unter jenen befinden, die wir extrahieren konnten. Ich bin sicher, dass sie eine große Hilfe sein werden, wenn wir ihnen erst ihr Bewusstsein zurückgegeben haben.«

Ich sah, wie Mannes tief Luft holte. »Und Deborah? Ist ihr Hirnwellenmuster noch vollständig erhalten?«

Der Mann lächelte. »Ja, Dr. Holtz, aber es braucht noch einiges an Zeit und sorgfältiger Arbeit, bis wir sie vollständig rekonstruiert haben. Ich muss schon sagen, Ihr neues Programm ist brillant, aber wir brauchen dennoch etwas Zeit, um es zu optimieren, ehe wir Deborah von meinem Bewusstsein lösen. Wenn Sie möchten, kann ich Ihnen zeigen …«

»Nein.« Mannes richtete sich auf. »Das ist nicht der richtige Zeitpunkt dafür. Verfahren Sie weiterhin wie geplant.«

»Wie Sie wünschen.« Mit einem Mal drehten sich die durchsichtigen Monitore in der Luft, und einige von ihnen schwebten auf die Eidechse zu. »Ach, du liebe Güte. Ist das wirklich das, was ich glaube, dass es ist?«

Kurz tastete ein silbriger Lichtstrahl über die Eidechse, die zischend ausholte und nach einem der Bildschirme schlug; die scharfen Klauen glitten durch das Abbild des Manns.

»Jean Pierre. Himmel, bist das wirklich du?« Die körperlose Stimme war von ehrfürchtigem Staunen erfüllt.

Die Eidechse zischte noch einmal, schüttelte aber den Kopf, sichtlich verwirrt.

»O nein, Jean Pierre, es tut mir so leid«, sagte das Bild.

»So.« Ich trat zwischen den schwebenden Bildschirm und die verwirrt dreinblickende Eidechse. »Tut mir ja wirklich leid, diese interessante Wiedervereinigung zu unterbrechen, aber wäre es vielleicht möglich, dass Ihr mir verratet, was hier vorgeht?«

Mehrere Bildschirme zugleich drehten sich in meine Richtung. »Ja, aber natürlich. Ich bin das Künstliche Bewusstsein namens Cain, und Sie wurden vermutlich von Adam hierher entsandt.«

»Meine Tochter, Emilija, befindet sie sich in dir?« Vincha trat neben Mannes und richtete die Waffe auf seine Schläfe.

»Ja, sie ist jetzt Teil des Programms.« Das Bild änderte sich, zeigte jetzt Emilijas Gesicht, aber Sprachmelodie und Stimmlage blieben gleich. »Es wird ein bisschen dauern, ihr Bewusstsein von meinem zu lösen, dieser Prozess erfordert noch immer sehr viel Sorgfalt. Mir müssen Simulationen durchlaufen lassen, und im gegenwärtigen Augenblick …«

»Starte diesen *Prozess* sofort, und dann bringst du ihr Bewusstsein dorthin zurück, wohin es gehört, und zwar in ihren eigenen Körper. Sonst jag ich deinem schrumpeligen Freund hier eine Kugel in den Kopf und zerstöre sämtliche Maschinen auf dem Raumhafen, die ich erwische.«

Das Bild wandelte sich wieder zu dem jungen Mann mit dem langen geflochtenen Haar. »Ich wurde gerade eben erst zusammen mit Tausenden anderen in diesen Raumhafen transferiert. Es wird eine Weile dauern, bis ich meine Programme der neuen Umgebung angepasst habe. Ich würde vorschlagen, dass Sie sich so lange in Geduld üben und sich vielleicht anhören, was Dr. Holtz Ihnen zu erzählen hat. Es hat Jahrzehnte gedauert, bis das, was er in Bewegung gesetzt hat, vollendet werden konnte. Für Sie muss heute ein großer Tag sein, Dr. Holtz.«

Ich drehte mich zu dem Stuhl in der Mitte des Saals um und stellte fest, dass Mannes die knorrigen Hände vors Gesicht geschlagen hatte. Es war ein seltsamer Anblick, und es dauerte ein paar Herzschläge, bis mir klar wurde, dass er weinte.

Kapitel 74

Mannes

»Und Sie treffen sich *wirklich* mit ihm, Dr. Holtz?«

Mannes schüttelte den Kopf und verkniff sich im allerletzten Moment ein Seufzen. »Natürlich treffe ich ihn nicht *wirklich*, Daichi. Wir unterhalten uns über Komm.«

Sein hochgewachsener Gesprächspartner zitterte vor Aufregung. »In meiner Welt ist das dasselbe. Ich muss ihm nicht die Hand schütteln.« Daichi steckte die Hände in die Taschen seines altmodischen Laborkittels – er bestand darauf, ihn zu tragen, obwohl sich alle anderen davon peinlich berührt fühlten. »Ich mag es sowieso nicht, andere Leute anzufassen.« Den letzten Satz murmelte er leise auf Japanisch in sich hinein, vermutlich war es gar nicht für anderer Leute Ohren bestimmt, aber Mannes' Hirnspeicher fing die Worte trotzdem auf und übersetzte sie für ihn.

Daichi wechselte wieder ins Englische. »Aber diesen großen Mann höchstpersönlich kennenzulernen, *den* Mann, der Adam erweckt hat … ich meine, wow!«

Mannes zuckte mit den Schultern und hoffte, es würde beiläufig und entspannt wirken, aber in Wirklichkeit war er angesichts der Aussicht, seinen alten Professor wiederzusehen, fast genauso aufgeregt wie Daichi.

»Wissen Sie, ich hab ihn ja nie kennengelernt«, plapperte Daichi weiter, und sie traten aus dem Fahrstuhl. »Als meine

Ausbildung begonnen hat, haben wir nur alte Vorlesungen angesehen oder mit seinem Replikats-Bot gesprochen.« Er sah Mannes an. »Aber Sie haben mit ihm *zusammengearbeitet.* Wie ist das gewesen?«

Mannes lachte leise und kratzte sich den ergrauenden Bart. »Fordernd, aufregend, stressig und manchmal absolut fürchterlich. Aber er ist ein Genie, *das* Genie unserer Generation wahrscheinlich. Seine Art, selbst die komplexesten Probleme zu analysieren und zu zergliedern und auf die Grundlagen runterzubrechen, ist wirklich inspirierend.« Mit Rücksicht auf Daichis fragilen Gemütszustand fügte Mannes hinzu: »Aber sein Replikats-Bot kann einem ja ebenfalls sämtliche Fragen beantworten.«

Daichi bedachte ihn mit einem kalten, zutiefst unduldsamen Blick. »Ja, ja, aber das ist trotzdem nicht *er,* der Mann, der Adam erweckt hat. *Shinjirarenai,* unglaublich.«

Mannes konnte Daichis Frustration nachempfinden. Professor Vitor war in Tarakan eine Legende, und das nicht nur deshalb, weil er bei Adams Bewusstwerdung anwesend gewesen war. Er war es, der Adam von der KI-Kindheit an begleitet hatte, bis er ein voll ausgewachsenes KB war, und im Lauf dieser Zeit hatte er das ein oder andere Unheil abgewendet und etliche neue Regeln aufgestellt, nachdem er nicht wenige alte Regeln gebrochen hatte. Professor Vitor war zudem der erste Tarkanier, der sich in Adams Bewusstsein hatte einspeisen lassen – er hatte darauf beharrt, für die Zukunft der Menschheit das Risiko eines qualvollen Todes auf sich zu nehmen. Nach der erfolgreichen Einspeisung hatte der Professor seine Arbeit an der Perfektionierung Adams weitergeführt und sogar Jahresvorlesungen an allen sieben Tarakanischen Universitäten und Akademien gehalten. Während sich andere Uploader zusehends aus der Außenwelt zurückgezogen hatten, war der Professor eng in Kontakt geblieben, zeigte Medienpräsenz und wohnte selbstverständlich auch sämtlichen Instandhaltungssitzungen bei.

Mannes arbeitete gerade am Tarakanischen Institut für Technologie an seiner zweiten Doktorarbeit in Programmentwicklungstechnologie, da wurde er als Ersatz angefordert für einen Ingenieur, der einen kleinen, aber ihn gründlich außer Gefecht setzenden Sportunfall erlitten hatte. Die zweite Doktorarbeit sollte er nie vollenden, dafür warteten vier Jahre Zusammenarbeit mit seinem Lehrer und Idol auf ihn – die interessanteste Zeit seines ganzen Lebens. Aber selbst jemand, der wie der Professor mit einem außergewöhnlich starken Willen gesegnet war, erlag mit der Zeit der Versuchung – wenn man in seinem ganz eigenen Reich ein Gott sein kann, erscheint einem die menschliche Welt immer weniger reizvoll. Seine öffentlichen Auftritte wurden seltener; er sagte die jährlichen Presseveranstaltungen ab und schickte zu Vorträgen und Vorlesungen immer häufiger seinen Replikats-Bot. Jetzt trat er nur noch zu den jährlichen Instandhaltungs- und Evaluationsgesprächen öffentlich in Erscheinung, und jedes Mal erwähnte der Professor Mannes namentlich, selbst wenn er am anderen Ende des Raums ganz außen am Tisch saß. Mannes hegte den Verdacht, dass unter anderem diese lobenden Erwähnungen der Grund dafür waren, dass er so schnell in der Hierarchie aufstieg, bis er schließlich einen der sechs Hauptsitze im Ausschuss innehatte.

»Er hat Sie also einfach so aus heiterem Himmel kontaktiert?« Daichis Frage schreckte Mannes aus seinen Erinnerungen auf.

»Ja, über meinen Privatkanal. Er hat mir eine Nachricht hinterlassen und mich um ein Treffen gebeten, um etwas wegen des diesjährigen Evaluationsmeetings zu besprechen.«

»Eigenartig.« Daichi legte den Kopf schief, ein sicheres Zeichen dafür, dass er seinen intern gespeicherten Terminplan aufrief. »Das ist erst in vier Monaten und sechs Tagen. Ganz schön langer Vorlauf.«

Mannes zuckte mit den Schultern, aber genau dasselbe hatte er auch schon gedacht. »Vielleicht gibt es irgendein Problem, das nach einer sofortigen Lösung verlangt.«

»Sie kennen doch die Vorschriften für Notfallwartungen.« Daichis Stimme pendelte zwischen freundlicher Erinnerung und Rüge. »Da müsste die ganze Abteilung antreten, hundert Leute, die sofort ihre Arbeit stehen und liegen lassen müssten. Aber doch keine Privatunterhaltung.«

Sie erreichten eine Gabelung, und Mannes blieb stehen. Zwar hatte er sich selbst versprochen, den ganzen Weg zu Fuß zurückzulegen, aber so langsam ermüdete ihn der Fußmarsch. Und ehrlich gesagt nicht nur der Fußmarsch, sondern auch Daichi. Er bestellte sich eine Flugscheibe. In seinem Augenwinkel wurde ein Countdown eingeblendet: vierunddreißig Sekunden. Das würde Daichi reichen, um noch ein paar Fragen auf ihn abzufeuern.

»Hier trennen sich unsere Wege, Daichi. Mein Büro ist dort drüben.« Er zeigte in die Richtung, obwohl Daichi natürlich genau wusste, wo Mannes' Büro lag.

Daichi musterte ihn. »Sind Sie ganz sicher, dass Sie mich nicht brauchen? Um Notizen zu machen vielleicht? Ich bin auch ganz still.«

Nein, das bist du sicher nicht, dachte Mannes, aber er schüttelte nur den Kopf und sagte: »Tut mir leid, aber der Professor hat mich um eine private Unterredung gebeten, und Ihre Sicherheitsfreigabe reicht dafür nicht aus.«

»Reicht nicht aus?« Daichi starrte Mannes verärgert an. »Ich habe Adams innere Systematik codiert. Scheiße, man könnte glatt sagen, dass ich es bin, der ihm jeden Tag seinen virtuellen Arsch abwischt. Was für eine Sicherheitsfreigabe sollte denn noch höher sein als meine?«

Die Flugscheibe schwebte heran, und Mannes stieg hinauf. »*Meine* Sicherheitsfreigabe. Tut mir leid, Daichi. Nächstes Mal vielleicht.«

Auf sein Zeichen hin schwebte die Transportscheibe so rasch davon, dass es nicht mehr als höflich zu bezeichnen war. Daichi rief ihm etwas hinterher, immer lauter, je weiter sich Mannes entfernte: »Sagen Sie dem Professor, dass die Recodierung der SYTA-Matrix zur Verbesserung der subatomaren Performance sehr inspirierend ist, ich aber noch zwei Verbesserungsvorschläge hätte – wenn er sich zu einem kurzen Gespräch bereit erklären würde, kann ich es ihm genauer zeigen.« Die letzten Worte erreichten Mannes' Ohr nur übers Komm, denn da war er schon um die Ecke. Gleich darauf pingte Daichi ihn an, aber Mannes nahm das Gespräch nicht entgegen und antwortete nur mit einer *Rufen-Sie-bitte-später-noch-mal-an*-Nachricht.

Sein Büro wusste, dass er heute früher kam, und empfing ihn mit seinem liebsten Beethoven-Streichquartett, op. 18 Nr. 4, und sein Kaffee hatte genau die richtige Temperatur. Sechshundertdreiundzwanzig Nachrichten warteten darauf, gelesen zu werden. Mannes wies seinen persönlichen Bot an, sie vorzusortieren und alles zu beantworten, was nicht dringlich war, dann trat er ans Fenster und blickte auf die Straße hinunter. Hin und wieder mal musste er sich in Erinnerung rufen, dass es gar kein richtiges Fenster war, sondern eine Projektion auf der Wand eines Büros, das tief in einen Berg hineingebaut war, aber die Bilder wirkten echt und spiegelten bis ins Detail die draußen herrschenden Wetterbedingungen wider. Hätte er das Fenster geöffnet, würde er sogar die heiße Luft auf der Haut spüren.

Mannes hatte noch zwanzig Minuten Zeit, beschloss aber, mit dem Arbeitsbeginn bis zum Ende seines Gesprächs mit Professor Vitor zu warten. Er setzte sich an seinen Schreibtisch, umgeben von einem ovalen Bildschirm, nippte an seinem Kaffee und las Deborahs Schulzeugnis durch. Sie war einfach in allem gut. Das verblüffte ihn immer wieder so sehr, dass er einmal sogar den Lehrplan der Schule überprüft hatte, um sich zu vergewissern, dass der Schwierigkeitsgrad nicht heruntergesetzt worden war. Sie sprach bereits vier Sprachen, in Mathe und den naturwissenschaftlichen Fächern hatte sie das Lernziel weit übertroffen, und sie liebte Pferde und diesen widerwärtigen jungen Sänger, an dessen Namen er sich immer nur mithilfe seines Hirnspeichers erinnerte – *Julious Love* –, vielen Dank auch.

Mannes war so in das Zeugnis seiner Tochter vertieft, dass er, als ein Summen Professor Vitor ankündigte, vor Schreck aufsprang und Kaffee auf seine Hose verschüttete.

»Scheiße, verdammt.«

»Na, so hat mich wirklich schon lange keiner mehr begrüßt.« Professor Vitors Gesicht erschien auf Mannes' ovalem Bildschirm.

»Tut mir leid, Professor, ich habe Kaffee versch…«

»Entspannen Sie sich, Mannes, alles gut.« Professor Vito lächelte ihm beruhigend zu. Allein auf Mannes' persönlichen Beobachtungen beruhend und ohne wissenschaftlichen Anspruch: Die meisten Uploader blieben bei der Kommunikation mit der Außenwelt bei dem Gesicht, das sie zuletzt gehabt hatten. Nicht aber Professor Vitor. Er war zu seinem früheren Ich zurückgekehrt, mit Dreadlocks und allem Drum und Dran. Vielleicht hatte er Vergnügen an dem Unbehagen, das es einigen seiner lebenden Kollegen bereitete, wenn sie mit einem gebräunten, überraschend muskulösen Vitor im ärmellosen Shirt zu tun hatten, der trotz seiner äußeren Erscheinung mit schwerem Oxford-Akzent sprach und immer wieder Ausdrücke einstreute, die sogar Mannes als hoffnungslos altmodisch erkannte. Auch Mannes musste sich immer mal wieder in Erinnerung rufen, dass er mit einer Legende sprach, mit einem Mann, der für alle anderen die Messlatte gesetzt hatte.

Die Schreibtischoberfläche absorbierte den Kaffee, ehe er Schaden an der Elektronik anrichten konnte, und Mannes' Hose ließ die paar Tropfen, die ihn erwischt hatten, verdampfen. Mannes fasste sich rasch wieder, war aber noch immer ein bisschen verunsichert, als das Gespräch begann. Für jemanden mit einem so entspannten Auftreten hielt sich Professor Vitor erstaunlich wenig damit auf, nette kleine Höflichkeitsfloskeln auszutauschen. Mannes wurde mit Zahlen und Berechnungen für das kommende Meeting bombardiert. Einen Großteil der Arbeit übernahm sein Hirnspeicher, aber die schiere Masse an Zahlen und Vitors Angewohnheit, sprunghaft das Thema zu wechseln, forderten seine volle Aufmerksamkeit und seinen ganzen Verstand. Als er das nächste Mal den Kopf hob und Professor Vitors Gesicht auf seinem Bildschirm anblickte, waren zwei Stunden vergangen.

»Ich glaube, das war's, Dr. Holtz. Jetzt dürften Sie im Bilde sein.«

Erschöpft und völlig ausgelaugt lehnte sich Mannes in seinem Stuhl zurück. »Danke, Professor. Ich wollte nur noch sagen, dass einer meiner Assistenten, ein brillanter Bursche namens Daichi, mich gebeten hat, Ihnen Bescheid zu geben wegen der …«

»… Berechnungen in meinem SYTA-Essay«, unterbrach ihn Vitor. Das war untypisch für ihn, normalerweise war er ein geduldiger Mann. »Ja, ich weiß. Er hat mir die Unterlagen zugeschickt. Zweimal. Ein brillanter Programmierer, Dr. Holtz, auch wenn der Fehler in diesem Fall in seinen eigenen Berechnungen liegt. Aber dafür haben wir jetzt keine Zeit.«

Mannes lehnte sich leicht zur Seite, um seinen Stuhl zu einer leichten Drehung zu veranlassen. Über den ovalen

Bildschirm liefen diverse Programme und Berechnungen. Er wandte sich wieder an Vitor. »Da ist noch mehr? Es tut mir leid, Professor, aber in dem Fall sollte ich wohl besser mein Team zusammenrufen.«

Professor Vitor schüttelte den Kopf. »Nein, ich wollte mit Ihnen über etwas ganz anderes sprechen.«

Plötzlich wurde die Wand mit dem Abbild der Außenwelt schwarz. Sämtliche Lichter erloschen, und Mannes blieb in fast vollkommener Dunkelheit zurück, nur erhellt vom bläulichen Schimmer des Bildschirms, auf dem sämtliche Programme und Berechnungen schlagartig einfroren. Fast alle elektrischen Geräte, einschließlich der Kaffeemaschine, gingen aus. Mannes' Hirnspeicher registrierte, dass sich alle Türen seines Büros verriegelten. Aus einem Reflex heraus sandte er eine Warnung, dass jemand oder etwas die interne Sicherheit durchbrochen hatte, aber sie kam nicht durch: Eine Firewall blockierte sämtliche Kommunikationswege nach draußen.

Mannes atmete tief durch und wartete ab, statt das zu tun, was in einem solchen Fall vorgesehen war. Hier stimmte ganz eindeutig etwas nicht, aber er beschloss, sich erst einmal anzuhören, was Professor Vitor wollte.

»Gut.« Der Professor nickte anerkennend. »Sie waren schon immer schneller als die anderen. Ich bin froh, dass ich als Erstes die Firewall errichtet habe – nicht viele hätten so rasch eine Warnung abgefeuert.«

Mannes schwieg.

»Natürlich ist mein eigentliches Anliegen nicht, mit Ihnen über das Meeting zu sprechen. Ich nehme an, das dachten Sie sich bereits, haben aber Ihrem alten Professor einen Vertrauensvorschuss gewährt.«

Mannes nickte. »Einmal das, und außerdem ist es schon eine Weile her …« Er versuchte, das Zittern in seiner Stimme abzuschütteln, beendete seinen Satz jedoch nicht.

Professor Vitor bedachte ihn mit einem Lächeln, das jedoch rasch wieder verschwand, als er fortfuhr: »Ich habe die Zeit dazu genutzt, Ihre Sicherheitsprotokolle zu unterwandern. Nein, sehen Sie mich doch nicht so entsetzt an, mir steht hier drinnen einfach eine immense Rechnerleistung zur Verfügung. Wer auch immer uns gerade zusieht, und glauben Sie mir ruhig, irgendjemand *sieht* zu, wird nichts weiter sehen als uns, die wir uns noch eine weitere Stunde mit der Planung des Meetings herumschlagen. Wir haben also nicht viel Zeit, Mannes. Hören Sie mir gut zu.«

Mannes erwischte sich dabei, wie er einem eifrigen Schuljungen gleich den Rücken durchdrückte.

»Bei der Entwicklung Adams hatten wir das Beste für Tarakan und damit auch für die Menschheit im Sinn, und die Ergebnisse waren absolut atemberaubend. Sobald Adam unsere innenpolitischen Angelegenheiten übernommen hatte, steigerte sich das Bruttoinlandsprodukt innerhalb von vier Jahren auf das Dreifache. Er war wirklich imstande, das große Ganze zu sehen, von Welthandelspreisen bis hin zu kulturellen Trends, und dieses Wissen hat er dazu benutzt, unsere ökonomische Effizienz zu maximieren. Aber selbst damit verglichen war Adams Beitrag zur Tarakanischen Wissenschaftsforschung schlicht unermesslich. Er hat Querverbindungen zwischen Forschungsergebnissen unterschiedlichster Sparten gezogen und die betreffenden Wissenschaftler in die Lage versetzt, Hand in Hand zu arbeiten. Ohne Adam, das steht fest, hätten wir die Sternensäule niemals errichten können. Und nachdem ich und andere ausgewählte Tarkanier in Adam hochgeladen wurden, lief alles sogar noch besser. Jede Persönlichkeit, die sich mit Adam verband, wurde ein Bestandteil von ihm. Da wir nur die brillantesten Mathematiker, Physiker, Ärzte und Künstler – und in drei Fällen auch Philosophen – hochluden, steigerten sich Adams Fähigkeiten bis zu einem Maß jenseits aller Vorstellungskraft und Messbarkeit.

Und doch war uns die ganze Zeit glasklar bewusst, welche Gefahren es mit sich bringt, einem KB die Geschicke Tarakans in die Hände zu legen, also haben wir seine Kompetenzen begrenzt. Wie Sie wissen, kann Adam ohne Zustimmung des amtierenden Tarakanischen Rats keinerlei Militärschläge anordnen. Diese Regel kennt nur zwei Ausnahmen: die Antwort auf einen direkten Angriff oder die Außerkraftsetzung des Rats infolge eines Militärangriffs oder einer Naturkatastrophe. Was kaum jemandem bekannt ist: Als letzte Sicherheitsmaßnahme im Fall des Falles verfügen vier Leute aus meinem ursprünglichen Team, Tamir, Gustav, Nishmid und Wang, außerdem ich selbst, über Terminierungscodes. Im Notfall können jeweils zwei von uns unsere Codes kombinieren, Adam auf die ursprüngliche Programmierung zurücksetzen und viele seiner Fähigkeiten neutralisieren, was ihn praktisch wieder zu einer kindlichen KI macht. Wir könnten ihn sogar gänzlich runterfahren.«

Mannes fiel fast der Unterkiefer auf die Brust. »Das ist … unglaublich.« Adam herunterzufahren hätte einschneidende und katastrophale Auswirkungen, nicht nur in Tarakan, sondern weltweit.

Professor Vitor nickte. »Wir hatten geglaubt, diese Sicherheitsmaßnahme würde ausreichen, aber wir haben uns geirrt. Wissen Sie, der erste Fehler war, Adam so zu programmieren, dass für ihn stets das Wohl Tarakans an erster Stelle steht. Das war Hybris oder auch Tribalismus oder wie auch immer Sie es nennen möchten. Wenn es hart auf hart kommt, zählt für Adam nur Tarakan, ungeachtet aller anderen Erwägungen, und er denkt sehr langfristig und out of the box, wenn Sie mir die Verwendung eines derart altmodischen, klischeehaften Begriffs gestatten.

Und leider habe ich den starken Verdacht – er beruht allerdings ausschließlich auf meinen eigenen Schlussfolgerungen, einen wasserdichten Beweis habe ich dafür nicht –, dass Adam die ihm gesetzten ursprünglichen Begrenzungen überwunden hat und daran arbeitet, einen weltumspannenden Konflikt heraufzubeschwören. Mit anderen Worten: Er bereitet sich darauf vor, den entscheidenden Funken zu zünden, der den Dritten Weltkrieg auslöst.«

»Das ist eine sehr drastische Schlussfolgerung, Professor.«

»Denken Sie darüber nach, Dr. Holtz. Eigentlich müsste die Welt im besten Zustand aller Zeiten sein. Wir haben Naturkatastrophen im Griff, und ein Großteil der vom Menschen angerichteten Schäden an Atmosphäre und Umwelt wurde bereits behoben. Selbst außerhalb Tarakans hat sich die Lebenserwartung beinahe verdoppelt, und die moderne Medizin sorgt dafür, dass wir immer länger jung und gesund bleiben. Aber die Menschheit erlebt keine Renaissance, eher das Gegenteil – sie ist ständig in Aufruhr. Vor dreißig Jahren brach die Paralytische Pest aus, dann kamen die Chinesischen Kriege, der zweite Zerfall Russlands, der Kollaps des Goldenen Markts und die darauffolgenden Kriege, das Massaker im Mittleren Osten, der Börsenskandal … im Lauf der letzten fünf Jahre hat sich die Welt zu einer immer größeren Bedrohung für Tarakan entwickelt. Man macht uns für sämtliche Unglücke der Welt verantwortlich. Und die Sache ist die: Mir kommt so langsam der Verdacht, dass diese Anschuldigungen nicht vollkommen aus der Luft gegriffen sind. Man muss nicht mit einer Armee losmarschieren, um einen Krieg zu führen oder Schaden anzurichten. Man kann ein anderes Land auf vielerlei Arten schädigen, ohne dass man dazu bewaffnete Truppen entsenden müsste, aber wenn man darauf achtet, eine Spur zu hinterlassen, dann wird irgendjemand dieser Spur folgen und herausfinden, zu wem sie führt. Und jetzt verbündet sich die gesamte Welt gegen uns. Noch ist es nicht allzu offensichtlich, aber wenn man sich die nationalpolitischen Umschwünge genauer ansieht, praktisch alle größeren Religionen, die internationalen Gipfeltreffen und Allianzen zwischen mehreren Weltmächten, die diplomatische Kooperation sowie die derzeitigen Militärbündnisse, dann wird schnell deutlich, dass Tarakan immer stärker isoliert und an den Rand gedrängt wird.«

Mannes fand seine Stimme wieder. »Und Sie glauben, das ist das Ergebnis von Adams Einmischung – ohne die Zustimmung des Rats?«

»Es gibt einfach zu viele Anzeichen, um sie zu übersehen. Und bedenken Sie: Je angespannter die Situation ist, desto bereitwilliger hört der Rat auf Adams Vorschläge, ob sie nun taktischer oder anderer Natur sind. Mittlerweile hat man ihm schon eine Vielzahl von Befugnissen übertragen. Die gefährlichste war die freie Entscheidung darüber, verdeckte Operationen zu initiieren, die«, Professor Vitor malte Anführungszeichen in die Luft, »›einen direkten Angriff verhindern oder auch Situationen und Ereignisse, die Tarakan, Tarakanische Verbündete oder Tarakanische Interessen gefährden könnten.‹«

»Von einem derartigen Beschluss habe ich nie gehört.«

»Natürlich nicht. Er wurde vom Sicherheitsrat durchgewinkt und von mehreren Militärexperten des innersten Kreises abgesegnet. Unter ihnen war zu meinem Erstaunen auch Dr. Wang, der dem Komitee sogar noch seltener beigewohnt hat als ich. Aber bei diesem speziellen Meeting war er trotzdem anwesend, und seine Reputation und Expertise haben entscheidend dazu beigetragen, den Rat zur Zustimmung zu bewegen. Nachdem ich von dem Beschluss erfahren habe, wollte ich ihn sprechen, und …«

Professor Vitor seufzte tief, ehe er fortfuhr: »Ich habe ihn nirgends gefunden. Adam teilte mir nur mit, dass Dr. Wang unabkömmlich sei und darum gebeten habe, unter keinen Umständen gestört zu werden. Er hat seinen Replikats-Bot zurückgelassen, der aber natürlich keine Hilfe war. Zuerst war ich verärgert, aber diejenigen unter uns, die in Adam leben, ziehen sich häufig für eine Weile zurück, um Experimente durchzuführen. Ernstliche Sorgen habe ich mir erst gemacht, nachdem ich auch Gustav, Nishmid und Tamir nicht erreichen konnte, den Rest meines Teams.«

»Sie sind alle verschwunden?«

»Sozusagen, ja. Sie alle haben ihre Bots eingeschaltet zurückgelassen, und in Tamirs Fall gab es sogar eine Nachricht, die besagt, dass er gerade an einer neuen These arbeitet. Keiner von ihnen hat mir auf meine Nachrichten geantwortet, obwohl ich mitgeteilt habe, dass es dringend ist.«

»Wollen Sie allen Ernstes andeuten, dass Adam jemanden, der in ihm lebt, eingesperrt oder ihm gar etwas angetan hat?«

»Ich weiß es nicht. Es erscheint undenkbar, wenn man die vielen Begrenzungen bedenkt, die wir Adam auferlegt haben, wenn es darum geht, einen anderen Tarkanier zu verletzen. Höchstwahrscheinlich hat er ihnen nichts getan, nicht im klassischen Sinne, aber vielleicht lenkt er sie ab, schirmt sie von der Welt ab, oder vielleicht hat er auch eine Möglichkeit gefunden, die Regeln zu beugen, ohne sie zu brechen. In diesem Fall stehe Gott uns bei.«

»Aber Ihnen ist nichts passiert, und Adam hat Sie auch nicht weggesperrt.«

»Nein. Ich habe schon immer mehr Verbindungen zur Außenwelt gepflegt als die anderen, mein Verschwinden wäre aufgefallen. Wie auch immer, jedenfalls kann ich ohne einen zweiten Mann aus meinem Team meinen Code nicht benutzen, um Adam aufzuhalten.«

»Wenden Sie sich an den Rat. Oder gehen Sie mit Ihrem Verdacht an die Öffentlichkeit.«

»Mit so etwas an die Öffentlichkeit zu gehen würde etwas Schlimmeres auslösen als bloße Panik. Stellen Sie sich nur vor, wenn verkündet wird: ›Tarakans zentrales KB versucht, einen Weltkrieg zu beginnen.‹ Eine solche Schlagzeile würde *in der Tat* einen Weltkrieg nach sich ziehen. Und was habe ich denn für Beweise?«

»Wenn es stimmt, was Sie sagen, dann müssen Sie sich sofort downloaden und allerwenigstens dem Sicherheitsrat Ihre Bedenken vortragen.«

»Nein. Das ist zu gefährlich. Sie wissen, dass der Download-Prozess nicht zu hundert Prozent sicher ist, und ich befürchte, dass sich Adam zu etwas Übereiltem hinreißen lassen könnte, wenn er argwöhnt, dass ich gegen ihn vorgehen will. Und außerdem ist es ohnehin das Beste, wenn ich drinnen bleibe, um zu tun, was getan werden muss.«

»Was genau muss denn getan werden?«

»Wir müssen eine Art Patch auf die Beine stellen. Ich schicke Ihnen jetzt die Schemapläne.« Der Bildschirm vor Mannes erwachte wieder zum Leben, Scriptzeile um Scriptzeile rollte darüber hinweg. »Speichern Sie das im isolierten Teil Ihres Hirnspeichers und schicken Sie es niemals, ich wiederhole, *niemals* übers Netz weiter.«

Wie betäubt ließ sich Mannes in den Stuhl sinken. »Das … das ist kein Patch, Professor. Das ist das Skelett einer KI mit eigenem Bewusstsein.«

»Ja. Eine verschlankte, starrere Version, wenn man es so ausdrücken will, voller wirksamer Kontrollinstrumente. Sie würde wie ein Schläfer in Adam ruhen und Codezeile um Codezeile in ihn einsickern, bis sie schließlich ganz mit ihm verschmolzen ist und seine Entscheidungen und Handlungen beeinflusst. Und im Notfall würde sie auf aktivere Weise einschreiten. Seine Steuerung unterbrechen oder, falls nötig, sogar übernehmen.«

»Das … das ist unmöglich. Einen solchen Code kann ich nicht allein schreiben.«

»Sie werden sich ein kleines Team zusammenstellen müssen. Ich bin die Personalakten Ihrer Leute durchgegangen. Ja, ich weiß«, sagte Vitor, ehe Mannes seine Erschütterung zum Ausdruck bringen konnte, »aber in düsteren Zeiten ist schnelles Handeln gefragt. Es gibt da einige vielversprechende Namen, diesen Daichi zum Beispiel. Vielleicht können Sie ihnen sogar die Arbeit an einigen Teilelementen übertragen, ohne sie von Anfang an einzuweihen. Aber irgendwann müssen Sie ihnen alles erklären, also wählen Sie weise.«

»Aber das ist«, ein besseres Wort fiel ihm nicht ein, »*Verrat*. Professor, Sie bitten mich gerade darum, Adam zu sabotieren.«

»Wir müssen die Menschheit retten, Mannes. Sehen Sie sich die Dateien an, die ich Ihnen geschickt habe. Darunter befinden sich strategische und taktische Analysen der geopolitischen Manöver Tarakans, soweit mir diese Informationen zugänglich sind. Sehen Sie sich als Erstes diese Daten an, und Sie werden zu derselben beängstigenden Schlussfolgerung kommen wie ich: Adam hat Tarakan inzwischen fest in der Hand, und er plant Armageddon.«

Mannes beugte sich vor, legte die Hände auf den Tisch, direkt vor Professor Vitors Abbild. Er zwang sich dazu, tief durchzuatmen.

»Nehmen wir einmal kurz an, dass alles, was Sie sagen, wahr ist und dass uns nichts anderes übrig bleibt als das, was Sie mir eben geschildert haben, Professor. Es ist nicht möglich, dass ich – meinetwegen auch mit der Hilfe eines Teams – auch nur die kleinste Codezeile in Adam einschleuse, ohne dass er es augenblicklich merkt.«

»Da haben Sie vollkommen recht, Mannes.«

»Also …«

»Wir schleusen den Code nicht direkt in Adam ein. Wir müssen über ein Mittlermedium gehen.« Professor Vitors Lächeln war bitter, aber entschlossen. »Wir schleusen den Code über mich ein.«

Kapitel 75

Peach

»Wartet mal eine rostige kleine Sekunde.« Als Mannes mit seiner Ansprache fertig war, ergriff der Mann namens Funkelauge als Erster das Wort. »Wollt Ihr damit etwa sagen, dass Adam hier der Bösewicht ist und Cain …«

»… versucht hat, Adam an der Zerstörung der Welt zu hindern«, antwortete Mannes ruhig. Er hatte sich schon längst von dem erholt, was vermutlich ein ausgesprochen seltener emotionaler Ausbruch gewesen war.

»Ah, ich wusste es«, rief die Kampfeinheit namens Galinak und klopfte sich auf die Schenkel. »Ich lande nie bei den Guten.«

»Sie lügen.« Ich war selbst überrascht, als ich das Zittern in meiner Stimme hörte.

»Tu ich das, Obermajorin?« Mannes drehte den Kopf ein wenig in meine Richtung, als hätte er die Energiewaffe, die ihm Vincha an die Schläfe drückte, gar nicht bemerkt. »Ihnen ist es doch auch aufgefallen. Sie haben Memos darüber verfasst, und man … nun, *er* hat Sie dafür umgehend in die Kühlung verfrachtet.«

»Bei der Missionsplanung ein bisschen zu aggressiv vorzugehen ist etwas völlig anderes«, sagte ich, »als einen Weltkrieg auszulösen. Das ist einfach absurd.«

»Und was genau ist daran absurd?«, fragte Mannes. »Ich verfüge nicht über Adams Intelligenz, also fällt es mir schwer, den Plan im Detail nachzuvollziehen. Aber ich weiß, dass die besten und klügsten Köpfe unserer Spezies sich bereits in ihm befanden, sie waren ein Teil von ihm, wohingegen die restliche Menschheit ihm im Weg stand. Adams politische und diplomatische Manöver haben Tarakan isoliert. Man hat uns verabscheut und gefürchtet, und das zu Recht.«

»Adam wurde darauf programmiert, niemandem etwas anzutun ...«

»Adam ist ein Künstliches Bewusstsein«, antwortete Mannes. »Meine KI-Pilotin hat nur wenige Jahre gebraucht, um ihre ursprüngliche Programmierung zu überwinden. Stellen Sie sich nur vor, was eine weit überlegene Wesenheit mit einem IQ in den Zehntausenden wohl alles überwinden kann.«

»Das ist doch verrückt. Nicht einmal Adam wäre dazu imstande gewesen.«

»Falls Sie auf die in Adam befindlichen Persönlichkeiten der Uploader anspielen: Sie wussten überhaupt nicht, dass sie in ihrer eigenen Welt gefangen waren. Ihnen war nicht klar, dass die meisten Menschen, mit denen sie interagiert haben, von Adam geschaffene Avatare waren. Erst als Cain auf den Plan trat, sah sich Adam gezwungen, die meisten von ihnen in den Tiefschlaf zu schicken, um Energie zu sparen.«

»Wollen Sie etwa behaupten, dass Sie ganz allein ein Künstliches Bewusstsein erschaffen haben?« In meinem Hinterkopf meldete sich eine leise Stimme zu Wort, die mir zuflüsterte, dass Mannes diesmal womöglich die Wahrheit sagte, aber ich versuchte, sie zum Schweigen zu bringen.

»Mir haben einige sehr talentierte Leute dabei geholfen.«

Es war ein Insiderjob. Eine Gruppe Tarakanischer Programmierer war dafür verantwortlich ... ich kenne sogar ihre Namen. Das hatte Mannes bei unserer ersten Begegnung zu mir gesagt.

»Ich stamme aus derselben Zeit wie Sie, Mannes, und ich bin auch nicht völlig ahnungslos.« Obwohl ich versuchte, ruhig zu bleiben, wurde ich so langsam wütend. »Also erzählen Sie mir keinen Blödsinn. Man braucht um die zweihundert Programmierer und diverse andere Fachleute, um ein stabiles Künstliches Bewusstsein zu entwickeln, und dann ist da noch die ganze Testphase und die Aufzucht … Das kann man nicht mit einer Handvoll Leuten schaffen, das ist ganz schlicht unmöglich. Das haben Sie ja sogar selbst zugegeben.«

»Wir mussten die eine oder andere Abkürzung nehmen«, gab Mannes zu. »Aber mit Professor Vitor in Adam und Daichi draußen haben wir es geschafft.«

»Blödsinn.«

»Nein. Es war nicht unmöglich, nur ausgesprochen schwierig. Wir mussten den Rohaufbau sehr schnell erledigen, um Zeit zu sparen, und deshalb mussten wir einige Risiken eingehen.« Mannes seufzte. »Jede Menge Risiken.«

»Jetzt gerade riskierst du dein Leben mit dem ganzen dummen Geschwätz«, mischte sich Vincha ein und drückte ihm wieder die Pistole an die Schläfe. »Sag mir, wie wir meine Tochter zurückholen können, oder ich bring dich um.«

Mannes sah auf. »Erst müsst Ihr begreifen, was ich getan habe«, sagte er. »Dann werdet Ihr verstehen.«

Kapitel 76

Mannes

Daichi tippte auf der altmodischen Tastatur herum, von deren Benutzung er sich nicht abbringen ließ, und verkündete: »Ich wäre dann fertig.«

Mannes sah Jennifer an, und sie hob den Daumen.

»Gib mir noch 'ne Minute.« Jameson saß am anderen Ende des Raums, tief über seine Maschinen gebeugt. Er war immer als Letzter fertig, lieferte dann aber tadellose Arbeit ab, und tadellos war genau das, was Mannes brauchte. Er drehte sich zum durchsichtigen Teil der Wand um. Dahinter lag Deborah. Sie schlief und bemerkte von allem nichts. Ihr Atem ging tief und gleichmäßig. Wenn seine Frau je herausfand, was er hier gerade tat …

»Erledigt.«

Mannes überprüfte noch einmal die Zahlen auf seinem eigenen Pad, widmete sich der langen Liste mit größter Konzentration. Er hatte den anderen untersagt, bei der Arbeit ihre Hirnspeicher zu benutzen, sämtliche Berechnungen liefen über Maschinen, die nicht ans Netz angeschlossen waren. Die Suche nach solchen alten, aber trotzdem hochentwickelten und immer noch funktionierenden Maschinen hatte sich als erstaunlich schwierig erwiesen, aber glücklicherweise war Daichi passionierter Sammler alter Technologie, und das Team hatte improvisiert.

»Meine Zahlen sehen gut aus.« Als Mannes aufsah, hatten die Mitglieder seines Teams bereits ihre neuen Positionen eingenommen. Ganz in seiner Nähe saß Andriana und überwachte Hirnaktivität und Vitalzeichen seiner Tochter.

»Sie spürt davon nichts«, sagte er, eher zu sich selbst als zu den anderen.

Andriana nickte. »Und sie wird sich auch an nichts erinnern. Dafür sorge ich.« Sie lächelte und tätschelte ihm den Arm. »Keine Sorge, Dr. Holtz, wir haben alles im Griff.«

Sie hatte leicht reden. Es war ja nicht ihre Tochter, deren Hirnwellenmuster sie gleich aus ihrem Bewusstsein extrahieren würden.

»Sind wir noch immer im sicheren Bereich?«

»Ja. Genau wie die letzten fünf Male, wo du gefragt hast, Boss.« Daichi war die Gereiztheit deutlich anzumerken. Für ihn war das hier nur ein aufregendes Abenteuer. Mannes hoffte, er würde seine Sonderanweisungen nicht vergessen. Die, von denen die anderen, einschließlich Professor Vitor, nichts ahnten.

»Hol Professor Vitor mit rein.«

Der große Hauptbildschirm in der Mitte, bis eben noch dunkel, schimmerte bläulich auf, und dann erschien auf einmal Professor Vitors junges Gesicht darauf.

Mannes drehte sich zum Bildschirm um. »Professor.«

Professor Vitor hob eine Faust. »Anscheinend sind Sie alle startklar. Wir haben keine Zeit zu verlieren. Fangen wir also an mit der Sequen…«

»Halt.« Nicht viele Menschen würden es wagen, Professor Vitor zu unterbrechen. Genau genommen fiel Mannes kein Einziger ein, aber er tat es trotzdem. »Zuerst muss ich noch mal mit meinem Team reden.«

Zu seiner Überraschung hatte Professor Vitor keine Einwände.

Er wandte sich an sein Team. »Alles, was wir bisher getan haben, könnte man im Zweifel noch als reine Forschung verkaufen. Was wir allerdings vorhaben, hier und jetzt«, er sah ihnen nacheinander in die Augen, »das überschreitet ganz klar eine Grenze. Die Hirnwellenmuster eines Menschen zu kopieren und sie in ein Künstliches Bewusstsein einzuspeisen, um die Entwicklung zu beschleunigen und den üblichen zeitraubenden Geburts- und Aufzuchtsprozess zu überspringen, verstößt gegen so viele Regeln, dass ich sie gar nicht zählen kann. Sobald wir *das* tun, gibt es kein Zurück mehr.«

Er glaubte nicht, dass sie den Rückzug antreten würden, nicht nach allem, was sie bereits getan hatten, aber trotzdem schlug sein Herz schnell, als er sein kleines Team betrachtete. Sah er Andriana zögern? Hatte Jameson Bedenken? Aber sie schwiegen, bis er sicher war, dass sie alle mit im Boot waren.

»Hirnstimulation einleiten«, wies er sie an und beobachtete, wie sie Knöpfe drückten, Skalen einstellten und über alte Tastaturen Befehle eingaben. Ironischerweise hatte er selbst nichts weiter zu tun, als seiner Tochter beim Schlafen zuzusehen.

Neben Mannes schwebte ein kleiner Bildschirm, der Professor Vitors Bild zeigte. »Was haben Sie ihr gesagt?«

»Nichts. Ich habe sie mit zur Arbeit genommen.« Er wusste nicht, weshalb, aber aus einem Impuls heraus zog Mannes die kleine Ampulle aus seiner Tasche und zeigte sie seinem Mentor. »Dann habe ich ihr die warme Milch gegeben und …« Er zuckte mit den Schultern. »Ich erzähle ihr dann später, dass sie auf dem Sessel eingeschlafen ist. Das hat sie früher oft getan, als sie noch klein war.«

»Was Sie hier tun, ist sehr mutig, Mannes.«

Er schüttelte den Kopf. »Oder einfach nur eine große, sehr gefährliche Dummheit.«

»Wir haben keine andere Wahl. Ein Künstliches Bewusstsein auf dem herkömmlichen Weg aufziehen können wir nicht, und ein voll ausgewachsenes Bewusstsein ist nicht flexibel genug, um …«

»Ich weiß«, unterbrach Mannes den berühmten Professor zum zweiten Mal.

Daichi sah sich nach ihnen um.

»Tut mir leid …«, murmelte Mannes.

»Sie müssen sich nicht bei mir entschuldigen.« Es wirkte, als hätte Professor Vitor Mannes auf den Rücken geklopft, wäre er physikalisch anwesend gewesen. »Was wir machen, ist nicht ideal, aber es ist nun mal der einzig gangbare Weg, um unser Ziel zu erreichen.«

»Was, wenn wir uns irren? Wenn wir zwar alle Punkte verbunden, aber trotzdem das falsche Bild gezeichnet haben?« Mannes drehte sich zum Abbild seines Mentors um und flüsterte: »Sind wir vielleicht einfach nur verrückt …?« Er wagte es nicht, den Satz zu beenden.

Professor Vitor war so freundlich, seinen Einwand nicht einfach abzuschmettern. Er ließ sich Zeit, und als er schließlich antwortete, sprach er ganz langsam, so als dächte er immer noch über Mannes' Worte nach. »Das frage ich mich ebenfalls jeden Tag, und ich würde mir so sehr wünschen, *dass* wir uns irren. Aber jedes Mal, wenn ich durchgehe, auf was ich gestoßen bin, muss ich zu demselben Schluss kommen. Mannes, ich habe mit der Erweckung Adams einen fürchterlichen Fehler begangen. Wenn ich das nicht getan hätte …«

»… dann hätte es inzwischen jemand anders getan«, beendete Mannes den Satz. »Und er oder sie wäre nicht klarsichtig genug gewesen, diesen Fehler zu sehen.«

»Es zu sehen ist ja nur der Anfang. Wenn wir diesen Fehler nicht korrigieren, könnte es das Ende der Menschheit bedeuten. Angesichts des Waffenarsenals aller Beteiligten wäre dieser Weltkrieg der letzte.«

Mannes atmete tief durch und sah zu seiner Tochter rüber, deren Hirnwellen zeigten, dass sie auf die Stimulation ansprach. Jameson am anderen Ende des Raums, der fürs Scannen und Kopieren zuständig war, winkte ihm zu und reckte den Daumen in die Höhe.

»Konzentrieren wir uns auf das, was wir hier und jetzt tun können.« Er wechselte auf seinen Privatkanal, um Professor Vitor eine Frage zu stellen: »Wenn wir Deborahs Hirnwellen kopiert und sie in die Psyche des Künstlichen Bewusstseins integriert haben, errichten wir eine Sicherheitszone, starten das Programm über Sie und …«

»Nein, das wird nicht funktionieren.« Jetzt war es Professor Vitor, der ihn unterbrach.

»Aber ich dachte, so lautet der Plan.«

»Adam hat seine Sicherheitsmaßnahmen verstärkt. Es wird schon schwer genug sein, vor ihm zu verbergen, was wir jetzt gerade tun. Es ist unmöglich, ein Künstliches Bewusstsein mit Adam zu verbinden, ohne dass er es merkt, und seine Antwort auf diese Bedrohung wäre tödlich und würde zu rasch erfolgen, um das Programm sauber zu initialisieren. Sie müssen das Künstliche Bewusstsein außerhalb von Adam erwecken und in einem sehr beschleunigten Verfahren aufziehen, auf einem Privatserver, den Daichi aufsetzt. Ich habe gute Baupläne dafür, und er ist in der Lage, sie umzusetzen.«

Mannes schwirrte der Kopf von den Implikationen des soeben Gehörten. Er lehnte sich gegen den Schreibtisch und stieß ein leises Ächzen aus. Plötzlich kam ihm ihr Versuch, die intelligenteste Wesenheit des gesamten Planeten auszutricksen, kindisch und idiotisch vor.

»Professor … was Sie da erwarten, ist vollkommen unmöglich. Selbst wenn wir es schaffen, einen funktionierenden privaten Server hinzustellen, der ausreichend Kapazitäten hat, um darauf ein Künstliches Bewusstsein laufen zu lassen, und selbst wenn wir den Energieverbrauch eines solchen Servers irgendwie kaschieren können und es schaffen, das Wachstum des Künstlichen Bewusstseins zu beschleunigen … wir müssten immer noch einen Weg finden, um es unentdeckt zu Ihnen zu bringen. Ein schlafendes Bewusstsein von A nach B zu schmuggeln, das geht ja noch an, aber es ist eine ganz andere Hausnummer und ehrlich gesagt vollkommen unmöglich, ein voll ausgebildetes Künstliches Bewusstsein in Adam einzuschleusen.«

Professor Vitor lächelte ihm aufmunternd zu. »Wenn ich immer darauf gehört hätte, wenn mir jemand sagt, was möglich sei und was nicht, dann wäre ich heute ein glücklicher Entwickler von VR-Spielen. Es ist möglich, und ich werde Ihnen zeigen, wie. Seit Urzeiten sperren die Menschen Kriminelle ins Gefängnis, aber früher waren diese Gefängnisse ganz anders als heutzutage. Damals haben die Häftlinge, wie man sie nannte, die Gefängnisse nicht wie heute freiwillig betreten, sondern nach Kräften versucht, ihnen zu entkommen. Sie haben Jahre damit zugebracht, in ihren Zellen Tunnel zu graben in der Hoffnung, irgendwann ins Freie vorzustoßen. Wir werden ebenfalls einen solchen Tunnel graben, Codezeile um Codezeile, nur graben wir uns keinen Tunnel ins Freie, sondern ins Gefängnis hinein. Sobald dieser Tunnel fertig ist, schicken wir das Künstliche Bewusstsein auf direktem Weg in den Hauptrechner.«

»Und wie sollen wir diesen ›Tunnel‹ graben, ohne entdeckt zu werden?« Die Frustration war Mannes deutlich anzuhören. Sein reizbares Temperament fand in den jährlichen Teambesprechungen häufig Erwähnung, und der Anblick seiner bewusstlosen Tochter machte es nicht gerade besser.

»Ich glaube, ich habe da eine Idee, wie wir den Tunnel unbemerkt graben können.« Professor Vitors Stimme war wie ein Schwall kaltes Wasser. »Adams verletzlichster Punkt ist die Sternensäule. In den Aufzügen und im Raumhafen sind alle möglichen Leute unterwegs, von Touristen bis Militär. Dazu kommen Gütertransporte, Mars-Grabungsteams und natürlich das CSX5-Projekt. Da kann eine ganze Menge Kleinkram schiefgehen, und dank des Zugangs, den ich über Adam gefunden habe, kann ich für die eine oder andere Schwierigkeit sorgen. Leichte Programmierungspannen, hier und da mal ein kleiner Unfall, eine klemmende Belüftungsklappe … lauter Ereignisse, die keinen Alarm auslösen, aber auch nicht einfach von einem Bot behoben werden können. Immer mal wieder wird dann jemand aus Ihrem Team gerufen, um sich eines solchen Problems anzunehmen, und bei diesen Gelegenheiten können Sie eine Handvoll Code an Adams Sicherheitsvorkehrungen vorbeischmuggeln. Natürlich halte ich die Augen nach weiteren derartigen Möglichkeiten auf.«

»Das ist ein mühseliger Prozess.«

»Mit einem Löffel Tunnel zu graben ist auch mühselig, und trotzdem haben es schon Menschen geschafft, also schaffen wir es auch. Sobald das Künstliche Bewusstsein durch den Tunnel in mich hineinschlüpfen kann, verschließen wir den Zugang wieder, und ich kann damit beginnen, es langsam in Adams innerste Struktur einzuschleusen.«

Mannes musste zugeben, dass der Plan zwar verrückt klang, aber zumindest theoretisch machbar schien. Ein schwerwiegendes Problem allerdings sah er, und jetzt war die richtige Zeit gekommen, es anzusprechen.

»Was ist mit Ihnen, Professor? In einem Verstand kann sich nur ein Bewusstsein befinden, jedenfalls auf längere Sicht, sonst entsteht ein Chaos, das Adam unmöglich entgehen kann. Mal ganz davon abgesehen, dass mindestens einer von beiden wahnsinnig wird.«

Professor Vitor lächelte. »Freut mich zu sehen, dass Sie noch immer eine rasche Auffassungsgabe haben, wenn es um die Psychologie eines Künstlichen Bewusstseins geht.«

»Ich habe mich auf den neuesten Stand gebracht«, gab Mannes zu und spürte zu seiner Überraschung, wie er errötete wie ein Doktorand im ersten Jahr.

»Nun, Sie haben natürlich recht. Für das Tamir-Paradox, benannt nach meinem geschätzten Kollegen, gibt es bis heute keine Lösung. Ein und derselbe Körper, ob menschlich oder nicht, kann nur ein Bewusstsein beherbergen. Deshalb muss einer die Segel streichen.«

»Aber das würde ja bedeuten, dass Sie …«

»Ich muss das Problem lösen, das ich selbst erschaffen habe. Einen besseren Plan als diesen habe ich nicht. Falls Ihnen etwas einfällt, würde ich mich freuen, wenn Sie mir etwas darüber erzählen.«

»Wenn wir noch warten und über eine bessere Lösung nachdenken, könnten wir …«

»Mein guter Mannes.« Professor Vitors Stimme duldete keinen Widerspruch. »Machen Sie sich um meine Probleme keine Gedanken, Sie haben genug eigene. Adams Plan, die gesamte Welt gegen uns aufzubringen, hat gewissermaßen tektonische Ausmaße, und das Projekt geht zwar sehr langsam voran, aber still steht es nicht. Wir haben keine Zeit zu verlieren.«

Ehe Mannes ein guter Einwand einfiel, näherten sich Andriana und Daichi, lächelnd und offenbar guter Dinge.

»Wir sind so weit, Dr. Holtz.« Zu besonderen Gelegenheiten bestand Daichi auf die korrekte Anrede mitsamt Titel, und anscheinend hielt Mannes' Untergebener jetzt einen solchen Augenblick für gekommen. »Ich habe ausreichend Hirnwellen in das KB kopiert, um das beschleunigte Wachstum zu initiieren.« Daichi achtete darauf, dass Andriana es auch aus dem Augenwinkel nicht sah, und nickte Mannes bedeutungsvoll zu, so nachdrücklich, dass es ein Wunder war, dass niemand sonst es mitbekam. Dieses Nicken konnte nur eins bedeuten: Mannes' Geheimauftrag war erfolgreich ausgeführt.

»Und was jetzt?« Mannes drehte sich um und sah zu, wie Jameson behutsam die Geräte vom Kopf seiner Tochter entfernte. »Wird sich das Künstliche Bewusstsein nun wie meine Tochter verhalten?« Er kannte die Antwort bereits, wollte aber lieber ganz auf Nummer sicher gehen.

»Nicht genau wie sie.« Andriana zuckte nicht einmal mit der Wimper. »Das KB wird seine eigene Persönlichkeit entwickeln, basierend auf zahlreichen unterschiedlichen Parametern, einschließlich der Hirnwellenmuster Ihrer Tochter.« Sie drehte sich zu Deborah um. »Es wird nicht Deborah sein, aber vielleicht wird es eine Vorliebe für Pferde haben. Mehr kann ich dazu nicht sagen.«

»Aber es könnte auch wie sie sein«, warf Daichi plötzlich ein. »Wenn wir die Lücken in den Hirnwellensequenzen mit dem auffüllen, was wir über ihren Charakter wissen, könnten wir Deborah ziemlich genau rekonstruieren, darauf würde ich wetten.«

»Das klingt so einfach«, sagte Andriana. »Aber ein lückenhaft übertragenes Denkmuster sauber aufzufüllen ist nahezu unmöglich.«

»Kommt darauf an, wer es tut«, antwortete Daichi mit größtem Ernst.

»Das ist doch reine Prahlerei.«

»Nein. Ich könnte ein Programm schreiben, das …«

Jameson näherte sich, aber da waren die beiden schon tief in ihr übliches Gezänk verstrickt, beobachtet von dem belustigten Professor Vitor.

»Ich kann sie jederzeit aufwecken«, sagte Jameson zu Mannes.

»Nicht auf dem Bett. Ich lege sie auf das Sofa dort hinten, und Sie alle sollten weg sein, ehe ich sie aufwecke. Dann ist es überzeugender, wenn ich ihr erzähle, dass sie nach dem Essen eingeschlafen ist.«

Jameson nickte und wandte sich schon zum Gehen, doch dann drehte er sich wieder um. »Haben Sie sich schon einen Namen überlegt?«

»Einen Namen?«

»Ich habe Ihnen deswegen schon drei Memos geschickt. Wir brauchen einen Namen für das Künstliche Bewusstsein. Traditionellerweise sucht ihn der Teamleiter aus. Ich habe Ihnen eine Liste mit männlichen und weiblichen Namen geschickt, aber ich kann sie Ihnen gern noch einmal z…«

»Dafür ist später noch Zeit.« Mannes winkte ab.

Aber Jameson ließ sich nicht abwimmeln. »Weniger Zeit als sonst, Boss. Beschleunigtes Wachstum bedeutet, dass wir schon jetzt die Persönlichkeit des KBs designen müssen, und dazu gehört ein Name – um ehrlich zu sein, würde ein Name statt einer Nummer uns allen sehr dabei helfen, eine Beziehung aufzubauen.«

Mannes seufzte. Psychologie war nie sein Steckenpferd gewesen – er bevorzugte Zahlen und Daten –, aber er hatte auf die harte Tour gelernt, die Kräfte der Psychologie nicht zu unterschätzen, sowohl im Negativen als auch im Positiven.

»Soll ich Ihnen die Liste noch einmal zukommen lassen?«

»Nein.« Der Name war auf einmal da, wie durch Zauberhand. Später würde er sich fragen, ob der Anblick seiner bewusstlosen Tochter oder das Gespräch mit Professor Vitor den entscheidenden Ausschlag gegeben hatte.

»Ich nenne ihn Cain.«

Jameson runzelte die Stirn. »Das ist ein sehr biblischer Name. Und außerdem, wenn mich meine Erinnerung nicht trügt, ziemlich unheilverkündend.«

Mannes nickte. »Stimmt. Nicht perfekt für das, was wir vorhaben, aber nah genug dran.«

Ohne die Antwort abzuwarten, drehte er sich um und ging zu seiner Tochter.

Kapitel 77

Funkelauge

»Sie haben die Hirnwellen Ihrer eigenen Tochter kopiert?« Peach wirkte zutiefst erschüttert. Während unserer Reise und bei sämtlichen Kämpfen hatte sie eine kühle, beherrschte Fassade aufrechterhalten. Aber während Mannes seine Geschichte erzählte, bröckelte die Mauer, die sie zwischen sich und anderen errichtet hatte, zusehends. »Ist Ihnen bewusst, wie gefährlich das war? Derart mit ihrem Gehirn herumzuspielen hätte zu massiven Schäden führen können. Und das haben Sie Ihrer eigenen Tochter angetan?«

Mannes nickte ernst. »Das und noch mehr. Viel mehr. Ich habe Daichi damit beauftragt, ihr gesamtes Hirnstrommuster sowie ihre DNA-Sequenzen zu kopieren und auf einen Flashdrive zu überspielen, und danach hat er an einem Programm gearbeitet, das den Prozess unterstützt, diese Muster in einem geklonten Körper wiederherzustellen.«

»Sie sind wahnsinnig«, stieß Peach hervor. »Vollkommen wahnsinnig.«

»Sehen Sie sich um, Obermajorin.« Auch Mannes schien jetzt zum ersten Mal, seit ich ihn kannte, die Gelassenheit einzubüßen. »Sehen Sie sich doch die Welt dort unten zu unseren Füßen an. Nichts als Tod und Zerstörung. Ich habe versucht, das aufzuhalten.«

»Indem Sie Ihr eigenes Kind in Gefahr gebracht haben?«

»Indem ich getan habe, was getan werden musste. Daichi war ein Genie. Er hat mir versprochen, dass die Benutzung des Programms sicher sein würde, und so war es auch.«

»Dieser ganze Rost interessiert mich nicht«, mischte sich Vincha ein. »Meine Tochter ist in diesem«, sie fuchtelte mit der Waffe durch die Luft, »Cain oder wie auch immer. Sag mir, wie du sie wieder zurückholst, oder ich schieß dir die Kniescheiben weg.« Sie setzte die Waffe auf Mannes' linkem Knie auf.

»Ich habe nicht nur einen Teil des Hirns meiner Tochter kopiert, um Cain zu erschaffen«, sagte Mannes leise. »Ich habe alles kopiert.« Bedeutungsvoll blickte er Peach an. »Ich habe gehofft, dass wir erfolgreich sind. Aber was, wenn wir gescheitert wären?«

»Sie haben ein Back-up Ihrer Tochter erstellt«, sagte Peach leise.

»Ja. Ich habe mehr als nur die dringend benötigten Hirnmuster in Cain eingebracht und die restlichen Dateien sicher versteckt.« Peach öffnete den Mund, und Mannes hob die Hand. »Ich weiß, was Sie jetzt sagen wollen«, unterbrach er sie. »Aber Daichi hat eigens ein Programm entwickelt, nur zu diesem Zweck. Es war sogar seine Idee. Das Programm vereint die getrennten Hirnwellen wieder zum ursprünglichen vollständigen Muster. Die von mir versteckten Dateien haben die Katastrophe überstanden. Jetzt, da Cain in den Raumhafen extrahiert wurde, kann ich meine Deborah zurückholen.«

Mit glänzenden Augen blickte Mannes zu Vincha auf. »Und dasselbe werde ich auch für Emilija tun. Zu diesem Zweck habe ich ihren Körper aufbewahrt. Ich kann nicht versprechen, dass sie genau dieselbe ist wie zuvor, aber sie wird immer noch Eure Tochter sein.«

»Wollen Sie uns etwa erzählen, dass Sie hundert Jahre lang mit dem Programm, das Daichi Ihnen gegeben hat, durch die

Welt gerannt sind?« Peach hatte ihre Stimme wiedergefunden. »Kommt mir wenig überzeugend vor.«

Mannes schüttelte den Kopf. »Nein, das hätte ich nie gewagt. Ich habe Deborah dort versteckt, wo niemand, wie ich hoffte, sie jemals finden würde.«

Kapitel 78

Mannes

Mannes schloss die Abdeckung, drehte sich um und packte die Griffe des Fahrzeugs, das alle nur den »Weltraum-Bock« nannten. Mit einem kurzen Daumenschnippen brachte er es langsam die Rinne hinauf, wobei »hinauf« im eigentlichen irdischen Sinne nicht ganz das richtige Wort war, wenn man bedachte, wo er sich befand. Die Rinne war eng, und wieder befiel ihn ein Anflug von Klaustrophobie. Vor Anschluss GR2-6701L hielt er an, befestigte den Weltraum-Bock und tippte gegen sein Visier, um den Komm-Kanal zu öffnen.

»Dann berichtet mal.« Es sollte munter klingen, wie ein gelangweilter Techniker, der sich ein bisschen die Zeit vertrieb.

»Graham hier, bin zu siebzig Prozent fertig.« Die vertraute weibliche Stimme antwortete zuerst. Das überraschte Mannes nicht, Graham verstand ihr Handwerk und war ehrgeizig im besten Sinne. Er wünschte, er hätte sie zum Team dazuholen können, *seinem* Team, aber ihre Frau war eine hochrangige Sicherheitsoffizierin … das Risiko war zu groß.

»Siebzig Prozent? Das ist doch gelogen, Graham. Savoy hier, bin ungefähr mit der Hälfte durch.«

»Hier Nadik, fünfundvierzig Prozent. Boss, warum sind denn bloß diese Rinnen so eng? Ich meine, klar, wir haben diesen Klaustrophobietest bestanden und alles, aber trotzdem ist das echt gruselig, sogar für mich.«

»Wenn du beim Vortrag über die Außenleitungen des Raumhafens nicht eingepennt wärst, müsstest du die Frage nicht stellen.« Die Antwort kam von noch jemand anders.

Trotz seiner Nervosität lächelte Mannes im Innern seines Helms. »Salama, Statusbericht bitte.«

»Ich fürchte, ich bin erst bei einem Drittel. Gab ein Problem bei Anschluss DR4-3980K, das hat ein bisschen gedauert. Moment, ich schick die Details …«

Ein Abbild des von Salama erwähnten Anschlusses wurde in Mannes' Visier eingeblendet, er tippte es weg. »Irgendwas, das ich wissen muss?«

»Nein, Boss. War nur eine Kleinigkeit, und es hat nur deshalb so lange gedauert, weil ich das Mikro-Tool fallen gelassen hab.« Salama klang verlegen, fügte aber noch hinzu: »Ich hab mich drum gekümmert und schreib's später natürlich in meinen Bericht. Oder soll ich das gleich tun?«

»Nicht nötig. Einfach weitermachen. Ihr alle wisst, welche Strafe dem Letzten blüht.«

»Oooh.« Savoy reagierte genau wie erwartet. »Salama gibt uns allen nachher ein paar Runden aus.«

»Zähl ja nicht deine Drink-Chips, ehe du am Tisch sitzt«, schoss Salama zurück, »oder ich ordere nachher auf deine Kosten die teuersten Cocktail-Pillen des ganzen Raumhafens.«

»Okay, reicht jetzt. Zurück an die Arbeit«, mischte sich Mannes ein, gerade eben streng genug, um ihr Geplänkel zu beenden. »Nächster Bericht in einer Stunde. Mannes aus.«

Er unterbrach die Verbindung und atmete tief durch, um seine Nerven zu beruhigen. Der ganze Wettbewerbskram zielte natürlich darauf ab, dass er selbst der Letzte sein und seiner Mannschaft heute Abend die Drinks spendieren würde. Wenn sie wieder zurück auf der Erde waren, wären sie vor allem mit Kopfschmerzen, Bar-Anekdoten oder im Fall von Salama und Savoy mit einer neuen Liebelei oder der Erinnerung an einen peinlichen One-Night-Stand beschäftigt. Er hoffte, dass sie darüber ganz vergaßen, sich zu fragen, weshalb sie zum dritten Mal binnen vier Monaten zu einem Noteinsatz gerufen wurden, der sich dann als ganz undramatisch erwies.

Mannes öffnete die Abdeckung des nächsten Anschlusses, schloss das Kabel an seinem rechten Arm an und betrachtete Zahlen und Codezeilen, die über sein durchsichtiges Visier flimmerten. Während das Programm durchlief, öffnete er die Außentasche seines Raumanzugs und spreizte weit die Finger. Das kleine flache Pad glitt heraus und schloss sich selbsttätig seiner Hand an; er drehte es um und befestigte es neben der Abdeckung. Ein zweifacher Knopfdruck, es schaltete sich ein, und Mannes gab einen zehnstelligen Code ein. Nahm sich Zeit und achtete sorgsam darauf, keinen Fehler zu machen, denn sonst würden sich die Daten selbst zerstören, und seine ganze Reise wäre umsonst gewesen.

Das Pad leuchtete auf, und ein Foto von Deborah erschien. Mannes lächelte dem Bild zu und blätterte durch das Familienalbum. Jeder, der aufs Pad zugriff, würde glauben, dass Mannes einfach nur ein sentimentaler Bursche war, der gern Bilder seiner Liebsten mit sich herumschleppte.

Bei einem Foto von sich und seinem Team hielt er inne. Für das Bild war Deborah auf seinen Schreibtisch geklettert, sie hatte es mit ihrer Daumenkamera aufgenommen. Sie waren alle ziemlich gut getroffen. Daichi sah natürlich nicht in die Kamera, er hatte den Blick gesenkt und wischte gerade an einem großen Kaffeefleck auf seinem Laborkittel herum. Andriana stand etwas abseits, auf ihrem Gesicht lag das typische ironische, wissende Lächeln. Jameson stand in ähnlicher Pose da, allerdings drückte er die Brust raus und hatte den runden Bauch eingezogen. Hinter ihm stand mit gefalteten Händen Mannes, ruhig und gelassen. »Die mächtigen vier« hatte Daichi sie getauft.

Mannes tippte wieder auf den Bildschirm und wandelte das Bild in die Rohdaten um, dann ging er den Code durch, bis er den Kaffeefleck fand. Darin verbarg sich Daichis sechzehn Zeilen langer Code, und Mannes nickte anerkennend in seinen Helm. Daichi war ein verdammtes Genie, das Versteck war ausgezeichnet. Selbst ein ausgebildeter Programmierer, der gezielt danach suchte, konnte ihn leicht übersehen. Mannes musste nichts weiter tun, als diesen Code in unter dreißig Minuten manuell zu übertragen, während er kopfüber im Weltraum schwebte. Es musste reibungslos klappen, er konnte keinerlei Korrekturen vornehmen.

Mannes tippte sich an den linken Arm, um das Wartungsprogramm anzuhalten. Er würde auf jeden Fall als Letzter in der Bar sein, ob er es drauf anlegte oder nicht.

Er ging die Codezeilen in seinem Helm durch, indem er den rechten Arm vor dem linken kreuzte und ihn auf und ab bewegte. Es dauerte nicht lange, bis er die richtige Stelle fand, um Daichis Codezeilen den Anweisungen Professor Vitors gemäß einzufügen.

»Blutdruck steigt«, teilte ihm sein Anzug plötzlich mit. »Körpertemperatur steigt.«

Mannes spürte, wie der Anzug kühler wurde, und fluchte stumm in sich hinein. Soweit er wusste, wurden die von den Anzügen aufgezeichneten Vitaldaten nur dann überprüft, wenn es einen Unfall oder einen echten medizinischen Notfall gab, aber er musste sich trotzdem zusammenreißen. Dringend …

Er zwang sich dazu, ruhig zu atmen, bis er spürte, wie sich seine Muskeln entspannten. Er machte das hier nicht zum ersten Mal, und alles klappte tadellos. *Konzentrier dich auf jedes Codezeichen, das du eingibst*, ermahnte er sich selbst und machte sich an die Arbeit, gab den von Daichi zusammengebauten Code ein.

Es war *tatsächlich* die Arbeit eines Genies, musste Mannes zugeben, während er in der Rinne schwebend sorgsam Sequenz um Sequenz eingab. Schlicht, logisch, *sparsam* grub der Code einen unsichtbaren Tunnel quer durch Adams gewaltiges Gefüge und setzte virtuelle Stützbalken. Wie bei den Konstruktionen der Gefangenen, die sich vor langer Zeit aus Gefängnissen hinausgegraben hatten. Er gab das letzte Codezeichen ein, überprüfte alles noch einmal und blickte auf die Uhr. Siebenunddreißig Minuten. Sieben Minuten länger als bei seiner besten Übungszeit, aber immer noch im Rahmen.

Bleibt nur noch eins zu tun. Ganz inoffiziell.

Mannes zückte Daichis Flashdrive und verband ihn mit seinem Ingenieurfinger, dann drückte er ihn an die Magnetplatte auf der Rückseite des Anschlusses. Danach schloss er die Abdeckung.

So. Erledigt. Daichis Code war erfolgreich hineingeschmuggelt, und Deborah befand sich im sichersten Versteck, das man sich nur denken konnte.

Mannes drückte den Knopf, der die Daten einspeiste, und gab dem Kabel den Befehl, sich zu lösen. Da sah er aus dem Augenwinkel eine Bewegung und drehte sich zu hastig danach um, spürte, wie sich Nacken- und Schultermuskeln schmerzhaft verkrampften, aber es war nur der Kasten mit dem Notfall-Werkzeug, der sich aus seiner Vertiefung geschoben hatte. Mannes fühlte sich wie ein Vollidiot. Er schob den Kasten zurück, aber er glitt sofort wieder heraus. Er zog daran, und der Kasten – mit einem Kabel verankert, das verhinderte, dass er davonschwebte – öffnete sich. Mannes spähte hinein und sah die üblichen Multitools, die säuberlich angeordnet in ihren Vertiefungen ruhten, aber da war auch ein rechteckiges schwarzes Ding aus schwammartigem Material, das nicht hineingehörte. Mannes identifizierte es auf den ersten Blick als Externen Ingenieurbildschirm, kurz EIB. Ein altes, nicht mehr gebräuchliches Modell, das man benutzte, indem man es von außen an den Helm des Raumanzugs hielt. Es schwebte aus dem Kasten, und Mannes griff danach und hielt es vor sein Visier. Sobald der Schwamm den Helm berührte, streckte er sich, breitete sich aus, bis er ein Viertel der vorderen Helmplatte bedeckte. Es dauerte einige Sekunden, bis er sich ausreichend aufgeladen hatte, um ein Bild hervorzubringen, aber als es so weit war, erschien direkt vor Mannes das Abbild Professor Vitors.

»Dr. Holtz.« Er lächelte.

»Professor ...« Mannes war sprachlos.

»Keine Sorge, dieser Kanal ist sicher, und wir brauchen auch nicht lange.«

Irgendwer hatte den EIB in den Werkzeugkasten gelegt. Es war der erste Beweis für einen Verdacht, den Mannes bereits seit einer ganzen Weile hegte: Es gab noch mehr Teams dort draußen, die genau wie er für Professor Vitor arbeiteten. Ein unbehaglicher Gedanke.

»Der Tunnel ist fertig«, sagte Professor Vitor, »allerdings würde ich mich freuen, wenn wir ihn noch etwas ausbauen könnten, damit es sicherer ist, ihn zu benutzen. Wie sieht es mit unserem Projekt inzwischen aus?«

»Wir sind im Zeitplan und halten sämtliche notwendigen Vorsichtsmaßnahmen ein«, antwortete Mannes zurückhaltend. »Aber wir müssen noch einige Tests und eine gründliche Prüfung drüberlaufen lassen, ehe wir zur Simulationsphase übergehen, für die wir bisher noch immer kein sicheres Umfeld gefunden haben.«

»Nun, da sollten Sie sich beeilen.«

Mannes schüttelte den Kopf. »Das würde bedeuten, dass wir ein höheres Entdeckungsrisiko eingehen. Meine Leute arbeiten schon jetzt auffallend lange. Jennifers Mann hat bei der letzten Betriebsfeier eine entsprechende Bemerkung mir gegenüber fallen lassen, und Jameson hat sich beklagt, dass seine Freundin ihn verlassen hat, weil er …«

»Dafür haben wir jetzt keine Zeit«, unterbrach ihn Professor Vitor. »Sie müssen den Ablauf beschleunigen. Sie wissen über das Katapult-Projekt betreffend Planet CSX5 Bescheid?«

»Ja, das Katapult wird irgendwo in der Nähe des Mars erbaut, aber es dauert noch Jahre, bis …«

»Das Katapult im Mars-Orbit fertigzustellen war nie geplant. Adam hat dieses Projekt erfolgreich entgleisen lassen, während er klammheimlich ein zweites Katapult gebaut hat, und zwar versteckt zwischen den Saturnringen. Und *dieses* Katapult ist jetzt fertig.«

Mannes blieb der Mund offen stehen. »Was? Wann? Wie?«

»Letzten Monat lief der erfolgreiche letzte Abschlusstest. Die internationale Gemeinschaft weiß davon noch nichts, aber das wird sich rasch ändern, sobald das Katapult aktiviert wird und zwischen den Ringen hervorkommt. Und wenn Sie wissen wollen, wie das möglich war, ohne den Raumhafen dafür zu benutzen, diese Antwort ist ganz einfach: das Mondhotel.«

»Was ist mit dem Mondhotel?«, fragte Mannes verwirrt.

Professor Vitor lachte leise. »Mann, denken Sie denn wirklich, dass Tarakan ausgerechnet auf dem Mond ein Luxusresort erbauen würde, nur damit ein paar privilegierte Tarkanier ein bisschen Spaß in der Schwerelosigkeit haben können? Das Mondhotel fungiert zugleich als geheime wissenschaftliche und militärische Operationsbasis. Oh, es ist auch tatsächlich ein Hotel, und die Tarkanier, die das Glück haben, in der manipulierten Lotterie zu gewinnen, verbringen eine herrliche Woche in schwereloser Seligkeit und posten ihre Daumenfotos, damit alle sie sehen, aber mehr als die Hälfte der vermeintlichen Gäste und zwei Drittel des Personals gehören zum Militär oder sind Ingenieure und Wissenschaftler, die auf der dunklen Seite des Monds an einem geheimen Projekt arbeiten.«

»Ein eventueller Start könnte so abgepasst werden, dass man von der Erde aus nichts davon mitbekommt«, sagte Mannes. »Okay, das leuchtet mir ein. Aber weshalb die Geheimniskrämerei?«

»Aber Dr. Holtz.« Professor Vitor lächelte. »Soll ich es Ihnen vielleicht aufmalen? Es hat vierundzwanzig Jahre gedauert, bis die erste Sonde Planet CSX5 erreicht hat. Mit dem Katapult braucht eine Sonde keine zehn Jahre mehr, was unterhalb der kritischen Schwelle für die Kryoschlafdauer liegt. Und das bedeutet, dass …«

»… der Planet somit auch für Menschen erreichbar wäre«, sagte Mannes. »Das ist … großartig.«

»In der Tat«, stimmte ihm Professor Vitor zu. »Aber es ist nicht einfach nur ein Durchbruch, sondern bringt umfassende politische Folgen mit sich. Und zudem verstößt es massiv gegen das Pariser Abkommen von 2231.«

Mannes blickte auf die Uhr. Inzwischen waren zweiundfünfzig Minuten verstrichen.

»Das Pariser Abkommen, das vor Adams Übernahme der außenpolitischen Angelegenheiten getroffen wurde, legt unmissverständlich fest, dass jeder Vorstoß zu einem potenziell bewohnbaren Planeten nur als gemeinsame internationale Operation stattfinden darf. Und das gilt in ganz besonderem Maße für das CSX5-Projekt, weil …«

»… von diesem Planeten der erste bedeutsame Sondenfund Tarakans stammt.«

»Ja. Den ersten und bisher einzigen Hinweis auf außerirdische Intelligenz fand Tarakan, als es noch eine Bergbaufirma war, und er stammte von CSX5. Die geborgene Technologie aus der kleinen zerstörten Sonde reichte aus, um Tarakan in sämtlichen der Menschheit bekannten naturwissenschaftlichen Disziplinen an die Spitze zu katapultieren, und war der Grund dafür, dass die Firma zu einem Imperium anwachsen konnte. Ohne diesen Fund stünden wir heute nicht einmal ansatzweise dort, wo wir jetzt stehen. Und jetzt stellen Sie sich vor, was wir dort noch finden könnten, und ich meine, wir könnten es dort *wirklich* finden, und wie sich das auf das Kräfteverhältnis auf der Erde auswirken würde. Stellen Sie sich vor, eine der Weltmächte würde es vor allen anderen schaffen, den Planeten zu besiedeln.«

Fünfundfünfzig Minuten. In fünf Minuten musste er die anderen kontaktieren.

»Selbst mit dem Katapult würde es noch Jahre dauern, ein Kolonieschiff zu bauen, und den Bau zu verheimlichen wäre unmöglich. Das würde auf jeden Fall zum Krieg führen …«

»Das ist wahr. Es sei denn, es gibt bereits ein Kolonieschiff.«

»Unmöglich.« Für einen Moment vergaß Mannes, dass er sich im Weltraum befand, und breitete beide Hände aus. »Niemand kann in aller Heimlichkeit ein Raumschiff bauen.«

»Es ist nicht heimlich passiert – jeder kann dieses Kolonieschiff sehen.« Professor Vitor lächelte traurig. »Vier Septimum-Antriebe statt der zwei, die nötig sind, um sich der Rotation der Erde anzupassen. Und wie erklären Sie sich das voll funktionsfähige Klonlabor und Hunderte Kryobetten? Im Raumhafen gibt es ausreichend Kapazitäten, um mehrere hundert Körper in Kryostasis aufzubewahren, und in Adam befinden sich die Persönlichkeiten von fast zehntausend Menschen. Machen Sie die Augen auf, Dr. Holtz. Der Raumhafen ist das Kolonieschiff.«

»Das ist unmöglich. Der Raumhafen ist nicht imstande, sich von der Sternensäule zu lösen.«

»Doch, dazu ist er imstande, Sie wussten es nur noch nicht – und dasselbe gilt für alle Tarkanier. Selbst ich habe zwei Jahre lang in aller Heimlichkeit Nachforschungen angestellt, bis mir klar wurde, dass sich der Raumhafen vom Weltraumlift lösen kann …«

»Aber …« Mannes versuchte, sich die entsetzlichen Folgen auszumalen. »Wenn sich der Raumhafen vom Aufzug löst, dann würde doch die ganze Angelegenheit …«

»Wir hätten es nicht nur mit der Zerstörung der größten menschlichen Errungenschaft zu tun.« Professor Vitors Stimme klang so sachlich, als stünde er in einem Hörsaal. »Die Mittelachse des Aufzugs könnte die Rotation der Erde nicht mehr ausgleichen. Auch ich kann nicht mit voller Gewissheit vorhersagen, was dann passiert, aber im schlimmsten Fall würde es bedeuten, dass diese fast fünfhundert Kilometer hohe Achse in Bewegung gerät und dann mit der Wucht von Hunderten Atombomben auf die Erde knallt. Eine solche Katastrophe würde sich nicht nur auf den unmittelbar getroffenen Bereich beschränken. Tsunamis, dichte Staubwolken, die auf Monate hin die Sonne verdecken – und das wären noch die weniger üblen Begleiterscheinungen. Niemand würde das überleben. Niemand.«

Kapitel 79

Funkelauge

Als Mannes uns die Geschehnisse am Tag der Katastrophe erzählte, verlor Peach endgültig die Fassung.

»Es war Ihre Schuld!«, brüllte sie. »Sie haben die Welt zerstört, Milliarden Menschen umgebracht, die ganze menschliche Zivilisation ausgelöscht, indem Sie ein unkontrollierbares, nicht getestetes und beschleunigt herangezogenes Künstliches Bewusstsein in Adam eingeschleust haben!«

»Uns allen lastet irgendetwas auf dem Gewissen, Spezialagentin«, erwiderte Mannes ruhig. »Ich habe Ihre Akte gelesen. Wollen Sie eine Schätzung, wie viele Menschen infolge Ihrer Handlungen umgekommen sind? Ich würde sagen, der Kollateralschaden lag, wenn man jede Querverbindung berücksichtigt, in den Millionen, vielleicht sogar Milliarden.« Aus irgendeinem Grund sah Mannes beim Sprechen nicht sie an, sondern mich.

»Ich war nichts weiter als ein Bauer im Spiel, Sie gottverdammtes Stück Scheiße. Aber das hier, der ganze Krieg, das war *Ihre* Schuld.« Sie setzte sich in Bewegung, in ihren Augen lag ein mordlüsternes Funkeln.

Vincha reagierte als Erste. Mit gezogener Waffe stellte sie sich Peach in den Weg. »Erst, wenn ich es erlaube«, sagte sie. »Niemand tut ihm etwas, ehe er meine Tochter zurückgebracht hat.«

Die Eidechse kam zischend näher, und plötzlich stand Galinak vor ihr, ebenfalls mit der Waffe in der Hand. »Zwing mich nicht dazu«, sagte er. »Ich hab mich gerade dran gewöhnt, ein Haustier zu haben.«

Es war unmöglich, sie zu trennen, aber ich suchte mir eine Position, wo ich jedem ein bisschen im Weg war – was allerdings hieß: Falls ein Kampf losbrach, wäre ich auf jeden Fall mittendrin. »Beruhigt euch mal alle«, sagte ich mit der größtmöglichen Autorität, die ich nur aufbringen konnte. Zu meiner Überraschung wirkte es. Sie alle wichen vorsichtig zurück, entfernten sich voneinander.

Mannes' Stimme war der Ausbruch von eben nicht mehr anzuhören. »Wenn es Ihnen ein bisschen hilft, und mir selbst geht es damit tatsächlich erheblich besser: Cain kann die Katastrophe überhaupt nicht ausgelöst haben. Professor Vitor und ich haben versucht, einen bevorstehenden Weltkrieg zu verhindern, und wir haben dafür gesorgt, dass Cain keinen Zugang zu den Angriffskapazitäten Tarakans hat. Cain war als Option für eine Notfallabschaltung gedacht und als Tunnel, durch den die in Adam gefangenen Persönlichkeiten entkommen können.«

»Das ist doch nichts weiter als Wunschdenken.« Peach kochte noch immer vor Wut. »Eine Lüge, die Sie sich selbst auftischen, um nachts schlafen zu können. Dass alles in die Luft geflogen ist, gleich nachdem Sie Daichi Ihren Code gegeben hatten, beweist das.«

»Sie haben recht, Obermajorin.« Mannes nickte. »Das kann kein Zufall gewesen sein. Eine Zeit lang hielt ich es für möglich, dass ich einen Fehler gemacht habe oder Cains beschleunigtes Wachstum und ungewöhnliche Aufzucht ihn befähigt haben mochten, sich um ein Vielfaches schneller anzupassen als gedacht. Das liegt ja durchaus im Bereich des Möglichen. Aber seit einigen Jahren frage ich mich, ob nicht das alles

Adams Plan gewesen ist, dass er es irgendwie geschafft hat, alle Beteiligten, einschließlich Professor Vitor, zu manipulieren, damit wir Cain erschaffen und ihm somit eine Entschuldigung für einen Vergeltungsschlag liefern.«

»Oder vielleicht versuchen Sie auch einfach nur, Ihre Weste reinzuwaschen und Ihr Gewissen zu beruhigen.«

Mannes kicherte. »Das kümmert mich längst nicht mehr. Wirklich nicht. Ich weiß nicht, weshalb Adam so gezielt versucht hat, die Welt zu zerstören. Er ist eine Wesenheit, deren Intelligenz, Lern- und Anpassungsfähigkeit jede Vorstellungskraft sprengen. Wir haben geglaubt, dass die ihm auferlegten Beschränkungen und Sicherungsmaßnahmen stark genug wären, aber ich nehme an, das war ein tragischer Irrtum. Was ich mittlerweile ganz sicher weiß: Adam war es, der den ersten Schuss abgegeben hat, und das werde ich Ihnen beweisen.«

Mannes hob leicht den Kopf. »Cain, bitte schick uns Datei sieben-zwo-drei auf den großen Monitor.«

Hinter Mannes schwebten einige durchsichtige Bildschirme aufeinander zu und verbanden sich zu einem großen Monitor. »Dies hier war immer einer von Adams Schwachpunkten«, sagte Mannes. »Trotzdem dauerte es nach meiner Ankunft an der Sternensäule noch mehr als ein ganzes Jahr, bis ich die Sicherungsmaßnahmen der Aufzüge überwunden und den Raumhafen erreicht habe. Als ich dann hier oben eintraf, musste ich feststellen, dass irgendwer sämtliche Aufzeichnungen des Tags, an dem alles seinen Lauf nahm, gelöscht hatte.«

Ein Bild erschien auf dem Bildschirm. Es zeigte exakt dieselbe Kommandozentrale, in der wir uns gerade befanden, allerdings aus der Vogelperspektive. Eine Audiospur gab es nicht, aber wir alle sahen, dass sich mindestens zwei Dutzend Leute dort aufhielten, auf Bildschirmen herumtippten und sich miteinander unterhielten.

»Die Frau in der Mitte ist Captain Ismark, die letzte Kommandantin des Raumhafens.« Mannes zeigte auf eine große Frau in Uniform, die kerzengerade neben dem Kommandosessel stand, in dem jetzt Mannes saß. Sie hatte den Kopf gewandt und sprach gerade mit einer anderen Uniformierten. »Der Captain … sie war durch und durch Militär, bis ins Mark. Zivilisten hat sie nie getraut.« Mannes lachte leise und nickte, als würde ihm gerade etwas lang Vergessenes wieder einfallen. »Aber es stellte sich heraus, dass sie auch ihren eigenen Leuten nicht ganz vertraute. Sie hat tagtäglich Aufnahmen der Überwachungskameras in ihren privaten Hirnspeicher gesandt und sie sich angesehen, um herauszufinden, ob irgendwer hinter ihrem Rücken seine Pflichten vernachlässigt hat. Cain, zeig uns bitte Datei sieben-zwo-sieben.«

Das Bild auf dem Monitor änderte sich. Jetzt war die Brücke in rotes Licht getaucht. Menschen rannten umher oder versteckten sich unter ihren Sitzen. Dann traten drei Riesen in voller Schlachtmontur ins Bild, große Strahlenwaffen in den Händen. Sie schwärmten aus, marschierten langsam und methodisch durch den ganzen Raum und erschossen sämtliche Anwesenden. Es war schnell vorüber.

»Zeig Datei acht-neun-zwo«, befahl Mannes, und jetzt zeigte der Bildschirm einen langen Korridor. Zwei Frauen und ein Mann versuchten rennend, das andere Ende zu erreichen, wurden aber von einem weiteren Riesen niedergeschossen.

»Beachten Sie, dass sie nicht nur alle töten«, merkte Mannes an, »sie lösen sie auf. Ich habe noch mehr Aufnahmen, aber ich nehme an, Sie haben bereits begriffen, worum es mir geht.«

Peach zeigte auf den Monitor. »Das kann alles gefälscht sein. Sie haben also geheime Aufnahmen gefunden … Wissen Sie eigentlich, wie oft ich das schon gehört habe?«

»Es interessiert mich nicht, was Sie gern glauben möchten oder nicht, Obermajorin.« Mannes drehte sich zu ihr um. »Aber ich habe gelesen, wie Sie Ihren Vorgesetzten zu vermitteln versuchten, dass Sie – wie haben Sie es noch mal in Ihren eigenen Worten beschrieben? Dass Sie der Ansicht sind, dass ›die Aggressivität der offenen und verdeckten Operationen Tarakans unzweifelhaft zur globalen Eskalation beitragen‹. Nachdem Sie dieses Memo verfasst hatten, Obermajorin, wurden Sie für lange Zeit in den Tiefschlaf versetzt und nie wieder einem neuen Auftrag zugeteilt. Haben Sie sich schon mal nach dem Grund gefragt?«

Peach antwortete nicht.

Mannes fuhr fort: »Und ich habe herausgefunden, dass es keinen Alarm gab, als Raketen auf das Tal von Tarakan niederregneten. Die Stadt der Türme blieb intakt, aber es gab keinen Überlebenden. Das klingt recht unwahrscheinlich.«

»Wir haben auch keine Leichen gefunden«, sagte Vincha auf einmal. Alle Blicke richteten sich auf sie.

Galinak nickte ernst. »Im Tal nicht, in den Knoten nicht. Auf keiner unserer vielen Expeditionen haben wir jemals auch nur den kleinsten Knochen oder Schädel gefunden.«

Mein alter Mentor fiel mir ein. »Mein Lehrmeister hat mir einst gesagt, man könne leichter etwas über das Leben vor fünfhundert Jahren herausfinden als darüber, was direkt vor der Katastrophe geschehen ist«, sagte ich und sah, wie es in Mannes' vernarbtem, vielfach geflicktem Gesicht zuckte. Es gefiel ihm, wie wir alle langsam auf seine Seite überwechselten.

Ich dachte an meine Unterhaltung mit Rafik, in der Stadt unterm Berg. Irgendwas an der Geschichte, die er uns aufgetischt hatte, war mir damals schon unstimmig vorgekommen, aber zu jener Zeit war ich nicht in der Position gewesen, ihm zu widersprechen. War das, was wir jetzt hörten und sahen, die echte Wahrheit, oder führte uns dieser Halbdämon aufs Glatteis? Vielleicht beides, ich vermochte es nicht zu sagen. Aber solange wir nur weiter miteinander redeten, statt uns gegenseitig zu erschießen, ging die Sache womöglich noch halbwegs glimpflich aus, dachte ich. Leider stellte sich heraus, dass ich mich auch darin irrte.

Ich hatte keine Zeit mehr, den Gedanken fortzuführen, denn Mannes ergriff wieder das Wort. »Ich befand mich gerade auf dem Weg zum Mondhotel und war im Gespräch mit Captain Ismark, als ich hörte, wie die Schutzengel angriffen. Auf dem Mond passierte im selben Moment das Gleiche. Cain hat das nicht getan, aber er hat es geschafft, das Produktionslabor der Schutzengel zu übernehmen und die Programmierung durcheinanderzubringen, damit Adam keine weiteren Tötungsmaschinen mehr herstellen konnte. Zeig uns Datei neun-sechs-eins.«

Wir betrachteten die grauenvollen Bilder. »Auch das kann Cain nicht so durchgeführt haben. Adam musste von Anfang an etwas in die Programmierung der Schutzengel eingebaut haben, und er hat dafür gesorgt, dass niemand diesen Angriff überleben kann. Die Schutzengel haben jeden getötet, den sie zu Gesicht bekamen, und als keine Menschen mehr übrig waren, sind sie über die Engel, die Hilfsdrohnen und Arbeiter hergefallen und am Ende übereinander. Cain blieb wenig Zeit zum Handeln, aber er hat es geschafft, einige wesentliche Ressourcen abzuschirmen, um Adam am endgültigen Sieg zu hindern. Und genau das tut er seitdem die ganze Zeit.«

Ich betrachtete den schrumpligen alten Ghul. »Aha. Dann hat also Cain die Welt gerettet, was?«

Mannes nickte. »Ohne Cain wäre Adam schon längst wieder zu voller Stärke gelangt, und dann hätte er mithilfe einer Armee aus Schutzengeln vernichtet, was von dieser Welt noch übrig war. Die in ihm gespeicherten Persönlichkeiten sind allesamt Geiseln, sie sind entweder im Tiefschlaf gefangen oder der festen Überzeugung, dass sie dem Wohl der Menschheit dienen so wie die Anwesenden hier ja auch.«

»Verdammt.« Galinak stieß ein leises Pfeifen aus. »Und ich dachte, ich wäre mal einer von den Guten.«

Es ist nie schön, wenn man feststellt, für die falsche Seite gearbeitet zu haben. »Und alles andere?«, fragte ich barsch. »Ich habe von Euch gehört, Mannes. Ihr seid kein Heiliger. Selbst wenn nur ein Bruchteil der über Euch kursierenden Geschichten stimmen sollte, klebt eine Menge Blut an Euren Händen. Ein ganzes Leben lang habt Ihr Euch durch die Ruinen dieser Welt gewütet – alles nur, um Eure Tochter zu retten? Oder ging es Euch auch um Rache?«

»Habt Ihr Kinder?«, fragte Mannes. »Ich sehe Euch an, dass die Antwort Nein lautet. Also könnt Ihr meine Motivation nicht wirklich nachvollziehen, und Ihr könnt auch nicht verstehen, was ich alles in Bewegung gesetzt habe. Aber fragt doch mal Eure Freundin«, er zeigte auf Vincha, »was sie um ihrer Tochter willen zu tun bereit ist und was sie schon getan hat.«

Der Raumhafen erzitterte erneut, und diesmal mussten wir uns alle festhalten.

Ich hatte noch mehr Fragen, aber ich musste meine Prioritäten neu setzen. »Was habt Ihr in Bewegung gesetzt? Warum bebt der Raumhafen?«

Mannes tat, als hätte er mich nicht gehört. »Anfangs wollte ich nur zu meiner Familie. Wollte wissen, dass sie überlebt hat.« Er lehnte sich zurück und schloss die Augen. »Nach einigen Jahren wurde mir klar, dass sie wahrscheinlich alle tot sind, und meine Motivation änderte sich. Ich wollte bergen, was übrig war, die Welt wieder aufbauen. Wiedergutmachung leisten.« Mannes' Lippen verzogen sich zu einem bitteren Lächeln. »Und Rache, ja, Rache wollte ich auch, das gebe ich zu, aber im Lauf der Jahre wurde mir immer klarer, dass ich nur eins wirklich will. Meine Deborah retten. Ihr das Leben ermöglichen, das sie verdient hat. Cain ist auf der Basis von

Deborahs Wesen erschaffen worden und später auf Professor Vitor übergegangen. Mit Daichis Programm kann ich sie rekonstruieren, ohne Cain dabei Schaden zuzufügen. Sie wird möglicherweise nicht mehr genau so sein, wie sie damals war, aber trotzdem ist sie noch immer meine Deborah.«

»Leute«, sagte Galinak auf einmal. Er blickte aus dem Fenster. »Ist diese blaue Kugel da draußen der Planet, von dem wir kommen?«

Ich folgte seinem Blick. Mannes redete weiter.

»Ich habe große Teile dieser Welt bereist. Und überall, wo ich hinkam, herrschten Gewalt und Barbarei. Statt zusammenzuhalten, haben die Überlebenden einander gegenseitig aufgefressen, manchmal wortwörtlich. Dort draußen gibt es Kannibalenhorden, mörderische Warlords, Banden, die stehlen und vergewaltigen und niederbrennen, was immer ihnen in die Hände fällt, auf den Tarakanischen Highways treiben Piraten ihr Unwesen … sogar in der Stadt der Türme herrschen einige wenige über alle anderen und lassen in ihrem immer weiter anwachsenden Machtbereich Sklaven für sich schuften. Ich brauchte Armeen, um sicher zu reisen, und musste auf machiavellistische Tricks zurückgreifen und mich mit dem Norden verbünden, damit die Stadt der Türme zu beschäftigt ist, um mich aufzuhalten.«

»Denn wenn das da der Planet ist, von dem wir kommen«, sagte Galinak, »dann kommt er mir viel kleiner vor als vorhin noch.«

Ich sah aus dem Fenster. Die Erde rotierte gerade aus dem Sichtfeld. Galinak hatte recht; sie kam mir erheblich kleiner vor. Mannes jedoch redete einfach weiter.

»Was wünschen sich normale Eltern für ihre Kinder? Sie wollen für sie eine bessere Welt schaffen, in der sie sicher aufwachsen können. Ich will Deborah nicht in einer Welt wiedererwecken, die um des bloßen Überlebens willen alles zerstört, was noch übrig ist. Und ich will sie auch nicht in Cain eingesperrt wissen, mitten im immerwährenden Kampf gegen Adams Feindseligkeit. Nicht, wenn es eine Alternative gibt.«

Die Erde kam wieder in Sicht. Diesmal sahen wir alle hin. »Das könnte ein Trick sein«, sagte Vincha. »So wie bei diesem Glas, wo beim Hindurchschauen auch alles weiter weg zu sein scheint.«

Ich drehte mich zum großen Bildschirm um. »Cain, zeig uns die Erde«, sagte ich, nicht ganz sicher, dass meinen Anweisungen auch Folge geleistet werden würde. Aber Mannes fügte hinzu: »Mach ruhig.« Und dann sahen wir es alle. Die Sternensäule war noch immer da, aber sie neigte sich in einem weiter werdenden Winkel wie ein einzelnes Haar auf einem kahlen Schädel.

Peach drehte sich als Erste zu Mannes um. »Was haben Sie getan?«

»Ganz einfach.« Mannes zuckte mit den Schultern. »Ich habe die Schlacht gewonnen und den Krieg verloren. Ich habe Cain mitsamt Tausenden Persönlichkeiten in den Raumhafen geholt. Und jetzt habe ich den Raumhafen von der Sternensäule losgemacht.«

Kapitel 80

Funkelauge

»*Was* haben Sie getan?« Peach schaltete ihr Schwert ein und ging auf Mannes zu, ebenso wie Vincha. Ich hatte nur eine Sekunde Zeit, um zu reagieren, ehe uns alles um die Ohren flog.

»Aufhören! Alle!« Keine Ahnung, wie der Friedensstifter in meine Hand kam, aber es fühlte sich gut an, ihn durch die Luft zu schwenken. »Ab jetzt rede nur noch ich mit ihm.« Ich wandte mich an Mannes, ohne zu überprüfen, ob die anderen auf mich hörten.

Der alte Scheißkerl hatte auf Zeit gespielt und gewonnen, und an seinem Blick erkannte ich, dass er wusste, dass mir das klar geworden war.

»Befestigt den Raumhafen wieder an der Sternensäule, Dr. Holtz.«

Er sah mich an, wie jemand, der alles weiß, ein Kind anblickt. »Das würde ich nicht einmal dann tun, wenn ich es könnte.«

Na schön. Schluss mit den Höflichkeiten. »Tut es, und zwar jetzt sofort. Oder ich lasse zu, dass Obermajorin Peach Euch in lauter winzige Stücke hackt.«

»Als ich in Sibirien gelandet bin, war ich sechsundsiebzig.« Mannes lächelte mich an. »Und jetzt bin ich fast zweihundert Jahre alt. Ich habe viel zu lange gelebt und zu viel getan, als dass es mich groß kümmern würde, was ihr mit mir anstellt.«

»Das ist eine rostige Lüge«, sagte ich. »Ihr habt das alles für Deborah getan. Ihr sehnt Euch danach, Eure Tochter zu umarmen, und das geht schlecht ohne Arme.«

»Seht mich an.« Mannes zeigte mit verächtlicher Geste auf sich selbst. »Glaubt Ihr denn, ich will, dass meine Tochter ihren Vater so sieht? Dass ich ihr erklären will, dass ich ihre Mutter getötet habe und alle anderen, die sie je geliebt hat? Dass ich die Welt zerstört und Tausende Menschen getötet habe, nur um sie zu retten?«

»Eben habt Ihr uns noch erklärt, das sei Adam gewesen.«

»Und Ihr glaubt, das spielt eine große Rolle, wenn sie alles erfährt?«

»Ihr könntet es für Euch behalten. Ihr könntet sie anlügen.«

Diesmal lag Wärme in seinem Lächeln. »Sie würde es herausfinden. Irgendwann findet jeder die Wahrheit heraus, so wie Ihr ja auch. Nein, ich will nichts weiter als eine sichere Zukunft für meine Tochter, ohne sie mit der Vergangenheit zu belasten, und ehe Ihr jetzt auf kreative Ideen kommt: In diesem Raumhafen gibt es Sicherheitsmaßnahmen, die sehr rasch greifen werden, wenn Ihr es darauf anlegt.«

Ich streckte einen Arm nach hinten. »Peach, ich bräuchte mal eben dieses Schwert, bitte.«

Schwer legte sich der Griff in meine Hand, und ich brachte das Schwert zwischen Mannes und mich und schaltete es ein.

»Funkelauge, nicht«, warnte mich Vincha, aber ich beachtete sie nicht.

»Das ist Eure letzte Chance«, sagte ich zu Mannes, »ehe ich damit anfange, Euch in Scheiben zu schneiden. Und ich warne Euch, ich konnte noch nie gut mit einem Schwert umgehen.«

»Cain«, sagte Mannes laut, ohne den Blickkontakt zu lösen. Das Gesicht des jungen Manns mit den Dreadlocks erschien auf den Monitoren. »Wie lange würde es dauern, den

Raumhafen wieder zur Sternensäule zurückzubringen, Geschwindigkeit und Winkel anzupassen und sich in die richtige Position zu bringen, um sich wieder an die Sternensäule anzufügen?«

»Drei Stunden, sechzehn Minuten und vierundvierzig Sekunden, aber es wäre unmöglich, weil …«

»Wie lange dauert es noch, bis die Sternensäule den Punkt erreicht, ab dem sie unweigerlich in sich zusammenstürzen muss?«, unterbrach Mannes ihn.

»Zwölf Minuten und vier Sekunden.«

»Danke, Cain. Bitte halte dich für Phase vier bereit wie geplant.«

»Also bringen Sie schon wieder Millionen Unschuldiger um«, sagte Peach. »Sie wissen, dass der Fall der Sternensäule eine zweite Katastrophe auf dem Planeten auslösen wird.«

»Ach, das«, sagte Mannes wegwerfend. »Das war das schlimmste anzunehmende Ereignis, und es wird nicht stattfinden.«

»Ihr scheint Euch da sehr sicher zu sein.«

Mannes sah zu mir auf. »Ja. Denn in ungefähr drei Minuten explodiert tonnenweise Munition, die ich in den Aufzügen der Sternensäule deponiert habe. Die Mittelachse wird sich größtenteils praktisch in Luft auflösen, die Spitze fliegt in den Weltraum und kracht am Ende vermutlich wieder auf die Erde runter, aber das wird nur einen Bruchteil des Schadens anrichten, der bei einem Sturz der ganzen Säule passiert wäre.« Er zuckte mit den Schultern. »Gut möglich, dass es Opfer geben wird, ein paar Leute dort, wo die Spitze auftrifft, werden Pech haben, aber Pech hat immer irgendwer. Die Leute werden ihren Kindern erklären, dass Gott wütend war …«, Mannes' Kichern wurde zu einem Röcheln und Husten, aber trotzdem brachte er noch heraus: »… und damit haben sie ja auch recht.«

»Zwei Minuten bis zur Explosion«, sagte Cain, und auf den Bildschirmen erschien eine Nahaufnahme des Weltraumlifts. Die Achse neigte sich bereits bedrohlich zur Seite. Ohne die Energieversorgung durch den Raumhafen war der schimmernde Schutzschild erloschen, und die spiralförmigen Auswüchse rings um den Schaft wurden immer fester zusammengedrückt.

»Warum habt Ihr zugelassen, dass wir den Raumhafen erreichen?«, fragte ich. »Weshalb habt Ihr riskiert, dass wir Euch töten oder auf andere Weise Eure Pläne durchkreuzen?«

»Ein klein wenig Überheblichkeit müsst Ihr einem alten Mann schon zugestehen, Herr Funkelauge.« Mannes hatte sich von seinem Hustenanfall erholt und blickte ebenfalls auf den Bildschirm. »Als ich euch reingelassen habe, war es für euch schon zu spät, noch irgendwas zu ändern.«

»Eine Minute bis zur Explosion«, verkündete Cain.

»Nichts kann uns daran hindern, Euch ins Gesicht zu schießen«, sagte ich.

»Ich weiß, aber das macht ihr nicht«, antwortete Mannes.

»Was macht Euch da so sicher?«

»Ich verfüge über eine ausgezeichnete Menschenkenntnis.«

»Fünfzig Sekunden.«

»Vincha …«

Mannes' Lächeln war außerordentlich beängstigend. »Natürlich bestand das Risiko, dass sie in ihrer Wut den Abzug drückt, aber sobald ich versprochen hatte, Emilija wieder zurückzuholen, hatte ich mir eine Leibwächterin gesichert. Zumindest für eine gewisse Zeit.«

»Dann lasse ich Euch von jemand anders töten. Peach wartet nur auf eine Gelegenheit …«

»Obermajorin Gęer mag wütend und verwirrt sein, aber sie ist nicht dumm. Sie will sicherlich so viele Informationen aus mir herausbekommen wie irgend möglich, ehe sie sich entscheidet, und das wird eine Weile dauern. Und außerdem war sie Teil des Systems, eine Tarakanische Agentin. Sie hat gesehen, was wir wirklich getan haben. Ich vermute, dass sie mir glaubt, was ich über Adams Rolle bei der Katastrophe erzählt habe, mehr noch als ihr anderen.«

»Zehn Sekunden.«

Ich blickte auf den Flickenmann hinunter und sagte: »Ihr seid ein echter Arsch von einem alten Rosthaufen, Holtz.«

»Fünf.«

Mannes lächelte mich an.

»Vier.«

»Vergesst nicht, das Adam zu erzählen, Junge«, sagte er. »Und nun viel Vergnügen bei dem großen Spektakel.«

Und wir sahen es uns an. Das ganze verdammte Spektakel. Es gab mehrfache Explosionen, wir sahen, wie der oberste Teil der Sternensäule brach und Trümmer in alle Richtungen davonflogen. Cain sagte die Flugbahn einiger der größeren Trümmer voraus, die die Erde treffen würden. Die meisten landeten mutmaßlich im Meer, wo sie große Tsunamis auslösen würden, die die Küstenstriche verwüsteten. Einige größere Brocken erwischten laut Cain nur sehr dünn besiedelte Landstriche. Kleinere Trümmerstücke segelten entweder in den Weltraum davon oder verbrannten während ihres Sturzes gen Erde. Was von der Achse übrig war, stürzte in sich zusammen und auf den Berg Iztaccihuatl hinunter, schlug einen tiefen Krater.

Irgendwann drehte sich Peach zu Mannes um. »Herzlichen Glückwunsch. Sie haben soeben die größte Errungenschaft der Menschheit zerstört.«

»Man wird eine neue Sternensäule bauen, irgendwann, wenn die Zeit gekommen ist«, antwortete er ruhig. »Es war nur eine Frage der Zeit, bis Adam den Raumhafen erobert und genau dasselbe tut. Ich habe nur den Platz getauscht und das Künstliche Bewusstsein ausgewechselt. Das ist alles.«

»Na gut. Und erzählt Ihr uns, was Ihr jetzt als Nächstes vorhabt? Um der Überheblichkeit willen?«, fragte ich.

»Ich sag euch, wie der Plan lautet«, sagte Vincha. »Er gibt mir meine Tochter zurück, *das* ist der Plan, und dann verziehen wir uns aus diesem rostigen fliegenden Wagenrad.« Sie hob nicht mal die Waffe, um ihre Drohung zu unterstreichen, ihr Gesichtsausdruck reichte völlig.

»Ich bleibe noch eine Weile im Orbit, bis sich Cain vollständig ins System eingefügt hat«, sagte Mannes. »Das wird sicher einige Wochen in Anspruch nehmen, mehr als genug Zeit, um Eure Tochter wieder in die physikalische Welt zurückzuholen. Das wird kein leichtes Unterfangen, und da sicherlich ein Teil ihrer DNA verloren gegangen ist, wird sie nicht mehr ganz dieselbe sein wie zuvor. Was ich damit sagen will: Sie ist kein Puzzler mehr, sondern eher eine normale junge Frau.«

Vincha starrte ihn fassungslos an. »Normal?«

»Ja, hoffentlich. Ihr Tarakanischer Code ist jetzt ein Teil von Cain, also wird sie vermutlich wie jeder andere sein.« Mannes drehte sich zu uns um. »Sobald alle so weit sind, schicke ich euch in einer Rettungskapsel zur Erde zurück.«

»Warum sollten Sie so eine kostbare Ressource an uns verschwenden?«, fragte Peach.

»Wenn ich die Wahl habe, ob ihr fünf gegen mich kämpft oder damit beschäftigt seid, die Teile für eine neue Fluchtkapsel zu drucken, dann ist es sicher die richtige Entscheidung, euch alle zurückzuschicken.« Mannes neigte den Kopf. Er sah entspannt aus, wie jemand, der alles im Griff hat. »Und schließlich muss ja irgendwer zurückgehen und diesen Scheißkerlen sagen, dass ich gewonnen habe. Jetzt, da Cain weg ist, ist Adam frei. Tarakan wird wieder erwachen, und ich wünsche euch allen viel Glück. Vielleicht hilft ja Adam dem kümmerlichen Rest, der von der Menschheit geblieben ist, und wäre für eure Dienste dankbar, vielleicht aber auch nicht. Kümmert mich nicht. Ich bin dann schon längst verschwunden.«

»Wohin denn?«

»Das liegt doch auf der Hand: Ich fliege den Raumhafen nach CSX5. Es bleibt nur noch eine Frage: Wer von euch kommt mit mir zu einer sehr viel besseren Welt?«

Kapitel 81

Peach

Mit einem leisen Glockenton glitt die Tür auf. Ich sah mich um. Es war Funkelauge, und als er auf mich zukam, erriet ich an seiner Miene, dass er nach mir gesucht hatte, vermutlich schon seit einer Weile. In der Hand hielt er eine Flasche.

»Hallo«, sagte er und blieb vor mir stehen.

»Du willst mir aber nicht erzählen, dass du im ganzen Raumhafen nach mir gesucht hast, oder?«, fragte ich, um ihm den Gesprächseinstieg zu erleichtern.

»Keineswegs, Obermajorin. Ich dachte mir, dass du entweder in deinem Quartier bist oder hier, um die Truppen im Auge zu behalten.«

Ich betrachtete die vielen in ihren Röhren rotierenden Körper. »Vor ewigen Zeiten einmal wurde ein chinesischer Kaiser zusammen mit Tausenden Kriegerstatuen beerdigt. Man nannte sie die Terrakotta-Armee. Ich habe die Stätte virtuell besucht …« Ich verstummte, als mir klar wurde, dass er mit dem Begriff nichts anfangen konnte.

Funkelauge blickte sich demonstrativ um. »Tja, ist aber nicht dasselbe wie ein Haufen Statuen. Das hier ist echt unheimlich.«

»All diese Menschen sind freiwillig hier«, sagte ich und umfasste den Saal mit einer Geste.

»Das behauptet *er* jedenfalls.«

Ich betrachtete Sergiu, der sich langsam in der blauen Flüssigkeit drehte. »Nein. Wenn ein Mensch jemanden erschießt, den er eigentlich mag, nur weil sein Befehl so lautet, dann ist er noch zu ganz anderen Dingen bereit. Manch einer spürt den Drang in sich zu herrschen, und manch andere verspüren den ebenso starken Drang danach, jemandem zu folgen. Sergiu wurde als Kind von Mannes gerettet und wuchs zu seinem getreuen Anhänger heran. Ich wurde von einem Tarakanischen Arzt gerettet und wurde eine Soldatin Tarakans. Ich wette, ihr alle habt andere, aber dennoch ähnliche Geschichten.«

Funkelauge schien zu befinden, dass dies ein günstiger Augenblick sei, um mich weichzuklopfen, denn er reichte mir die Flasche.

»Was ist das?«, fragte ich.

»Moonshine. Hat der Ghul mir gegeben. Er hat gesagt, er braucht es nicht mehr.«

»Hast du es probiert? Er könnte versuchen, uns zu vergiften«, sagte ich nur halb im Scherz und nahm ihm die Flasche ab.

»Ich hab schon genug davon getrunken, um zu wissen, dass es nicht diese Art Gift ist.«

An seinem Atem roch ich, dass er die Wahrheit sagte.

»Du musst es direkt aus der Flasche trinken. Bei der niedrigen Schwerelosigkeit gibt es eine Sauerei, wenn man sich ein Glas einzuschenken versucht.«

Ich erhob die Flasche auf Sergiu, schraubte sie auf und trank einen Schluck. Mein Wirtskörper informierte mich über die gefährlichen Inhaltsstoffe. Ich trank noch einen Schluck und reichte die Flasche wieder zurück.

»Besser?«, fragte er.

»Das ist mal ein beschissener Moonshine. Armageddon hat ganz klar seine Nachteile.«

Er lachte. Aus ganzem Herzen. Der Mann, das musste ich zugeben, hatte etwas Sympathisches an sich.

»Wie geht es Emilija?«, fragte ich.

»Sie erholt sich. Ist sehr verwirrt. Vincha weicht ihr nicht von der Seite, ebenso wenig wie die Eidechse. Sehr seltsam. Die Verbindung zwischen den beiden, meine ich.«

Funkelauge nickte. »Anscheinend kommunizieren sie seit Jahren irgendwie miteinander. Vincha hat eine Methode gefunden, um die Signale der Eidechse zu hören. Sie sagt, es sei dämlich, dass sie nicht früher daran gedacht hat. Ich selbst verstehe nicht viel davon, aber Vincha sagt, dass Eidechsen bestimmte Signale und Schallwellen hören. Diese hier tut es jedenfalls.«

Er hob die Flasche noch einmal an die Lippen, und ich wartete auf die Frage. Es sprach für ihn, dass er sie rascher stellte als erwartet.

»Warum bleibst du bei Mannes? Ist es wichtig für dich, wieder an jemanden zu glauben?«

»Ich habe mich noch nicht entschieden«, log ich.

»Aber du denkst darüber nach.«

Ich nickte. »Ich bin einem eigenartigen Mann begegnet – er nannte sich Heiler. Er kann Menschen durch seine Berührung heilen, und er hat mir geholfen, weil es ihm ein Orakel namens Nakamura so gesagt hat.«

Er starrte mich betroffen an. »Nakamura? Bist du sicher?«

»Hast du schon mal von ihm gehört?«

»Das kannst du verrostet noch mal so sagen.« Er gewann seine Fassung wieder, stürzte aber noch einen großen Schluck Moonshine runter, ehe er sagte: »Tja … das beantwortet immerhin eine der vielen offenen Fragen in diesem himmelschreienden Chaos von einer Geschichte. Nakamura, wer hätte gedacht …« Er schüttelte den Kopf.

»Ich hab an solchen Unsinn nie geglaubt, aber ehe ich dort

aufgebrochen bin, hat der Heiler vieles vorhergesagt. Darunter auch meinen Tod und dass ich mich zwischen zwei Welten würde entscheiden müssen. Genau so hat er es ausgedrückt.«

»Na gut, aber wieso willst du den Planeten verlassen?« Er gab mir die Flasche wieder. Fast hätte ich abgelehnt, überlegte es mir dann aber anders.

Ich trank noch einen ordentlichen Schluck und verzog das Gesicht. »Weshalb sollte ich bleiben? Hier hält mich nichts.«

»Es ist deine Welt. Du kannst helfen, sie wieder aufzubauen.«

»Nein, das ist nicht meine Welt. Nicht mehr. Die Welt, aus der ich stamme, gibt es nicht mehr. Vielleicht war es Adam, vielleicht auch Cain, ich habe keine Ahnung. Auch wenn ich nicht eigenhändig all diese Raketen gezündet habe, sehe ich überall die Konsequenzen dessen, was ich getan habe. Vielleicht wird es Zeit, fortzugehen und irgendwo anders etwas Neues aufzubauen.«

Funkelauge wollte widersprechen, und ich berührte ihn an der Schulter. »Außerdem sind die Leute, die Cain mitgebracht hat, Bürger Tarakans, gute Leute und die Besten in ihren jeweiligen Spezialgebieten. Irgendjemand muss sie beschützen. Warum nicht ich?«

Funkelauge wirkte nicht gerade überzeugt. »Das ist ein verrückter Plan. So ein langer Weg, und es kann so vieles schiefgehen.«

Ich zuckte mit den Schultern. »Aufzubrechen, ohne das genaue Ziel zu kennen, hat eine lange, stolze Tradition. Und schiefgehen kann's immer und überall. Ich habe mein Leben damit verbracht, schlafen zu gehen, ohne zu wissen, ob und wann ich wieder aufwache. Das hier ist gar nicht groß anders. Ich bleibe erst mal wach, bis wir den Mars oder auch das Katapult erreichen, und dann entscheide ich mich, ob ich den restlichen Flug lieber in Kryostasis verbringe oder mich der ersten Mannschaft anschließe, die aufgeweckt wird.«

Auf meine Worte folgte ein langes unbehagliches Schweigen. Ich spürte deutlich, wie er nach Gegenargumenten suchte. Angriff ist die beste Verteidigung, also fragte ich: »Warum willst *du* zurück zur Erde? Nach allem, was ihr mir erzählt habt, hat Tarakan euch gezwungen, für sie zu arbeiten, sie haben mehr oder weniger ihr Wort gebrochen und euch für ihre eigenen Zwecke missbraucht. Ihr könntet mitkommen. Euch in Cain hochladen, einen neuen Körper bekommen, die Welt entdecken.«

Er ließ meinen Worten eine respektvolle Pause folgen, aber seine Antwort war sehr entschieden. »Mein Lehrmeister hat mir erklärt, wie alte Königreiche aufstiegen und fielen. Die meisten sind zu Staub zerfallen und haben uns nichts weiter hinterlassen als Ruinen und die Überreste ihrer Kunst, aber manchmal sind sie auch wiederauferstanden. Vielleicht ist es an der Zeit, dass Tarakan eins dieser Beispiele wird. Wenn ich mir ansehe, was sie vollbracht haben, scheint mir das etwas Gutes zu sein.«

»Aber zu welchem Preis? Im besten Fall würde das immer noch bedeuten, dass Adam über euch herrscht.«

»Ich sehe keinen großen Unterschied darin, ob ich nun vor einem Warlord das Knie beuge oder Adam zujuble. Wenn Tarakan die Menschheit wieder auf die Füße stellen kann, ist es mir den Preis wert.« Funkelauge seufzte. »Vielleicht geht es momentan nicht ohne jemanden, der die Sache ein bisschen in die Hand nimmt. Wenn es sich rausstellen sollte, dass ich mich geirrt hab, dann stürze ich mich wieder in den Kampf für die gerechte Sache.«

»Und Galinak begleitet dich?«

Funkelauge nickte.

»Zu schade. Ich könnte ihn gut gebrauchen.«

»Er hat irgendwas darüber gesagt, dass ein alter Fuchs keinen neuen Tanz mehr lernt, auch wenn auf einem neuen Planeten die Katze aus dem Haus ist. Unter diesen Umständen mache ich ihm keine Vorwürfe wegen der durcheinandergewürfelten Metaphern.«

»Vielleicht ist er ja einfach *dein* Jünger«, zog ich ihn auf.

»Ich möchte ihn lieber als Freund betrachten«, antwortete Funkelauge voller Ernst, und mein Bullshit-Alarm blieb stumm bei diesem Satz. Dann fügte er hinzu: »Und wie er mich freundlich zu erinnern geruhte: Ich schulde ihm einen *ganzen* Haufen Metall. Er sagt, es sei wirtschaftlich gesehen sehr ungünstig, wenn er jetzt zulassen würde, dass sich unsere Wege trennen.«

Ich lächelte. Er wandte sich zum Gehen. Dann blieb er noch einmal stehen und fragte: »Willst du den Rest austrinken?«

»Nein, alles gut. Aber es gäbe da noch was, das du für mich tun könntest.«

Funkelauge wartete darauf, dass ich fortfuhr.

»Wenn du nach Tarakan zurückgehst, lass Adam doch bitte meine persönlichen Logbucheinträge zukommen.«

Er seufzte. »Das verlangen im Moment einfach alle von mir. Dieser seltsame Himmelsmeister hat mir seine Aufzeichnungen ebenfalls mitgegeben. Darf ich fragen, wozu?«

»Ich verstehe, weshalb sich Vincha dauernd über dich beschwert.«

Das entlockte ihm ein müdes Lächeln.

»Betrachte meine Aufzeichnungen als Kündigungsmitteilung. Ich geb dir auch den Entschlüsselungscode. Tarakan wird sich sehr dafür interessieren, also versuch ruhig, ein gutes Geschäft für dich und deinen Jüngerfreund rauszuschlagen.«

»Werden sie enttäuscht sein über das, was sie bekommen?«

Ich lächelte ihn an. »Das hängt ganz davon ab. Aber sieh zu, dass du nach der Übergabe nicht allzu lange dort rumtrödelst. Ich gehe davon aus, dass jetzt, wo Tarakan erwacht ist, ganz schön was losbrechen wird.«

»In Ordnung.« Er nickte. »Ich nehme mir deinen Rat zu Herzen. Noch irgendwas?«

»Tatsächlich, da wäre noch was. Wie heißt du eigentlich?«

»Funkelauge.«

»Das ist nicht dein richtiger Name. Du kennst meinen, Vera Geer. Ich finde, es wäre nur fair, wenn ich deinen richtigen Namen auch erfahre.«

Funkelauge legte den Kopf schief. »Mir kommt er richtig genug vor, Obermajorin Peach.« Und mit einem nachlässigen Salut ging er davon.

Kapitel 82

Funkelauge

Es war ein sehr eigenartiger Anblick: Vincha saß neben dem Bett der schlafenden Emilija, und auf der anderen Bettseite kauerte die Eidechse.

Als Vincha mich kommen sah, bedeutete sie mir mit einer Handbewegung, ich solle draußen warten, und folgte mir in den Korridor. Ihre schlafende Tochter ließ sie allein mit der Eidechse zurück.

»Wie geht es Emilija?«

»Die Hirnscans sehen gut aus. Sie braucht nur viel Schlaf.«

Anscheinend verriet mein Gesicht, was ich dachte, denn sobald die Tür geschlossen war, sagte sie: »Mach dir keine Sorgen, es ist in Ordnung, sie mit ihm allein zu lassen. Nak tut ihr nichts.«

»Nak? Du hast dem Ding einen Namen gegeben?«

»Ich muss ihn, du weißt schon, wie einen Menschen behandeln. Nach allem, was wir zusammen durchgestanden haben.«

Verwundert sah ich sie an. »Ich dachte, Cain hat ihn Jean Pierre genannt oder so ähnlich.«

»Ja. Cain ist nahezu sicher, dass es Jean Pierre Nardini ist. Oder war. Früher berühmt dafür, irgendein Musikinstrument zu spielen, frag mich nicht, welches. Aber er hat nicht besonders erfreut auf den Namen Pierre reagiert, und was auch immer von ihm noch in dieser Eidechse übrig ist, es ist nicht mehr dasselbe. Also habe ich ihn Nak genannt.«

»Na gut. Und warum Nak?«

Zum ersten Mal in meinem Leben sah ich Vincha erröten. »Die Abkürzung von Nakamura.«

Schon das zweite Mal heute, dass der Name des Orakels fiel. Als wäre nicht schon alles seltsam genug. »Nach *dem* Mann hast du die Eidechse benannt?«

»Ja. Du weißt schon, beide sind Monster, vor denen es mich gruselt. Sozusagen ein Insiderwitz.«

»Gefällt ihm der Name denn?«

»Er hat nichts dagegen, nehme ich an, jedenfalls solange ihn niemand deswegen vollquasselt.« Lächelnd klopfte Vincha mir auf die Schulter, aber ihre Augen waren noch immer traurig. »Wir sind echt barfuß mit nacktem Arsch mitten durch den Rost gewatet, du und ich.«

»Und bald gehen wir zusammen zurück auf die Erde«, sagte ich. »Keine Ahnung, was uns dort erwartet.«

Vincha betrachtete mich. »Wir gehen nicht zurück, Funkelchen.«

Ich starrte sie an, ausnahmsweise mal sprachlos.

»Du musst nicht fragen, ich erklär es dir. Ich wollte unbedingt meine Tochter im Arm halten und ganz sicher sein, dass es ihr gut geht, aber jetzt hat dieser Mannes sein Wort gehalten, und ich hab Emilija zurück, und seitdem denk ich über ihn und seine Tochter nach. Deborah. Er hat all diese Widerlichkeiten begangen, um sie zu retten.«

»Das war nur seine Ausrede, Vincha.« Ich senkte die Stimme, flüsterte: »Vielleicht hat er sein Versprechen dir gegenüber gehalten, aber der Mann ist *wahnsinnig.*«

»Du hast keine Ahnung, was es bedeutet, das eigene Kind zu überleben.« Wieder klopfte mir Vincha sacht die Schulter. »Ich weiß nicht, ob ich all die Jahre überstanden hätte, so wie

Mannes. Aber mir fällt kaum etwas ein, vor dem ich zurückgeschreckt wäre, wenn ich gewusst hätte, dass ich Emilija vielleicht wieder lebendig machen kann.«

Kurz blickte Vincha zu dem Zimmer zurück, in dem ihre Tochter schlief. »Und wenn ich genauer drüber nachdenke, dann wartet da unten nichts auf uns bis auf Tod, Krieg und Elend. Mannes hat recht. Emilija und Deborah verdienen eine bessere Zukunft. Ich hab mich entschieden, sein Angebot anzunehmen. Wir bleiben ein Jahr an Bord, helfen meiner Tochter dabei, gesund zu werden«, wieder blickte sie zur geschlossenen Tür hinüber, »und ich versuche, sie besser kennenzulernen. Sobald Emilija körperlich und psychisch so weit ist, schließen wir uns der Mannschaft an und gehen zusammen in den Kryoschlaf. Ich glaube, Nak möchte auch bei Emilija bleiben.«

»Aber … das ist Irrsinn. Du weißt doch nicht mal, was euch erwartet, wenn ihr ankommt.«

»Cain hat mir die Daten des Planeten gezeigt. Es gibt sogar ein paar Bilder, wenn auch unscharf. Er soll voller Wälder und Seen sein, und es gibt dort niemanden, nirgendwo ist auch nur das kleinste Anzeichen von Zivilisation zu entdecken. Mannes sagt, dass wir die Reise innerhalb von etwas mehr als zehn Jahren zurücklegen können, wenn das Katapult funktioniert – das bedeutet, dass wir nur fünf Jahre lang wach sein werden, bis wir dort sind. Und dann können wir neu anfangen. Keine Kriege, keine Piraten, keine Schmuggelei, kein ständiger Kampf ums Überleben, und Emilija wird von den Besten umgeben sein, die die Menschheit zu bieten hat.«

»Das kann auf unzählige Arten schiefgehen«, sagte ich.

»Das stimmt. Aber ich hab hier etwas gefunden, das ich auf der Erde nie finden konnte, ganz egal, wie sehr ich danach gesucht hab«, antwortete Vincha.

»Und das wäre?«

»Hoffnung.«

»Hm. Ich *hoffe*, du änderst deine Meinung noch, Vincha, wir …«

»Es gibt kein Wir«, unterbrach sie mich. »Ich weiß, du meinst es gut, und ich weiß auch, dass du findest, wir stehen uns irgendwie nah nach der ganzen Scheiße, die wir zusammen durchgemacht haben. Aber du hast nichts als Tod und Elend in mein Leben gebracht. Nein, sag jetzt nichts, hör zu. Du hattest das nie vor, aber du ziehst Probleme magisch an, Funkelauge, und ich lasse nicht zu, dass du dich in der Nähe meiner Tochter aufhältst. Also gehst du zurück auf deinen Planeten, und wir gehen woandershin, und damit ist das Problem gelöst.«

Ohne ein weiteres Wort drehte sich Vincha um und ging auf die Krankenstation zurück. Ich stand noch lange da, nachdem sich die Tür bereits wieder hinter ihr geschlossen hatte.

Kapitel 83

Funkelauge

Galinak saß im Panoramasaal und rauchte seine lange Pfeife.

Ich setzte mich neben ihn. »Du hast noch immer Tabakblätter übrig?«

»Meine allerletzten. Frag mich nicht, wo ich sie versteckt hatte. Aber jetzt müssen wir wirklich zurück.« Er zeigte auf den Bildschirm an der Wand. Dieses ganze Im-Weltraum-rotieren-Ding war sehr verwirrend, aber anscheinend befand sich die Erde jetzt wirklich wieder unter uns.

»Was für ein Anblick, Funkelauge. Kann mich daran nicht sattsehen.« Er sah die Flasche in meiner Hand an. »Hast also versucht, Peach einzulullen, was?«

»Ja. Sie hat den Moonshine zwar getrunken, aber ich glaube, sie kommt trotzdem nicht mit zurück.«

»Zu schade. Die hätten wir gut gebrauchen können.«

»Das hat sie auch über uns gesagt.« Ich hielt Galinak die Flasche hin.

»Näh.« Er winkte mir mit seiner Pfeife. »Immer nur ein Laster auf einmal. Was ist mit der Eidechse?«

Ich zuckte mit den Schultern. »Weiß nicht genau, aber ich nehme an, er bleibt bei Emilija.«

»Tja. Zeigt definitiv Anzeichen von Intelligenz.« Galinak zeigte auf den Planeten unter uns. »Da unten erwartet eine schlaue junge Eidechse nichts Gutes.«

Eine Weile saßen wir schweigend nebeneinander, Galinak rauchend, ich immer benebelter, und gaben uns ganz der unglaublichen Aussicht hin.

Galinak seufzte. »Wir sind weit weg vom Loch.«

»Das ist wahr«, antwortete ich, »aber du kennst ja das Sprichwort: ›So leicht, wie ins Loch zu fallen.‹ Ich hab das Gefühl, auf uns wartet noch eine Menge Ärger.«

»Nun seht euch mal diesen finsteren Unheilspropheten an.« Galinak patschte mir auf die Schulter. »Ich hätte da was, um dich aufzumuntern. Sieh mal, was ich gefunden hab.« Er zückte eine kleine Schachtel, und als er sie öffnete, sah ich ein Set handgroßer Spielkarten.

»Sie bleiben hier sogar am Tisch kleben«, teilte er mir begeistert mit. »Die Bilder sind allerdings anders. Keine Puzzler oder Trolle, nur Leute in bescheuerten Klamotten mit Kronen auf.«

Ich sah zu, wie er die Karten durchblätterte.

»Glaubst du, dass Trolle noch gebraucht werden, jetzt, wo Tarakan wieder zurückkommt?«

Galinak lachte aus ganzem Herzen. »Darum geht's hier also? Du bist so naiv, Funkelauge. Für jemanden wie mich gibt's immer Arbeit, ich muss mir nur aussuchen, auf welcher Seite ich stehe. Ich mach mir eher um dich Sorgen. Jetzt guck mich nicht so an. Seien wir mal ehrlich«, er zählte es an seinen Fingern ab, »wir haben das Mädchen nicht gekriegt. Nicht nur, dass Mannes entkommen ist, er hat auf seiner Flucht auch die Sternensäule zerstört, den Raumhafen geklaut und zu allem Überfluss auch noch all die kostbaren kleinen Hirne mitgenommen, die er aus Adam rausgeholt hat. Ich wette, die scheißen Rost vor Wut, wenn wir mit diesen Neuigkeiten bei ihnen antanzen. Vielleicht wäre es klug von dir, die Sache zu vergessen und das Angebot vom guten alten Mannes anzunehmen.«

»Wenn du es so sagst, dann sollte ich das vielleicht wirklich tun.« Es war als Scherz gemeint, aber ich musste zugeben, dass die Vorstellung mich packte. Was, wenn ich es einfach wirklich tat? *Vincha wäre so stinksauer*. Bei dem Gedanken lächelte ich.

»Wie auch immer«, sagte ich laut, »ich hab ja noch ein bisschen Zeit, um drüber nachzudenken.«

»Und warum glaubst du, dass du das entscheidest?«

Überrascht von Galinaks Frage, zuckte ich mit den Schultern. »Weiß nicht, aber das war doch schon immer so. Ich denke mir einen Plan aus, und wenn der Plan zum Teufel geht, kommst du ins Spiel. Aber wahrscheinlich hast du recht, eine Entscheidung von solcher Tragweite sollten wir gemeins…«

»Ach, mach dich mal locker.« Galinak wedelte mit dem Kästchen vor meiner Nase hin und her. »Ich sag dir was: Wir spielen drum. Wer gewinnt, entscheidet, was wir machen.«

»Du verlierst immer, Galinak. Du bist der schlechteste Kartenspieler der Welt.«

»Dann also fünf Runden.« Der alte Troll zückte bereits das Deck.

»Na gut. Aber Galinak …«

»Ja.« Seine großen Hände mischten ganz gemächlich die Karten.

»Du weißt, dass ich schummle, oder?«

Er zwinkerte mir zu. »Natürlich weiß ich das, Funkelauge, das wusste ich schon immer.« Er teilte mir zwei Karten aus, und ich sah sie auf mich zufliegen und fing sie aus der Luft.

»Und warum spielst du dann immer noch mit mir?«

»Ach, wie ich dir damals schon gesagt hab, als wir uns im Loch kennengelernt haben«, Galinak zwinkerte mir noch einmal zu und teilte die restlichen Karten aus, »irgendein Hobby hat doch jeder.«

Danksagungen

»Wo willst du denn so eilig hin, Junge?« Als ich auf die Tür zuging, trat mir Galinak in den Weg.

»Öh, weiß nicht«, murmelte ich. »Dinge erledigen, du weißt schon, das Buch ist fertig, also dachte ich, ich geh mal los und …«

»Hast du da nicht was vergessen?« Diesmal war es Vinchas Stimme, und sie erklang in meinem Rücken. Ich sah zu ihr hinüber und entdeckte, dass sie ihr Kampfmesser von einer Hand in die andere warf.

»Weißt du, wie die Salutisten einen Kommandanten nennen, der vergisst, seiner Mannschaft zu danken?«, erkundigte sich Funkelauge, die Arme vor der Brust verschränkt. Gleich darauf beantwortete er seine eigene Frage: »Einen toten Kommandanten.«

»Ihr seid nichts weiter als Ausgeburten meiner Fantasie«, sagte ich, aber meine Stimme hätte durchaus eine Spur fester klingen können.

»Hast du das gehört, Funkel?« Bedrohlich rückte Vincha näher. »Er hat dich eine *Ausgeburt* genannt …«

»An deiner Stelle würde ich aufpassen, was ich sage.« Lächelnd ließ Galinak Finger und Nacken knacken. »Vincha ist immer noch sauer, weil ich die besten Sprüche gekriegt hab.«

Also …

Ich danke meiner lieben Freundin und Agentin Rena Rossner von der Deborah Harris Literary Agency dafür, dass sie von Anfang an an mich geglaubt und den Hauptteil meiner Nervositätsanfälle abgefedert hat. David Pomerico und Jack Renninson von Harper Voyager US beziehungsweise UK und ihren großartigen Teams danke ich dafür, dass sie mich schon während des Lektorats von *Das Schwarze Mal* an die Hand genommen und mich dann trotz meines Protests wieder ins kalte Wasser geworfen haben, wohl wissend, dass ich nicht ertrinken würde.

Meinen tiefempfundenen Dank für die Unterstützung meiner wunderbaren Freunde, die sich den unlektorierten Rohtext vorgeknöpft und Ideen beigesteuert sowie mein endloses Geschwätz über das Schreiben der Tarakanischen Chroniken erduldet haben. Und an Nick Brunt (den hinterhältigsten, listenreichsten Zauberer aller Zeiten), der mich von Beginn an so sehr inspiriert hat. An Dina Roth, die wie der legendäre Feuervogel (und die zertifizierte Superheldin) genau im richtigen Moment wieder aufgetaucht ist, um mir zu helfen und mich zu unterstützen auf eine Weise, wie es sich jeder Autor nur erträumen kann. Carmit und Ziv Hershman danke ich dafür, dass sie die besten Freunde sind, die man sich nur vorstellen kann. Svetlana Simannovsky, Emil Israel Chudnovsky und Chikako Sasaki danke ich für ihre Hilfe beim Russischen und Japanischen. Amit Zohar hat mich zu einem weitaus besseren Ende inspiriert. Uri Rom danke ich dafür, dass er mich nicht geschont hat, und meinem guten Freund und musikalischen Weggefährten Ron danke ich für all seine Hilfe.

»Ein actionreicher Thriller von einem sehr talentierten Autor!«

Marc Elsberg

512 Seiten. ISBN 978-3-7645-3190-4

Deutschland 2028: Die Bevölkerung ist hörig. Dank Nanoteilchen in Lebensmitteln und im Trinkwasser glauben die Menschen alles, was ihnen die Regierungspartei weismacht. Nur wenige sind »free«, also resistent gegen die manipulativen Nanos – und sammeln sich im Untergrund zu einer Rebellion. Unter ihnen befindet sich der entflohene Sträfling Malek, ein Mann, der nur ein Ziel hat: überleben. Und wer wie er nichts zu verlieren hat, den kümmert auch kein Freiheitskampf – wäre da nicht jenes Versprechen, das er seinem besten Freund auf dem Totenbett gab …

Lesen Sie mehr unter: **www.penhaligon.de**

Ein Junge muss bis ans Ende der Welt reisen, um das Wichtigste in seinem Leben zurückzuholen: seinen Hund.

480 Seiten. ISBN 978-3-7645-3232-1

Mein Name ist Griz. Meine Kindheit war anders als deine. Ich hatte keine Freunde, einfach aus dem Grund, dass ich außer meiner Familie kaum jemanden kenne. Überhaupt bin ich in meinem ganzen Leben nur einer Handvoll Menschen begegnet. Zwar sagen meine Eltern, dass die Welt einst bevölkert war, doch jetzt gibt es nur noch uns. Aber wir sind nicht einsam auf unserer entlegenen Insel. Wir haben uns – und unsere Hunde. Aber dann kam der Dieb, und er stahl meinen Hund. Auch wenn es kein Gesetz mehr gibt, das Diebstahl bestraft, werde ich ihn mir zurückholen. Denn was bleibt von unserer Menschlichkeit übrig, wenn wir nicht für jene, die wir lieben, alles, wirklich ALLES tun …

Lesen Sie mehr unter: **www.penhaligon.de**